2020中国年度作品

散文诗

现代年选 在场者的选择

邹岳汉 主编

U0810134

中国出版集团 现代出版社

图书在版编目（CIP）数据

2020中国年度作品. 散文诗 / 邹岳汉主编. —北京：现代出版社，2021.4

ISBN 978-7-5143-9105-3

Ⅰ. ①2… Ⅱ. ①邹… Ⅲ. ①中国文学—当代文学—作品综合集 ②散文诗—诗集—中国—当代 Ⅳ. ①I217.1

中国版本图书馆CIP数据核字（2021）第046049号

2020中国年度作品. 散文诗

主　　编：邹岳汉
责任编辑：申　晶
出版发行：现代出版社
地　　址：北京市安定门外安华里504号
邮政编码：100011
电　　话：010-64267325　010-64245264（兼传真）
网　　址：www.1980xd.com
电子邮箱：xiandai@cnpitc.com.cn
印　　刷：三河市国英印务有限公司

开　　本：710mm×1000mm　1/16
印　　张：20
版　　次：2021年4月第1版
印　　次：2021年4月第1次印刷
字　　数：372千字
书　　号：ISBN 978-7-5143-9105-3
定　　价：46.80元

版权所有，翻印必究；未经许可，不得转载

目 录

【编者的话】

卷 首

第一辑 年度十佳 · 大鹰 · 斧和虎的哲学

【本辑作品选自《天山时报 · 散文诗月刊》《工人日报》副刊、《散文诗》《诗潮》《散文诗世界》《大地文学》《星星 · 散文诗》《上海诗人》】

第二辑 新锐 · 一只苹果和喀纳斯

第三辑 江河湖海畅想曲

第四辑 在水之湄·花园里的哲学

第五辑 天山南北·塞上曲

第六辑 实力·旷野·黄昏和暮色

第七辑 人生·弹琴的少女

第八辑 村庄·乡情和大地

第九辑　城市·水乡·赶潮的鱼或黑蚂蚁

第十辑　季节咏叹·除夕炉火

第十一辑　唐诗别读·古琴新韵

第十二辑　“南太湖散文诗群”新作

第十三辑　“我们诗群”·蛮荒时代的爱情或镜像

第十四辑　名家新作·穿越死亡或时光之海

第十五辑　跨诗体写作名家·漂流·遐想与遁隐

第十六辑　新出版散文诗集选萃

（2019—2020·选介6册）

第十七辑　年度获奖作品撷英

【编者的话】

21世纪20年：中国散文诗自信自强的新姿态

本人主编的中国首部“中国年度散文诗”至今已出版至第21部了。关于进入21世纪20年以来中国散文诗的新发展，本人在2019年，即《2019中国年度作品·散文诗》一书的《编者的话》里已有概述，这里只是从一个散文诗书刊主编者的角度和经历谈几点体会。

（一）2020：卷首或“十佳”之品读

2019年曾出现过一件与审美角度相关的趣事：

本人主编的《2019中国年度作品·散文诗》，在往年推出“十佳”的基础上，增加了一项“卷首”——选用的是黄钺的《犁》。读者对此多有正面反响，但没想到的是：黄钺和陈一默二位，从此书里面挑选了部分作品加上简评，以“（邹岳汉主编）《2019中国年度作品·散文诗》选读（十八章）”为题，在一家地方文学刊物上刊载，也在网络上广为传播（所选篇目可以在“邹岳汉新博客”中找到）。这“十八章”中，有与本人选本中的“卷首”“十佳”相重叠的部分，也有不重叠的部分。这就说明两个问题：

1. 审美角度是多元的，对于同一作品，不同的人，会有不完全一致的看法和有差异的解读；

2. 说明本人主编的这个选本是受到广大作者、读者关注的，也是有一定价值的——不论是从哪一个角度去看，总会从中发现一些值得仔细品味的作品——要是一个平庸的选本，谁还会耗时费力地再次加以选辑、评论和转载呢。

本书卷首是飞非的《二泉映月》，以下是其中的两个小节：

一弯月亮，把人影儿和琴声，泊在一汪凉凉的泉水里，泊在一湾涌动着的月光里。

这样的夜，掩尽了这个时节江南一带最好的风景。

这样的夜，允许一个人孤独地醒着。

一根竹竿，点点拨拨，反反复复，努力为他撑着生命的舟子；
一根竹竿，为他坎坷的人生，亮起第三只眼睛。
——能够看透风雨中的天涯路。
——能够看到苍茫无际的远处。
——能够看见阳光也照不到的地方。

写阿炳经典民乐曲《二泉映月》的诗歌并不少见，而达到“允许一个人孤独地醒着”这种精神境界实在难得。

偶尔在网上看到某个年级语文教科书选入的《永远的二泉映月》中的两个小节，其中有“看不见黑暗 / 是因为穿行在黑暗之中 / 听不见苦难 / 是因为置身于苦难之中”的诗句。若是把这一类“同题诗”拿来对照着读，我们对于诗人不同的创作个性和审美情趣必将心领神会，也将获得有益的启示。

也欢迎读者从本书中挑选出你们认可的“十佳”篇目，加上简评，发送本人 QQ 邮箱 1204285699，让我们在交流中一起探讨，共同提高。

（二）20 年：散文诗地位的根本性变化

进入 21 世纪 20 年来，“散文诗”在全国诗歌界、文学界所处的地位发生了根本性的变化。

以 2014 年举办的第六届鲁迅文学奖把耿林莽的《散文诗六重奏》列入“诗歌类”10 件“提名作品”之一为标志，散文诗的文体归属得到中国作协明确的回应。

在第六届、第七届鲁迅文学奖的参评作品中，先后就有耿林莽的《散文诗六重奏》《望梅》，黄刚的《山高谁为峰》，桂兴华的《金号角》《南京路在走：桂兴华散文诗新作 88 章》，唐朝晖的《梦语者 · 通灵者》，亚楠的《行走的风景——亚楠散文诗选》，蔡旭的《蔡旭散文诗五十年选》，黑马的《苏北记》《寻隐者》，周庆荣的《有温度的人》，扎西才让的《大夏河畔》等数十部散文诗集参评。虽然至今还没有一本散文诗集获得此项大奖，但经过第六届、第七届这两届鲁迅文学奖的评选实践，把“散文诗”列入“诗歌类”，承认散文诗作品集有申报参评的资格，则是毫无疑义的了。

（三）2007：中国散文诗的一个重要转折点

然而，我们这一代散文诗人切不可以忘记：“散文诗”取得与分行新诗、其他文学作品一样，同等地参与“鲁迅文学奖”评选的资格——这么一个在今天看来是十分平常、理所当然的事情，却曾经历了一个漫长而艰难曲折的历程——这实际上也是散文诗自身发展、建设的历程。

其实，涵盖各个文学门类、全国性的文学奖，早在1986年就开始创立了，起初是2~3年，分门类颁发一次。1997年起，整合一起颁发“第一届鲁迅文学奖”。

时间的窗口推移到了2007年——这一年正是中国散文诗走过了90年。

我们知道，中国分行的新诗，与不分行的散文诗大致都是在1917—1918年前后诞生，最初，它们之间曾经有着一段无分彼此的“共生”关系。而在其后的90年间，由于历史环境的变迁或人为因素，逐渐地走上了分道扬镳、各奔前程的状态，散文诗几乎流落到了“诗”的园地以外（这个问题另专文探讨）。

这个情况反映在全国性的文学评奖上，就是对于散文诗有意或无意的忽视。

从创办全国性文学奖的1986年到2007年，已经过去了整整20年；即使从1997年正式整合各个文学门类首次颁发“鲁迅文学奖”算起，也已经举办了四届历时10年。然而，就是在这10~20年之中，这个具有全国最高权威性的“鲁迅文学奖”中“诗歌类”参评、获奖的，全都是清一色的分行新诗，散文诗作品是不接受申报、不可以参评的，更遑论获奖。

这显然极不合理：设立全国性文学奖的目的就是鼓励、繁荣文学创作，怎么能把新时期以来发展得格外迅速的散文诗创作排除在外呢？

而到了2007年，全国散文诗界已经发展到了队伍庞大、活动频繁、园地独立、名家辈出、影响日隆以至不可忽视的地步（详见邹岳汉发表于《散文诗世界》2006年第1期的《中国大陆近20年散文诗发展概观》，网上可查阅，欢迎转载、引用，但务必注明出处）。

就是在这样的背景下，2007年11月11日，由北京《文艺报》、中国现代文学馆、中外散文诗学会、河南文艺出版社四家联合，在北京现代文学馆举办了“纪念中国散文诗90周年”系列活动——散文诗界没有抱怨，没有攀比，而是脚踏实地，以自己的方式展开独立的评奖、研讨和出版活动。

关于这次活动，2007年11月13日的《文艺报》将其列入头版信息，还另有两个整版详细报道；本人在为《文学报·散文诗研究》撰写的“中国散文诗发展史话”专栏（2012—2014）的有关章节里也有所评介。这里单就颁奖会当天下午举行的研讨会上发生的，有关散文诗与“鲁迅文学奖”的关系的一席对话简述如下：

11月11日上午颁奖会之后，全体与会代表参观了现代文学馆陈列厅，下午是研讨会。会上，许淇等几位代表发言之后，与会的中国作协副主席陈建功先生声明下面还要参加另一个会议，准备起身离席，正好与他并排邻座的本人感觉机会难得，当即表示，作为中国作协会员，我有几句话要当面对陈主席讲，不会超过十分钟。于是我从那天上午参观现代文学馆陈列厅的感想谈起（当时陈建功副主席主管中国作协的业务兼现代文学馆馆长）：走进文学馆的陈列厅，有一种肃然、朝圣的感觉：进门靠右侧的第一块展板上，赫然入目的就是鲁迅散文诗集《野草·题辞》中“地火在地下运行”那一段文字的浮雕，今天读来仍然激动人心。鲁迅的散文诗句放在殿堂级的“中国现代文学馆”展厅之首理所当然，恰如其分；然而，中国作协主办的“鲁迅文学奖”却长期把散文诗排除在外，这本身就是一个悖论。如果说某些人对于把散文诗纳入“新诗”的范畴参与“鲁迅文学奖”的评选目前还抱有疑虑，那么，散文诗作品（包括鲁迅和泰戈尔的散文诗作品）属于文学范畴则是毫无疑义的吧——那么，就提请中国作协将散文诗单独立项，纳入“鲁迅文学奖”的评选范围。

在当时，面对中国作协领导触及这个话题还是需要勇气的。而这个比较尖锐的问题一经提出，全场肃然，继而气氛顿时活跃。陈建功副主席当即表示，这个问题，今后中国作协会认真研究，把大家的意见带上去，可以考虑把散文诗纳入“诗歌类”，或者是另外立项参与“鲁迅文学奖”的评选。

上述偶然出现的一幕，多亏了当时在场的散文诗人灵焚和蔡旭两位分别用照相机镜头和散文诗作品记录了下来。

蔡旭／邹岳汉振臂一呼的瞬间

振臂一呼！

又见邹岳汉的身影。

为的是，鲁迅散文诗《野草·题辞》顶天立地在中国现代文学馆开门见山的墙上，而鲁迅文学奖却至今没有散文诗的一席之地！

应者云集呀！

他的感慨，用与年及七旬甚不相称的充沛的中气发出，令2007年11月11日的中国现代文学馆顿感震动。

在中国散文诗90周年的纪念与颁奖大会，卷起波澜。

弥漫全场的不服与不甘，潜伏在四周的使命感与进取心，被一语击中。

我在现场。眼前不禁晃动起几张他为散文诗振臂一呼的老照片。

1985年，他在不出名的益阳市体育场东侧借用的10平方米小屋振臂一呼，诞生了后来很出名而且越来越出名的《散文诗》杂志。

2000年，他在漓江畔用《中国年度散文诗》振臂一呼，此后多少年过去，汗水与心血中筛洗出一年比一年丰盛的收成。

一次又一次，应者云集。

这一次，他振臂一呼的瞬间，又被历史的闪光灯抓拍，在中国当代散文诗的史册上定格。

长年以置顶的资格，在《中国散文诗网》上定格。

也在我那颗为散文诗奔腾不已的心上，定格。

（2010年12月）

（载蔡旭散文诗集《沉淀物》，中国书籍出版社2012年1月出版）

需要说明的是：

1. 这次对话没有事先的策划，完全是我个人多年来对于这个问题的思考一次偶然性的临场喷发。

2. 虽然把散文诗纳入“鲁迅文学奖”的评选范围迟至2014年才得以实现（这也从一个侧面看出，对这个积累多年的问题，要达成一致的认识，确实需要一个过程，万事起头难啊），但陈建功先生当时虚心听取意见，诚恳、坦率、积极的态度，以及他此后为把散文诗纳入“鲁迅文学奖”评选范畴所作出的种种努力，我们不会忘记。

3. 最早公开提出在全国性文学评奖中散文诗受到不公平待遇的是王幅明。

他在1993年5月出版的散文诗专著《美丽的混血儿》中指出：散文诗的“独立地位并未实现”，“全国性的文学评奖一直把散文诗拒之其外”，当时本人读到这段文字，深有同感，且受启发。

4. 这次会议之后，陆续有徐成淼、王幅明、庄伟杰等人为争取散文诗纳入“鲁迅文学奖”多次发声，有的文章还提供了在实现这个目标的过程中更多的细节。希望今后能够把更多的、有关这方面的文章发掘出来，还原这段历史一个比较完整的叙述。

5. 这次会议的主办单位有四个，但就本人的亲身体验而言，对整个活动起到骨干支撑作用的，是当时王幅明任社长的河南文艺出版社。没有这个支撑，办不成这样一次规模盛大的活动，也就没有这么一次起到一定促进作用的对话。

6. 我和一些散文诗界的朋友一起，发出这么急切的呼吁，不仅仅是为了争取到散文诗作品参与全国性文学评奖的机会，更是体现出广大散文诗写作者权利意识的觉醒与“散文诗”文体属性的自觉。我曾经讲过，若是作者都把散文诗当作“诗的一体”来写作，读者都把散文诗当作“诗的一体”来阅读，评论家都把散文诗当作“诗的一体”来评论，那么，中国散文诗就走上充满无限光明前景的康庄大道了。而中国作协主办的“鲁迅文学奖”终于把散文诗作品纳入其中的“诗歌类”参评，正是引导着散文诗朝着这个唯一正确的方向走去。

（四）2020：这有温度的一年啊

2020 年，卜寸丹接任总编辑的《散文诗》，频频推出新举措，实行大幅度、全方位的改版，由一本便携式精美刊物，转变为一本可视听、可交流的融媒体新杂志，彻底改变了阅读终端的格局，引起广大读者的热情关注和作者们的积极参与。与此同时，他又坚持和发扬了该刊自创办以来所形成的“作品精选”“设计精美”“印制精良”的优良传统，为当前正处于艰难转型期的报刊界和在探索着前进的中国散文诗界，增添了一片惹人瞩目，同时也带来无限希望的葱茏亮色，作为该刊的创办者，本人颇感欣慰。

2020 年，《星星 · 散文诗》《散文诗世界》分别举办了一系列重要的有影响的散文诗活动；箫风主编的《湖州晚报 · 散文诗月刊》百期纪念特刊出版等，在本书“附录”中都有所记载。

本人也特别感谢 2020 年中国诗坛的赐予。这一年的 7 月 26 日，湖南省诗歌学会第二次会员代表大会在长沙蓉园宾馆隆重召开。中国作家协会诗歌委员会主任叶延滨先生出席会议祝贺并讲话，中国诗歌网 7 月 27 日头条报道。会上，“邹岳汉因创办中国首家《散文诗》杂志、薪火相传数十年，在耄耋之年，仍披灯剪烛主编中国首部《中国年度散文诗》达 20 卷，成为全国众口交赞的散文诗‘首席选本’而荣获‘诗歌刊物创办终身成就奖’”。

2020 年已经过去，有一些事却留下了温暖。就在这一年的 12 月 15 日，箫风先生专程来益阳看望本人和本地一些散文诗朋友。他本人就是《散文诗》早期的一名热心读者，至今还完好地保存有一册十分珍贵的《散文诗》试刊号；而开车送他前来益阳的曾辉，以及在省会长沙接待他的邓如如、邓杰等，竟然全都清一色的是 20 世纪 80—90 年代《散文诗》刊的真实作者和读者。邓如如现在是一家民刊的主编，从未见过面。她在电话中说，她是本人 20 世纪 90 年代初主编的《散文诗锦句 3000》中的一名作者，她入选的作品被我删去了几行，只剩下两句，但诗意却得到提升，她从中获得启示，受益终身。其实像这样的事例真还不少。如前后担任过湖南省政协副主席兼省文联主席的谭仲池、欧阳斌两位，都曾经是《散文诗》早期的热心读者和作者，偶到益阳，总是要与本人谈及当年与《散文诗》相关的一些往事和对本人的关切。常年做书、刊主编是很繁杂辛苦的，从前编辑人员中流传这么一句话：“为他人做嫁衣裳。”但有的时候，作者或读者的一句真情的问候、如实的反馈与亲切的交流，应该是比获奖更大的安慰与回报了。

2021年度是否继续征稿，确切消息请关注2021年9月“邹岳汉新博客”上发布的消息。

著名散文家、散文诗人叶梦对于本书的编辑出版工作提出了很好的建议，散文诗人庄庄、游军除提出建议之外还协助做了一些具体工作，吴又无和王梓帮助制作了卷首题图，在此一并致谢。

邹岳汉 2020.12.31，于益阳

走，是黑。

停，是黑。

光，总在前面召唤。

一人。一琴。一泉。

相伴而行。相依为命。

一弯月亮，把人影儿和琴声，泊在一汪凉凉的泉水里，泊在一湾涌动的月光里。

这样的夜，掩尽了这个时节江南一带最好的风景。

这样的夜，允许一个人孤独地醒着。

——飞非：《二泉映月》

卷 首

写阿炳经典民乐曲《二泉映月》的诗歌不少见。唯此章写出盲音乐家非凡的洞察力：他居然看到了常人看不到的天涯路、遍布心底的阳光。而“允许一个人孤独地醒着”一句大大提升了人物的精神境界。（邹岳汉）

■（安徽）飞 非

二泉映月

一生，就在两根弦上交错，蹒跚。
走。或停。
来来。回回。
路，都在手持的那副弓弦上。是一泓清泉啊！
这干干净净清清冽冽的泉水，连着江南水乡的河沟，码头，阡陌，小巷。
是一个什么样的身影唷，长于苇秆，瘦于琴弦？
在你面前，影子也没了个影儿，阳光也都拐了个弯儿。

走，是黑。
停，是黑。
光，总在前面召唤。
一人。一琴。一泉。
相伴而行。相依为命。

一弯月亮，把人影儿和琴声，泊在一汪凉凉的泉水里，泊在一湾涌动着的月光里。
这样的夜，掩尽了这个时节江南一带最好的风景。
这样的夜，允许一个人孤独地醒着。

一根竹竿，点点拨拨，反反复复，努力为他撑着生命的舟子；
一根竹竿，为他坎坷的人生，亮起第三只眼睛。
——能够看透风雨中的天涯路。
——能够看到苍茫无际的远处。
——能够看见阳光也照不到的地方。

（选自《天山时报·散文诗月刊》2020 年第 11 期）

第一辑 年度十佳·大鹰·斧和虎的哲学

【本辑作品选自《天山时报·散文诗月刊》《工人日报》副刊、《散文诗》《诗潮》《散文诗世界》《大地文学》《星星·散文诗》《上海诗人》】

"大鹰站在斧的木柄上"——这一个鲜明奇崛的意象深邃而开阔。下一篇《煤，我灯火通明的祖国哟》则是写出了一个普通煤矿工人的中国梦。（邹岳汉）

■（内蒙古）王笑风

大鹰·马及其他（组章）

这样的鹰和斧一生只飞一次，一次闪光已足以劈开一生的黑暗。

大 鹰

大鹰站在斧的木柄上。站在树上。

犀利的鹰眼，寒光犹如利刃，深深地把我劈开，啄空了五脏。

我身体里，风空空地吹响。

犀利的大鹰翅膀打开天空，海水从天而降。

流着血却感到幸福，我张开双臂，开始另一种形式的飞翔。

大鹰飞行缓慢、迅疾，比青春的消失要快，比我的一生要慢。

大鹰飞远。一片天堂的羽毛让我想到更大的飞翔，更高远的俯视。

我听到空中的雷电，我身上的铁铮铮作响。黑铁的鹰清醒，破腹而出——它就是我尖锐的灵魂。我的疼痛突然逼近了大地，所有的露水瞳孔缩紧。

大鹰牵动着一种精神，直达天的第九重，鹰的旗帜猛然展开。

当落日撤走最后的一线光，倚着小小的柴扉，我想起大鹰。

突然离去的大鹰像一个消失了的时代。在岩石中我摸到它的影子。一只鹰成为怀想，它是否还有力量唤回曾经涌动的鲜血和激情?

怀揣冰雪，怀揣流水和鲜花，我看到一个鹰一般沉默的人，也像一把利斧，却比斧更快，心胸比鹰更高。

这样的鹰和斧一生只飞一次，一次闪光已足以劈开一生的黑暗。

马

在马空空的眼里，有我苍茫的一生。

我的心，天空下最柔软的食物。马啊，暗藏的风暴。

一匹马，像是空气里翻飞的刀子，把我的灵魂和肉体截然分开，把虚度的青春和我的梦想截然分开。

我就是一处异乡。我就是火焰燃烧留下的灰烬。我就是一匹马和它的影子。

我的忧伤比一盏灯要亮，比一盏灯孤单。我的忧伤打翻全部的黑暗。

马还在飞驰，它勇猛的行迹在水和空气里消失。

时间的雨水珍珠般落下，不断落下。

马啊，激情的马再次腾起，时间豢养的马群在身后紧紧追赶。

大雨灌满马的头颅。在马的眼里，每一棵青草都为这个世界哭泣过。

马匹被洗亮。马匹抖开大地的丝绸，被暴风雨一再洗亮。

马啊，让我倾尽所有将天空和大地一一拥入怀中。

一匹马就是一个远方。奔跑啊，我要在一匹马空旷的胸怀里把血流尽；在扑面而来的光芒中，我要躲开那无名的悲怆。

马匹踏遍了天空和大地，鬃毛就是我的一片草原。

在最小的草叶上，我看到最大的泪水。

百草摇曳，马匹和我都感到摇曳的百草万箭齐发。

马啊，我的爱情、我的幸福和苦难，马匹踏过的地方，就是通向天堂的最遥远的道路。

永远的牧场

草原啊，风吹过深处的白骨和天堂，鲜血和歌唱。

草原啊，众神抹去伤痛的车辙，我的灵魂已是飞翔的庙宇。

我虔诚的诗歌。我头顶的大星。

河水呵怎样流进内心？苍鹰呵怎样飞出五脏？

我要带着亿万粒草籽，顺水草而逝，度过风水中的四季，在银河之上，我看见隐现的神殿。

我要拿出深藏的马鞭，抽打自己，鼓舞鹰翅，驮起家园。

我要打马穿过我的后半生，把不息的愿望烧成冲天大火照亮生存之暗。

（选自《天山时报·散文诗月刊》2020 年第 11 期）

■（四川）松林湾

煤，我灯火通明的祖国哟

人这一生，必须要有点梦。他的综采，就是他的梦。

1　孩子三岁。

孩子的母亲，正口哼儿歌，一遍遍地，把孩子哄睡。她在孩子熟睡之际，仔细端详过了：那眉毛、鼻子、耳朵，还有嘴唇的轮廓，额头的痣，跟他井下的父亲，一模一样。到底是一个模子倒出来的，没有区别。再仔细看看，区别也是有的：孩子是一块璞玉，红润中带着白皙；孩子父亲，是一块煤玉，苍黑中透出阳刚。

当初看上他，不是他玉树临风，不是他白衣胜雪，而是他煤一样朴实、炭一样炽烈、石一样憨厚，搅动了她心扉。

转眼，孩子三岁了。

孩子未来，会跟他父亲一样吗？

哦，上一辈是煤黑子，这一辈是煤亮子，下一辈是煤什么呢。她在心里，自言自语，也许多遍了，没有答案。

2　孩子熟睡，收起思绪，她赶紧做饭。现在，已过深夜零点。孩子他爸，从出井，洗澡，坐矿上班车，凌晨1点，就回家了。她得把饭做香，酒斟满，菜备好，让出井的孩子他爸，吃到可口饭菜。

采煤艰辛，她有体会。家委会组织她们当家属的，下过几次矿井。每去井下一次，只走大巷，个个都汗流浃背，气喘吁吁。

更别说，男子们下井，不是走一遍这样简单，而是还要出百吨、千吨、万吨的煤。

她知道，这个时间段，国家急需用煤炭。深夜还在为煤操劳的人，值得尊敬。其实，男人们的工作，就是为爱付出，为家付出，为国付出。为什么不值得尊敬呢？

何况，这人还是她丈夫，孩子他爸。想到这里，她笑了，骄傲神情，展露无遗。

3　孩子翻一个身，哇的一声，哭了起来。她连忙从床上坐起，撩开床褥，一手伸向孩子，一手去摇身边的人。

但身边被窝，早就空了。

男人赶着回家，吃完晚饭。也过凌晨两点了。盯着孩子，看了几眼，转头去望妻子时，见妻子正在厨房，洗涮，收拾，身子便倒在床边，沉沉入梦了。以至妻子挨过来，靠向男人胸脯时，他这块酣煤都不知道。

妻子爱怜地看了她男人一眼，收起身体的波澜，敛住眼里的渴望，也倒一边睡了。

4　男人作为采煤班大班长，工作不好干。现在正赶上春节过后，受新型冠状病毒疫情影响，国家煤要得急。但井下的煤，就是出不来。为此，他和队长，几次沟通，也开了几次班会，终于拟好方案，定下措施。因此，他睡了不足 3 小时，便悄悄起床，去厨房舀瓢水，扑在脸上，来不及嗽口，就赶到矿上，忙着下井了。

新的综采机器，已经到了井下，正在工作面安装呢。这个疙瘩，在他心中，其分量不亚于家里那个三岁宝贝。

5　电控、牵引、截割、滚筒、支撑腿、行走靴、过渡架和摇伸臂，高强度板焊……这些综采的技术要点，他已经背熟了。

男人一直有个愿望，一定要把这些宝贝疙瘩，玩得溜溜地转，飞快地转，安全高效地转。要让兄弟们汗少流，血不流，而煤多出，效益多挣。要实现这个愿望，必须下功夫读书。一时之间，读书，成了这个大班长最大爱好。

男人知道，父辈的梦，他要完成，儿子的梦，他要实现。

做到了这些，才不算白活。人这一生，必须要有点梦。他的综采，就是他的梦。

6　男人还在井下做梦时，他的妻子，已经起床，拧亮了堂屋的灯开关。光明，一下子就让整个房间，都亮堂起来。

其实，整个矿山，都在清晨灯火的照耀下，格外地亮堂了。

他们三岁的儿子，还在床上，伸臂蹬腿，咯咯地笑着。

这是一个普通的清晨，在人们都还在沉陷于往事、纠结于得失、计较着生死之际，一个中国矿工普通的一家，就在灯火通明地照耀下，比其他的人们，提前若干小时，开始了新的一天的生活。

他们深深地知道，这亮堂的日子，都是煤一般用成吨的汗，成吨的泪，成吨的目光，成吨的智慧，开采出来的。

这些闪光的晶亮的煤，就是我灯火通明的祖国！

（选自 2020 年 4 月 26 日《工人日报》家园副刊头条）

■（黑龙江）舟自横

江南铜声（组章）

言称黑夜的人，一定是身体有光的人。

鲁迅硬骨作铜声

泛霜的河水，驶过的乌篷船有着寂寞的忧伤。吱吱呀呀，旧时的门轴锈了。鲁迅提着药罐走出院门。仰头看见大清的天空，几朵乌云像黑色的补丁露出蛛网。

深秋哆嗦了一下。他把科考药渣倒在地上。苦涩的气息蠕动出无数只斑斓木虫。

三味书屋。光线慵懒。镜吾枯坐。

读经味如稻粱，读史味如肴馔，读诸子百家味如醯醢。飘荡的绳子，从大自在的云天君临人间后，万流归一的宿命和途径，也勒紧纸张和肉身。汉字的石头暗暗落了灰尘。鲁迅把石头投入自身的洪炉里。

锻造出柳叶刀。鲁迅文字的柳叶刀横眉冷对，残喘的道路，病灶的深渊，那么多的伪道盘根错节。

寂寂百草在喧嚣的众声里，抄着袖子，昏昏欲睡。

我知道，所有的童年，都是回不去的春天。鲁迅也回不去。

高大的皂荚树——鲁迅的木刻仍在守护人间和庭院。浓密的树冠，是我们唯一举目所见的天堂。云雀，白云，雨滴，只有你们落到树冠，我们才能仰望。

在百草园，我的呼吸零落成尘，鲁迅的呼吸酝酿着闪电。

且不朽。

言称黑夜的人，一定是身体有光的人。鲁迅把光镌刻进那些半睁半闭麻木不仁的眼睛。

在鲁迅故居，有一阵风吹来，扶稳我有些趔趄的身子。

鉴湖女侠化碧涛

河流纵横的江南，秋瑾是水的骨头。

古轩亭口，淤积了太多王朝的血腥和残简。毡帽曾来来去去，市声的铜钱锈迹斑斑。上穷碧落下黄泉，秋瑾船桨为刀，竹篙作枪，凿空重重山影。石头遇见秋瑾，便有了灵魂。

在秋瑾故居，看到秋瑾静美的照片，我坚信她是凝聚太阳光辉的一滴水。她黑发的墨汁和玄铁，指向混沌里的前路和福祉，金振玉声，古今有几？

一滴水，繁衍长啸、种子和火焰。和畅堂里，烛光恍惚，仍在跳动。倾听的秋瑾，脸庞温暖而红润，眼睛的深潭倒映着未来的花朵。起义！两个简单汉字的碰撞，洪钟大吕，光焰四溅。

1907年7月13日下午，秋瑾仍静静地坐在和畅堂里。外面响起粗暴的砸门声。她微笑着。她知道暴风雨来临时，彩虹就越来越近了。那散发青草味道的彩虹，那召唤白鸟翔集的彩虹，那分娩崭新太阳的彩虹，是越来越近了。她仿佛凌波击水，舞蹈，融化进浩渺的天空。

肃穆的塔山，像先祖注视着人间。人文盛大，江南无声的大水浩浩汤汤，照见秋瑾的灵魂。

巍峨耸峙范仲淹

高古的秋天只身行走。

兴化县署正堂明镜高悬。此刻，一颗心与明镜互相擦拭。范仲淹正襟危坐。我的目光把他铸成铜像。

宰令五载。筑捍海堰。严肃吏治。兴学教化。构筑园林。

简朴内宅的古意像一阕宋词。一株梅花树的墨迹苍劲挺拔，枝干凛冽。当年的范仲淹，把自己植根于此。

那时也是深秋。大雨如注。县署的屋顶奔跑着千军万马。微弱的烛光越陷越深。范仲淹的眼眶里海水倒灌。闪电的枝头，有多少稼穑和果实成泥？有多少新鬼故鬼相间鸣？

再也坐不住了。范仲淹披上蓑衣，夺门而出。闪电下，一座山若隐若现，向着破败的捍海堰挺进。

暴虐的台风带领海潮暴乱。站在伤残的捍海堰上，范仲淹把自己的身躯垒砌成石头，任由大潮雕刻。他的手臂向天空伸出万钧雷霆，托住倾倒的日月。

范仲淹和数万民工一起焊接成铜墙铁壁。

捍海堰，范公堤。绵延二百余里。西塍稻花，东火煮盐，村庄，缕缕炊烟缠绕。

范仲淹，躺下是捍海堰的脊梁，站立是岳阳楼的胸襟。

（选自《散文诗》上半月版2020年第3期）

■（北京）梦　阳

戈壁日落（组章）

整个世界，都被夕阳捧在了掌心。

九万里山河，阒静无声。

整个世界，都被夕阳捧在了掌心。

无言的烽火台屏息倾听着凝固在岁月深处的戍卒的低语，水波不兴的古河道仿佛禅定千年的高僧。

一株胡杨张开金黄的羽翼，努力地托举着摇摇欲坠的黄昏。谷地的裂口，胀满浓浓的渴望。

一阵风毫无障碍地冲来，大戈壁的空虚被击退在三百里外。

高处的苍鹰对着远山扑扇一下翅膀便消失了。

落日还在。

山下，牧羊人炸了一声鞭子，高天便点亮了两颗星子，大戈壁的真相便在慢慢合围的暮色里渐渐浮现。

山巅上，一位端坐的僧人双手合十，与落日对望着，慢慢融为了一体……

山巅，一株向日葵

风吹草低，山巅上那株向日葵的头也低，它苦苦托举的夕阳便落进了山沟里。

山脚的炊烟，迷失了去天堂的路，便牢牢地扎根大地。

一位老僧怀抱满河道的风静坐着。经书中的文字与向日葵对望着，不言不语。

一团软软的黑夜，踏着炊烟的台阶，悄悄把秋霜送来。

老僧一起身，向日葵瞬息照亮了漫天的星辰。

黄　昏

一只灰鹤，自树梢扇了一下翅膀，夕阳，便落山了。

河流中的石头，禅坐着。

风，定了。

有一种声音，在河西走廊内心深处回荡。

雪　落

那枚落叶，孤孤单单地还在途中。

几片雪花，砸下来。

这苍茫的辽阔里，响起了悠远的雷声。

霜中，一株荒草

大地空了。

只有你，把风晃得起起伏伏。

以至于，整个河西走廊都不得安静。

古　堡

狂风。沙砾。

大戈壁里，谁的歌声响起？

谁的背影，灌满了长风，胡杨一般肃立？

马头琴声呜咽，褐色的石头无语。

古堡，对视着夕阳，牢牢守住内心深处的秘密。

黄昏，一只鹤

那一刻，所有的草都肃立。

一只洁白的鹤，倏地抵临。

苍苍的蒹葭上，闪烁着波澜的光芒。被风梳理过的羽毛，无意间完成了美的布道。

瞬息，浮躁远去，禅意氤氲。仰望的目光，清澈无比。

阳光，一寸寸地薄了下去，轻盈得仿佛透明的蝉翼。

那只鹤，就那样站在河边橘红色的水域里，一如沉睡千年的石头，任由黄昏不动声色地，轻轻撩拨。

隔着水，我们对望着。什么都可以想，什么都可以不想。拈花微笑，是随时的事。黄河醒着抑或睡着，都已无关紧要。

（选自《天山时报·散文诗月刊》2020 年第 11 期）

■（上海）章德益

掘　字（组章）

写作，是纸对手的领养与眷顾，是手对灵魂的复仇与唤醒。

镜　子

镜子掉在地上，碎了一地。

我的脸，我曾经被它照过的脸，也瞬间碎了一地。

无须掬起我破碎的笑与四分五裂的表情，这肩上还有我残存的脸。

可以供养别人的镜子。

诗人何为

当诗人的微笑只是墨水瓶里的荷花。当诗人的影子只是跌落地上的风筝。当诗人的眼泪只是眼缝里强挤出的可口可乐或者星巴克咖啡。呵，诗人……何为？

当诗人的思想只是墨水瓶里精心制造的玻璃火山，只是玻璃火山里喷出的玻璃熔浆，只是玻璃熔浆冷却后成形的塑料花蕊，呵，诗人……何为？

诗人的声音。你的声音，其实早已是黑胶木唱盘里细细密密的轮回纹路。呜咽着，呜咽着，只唱一个诗人生命形态中烟灰缸大小的心脏与烟灰质地的郁闷。算了吧。倒空自己咖啡杯里的残余咖啡吧。把墨水瓶里全部的墨水倒进咖啡杯里，调制、调制、再调制，为自己调制最后一杯鸡尾酒般的泡沫灵魂。

书房里的停电事故

停电了。非常不幸！停电的灯泡像营养不良的死婴，被抛弃在黑暗中。

把它埋葬在哪里呢？到处找。没有合适的地方。

但也许，盲人的眼睛是它小小的墓地？酒楼的灯笼是它豪华的墓地？弄脏的充电器是它简陋的墓地？窗外的宁静或是它更广大的……公共墓地？

电喂不饱灯泡！灯泡饿死了！

灯泡的尸体被我草草埋葬进地下室的垃圾堆里！非常歉疚！

不过此刻我书桌上还残留了一只。

它孤零零地趴在书桌上，用残存的影子装饰光的梦。

注　释

一个人被一部伟大的经典一记重拳击倒在地后，被一群错别字抬进另一本辞典里成为一则新的词条。多少年后，他从无数陈词滥调里醒来，发现，世界对人的注释是拳头。人对世界的注解是伤口。

写　作

写作，是纸对手的领养与眷顾，是手对灵魂的复仇与唤醒。

乐此不疲的人，每晚以锋利的笔尖深深深深，插进纸的深处，不，掘进纸的内部，掘字！是的，掘字！从瘠薄的灵魂中掘出火种、掘出花瓣、掘出干枯的露珠、掘出泉水、掘出可能的文物与石化的虹。掘出自己！

手对笔的臣服，或者，手对字的反叛，都非写作！

手与笔对峙了一生！

对时间

在那条小小的生死界河边，生者常与死者对时间。

生者佩戴着一只旭日的钻石表。

死者佩戴着一只残阳的夜光表。

他们为了同一个梦校对着生命与年月。

只是，生者为了向天堂疾奔而拨快了一秒。

死者为了使地狱延后而拨慢了一秒。

失物招领

这个世界是一只巨型失物招领箱，挂在我们头上。

我们每个人都挂失于其中。

我们拥有原籍却丢失了故乡。拥有表情却丢失了面孔。拥有头颅却丢失了肩膀。拥有膝盖却丢失了脊椎。拥有呼吸却丢失了肺。拥有食道却丢失了肠子。拥有下肢却丢失了上肢。拥有激素却丢失了灵魂。

形而下的我们，或者说沦陷于形而上的我们。每个人都挂失于自己内心的空无中。

我们最终的身份只能从一只名叫骨灰盒的小小失物招领箱里领取。

但也许他人的鬼火早已冒领走你的一生。

（选自《散文诗》上半月版 2020 年第 3 期）

■(北京)周庆荣

虎的哲学与生活的辩证法

——观巨幅国画《百虎图》并致孟祥顺先生

眉间的王者风范，提醒着每一个人：自己是自己的王。

1 现在是深冬。

场景是群山和皑皑白雪，我看到一串串脚印。虎有虎的路，虎有虎行走的痕迹。

当地形被大雪平均，纯洁的自然里听不到虎的咆哮。

画虎的人，把虎啸变成宣纸上可以长久展示的精神。

眉间的王者风范，提醒着每一个人：自己是自己的王。

2 迈着虎步的人，不一定必须昂首。

身形匿于深林，风掠过林梢，众鸟惊叫着飞向山的那一边。

野猪、狍子、白狐和山侧的牲畜，它们用迥异于人类的语言，互相告知虎的威严神圣不可侵犯。

恋爱中的野兔，让伴侣先行远离，断后成为大山中深爱的证明。

向虎学习什么?

虎威只能与虎有关，它蔑视山路的崎岖和众生的喧嚣，它是大山中最后的秘密力量。

含蓄如山谷的传说，一啸是生命中必须具备的阳刚的态度；再啸，是历史里我们熟知的战斗的号角?

然后，山谷沉寂，猛虎不会轻易出林。

它们尊重生命的边界，虎气不能垄断人性里的柔情。

3 一只母虎和它的虎子。

环境安全或者充满威胁，画家选择留白。

他画世界的宁静和太平，画我们人类一直珍惜的母爱。

幼虎的尾巴甩动，空气不严肃时，无忧无虑是生命美好的心愿。

舐犊之情扩大了母爱的范围，谁说动物凶猛?

幼虎将来一定会长大，虎牙尖利，虎爪会是有效的兵器。

画家把母虎温柔的眼神画成挂在树梢的月色，群山静谧，他要暗示出怎样的人间?

4　一只雄虎。

画面上正在长啸。

天空中雷声省略，画家笔蘸闪电，虎威的形状和关于病猫的叹息。

当现实主义腼腆了战斗者的合理表达，画家以猛虎为象征。

道路崎岖，时光漫漫。

他仅仅是虎的知音吗？

在关键的时刻，所谓的无所畏惧，是否意味着仿佛一只猛虎，身处复杂的地形，勇敢地用体内的号角向未来宣示？

在人类习惯了莺歌燕舞之后，猛虎的哲学是强者的姿态，画面上隐约了雄关漫道，画家的风骨在于画出虎啸，理直气壮地向前方要求生命的未来。

5　我想用人类生活中与爱情有关的内容，来叙说一只虎和另一只虎的爱恋。

是爱情使未来的世界依然充满热爱世界的人。

虎之后，依然有虎。

我注视着《百虎图》中仿佛爱情的画面。

画家让人性与动物性不对抗，让生命的眼神里生长兰花。

当技术实证文明，野性的边际被画境管理。

艺术家的灵魂需要野性去证明。

自然之后，永远有自然。

他画虎，画虎和虎之间的爱。

这样的爱除了让未来有虎的子嗣，它告诉世界什么？

我们不可以活在没有虎的世界？

我们更不能活在一个没有爱的世界？

6　画家孟祥顺一只虎一只虎地画。

我然后一只一只地看过去。

在北方的冬天，这些栩栩如生的虎让大雪中的脚印找到了主人。

虎步、虎啸、虎威。

我相信表面的力量一定会委屈画家笔下的虎。

威风凛凛或者弱肉强食，人类的生活中还有棉花的柔软和温暖，还有夜莺在黑暗中的歌唱，还有蚯蚓在土地深处的蠕动。

我突然非常怀念自己虎头虎脑的童年。

一幅《百虎图》，它告诉人们什么？

世界，原本简单，还是因为对虎的误读而复杂？

对虎敬畏的绵羊，我想把它们抱在怀里呵护；

蝙蝠电流般地飞行，它们的眼里却没有我需要的光明；

变色龙如同革面的小人，它们试图永远正确；

而泥鳅，在混沌的日常生活中滑身自保。

猫科动物是鼠类的天敌。

如果鼠类盛行，我期待画面上的百虎，一起咆哮。

向虎学习，通常伺机，必要时出击！

7 人与自然。

哲学的随笔应该匹配怎样的艺术？

虎头到虎尾，生活的身段镀上霞辉的灿烂，脊骨拒绝被阉割后的萎靡。

虎嘴一张，地面上的长啸和天空中的龙吟交谈；

虎舌舔湿空气，这个象征使人性从此告别干燥。

画家精神高涨的部分掩映在日常的场景中。

自然的千万个侧面，他为何只对虎情有独钟？

灾难、冲突和人类的短处，他有过丰富的观察？

然后，他与虎互相会意？

画面上最后一只虎安静如黄昏，英雄即将度过漫漫长夜。虎的意义必须等待下面的黎明，画家的耐心具体在虎含蓄的眼神中。哲学上的勇敢需要黑夜去验证，而生活的辩证法让匹夫之勇珍惜山谷上方的星光。

画家孟祥顺，他惜墨如金。

百般虎态，是他心中万世太平的暗号？

我用对百虎的观察和画家接头，也愿以似虎非虎的辩证法向未来的生活致敬。

（选自《诗潮》2020年第9期）

■（安徽）李春雷

海边素描（外一章）

而不经意间的一个眼神，就收藏了这片海。

浪花绣满襟怀。右手栖落半片阳光。

你梦中的海，就在左近一米处。它以苦涩的咸，轻轻提醒着一双脚踝海的呼吸和味道。而你，却远眺群山隐隐。那里，一片轻云刚刚掠过峰巅。海水起伏着高度，你在海平面之上。

眼中已蓄含腥风，隐忍着海的身世和悲欢。一曲祭歌越过沧水，席卷海天。

狭窄的海岸线有着无垠的宽阔。而不经意间的一个眼神，就收藏了这片海。

身边的海，最是干净，最是毫无心机。饱蘸海水的眸子，以深不见底的蓝，瞬间洞穿了它的前世今生和全部隐私。

海催动着波浪，一次次冲向八月的岸边，叩问芦花的归期。起自深处的风，抵达岸边，撩起一缕长发，似是掀开一抹闲愁和雅适。那一刻，海风驻守面颊，久久不去……

远远近近的光阴，在波浪上起起伏伏。时日潺潺，枉顾了自负的海、冲动的海、多情的海。白色长裤，裁自哪一道晶莹的波浪？脚趾有着争胜的骨感，与海水较量着硬度。岸畔水的细纹里，一张波澜不惊的脸，反衬着海、荡漾着海、说教着海。

你始终缄默，其实已经说出海量的言辞。但，它们，与海无关，与海鸟无关，与海的遗产无关。有人在海中演习沉浮和生死，有人在沙滩上镂刻铭文，有人选择远离海的是非。而，独有一双素手操纵着空气，挥斥着风云。以对待一杯清茶的态度，在波涛汹涌中，辨识自己。

“白皙的风暴随时抵近。”

面对大海，所有倨傲的心降到了地平线以下。请继续与海持平行，让姿势一成不变。

头颅右侧滔滔不绝，左侧铺满阳光。前方，仍有除却海以外的尘世之美、鼎沸的人间。你只想与海浅尝辄止，不愿成为它的一滴泪水和潸然的悲欢。目不斜视之际，径直忽略了狂飙和企图。只因，心存浩荡，点尘不染。

海，始终醒着。而你，轻启丹唇，千丝万缕的无声音律，回应了海的寻觅和呼唤。

是的，需要持一只海螺，把多年藏于远方和心底的长歌吹响。

妙曲逶迤。海上此时已繁花如锦。你仍行走岸边，包藏的笑容经久绽放。

在沧海成为桑田之前，在沧海成为桑田之后。

（选自《散文诗世界》2020 年第 4 期）

■（北京）刘　虔

时光之海。记忆里的心事（组章）

捎上心底摇落的沉香。万顷明眸照亮了瞬间羞涩。

所有的日子。那些珍藏的星光……

所有的日子都有你。所有的日子都珍藏着星光。就像心上的图腾。所有的日子将会在同一时间聚会。今夜，就聚会在一片古银杏林的树荫下，聚会在鸟儿与风互道平安的山谷里。流水在峡谷间冲击着岩石的堵截，让每一朵浪花，每一只记忆的孤舟，都振翅而起，去往天上飞。把雷雨留住。把月光留住。开拓出大道。不让惊恐肆虐。不给土地因干涸了乳汁而碎裂。所有的日子都是日子。翻阅的书本。绕梁的音乐。柴火。蔬菜。饥饿的美食。病痛的床榻。痴心庭院。梦的失落。远村灶火。华灯初上。相约黄昏后。都是你的经络，你的纹路。沿着内心的记忆，大路小路摞满了足迹。街道，胡同，老巷，一个个接踵而来。每一个日子带回的秘语，都有你的体息。苦涩也罢，甜馨也好，炽热的，酷冷的，历时弥久，都有一种干葡萄浆果的温柔，令你全身感动，值得重温。毕竟，所有的日子都是你自己的味道，所有的日子都要你自己吞咽。归来后的日子，都会重获青春的雨季。那是生命给予生命最亲昵的欢悦，最后的不可褫夺的尊严与感念……（2019/1/20，去往中美洲的嘉年华邮轮上）

早年。留在窗玻璃上的心字

记得那年冬天，那个清晨。第一次学会用手指在窗玻璃上画了一个结霜的心字。稚嫩的种子裹住初萌的晨光，落在初萌的心意里，是那童年的期盼和欢喜。种子呼应着心中的故事，背过冷清而无助的呵斥，吐露着的绿叶，是满身的披挂。那时的田垄上，总有白雾漂泊。总见一头老牛走过黄昏，四蹄缓缓，踏着村野的乡音，独自反刍着，而后栖息在了池塘边的树荫下。一天的故事由此结束，又由此往复，重新开始。那时的风雨，那时的月光，那时家乡古宅的气息，被寄寓在爹娘的皱褶里，已然绝尘远去。大风卷走了黎明。任顽石镇住光芒。留不住了，也回不去了。只有孤寂的记忆，还在我的此刻此地，慢慢燃烧，散逸着陈年的喁语，打着哈欠，悄悄地留下一脸的沧桑，留下今日欢乐过滤后的疲惫，疲惫着的时光的哀荣……（2018/12/20，三亚大东海边）

午后。时光里缠绵着羞涩……

午后。时光褪去冷艳与浮华。剩下的清寂，是一朵琥珀色的温柔，一杯暖心的香茗。不想昨日沙滩上堆就的砂器与城堡，不想城堡里还有没有天上落下的神话。一片片阳光穿过眼前的栅栏。栅栏上的风，还缠着泥地逃逸的春花。一个失落的空间。一束曾有的念想。捎上心底摇落的沉香。万顷明眸照亮了瞬间羞涩。我把血的记忆连同沙砾与荆丛，都融入此刻的清晰与清醒。走过低声泣语的月夜。别了高岩落日的深秋。一杯香茗的温柔，胜过一壶陈年的老酒，因沉寂着山野秀色，足够啜饮半生。心已放逐。不醉不休。醉也难休。在这时光如水缠绵的胜地，在这浮华与冷艳褪尽的午后……（2019/1/9，海南陵水海棠湾之碧桂园记感）

海水带走了谁的眼泪

海水带走了谁的眼泪？以泥土、沙石与贝壳的声音呐喊着。以裹挟雷霆电火惊悚的姿态奔驰着。海水带走了谁的眼泪，谁的悲歌？海水漫过了礁石，淹没了黑夜与白昼，以及千万人梦里编织完好的山上山下的麦地、熟稔了的果实、枫叶飒飒一望无边的秋光，最终竟以一分一秒荒芜废弛的脚步隐匿着所有的情节。海水带走了谁的眼泪？让一切又回到人间的原点。回到世界出发之所那一方生死相依荣辱共存之地？如此磅礴，如此激荡，如此悲切？只有时光能够解读这一切，解读一只小鸟衔住青春远走他乡永别故里的悲壮与忧伤……（2019/1/13，深圳华侨城电影《海王》观后）

我的谣曲。一支洞箫的鸣奏……

我的谣曲，是从水色与木质相击而鸣的故事开始的。那日夜立于河边的高轮水车，日夜与水浪相拥相别，吱吱呀呀，如风吹雀鸟的灵动，如丝帕掩面的美妇人的耳语，不怨尤，也不惊惶，每天守护信念的坚韧，在风暴与干渴里走过一生。一生摇橹鼓满风帆的长路。奔马如飞的时光，是真理的白鸽入云的翱翔。许多往事过去了。生命时有留下未补的空白，遗憾是永远的空洞。那少有的疼痛，总会波涛暗涌，叙说人间哀婉，警示你的失落。此刻，我在北方一座小镇的冷月夜，连风儿也睡了。但有一支洞箫还醒着，我的洞箫。抱着满地枯寂的落叶，竟吹响了那难眠的谣曲了，我的岁月的谣曲啊……（2019/1/29，邮轮嘉年华泊哥斯达黎加之利蒙港）

（选自《大地文学》2020年卷五十六）

■（甘肃）梁积林

裸　原——青海行

小到了一个小小的霜针，大到了这野牛沟一河的涛声。

1　白鹿的草唇间，噙着一块落日。必须有一声鹰唳一样的暗语镂刻在空中，我才为你开门。没有马，只有一声马鸣，没有人，只有一声石头和蹄铁相碰的琶音。

雪山的紫光，又一次为时间拉上了帷幕，而贮存时间的恰恰是一口镂有交媾图的陶器。

蹒步的老阿妈又在喊她女儿的名字了，头顶上簪着月牙的女儿，三十里红柳灯花，三十里山路出嫁。黑河啊，那只嘬水的牦牛眼角里为什么有一丝霜闪？惊喜么，疼痛。小到了一个小小的霜针，大到了这野牛沟一河的涛声。

2　是谁在敲打着西空，是谁在敲打着极地。是谁在敲打着夜夕，是谁在敲打着我身体的木鱼，当当当当这片植满啾啾的息壤。

而每一天都是奇迹，每一天太阳都能从东角升腾。卓尔山顶的那座寂庙啊，原来你也有尘世，你也有瞬间的战栗。那一束顺檐而过的光，却原来是你为谁穿针引线的禅语。再敲一下吧，我的释迦牟尼，我的吉檀枷利。

我已上了冰达坂了，我已到了大冬树垭口了。如镂砉砉的经幡，拍打着空空的蓝空，就像单于，就像吐谷浑，我是我的部落，我是我的神。

雪线下睡着的那头牦牛，弯弯的犄角——昨夜，有谁缓缓穿过的月亮之门。

3　扎沙。老日根。瓦日尕。热水。默勒。哈尔盖。

一群牛和一群羊混在一起穿过公路。赶牛的妇女，绛紫的脸，像盛满了夜的一只碗，匆匆间，还没有来得及倒去，我看见了她红丝的闪电，我看见了她淫雨的宿醉。驮筐里的两个孩子，探头探脑，像两只旱獭缩身于腐殖的土堆，像是刚刚来到这个世界。最是那头雄性十足的黑牛，尽管这是深秋，尽管这是午后，脊顶上却有，一绺挤压的雪峰。也许就是它一直驮着的一个大雪隆冬。也许是渗出它身体的一道光缝。还有狗，还有驴，还有锅碗瓢盆在另一个驮筐里相互撞击如乐器，竖坎篌奏笙歌，倒淌河边迎公主。

4　玛卿岗日呀多么遥远，像是我看见了一个人的唇动却听不见她的原音。那么，一个人的冰河纪是什么呢？一个人的侏罗纪又是什么呢？一个人的沉积岩是什么呢？一个人的钻石岩又是什么呢？我拿着青海湖的放大镜，在裸原，更多的是在我的心中，逶迤爬行。

一个康巴汉子像我，我像一个康巴汉子，手持的一柄马鞭，却原来，是世纪初的一道惊雷。

5　金银滩上，一群羱羊。

我想落日，我想放牧，我想一束皮鞭轻轻打在我的身上。

6　落日啊红得让人心碎：一群牛睡在了尕海湖边。一匹马猛然狂奔向草原天堑。一座鄂堡上的经轮转黑了黄昏。一座佛院里传来了暮鼓之声。

还有刚察。还有多巴。还有门源。还有互助。还有丹噶尔。还有哈拉库图。还有日月山。还有恰卜恰。还有高车。还有仓央嘉措。还有湟水。还有思念。

（选自《星星·散文诗》2020年第9期）

■（贵州）野　老

画　鸟（组章）

众多的萤火虫，我只看见属于母亲点亮的星灯。

翅膀总是飞不过流逝的时间。

我在陈旧的租房里失眠。推开窗了，高楼耸立的房子挡住了我的视野，楼下鸡笼的几只鸡已入眠，路灯下昏昏暗暗的灯光，像一个喝醉的酒鬼，倒在地上安静地睡着。我的父亲没有在众多的石头下睡着之前，他也是一个酒鬼，他曾睡在无数的道路上，也曾睡在无数的草沟中。在路上、草沟中，我叫醒过他无数次，可后来的他像这昏暗的灯光再也无法叫醒。马路上依旧车如流水，车轮划过的声音，像母亲没有离家出走之前，昼夜的咳嗽声。车远去了，后面还有车，可母亲出走了再无母亲。

他们给我留下了这枯萎的夜，花香在绿色的山坡上；他们给我留下了这饥饿的夜，粮食摇曳在田野里，他们给我留下了这黑暗的夜，月亮高挂在远方。

我要画一只鸟，它从月亮下飞过，它的身上镀了一层白色的月光，羽翅里有花香、粮食、光芒。鸟的眼睛是我的眼睛，我的眼睛是孩子的眼睛；鸟的嘴巴是妹妹的嘴巴，在树下安静地歌唱；鸟的羽毛是阳光，给予无数寒冷的人温暖。

我要为这只鸟画好飞翔的方向。

它飞翔的方向是我的航向。

黄　昏

太阳没有合拢尾巴就有了黄昏。

眺望，不是一种卑贱，而是一种崇尚。

崇尚大自然关于时间的规律。

白天退回黑夜，不是跨一道门槛，迈进一只脚，再提起另一只脚就进屋了。白天意味光明，黑夜就是黑暗，从光明辗转到黑暗，总会有一种事物来呈现最后的绚丽。

山峦上，蓝色的弧线，被草木拉下。草木在空中绘画出一条橙色的弧线，夕阳西下，其他受孕的胚胎，沿着母弧线发芽。橙色的弧线，无数摇曳的红枫叶，像沙漠的旗袍，像麦束上的麦芒，像铜色的陶罐。

正在：

——创造永恒的瑰奇的美。

坐在山峦上，假装两个人倚靠着，像初恋的情节。孤立全世界，我是黑夜的王子，你是白天的公主，我们悄悄约会在黄昏。

今日的石头属于今日的土地。

今日的马匹属于今日的草原。

今日的烟火属于今日的人间。

今日的黄昏却是明天开篇的诗句。

在黄昏，白天与黑夜合二为一，像生存与死亡合二为一。黄昏时刻最公平：没有沸腾的光芒，没有雪域的沉寂。

黄昏消失，不是母亲遗弃孩子，孩子成为孤儿。

黄昏消失，是给我们一个自由的时间。

一个金色美梦的时间。

萤火虫

黄昏退回太阳的胸口，月亮笼着轻纱寻梦，满天的星星是它挂的小灯笼。人间要什么样的事物才能与夜空中闪烁的小灯笼——

对应。

在一条幽静的小路上，左边是流淌的小溪，小溪留下了流淌的影子，水鸟藏进了满腔热情的芦笙；右边是葱郁的树林，树林里蓝色的精灵在演绎光芒的舞蹈。

是它——

舞蹈的精灵与闪烁的小灯笼——

对应。

萤火虫内部有两个世界。

一个是巨大的世界。娇小的身躯放射无尽的光芒，淬开夜的珠帘。它的内心不再娇小，或拥有一片雪域的雪白，在骨子的最高处藏着雪莲；或拥有一片草原的无垠，在手臂上牧放一匹不羁的烈马；或拥有一片山川的力量，在头顶撑起空阔的天空。

它的这个世界，只有志存高远的人才能窥见。

一个是温暖的世界。扇动薄羽，影影绰绰，绽放爱的绒光，幽暗的树林变得明亮，它那玫瑰的舞蹈播撒着爱。安慰失眠的鸟儿进入梦乡；帮助丢失爱情的昆虫寻觅爱情的归宿；帮助呼唤妈妈的孤儿寻找乳汁，野蒿、石头、泥巴上都是它的跫音。

它的这个世界，只有心有情怀的人才能窥见。

萤火虫内部的两个世界，我能窥见哪一个？众多的萤火虫，我只看见属于母亲点亮的星灯。

（选自《上海诗人》2020年第1期）

第二辑　新锐·一只苹果和喀纳斯

■（湖北）一　国　一只切开的苹果及其他（组章）

村姑在上游　漂洗羞红的心事　鱼在下游　观赏三月遗落的风情

一只切开的苹果

你的破碎的思想　像阳光在桌面徐徐摊开　其纤纤　其巧巧　其致远　我不想用破碎来描写你的香和甜　其实　破碎也是一种美　一种美的破碎　就这样静静地躺着　在桌面　用了一个美人的身段和时光　味蕾　离桌面越来越近　离黄昏只用了一个刀锋的距离

香和甜需要用一把时间的刀具来切割　来展示　来勾引一个小女子超越时间的和空间的裸露

被时间拨动的村庄

我使劲拨动村庄的年轮　一如拨动祖先从前的嘱咐　殷殷的挥手和慈祥的笑貌

被时间拨动的村庄　安静　恬淡　脸上挂满初春的鹅黄　但也夹杂一丝丝生活的不安与浮躁

快到那座山上去吧　站在卑微的山岗　你就可以听清时间撬动村庄的悦耳声响和谷子撑破旧时光的爆裂

空　瓶

在一个沉默的桌上　静立　没有了突兀的雷声　也没有了细蒙的风雨　肚内的文章早已缓缓倒出　一些绵长　悠远的句子也早已装饰了别人的梦

是诗也好　是词也罢　已都不重要　重要的是不要再让肚内的文章白白浪费

一朵害羞的小花在不远处开放　裸露的心事　三三两两的蜜蜂　忙忙碌碌　扰乱了一名小女子的潮红　而唯此时的瓶　在一支凝重的笔尖　幽幽叙述盖满佛事的空

孤　岛

四周是海　你在中间

不远处　有一只海鸥盘旋　它孤独的身影　落在孤独的海上

没有渔船趁着薄暮而归　没有渔歌唱破剪纸一样的寂静　没有渔夫邀月对饮　醉成满船翻滚的鱼鳞——

只有一座心中的岛屿　久久泊在我苦涩的思绪里　唱晚

水牛与太阳

水牛在厚厚的植被上　站立　风以太阳的速度　斜插过来　温暖了水牛倔强的思绪

太阳望着水牛　想起夸父遗落的邓林　水牛望着太阳　细细反刍一些植物茁壮的花期

精致的春天　在水中与太阳恒久的对视里　被那只勤奋的鸟　一一衔去

河

村姑在上游　漂洗羞红的心事　鱼在下游　观赏三月遗落的风情

婀娜多姿的柳林　沿岸铺陈村姑红红火火的嫁期　鹅卵石用光滑的手指　精心打磨出平原　清脆悦耳的桃花汛

唯水草的呼吸　宁静　且深邃

三个思想者

三个思想者　头顶一轮太阳　目光像野草　长满了思维的空间

一个人指手画脚　两个人轻轻地交谈　一只失意的蜻蜓　其翅已被折断

寒冷的色调很分明　一袭长衣　罩也罩不住　哲学银白的花絮

树　桩

身体的一截　躺在深深的峡谷　蜡黄的切面　流淌蜡黄的悲剧

三两只伐木者离奇的足迹　踩乱了大山绿色的宁静

守林的人　端坐在最后的鸟声　用折断的泪水　反射那道蜡黄的切面

在入夜　守林的人　环抱另一些树　成俑

（选自《天山时报·散文诗月刊》2020年第11期）

■（甘肃）诺布朗杰

白海螺（节选）

终有一日，它会携大海，向我们走来。

11　接连几日，我都做同样的梦。梦里，一条黄色的蛇，刚蜕完皮，它向我求救。它的舌无毒，所有的毒都跑到人的舌头上。

我吃惊地喊出来：人的舌头上有毒。

我的梦是有声音的，只是我还醒不过来。我只能把声音留在梦里。

梦里还有真理。那个靠真理活着的人，人们纷纷向他折腰。

我需要把白海螺找回来。这也是真理。

12　盲人用心辨认佛经。

这还是梦里。一部佛经就是盲人的眼睛。

眼睛真的是为了看见真相吗？

或者，眼睛是为了储藏眼泪吗？

又或者，有睁着眼睛做梦的人吗？

13　喇嘛的红袈裟正在褪色。我在一片绛红色中做梦。

我也是绛红色的，被太阳染过。好多个我都在褪色。

一片绛红色中，忽隐忽现着白海螺。

14　那位赤巴超度完亡灵，正在讲法。

赤巴说：有一群小孩，在村东的水中玩耍，把清水弄脏，你看见了不去阻止，是那群小孩的问题吗？

有个小孩，正在爬村西的老核桃树准备打核桃，你没理睬，结果他从高高的树上摔了下来，又是谁的问题？

你家的牛，跑到人家的庄稼地，你四下看了看，周围没有人，你让牛多吃了一会儿庄稼，这是牛的问题吗？

这一切好像是白海螺发出来的声音。

15　时间的河，永恒地流着。

我一路回头，我感觉我身后还有什么？

比如：一座无名的寺院，差一点就断了香火。我听说，人们以当草房、当猪圈为由，避免了寺院被强拆。

又比如：那个一觉醒来突然就失聪的小喇嘛。后来，他的眼睛代替了耳朵。

我回头：我一直幻想看见那枚藏着故事的白海螺。

16　我写到他。写到那个反复出现在我梦里的人。
他的身体里有愤怒的声音。
他在甄别写满错字的历史和病句。
他在写无人阅读的书。
我问自己：他是谁？难道他知道那枚销声匿迹的白海螺？
不然，他怎么会反复出现在我梦里。

17　有些话是说给别人听的。有些话是说给自己的。有些话是万万不能说的。
有些话是舌头说的。有些话是嘴说的。有些话是心说的。
我被困在一大堆话里，喘不过气来。
我不知道，哪句话能带我找见白海螺？

18　有人说：白海螺现在已经没啥用途了，丢了就丢了。

也有人说：白海螺一代又一代传下来，传到我们手里丢了，我们是罪人。

19　总是在夜晚，我会听到老人们讲的好多故事。
或者，我们一直置身夜晚。也只有在夜晚，我们才需要一盏灯。
没有夜晚，灯只是摆设。
可是，就算白海螺是摆设，它的身体里仍然潜藏着无穷无尽的声音。
无穷无尽的声音，召唤我。

20　我永远是那个唱不出赞歌的人。
我手中捏着刀。我要划开一个个词语，让一滴滴血溅在纸上。
我要让你看见我的骨头。我要让你看见我的心脏。
我要让你看见我口口声声说着的白海螺。它来自大海的故乡。
终有一日，它会携大海，向我们走来。

（选自《诗潮》2020 年第 6 期）

■（广东）香　奴

长白寻狐（组章）

雪色迤逦，起伏的曲线里深藏一条捷径。

雪中行，多年前有人在此演绎《雪山飞狐》，我曾经喜欢过紫衣的颜色，她一出现，冰凌花的样子，让绵延千里的冰雪有了温情的可能性，我一直确信，身怀绝技的白衣大侠和银狐都未走远。

只是在茫茫的白色里，分辨出一个白色的身影，有些难。阳光从松冠的针缝间以更加锐利的速度落在树下，惊恐的雉鸡，张开翅膀，碰得陈雪纷飞。银狐就是在这个瞬间逃走的，经年的雪早已藏匿了那些凌乱的脚印。雪中行，时间的温度恒定，转化为狐的女子已经放弃了春花秋月，冰清玉洁真的有乏味的一面，但雪中同行之人一直是可遇不可求。

长白山的积雪没有融化的可能也没有融化的必要，每一个春天都只能走到半山腰，橡树代表生机盎然又高出一截，但总是追不上仙衣掠影，那一闪而逝的天赐良缘。

寻而不得，才是最好的。在最白的顶峰，擎天而立，在我的眺望里，长白山已经不仅仅是雪色迤逦，起伏的曲线里深藏一条捷径。

这像信徒前往耶路撒冷。

受　洗

草木皆白，独坐，隐匿于雪。

持久的咳嗽一次次提醒我，左侧有心右侧有肺，一个名字悬挂在软肋的痛处，X光无法查明的病因，阿司匹林无法抵达的药效。

所有人都病着。蓝天也算一个。有魔鬼念着咒语占领柔弱。

忧伤很重，我必须一个人受洗于雪。

雪，飞扬，旋转，裙裾上有水晶的亮片；风的歌唱穿越云霄变成难以复制的高音；污秽的尘埃跌落，贴着地面扭打和厮杀；众多的雪粉身碎骨，葬送了洁白的颜色，骨骼却坚硬成了冰。

所有空中飘浮的罪孽都一一臣服于大地，雪，越下越大……

我眼前恍惚，这鹅毛，这梨花，这锦书的碎片，这撕毁的契约，这安之若素的棉，这心惊肉跳的裂帛！

这是一场颠覆。而我置身其中，我被雪花推来搡去拷问以往，我亮出醒目的伤口，雪花也能落泪，众多的雪把我簇拥。

我被投进氤氲如泉的意境。雪，流淌下来。

流过白发，流过肩，流过空荡荡的怀抱，沁入心脾，汇入血液。

这是一场涅槃。梦里的天池。

白凤凰之美，形如云的堆积。让北风的吼，更嘹亮。

致雪人

不是说好了吗？这个冬天去长白山看雪。

游人如织的日子和纷乱的脚印都不见了。白桦树的白还在，喜鹊的白也在，你也必须是白的。

须发和身体。

你安放好的冰清玉洁都交出来吧，我的雪人。

红灯影在雪地上铺设了春宵，除了我，谁也不敢跟你讨还情债，并把自己的一生横陈于严寒的战场。

未来。

像春树爱雨水。

像小草爱大地。

群山醒着

1　群山醒着，吐纳成风；河流也醒着，隔着冰层仰望月色。神灵醒着，指挥那些出入梦境的玄鸟。

你知道吗，我也醒着。

我是深夜之后才回到自己的游荡者，你听，这黑暗里，我把所有叹息都从空气里收回，还有青春年少的我头戴蝴蝶花的影子。

2　我画过的仕女一直醒着，并手指行云唱出知音，那走远的将军一直醒着，他们的民国，白马萧萧。

干瘪的雏菊醒着，多少秋霜已经暗含其中，这无眠的双手抚摩紫砂的提梁，倾倒暖，倾倒不肯离去的一场春雨。

3　葡萄醒着，吹弹得破的是九月的紫；我的洁白醒着，这采不完的荷，挥不尽的汗水淋漓。就连那落去的红日也藏在一把干枯的莲蓬里，每当深夜，莲子就一次次捧出苦心，言说镜花之缘。

大地醒着，披皑皑白雪，却留出一条湿淋淋的小路，给黎明。

（选自《长白诗世界》2020 年第 2 期）

■（广东）黄 钺

重测珠峰（外一章）

重测大地，在每个人心中的最高海拔！

1 巍峨耸立，这万世的高度！

中国。

次落、袁复栋、李富庆、普布顿珠、次仁多吉、次仁平措、次仁罗布、洛桑顿珠。

重测珠峰。

重测登顶与上天的分别与雷同；重测世界的心跳；重测中国北坡登顶六十周年的伟大与梦想。

2 每一日，世上有多少俗事，将如风一样远去？

目光一直向下的人们，有多少还记得，鹰隼的飞翔？

这是一首由白雪、严寒、岩石、斜坡、裂隙、冰川、缺氧、呕吐……擎起来的诗。

天生必须用脚，和你的双手，去朗诵，去解读。

翅膀与螺旋桨，无效。

3 重测珠峰。

月亮从始至终，一直都瞪着孤独的眼睛。

4 普莫里峰、格重康峰、扎西次仁玛峰、拉布及康峰、洛子峰、拉巴日峰、珠穆隆索峰、卓奥友峰、干城章嘉峰、马卡鲁峰、希夏邦马峰……

大大小小，起伏如浪涛！

——在向内扑来，还是以珠峰为圆心，正在向外，向世界，扑去？

5 重测珠峰。

重测“高度”一词的锐角与直角；重测达克斯利剑在我们头顶的重量；重测五星红旗，最新的高度！

重测美的定义与自然的魅力；重测下山与上山，其实同样艰难；重测一个登山者，是否已学会尊重和敬畏……

6 重测珠峰。

重测一个人的渺小与山的博大；重测敏感、迟钝、智力这些日常用词的真正含义；重测帐篷、睡袋、冰爪、冰镐、绳索、面罩对生命的重要作用……

重测勇气对一个人的必要性；重测生命与理想，孰轻孰重；重测大地，在每个人心中的最高海拔！

7　世界，终于又一次找到了自己，准确的身高。

8　但——

约 2 亿年前，整个喜马拉雅山系，还隐藏在海平面之下。

而欧亚板块与印度洋板块剧烈的撞击，至今还收不住脚。

让我告诉你：至高无上的珠穆朗玛，依然在悄悄向上……

9　珠峰脚下的绒布寺，依然默默耸立。

依然是世界上，海拔最高的双手合十之地。

依然是大地，忐忑的心脏。

明月高悬

黑夜里，只有它能看清世上万物。包括梦。和我们的年龄。

它不说话。

实在看不过眼，就躲进云层。

失眠的时候，它是药片。世事飘零，它是风筝。一只猫在瓦面上，蹑足潜行，但影子落在了人间。

它不开腔。

所有的黑发，其实是它漂白的。记忆是它漂白的。所有的诗歌，都被它漂成了散文诗。

那个翻过围墙的人，也一直嫌它，过于明亮。

它不言语。

（选自《湖州晚报·南太湖散文诗月刊》2020 年第 7 期）

■（江苏）张作梗

老 虎（外一章）

是打开心的栅栏，放虎归山的时候了。

起先，我并未察觉一只老虎跑进了我的身体中。只是偶尔，在寂静的午夜，我会听见一阵阵低沉的虎啸在梦的丛林中起伏、穿越，一直绵延到我的呼吸触探不到的某个别处。

后来，愈来愈频繁的毁坏引起了我的注意与不安——

思绪那儿被抓了一条——不，是数条爪痕；

语言被拱穿了一个大洞，一百首诗也堵不住；

肉欲！哦我那暴虐的肉欲，也被撕成了碎片，飘拂在大脑中，像蒸腾的云。

我开始搜寻身体的丛林山川。我调动所有的血液滚地毯似的搜寻，不落下任何一处可疑的所在。有几次，在隐秘的情感地带，我几乎看见了那发光的野兽，但倏忽之间，一道黑影掠过，我重又返回到最初的找寻。

是一个暴雨肆虐的冬夜。万物归巢。一勾闪电划破玻璃，像一只白鸟，飞进我的身体——是的，是你的心允诺、接纳并养大了那只老虎。

是时候了，是打开心的栅栏，

放虎归山的时候了。

鸟 窝

黄昏，到树林中散步。看见纠结的草丛中，浮着一个被风吹落的鸟窝。泥腥味儿的枯枝上，还沾有发灰的鸟毛。

鸟哪儿去了？

我搜索鸟窝曾搭筑的地方，每一棵树都新鲜得像刚搬迁到这儿。

回到家中，我整夜都梦见那只鸟窝——

它摔碎了，浮在大地上，但仍然保持着家的形状。

我梦见觅食的鸟儿飞回。当它绕树三匝，终于寻觅不见自己的窝巢，一声绝望的鸣叫，它翻飞着隐入无垠的天空。

（选自《星星·散文诗》2020年第3期）

■（湖南）邓　杰

命中的虎（外一章）

虎步声急，撞开的是命运的栏栅。

嗷唷！

一声长啸，命中的虎，刀片一样闪过山岗！

山岩如凿，随时凿穿她的肝肠！

山路如索，随时缚住她雷霆般的狂奔！

狂奔，狂奔，只有不断的狂奔，才能上揽飞鸟的翅膀，才能下探狡兔的三窟，才能完成一种食物与生命的链接！

嗷唷！

一声长啸，虎步声急，撞开的是命运的栏栅，撞响的是灵魂深处最初的掌声！掌声，来自自己内心的强大，来自对厄运的挑战！

当屡遭破坏的生态，让鸟兽的幽咽羽化成一片静雪，再威猛的虎也是死期将至了！然而，命中的虎从未歇息，在时间最后的红丘陵上，依旧挥洒着往日奔腾的激情，依旧留下串串图腾不息的虎踪。虎踪遍野，依稀可见虎族的旺盛……虎踪渐稀，昭示一种狂奔即将乏力！虎踪渐浅，昭示一种可歌的血性即将憔悴，一种可泣的速度即将如山花凋零！

嗷唷！

一声长啸，命中倔强的脱尽血肉皮毛的虎啊，像一道灵魂中的白光，闪过红丘陵最高的崖岩，纵然跃成红丘陵生命史上最震撼的绝章！

红丘陵上的香木

大风过后，人间干净得只有我和这些香木相守。春深似海，香木生辉，它们总是照见我的岁月，照见我的祖辈在阡陌种桑的执拗，照见他们寂寞的铧犁探寻丘陵大地的骨骼！

镰起镰落，一株死皮赖脸的野稗成了我的祖辈世袭的敌人！大雪过后，人间干净得只有我和这些香木相守。

田亩不言语，香木传吉祥！吉祥的丰收簿里，滴答着我们盈盈的泪水，滴答着一个族谱的图腾！春风无故乡，香木栖鸟鸣，鸟鸣歌泣的是那红丘陵上的五谷，是那红丘陵人谦卑微凉的生活！

（选自《天山时报·散文诗月刊》2020 年第 10 期）

■（新疆）蒋小寒

喀纳斯（选章）

喀纳斯，就是这卷轴里的一国之君。

雾升起时，喀纳斯就躲在自己的阴影里。

那些延绵流动的乳白色，挣脱重力的自由生灵，从闪动的叶子缝隙中穿过，在折断了翅膀蜷缩起来的风影里，恣意妄为地散漫。

时常引来一场秘密来访的倾盆大雨。所有的雨丝像是带着复仇的愤怒，冲破阻止它们的重重浓云，千军万马般呼啸而下，又在中途改变了主意，等到落在喀纳斯每一寸光洁的肌肤上时，就幻化成为白亮的日子、闪光的诗篇以及类似于图瓦人汉子的骁勇。

雨的暴烈，旅者对它们选择了一贯的缄默。因为它们一次次送来新生的孩子，是上天给予喀纳斯最好最用心的礼物，连诸神都如此厚爱，也就助长了喀纳斯唯我独尊的性格。

雪是封山之作，是为了下一季的繁花盛放而进行的闭关打坐。

雪，一层一层堆砌起来，喀纳斯变得孕妇般臃肿，仿佛还可以听见它的絮絮叨叨，可爱的颜色便爬上了它的眉头眼梢——还铺展开一幅长长的水墨山水卷轴。喀纳斯，就是这卷轴里的一国之君。

图瓦青年，澄明的蓝色缎袍，戴一顶时新的蒙古帽，他在湖边用牛皮装订的皮壶汲水，棕马沉默不语，低着头，掀动它黑紫色的嘴唇沿着草地翻过山丘，那边含羞般隐藏着另一匹纯白的母马，它们是否在早年相爱？

这是早晨，我刻意让我的爱情降临，使一团从喀纳斯湖上升的气体幻化成一个人形的具象，而成为我的爱人。永恒的爱情就此诞生，只要我有主宰自己意念的能力，在圣地喀纳斯，我就会拥有我所希望的一切。

我向青年走去，想靠近我的爱情，也就是信赖一种永恒。

湖水挑逗礁石，嬉闹的浪花迸溅在青年的足底，我竟忽略他什么时候躺靠下来的举动，这使我心中一惊，仿佛到手的果实变成了枯枝败叶……他黑色弯头的皮靴临近湖岸，水正洇湿他的蓝色长袍，喀纳斯湖被翘起的蓝色掀动，升起一堵如同天空般空阔的幕墙，透着巨大的反光，将青年蓄在眼眶中的泪水映为蓝色。他的悲伤触摸我，吞噬我，让我凄惶战栗。

我久久地跪在那里，祈祷我先前即将获得的幸福永世降临。

青年的棕马翻越山丘再次走回，它遗弃了背上的青年，跑向我……

在这个清晨，我拥有一位俊朗的少年；又在伟大的黄昏，失去爱情。

（选自《天山时报·散文诗月刊》2020 年第 11 期）

一群羊在西山野地舞蹈

■（新疆）梁北雁

额头的汗水，凝聚成乌鲁木齐河的一条支流……

1 走过去，什么都看不见。

白茫茫野地，在眼皮底下打盹儿。

一切的方向，都成为飘花的摇篮。

生命自由。在冬季的意境深处，河流，抑或是穿越一个世纪的正午——

走过去，没有自己的影子。

包括纯粹的天空。带血的语句。

十分高贵的庄稼。它们气势如虹，像是在寒冷的日子里，愉悦地期待春天的痕迹——

2 随意绕过去，这些隐藏着桃花纷繁的回味。

这些演变成果子的症状。

闪亮的皇冠，成为定性的赐予。

之外，一切更高的意境，纯粹是一种和骨骼一样坚强的礼品。

——是生命的标本，没有色彩的风。

战栗的羁绊，触感着灵魂的脆弱。

一群羊，就这样，在荒芜的西山野地舞蹈。

经典动作，让我自然地回望，许多蝶蛹，酝酿出汉语言的鼻祖。

那些虚拟祠堂，预言师端坐在金黄色的正位，对炼狱的复活者，曼妙地扭动臃肿的躯体，对他们信誓旦旦地承诺着来年的山坡上，一定是鸟语花香——

3 走过去，不想看见什么。

这个冬天落下的雪瓣，特别充沛。

离那个巫女的诅咒很远。

一群羊，在布满诗歌的西山野地舞蹈。

我的掌声响了好久，额头的汗水，凝聚成乌鲁木齐河的一条支流……

（选自《天山时报·散文诗月刊》2020 年第 1 期）

■（辽宁）晓　林

因　为（组章）

它因为小，却拥有了更大的世界。

1　不能因为一只昆虫小，而忽略了它的飞翔。
它因为小，却拥有了更大的世界。

2　被月光晒黑的人是我的祖母。偶尔发现：老屋的檐下，收藏了祖母留下的大部分影子。

3　对于鸟儿来说，凡是能容纳下一双翅膀的缝隙就可以叫天空了。

4　一根蒲草，不扭曲自己，就做不了一只打坐的蒲团。

5　因为沟壑，山果下落不明；因为坡度，人们把石头推向山顶。

6　多少年以后，我们会在暮色里，向大山再一次交出了自己，和万物一起，回到四周亘古苍茫之中。

7　残阳，缓缓地沉入三十年前的河西，不溅起一片浪花。
对于我们，能记住一条河就可以了——能记住的河流，都是有着大致相同的两岸，生长着大致相同的古老炊烟。

8　顺从时光生长的是草木，逆着时光老去是山岩。

9　空无即存在。对于鸟儿来说，天空就是最大的存在。

10　有时，牧羊人兀自地朝半空甩几下鞭子，不经意地驱赶着头顶懒散的时光。天空和大地，有时都需要这样的鞭策。

11　晚风松开手，撒下几粒灰头土脸的麻雀——一只是我的祖父，一只是我的伯父，一只是我的父亲，他们只存在于天空变暗的瞬间。

（选自《天山时报·散文诗月刊》2020年第9期）

■（新疆）弥　唱

新生颂（二章）

我最怀念的不是那些终将消逝的东西，而是鸟鸣时的那种宁静。——罗伯特·潘·沃伦

新　生

天空在下午 5 点半的时候变得纯澈无比。被蓝清洗的旷野上，两座孤岛以二月的名义开始相认，携带云朵的惊魂和小草的心跳。

5 点半，无家可归的鸟群沿着二月的方向明确了归途。旷野轻晃，风还在远处。

5 点半，有人将蝴蝶的翅膀一压再压，将流水的姓氏反复收藏。有人试图敞开二月的忧伤，她紧闭的盔甲就要生锈了。

而晕眩之美过于短暂。当她收好了窒息、体温、云朵和余生，她便拥有了新的身份。

新生之后，每一束视线都是笔直的，每一句承诺都自带光芒。那未曾说出的，都被搁置于孤岛的底部——礁石有更大的决心让海水腐朽，让两个掌心在 37 摄氏度的静寂中得以永恒。

5 点半的时候，她出门遇见蓝天，每一寸蔚蓝都深不可测。被关在门内的她的血迹，已干透在白色的口罩上。

证　据

用一个八小时证明一束日光显然太奢侈了。就像用一场雪证明三月的尴尬身份，用一路的泥泞证明上升的气温。而三月的日光从未离开。

用一首未完成的分行证明逻辑的混乱，用数十份调动函证明遗忘的可能性，用一杯水证明喉咙里汩汩的呜咽。那将要弃我的，也终将被悲伤收回。

用一座楼宇证明咫尺天涯，用一缕信息证明陌生人的分寸，用无际的等待证明一句谎言，用昼夜如一的默祷证明那拙劣之词与我无关。

谁真的拥有证据？谁解开了三月的方程式？如果我用一首歌证明春天，你能如约跳一支三月的舞吗？寂静声系紧的舞步，会使三月更加清白。

起风之前，请许我继续找寻亲人的证据。

（选自《天山时报·散文诗月刊》2020 年第 9 期）

■（四川）鲜　圣

希腊神谱（组章）

雅典娜，肯定不是神的孩子，她是人类的母亲。

智慧女神：雅典娜（Athena）

身披发光的铠甲，手执盾牌和长矛，一个女子兀立在古老的雅典城。

她驯养牛羊。她征服女妖。她智取金羊毛。

纺纱、织布、制革、造船、冶金、铸铁，一个女子所能做到的，在雅典城里，家喻户晓。

出生高贵，继承了父亲宙斯的威力、母亲墨提斯的智慧，她用威力和智慧，战胜了敌人和苦难，拯救了无数无助的希腊人。希腊人尊她为农业和园林的保护神。希腊的雅典城，自此以她的名字命名。

她是一位几乎全能的女神，智慧来自悲悯，来自自信，来自守护的使命。桑、麻、锦，是一个女子身怀的绝技。她把纺织、油漆、雕刻、制陶等技艺不断传给人类，她摇动纺车，纺织出华丽的锦绣，披在人流织成的长河里。她看到了人的衣冠，看到了人的灵魂，她爱怜这些手无寸铁的人，献给人类一棵枝叶繁茂、果实累累、象征和平的橄榄树，人间至此少了战火、少了厮杀、少了掠夺。

雅典娜，高贵的头颅一直在仰望苍穹。人们的眼里，发出敬仰的光芒。她微笑着，像风一样铺展在人间。

爱，是人类共同的声音。雅典娜，肯定不是神的孩子，她是人类的母亲。地球上的每一棵橄榄树，都是她的化身。

爱情女神：阿佛洛狄忒（Aphrodite）

她高贵端庄，丰满的胸脯、浑圆的双肩、柔韧的腰肢，呈现出女性独特的成熟之美。

桃金娘是她的圣树，鸽子是她的爱鸟，美丽是她的筹码，爱情是她的向往。

美女阿佛洛狄忒，生于海中的浪花，拥有白瓷般的肌肤，古希腊人把她视作爱与美的女神。罗马神话，把她叫作维纳斯。

美，是人类共同的追寻。美，有时候，也是一种过错。

长达十年之久特洛伊战争，一只金苹果献给最美的美人，美的评选，引发了一场战火。神，卷入其中，人，卷入其中，美丽被灼伤，美丽化作一缕缕青烟。

因为美，爱情也变得斑斓。她是女性体格美最高的象征，但无法代表女性的贞洁。与人私通、与他人相好，她有众多的情人，偷情作乐让她的个性变得放荡狂野，她把恋爱当作了一次次赎罪。

爱与美，在古希腊人的眼里，既是梦寐，也是救赎。忠贞，是神话的道义，也是人间的美德。

断臂的维纳斯，美人也有自己的缺陷，这是人定的命题。

诗神：缪斯（Muse）

卓绝的天才，高贵的诗魂，诗歌的女神。

她们是九个掌管诗词、歌曲、舞蹈和历史的女神共同的名字。她们原本是守护赫利孔山泉水的水仙，那么妩媚，那么清纯。在神和英雄的集会上，她们轻歌曼舞，风采绰约，折射出神秘、古典、高贵、自然、浪漫的光芒。

诗，是人类的声音。她们在奥林匹斯山，面对皑皑白雪，面对高山流水，面对花鸟草木，唱出了人类的悲欢离合。

诗，是人间的花朵。她们采摘了诗歌的芬芳，献给奥林匹斯山的众神和英雄。

灵感的光芒，完成了她们聪颖敏睿的凡人经历。

诗，透彻心灵。对自然的崇尚，对生命的热爱，她们在一起讴歌爱情，讴歌力量，讴歌美好，讴歌情谊，她们的声音，是天堂里的盐，洒在神的伤口上，隐隐作痛。

诗，是引领的火炬，是她们的翅膀，缪斯神龛上，撒满诗歌的花瓣。

长笛与花篮，七弦琴与常青藤，都是她们的主宰。她们主宰着艺术，也是艺术的本身，高贵而高雅。

（选自《散文诗》上半月版 2020 年第 10 期）

第三辑 江河湖海畅想曲

南海诗章（组章）

■（辽宁）张少恩

题记：汉至明，被贬到海南的贤相、名臣、义士多达15人。他们的肝胆、血性和精神至今依然在这片土地上流传。

南天一柱

天涯海角！

昂昂南天一柱，傲骨高峻而雄奇。

名流啊，游人都与它合影，或浅笑，或深沉，或妖娆……

我伫立，沉思良久，内心崇敬，又伸展双臂欲飞……

南天一柱，何人化身？！谁可比肩？！

守天涯，与风雷交往；会浩瀚，与云水激发。

苦难的星辰挑亮荒凉一隅，闪电的锋芒在危岩之上，投荒的灵魂在苦海里淬火——磊落、坦荡、豁达、深邃的风采，于这沧桑大地增益不少！

谁主沉浮？！谁甘这般寂寞沉沦？！

……海岸之上，椰树修长的雄姿英发，木棉树火焰的歌声不凋，棕榈与芭蕉笑谈古今——是非、功过、曲直……

南天一柱。巍巍乎，铁肩、道义——立此存据！

我的倾听被大海捧起

礁石林立——大海的乐器。

骏马扬鬃的奔蹄，风声流淌的溅光，磅礴的韵律与云水牵手，荡气回肠。倾听的热血欢舞，凝神的兴趣盎然。

一拨拨游人，来了，走了，又来，又走……他们浮光掠影，嘻嘻哈哈，踩踩沙滩，沾沾海水，然后退潮。唯我，融入这旋律，沉浸于浩瀚的一角。椰风灵巧的指尖，三角梅繁密的鼓点，都汇入我盛大的倾听。

这世间华美的演奏！

我的福是大海的深，是辽阔的洋溢，是拂荡的海风掀开内心茂盛的美！

夕阳——巨大的落体，给我以灿烂的投照。喜悦被擎起交给波涛摇曳！

天涯石是坚定的脚跟

喜欢天涯石。巨大的和不巨大的我都爱抚摸。它粗糙如锉，麻拉拉的感觉如平静的田野飞出了一群小鸟。

我围着天涯石转——如遐想的缠绵，梦的回旋，孩童的绕膝，心灵的投入。耳朵贴上了，听到的却是涛声；鼻翼凑近了，嗅到的却是大海的气息；嘴唇也靠上了，躯体有奇妙的感觉。

我想登上它的顶端，崇高一把，在它的肩头眺望或吟唱。

天是蓝的，大海是蓝的，我的远眺和思索是蓝的，整个下午都是蓝的，只有天涯石是黑的，黑如铁，黑如鼎，黑如凝眸，黑如勇毅和浩然。

天涯石让我心中有底了——

天涯石是南海坚定的脚跟！

波涛大笑着对我回答

礁石在岸边梳羽，像一只只大鸟意欲凌波而起。

它们来自哪个纪元，没有人能说清。我查阅厚重的地质书，亦是迷茫。但有一点，它与五指山脉和黎母山脉的花岗岩同质，是地球黑暗时代沸腾的熔岩。

这奇特的石头是散落于大海身边的花絮——天崩地坼渐渐熄灭的火星。它们冷却下来，接受海浪海风的雕刻，形成奇妙的容颜——绽放的百合、连弧的丽瓣、玫瑰的旋涡……

我拍打着礁石，问它屹立多久？它没回答，而是借用了波浪的大笑……

（选自《天山时报·散文诗月刊》2020 年第 2 期）

■（湖南）谈雅丽

洞庭·侗乡（组章）

头戴侗帕的阿婆还在江边洗衣，多少流年已顺水漂走。

洞庭湖春天咏叹调

雪峰在此绵延——

万丈峰巅不会有人居住，但我更爱这汪清秀的湖水，湖岸静谧，湖边安卧一座春风小镇。

黎明第一颗星辰落下，把湖边安睡的两只鸥鹭叫醒。清晨，我在白鹤小街不紧不慢闲游，杏花在村头，大湖在村尾。有多少美丽的相遇，在清亮的露水声中，我起身拜访了沅水——这条清碧的水系。

任凭野草肆无忌惮，阳光无边漫延，但只照亮湖边，一小片碧青的芭茅。

我看到湖镜里的重山倒映春水，那里会否永存金灰的幻象，朝霞唤醒的可是你心目中的神灵？

捕鱼人手拿鱼叉，他没有射中那条跃出水面的红鲤，只有波纹扩大。牛声、鸟啼，大鹅嘎嘎叫唤，是春光正把洞庭湖边的村庄唤醒。

晨曦热热闹闹打开了我的故乡山水，时光如沙漏般温柔流逝，我手心是满天朝霞，是阳光的金线，铺满了这一年波光粼粼的山水。

侗乡情丝

马龙河和坪坦河在此交汇，我找到了这样一座临水古镇——如画青山，绕城碧水，木楼互依，廊亭相接，狭窄的小巷像一缕古老的炊烟。

双河之上架有九座风雨桥，如古镇佩戴着九件闪闪发亮的银饰。树荫、溪流、鼓楼、福桥，锁住了风清月朗的流水人家。乌黑的屋瓦，高耸的青墙，屋子间有桐油板壁，木楼梯里昏暗幽静，连接着古镇的前世今生。

青石板路上铺满落日的光影，临江吊脚楼外挂有红灯笼。在经年的流水声中，偶遇笑靥如花的侗族少女，痴迷于那里斑驳的庭院，不觉情思缠绵，日影西斜。

多年后，穿过古街恬淡的岁月，见云坠江水，鸟鸣系舟，阳光在临江路上洒下寂静的金线。

头戴侗帕的阿婆还在江边洗衣，多少流年已顺水漂走——

唯有侧耳倾听，远处传来一曲芦笙悠悠。

丹青水墨，横岭侗寨

画一幅丹青水墨——青山叠翠，碧水环绕。侗寨的小桥、流水、人家，鸡鸣狗吠，落日炊烟……点染其中。

家在横岭画中，住古寨木楼。楼外翼角套兽，房内屋檐彩绘，透过雕花，一条青石板路通往风雨古桥头。

漫步七冲八巷，戏台空荡，水井清亮。九重鼓楼飞阁走檐，势若宝塔，年长阿公围火而坐，闲聊国情家事。顽皮小儿天真烂漫，在塔内追赶。

寨门外，阿婆头戴侗帕，赶了一群大鹅归屋。姑娘穿戴侗锦——绣有花木禽畜，她们结伴而行，笑声欢语，后面跟一只爱热闹的大黄狗。

此处是恬静纯朴的桃花源，不高于生活，不低于生活，一次停留，等同于一生的梦境，柴米油盐，白头偕老地经过。

江水嫩绿，流动在侗寨的丹青水墨中……

白唇鹿的村庄

河流在此撒下金网，转到一条小路弯曲的崎角，风兽跟着土地奔跑，在雪峰山的谷底停下了脚步。

这里有一处世外桃源，阳光催熟孕浆的稻谷，麦子发出惊天动地的大笑。在胀鼓鼓的田野的乳房上，一只求偶的斑鸠和一头路过的老牛彼此问候。

苹果园里曾有一只白唇鹿，它在回眸的刹那，化身成了山坡上一座静立的禅寺。

在夕阳渐渐沉落下去的时刻，村庄怀藏了一座秘密的火山。秋天的收获来自微风之神，来自大地之神，来自山林之神，来自永恒的河流之神。

这是一座白唇鹿的村庄，在甜美交织的原野上——如果减去衰老、死亡和阵发的疾痛，就只剩下收获后的寂静风声。

生命吹奏激情的小号，随时都将被一轮硕大的落日统领。

（选自《散文诗》上半月版 2020 年第 9 期）

■（浙江）天　涯

这一条河的怀想（选章）

是否能沿着潜伏的线索，找到最初的那一声号子？

运，是一个动词。与流动的水结合，生发无限的生命活力。

古老的河流，自春秋始发，北起北京，南至宁波，一路蜿蜒曲折，在中华大地书写独属于它的辉煌巨著。从一滴水，到无数支流，纵横的水系，四通八达，创造了一个又一个人类文明的奇迹。2700公里的长度，非一日造就，那里有一代又一代勤劳人民的贡献。他们是夸父、是愚公、是另类的精卫，以人海的力量和智慧，开凿出一条世界之最的中国人工大运河。隐秘的历史，在悄无声息中改变了前行的方向。

回首，有多少风云已化作沧桑一笑？今天的你我，是否能沿着潜伏的线索，找到最初的那一声号子？

中国京杭大运河博物馆

船已归港，而帆依然高高扬起。

在等一段新的旅程吗？听，远方有海的呼唤，那是梦想最终抵达的归宿地。一条寓意着开放、接纳与包容的河流，从微澜到壮阔，从偏于一隅到与世界接壤，河流不语，却又让人穷尽世上所有的语言都无法表达对它的敬仰。

伟大从来都不是虚无词汇的堆砌。你看，这一条河穿过山野、村庄、城镇，贯穿古今，无论贫瘠还是富饶，激越抑或舒缓，给予相同的慷慨。它从不吝啬自己的拥有，即便有一天使命终结，被弃于时光堤岸，它也无悔。在每一个清风明月的夜晚，重温昔日繁华。河面上南来北往的船只，载着形形色色的欲望。石拱桥头，忽传来急促的马蹄声，是从京城来的官差吗？

岸边，挑担的小商贩为生计奔波，卖艺人与舞狮队的表演各不相干。

有小舟悠然而至，停泊。

院子里，桃花灼灼，两扇紧闭的木窗打开，谁又成了谁的风景？

这是大运河的回忆，还是我的幻觉？一条河伸出茁壮的根须，连接海河、黄河、淮河、长江、钱塘江，从此江海融合，开辟一条南北通途。

文化落地，在相互碰撞中摩擦出灿烂的火花，成就运河这部百科全书，供后人细细阅读。商贸交易，粮食运输，社会自然资源的整合与平衡，财富如潮水奔涌而来，在运河史上烙下无法抹去的兴盛印迹。

杭州拱宸桥

拱宸桥，古运河杭州终点的标志。

拾级而上，98 米的长度，16 米的高度，这是拱宸桥的身份特征。从数据里，我测量了一艘船的深度。脚下的石板，不肯告诉我它们来自何处。这是新的吧？伸出手，紧贴在桥身，幻想指尖会出现正确的年份。桥下河流浩荡，它在笑我痴傻，我想要的永恒其实就是躺在掌心的当下。

握住，握住风，握住此刻的心动，又轻轻放下。怎样才能读懂一座桥与一条河的生死相依？从此岸到彼岸，桥与河相守，无法切割。

这是一座桥对一条河流的见证。活着的河流，经过 2500 多年的风霜雪雨，四季轮回，从容走向未来。我的目光随着流水而去，探寻沿河两岸变迁的轨迹。也许前世我就是站在码头上为你送行的女子，看你肩负包袱，踏上赴京的客船。是荣归故里，还是落魄而归？或一去不复返？守着坚贞誓言的女子，能否敌过逝水流年的摧残？故事留下了空白。

暮色降临，河岸被灯光点亮，璀璨。

当我从桥上走过，风吹起了我的长发。烟波之上，你的容颜突然无比清晰。从此，我与运河有了一个共同的秘密。

西兴古镇

七月的雨，模糊了西兴的眉眼。从文字到现实，古镇给我一个朦胧的背影。

浙东第一关隘，钱塘江上南北四大古渡之一，乾隆赐名的“过塘行”，大码头云集的贾商，还有诸多的传说故事，成全了西兴运河的黄金时期。

遗迹呢？我好像错过了什么。

河边，素墙黑瓦的民居里，有老人在怀念当年的官河，船接着船，延绵数公里之长。运货的，送客的，人来人往，沸腾的生活，似流水给人希望的指引。当时代的车轮碾过喧哗的码头，官河断航，一切都归于寂静。

我该如何挖掘这一脉沉默的水域？低调，任浮云掩去昔日的荣光，回归事物的本源。河流依旧，古渡无踪，还是来一曲缠绵的《桃花渡》吧，那涉光而来的曼妙身影，踏过古老石桥，消失在时间的海。

谁在说，诗和远方不可兼得？

一滴雨珠从睫毛上滚下来，落进河的怀抱，唤醒了西兴沉睡的梦。

（选自《散文诗》2020 年第 10 期）

■（云南）鸽　子

一条河流回到故乡（外一章）

回到故乡的我，才真正回到了自己！

三月，一条河流回到了故乡。

回到水底的石头，再次听到自己的心跳，和裂缝中的呐喊。

岸上桃花灼灼，梨花胜雪，聊聊你我的燕子，找不到旧时屋檐。

山顶上的云，心软骨柔，有风无风，都爱化雨。

下山的溪泉，明显苍老了许多。

感知这细微变化的村中老人，早已在地下或天堂开花发芽。

一条河流，回到故乡。一个游子，回到老家。

油菜花吞吐黄金火焰，山松举起满树绿油油的果塔。鸟雀的迎宾曲昼夜不歇，那些音符的种子，悦耳动听，但早已恍若隔世。

我看见：打水漂的我，竹篮打水的我，过河拆桥的我，隔岸观河的我，抽刀断水的我，在水一方的我……全部回到河边。

在浪花招魂的拍打中，在波光明亮的击叩里，无数个我合而为一，成为寻找到我的自己！就像三月回到三月，就像河流回到河流，回到故乡的我，才真正回到了自己！

雨雾里

山行。遇雨。

天地万物，突然之间模糊起来。路，突然之间就黑暗下来。

雨雾氤氲开来。来路，前程，远方及更远的远方，都看不见了。

车灯如电，犁开雾，让车得以找到正确的路途和安全的行进方向，让车上的人得以安心和安静。

车在昏暗里行进，如小舟在茫茫大海颠簸中行进，我在摇晃的车上摇摇晃晃。

这时节，真是在朦胧中见到了生活。

这时节，真需要一道闪电！

随着忽闪忽暗的车灯，我的脑海里一直浮现着帕斯《朦胧中所见的生活》中的两句诗："世界，你一片昏暗 / 而生活本身就是闪电。"

我们自己，就是自己的闪电。

（选自《天山时报・散文诗月刊》2020年第8期）

■（四川）周小平

三江源（组章）

一条大河在这儿起步；一个民族的旗幡从这儿出征！

云髻，盘在可可西里的额上。

在玛尼堆的眼里，白云是冰雪的前世，冰雪是白云的今生。

而大海，是冰雪的前世，还是江河的来生？

唐古拉山与昆仑山彼此眺望着的两道山脉，从冰封中释放出水流的走向，而青藏高原扛起世界屋脊的海拔，则注定了流水的姿势和力量。

在沱沱河，在通天河，大地众多毛细管般随着呼吸和脉冲而搏动。

雪山的圣洁，冰峰的冷峻，藏羚羊的精灵，牦牛飘逸的长鬃，以及红花绿草，高原风吹动的经幡，都被河流一视同仁地躬身承载。

雄浑的三江源，一条大河在这儿起步；一个民族的旗幡从这儿出征！

金沙江

在玉树，在格拉丹东，流水开始南下，以金沙江的名义！

万事开头难！一个雄霸的名字直撞眼帘：横——断——山！

在群山的褶皱里，夺路而走，绝处逢生；

在谷地迂回腾挪，浩荡冲刷，大浪淘沙！

雷鸣，擂响印经院的钟鼓；闪电，摄下虎跳和摩梭的影子。

纳西古乐和石鼓，则以第一湾的弧线奏出大江东去的序曲！

攀枝花献出钢花，火把节映亮凉山彝海，喜庆卫星翱翔太空……

江之头

宜宾，注定了金、岷两江在此携手，共赴长江之约。

偌大的宴会哟！以峨眉天下秀为屏，以乐山大佛为证，以蜀南竹海天下翠摇旗，以兴文石海天下奇为樽，为丝绸之路从剑门从成都平原远道而来洗尘，斟满玉液琼浆，煮滚滚三江而论千古英雄……

坐落长江北岸，大写着阳刚！

一把五粮液的曲药，引燃一片高粱的火红。这红，敬礼着曾经的四渡赤水，礼赞着一条流至今日的英雄赤水河。

（选自《天山时报·散文诗月刊》2020 年第 10 期）

■（浙江）虞锦贵

海 恋

而我天生是一块岸礁，属于我的唯有眺望。

我的心灵，是大海的潮音。

无语的阳光，絮絮的潮汐。

远去，白帆吻着岸际已航向深沉，在你潮湿的流盼里，海水渐渐涨潮，浪尖上泅渡着你闪闪的叮咛。

牵挂是海，总不能平静。

心则是海之鱼，跟随那只船游向大海。

海是一缕骚动不安的清风；海是一片扑朔迷离的风景；海是一串串盈光透明的日子。

桨声远了，潮声远了……

桅杆，高标出航向、跌宕和坚持。

——海。地动山摇，水雾迷茫，扬起排空的巨浪，冲向天空。

我开始头晕眼花，噙着咸涩，无声呻吟；船，略缀忧伤的渔歌，翻肠刮肚地呕吐是我强项。

此时，生命的涛声转念间就漫入我困顿的灵魂；大海的涌动，是有生命深邃的共鸣。作为大海的比邻，蓝天是我旅途的知音。托付风带来的柔情，还有跨洋过海的白头鸥，时序更迭，它初心不变，告诉我，海，总在远方呼唤。

假如我的帆影跌落于某一声吞吐的浪，我会把灵魂升成星星，每晚都眺望在你的窗口，照亮你情深似海的寂寞与等待。白帆吻过岸际，我从世俗的偏见里驶出去，为你一向真诚的理解，我能征服所有的海。

而我天生是一块岸礁，属于我的唯有眺望。

我知道，只有帆的鼓荡，才能随同海浪去作永不满足的追逐。

我思恋大海。

（选自《天山时报·散文诗月刊》2020年第11期）

■（山东）邱雨秋

听　海（外一章）

海，听到了一个人在岸边被抛弃的叹息。

听海，海不语。像在人间吗？对话多于发音。

鸟鸣杀戮的战场。云，绣在天上，或浮在水上，都表示了敬畏。

谁愿意在三月，听到秋虫滥竽充数的声音？

匆忙的人，万千精灵，大地包括水族，再经不起水到渠成的抚恤了。

跟着小溪的情书，会发现，大海是一个不动声色的男子。

渔网漏掉的光阴，足够再发百遍誓言。

半个月亮掉下来。谁也不承认偷啃过。

哗啦一声，舱中干杯的人，被杯中诗仙醉摘的星辰，咯掉门牙，告辞的话，也没说清。

海，阻止了波浪磨牙的小动作。春风起了。

海，听到了一个人在岸边被抛弃的叹息。

退　潮

大海卷走的细软，誓言粘在礁石上，海草尽心抹掉证词。

鸥鸟，辩解的话，云收了去，列入教科书。

无所事事的风，溜进贝壳的空巢，寻找桃花的话题。

突突突切割镜面的木船，参与远方一处工程的招投标。

静下来的海滩，在次卧接待几位城里来的客人。

窗帘也未拉上。

海蛎子坚守海浪撤退的尊严，裸露的气息，灌满初春的海岸。

岸上偷拍的人，内心一慌张，一块鹅卵石落了地。

拎着自己漂洗后的骨头，月出前赶回城市。

（选自《星星·散文诗》2020年第3期）

■（甘肃）拾谷雨

黄河速写（外二章）

一条船为你留下它的桨，我的裂隙就离你很远。

大片的寂静像树叶一样落下来，没有雪。我们在河边捡拾一些筑路的石头，挖沙的机器已停止作业，工人们回到岸上，生火做饭。

两只水鸟，它们为彼此的希望而展开着翅膀，它们漫步在浅滩上，春天最初的气息，来源于它们。

树木即将吐出新鲜的绿，暮色中，柔软的风摸过我的脸。

有人说：这风将构成一种新的相遇。

堆积的石头在被河水精巧地打开，我们置身于此，像是置身于果实般裂开的谜语之中。

对岸的观众移动着，他们的目光追随着一片鱼群。

那些细密的鱼群正在捕捉着一束光，光来自一小片黑暗。

危险的一日

雨水来过了，灌溉我们身体的是去年冬日的雪，从高山流入干涸的滩涂，途经我们的谷地，多么危险，如此遥隔的风吹散密集的果核。

乡间明月照着彼此，我们在使用方言，并任由它枯萎，那时冬天刚刚来临，日光在变幻中停留很晚。

然后是夜的皮肤陡然展开，旅行者失去他的影子。

年末诗

一条船为你留下它的桨，我的裂隙就离你很远。

城市在幸福的某处，一阵远雾中间，一筐酸涩的橘子从南方来到北方，你的街面上，条纹砖块上停着小贩的货架，有时他们滑行，但很慢。

你吻到了什么？尚未歇业的晚阳、黄叶的残骸？

我们逐渐远了。

欲望是虚构的纸鹤，在镜中燃起它的双翅……

（选自《上海诗人》2020 年第 3 期）

■（四川）曹 雷

潜 泳（外一章）

雪线上有我的同类振翮而鸣，我将飞去。

河床宽且深。憋紧气下潜到某个层次里。

据说河床是一个斑斓世界，四周弥漫着神秘的氛围。我游向那里，听不清水草多情的表白，也不见彩石子丰富的表情。

宇宙似在混沌迷雾中流动，水纹坚硬的冰凉一道道刻遍我的额头。

亘古至今，诱惑都是难以抗拒，漩涡在耳边历数着父兄们沉没的桨桡。

我游着。一种困惑，一种凄楚，那是水藻组织的一座绿色屏障吗？

穿游其间，我小心沉入。即使一对对比目鱼眨动迷惘不解的眼波，也别变换自己的泳姿。水像空气一样缓缓流动着，我感觉到飞翔于天穹的空旷，仿佛触摸到沉积的传说和往事陷入淤泥的注解了，嗅到无人知晓的矿脉和鸟化石的气息。

依然混沌如梦，依然阒寂如夜——似乎意识到生命在那里沉沉浮浮的某种暗示。攀住一块暗礁，我小憩无力的四肢。头上脚下只有鱼儿轻轻咂嘴的声音。霎时，我所有的感觉变得空灵，有如矿脉的梦呓，在深深水流中吐放隐约的呐喊……

遥 寄

这一片洁白的鸟羽寄你。

寄你一片意会的和声。

雪线上有我的同类振翮而鸣，我将飞去。

我将飞去，黑森林有我的旧友夜夜孤鸣。

我向往漫无边际的漠野。（那失去星群的夜空谁以五光十色的珍珠填补空虚？）

我挑衅深不可测的海洋。（那点点帆影不输一双双比翼翅膀的风度。）

素白的信笺不着一字，撞响你心胸的是一片沉默的飞翔。

即使最后都不留下一句诺言，为我降临的时刻清洗倦翅的江湾，也定是你高擎绿灯的窗口吧？

晴空澄澈。雪亮的地平线已连接上信号……

（选自《南充晚报》2020 年 3 月 28 日）

■（浙江）陈于晓

与一条河流交谈（外一章）

可以有很多种方式，与一条河流相处。

可以有很多种方式，与一条河流相处。

一种是桥的方式，那叫守护。与河流一同历尽雨雪风霜，然后，成为河流的一部分。却又若即若离。

一种是鱼的方式，那叫相融。鱼群与河流，可谓是共呼吸同命运。不过，鱼群只占据了河流的一段。一生有限，很多的鱼，不往源头溯，也很少去向未知的下游。

另一种是人家的方式。他们或者枕水而居，或者让一条河流，绕村抑或穿村而过。但我们心里都清楚，人家的炊烟和风俗，都是一条河流养育的。

与一条河流相处的方式，还有很多种。例如，石的方式，岸的方式，船的方式，云朵的方式，行走的方式，以及吟咏的方式……

在梦中，有时我会游成一尾鱼，有时我会披着一匹浪花行走，有时我还会撒开一张网，打捞童年抑或浸润在梦中的梦境。

但与一条河流交谈，我固执地以为，只有一种方式，那就是：静静地坐在河边，面着流水，你沉默，河流无言。

水天之间，只剩下了你的呼吸，流水的呼吸。

淡出水面的一只鸟

向走在水边的人，打听一只鸟的去向，多半是没有答案的。如同一阵吹过水面的风，有谁会留意，一阵风的去向。

如同流水也从不记载，流水载过了多少船只。河流做的事情没有重点，它载船只，载落叶，也载天光云影，载一切可以承载的事物。

流水记的是流水账，不分主次，不重缓急，记着记着，又被流水带走了。流水把流水带走，流水把记忆也带走。无论多么挤挤挨挨的水面，最后，都将归于空旷。

岸上的许多人，走着走着，就走进了河流的深处，或者走出了河流的视野。除了生我养我的那座小村庄，至今还在河流的广袤中，生生不息。

没有人在意淡出水面的一只鸟，去了哪儿，直到它再一次落到水面之上。只是那鸟儿，还是先前的那一只吗？

（选自《散文诗世界》2020年第2期）

■（山东）刘凌军

一条大江的流动（二章）

一条大江的河源，滚动着生命的沧海桑田……

一条大江流动着

母性，从一滴水开始；生命，从一条河绵延。我的守望，依江而居，房舍若花朵般开放。蒹葭苍苍，白雾茫茫。伊人临江而望——逝者如斯夫！

永远的期待，不老的传说。生命，由此而生；美丽，因此而艳；诗歌，据此而吟唱不息……

各拉丹冬山上，你轻轻吟唱："挥一挥衣袖，不带走一片云彩"。僧人，经筒，成群的牦牛在雪山上奔跑。响亮的阳光，贴在地上……大风吹彻。

鹰在空中盘旋，拨动着生命的逍遥——

千年寻梦白云边，长江之水天上来。一条大江的河源，滚动着生命的沧海桑田……

一条大江在我的纸上流着

一条大江，在我的纸上，流着曲曲折折的日月。在秦砖汉瓦的薄霜上，流着远远古古的文明。在殷商的青铜锈迹、陶器的裂纹上，流着起起伏伏的历史片段……

一条大江，在我的纸上流着隔世的离愁和光芒。今生今世，谁在水湄低吟浅唱经年的惆怅。切肤的疼痛，是一条江的目光，搁置了多少繁华如梦的泪水。

春花秋月，仿若一江之水，日夜东流……

二十四桥明月夜。消瘦了的是身子，流走了的是情节，千年不变的，是挥之不去的离愁。我独立江边，听风，听月，听水，听五千年的琴声悠长，寻四千年的棋逢对手，悟三千年的书法神韵，求两千年的诗情画意……

三千年后，我仍然发现：一条大江，在我的纸上流着——隔世的绝美，和今世的绝唱。

（选自《天山时报·散文诗月刊》2020 年第 7 期）

第四辑　在水之湄·花园里的哲学

■（湖北）草馨儿

在水之湄（组章）

风，如柔指，如同我抚摩你的名字。

菖　蒲

遇见你的时候，我正站立湖边。

像是肩并肩一起临水照影，又像是清风描摹的一幅图画。

洗心，洗面，干净得一尘不染。

至于花，想开就开；紫色，黄色都好。也不一定要结什么果。

就算到严冬，也像剑一般挺直地绿着，倔强地生长。

潺潺水声仿佛是你呼唤着我的名字，又仿佛是我在呼唤着我自己。

水　草

一株水草，或者是另一个我。轻轻地，把自己涤荡。

柔曼，飘逸。是水，赋予我轻盈和美丽。

沉浮，是生命的过程。沉，不是堕落；浮，不是随波逐流。

用眼泪濯洗忧伤，用苦难凝结汗滴。不管遭遇是清是浊，始终把自身擦亮。

心灵和蓝天相依，柔的形体和碧水相融。双足，似游鱼之尾。

一点一点儿的绿，从体内渗透出翡翠般的光芒。

以莲的方式等你

你不来，我就端坐于水中。

深陷于一朵莲的相思，看谁取走月光下翻滚的潮汐。

风，如柔指，如同我抚摩你的名字。

在仰望或低下的时候，有嗒嗒的蹄音，溅起星光和水花。

莲子念念而去，莲蓬也枯了，我依然会擎起一团雪白的思念。

那时，你刚好经过，停了下来。仿佛，一场虚构的相逢。

浮　萍

没有扎根的土壤，便注定了一生的漂泊。

随波逐流不是你的本意，却是命运的安排。

即便如此，你也从未放弃生长的梦，还开出白色的花。

任凭风吹浪打，居无定所，你始终保持着内心的平静，寻找着属于自己的快乐；任凭世俗偏见，丝毫也不会影响你对这个世界的热爱。

芦花如雪

这场雪，和花有关。

除了菊，再没有一种花，比芦花开在这个季节更为浩荡。

那么多芦姓、荻姓的花，分不出你我，使劲地开，使劲地落。

从不夸耀自己是花，只说是草。

不管落脚在哪里，不管境遇如何，都能生根，开花。

并且洁白如雪，干净如雪，纷飞也如雪。

（选自《天山时报·散文诗月刊》2020 年第 5 期）

让生命照亮生命

（重庆）萧　敏

让生命照亮生命，让花朵打开花朵！

每一粒细胞，细弱而永恒，冉冉而来，悠悠而去，大千世界，堆积亿万年的落花，我们无法不对自己心存敬意。

爱迷了路，枯叶上的天空缺少羽毛，纷扰的世界，硝烟弥漫，大地震颤！旱灾、海啸、瘟疫、龙卷风……水消失的时候，泪也没有了泉眼！

平凡的生存，不过是一粒坚硬的盐，一滴幸福的泪。生命无法承受，那些伤害肉体和灵魂的锋刃和光芒！

在心的原野，在思想的高处，谁？能制造缤纷的词语，穿透时间和空间，遍洒人寰。

让生命照亮生命，让花朵打开花朵！

（选自《澳洲新报》副刊《澳华新文苑》2020 年 6 月 27 日）

■（上海）清　水

麦秆菊（组章）

人间的苦有多近，芳菲就有多近。

麦秆菊

麦秆菊的花香盈满天地。那些早晨，以及月明星稀的夜晚。

走过古镇，那窄窄巷子，那斜阳西沉、桂树绕影的小小窗子。

匠人们以手艺改造生活，他们捧上来古老的食物，可口的米酒香气扑鼻。烫酒的火炉准备好了。向晚时分，能否共饮一杯？

人间的苦有多近，芳菲就有多近。

风吹的时候，你停下脚步。想起一个黝黑的脸，被麦秆菊的花香照耀。

卑微的人，有一个高贵的天地。

不远处喧哗的水声，自大地深处，露出微微的倦意。

暗　香

最早从土地萌出的紫堇和连翘，唤醒了疲惫的白头鹎。

她们从遥远北方飞来。小小身体沐浴月光，经历了风雨。

这个春天开始，这里就是她们的家。

她们衔来芒草穗，将巢筑在酸枣树上。刚开始，孤独的一只站在树顶高声鸣叫，过不了多久，另一只飞来。两只鸟在耳畔婉转着，那多半是情歌了。

薄纱似的轻云，平贴在空中。这让我常常发呆，仿佛心被带入了天空。

来不及细看这些鸟的翅膀，它们芬芳的鸣叫已经开始。

它们的啼鸣声里埋藏春天。

酸枣树一如既往地安静。仿佛一切和它无关。

钟声一响，那巨大的树冠露出了明亮的夜色。

那个少年

我清楚记得，那个少年有着雪一样的沉静。

一样的四季赠予他鸟鸣的密语和流水的恬静。

苹果园枝枝蔓蔓，含苞的花朵像是青春的少年，开在茂密而稀疏的光阴里。又仿佛安静地呈献在这无际的果园，等待填满心灵。

青春单纯无邪，却又转眼易逝。

少年站在春光下，满怀心事。

风轻轻吹，露出光洁的额头，和细小伤悲。

我看见屋后的小河湾，盈满了温柔的泪水。

母　亲

白腰雨燕飞来的早晨，母亲种下了海棠和茶花。

在无限的明媚和寂静里，她沧桑的脸，被一种明亮照耀。

下弦月

月光落满了小院。

夜色一点点暗了下去。夜色一点点亮了起来。

月，洞悉了从前物事。

一些记忆被轻轻唤醒。

风　影

黄昏的时候，父亲独自去小树林。

隐在树影里的风吹着他。

光线倾斜着坠落。香樟，含笑，木槿，石榴。那些桑树，海桐，海棠，栀子。

银白色的鱼和果实倾斜着坠落。

晚歌散入夜色。我看见父亲的脸，那长久注视松林沉默的眼睛。

风的影子落满在他的身上。

（选自《诗潮》2020 年 8 月）

■（湖南）黄成玉

紫薇花叙事（组章）

我们都是散漫人，各自守着一盏灯，/——光亮、残缺。

无　题

我在火车出站口张望，神情有一点点恍惚。

蓝天下面是陌生的地铁广场。听见大城市里各种各样的喧嚣，几声不同的问候，一个方言口音不像另一个口音。

找一个安静的地方，在海边听风，晚霞满天。时间扫除一切尘埃里的尘埃，我们都互相忘记自己在世界地图上的渺小。

你选择在此地幽居，把琐碎的事情碾碎，不计较患得患失，望几片苍翠常青的树叶，忘却该怎样来拥抱自己。

闲　读

清晨六点半。

我读你，读《致一百年以后的你》，边读边看窗外，太阳正慢慢升起，封面上，“你说作为一个命定长逝的人，你说我手里握着的诗作，最后会变成尘埃”。

一百年后，我才知晓你的诗名，不是在某个小镇和某个黄昏，在一个月圆之夜，我的本命年能体悟到的呐喊声必比较单薄。

一百年后，我终究还是不会懂你那“孤苦的、艰难的、悲惨的一生”。

只是在这个清晨，我读到一种尊严，那是你“高傲的、永恒的一生”。

双手合十，在一百年后的异国献上我的虔诚。

寄　书

你还好吗？

她的眼睛里有一朵花。你会看到的，难过时，就喜欢一个人看落日。

我把它同她喜欢的落日一起寄给你。

用童话世界的纯真和花花草草，来抵御自己内心成长带来的难过。

这张对折起来的纸——你会收到我写满秋天的问候。

没有任何一个人能够在天涯海角踽踽独行。我问过自己什么是永恒的？它用四个微不足道的玫瑰花刺，来刺痛这个世界。

给　Y

反复比拟笔下的故事，比拟你二十岁青春出现的形容词、名词。

你看一场电影，告别夏日午休醒来的倦意。

赞美本是一朵枯燥、乏味的花，该不该记录生活存留的蛛丝马迹。现在你常在某地海边散步，回头望过去，想未来。

大城市真的星光满天吗？你未见过的路边花，开了又落去。

我们都是散漫人，各自守着一盏灯，

——光亮、残缺。

毕业札记

夏日纸间翻书，回忆纸上里尔克的二重奏。

诗对我们重要吗？我问自己。

久违的灵感来了，幻觉如此恍惚。

六月的毕业季，除了友情难舍，自身缥缈感，对于出租屋已经枯萎的蓝色风信子，内心还能够感知它的花香。

它寂静，你不爱喧嚣，仁者乐山，智者乐水，自然是一座城堡，告诉我该如何面对世俗生活。

紫薇花叙事

现在，我说起话来声音越来越小。

我还不是人群里最沉默的那一个，我喜欢执意写出我的偏爱！

当我说出我的说辞，与任何人无关，在这个有雨的夜晚，无法心如止水。

我不知道花期过后会是什么样子？

“人生如逆旅”，落叶的温暖是归根泥土。

会有那一天吗？

舟车劳顿去一个地方，花告诉我要有自己的欢喜，要懂得爱憎分明。

（选自《诗潮》2020 年 2 月）

■（江苏）田字格

浮生如梦（节选）

我独坐，不顾衣衫单薄，用写作拥抱自己。

6　如果非要精确，好吧，这是2020年情人节的前一天：我请自己吃巧克力，甜裹着苦，味觉漂浮，像爱，悬在舌尖（无情的热烈，某种可以抵达的极致）。一袋巧克力吃到后来，剩的总是白巧克力。曲奇奶香味对我来说太甜了，再咬一口，碎掉的是时间、欲念和求而不得。淡绿色波点毛毯偏轻，正盖在我膝头——滑落、拾起，如命运般覆盖我（达到局部取暖之效）。屋子很大，我独坐，不顾衣衫单薄，用写作拥抱自己，外屋的水沸声让我快活得想撞墙。天暗下来——天越冷，我越喜欢冷水洗脸，冷是我"合适的交谈者"，在坐了一整天后，在黑暗里，我乐意吞食幽冷、寂静：寂静用不完。

8　依我说，割猪草的童年，不觉得累。手拉手坐在水塘边，我们还小，我问你："我能嫁给你吗？"

"嗯，长大后我娶你。"你擦净鼻涕，把大把鱼腥草压入我的竹篮。

我回家洗掉灰绿、黄棕叶片上的淤泥，嫩草扔给兔子吃，老一点的喂牛。睡觉前，我用水彩笔把我俩的名字画在一起：这无人能解的"密码"被塞进老家床头柜的红漆抽屉里。

这一觉醒来是2020年情人节。我把梦讲给你听，天气暖得厉害，你嗅到窗外——草的鱼腥味：尚未成形。

雪后，或收割后，土腥味和青草味，是的是的，你说的这些我都喜欢——小时候你给生产队打青草（镰刀口有白光划过）。你父亲是饲养员，喂五匹大马，闻到草的味道你就浑身充满力量；遇到环卫工人剪草坪，你就停下来吸草的香气——这款天然净化剂对我同样有效，你看，我正打开所有窗，布谷声让气脉通达，你所在之地的雪正落在我鼻尖：凉凉的，这不妨碍草继续绿，不妨碍你留着青青胡碴儿——反正我已衍生出整个宇宙的幻觉来，其中包括爱下雪、爱割草、爱摸胡碴儿的你……

（选自《诗潮》2020年6月）

■（上海）林　影

错　过（二章）

将一影孤独的美丽延续成柔情浪漫的芳径。

伫立于生命的天际，看你慢慢远去，凄美的回眸，染红我遥远的寂寞。

放长期待的目光，追赶你匆匆的脚步；伸长爱的手臂，却拉不住你离去的衣袖。人生没有回头路，错过了便是永远的错过。

在飞扬的青春里与你擦肩而过，沉默的岁月中便生长出不期而遇的侥幸。于是，在天荒地老的等待里，青春的火焰一点点剥蚀，玫瑰色的爱情也已流浪天涯，开放成无根的花瓣，风吹云散。

漆黑的午夜，盛开我亮晶的心事；爱的夜空，疲惫成一个苟且的梦；游弋的心灵，沿着平平仄仄的梦之路，走进一个无垠的深冬。

站在岁月之巅，凭吊你远离时浮雕般的背影，放飞心中的飞鸟，在苍茫之中衔回一粒渺茫的音信。

也许在人海中常常会相互忘记，但在记忆中又相互找寻。

那么，是坚守最初的诺言，还是放弃最后的等待？

灵魂死在花香浸泡的寒夜，疼痛而悲凉的思考，深刻着岁月，苦涩成沉重而没有尽头的日子。

伤情夜晚

孤独的夜晚，是我沉醉的风景。

激情的心跳和着点点灯火飘浮在都市的夜空，宛若绰约的爱情为我舞动。

沉重的步伐，踩着没有感觉的脚印，与你形影相随的灵魂对语。

凝固的岁月，拨动我喑哑的心弦。翻开一页失而复得的青春，定格成甜蜜的寓言。惨淡、刻骨的思念，疯狂了整个冬天。

一个滴血的声音超越死亡的意象，破译生命里的某种内涵。

蹒跚的脚步无法记下尘封的隐痛与恩典，绝唱的诗句倾倒千年酿造的幸福与苦酒。就在这抒情而诗意的夜晚，明亮的街灯守望着汹涌激荡的情感，将一影孤独的美丽延续成柔情浪漫的芳径。

（选自《天山时报·散文诗月刊》2020 年第 6 期）

■（上海）朵　而

棕榈树拍打天空（组章）

在雨水发声的地方，一定还有什么秘密爱着。

这一棵，停留在云的末梢，因为提早来临的星星，它反而变得苍绿。

“在洛杉矶，沿着宽阔街道就会出现这些棕榈树。”你描绘的，像刚完成的一幅画，松子油味还未真正散去。

哦，不，它们就长在你靠海的房子前面，而不是遥远的，除了街道还是街道的洛杉矶。现在你邻居跑来，抱怨它快盖过房顶、天快被撑破，同时跑来的，是一块被夕阳追过的云。

大段旁白后，我们回到各自住处。

沿着宽阔海岸，你那里出现了灰与红。我这边，是静静的柏杨，立在雨里。

傍晚总是很快过去

现在，外面被黑占据了。原本拘谨的栾树、榆树、冬青，甚至一截被砍去身体的香樟，都在游离。它们渐渐露出光芒，如果你竖起耳朵，是一种河流正在奔向另一种河流。

我能确定的，是此刻站在风里的影子，因为黑束缚了虚拟，而将自己深藏的、压缩过的本真，再次打开、拉伸，如果你将它们高高抛起，能清晰听到山体脱离地面的撕裂声。

这很像手握鞭子的牧羊人，赶着羊群从暴雨前走过。

而外面，月光清贫如洗。

拥　有

雨水挨着街道走，与鼠尾草亲密过的风，微微颤动，丝柏、茶树，甚至一小掬光，也在往檀香深处赶。

像鱼群轻轻拍打海面，它们斑驳，又清澈如柳，你会分辨那是什么，来自何处，像一颗颗黄金甲身份的油菜籽，炸裂。

在雨水发声的地方，一定还有什么秘密爱着。

我甚至感受到最原始的一股力，像汲取母亲乳汁时的慌乱、笨拙。

（选自《诗潮》2020年12月）

■（山东）鲍伟亮

草木令

灯，换了一个城市闪烁；路，落满了陌生的叶子。

凌晨的汽车，奔向一盏预留的灯火。

今夜，我在济南，守着宾馆的玻璃窗心无所依。凝望车轮碾轧而过的水洼，月光破碎，溢了出去。

孤独的路灯，正与梧桐对视。

昨夜，在生命的冬季，梧桐迎来了一场雨。生与死的间隔，便成了一场迟到多日的雨。

草木一秋，跌跌撞撞，兜兜转转，正如这人间所有的相爱都会在相忘中结束，此生，便只剩下自己，与自己和解。

此时，它，与它们，生命原本傲立的头颅，被凛冽的寒风踩在脚下。如果此夜死于枝头，路灯便是最后送别的那一把大火。

我看到：蜷缩的黄叶，爬上了更多的锈迹，嶙峋的骨架，已然丧失钢铁的魂魄，它们垂老枝头，状若狂风撕扯后的棉絮。

失去是生命的最后一课。但，故去的生命不会感知到失去，也不会带走一瓣杏花。

明日，残叶或将归根，断去最后一分联系。也许余下稀缺而又尖锐的信仰，执着于等待一场大雪，一如看惯的往来行人霜发满头，经历过生命轮回的仪式，再落地，勾兑遗忘。

时光的齿轮还在有条不紊地滚动着，不偏不倚。

没有亘古不动的星，也不会有恒定的前行轨迹。结束的无法摆脱结束，即将开始的正在酝酿开始。

之后。灯，换了一个城市闪烁；路，落满了陌生的叶子。

（选自《诗潮》2020 年第 7 期）

■（上海）徐小冰

花园里的哲学（外一章）

常青藤的身体柔软，可驯服任何一种嶙峋。

种子刚出土的时候，难免要面对头顶层层叠叠的阴影。可向日葵从未迷失，它不追随细碎的光线。它懂得那唯一重要的，是确认太阳的方向，他要所有的阴影臣服于生长。常青藤的身体柔软，可驯服任何一种嶙峋。香樟也是，它没有一片叶子是多余的，可如若被砍去，也没有不可放弃的手臂。看似随遇而安，它们信赖的，其实只有自己的根系。一会儿会有人来，他们会像风一样说话，也像今天早上的露水，随来，随散。他们大都没有根，只有一小部分人跟你们一样，果实有外壳，花了很久学会了甘甜。

无穷的声音进入我无法关闭的耳朵，世界从最细微的毛孔潜入我。万物彼此吐纳，分不清谁是谁的果实，谁是谁的花朵。我们无力相互割舍。

只要还有光，每天你都长一片新叶子。每一片都有着相似的轮廓，和仅属于今天的脉络。直到我看着你就获取了你的履历，才懂得你的生活就是，把每一天都变成叶子，长在身上。它们按时枯萎，种子包裹以甜蜜的祝福，从不妄求不朽。它们适时生长，在突然回暖的深秋，也会孕育突然的花朵。它们不依不饶地破土千万遍，像是某种真相。

一块方木里的自由

将一块木头驯化为一只狐狸，需要一把锯，先大刀阔斧地将长颈鹿的骄傲，响尾蛇的机敏和兔子的柔软削去。然后换成小刀，辨认出你身上梦的天真，仲春的烂漫，如坠云中的温暖。最后用一张比一张细的砂纸，像擦亮星星那样，擦亮你尾巴尖上的雀跃，鼻子尖里的好奇，骨子里欺人的美。下刀之前，我也不知道你在木头里是如何存在的，我只是试着一刀一刀地找你，所以我离自知或者知你，都还差得很远，我想。

也许这个世界也混沌如一块方木，而清除是一种辨认的努力。

也许它也完整如一块方木，辨认是一种可靠的汲取。

可是我们往往是被雕刻也是被清除的，于是断了臂或失了脑袋也无法自知。我们少有机会成为唯一一个对自己的生命指手画脚的人。少有机会亲自找见自己。少有机会迷恋一块方木里的自由。

（选自《扬子江诗刊》2020 年第 4 期）

■（上海）秦　华

黄　叶

用你的沉默，去感悟大地的呐喊。

萧枝浅吟，散落的心绪渐渐凋零，一种情调就此油然生成。
凋零。凋零。用你的沉默，去感悟大地的呐喊。
鲜活的秋色循着青涩的脉络开始枯黄，去寻到慰藉的诗篇。
几分清凉的月光，透过窗外的枝丫落入褶皱了的时间。
执笔。心中，有一个美丽的神话伸展。

诗意的婉约细软了文字，无法预测的香，滴落笔尖。
黄了。黄了。草木上缓缓流淌着叶汁般苦涩的语言。
无论城市到乡村，无论高山或大川，总有一缕缕相思延绵。
大地拄着一种风骨，悠悠然面对这一切。

顺应自然。时光的韵脚摇曳着生活的平凡。
待到春意盎然，一缕暖风暗剪一树诗意，迎百鸟朝凤，我从容读取你三千诗笺。
一派春情春意将尽收眼底，大地阑珊处：
抵达你重生的世界。

（选自《永明诗》文化发展出版社 2020 年出版）

第五辑　天山南北·塞上曲

■（北京）王金明

高原札记（组章）

一棵刚破土的小草，知道大地的隐秘。

这里的秘密

在这里，一只鹰，就算降落，也比山高。
一个人，就算匍匐在地，也比海更深。
哈达是语言的国土，头颅是灵魂的领空。
在生命的边界最简单的事物，高远，辽阔。
一棵刚破土的小草，知道大地的隐秘。
我试着啃食了很多青草，但与牛羊相比，依然一无所知。

开酒吧的老乡

音符中看不出岁月的深浅，流浪者的祖籍是几根琴弦，你一拨动，就飞雪漫天。

我能从一个眼神里辨认刀锋和酒香，也能把一句方言，捂成月色阑珊。

年轻的老乡与念青唐古拉结拜，和我一样，爱上了缺氧和恍惚，他为白云开了个酒吧，等一个人，从天涯回头。

我把秋意和两个落寞人的余温，搅进酒杯，跟着他的吉他，又浪迹了一遍斑驳的自传。

歌声，想把破碎的月光，缝合成花朵，晒过黄手帕的琴弦，拉亮孤灯和苍茫，所有的跌宕和峰回路转，都飘着飘着，成了抽泣的烛火。

我听着相逢，他弹着别离。

一只孤鹰的翅膀上有沉默的诺言，落叶发出秘密的尾音。

爱过的女人早已化蝶，在念青唐古拉暖雪的童话中。

墙上的羊头骨早就不会流泪了，但硬硬的犄角还是可以刺破心脏。

在夜色的背后，我们像两只萤火虫，不多也不少，正好照亮了彼此孤单的天空。

玛尼石的奥秘

时间腐烂了，只剩下这时间的骨头。

又仿佛新生，从前的人，从泥土的襁褓里探出身体。

荒芜浩大，需要有天堂的光，等生命的认领和进入。

强巴的父亲刻玛尼石，他的爷爷也刻过，他们不断地为石块命名，先人们养了一群石头的子孙。

很多玛尼石堆积起来，也像一座坟茔，里面睡着这个地方的灵魂。

我绕着玛尼石堆转了很多圈，看不懂石头上那些秘密的文字，心想，有些伟大的著作，是写给神看的，写给天地阅读的。

作者就是隔壁小屋里，那个咳嗽了半夜的老头儿。

牦　牛

它确实像个不爱说话的老头儿，闷着头忙活自己的生计，无论草荣草枯，酸甜苦辣，都不慌不忙地咀嚼，咽下。

有一次暴风雪，我几乎冻死，趴在一头牦牛身上，才活了下来。

那时，我看着它胡子上结满的白霜，天真地想起了爷爷。

爷爷很多年前就走了，但可能，又在高原转世。

有时，牦牛走远了，还会停下来回头看我一眼，我必须假装无所谓。

以便忍住突然涌出的悲伤。

（选自《草堂》诗刊 2020 年第 4 期“散文诗”栏目头题）

■（福建）林登豪

默读天山南北（三章）

山的气度，令人清心寡欲；水的清澈，照人灵魂亮洁。

回韵喀纳斯湖

变色的湖水中泡着乔木、牧场、冰川，还有雪山之巅的银装素裹。

季节与气候轮换湖光山色，或碧绿，或湛蓝，或嫩黄，或黛绿，或灰白，或橘黄……

哦，这就是唯一的西伯利亚泰加林“飞地”吗？

卧龙湾上卧满草木，小桦林举起金黄的遮阳伞，姿容多变。

神仙湾上无神仙，据说只在月亮湾上留下两个硕大的脚印，我去看过，是真是假难辨。

鸭泽湖上野鸭屈指可数，人啊人，请珍惜大地上所有的生命。

青山绿水相依偎出脉脉之情。

天地之间、山水之间、松涛与山花之间，水是谁的精灵？

山因水而挺拔，水因山温柔沉静，天地之依，吻合了曾在自己的心湖中涂抹的色调。

我被突然急涌的激情煮得通红。

湖笑着说：我平静似宅女，我湛蓝如宝石，但却出奇制胜。

我偷偷撩拨她的清波，艘艘快艇拍胸击浪，犁出欢快的浪花。

水韵、山韵、树韵交响来者的恋情。

遇见可可托海

这个地名不见海，为什么呢？

哦，这是哈克语的谐音——“绿色丛林”，而我满目是凡·高盛装的橙黄，为天山换上新装，耀眼长空，回旋橙黄的歇后语。橘黄的白桦林，蓬勃我的天灵。双根双生之树，裸露爱情的忠贞，橙黄的树叶，犹如小手绢，刷新爱情的信物，组合成橙黄的唱诗班。

在地震断裂带上：调皮的可可苏里（野鸭湖），彩票般的伊雷木湖，有深度的额尔齐斯宛若三大婚床嫁接成大峡谷，散发草民的情怀。

额河河水如翡翠穿梭群石中，转瞬之间，在变化的光线下绘画。

脚踩四散的白桦树叶，神钟山被我敲响了，这威武的天神毅然顶天立地，如法器释放魔力，构成我的心理屏风。

我的嘴角嗫嚅，揣着满怀的花蕊，一台阶一台阶地接近峰顶，赤裸的山之肌理宛如时间之皱褶惊艳双眸，孤绝人世间。

鸟声鸣出汝窑青瓷杯，盛开相思的表情，兀立彩云中。

溪水叮咚橙黄的时令，似岁月的长调，闪着光芒。堆金积玉的河床，流淌血性的凄美。我的情愫与深秋共同决堤，共鸣峡谷中。

山的气度，令人清心寡欲，水的清澈，照人灵魂亮洁。

阵云路过，就不想再漂泊，是想求证什么吗?

从喀什到天门大峡谷

登上越野车，终于到了大峡谷，天门洞从天而开，与我冰凉地对视。

谷中乱石挨着乱石，凸凸凹凹地要伴着我的脚板，宛若正在虚构一场快板剧，曳足而行，滩地与乱石如不守纪律的小动物，阻挠着我的脚力。

对天朝地，接近洞口，有百余级木梯对我露出笑脸。

我成了天门洞的玩偶。

盛夏的太阳穿越巨洞的云鬓，喷发出一阵阵熏干玫瑰的气息。

岁月磨盘碾出的巨洞，锤炼我的坚强，我的毅力。

苍天要关门了，留下一个小小窗户，云朵就盛开在窗棂边。

洞口与当代人始终保持着危险的距离，是暗示还是告诫?

有鸟儿飘过洞口，仿佛正在拂洗天之伤疤。

我在巨洞的嘴边坐成一朵蒲公英，只待狂风猛刮，我就惬意地起飞了。

（选自《天山时报·散文诗月刊》2020 年第 6 期）

■（黑龙江）霜扣儿

向乌拉盖吹送短笛

题记：如果你在乌拉盖，不要忘记，在落日下，抱抱自己。

1　乌拉盖大梦有痕，一树一花，都入了袅娜的童话。
旷远，始终是童话里最动人的篇幅。

更动人的，莫过于百草摇曳，野火烧不尽的天边草原的长命。

春风吹又生的今日，是冠在乌拉盖风景上的颂词，供天地回响，供汗血宝马回到永恒的故乡。

余下絮语，是窖藏的短笛，一会儿升高于清亮的月色，一会儿迷失于酒意的芬芳。

2　几百年了，乌拉盖河与色也勒吉河筋骨相连。
浪花日复日扬洒，可是为了抬高身段，再看一眼成吉思汗边墙吗？

绵延五千公里，一枚悠长的被放倒的叹号，截断了塔塔尔部的声息。
一忽儿睡在山腰，一忽儿贴于山脚，蜿蜒起伏，顺势走向。
古老的防御线条勒着古原的身体，龙环蛇走，曲折盘伏。

马队隆隆，热血抛向草原更深处。
一个王朝等在猎猎风中。

铁蹄声带走了当年的乌拉盖。
乌拉盖的今世忘却了当年的铁蹄。
在超载的马鞍上，疆土越拓越广大；在荒冢的纸灰里，青丝换白发。

除却牧草青青，短笛轻送，已没有征杀的黄昏可以叮咛。

如今，钢铸的血与肉早已抵达彼岸。
如今，已没有烽火爆裂在弯弓与大雕之间。

俱往矣。一段冰河沉浮的旧事，转让了鹰翅之上的呐喊。

剩余的说辞，要提一提族谱上入木三寸的名讳，日复日加重信仰里的尊严，与近三百年的皇家气势。

说成，说败，都渺小如斯。
唯有亲历破茧而出的骨头，才知道千年耸立是怎样的疼痛与神奇。

乌拉盖见证了狼图腾的诞生。
乌拉盖年年春草鼎盛，慰藉因永逝而得以永生的刚硬魂灵。

3 如果你在乌拉盖，不要忘记，在草地上，抱抱落日。
如果你在乌拉盖，不要忘记，在落日下，抱抱自己。

在过于浩大的视野面前，自我的存在是需要有勇气认证的事。
而解封千年岁月的，仍是那枚不紧不慢的落日。

从绵厚的云朵到茵茵草怀，它遵循相聚与离殇的法则：
自始，向终。不停留，也不回头。

入夜，月光点燃了篝火。
马头琴牵引着即将发生的离别。

在迷幻与真实之间，乌拉盖以长调显现悠扬的静美。
万千星子悬在帐篷之上，微光开启天幕：
更高远的那片沧海，从不曾有过尽头。

回忆被倒进一杯烈酒。
不必隐藏叹息引起的涟漪——在旅途的主题中，生命的驿站一个接一个，等着被点亮欢喜与忧伤，发现与珍惜。

那么就一饮而尽。在乌拉盖的胸膛上，趁风声尚可奔跑于思绪；趁思绪饱满，愿以飒飒之音收场。
经由眼前到达心田的旷野，成全了履历的繁华。

至此，吹向乌拉盖的短笛开始收回。
音波纷纷落下，一如多年后我回眸，奔赴青春的那场大雪。

（选自《诗和远方——印象乌拉盖》，四川民族出版社 2020 年 7 月出版）

■（贵州）封期任

新疆行吟（组章）

我的灵魂，成了阿拉尔的一片叶子。

叫醒阿拉尔

羊群、牛群、马群，用欢快的蹄声，叫醒阿拉尔草原。

冬天里沉寂的树木和花朵，喧闹不已。

一路向北的春水，潺潺流淌，把沉淀的过往和蒙尘的岁月淘洗。

沙枣花，次第开放。那些白色的幽香弥漫开来，挡住飞扬的黄沙，还村庄一片清新。

还阿拉尔人的视角一片开阔，把一座群山，读成一朵雪莲，高洁而素雅。把一棵胡杨，读成阿拉尔人对村庄和田园的坚守。

与阿拉尔草原一起醒来的，还有郁金香，香梨树，和一些叫不出名字的花朵，把阳光的剪影，缝进平白的生活中，走向深邃。

我没有醉在阿拉尔桃花的芳馨里，而是在塔里木河畔的枣香中，忘记了回家的路。

我的灵魂，成了阿拉尔的一片叶子。

在吐鲁番

吐鲁番，我来了。

一把都它尔，悠悠扬扬，拨动我的神往，在吐鲁番的苍绿里行走。

逼仄的心空，怀想曾经的过往——

灰沙裹着的原野，遮蔽了落日的余晖。吐鲁番的帐房和田舍在黯然中生长。

而今，我的目光弘然惊叹，仰视和律动在拔地而起的城市里有节奏的伸张。

一簇簇葡萄的昂扬，超越我的梦想。

我清楚地看到，葡萄蓬蓬勃勃的，长成一片辽远。

红色的，像这儿人们偾张的血脉，给缺钙的土地、牛群、羊群、马群和人群补充营养。

紫色的，像吐鲁番人定义的蓬勃，成为永恒。绿色的，像吐鲁番老不去的光阴，引来四面八方的声音，把甜润的生命，滋养在吐鲁番的血管里。用一种激情，在西域的坐标上，以一个苍绿为轴心，辐射千里牧场，任牛羊惬意地奔跑。

这是我熟知的吐鲁番吗?

爸爸妈妈眸子里闪耀的光芒，点燃古丝绸之路上熄灭了的烟火。

是新的驿站之光，霍然敞亮的辉煌，在葡萄架下穿梭。

给我的灵魂封印。

我的魂魄，落在一缕芳馨里，与吐鲁番的葡萄一起成长。

抚摸达坂城

如果能够抚摸你身体的柔软，我一定从最柔软的地方顺势抚摸下去。

深入，再次地深入你的骨髓，聆听你灵魂的呼吸，同雪莲站成一排，做一个素洁而诚实的达坂城人。

这样的想象，在王洛宾的音符里，成了一场清凉的雨水，与维吾尔姑娘的风姿融合在一起。在浅草的丫尖上，我看见维吾尔大叔的胡须，飘动着牛羊兴旺的欢笑，晕染着阳光惬意的光影。

晕染着草原上崛起的城市和村庄，每一天，都牧放高亢。

晕染着散漫而惬意的日子……我听到维吾尔姑娘的歌声，赶着马车，带着嫁妆和妹妹，沿着河西走廊缓缓而来，她跳跃的眉睫，舒缓着阳光赐予的爱情。

那些翠绿的音符哦，纷纷扬扬，点燃一堆绿火。

灰色的沙砾，变成绿色的焰苗，焚毁暗色的云。

这时的天空，水晶般蓝。

盛开的雪莲，极地的白。

我放慢放缓抚摸的节奏，更好地抚摸达坂城的骨骼和苍鹰的羽翅，携着中国死海的河流，飞奔。源源不断地流。

抚摸古兰经的声音，深入苍狼的心脏，与牛羊为邻，与神为邻。

敞开一堆草叶的胸怀，拥抱一座山，一座座拔地而起的楼房。

刮过的风，真实的想象，逶迤前行。

删减的过往，删减的呼吸，删减冷色的风云。

这样的抚摸，历经沧桑。

这样的抚摸，忘了流年。

我逼仄的心空，在抚摸里成了辽阔的草原。

（选自《天山时报·散文诗月刊》2020 年第 1 期）

■（四川）符纯荣

呼伦贝尔之夏（组章）

草原怀揣萌动，兀自低吟浅唱。

风吹草低见牛羊

苍穹联动碧野，直抵天涯以远。
草原怀揣萌动，兀自低吟浅唱。
高过脊背的草，可以淹没低眉俯首的牛羊，却高不过狂放不羁的马蹄。
甩动尾巴的牛，短暂沉思的羊，打着响鼻的马，交出梦呓的湖……
——起风了。一株纤柔的小草，也能起搏相同的心跳。
在呼伦贝尔，风每天至少吹过一万遍。
此时此刻，风一万零一次穿越草的松软，漫过伫望的山岗。
再吹一次，百万只牛羊便彻底丢下拘谨，亮出憨实的嗓音。
再吹一次，马蹄嘚嘚，越发急促和铿锵。

芦苇荡，惊飞的白鹤

一小片的安静，骤然划过一道道闪电。
不对，那些拍动的翅膀分明不是闪电，而是一朵朵飞翔的白云。
只不过，它们爱上的，是可爱的草屑、朴实的尘土，是顺着草尖淌下的露珠、泊在水中的晚霞，是谨小慎微的湖水、简单朴实的日子……
一群白云悠悠滑动，大地上的安静，自有属于它们的一部分。
当闪电般的飞翔掠过，万物情绪依旧：
芦苇轻微摇晃，鱼儿嬉戏追逐，蚂蚁缓缓爬下苇秆。
巢穴中，两只张开的小喙，安静等待母爱的回归。

夏日黄昏，莫尔格勒河

夏日黄昏，多少柔软的事物，弯曲着、生长着。
河流唱着吴侬软语般的歌谣，向远方行去。
数不清的牛羊、马匹，漫不经心地，从四面八方走到一起。
一匹饮水的马和一头过河的牛，路线短暂重叠，很快又区分开来。
一些丰润的草，稍微放慢了速度。而所有的根系不停，一直通往松涛激荡的大兴安岭。

蒙古包炊烟缭绕。风一吹，混合着牛粪、干草的气息，四下传递。

河边打水的小男孩，不慎摔倒在草丛中，却收获了一只蚱蜢上蹿下跳的欢乐童年。

在莫尔格勒河畔，水声清亮，彻夜不息。

——趁着月黑风高，我悄悄藏好一滴干净的时光。

八百里达赉湖

"海一样的湖泊"。

抑或，"湖泊一样的海"？

瓦蓝瓦蓝的的天空，纯白纯白的云朵，让与美有关的秘密事件发生在平行的反面。

八百里达赉湖，抖动大地的衣襟，为北中国打上辽阔的注释。

我知道，现在，它叫呼伦湖。

但我更喜欢达赉湖——

陌生，异质，像我一直梦着却未曾谋面的情人。那动人心魄的美，令我难以平静地打开。

是的，海一样的湖泊！

归亦来兮。涛声，夜夜拍岸。

鸥鸟努力衔起一滴水声，却不断漏掉澄澈的意境，将那么多幸福的梦境打湿。

（选自《天山时报·散文诗月刊》2020 年第 5 期）

■（甘肃）王小忠

甘南草原（组章）

村口的路灯下，会不会满是她的身影？

黄　昏

……那个人一定站在黄昏下。

接下来她要在团结路口转几圈，然后去火柴厂附近的小区，像寻找丢失的孩子。或者，她需要这样的一个过程，才能补全心头的缺憾。

其实，她没有来过团结路，也没有来过火柴厂。无数个日夜，这是多年的习惯，她就喜欢这么去想。她还喜欢在深秋的原野里，孤独地张望。之后，幽黑的房屋里，会满布她祈祷的经声，也满布吉祥。

……那个人一定站在村口的大路上。

这是多年的习惯，她要等女儿们在牛羊归圈前回家。然后去房前的菜地里转一圈，挖几棵白菜、蒜苗和萝卜。或者，她需要这样的一个过程，才觉得内心踏实。

实际上，立冬之后，她还会去一趟寺院，带回平安。

山上的那块平地她是一定要去的。四周是野果林，她会采集许多果子，果子在她手里，像一个人的心脏。她会一直提着，直到春风吹，杏花开。

从田地里归来，她还会打开窗户，向门外的草滩望上许久。

现在，一扇窗，就是两个尘世。

身　影

我站在雪地里，望着远处的家园和故乡，听着风捎来令人悲痛的消息，再也捡拾不起伤心的泪水。

窗外是奔腾的车巴河，是寒风呜呜的叫声。大片草地静卧着，没有丝毫响动。群山沉睡了，没有任何表情。而那些看不见的生命正朝不可预知的方向迅速发展，壮大。我没有感到惊奇，因为有着同样的心愿。但必须要忍住寒冷，忍住忧伤和寂寞。

目送那个渐渐远去的身影，我已经找不到了活着的骄傲。或者，一句安慰自己的话，去平衡或缓解这种无意识的对抗。

应该出去走走了，走进那些暗藏生机的草丛深处，把寒冷和忧伤，还有不如意的想法统统关进心底，让它们像一棵棵小草，满布天涯海角，与霜结盟，迎风而笑。

但我必须要离开，因为挂念着，渐渐消逝在远方的她。

但我必须要回去，煲上参汤，让她感到温暖。甘南的冬天凝聚着太多的寒冷。

我必须要回去了——

村口的路灯下，会不会满是她的身影？

坡　地

坡地荒凉——

一团一团荏草开始腐烂。

牛羊来到坡地里，望了望坡下的村庄，然后走向风尖利的山梁。

我在村子中央的广场上打牌，喝茶，聊天，然后抖尽灰尘，消失在黑夜里。

一位长者给了我一把钥匙和一颗智慧的心，然后离开了我。

一树杨花悄然飘落……一团一团飘落的杨花遮住我的视线。

来不及转身，杨花已落在我的心尖上。

多年来，我久久坐在河边，看秋后萧瑟的风景，满目怆然而多次失语。

这个时候，我就开始踏上坡地。

坡地向阳，安静温暖。

我梦见一名赤足的仙子，走过坡地，留下一地灿烂。

留下了世俗所谓对勤劳者的安慰。可我知道，那些虚假的光环，永远不能掩饰我内心的伤悲。

就是在这片坡地里。她曾说，油菜花开得灿烂的时候，就会出来看看繁华的尘世。

我的等待，也在这片坡地里。

（选自《星星·散文诗》2020年第3期）

■（新疆）薛　菲

雨水笼罩唐布拉（组章）

我忘了此行的目的。在雨中相遇的，只有你。

七月，雨水笼罩唐布拉草原。路绕开了路，雨熄灭了所有秘密。

今夜，明亮的只有哈萨克毡房，只有不竭的泉水，只有雨。

今夜，只有雨在听雨。

今夜，睡眠终于被寂静尊重。

喀什河奔流，只有这匹湿漉漉的马，跃跳出唐布拉时间，向着远处的伊犁河。

声音重复声音。密集誊写密集。

雨压着一切，口唇温热，向着冰凉的唐布拉。

我记得此行的目的。

我忘了此行的目的。在雨中相遇的，只有你。

唐布拉书

像不多的回忆，只有夏天。自由被穿过云雾的光束固定。没有水龙头的山泉，没有第七天的喀什河。

夏天又春天的模样。唯有唐布拉的夏，如我，年过三十还穿裂帛的女子，所有的拘谨与青涩。

炎热。苍蝇。灰尘。都远离了。我爱冰凉的夏天，爱夜里厚厚的被子。

麦子灌浆，深情在风中起伏，和树和草一样。花朵从大地上翻涌，从一片坡到另一片草。牧群低垂，如僧袍圣洁。

我想象它。春天，花朵的尘埃从天而降，漫漶如海。

不适合于牧。耕。读。泛滥的视觉体验，像一种风景大片。

秋天活得尊严。辞别又不忍心的决绝之兆，衰萎的草和卸下翅膀的树，它们心如死灰，等待大面积撤退。宽宥的金色，隐蔽了许多形销骨立的真相。将以金色孤单走向银色睡眠。

当我想到漫长的草原之冬，生产力停顿，牛马体毛结冰，草料乏味，和书籍对我造成的压迫一样，会留下阴影。

大雪过去。温暖开始得晚。

我爱它冷。给我生的机会。

夏天，我渴望上山去，从这些纯净的地名拾级而上：尼勒克县城、哈拉苏、乌拉斯台。以凉下来的身体进入百里画卷。大地的宽容之一，一部分盲目废弃的青春，将其存于天山山脉。有着封闭的灿烂和清凉。

到林中去

雨后清晨，穿过唐布拉小镇，将公路两边平仄不一的拌面馆，奶茶馆，售黑蜂蜜的小店，喀什河上的水泥桥，都抛诸脑后。

向坐在自家毡房门口，面目写满期待的哈萨克大叔表示抱歉，我们要到林中去。

向开出篱笆的小蓝花；向脸蛋黑红，骑高头大马，老练地邀请我们骑一程的哈萨克少年；向路面水洼中的一小片蓝天表示抱歉，我们要到林中去。

如在胞宫。林中光束简单，寂静重叠。

牛羊，松鼠，蚂蚁和移动信号一样，时有时无。

露水打湿裙裾。我的到来充满悲伤，无力像每一根头发那样静静垂落。

我感受到树林庞大的圆满，封闭的善良。

这只是你的一部分，进入或者离开，都是同一种空虚。

少年记忆

暑假，天黑之前，我要拔菜、洗菜、擀面、切肉，煮饭。

看看，天已黑尽。星星细小的身影先于母亲回家，蜷在廊下。

麦秸秆燃着红红的灶火，烧出凉下来的青藏高原，边沿。

白天终于走了，但远没有结束。

它漫长，如我多年后生活的西域，只有写诗才能用掉。

它和母亲，同背一捆青草回家。等母亲洗了手，用湿毛巾擦干净脸，坐在桌前，举筷子端起碗时，白天才会结束。

星星亮并舒展起来，属于夜晚的安谧刚刚开始。

（选自《星星·散文诗》2020 年第 1 期）

■（新疆）如　风

甘家湖笔记

只有那些熬过寒冬的人，才配拥有春天的繁花。

1　向西。

一切，都是原始的，古老的。

一切，都是初生的，新鲜的。

2　梭梭，挨着梭梭。

胡杨，望着胡杨。

沙海，连着沙海。

天空，举着天空。

在西域准噶尔盆地西南，梭梭林国家级自然保护区甘家湖，于旷野中，遗世独立。荒漠之上，一望无边的——是初始，是混沌未开。

不是世界遗忘了荒漠，而是荒漠，远离了世界。

3　奎屯河、四棵树河、古尔图河，三条河流在此汇合，它们诞生了一个动听的名字——艾比湖。木特塔尔沙漠腹地，茂密的胡杨林恣意生长。四棵树河在沙漠中穿行，夕照把胡杨的千奇百怪的身姿倒映在荒野中，像神奇的甲骨文。

也像大地给予天空的神秘昭示。

4　水域，沼泽，沙漠。

野柳，胡杨，白梭梭，沙拐枣。

甘草，肉苁蓉，野枸杞、罗布麻。

野鸭，天鹅，水獭，狐狸，黄羊，马鹿，鹅喉羚。

黑鹳，波斑鸨，苍鹰，灰鹤，猎隼，红隼。

在甘家湖，万物同存。

而更多的生灵，则隐姓埋名。

安于此隅。寂灭此隅。

5　沙。沉寂万年。

只因风，动用苍穹。

一粒沙，就是一座山的尘心。
一粒沙，就是一个婆娑世界。
千千万万粒沙，就是众生。
它们选择抱团而居。它们习惯了顺着风，迁徙。

6　骆驼，是沙漠之舟。
千丘万壑，从不懈怠，高昂的头颅始终望向远方。
它不是苦行僧。
它明白自己的疆场所在，不用厮杀，千里沙场任意驰骋。
尽管从来就没有坦途、绿洲。
水，只在梦里汪洋。

7　村庄撒在红柳丛中，撒在胡杨树下。
这些村庄其实就是一丛把根扎在沙漠里的铃铛刺。
和骆驼、胡杨一样，只是一个偶然的存在。
风从挤骆驼奶的哈萨克女人身边经过，也是偶然。
只有寂静永恒。

8　暮色中的甘家湖，水上的夕阳托住坠入大地的夕阳。
野鸭子们就要遁入芦苇荡。
一只野兔飞奔进一片白梭梭林，另一只，紧随其后。
大漠深处，那个突兀在荒野上的绝壁上的家，密密麻麻的洞穴排列在绝壁上，洞口一律向东，向着太阳升起的地方。

9　一星如豆。如炬。
甘家湖的星空，是凡·高的巨幅画作。
是永远也诵读不完的璀璨经卷。
是暗夜里，迷失在路上的人，心中最神圣的指引。
心有繁星的人，夜再长，也可以守候。
只有那些熬过寒冬的人，才配拥有春天的繁花。

10　八十二万亩疆域。
八十二万亩苍穹。
沙海星辰。大地长天。
时光停止在甘家湖，从初始，回到初始。

（选自《星星·散文诗》2020 年第 4 期）

■（北京）冷克明

太行天路（二章）

——昆山挂壁公路写意

为了生存，岩石上也要扎根；为了开花，峭壁也是家园。

峰峦叠嶂，山川深重。

这条路从祖先的梦里伸来，穿过坚硬的岩石和同样坚硬的岁月，在千仞峭壁之上，如一条飘舞的丝带，连接起晋豫两省，缚住了闭塞与贫穷，伸展着人们对美好生活的向往。

高路入云端。

远远望去，这路就像壮美的银河，我仿佛看见开路者辛勤的汗水像繁星一样在那里闪烁；而路壁开凿的一个个洞口，又像一串省略号，包含着开路英雄可歌可泣的传奇故事，引起我无限的遐想。

当我走上这条路，就像走在彩虹上，惊叹如路旁的流云迅速向我拥来；而路上奔驰的汽车，像随波逐流的鱼，飞跃着前行。

如果说太行山是一架巨大的琴座，挂壁公路则是一根铮铮的琴弦，日日弹拨着一支高亢的奋进之歌，山鸣谷应，连绵不绝。

峭壁上的花

为了生存，岩石上也要扎根；为了开花，峭壁也是家园。

不知是哪阵风或是哪只鸟无意中把你送到了这里，使你成了命运的弃儿。

失足便是万劫不复的深渊，屈从就会化为尘埃。

死亡的闪电在你心头划过！

但你没有屈从。你牢牢地守住开花的梦，在岩缝里顽强地扎下希望的根，让梦想一点点长大。

山风一次次地拽着你，说要把你带到平坦的谷底，你不为所动；漫漫长夜，你借遥远的星光照亮内心的忧虑。

阳光一次次为你送来温暖，岩石默默地为你输送力量，鸟鸣不倦地为你吟着摇篮曲。

当旭日又一次从山巅升起，你的梦想终于绽放！

像一朵明亮的笑容，挂在峭壁冷峻的脸庞。

（选自《星星·散文诗》2020年第9期）

■（宁夏）杨建虎

塞上曲（二章）

听胡琴声声，飘在丝路古道上每一个节点。

西夏王陵的黄昏

秋日黄昏，贺兰山下的旷野布满金黄的光线——

九座王陵矗立，雄浑，坚韧，靠着一个王朝的背影，静静诉说昔日的辉煌和衰落。

苍茫风雨之中，似乎能听到党项人的铁骑，自塞外嗒嗒而来。北方大漠，一个马上民族，遥控一段悲壮的历史！

九座王陵宛若九座金字塔，头顶蔚蓝的天空和游弋的云朵。贺兰山东麓的旷野之上，飘满了不落的传奇。

梦回西夏，那扇神秘的大门已经洞开。游牧民族的马蹄踩过万物，迁移，奔袭，突围，激烈的战争，苦难的历程，涂上苍凉、悲壮的色彩。

而当蒙古大军袭来，西夏末主李晛投降，不久后被杀害，一个短命的王朝覆灭，留下了独特的文字、陶艺等供后人玩味。

如今，漫步西夏王陵，听秋风吹过，昏黄光晕中，一段故事随风飘散……

塞上曲

夜光杯中，有十万亩葡萄摇曳的身影。

从一条大河的东段到西段，有你纵横奔波的快骑和车马。

当风干的红枸杞落在人间，听胡琴声声，飘在丝路古道上每一个节点。

是呀，遍野的草木即将枯黄。当寒霜袭来，我会记得你的叮嘱和愿望。

让我们一起保留初秋的晨曦、黄昏和月亮。

无论何时，不论哪里，都要送达彼此的消息，期待梦中的重逢。

当塞上的秋天渐渐加深，我会独对月光听你从远方吹送来的音乐……

（选自《星星·散文诗》2020 年第 6 期）

■（新疆）支　禄

放　牧（外一章）

一朵朵云，放牧成羊，往有水有草的地方奔去。

一盘散沙，放牧成柔柔的风；

一两声咳嗽，放牧成雷鸣电闪。

一朵朵云，放牧成羊，往有水有草的地方奔去。

在阿勒泰，该显山的时候就显山，该露水的地方就露水。空阔地方，全留给喝酒的男人。一杯又一杯，碰出边塞无数的苍凉。

柔软的沙丘，最好的坐垫。人数凑不够的话，举起酒杯邀请敦德布拉克岩画上的“滑雪”人下来，一同喝出阿勒泰雪后无边无际的辽阔。此刻，一饮而尽，把山与山之间的距离喝大。人与人之间的距离喝小，喝成亲密无间的朋友。在古老的屋檐下，一起看星星月亮，看岩画上的人返回岩面，脚踏雪板放牧风马牛。

风声，开始越来越紧，山梁上，一轮圆月快要吹成镰刀。

打翻酒杯的鸟雀，一而再，再而三劝你不要喝得太多。

吹开的衣襟用风系好。

生活在高处，沿着曲曲折折的小径，继续往上走。

成吉思汗点将台

寂静，拓展以北的辽阔。

奔腾不息的喀纳斯河，日日夜夜，浪涛声沿着陡峭的石壁不停地攀缘而上！

高处，月，如一把弯弓；雕，也飞回来了。

人，不在。英雄本色，渲染江山。

豪情如这浪样满沟壑哗啦啦响。

风起，手持一截子红柳木，剑一样，指向苍穹。大喊一声：出发！

天空，一道闪电划过。

顿时，看见埋入沙土的箭镞，拍打掉锈迹斑斑的风雨站起来。岩面，人影大麦般晃动；万木挺胸出发，一排排如远古的将士，向着更远的北方。

北方，以北。

星星，在风中摇了下来。

溅起淡淡烟尘。

（选自《星星·散文诗》2020年第7期）

■（甘肃）包文平

黑山岩画（组章）

所有的暴戾都给美让出了道路。

狩猎图

岁月失语，唯石能言。

黑山峡谷的崖壁上，这些隐于时间的密语渐次呈现。冰凉的石头上，站着八个围猎者——八个省略的符号，或半蹲拉弓，或舞弄棍棒……像是幼孩时期母亲用旧纸剪出的纸人。

一支离弦的箭，飞出去，三千年或者更久了，悬停在石头上，再也没有收回。那只因惊慌而奔突的盘角羊，简约的骨骼具有力量之美。

我是局外人。我有从石头上拯救出盘角羊的冲动。

鹿鸣图

鹿鸣呦呦。那仰天引吭的一头鹿，嗓子里噙着火，声音纤细、悠长，有吐不尽的青草的芬芳；另外一头鹿回首张望的姿势在石头上转弯，尽显曲线之美。此刻，在这石面的尽头或背面，一定还有一头鹿循着熟悉的味道款款走近，只是你不曾看见；低头觅食的那一头，鹿角向两侧弯曲略呈半弧形，像一棵行走的树冠；石面的裂缝如一条时间的闪电，劈开一头幼鹿，它一定有着无法言说的疼痛。

日光的鼓点不断敲击在这山体的石面上，写就象形文字的诗行。

松涛弥散，群鹿歌唱。

采摘图

一个女人，她采摘野果的身影像一尊神。她踮起脚尖试图够到高处，纤细的手臂被时间的风折断——这是黑山深处，一个女人用她喂养生活的十指在石头上采摘果实，树干形状泛白的线条上，翠绿欲滴的叶子和泛着红色光焰的野果站在枝头，颤动着，迫不及待地渴望着被摘取……

此刻，定有凶恶的虎豹在远处窥视，但不敢近前。

所有的暴戾都给美让出了道路。

（选自《轨道》诗刊 2020 年卷）

■（新疆）包训华

雷电划过昆仑（外一章）

而昆仑山，如神——端坐在谁的心头？

夜，漆黑如墨。高低错落，处处潜伏着魔兽。

闪电，金色的魔爪四处出击，像闪亮的手铐试图铐住西部之夜的魂魄。

惊雷，身背战鼓，轰隆隆、轰隆隆……由远而近，由近及远，携带着魔性之乐抵达，在夜空中安营扎寨，为潜伏者演奏出征的胡乐。

闪电敲开一扇窗，推开一户门，刺探隐匿的信息。惊雷带着慈父的威严，咔嚓咔嚓……沉重的脚步声在天庭回响，像坎土曼叩击戈壁滩飞溅的火星。

惊雷像要炸裂这夜的混沌，撕碎这黑的幕布。抑或喊醒沉睡的梦中人，给执迷不悟者以响亮的警告。司雨之神，在闪电和惊雷的逼迫下，泪流满面，将夜空洗刷得像一枚透亮的墨玉。黑叠加着黑，一种黑掩盖着另一种黑。

塔克拉玛干沙漠像一汪深潭不可测，而一只蚂蚁的黑则可忽略不计。

黎明前，闪电隐遁，惊雷消失，雨还原为云……

而昆仑山，如神——端坐在谁的心头？

汲水的塔吉克少女

在帕米尔高原，有水有草的地方就是宝地，滋养着高原的万类生命。

塔什库尔干河，无疑是世界上最纯净的河流，它一路从雪山上奔腾而下，快活地唱着歌。它是疆南许多河流的母亲，哺育着高原和高原以下的绿洲。

塔吉克少女，着一袭红裙，戴着小花帽，甩着十几尾长辫，像万峰之主，从家中款款地走向河边，她婀娜多姿的身影像天山崖壁上绝美的雪莲。

塔吉克少女，提着古老的木桶，散发着若兰的馨香，从古老的诗经里走来，像渚边一株温柔的蒹葭，用小小的木勺缓缓地舀水。许多古老的爱情都生长在水边，她虔诚的姿势令一朵洁白的流云倾倒，慌乱了一只鹰的眼神。

金草滩上，一只羊凝神眺望着慕士塔格雪峰。

（选自《塞上散文诗》2020年第3期）

■（湖南）赵新生

从故乡到新疆（组章）

我们离月亮有多远，看不见的黑暗就有多深。

离开故乡

飞机从雷鸣和闪电的南方起飞。

感觉要下雨，我把故乡小心翼翼装进行李箱——那一叠让我失重的分量。飞机超脱云层之外。我看见蓝天，仿佛脱离尘世。

原来从天而降的雨，只是一片云的眼泪。

秋　天

一片树叶落下来；两片树叶落下来；整个秋天落下来。秋天就这样被赶下台，像西边渐渐衰退的落日。

此刻，黑影如同苏醒的生物，正一步一步地往墙上爬。

一根头发白起来；两根头发白起来；整个世界白起来。

血液的语言，如此苍白，如同斑驳的岁月。我已经仰望不到先人的那片秋天了。它低得要压过我的头顶。还有多少明媚的日子留给我们？所有的迹象是否表明，我们开始进入一个冰冷的话题。

超级月亮

戈壁滩的夜没有生息，黑得无边。

我看见了超级月亮，眼见并不为实，感觉它的分量没有想象的那么大。

月亮超脱于 35 万公里之外，却仍被吸引，且同时深深吸引着我们，仿佛黑暗的尽头，伸出一双抚摸夜色的手。我们很少在沉寂中抬起头来。

这生命中难得的遭遇，并非观赏，而是唤醒，就像女性般的海洋产生的冲动，她们把月亮如爱情一样拥抱怀里，波涛汹涌中享受着初衷的那份澎湃。

今晚，遥远的故乡正下着雨，那里将看不到这枚超级月亮，而无奈地躲进这个世界早已设计好的温暖。也许偶尔会有人推开窗户，表达一下心中的眺望。

（选自《散文诗》上半月版 2020 年第 4 期）

■（甘肃）王　琰

九棵树

落日带裂帛之声，多少驼队运送余晖？

阿拉善左旗有个叫九棵树的地方。满目黄沙，突见高大的九棵白杨树，一户人家门口清泉流淌，小块田里，绣花一样种了莴苣和豆角，瓜蔓萎了叶子，捧出几只等待采摘的瓜。接着，继续是黄沙。

泉水、九棵树、人家，是每个在沙漠长途跋涉后的人的梦想。

我在车上翻看一本《丝绸之路沿途重大事件年表》的小册子。

古老的丝绸之路艰险，有多少个像九棵树这样的地方，它才得以无比漫长地延续下去。

落日带裂帛之声，多少驼队运送余晖？

焉耆、疏勒，逾葱岭、大宛、康居、奄蔡、大月氏、安息、罗马……我数了又数，像是黄沙里长出的一棵棵白杨，刚好九棵树。每一棵从沙地生长出来的树，都有着发达的根系，它们枝叶婆娑，遥遥相望。

罗马控制了整个意大利之后50年，秦始皇统一了中国。

遥远的罗马使者进献密香纸，用来书写历史，水浸不烂。我嗅到一股神秘的香气，引得蜂蜜前来，一大群天真的考古爱好者。

蜂蜜嗜甜，马蜂食肉。匈奴人帐房里煮的羊肉飘浮着肉桂胡椒的香气。

象牙、犀角、玳瑁、葡萄、乳香、胡桃、胡瓜、胡椒、胡萝卜……使者自西域来，想象丝国树上长丝，人们性情温和。天暗了下来，丝绸珍藏在夕阳的衣襟里。

公元420年，一位汉朝公主，偷带蚕卵婚配于阗王。而罗马在这一年，禁止红色染料和丝绸服装。这两件事被当作重大事件记入史册。都与丝绸有关。

汉朝公主换下丝绸的留仙裙改着胡服，公主向往朴素的生活吗？胡麻花开，淡淡的蓝，透着些紫，像一大群飞翔的蝴蝶围着公主飞。

泉水、九棵树、人家。车窗外的风带着些许眼泪的咸味。途经雅布赖盐厂。一条笔直的路伸了出来。一条盐铺的路厚厚的盐壳在车轮下发出裂碎的脆响。

一辆辆拉盐的车经过那条盐路向前行去，车上的盐并不洁白，因为那暗暗的颜色，那咸也因此变得厚重起来。

远处胡麻花开，几只蜜蜂身揣利剑，像是来历不明的侠客。

风吹乱了朝代。

（选自《大沽河》2020年秋季号）

■（香港）吴燕青

莲花漾（外一章）

月光托举花朵，那白的，那粉的，那清浅的，花蕊中崩裂十里闪电。

湖水漾涟，浮萍苍苍，更远的时候，有娃娃撑船过你的波心。

静荷是画一幅，在水中，被浓墨爱怜，静荷是一首诗，在大唐风韵的花瓣中香。

我想，这样的描述，我是过于偏心了。

橹桨咿呀，白莲花开，一朵洁白，露珠莹莹，是江南烟雨铺开的墨韵。

那么，关于莲花，就让我再温柔一些吧。

碧绿的荷叶，田田的荷塘，风吹，风再吹，植物张开的翅膀，在脑垂体中酿蜜。

有蜜蜂流连，有蝴蝶爱慕。浅浅的初夏，呼吸里满是绿在荡漾。

月光托举花朵，那白的，那粉的，那清浅的，花蕊中崩裂十里闪电。

莲一开，万物瞬间静下来。莲一开，万物都水洗般地净了。

莲一开，所有的人都有了婴儿肌肤的底色。

木棉花

从枝丫上，坠地的一刹那，是否疼痛？

一朵被赞美过的花，开出春天，也将春天开逝。

送信的人，在路上，走了几个花季，仍未达到要去的地方。

还有什么要跳出来，比如一只猫，一只鸽子，一尾深海的鱼，一场未做完的梦。

能够触摸的那么少，空气中焦味过度扩散，一座森林收集众多的流离。

比如童话，叮嘱，泥砖黛瓦的家园。

终究落下来了，一直沉默的该说些什么了吧？

送信的人还不来，鸽子和夜猫一起隐入夜中，失落集结成队。

一个孩子站在露珠上唱着大海，花终究落下来了。

要去的地方，该启程了。

（选自《散文诗世界》2020 年第 1 期）

■（广东）川　梅

九岭山里（二章）

穿过前面那一线天，就是另外一重境界。

一线天

穿过前面那一线天，就是另外一重境界。

也许是野茫茫的芦苇，荡漾着思想；抑或是天苍苍的草原，风低着牛羊；有可能是更远的远山，挡住了月光的无限；更可能是陌生的故事，在等待着绵延。

我停下了脚步。

回过头朝我歇息过的村落，挥了挥手。那里正是小桥流水人家，柳絮落了一片又是一片。

那只狗在村头朝我喊了一声，又喊了一声。它正对一个美丽的少妇摇着尾巴，摇曳着满川的柔情和温馨。

我知道我的前面无边苍茫，我也许还会回来，也许还有更多的方向。

一把伞

仿佛有一个陌生人在旷野上呼唤我的名字，那歧义丛生的方言无限深广，让我茫然间隐隐不安。觉得那种蛊惑人心的呼唤不是好事，也许预兆着一些难言的无可名状的结局。

那个陌生人向我伸出莫名其妙的手，并且递给我一把黑得神秘莫测的伞，我的面前飘浮着整个雨季的担忧。那些打着伞的人抢占了太多的天空。而如今要撑开别人让给我的生存空间，很难。

我不能明白一个陌生人会全神贯注着我的处境，他递过来的善意又隐藏着怎样的不可告人的隐秘。

许多人在雨中纷纷去往另外的方向，一把黑色的伞也许就把我的命运改变。一匹白马从梦中的彼岸踏雾而来，它蹄上的花瓣炫耀着残忍的春风得意，在扑面而来的悲哀中我低下思想，不敢去打量那一匹马未来的行踪。

（选自《散文诗世界》2020年第12期）

■（湖南）李克强

夜郎散章（组章）

让一条条溪水绕山而唱，汇流成赫章的今日之歌。

1　光阴依旧，贵州屋脊依旧。赫章依旧——它骑着一匹远古神秘的骏马，站在诸多令人敬畏的传说中。

脚下天然的净土，随意种上的五谷杂粮，经汗水发酵，最终酿出满山的笑语与惬意。醉晕了歌声，醉翻了山泉，醉倒了散落坡坡岭岭上的土地。

山一样的男人，在醉意里肩负起光阴，抱紧大山与峡谷，演绎彪悍。

泉水般的女人，在笑声中缝补生活，传承上古的勤劳与温柔，天真烂漫地绣出自己脸上绽开的花朵与红晕。

就连岁月，也在悠悠而逝的时光里醉倒了。

2　一杯烈酒，凭心拜天；两滴清泪，以血祭地。

四五圈舞步，三三两两的铃铛，只求朗朗乾坤善待我夜郎世代人民！

让一双双踩破石头的脚板，迎风雨而上，见证险峻与幽深。

让一条条溪水绕山而唱，汇流成赫章的今日之歌。

让一座座大山岭岭连绵，铸塑成夜郎的铮铮铁骨。

让一双双苍劲有力的翅膀，冲破黑夜，扑向黎明。

让我们抚摸洁白、轻盈的苍穹，还原从前的白云与古老的月色，把千年的沧海桑田轻描淡写成一桩茶余饭后的往事。

宁静而邃远，原是神秘最初的本色；

热血与不羁，更是夜郎古国沸腾的灵魂。

3　时间，是点燃未来的最好燃料。当无数雄性的火把举起，守护住自己的命运；真理，经祖辈们口口相传，总能在古夜郎国的每个角落生辉。

点燃世代流芳的无畏与豪迈，驱赶一切黑暗与灾难。

原生态的生活和古老的精神风貌，在此火星四射般呈现！

随风，随雨，或昼，或夜，永不熄灭！

薪火相传。前进的道路亮堂了，男人女人们落落大方的脸上也亮堂了。

风雨无法浇灭的大山火种，总能酿制出一壶壶敢爱敢恨的美酒。

然后，去点燃岁月与希望！

（选自《天山时报·散文诗月刊》2020 年第 11 期）

第六辑 实力·旷野·黄昏和暮色

■（北京）杨 东

黄昏·暮雨（组章）

我要倾听春讯，我要诵读春天遍地的请柬。

夕阳诀

日日放马过西山。
且立一碑，记日月之功名。
结籽的现实都成了往昔。
溪山清远，静穆的黄昏中，幻想谋断有道者，诵辞赋，读经卷。
他模仿了多少古人。
渐起的暮色，掩隐了多少肉身？
苏醒的旧时光，与一片片落红，缓缓奏响不眠的祷词。

暮雨·落日

落日磅礴。暮雨只是前戏。
彩虹镶嵌于群峰。一颗心连接一面浩荡的悬崖。
黄昏里，万物幽暗。
濒临深渊的鹰，缓缓聚集的浆果，迎合了雨声的荡漾。
无尽的秋天，峥嵘的尘世，盛开着从未泯灭的梦想。
短暂的落日，闪耀的辉芒，映射了一个时代反向的忧伤。

因 果

暮色如盖。云淡风轻。
一只鸟载着我一起飞翔。
自然的力量正沉默着隐藏锋芒。
世间多疾：孤疾与民疾，隐疾与显疾，旧疾与新疾——
不外乎罪愆无数；
不外乎涅槃放逐为喑哑的丝绸；
不外乎重重迷境里反复锤炼的因果。

黄　昏

暮色苍茫，叠嶂出心中的版图。

一只鸟，又一只鸟，抖动冰封的翅膀，弧线中黄昏轻轻摇晃。

乍暖还寒。千军万马的风，渺小，细碎，如细细的笔，如沉沉旧事，如二月的江湖，砍伐出更多荒废的国土。

尚未种植，果实却已累积于胸，浩气盈盈，甲胄簇新。

谁是大地的主人，谁是落寞的英雄？

黄昏日日到来。而我早已不是少年。二月轻浅，却如此深重。

我等待黑夜，我要倾听春讯，我要诵读春天遍地的请柬。

没有落日的黄昏

在时间的背后，落日隐匿。

但我知道它在另一面云图之间，勾勒另一片渺茫而繁复的山川。

鸟鸣如时代的歌者，一如既往，诵读着这亘古的黄昏。

一声复一声，一日复一日，直到翅膀回巢，新的落日诞生于从未平静的江湖。

能够返回的不是流水、青铜、黄金，也不是鲜花，婴儿，宿命。

我伸开手，像孤鸟展翅，在潮汐之间，飞入被意外勾勒的晚景——

辽阔而宁静的云图也就有了飞翔的欲望。

（选自《天山时报·散文诗月刊》2020年第8期）

■（湖南）游　军

物　像（组章）

荷塘里会繁花似锦。只是，吃莲蓬的人，少了父亲。

帽　子

我忘在家里的一顶粉红色鸭舌帽，被父亲戴在他花白的头顶上。他不顾母亲的反对，戴着到处转悠，直到天气太热，才被他收进柜子里。

后来，他又戴走了我的一顶迷彩军帽，一顶黑色球帽……我发现戴着帽子的父亲，显得比平时年轻。

去年，他又在母亲的埋怨里戴走了我的一顶呢子礼帽。黑色的帽围上有一圈墨绿的缎带，这让父亲添了几分儒雅，让他看起来像一个有趣的老头儿。

一个月前，父亲突然倒塌，明亮的灯光照着父亲的疲惫与憔悴，他缩躺在病床上，头上那顶礼帽显得极为突兀，可他不许任何人换走他的帽子。

直到，父亲被装进一棵巨大的树木，他的帽子被丢弃在一边，上面落满了香烛的残灰。

终有不忍。大厅里锣鼓喧天，莲花灯照着父亲。我在冰凉的井水里，刷洗他的帽子。

去往田野的路

送父亲还山的路，也是去往田野的路。春天还没有来，但田野里已经有了很多青草与花朵。

“金刚师”抬着父亲的灵柩，从田野穿过。凛冽的寒风，从田野穿过。呜咽的唢呐声，从田野穿过。

从此，父亲永驻田野，日日与流水为伴，与虫草共存。那条去往田野的路，再无他的脚步。

不能不悲切啊，父亲。

我站在阳台上，看到暮色渐起，母亲打着雨伞，独自走向田野，她眼里饱含着泪水，能看得清脚下的路不？

酒

培完土，我喝了些白酒，敬那些为父亲操办后事的乡邻。很多都是我多年里素无来往的，甚至不相识的乡邻。

这些质朴的乡邻，给予了我这个冬天少有的温暖、悲戚后的力量，我找不到其他办法来表达心里的感激，便借用了父亲惯用的方式。

我在父亲的血灵前也洒了些白酒。

父亲生前喜酒，我若是能够陪他喝几口，他会很开心。可几十年下来，陪他喝酒的次数屈指可数。

最后一次喝酒是什么时候？五年前的年夜饭，我多喝了两口："关于让我读师范那件事情，其实我早已不再怨你了。"

父亲没有回我。他看了看门外纷飞的大雪，一口喝掉了杯里的酒。

二　胡

我十岁生日时，父亲花了大半个月工资，给我买了一把二胡，教我拉"大菩萨，细菩萨"。怎么都不得要领，"噶戈噶戈"锯木头一样的声音让人气馁。我的兴趣没有持续三天，就再也不曾理它。

父亲叹息，也只好作罢。

驻守沙洲的日子，这把二胡打发了他不少的寂寥。二十多年过去，琴头断了一节，蛇皮筒也有些破裂。他一时兴起，修补修补，给我们的孩子拉了几曲。娃儿们欢呼雀跃，他特别陶醉，我不禁有些动容，录下一段视频。

于是，我给他定制了一把专属的二胡。红木骨雕铜轴，有着漂亮的龙头。他爱不释手，一边责怪我乱花钱，一边仔细地给弓弦抹上松香。

父亲走后，有人想收购这把二胡，我没同意。我想留在身边，想他的时候，还可以去锯锯木头。

半亩荷塘

房子的东边，有半亩荷塘。十年前的春天，父亲亲自种下的藕种。每到夏天，这半亩荷塘成为我们最喜欢去的地方。

现在，荷塘正是静默的季节。那些枯萎的荷叶，风干的莲壳，水墨一样的安宁。我们都知道，夏天来临时，荷塘里会繁花似锦。只是，吃莲蓬的人，少了父亲。

（选自《星星·散文诗》2020 年第 8 期）

■（新疆）堆　雪

弹铗而歌（三章）

无数次奔袭，我都没有把自己的光芒饮尽。

水　壶

我见过的，被五花大绑的水。行军时，挂在体外的液体。

睡梦中，可以随手摸到的细软，母亲腮边辛辣苦咸的泪。让人联想到，近处的湖泊和远处的大海。

干渴时，我会想起你，芳草的呼吸。想起迎面吹来的风，想起你悠长的发辫与缥缈的歌声。天空湛蓝，原野辽阔。天地之间，奔跑着一团一团的云。

这一生，我们必定有所背负，携重而行。下坠的背囊，翻飞的挎包，以及横亘肩头的枪支。水壶，左肩右斜或右肩左斜，奔跑中，刻骨铭心。

这，疼痛而又难舍的水！

我不贸然豪饮。对它，当渴望如酒，珍惜如泪。最后几滴，如数家珍。

即便是饥渴难耐，且不可半途而废。有时也会忍不住想你，拧开壶盖，闻一闻，再把它，拧紧。等到喉咙上火、肺腑生烟，等到终点在即、胜利在望，它会用一片冰心，浇灌一个冒烟的灵魂。

忽然想起一队人马，奔着一片即将成熟的梅林而去。士兵们并没吃到梅子，但心中的梅林已郁郁葱葱。

枪支压迫肩颈，水壶敲打胯骨。

无数次奔袭，我都没有把自己的光芒饮尽。

在脚步追赶脚步、背影叠加背影的奔赴中，我喜欢听，月光下咣当咣当的水声。

等高线

向上丈量，就是一座山。

往下丈量呢，能不能从云中看出：我就是一名，站在哨位的兵。

一张军用地图上，山是一圈圈向外延伸的闭合曲线。恰似一池春水，猛地投进一粒石子，荡漾开来的寂寞与涟漪。

一张军用地图上，一名单兵的位置与符号，应该标注哪里？

某日，我在大山腰间的突出部。一座哨所与我荷枪而立，时刻警惕四周的虫吟鸟鸣，风吹草动。

立姿中，我越发感觉到，哨兵与山的相似之处：那一刻，我于腰间，无意摸到一位士兵的等高线——镶嵌于胸腔和腰间的肋骨。

它们一圈一圈上升，使我重新拥有了一个属于自己的海拔与高程。它使我相信：站立，即便一动不动。兵的境界，也会达到一朵云或一缕风无法企及的巅峰！

我相信一名士兵的肋骨，就是他自己的等高线。

在肋骨间插上刀剑，他就是在战争的沙盘上掠地飞行的战神或天使。

一个人的身体里，不但有疏密有致的等高线，也有战术上被充分利用的合水线、分水岭，有让一名士兵驰骋疆场的峰峦与鞍鞯。

有了生命的等高线，他的梦，才有足够的落差和纵深。

会　操

是作风的约会，还是实力的集会？

一支内质坚硬的队伍，首先能够在这片空地上胜出。

无擂台，无鼓声。无刀剑，无矛盾。无刀剑穿梭，无枪炮齐鸣。无预先号令，也无作战决定。

和平年代，就连你豢养多年的宿敌，在需要砥砺时，也莫名消失。

会操，就在一大片寂静中酝酿，发酵。萌动，开始。

操场平坦而空旷。所有队伍，此时就聚集在一团凝固的巨大气场外。

依次列队，按序落座。操场的四边，他们坐落成蓄势待发的围城。

在没有被点出列之前，所有人，都是被解除武装的观众。

正衣冠，紧腰带，系鞋带，挺腰胸。黑皮鞋，夏常服，白手套。左右看齐，徒手而立，并肩行进，协力奔跑。齐步，正步，跑步。跨立，转体，敬礼……

风声砍出的T台秀，手脚画出的心电图。表情含蓄，有暗流奔涌。气息寂然，有金属撞击。

当所有队列依次走过，当所有动作回放定格。那个把万千动作演绎成一人的队伍，才是最后的王者。

军中没有酒肉的盛宴，始终弥漫着钢铁的煳味与汗血的芳香。

（选自《诗潮》2020年第1期）

■（内蒙古）夏　寒

夏天，在西南沟

丛林深处有花露，滴进了我的心底。

我断定，西南沟树叶的脉络和我掌心的脉络重合的，是我的少年。

落叶，化作泥土之后是我深一脚浅一脚的足印。

那些陈年的落叶堆积，从西辽河源头始发，在我生命的河道，伴着汩汩的溪流，载着我的记忆流淌。

翻飞的浪花，飞过石头，穿过丛林，在神秘地带消失。

我独自躲进丛林深处，放声呼喊，回音壁上是丛林深处的回音。

回声，似乎很近又很遥远，震荡了绿叶上的笑靥。

于是，丛林深处有花露，滴进了我的心底。

我的情绪，在一滴水与另一滴水之间荡出惬意。

凉爽里，是丛林陪伴的夏季。

山谷深处，鸟鸣声声，分明是我写给丛林深处的密语。

走进白桦林，我抚摸着白桦的肌肤，滴翠的心语嵌入我的灵魂。

那草地的柔软，是绿色的倾诉在抒情，婆婆丁散发的清香，蛊惑我深藏的守望。小溪流淌着神秘，洞开了我的诗行。

古今的浮沉，是流逝的素描，在幻觉里涌起。河水，从内心流淌。

把露水爱过的青草，爱一次，再爱一次，就像美林谷接纳了我。

而我，要用生命把草地那条清溪延续。

一首诗，睡进秋季，如落叶慢慢地躺下。

走失的水分，是金黄的象征，在南大洼底下转换成涌动的泉水和清溪。淌进幽静的河道，联想汩汩流动，漫过丛林漫过我的灵魂。

清溪，犁过我的昨天。声音的隐秘黏着花的绽放，秋叶与风相互纠缠。

嘈杂声，在一首诗里，如梦醒化作的流连，在一滴水的隐喻中坠落砸向记忆。

思想，顺势而下。

在刻骨的诗行中产生现实的意义，正如灵魂的脚步一步步抵达积蓄的历史，去重读延续的故事。

（选自《海燕》2020年第8期）

■（江苏）马亭华

旷野启示录（选章）

我深陷在月光和真理之中，不能自拔。

1 白鹭低飞，在轻盈的黄昏下。

爱，翻开了大地的册页，我深陷在月光和真理之中，不能自拔。

古朴的山水间，湿漉漉的鸟鸣，水墨里的牧草青青，吹瘦了的芦苇，翎羽的惆怅的标本。

旷野深处，有策马奔腾而来的李白，犹如月光定格的某个片段重现。

雨霖铃的节奏，盈满我大彻大悟的山水之行。

——这清凉的山溪，弹琴的流水，带我们去精神的远方！

白云下的草药荒芜。美，在风中战栗。寂寞的云烟，被雨水淋漓的清韵刷新了记忆。

风吹着尘世，也吹着我，我要写下春天里不朽的诗篇。让扑面而来的歌谣，犹如原野上鲜亮的旗语，在阳光的诵经声中，兀自庄重。

我的身体里装满了缓慢的敬意，白鹿的风，春天的辞令，人类诗意栖息的尘埃之所。

——钢蓝色的思想和远方。

2 旷野的灯，亮着！

云朵被诗人再一次搬运，成为诗篇内部分行的需要。

——那是一次自由的飞翔，也是一次沉重的飞翔，诗人完成了纸上的江山涅槃。

诗人，月下独酌！

这潮湿的心灵，一度成为美的旋涡。马，在诗意风暴的中心，驰骋——故国的山河，死于宣纸装帧的切线，那些情怀，一望无垠的美，淡淡的笔墨。爬满格子的翰林，青草的光源，水的虔诚的信徒。

——这素洁的，善念之心！

槐花匝地，清雅而脱俗。

我们的信仰是蓝天，是白云，是草庐，是茶园，是洞穿岁月的一支竹笛，是风雨中的一架紫藤，是时光蓄势待发的令箭……

人生得意须尽欢！

——这并非姹紫嫣红的，又连绵不息的，纯粹的诗！

（选自《散文诗》2020年6月青年版）

■（广东）林水文

暮色的诠释（外一章）

那些涌动的头颅无非想寻找一样东西：灵魂的地址。

暮色穿过旷野，像奔腾的河流，卷裹着岸上的草木，鸟鸣。

暮色像一匹马远道而来，它的蹄音，悄无声息踏碎夕阳的梦，踏响归家的钟声。草木的耳朵张开又合拢。暮色触摸着晚归男人稍热着的脸膛，女人丰满的胸。蛇虫鼠蚁逐渐爬出来，享受着暮色的清凉。空中飘荡着炊烟和飞翔的昆虫。

一匹马和一头牛相遇。暮色的马，触动了牛的记忆，它站在田埂或回村的路上引颈向天哞上几声，它是呼朋邀友或对自己苍凉的命运慨叹？

秋虫长吟短唱，像雾散开。道路渐高渐远了，青山飘浮在暮霭里。

小城的一角里，半明半暗，我听到了牛哞声，几十年来，它追着我从乡村到城市辗转。暮色来临时，牛哞是那么清脆和苍凉。到处都是一张张糊着的窗纸，温馨中有着伤感。灯火亮了，暗了，又亮，人们踏上命中的旅途。那些涌动的头颅无非想寻找一样东西：灵魂的地址。

炊烟，牛，路灯，汹涌的人影，以及空气中涌动一些莫名的情绪。

它们在徘徊，在交织，附在一张大网上，思想着，寻找着出口。

暮色涌来，如回到幼时的旷野，想起乡下的母亲，仰天哞叫的牛……

暮风中的事物

田野的风，灌满了鸟鸣。孩子们的牛群放牧在天上，也满田野奔跑。

一阵风走过，不远处庙宇旁的松涛声一阵又一阵。松针闪着光，有松鼠一跃而过。像有人朝拜，又有人离去。

村庄在落日的背后，飘满烟火的气息。这些高秆的植物生生不息。植物葳蕤，犹如在炊烟中重生。这时候村子的声音密集起来了。

回来的牛哞声，在牛栏转来转去，犬吠声在风中明灭不定。草木灰，花香，炊烟混合着让出一条尘世路，让迷路的人回家。青梅竹马的小花静静地盛开，蜘蛛在自己的网上度过一生，狗，循着自己的尿迹找到家园。

我在回望之际。风中的事物闪闪发亮，白天失踪的人从田野里归来，孩子的声音让村子瞬间柔软。忽然，婴儿的哭啼，摇曳着暮晚时光。

最后的炊烟纷纷扬扬，盘龙塘的前面是沱村河，再前面是夜晚。

（选自《诗潮》2020年1月）

■(湖北)乔书彦

行 走(外一章)

我弯下腰，恰好跟月光碰到了一起。

晾在春风里的裙子几乎飘起来。

看到烤红薯的老人，我以为是一个熟人，急忙跑过去，却发现他说的是另一个省份的方言。烤红薯不分地域。

巷子里刮出的风，恍若隔世。

我在日记里记下了多年前的垂柳、紫花地丁、湖水里的鱼群以及天桥下的烤炉。黄鹤楼乘坐云彩归来，在蛇山上落脚，找到自己的归宿。

细雨溜出云层，爬墙虎织着绿网，斑鸠擦过树梢，直达快车驶进武昌火车站，形成了闪光中的游移。湖水闪出跳跃的音符，城市有大喜事，行人越来越多，卷入了蛇山南北的繁华。

我遇见一朵桃花，低下头时极美。

阳光出现时，春风发出响声。

赶 路

月光喷发出来的蘑菇，需要一朵浪花，生下一窝小蘑菇。渔船正在泊岸，鱼鹰飞到大树下，准备饱餐一顿。渔翁在龟山一侧，快步走着，跟熟人打招呼，有时候回声来自晴川阁，仿佛经过了数千年。

夜风聚集起叶子，在街灯下翻舞。

那一日我淋了雨，被江风追赶数千米，幸亏遇到古琴台，我站在屋檐下，远处的龟山看起来像帐篷，为汉阳城遮风挡雨。云团翻过长江，顺着蛇山跑到武昌去了，几颗星星在两江交汇处闪耀。

除了朝前走，我没有选择别的。

墙垣的绿意铺在汉阳城的僻静处，梅子山比龟山低矮，登上去的都是晚饭后散步的人。山后面是渔翁的家，我抵达时，他已经把渔网张挂在树上，鱼鹰眯着眼在打盹儿，他走得比我快，中途也没有淋雨。

我弯下腰，恰好跟月光碰到了一起。玉兰竟消瘦为一片白云。

(选自《星星·散文诗》2020年第6期)

■（湖北）傅 苏

阳光下的石头

时光在进出，晚风在流离。

小鸟和风

会有一阵风。会有一只鸟。风背着你我都看不见的大行李袋。鸟嘴里叼着一只奇怪的水晶哨儿。风会带走片刻的欢愉，而鸟会把那些为你受伤的小树苗，每天，每个钟点儿，都喊出来集合一次。

飘雪时，它会挂上一把精致的密码锁。

化雪时，它会留下些许微温的手指纹。

等一等钟摆的秋千荡了又荡。等一等时间的岗哨百年抽丝。

或者等更长的时间，风还会来，鸟还会虚掩着光阴的门。

啄木鸟之歌

大多数，鸟人都在睡觉，个别的，没有。他把白天见到的，夜晚编成剧本，一遍遍敲给树听。第二天，整个林子里的果木都张开了嘴巴，紫藤伸出手臂，野花竖起了耳朵，终于要表演了。报幕的蟋蟀越过樵夫的篱笆，掀开晨雾，外面早已是肃杀的秋景。

我见过啜泣之人，并试图安慰他，最靠近的座位却一直空场。

低矮的树桩存不住一片落叶，像楔在大地上徒劳的钉子。

三间空房里的夏日傍晚

第一间，天色近晚，已晚到无人可遇。

第二间，夜色渐浓，已浓到无声可循。

第三间，春色已尽，已尽到晚来的病人，与医生分不出伯仲。

是因为冷，才给怀念罩上一个温暖的理由。是因为热，才给温暖掀开一段清爽的回忆。而今却空着，壁灯散发出暧昧的暖光。

多出来的灰尘，四处游走，但无关。

门和窗早已推开。女孩在琴房里练琴。男孩在平衡木上转身。时光在进出，晚风在流离。

（选自《散文诗》上半月版2020年第11期小“读本”）

■（安徽）潘志远

昆虫世家（组章）

是一把钥匙，打开自由，打开爱情，打开今生和来世。

蜘蛛：一网风雨，一网星光

织网也有三种境界。

以乡村为背景，屋檐为支点，倾腹中之丝，结一张小网，疏而不漏。

漫长的等待，是一种悠闲，也是一种劳累，一种苦情。

一网风雨，只为检验一下蛛网的牢固。

摆下八卦阵，却与算命无关。一网星光，多么好！

忍着饥饿却看到希望。蛛网闪烁，一丝，似一思。

关联，又似互不关联。撇下，与撇不下，都是一种牵扯。

蝴蝶：在自由和爱情间轮回

吐丝。结茧。茧是爱情的产物，茧是你的安乐窝。

为了获得更广阔的自由与爱情，必须突围，历经蜕变。

翩翩，是梁祝的舞姿，是永生永世的相伴相随。

是一把刀，劈开黑暗和混沌。

是一把打开季节的折扇，扇动花海，芬芳澎湃。

是一把钥匙，打开自由，打开爱情，打开今生和来世……

轮回游弋于自由和爱情之间是最好的状态：洁白若雪，灿烂如霞。

蚯蚓：模范的耕耘者

生于土，食于土，也世世代代耕耘于土。像先辈的影子。

不要嘲笑无骨者。无骨者有时比有骨者更坚韧。这是蚯蚓的诠释。

惊蛰之雷是上天发来的贺电，雨水是乌云倾吐的情意绵绵的密语。

耕耘开始，以肉躯为犁，翻开一垄垄板结的泥土，让农人播下春天的种子；当希望回青返绿，信心扬花吐穗，垂下一枚枚金色的绶带。

（选自《散文诗》上半月版 2020 年第 11 期）

第七辑　人生·弹琴的少女

■（甘肃）曲桑卓玛

沉默的叶子（外一章）

汉语，有着海一般的容量，让你写尽恩仇。

七片叶子宛如你温暖的手掌，抚过蓝天，抚过清风，也抚过我心间的欢喜与忧愁。

此刻，独坐树下，却不去想七叶树下参禅成佛的故事。

黑夜，睁大眼睛。蜿蜒在山路上的火把，飞舞于后院的流萤，闪烁在头顶的繁星，抑或是你写给花木镇那个黄昏的诗句……

什么都来不及细说。

雨后，红蘑菇从一截朽木上急急地生长，然后又跃然闪现于你简洁的诗行里。

七叶树，沉默不语。

“海子”、“西川”、“骆一禾”们的诗句是凝结你心间的珍珠，要么玉暖生香，要么灰飞烟灭。

汉语，有着海一般的容量，让你写尽恩仇。

古典的意境

水墨漫卷，光阴如箭。

你将苍绿隐于萝间，让古典的意境在薄雾里晕开。白色的花儿，从睡梦里醒来，珊瑚似的小果子就挂满了枝头。

叶片肥厚，笃定从容，奈何你修剪又修剪。

是什么时候爱上你的呢?

红色的果子，沉默不语。

思念也无须鸿雁托书，每一个清晨，都小声提醒自己，境可随心转。

珊瑚树，它依然淡定着，一粒粒果子坚守着一枕旧梦。

很多时候，爱就是沉默，只要看见你还在某一隅优雅地活着，看花开荼蘼，感知君恩如玉。

纵然相见一笑，也是温暖。

（选自《散文诗世界》2020 年第 4 期）

■（新疆）彭云霞

人生如茶（组章）

人生如茶，袅袅余香，疏淡清绝。

时间的沙漏过滤掉苦涩，溶解了茶的一番韵味。

人生如茶，袅袅余香，疏淡清绝。

沉淀尘世贪欲，萃取人生精华，让人心若简素，淡泊清欢。

人生浮浮沉沉，如同茶叶漂浮，须汲取丰富的水，才能慢慢沉淀杯底。

如同我们经历炼狱，参透菩提，方能闲庭信步，荣辱不惊。

我崇尚茶一般的人生，淡似新绿，宛若汀兰，无须争奇斗艳，只在静谧中绽放如莲……

四月，我置身杏花树下

四月，我置身于杏花树下，微凉的夜里我倾听星与月的交谈，花与草的相吻。

而孤独的心却找不到回家的路。

四月，心似离弦之箭。在记忆的轨道上迁徙、跋涉，在千百次回环的路口，蓦然回首，发现用心写就的文字终不过是缀网捞珠。

四月，乘着月色，数着流星雨，一颗，两颗……仿佛在数自己凋零的心。

邂　逅

飘雪的日子，雪花一片一片地数着寂寞。

一个迷路的人，折月煮酒，在满是银色的梦境里穿梭。

站在季节的边缘。是谁蓦然一瞥，在心波中投影，年华从此停顿。

一抹阳光划破心空的黯影，铺满了整个旅途。那舞动的精灵将眉间的愁绪摘去，我知道，纵然只是命运偶然匆匆路过，这个午后，这个转角处，亦是最美的邂逅。

（选自《天山时报·散文诗月刊》2020 年第 6 期）

■（湖南）刘定中

人的一生（外一章）

老年，头顶，冰天雪地；心中，绿水青山。

童年，晨雾飘飘，一朵小荷。
少年，一片洁白的云，蓝天任意飞翔。
青年，一条奔流的小溪，一路歌声向大海。
中年，一棵奔跑的树，沉沉重担压弯腰。
老年，头顶，冰天雪地；心中，绿水青山。

爬　山

八十年的人生路，我记不清爬过多少山。
总渴望着爬到梦想的山顶。

六岁时，爬过对门山，走进小学，
走进一个美好的童话。
十六岁时，从军爬上长白山，挖山炸石修公路，
修筑病魔缠绕的青春。
二十岁时，从小山村踩着月光，步行90里，爬过牛山坳，走进邵阳市参加高考，拷问一个山村青年的未来。

以后呢，
爬过岳麓山。
爬过南岳山。
爬过湘西的山。
爬过西藏的山。
爬过九寨沟的山。
爬过黄山泰山……

八十年的人生路，我爬过那么多山，流过那么多汗，为何爬不到梦想的山顶呢？

啊，原来，

始终没有爬过，
自我这座山！

（选自2020年《教师文学》《社区教育》第3期《学生 家长 社会》第9和第10合刊、10月20日《吉首大学报》）

■（陕西）左 右

子夜巫歌（外一章）

儿时的青梅，早已在别人的枝头，熟了。

如果不是风醉人间，我不曾驻足，也不会窥视那盏高傲的灯。

长安的钟声如影随形，余音在摇曳、回颤。

我的手，是一把自唐自宋自元自清祖传至今的马头琴。

我的歌，是一阕在南门外邂逅游魂的词曲。

子夜的街是一组比秋天盛大的词，词语的酒杯里盛满古都的虫鸣、酒徒与生活的苦涩。墙角下枯萎的喇叭花，让我有了莫名的醋意：它们两三成影，我却只身一人。

历史厌恶所有活着的声音。

眼前的一缕明城墙，拽着我斑驳的手，迟迟不肯松开。

倚在墙下，躺在子夜怀中，我抱着一轮满是补丁的明月。

少年游

儿时的青梅，早已在别人的枝头，熟了。

我们的竹马，一直还在故乡，空着。

只有我能听见，月亮落下时开出生锈的铁花。

（选自《天山时报·散文诗月刊》2020年第5期）

■(黑龙江)谷　莉

弹琴的少女(外一章)

她的脸一半明净，一半在黑暗中——那深不可测的海。

她的轻柔源于指肚上蜿蜒的水流。

星星的碎光梳理细柳，随夜风搭建音乐的旋涡，将她围拢。

她的脸一半明净，一半在黑暗中——那深不可测的海。

当游鱼栖息在她的头顶，她长长的发丝开始漂游。手臂默然细听，这朦胧分泌的泛音……

为何会暗恋一个遥远的人？窗前的光线悄悄发生变化。她通过遥远的眼睛，看见云和蓝天；通过遥远的手，开始弹奏色彩；通过遥远的心甚至灵魂，指尖被注入激动、欢欣，以及随后的恬静。

由此，一幅画被那遥远完成，最初的凝眸变得不再分明。喜欢啊，还未曾说出口；怨，也没有理由。

她的午后，很可能是“遥远”的黑夜。

黑夜，珍珠闪光，投下漂亮的阴影。她默默地，收起蜿蜒的水流。

神奇的水洼

车轮碾过会复原的镜子。镜片只是瞬间开放小浪花，然后慢慢凋谢。

像一个紧张的人终于松弛了筋骨，安宁的皮肤服帖，不再鼓起风暴。

但是倒映的天空在无声移动。

阳光的箭镞射中了乌云，乌云倒下或退后，让出一大块蓝。

这小小的水洼，召唤了雷声，引来了雨。大地不平，所以有了它。

我在高处倚窗，脚踏实地亦遑遑；而斜对面紧闭的西窗已一跃而下，至水洼深处，渐露安泰之色。

小小水洼，至深至远。当我走到它的跟前，侧望过去，目力不能穷其疆界，猜想疲累的宇宙或许也在此躲藏、小睡。

阳光越来越炙热、盛大，屋檐之水滴越来越迟疑，越来越轻白的云朵飘过屋顶，飘于更宏阔的蓝。

小水洼听到了飘过的声音。它一点点收敛身体，打薄羽翼，飞了起来……

(选自《诗潮》2020年第11期)

■（湖北）杨秩斌

雕　像（外二章）

我也会俯身弯腰成犁，保存一尊辛勤耕耘的雕像。

告别田野，将往事悬挂在墙上的犁，不知道自己成了一尊时间的雕像。

但躬耕板结心田的姿势，并没有改变。

思想的犁铧深耕的寓意，并没有丢失。多年以后，发现历史沉重如牛，父亲背驼弯腰成犁，春耕的情景依然历历在目。

只是我写下诗句的稿纸，代替了广袤的田野。

只是我不断深入的笔尖，代替了锋利的犁铧。

如果父亲背驼的基因一代代遗传，我也会俯身弯腰成犁，保存一尊辛勤耕耘的雕像。

归　来

门前的灯光，被故乡的祥和与安谧蹚成了一条流淌的小河。

慌乱闪避的黑暗，却筑起了河流的两岸。

桌子上刚热的饭菜，仿佛又找回了热气腾腾的生活。

坐望在门口的母亲，眼里不含半粒尘沙，心也未曾在沧桑中结茧。

踏着渐浓的夜色，从田间归来的脚步声，一路牵回虫唱蛙鸣。

跨过门槛，站在明亮灯光下的父亲，轻易就抖尽了身上的黑暗。

石　磨

沉默如石。沉默如石。

常常是来自压迫的重力，在严酷现实的擅自叠加中，才构成了语言沉默之唇。谁在破绽处开口说话？

谁在旋转制造的眩晕中，与时代擦肩而过，与命运狭路相逢？

母亲粘满烟火气的十指上，还残留着多余的梦。母亲在石磨裸露的伤口处，小心地喂进饱满的豆子，却不知道金黄是灵魂健康的颜色。

不必告诉我，那些压在心上的石头，都是人们自己搬来的石头。我只担心接受生活改造的石头，成了历史遗弃的石磨后，会不会唠叨自己遭遇的无辜？

（选自《天山时报·散文诗月刊》2020 年第 10 期）

■（山东）刘向民

阳光张开翅膀（外二章）

阳光的翅膀，给小草带来了鹅黄嫩绿。

大地之上，阳光飞翔。

阳光亮开翅膀，飞越山川、风雨，大地上的每一株草木和每一个人。

这些翅膀在祖国的天空展开，覆盖原野、河流和森林，明亮每一个日子和每个人的心胸；这些翅膀，带来温暖和春天，融化冰川，驱除寒气，酥松土地，为一粒粒种子铺就温暖的居所，在春风里绽开芽苞，那么鲜亮；这些翅膀，还带来一场场燕子般倾斜着身子的雨，为大地亮出浩瀚的情怀，给小草带来了鹅黄嫩绿，让桃李亮出了红润灿烂的面颊。

阳光的翅膀，携带着烈焰，从远古飞翔至如今，成就了一代代叱咤风云的人生和一个个富饶美丽的江山。

石头，昂起倔强的头颅

历经火焰的翻腾，熔炼，石头才成为不朽，挺立天地之间。

还被刻上石鼓文，金文，或篆或楷，写下历史风云，记录宝贵的思想。

石头被雕琢成神，或人，或兽，供奉庙堂或伫立村庄和原野，以魁伟坚硬的身躯、坚定的意志守护着大地，守护着大地上所有高贵的灵魂。

我们所崇拜的，是那些被用来作为新世纪大厦基础的石头；

我们所向往的，是那些作为通向彼岸的大桥墩础的石头；

我们所赞扬的，是那些被铺成路面，默默地承受着践踏和碾压，背负着风雨和苦难，一直向前延续着生命价值的石头。

一个人的梦

我在这个地方生活了三十年，日复一日地走过同一条街道。

说着许多相同的话，做着许多相同的事情，也浪费了许多精力和时光。

于是，我经常做着一棵草的梦：俯身大地，与小草对话，期望能像小草一样，顶破地皮的禁锢和压抑，拔节，开花，结籽，长成草原般辽阔的繁荣。我还做着一棵树的梦：幻想挺拔高耸，以硕大茂盛的树冠，为栖居树底下的生灵抵御尘世的风雨和寒冷。

我还做着一块石头的梦：既有坚定不移的理想，又有扎扎实实的行动。

（选自《天山时报·散文诗月刊》2020 年第 8 期）

■（浙江）张敏华

渴　望（外三章）

每一次意外的相逢，我们都饮下相爱的雨露。

曾经的渴望消散殆尽，一阵冷风袭来，我哆嗦着醒来，绕不过时间的悲悯。我曾经拥有的紫砂壶将黑夜打碎，碎片埋伏在四周，像我的一堆渴望。

这世界没有什么屈服于我，就这样活着，像碎片，已看不到火焰，
但比火焰强悍。这致命的，渴望。

它

石头碎成沙子，眼泪代替记忆，它想知道是否到了时候，失踪者是谁？
子夜点燃一堆篝火，它闪着磷光——
它是死亡吗？绝望是因为它还活着。
它是虚无，是未完成。它是永恒，意识从指间滑落。

背　负

我的身体里藏着你，每一次意外的相逢，我们都饮下相爱的雨露。
除了相爱，如此别离，青春已逝。
背负着风的哽咽，我们不堪重负……
活着，却无法说出彼此的容颜。

寒　潮

二月的江南冷风刺骨，我从草丛中抓起一把雪抹在脸上。
一个人走在雪地上，和另一个人擦肩而过，不问归途。

尘世间有太多的生死离别：爱了，痛了，却没有怨恨，再多的泪水也是徒然。雨，雨夹雪，雪，渐行渐远，白茫茫一片。和谁再次相遇，回身相顾？

一切都将化为乌有，比如这场雪。
比如一个提灯的人走在雪中，蓬乱的须发被剃度……

（选自《天山时报·散文诗月刊》2020年10期）

■（四川）伍荣祥

子夜爝火（组章）

梦里，我还看见世间有人转身狞笑。

1　天空与子弹相遇。其实，流血是从翅羽的折断开始的，一路灾难一路无辜，只有滴血与无言，不见呼号从云层穿过。世间要往哪里行进？屈指细数，这是一次事件，再以后就是一阵雨，一阵风暴，一阵叹息的下坠，就有千年一回的林中之叶被虫子反复叮咬，然后纷纷飘散一地。

2　浪花给鱼儿指路，岁月让夕阳成为伤口，潮汐之后歌谣就随之失传，时光在疏离和变异。这时，季风在十一月的十字路口旋转，谁给谁再次指路？谁给谁再次点燃子夜的爝火？无语以对，鸟依然在天空飞，卵石在河底却成为碍物，而昨日的想象和蓄谋让我的船体抽身不得。

3　秋风总是见缝插针，让逗留、回顾、枝叶、果实这些词瞬间散落，谁都难以挽回这个残局，并且记忆与历史提前被风力吹成碎片。呼啦啦地吹，今夜秋风瑟瑟，月影遮掩月影，落叶覆盖落叶。没有后退之路，我行色匆匆，我转身之时在看不见的暗处窥视众多灯火摇晃不停。

4　黑色，非黑色与黑色。鱼在水下潜游，嘴中用一圈圈水泡不断承诺和预言，还用轻盈的尾部左右摆动而揣测人间祸福。鱼，非鱼之语：此刻，众鸟在房顶忙于撕扯稻草与碎叶，包括门楣上张贴的一句句谎言。澄明在弥漫，一只犬在墙外的田埂孑然行走，而我的院内依然繁乱如旧。

5　这是梦留下的罪证，是昨夜记忆的浩劫，许多事物与生灵在缄默的梦的时间里悄然毁灭。梦外有梦，推开窗棂仍未天明，还伴有夏时的轰鸣。梦里的世界在疼痛和困惑，犹如我白天那十根指尖的莫名划伤。何日终结？梦里，我还看见世间有人转身狞笑。

6　水鸟是我河面的一颗星，当激情飞到那里憧憬就飞到那里，而飞得最快的是头顶的风和我的失意。其实，我也是人间若鸟样的过客，既缠绵又匆忙，我不知道自己终将是谁的风景。这年月，你仍是我在这座城市的唯一牵挂，我不俯视你，我又俯视谁？

（选自《诗潮》2020年3月）

■（山东）金小杰

他　们（二章）

他们是一个机构，一个公司，是一个国家，一个公民。

1　没有人生来勇敢。

疫情前，他们是父母，是儿女，是汹涌人潮中的一员。每天上班，下班，两点一线，热衷于一屋三餐的简单。阳光寡淡，岁月平和，日子在月历上划过，柴米油盐，仿佛不经意间就可以抵达永远。

现在，一切都变了。病毒肆虐，每天都会有人离开，将一切的圆满打得破碎。沉默的瞬间，有人不断地开始请愿。他们高举着的拳头，像一小束微弱的火光，打亮一小片黑暗。凡身肉体，他们也会怕，也有担心和牵挂，但还是把自己的脊梁挺了又挺。

他们打包起行李，打包起日月山川，从五湖四海赶到疫情严峻的一线。白褂轻展，如同将军催马拔剑。出发前，他们是一家人的靠山。出发后，他们就要成为一群人的英雄。

没有人生来勇敢。请记住出发前对孩子许下的承诺，请记住出发前爱人在车窗外的呼喊，请记住出发前家里老人的担忧和牵挂，请记住：一定要平安归来。

2　他们，是城市中用汗水说话的那群人。沉默寡言，用极短的时间，从泥土中捧出了两座医院。

他们，是城市中最不起眼的小商小贩，送菜送饭，用自己胸腔里的一簇火苗，去温暖另一簇火苗。

他们，是参透生死的那群人，神色平静地消毒、入殓，给生者以安慰，给死者以尊严……

他们，是成箱成箱的口罩、防护服，是捐赠的大批医用柜和电器；他们，是华人华侨想尽办法带回国的医务物品，是高速路口递给援资司机的一瓶水；他们，是整吨整吨的蔬菜和空降物资，是无人售卖亭自觉放下的一把零钱……

他们是一个机构，一个公司，是一个国家，一个公民。

他们中的绝大多数人并没有名字，但他们正用笨拙直接的方式爱着这个世界。

（选自《散文诗》2020年第5期）

第八辑 村庄·乡情和大地

■(湖南)吴昕孺

村庄的童话(二章)

村庄由男儿支撑，却靠女儿延续。

村庄

村庄长在一把硕大的蒲扇上，像成语长在字典里，几百年来一模一样。村庄里住着一些人，因为这些人，于是有了村庄。男人和女人，老人和孩子，几百年来一模一样。每个人的一生长长短短，但都仿佛同一个人的一生。除了村长的粗嗓门和村长女人的细白皮肤，村里总是繁殖着同样的命运。

村长至高无上。村长是村庄历史的书写者。村长是村庄跳动的心脏。村长和他的女人成为村庄的主体，他们走家串户，或者，每家每户串到村长家里，使村庄像一条陈旧的项链，被笑声擦亮，被口水濡湿，被叹息摩挲，被哭泣冲刷。村庄里的老人，像婴儿般印堂发亮。村庄里的婴儿，无不像老人那样皱纹密布。大量岁月堆积在村庄，让天空变得低矮，让大地变得厚实，发酵成养育古木和侏儒草的肥料。村庄散发出一股特有的味道，通过炊烟散播到远方。村里人认为，这是生活的味道。偶尔离家，闻不到这种味道，他们心里就会发慌。而村庄之外的人们认为，这是历史的味道。不可思议的是，他们隐隐觉得，在那个村庄里，生长着他们的前世或来生，因而对这种味道充满了向往。

每一个人都和村庄密切相连。无论你有没有去过，你都是它的一部分，它的爱和恨、福祉和灾祸、希望和痛苦……无一不融化在你缓缓流淌的血脉里。村庄是故土，同时也将不可避免地成为我们的宿命。

你看到村口那条小河了吗？顺着它，你就可以走到外面去，可以走进城市，可以看到大海，可以飞上蓝天。但你每时每刻都会陷落在村庄里，你只是村庄走出去的一只脚，甚至只是一枚脚印，你的头颅、心脏，当然包括灵魂，都从来不曾离开过这里。

站在河边，目送你远行的那棵大槐树，几百年来以同样的姿势矗立着，不倒，不枯，和天上的白云一样，繁茂而平静。它身上每一片叶子、每一株枝干，都铭刻着你单薄如纸的背影。

我们怀望村庄。我们想念扎羊角辫、跳橡皮筋的村长的女儿。没有女儿的村长一定当不长久，没有村长女儿的村庄一定会失去活力。村庄由男儿支撑，却靠女儿延续。但那个村庄，村长连同他抽的旱烟袋早已消失，男儿和女儿都像从大槐树上散落的树叶，飘向四面八方。然而，在极度聒噪和极度静寂的时候，我偶尔能从灯红酒绿里瞥见村庄哀怨的眼神，我能感受到从那蒲扇里生发出来的习习凉风。

村庄仿佛埋在地底的古瓷，拂去泥土，瓷面上雕刻的花枝依然摇曳多姿。

民　居

林中的民居和树上的鸟巢没有区别。巢筑于树上，因为鸟有翅膀；屋砌于树下，因为人直立行走。鸟是进化到什么时候，才学会筑巢的呢，这个问题或许只有鸟能回答。不知道还有没有鸟，还有多少鸟，停留在鸟的远古时期？但所有人都坐在"当代"的高铁上，远离了自己的古代，唯有那些隐藏于林中的民居，像一个个没被惊扰的旧梦，依稀透露出远古的声息。

家谱是民居里唯一的书，是一条千百年来缓缓流淌的河流。河边的森林消失了，生活的主干却历历在目，成长的梦想早已被对钢锯的畏惧所取代。笑语和哭泣的枝丫还在不停地伸展，伸向时间的四面八方，结出一串串相貌各异、神态相似的果实，在蕴含春雨、清风、炎阳、雷鸣之后，打磨得亮晶晶的果皮上闪烁着自卑而自足的笑容。

这些果实，在害怕被吞吃的同时，也在等待被吞吃。它们在这种害怕和等待的煎熬中，成就了自身巨大的惰性和食欲。民居里同时豢养着贪婪和谦让两只怪兽——它们时常在一起打得头破血流，但谁也离不开谁。它们像族徽一样高悬于厅堂门楣，然后被浸泡在文字和语言的糨糊里，直至有一天修炼成仙，幻化成文化的翩翩幽灵。

流动的日子，因为越来越缓慢，也越来越静默。它的声音时常被欢快的山溪淹没，久而久之，我们只听得到山溪的潺湲，听不到日子的梦呓了。日子就真的停顿了下来，不再流淌——它聚变成云，呆呆傻傻地盘踞在民居上空；弥散成雾，懵懵懂懂地游荡在民居内部。它是一汪深潭，裹挟着漩涡，沉积着静水；它又是一种氛围，让人们感觉不到，却又永远牵系着人们。

日子才是民居的永久居民。

民居那微微翘起的檐角，像一只飞翔的翼，但民居是无法飞翔的。它屹立不倒，庇护着一个又一个飞翔的梦。它自己的根，却永远扎在那里。

它的飞翔便是最终的坍塌。

（选自《散文诗》上半月版 2020 年第 12 期）

■（安徽）许泽夫

近乡情更怯（组章）

表舅遗嘱中写道：墓砌成讲台形状。

娘的顶针

一块鸡胗皮，一支牙膏袋，外加一卷乱发，换来蝉鸣声中拨浪鼓叫卖的一枚顶针。娘如获至宝，戴在中指上，一戴就是三百六十五天。洗衣做饭不取下，栽秧割稻也不取下，像是与生俱来，从此不离不弃。

娘的手指骨节突出，像榆树的枝、铁耙的齿，和这只粗大的顶针天生绝配。收工后的油灯，她把针纳进鞋底，顶针用力插进，从另一面拔出针，麻线穿底而过。

我亲身经历脚上的鞋从小到大。我亲眼看见娘从轻松自如到软弱无力。顶针的作用不够大，木凳、门框、树墩助她一臂之力。

半夜，娘一声呻吟将我惊醒。铁针扎进了她的手，她迅速把滴血的指头吃在嘴里，也扎在我心头。

有一次，也是唯一的一次，娘把顶针从中指取下，戴在无名指上，对着缺了一角的镜子，举着手，做出各种姿势，顶针发出黄金的光芒。

那一刻，我发现满头白发的娘天下最美。

青　草

奶奶一生见不得青草，仿佛前世结下的冤仇。

见到青草，奶奶就像见到偷米的贼、猎鸡的黄鼠狼。奶奶肩扛锋利的锄头，如仗剑的游侠，在田埂上转悠，麦地里的草、油菜地里的草、山芋地里的草、高粱地里的草……奶奶飞快地挥舞锄头，手起锄落，连根铲断，斩草除根，直到他们在烈日下变蔫发黄，她才放心地离开，走向下一块田垄。

对于稻田的里草，奶奶不假思索，扔下锄头，卷起裤腿，下了没膝的水田，以手为耙齿，连抓带挠，寸土必争。至于那些混在秧苗里的稗草，奶奶有一双火眼金睛，手到草除，一棵也别想逃生。

奶奶痛恨青草，痛恨与她争夺收成的青草，一棵草就是她眼中的一粒沙子，必连根清除而后快。

奶奶仙逝后，父亲把她葬在一块山地上。

山地寸草不生，除了黄土就是沙砾。

清明时节，奶奶的坟头上长满了青草，在一阵阵春风细雨中舞动着绿色的小旗……

贴春联

或外出打工，或举家迁到城里的住宅小区，村子里空了一大半。

村子冷冷清清：狗不叫了，鸡不跳了。

炊烟稀疏了。二踢脚只飞到往年的一半高，就一头栽到地上。

西北风像贪玩的孩子，在村头村尾小巷乱串，卷起满地的落叶和往年的尘土。父亲提着自制的糨糊，腋下夹着连夜赶写的春联，春联的内容也是父亲自编的，满满的祝福和期盼。给那些紧锁的门扉一户不落地张贴。

大红的对联，像是给大门化了妆，屋子顿时有了红红的笑脸。

父亲说，贴上了对联，这些空荡荡的家就有了人气，远方游子的思乡之情，就有了安放之所。

村庄又漾着节日浓浓的喜庆。

表　舅

表舅是我的班主任，从初一到初三。

表舅是村办中学的民办教师，一天记十个工分，相当于一个壮劳动力。

表舅很严厉，脸比黑板还黑。

表舅家庭成分高，为人小心翼翼，对戴袖章的学生唯唯诺诺。唯独对我，横眉冷对。那时倡导反潮流精神，反对师道尊严，表舅不怕，说他是长辈，纯属家务事。

表舅的目光天天盯着我，盯着我的课堂内外。

表舅的教鞭，时时指向我，矫正着我的一举一动。

表舅硬是将一个叛逆的少年郎逼进了城里的校园。

表舅英年早逝，不抽烟的表舅患了肺癌。

表舅遗嘱中写道：墓砌成讲台形状。

（选自《散文诗世界》2020 年第 10 期）

■（湖南）曾　冬

梦里江华（组章）

而哪张开启的柴门，可以收留一颗世俗的灵魂？

桐冲口

时光似乎停留在千年前的一个早晨。

舞动的长鼓早已安歇，篝火早已熄灭。村寨被一声朦胧而亲切的鸟语叫醒。一些咿呀的开门声，从岭南岭北的吊脚楼传来。

青山依旧静静地卧着，缥缈的薄雾是件半透明的纱衣，随意地挂在山腰。

麻江河从起起伏伏的峡谷里淌出来，深情款款地环抱着寨子，不舍离去。

那个浣纱的瑶家妹子，坐在溪边的青石上，望着一朵坠落的野花发呆。风撩起她平平仄仄的心事。她的梦里，是否存放了昨夜的月光和一个骑马的背影？早起的阳光像一尘不染的露水，从瓦檐上清清地流下来，然后轻轻地摔落在屋前屋后。

远处的田塍上，谁家的母亲轻唤了一声，炊烟就漫过了山脊。

桐冲口，是一首幽美的古诗，隐逸在湘西南最最纯净的角落，让心安宁。我真想拍落一生的风尘，成为一个荷锄的村人，粗茶淡饭，日出而作，日落悠归。让青山白云，陪我慢慢变老。

而哪张开启的柴门，可以收留一颗世俗的灵魂？

涔天河

青箬笠绿蓑衣的渔翁，早已不知去向。只有那只斑驳的小船，还系在岸边，安静地等待着主人。

山峦被一场夜雨洗得更加青翠。风从远处牵来几朵白云，投入了水中。一只不问世事的白鹭，在水边悠闲地照着镜子，而后，又悄无声息地飞进了蓝天，只留下一对模糊的翅膀。一带清泉翻开大山葱郁的绿衣，从远处的山间落下。隐隐约约的水声，如梦境般回响在山谷中，空灵而幽寂。闪闪躲躲的阳光，在水面上来来回回地跳跃着，迷惑了一尾过路的小鱼。

今天，涔天河铺在天空下，披着四季的衣裳，如处子般纯净。那些落花的往事，早已随春天流走。此刻，天静，山空，这个初秋的上午，时光终于放慢了匆匆转动的指针。一切都没有改变，一切都变了！尘世间的纷纷扰扰，被一条河流洗涤得干干净净。

涔天河，虽然我只是个过客，却已愿意做一介渔夫，一生为你停留！

爱情小镇

我来时，风正好从码头上吹过。

而摇橹的瑶家少女，已打着一把薄薄的油纸伞回了家。空气中只旋绕着一曲深情的民歌。我有些恍惚，以为许多年前的某个午后，一个仗剑天涯的男子，骑一匹白马，醉眼蒙眬，从石板路上走过。但我还是很清晰地看到了你的名字：爱情小镇。

也许，你在等一个人，等了几百年！我站在小镇的溪边，照见自己的容颜已开始苍老，却还是，一天天错过。撑油纸伞的美人，消失在小巷尽头，成了谁的新娘？码头空寂。唯有起起落落的阳光，撕下了一个又一个等待的日子；唯有风，梳过那丝丝杨柳。或许此生都无法邂逅！我已不再做那个寻爱的王子，却依然执着地，想要翻开你每一页的青春岁月。

今夜，我会从一朵月光里，闻到你的余香吗？

宝镜古村

院门口，层层叠叠的绿又挤满了一井塘水。一枝大胆的莲，拨开叶片，扬起一张粉红的脸，羞涩地转向了村口——那个背着书包的少年，吟着唐诗的少年，是否已放学回家？

后山上，一泓响泉穿过曲曲折折的空岩，拾走了季节的喧哗。松林深处，谁的十指抚过瑶琴？那些跳动的音符，是一些悠扬的词语，随一阵风跌落在村边的小溪，惊散了几尾天真无邪的鱼。

村外，田野已被蛙声催黄。稻穗们低下头，怀念着阳光和雨水，安静地等待一把幸福的镰刀。宴社散去，丰收的酒气飘荡在村头院尾。夕阳照着一群微醺的影子，往家的方向踉跄而去。槐荫柳下，谁醉倒在一束月光下，忘记了归路？

一扇花窗亮了，绣楼里，思春的少女，呆呆地望着一盏摇曳的灯火，夜夜想着心事。

多年后，一匹快马从远方归来，驮回了一个熟悉的身影。他怀揣皇榜，却依然手握书卷。她从一声乡音里，叫出了他年少时的乳名。

站在宝镜古村，恍如从梦境中醒来。岁月的浮尘已然散尽，我看见满墙的青砖上，镌刻着深深浅浅的时光。

（选自《永州日报》2020年9月16日江华人文专版）

■（湖南）曾　辉

我是大地上的风（外二章）

我是大地上的风，翻阅祖国的山山水水。

风在水面上打滚，就有了层层波浪。
鱼把波浪穿在身上，就可以行走江河湖海，成为水的精灵。
被犁铧翻起的，是土地的波浪。
在土地上生长的，是一波波的稻浪、麦浪。
梯田是山的波浪。
山峰是大地的波浪。
而云朵，是天空中最自由自在的波浪。
目光，是眼睛的波浪。
思想，是心灵的波浪。
文字，是思想的波浪；
而文字的波浪，汇聚成书的海洋。
我在书海里打滚，畅游知识的海洋。
我是大地上的风，翻阅祖国的山山水水。

行走的乡村

母亲的炊烟摇醒早晨。
犬吠声是大地的铃铛，把颗颗露珠从草尖上震落。
露珠喂养的那只布谷鸟，精灵一样地穿过田野，它的叫声把天空唱成了暖蓝色。
五月的阳光，缓缓地从云层投下来，网一样把村庄罩住了。
洞庭湖平原，以千里稻浪向大地展示它的丰收与谦卑。
阳光使花开花落，也让杂草丛生。
一些隐蔽的事物，伴杂草生长，在乡村蔓延……
风在稻浪上行走，父亲的镰刀在风里行走。
岁月的犁铧在土地里行走，酒与豪放在日子里行走。
希望与痛苦在烟雾里行走。
死亡与降生在吹打声中行走。
乡村在旷野上行走。
只有怀念，像那根飘舞的羽毛，在故乡的天空行走。

芦苇情思

一秆芦苇是一支笔，写下秋风秋雨，也写下了晴空万里湖水浩渺。

一只野鸭是一颗星星，一群野鸭便可以鲜活整个天空与湖泊。

这些湖的精灵，让梦有了飞翔的翅膀。

众星之上，夜凉如许。银汉迢迢，微波起伏。

夜晚的天空是湖；白天的湖是天空。

天光与湖水交相辉映，目光与远方相互碰撞。

在洞庭湖，鸟是飞翔的动词；和鸟一起飞翔的还有阳光；阳光在水面打滚，生出许多光亮来，就像是夜晚的星空。

水天相接处的是朝阳或晚霞，也是目光跌落的地方，不是海天茫茫，就是平芜尽处的春山。

从芦笋开始，绿便开始长大，这绿浮在水波上，是起伏的波涛，可以随风汹涌，向远方传递呐喊；这种绿纯洁干净，没有一点杂色，铺在一个个的沙洲之上，像是蓝玉盘里盛着的颗颗青螺。

之后，这绿渐渐被风淡化，一点点变黄，直到深秋变成这枯槁的秋色，点缀广阔的湖面。

从一秆芦苇里可以吹出歌声，吹出尘世的心事。

芦苇低头拂水，拨动一些往事，就在湖面上飞翔，如一群惊飞的鸟。

小船驶进芦苇深处，在初冬，枯黄的浩大遮住了整个天空，没有了一点生气。湖水墨一样地罩着船身，桨奋力打开夜的寂寞。

夜晚睡在芦苇搭成的棚子里，可以望见一角天空。浩瀚的瓦蓝色夜空，点缀着些许疲惫的星星。而一整天砍割、打捆、搬运……繁重的劳动，把我许多的思绪踩进了烂泥，于是在鼾声中进入了深沉的梦境。

多年以后，当我在遥远异乡的超市里见到芦笋，还会想起我身上划出道道伤痕的曾经。

（选自《天山时报·散文诗月刊》2020 年第 4 期）

■（广西）湖南锈才

风吹故乡（组章）

故乡被雪覆盖了，唯炊烟没被盖住——那是故乡的魂！

故乡太小了，小到连地图上都找不到，小到只是傍晚，我的乡亲，用很土很土的湘音呼唤一句“狗伢子，你快回来！”——整个膀子村都听得见。

小到只是深夜，祖母一声轻轻的叹息。

小到只是半夜，父亲一声沉闷的咳嗽。

小到只是母亲细细的针尖，一不小心，就扎破了手指，让我痛好多天。

风吹故乡。落叶萧萧。千里之外，我看到大哥驼着背，喘着粗气，正学着父亲低低地咳嗽，却不停地抽着旱烟。

他头上，一场大雪，说白就白了。

一颗小豆芽

岁月轻摇。

膀子村是一个安静的大摇篮。那时我是新的，鸟鸣是新的，村庄是新的。妈妈的笑脸，姑姑的亲抚，静静流淌的蒸水河，从大胡子伯伯胡子里掰出的故事，新植的农谚和村庄的俚语，都是我贪心的奶水。

阳光在山坡吃草，牛羊很乖，天空比童话里更蓝。

草坡很苍茫，父亲很悠闲。随手扯一朵飘过头顶的白云，就可覆盖整个村庄和爷爷的叹息。

雪，慢慢覆盖了我的村庄

最初，雪落是有声的，落在湘西南，慢慢地覆盖了我的膀子村。

雪落无声，故乡只是“暂时性失联”，在跟我的童年玩躲猫猫。

雪落无声，春天肺部的阴影越长越大。

雪，慢慢覆盖了我的村庄；雪，铺天盖地地舞着，天渐渐地亮了。

我的心也渐渐地明亮起来。

一只白色鸟，哲学家一样，蹲在窗口看风景——雪落无声，一点点的白，慢慢打败了很多黑。

故乡被雪覆盖了，唯炊烟没被盖住——那是故乡的魂！

（选自《北海日报》2020年5月21日A4版）

■（安徽）司　舜

草木乡村（组章）

一场宴会摆好了布局；一场幸福正在孕育。

篱　笆

看着篱笆，我会引起很多心思。

有点乱。像那些磨磨蹭蹭的藤蔓，一刻也不曾平静。

篱笆之上，一场宴会摆好了布局；一场幸福正在孕育。

蝴蝶用翅膀张扬，它拆不了篱笆，但拆开了一缕风与阳光的间隙。

然后点燃了一把火红。

草　叶

每一株草叶上，都注满了虫声。

那些小虫子的鸣叫从草叶里传出来，一声逼近一声，叫人总想进去看看，那里面到底有多少声音。我一直没弄明白，草叶与虫鸣相互跟随，甚而投怀送抱，竟然如同天空用鸟声填补它的辽阔。

红　花

偷偷写着情诗的，不只是绿叶，还有绿叶旁边的风。

第一次有了红润的花骨朵，有了恋爱。它吐出的芬芳，让我看到：

天空弯下来；大地凸起来；羊与青草亲热起来；阡陌与河流牵连起来，甚至平时从不搭理的玲兰和水仙也相互打起了招呼。

山　峦

风起，山青。风停，山蓝。

我看山峦，觉得这些站立着的伟岸身躯——它们自己不动，却将一直在动的一切事物吸引到自己周围——这需要怎样的自信和威望？

表达着山峦的，不是山峦自己，而是匍匐在它面前的村庄、河流、旷野。

包括呼啸而过的一列火车。

（选自《天山时报·散文诗月刊》2020 年第 8 期）

■（湖南）苏启平

山村物语（组章）

望着水中的倒影，找回了老屋失去的全部记忆。

池　塘

泉水流进池塘，光阴一点一滴地积累。

我害怕风太大，不小心吹起波纹，露出村庄年幼无知的懵懂。

遇见一场自由自在的雨，读懂村子和父母的青春。

钓起时光精彩纷呈的碎片，当着女儿的面回味童年，谈论田野、水稻最初的模样。

左邻右舍的故事如同野草，坚忍倔强地活出自己的颜色。

我聚精会神地望着水中的倒影，找回了老屋失去的全部记忆。

大　山

树木以四季为线索依次叙说，秋季是最生动的矛盾冲突。

鸟宝宝在母亲的怀里憧憬，一缕阳光指明一座山的方向。

溪流潜伏已久，声声叹息，复杂的心情比河道更加悠长，浪花是村庄写给外界最美的情书。大山挺着引以为豪的肚腩静坐，悠闲地对着蓝天自斟自饮。孤独的树影随手采下一把果子，山雀，是它青梅竹马的伙伴。

纵横交错的山路，攀爬着我在城市赖以为生的理想与信心。

油茶花

村庄弥漫金黄色的稻香，像西北高原一望无际的葵花园，散发温暖的柔软与无边的辽阔。山把一半身子放在阴冷里，油茶花在残留的阳光里绽放。满山的花朵是妈妈的白发，还是村庄粗淡的白衣素缟，祭奠逐渐模糊的儿时记忆。

秋天有意留出一段空隙，引诱一只蜜蜂去追忆几株零落淡雅的菊花。

你站在春天的身后去看一座山，油茶花是村庄格格不入的修饰。

果在秋天成熟，花在秋天盛开。

茶树用十二个月的约定去酝酿成熟，像我们人类一样从不休息。

（选自《天山时报·散文诗月刊》2020年第2期）

■(山东)梁永周 **和一望无际的麦田对视**(外一章)

阳光对它全部子民的宽容，是我们对大地仅有的忠诚。

从一大片土地上离开，我们爱上登高望远。所有的山脉都没有青松和晚风，所以我们失了方言，失了无畏。高楼之间，从来都不敢大喊，我们的胆怯像极了那只过街的老鼠。

还记得杨树叶子喝水的童年吗？知了一点都不吵闹，它们用自己的命运逗人开心。还有啊，你多久没有见到过蚯蚓了？还有蜻蜓。老人们说："蜻蜓低飞，会有大雨来。"我们的蜻蜓是电动的，晴天的时候它也出现。

和一望无际的麦田对视，我不敢。我没有只享用果实的那些人热爱它，我咀嚼不出溢美之词。我记得那麦芒的锋利，割破了多少人的愿望。我也记得在一片金黄之中，迎接一场暴雨时，那些破碎的心事。

如果有幸在一个温和的午后，你听得见风吹麦浪，那是什么？那是阳光对它全部子民的宽容，是我们对大地仅有的忠诚。

我开始咀嚼光阴的细纹

清晨，一切都过于匆忙。所有的惊慌失措都成了一匹野马，我们咀嚼的节奏都像极了赶马的嘶鸣。你可曾把镜子里的那个人端详一番，请求过他的原谅？等夜幕很深的时候，我们开始杜撰出每一种艺术，你知道为什么是艺术吗？因为那一整片森林中的无数条路，你都不会途经，而你行驶的那条道路，你早就认定没有树木。

你渴慕鸟鸣的眼神就长在工作台的那盏台灯上，可是你从未在任何一个白天与它对视过。所以你忘了你的愿望，它已经停止生长，不新鲜了。

下雨的时候打伞，我们想尽一切办法避开洗礼。然后把所有的皮囊褪去，浴室的墙壁应该有一整面的镜子，我应该安慰一下对面的那个自己。等水流冲过自己的皮肤，等你闭上眼睛。你的世界一定广阔、黑暗，一场雨凶猛、热烈，我们需要与热烈交涉，需要向凶猛学习；需要与黑暗决斗，需要与广阔拥抱。你把眼泪掩藏到自己都无法觉察的心里，而后莞尔一笑。

从不泄露绝望，却不代表始终被生活善待。彼此征服的过程里，我们满身的刺，不过是向阳光祈求的姿势。

(选自《扬子江诗刊》2020 年 4 期)

■（安徽）张道发

常常怀想这样一个场景（外一章）

这是初春在耳边说话呢，听懂的人已然懂得了爱情。

晌午，变暖的阳光仍是淡青色的，照在小村些微泛白的土路上。

三两蛙声来自野桃树下的池塘，小风走过水波间，银亮的小鱼儿浅浅地跳跃。麻鸭在近处的水沟觅食，间或，一只公鸭猛地骑上母鸭的宽背，母鸭嘎嘎叫唤也不反抗，蹲伏在浅水处，翅膀扑出的声音多么欢快。

不时有犬吠从幽深的村巷传来，不紧不慢的那种节奏，想来是熟人路过家门口。

勤快的人家开始煮午饭了，热气从开着桃花的房檐下漫出来，捎带米饭半熟的香味。闻到饭香的人不免想到自己的家，也该升起炊烟了吧？嘴角露出难以察觉的微笑。

这时候，母亲从河边的韭菜地回来，臂弯的竹篮里盛着今年的头道春韭。

她的身后跟着自家的小花狗，卷尾巴不停地摇晃，花蝴蝶逆风飞舞，天那么蓝。

麦子陆续登场

麦子陆续登场，黄澄澄的阳光浮出新麦香。馋嘴的雀鸟围着麦场转悠，土黄的翅膀扑出轻尘，有蠓虫抱团飞在低空中，不时撞人的脸。

父亲坐在刚打下的麦秸草上，草帽檐歇着一只青蚂蚱。他用手搓搓麦粒，嘴里喃喃自语，目光是那么满足。

远天，一座座白象似的静止不动的云山，云雀从那里翻过。

树荫里的鸡鸣声，一遍遍为平静的生活抒情，麦香味的空气震颤不已，间或听见新麦在阳光下轻爆的悄响。

各色瓜花叮当着挂满树篱，青藤上的茸毛亮晶晶的。

倘若你此时路过我家麦场，那就敞开口袋，兜一些这样的声音回家吧，用它洗洗心上的尘埃。

（选自《天山时报·散文诗月刊》2020 年第 8 期）

■（贵州）曾入龙

迁徙的鸟（外一章）

一只鸟途经高山时，高山是足下的沙粒。

从迁徙的鸟的翅膀上，窥见远方的天空。

那一只飞鸟，带来一整个季节的严寒。

带来了阳春，也带来了白雪。带来了辽阔，也带来了荒凉。

途经某个村庄时，村庄是孤寂的。一株老槐上，一个空空的鸟巢枯萎了，零落成泥碾作了尘，在往来于城市与村口的车辆之间风尘仆仆。

途经某一片草原。草原上，风吹草低，牛马嘶鸣。

那些稀疏的蒙古包，是一朵朵含苞的花朵。花朵里居住着辽阔，也居住着爽朗和歌声。只有酥油茶，在舌尖上春风万里。那些香气的烈焰，在蛰伏于味蕾深处的牧场上石破天惊。

一只鸟途经高山时，高山是足下的沙粒。

一只鸟途经大海时，大海是眸中的雨滴。

只有途经此处时，才有了高原的豪迈。高原的雄浑，在一粒鸟鸣里荡漾。在云贵高原，所有人都是大写的汉字，都是大地的影子。

一羽清风，十分月色。途经此处时，一只飞鸟，有了乡愁的河流。

一只飞鸟穿过洗衣声，在故人的发髻上筑巢而眠。

枣树无枣

我也快要遏制不住了，你看——星星缝补了夜晚，我缝补了你的梦。

其时，月光是马，蹄声嗒嗒。温柔的风，伸出清澈之手，撩拨一座山丘上的一棵枣树。

“可是枣树无枣。”

树上，生长着一个风干的鸟巢。皴裂的皮肤上没有任何一只啄木鸟。

“连啄木鸟也放弃治疗了吗？”

其时，我是一只虫子，用青绿的齿，敲击迟暮的枣树。

可是，枣树，你为什么不说话，为什么全都无动于衷？

你看，今晚夜色多憔悴，我快要遏制不住了，即将孵化另一个鸟巢。

但这个鸟巢，依旧不是啄木鸟的。它由月光和河流构成，也由山丘和枣树构成。

（选自《扬子江诗刊》2020 年第 4 期）

■（江苏）王　垄

柳堡的树（二章）

古槐是他们坚韧的肋骨、代代遗传的钙质。

古　槐

仰望或者拥抱，也是一种救赎。

柳堡那棵三百年的古槐，把荡气回肠的史诗，镌刻在额头。

无法恢复的旧时光，是柳堡永不更改的户籍。每一片叶子，都是天地之间最畅通的路。

鸟巢一次次遭大风删除，又一次次重新置顶。从未格式化的太阳，在柳堡的引力下，向小村做着自由落体运动。

静坐。面壁。修行。古槐以宽阔的胸怀，为柳堡提供了精神道场，让你做孤独的思想家、慈善家。我喜欢古槐墓碑一样的厚重。

出世或入世的雨。黑蝙蝠降临时，古槐警惕地看了看人间。

对于柳堡的子孙，古槐是他们坚韧的肋骨、代代遗传的钙质。

柳　林

闭上眼，我也能嗅到柳堡柳的青涩。

就像神秘的乳香，弥漫村庄，有说不出来的幸福。

风往往是轻佻的，而每一棵树都保持坚强、沉默。

柳林喜欢薄雾和细雨，与时光一起，清洗着我笔下的乾坤。

青春过后的枝条已经修剪，年年翻新的鸟巢，挽留了初恋和相思。

根与根缠绕着，演绎着隐忍、忠贞或者生存的要义。

魔幻色彩的跪拜，是让苍老的树身成为墓碑，祖先一一显灵。

非本土的树种正疯狂地向柳堡蔓延，柳林集合起本地的槐、榆、桑、桐……象征着坚守或对峙。

这些绿色的老乡，以第一人称扎根柳堡，掐指一算，已逾百年。

辽阔的柳林，代表着万物的走向。而两鬓斑白的我，抚摸靠近的一株，聆听着年轮的耳语，思索着柳堡的明天。

（选自《天山时报·散文诗月刊》2020年第6期）

■（青海）鸿　颖

稻草人（外一章）

孤独的稻草人，就这样与时间抗衡，与天地对峙

火辣辣的太阳，炙烤着山川河谷——

红艳若紫的花儿，渐渐变得垂头丧气。垄垄麦子，拼成了一片金黄。

豆果、麦穗饱胀欲裂，洋溢着清香，张扬着成熟的诱惑。成团的麻雀如大海中游走的鱼群，在空中不断折叠迅捷的暗影，飞势如潮。

此刻，稻草人已扎进七月醉人的麦浪间，布下重阵，守护起庄稼人那沉甸甸的梦。歪斜的草帽。破旧的衣衫。笨拙的造型。扬起的木杆，凝固了驱赶的姿势，在鸟雀眼里扎满了挥舞的鞭影……

黑夜里无须点灯，白天里无须撑伞，选择用沉默守望。

在秋风中挥一挥臂膀，一心驱赶那些如思绪穿行的鸟儿。

没有晴朗的笑容，也没有美丽的旅途和至爱的旅伴。只有绵延不绝的田野、宽舒的怀抱和无尽的蔚蓝……

因为它坚定的庇护和随风摇曳的身影，警觉的麻雀总是绕着它飞来飞去，仿佛金黄的海面上镶嵌着一排排流荡的灰点，叽叽喳喳吵个不停。

孤独的稻草人，就这样与时间抗衡，与天地对峙，在自己的世界里抱残守缺，固守着童话般的田园。随着节气的变换，田野渐渐空了，依附在它身上的期盼和使命也慢慢结束了，为何还在风霜里静静地伫立？

也许，它就是大地寂寞时刻赋予的聆听者、守望者。

猫头鹰

鹰嘴猫面，其貌凶悍。

白天眯缝眼睛，尽情享受着阳光的馈赠。

夜里飞出山崖，让凉风吹拂心中的寂寞，像天空一样辽阔。

夜予清湛。寂予肝胆。张开翅膀，黑夜却在它俯瞰的账簿上。

一声声嘹亮的鸣啼，来自胸腔的呐喊在雨雪中遨游，惊吓四邻不安。

飞在近郊。落在远村。扑向夜的飞翔，辨识黑白的胆量，自称夜的主人。让生命变成颠荡的海，总是以黑色的闪电，去撕破虚伪的祥和……

看不见的飞姿，听不绝的笑声。用一生丈量夜的宽与厚，人们却污蔑你为地狱的使者，专索人间的魂魄。

而你叼走的都是夜里窜动的无名鼠辈，吃掉的都是蛇蝎心肠。

（选自《西海都市报》2020 年 5 月 10 日昆仑副刊）

第九辑　城市·水乡·赶潮的鱼或黑蚂蚁

■（广东）孙善文　**行走，我像一条赶潮的鱼**（组章）

前进路上，总是影子重叠着影子。

地　铁

地铁已习惯了隧洞中的行走。

无论白天黑夜，它的脚步都沐浴着灯光的暖意。心中有灯，便有温暖。每辆行走的地铁，与灯同行。

我花了三块钱，刷卡上车，像搬家的蚂蚁，行色匆忙。安静的车厢里人影绰绰。灯光下，无数的手在手机屏幕上刷动着，表情冷静。

灯外，隐隐约约的影子晃悠斑驳，或许有夜游的灵魂相随。

地铁的行程没有白天黑夜，只有相约。

交通更为轻便，日子却已无法静好。

傍晚时分，我家乡的小路开始眠梦。城市的土地，无论是地面地下，都注定难以入眠。

行走在前进路

前进路每天都铺陈在我的视线，先是由北到南，后是由南及北。

路面笔直如尺。

单位和家，因此两点成了一线。

一条前进路，我行走了 20 年，像一条赶潮的鱼，潮起而来，潮落而归。顶着晨曦，或背回夕阳。

有初来宝安的朋友跟说我，前进路是宝安最美的路，一路花香扑鼻，偶尔还有鸟鸣虫语，短短一条路，都是风景。

看着飘浮于城市之上的小鸟，以及小鸟背后的蓝天，我却满脑子尽是红绿灯之间的距离。红灯停，绿灯行，一段一个，不远不近。

前进路上，总是影子重叠着影子。

全程五公里的路串起的，除了花草树木、高楼大厦、碧瓦朱檐、嫣红姹紫，还有发薪、房子按揭以及各类缴费的时间。

宝安107国道

月儿挂上了夜幕，宝安107国道灯火鲜艳通亮。

长长的车灯爬满路面，是夜色下绽放的阳光，从一辆车晒到另一辆车，从宝安107国道的这一头晒到另一头。车灯罩射出的光亮，如利箭一样，锁定了车辆的走向。

我是沿着簕杜鹃延伸的方向过来的。从南头及松岗，短短的32公里，足以丈量特区的每一个理想。红红的簕杜鹃，是深圳的市花，它纵情地在107国道开满一路，就希望每台路过的车辆及所装载的灵魂都得到温暖。

道路是城市的触角，挑逗着城市行走的步伐。高架桥，一次次将速度垫高。奔跑的车河，萌生着持久的力量。这流淌着的"沙沙"声，你别想追上，满满一条河，传递的都是脚步声。车轮的后浪推动着前浪，此时，不能停，停不了，一旦停下，必被滚滚的车浪淹没。

有一年，宝安一半分二，变成了宝安和龙岗；又接着，宝安一分为三，变成宝安、光明、龙华。107国道依然故我，道路的两侧，一边往南，一边向北，任由车流紧张流淌。

我们踩着前人的路，行走在107国道，特区的历史一年比一年垫高了路基。国道上的脚印，被一张张蓝图填满。

有思想的107国道，说要往河源、往汕尾行走，去远方。

公交站台

站台或左或右，都是河。因车成河。

每天无数的面孔从河边的码头流过。前面扬起无数的尘埃，像飞扬的水花，每一粒都带走一阵脚步声。

站台站在河边，见惯了形形色色的等待和别离，它知道，这人丛中夹杂的每一次挥手，或许都在准备下一次的重逢。如同站台前的榕树，自从移植此地，它就惯看车流，以及秋月春风，只管拼命垂根长叶。

城市的站台经常变换样子，其实都是遮风挡雨的。眼前所有的喧嚷以及车水马龙，与它无关。

站台无数，有人把它当终点，有人把它当起点，它终归只是他人旅程上的一个符号。

（选自《散文诗》2020年第2期）

■（上海）任俊国

蓝色的威尼斯（二章）

亚得里亚海那么早。海鸥的翅，从梦中划出。

清晨，我饮下一杯威尼斯小调

亚得里亚海那么早。海鸥的翅，从梦中划出。

有几百年历史的宾馆楼道像窗外的水道一样纵横交错。我一直惦记着昨夜的月亮会不会迷路？迷路了会不会一直站在某座拱桥上？

在童话一样的威尼斯，我可以等月亮，月亮也可以等我。

月亮虽然走了，但我还坐在蓝色的梦中。河道里摇曳的碧波捧着窗台，而我正好坐在窗台里。

一盆红花和一盆白花伏在窗台上。

当我端起一杯水时，一艘贡多拉小船正好转过对面的小桥，那个穿海魂衫的船夫把威尼斯小调摇进我的杯中。

我举杯，小调在清晨的味道正好。

以落日锻打飞翔的翅

月亮升起，太阳还在。

运河里，船只在两种光明里往来如梭。在这个以商业闻名的城市，日月之光也可能是一种潜在的交易。

海鸥和霞云飞过古海关大楼，影子和云层略略淡了些。哦，这是发明关税的地方，是一个以关税崛起的城市。哦，此时的亚得里亚海多么平静，而遥远的太平洋西岸正在进入飓风季节。

此时，运河上的云层又厚起来。而落日却强烈起来，要燃掉这云吗？

海鸥知道落日去后，天空更敞亮，于是冲进天空，让烁金的余晖锻打它的翅。翅尖燃起火焰，我看见金色的飞翔。

当海鸥以落日锻打意志时，它的内心却如明月一样澄净。

（选自《天山时报·散文诗月刊》2020年第9期）

■(菲律宾)温陵氏

西欧风情录(二章)

卢嘉诺湖畔的跨国情谊

没有国界，街道的这头是意大利，那头是瑞士。

没有边防，从这头到那头，来去自如。

在瑞士和意大利边境有一个风景如画的卢嘉诺湖。

许多年前，意外昏倒在卢嘉诺湖畔的瑞士妇人，幸遇来瑞士度假、素不相识的意大利医生现场及时抢救，捡回一条命。

如今都是独身老人，都有自己钟爱的事业和深爱的家庭。

每年的深秋时节，他们总会相约在卢嘉诺湖畔相聚，呢喃过去一年各自的故事。

然后，互相拥抱彼此祝福，相约下一个秋天还在老地方。

承载生活的歌声

卢嘉诺广场，传来高亢的歌声。

穿着单薄礼服的女子，在寒风里深情地演唱瑞士民歌。

脱下的大衣搁在自行车上，大地当舞台，听众是游客。

也许是曾经的知名歌手，也许曾经的辉煌已成过去，也许什么都不是。

歌罢，拿着帽子，微笑鞠躬。

站着。不伸手。

用歌声收获报酬。

以歌声承载生活。

(选自《散文诗世界》2020年第3期)

■（山东）高建刚

青岛意象（外一章）

栈桥是枚十字架，挂在白衬衫和白裙子之间。

雪后的青岛似祈祷的修女。

栈桥是枚十字架，挂在白衬衫和白裙子之间。

裙子的图案在祈祷中复活：客轮缓缓驶向远方，飘动好看的彩旗。快艇像白色的流星；渔船抛开网；海鸥在阳光中飞翔……

雪白的乳房，圣洁而宁静，拒绝战栗的眼和手指；水晶般的肌肤下，静静的血液在奔流，蕴含美的情感。

鸟儿落在肩上、臂上、手上，她爱惜生命。我梦中的修女，她敬仰光明，崇拜太阳，情愿在阳光下融化自己的身躯；而夜晚，她罩上一层黑纱裙。

我轻轻——轻轻地呼唤她，像呼唤情人的名字；又怕把她惊醒……

栈桥风景

白云在栈桥下静静地飘。水的波纹——明亮的鱼在呼吸，绕过暗礁。

海水慢慢吞噬沙滩上的雪白，剥开长长的咖啡色海岸线。那些船被皑皑的雪覆盖，升起炊烟，融于远处白色的山峦。

城市，所有的窗显影出白十字架，如小屋的护身符，只是玻璃变得灰暗，那么多路口通向海，岸上的长椅空空地品味记忆。

一只船起航，溅起许多雪花，噢不！那是海鸥扇动翅膀，仿佛世界永远这样宁静。

白云从栈桥下静静地飘。水的波纹——教堂的钟声悠扬……我感到对面的小青岛那么遥远。

（选自《大沽河》2020年夏季号）

■（四川）张　元

长沙旧事（外二章）

我只爱了你一次。一次，就是一生。

大雨来临的时候，我忘记了你的名字。

你是比春天更珍贵的心跳，在天空中，没有彩虹忽略你的样子。这种期待已经很久了，你知道，有些回忆是可耻的。

可在潮汐赶来之前出发，哪一朵浪花，会是我的遗嘱。很多的风暴死去，但我，还不允许你衰老。海鸟成群飞过时，连同你的不安成为历史。那么多的人死去了，只有我还活着；那么多的事忘记了，只有你还记得。桃花满树时，如同黄昏的信使，我将写下时间，关于你的，沧海桑田。

我只爱了你一次。一次，就是一生。

湘西古调

故事已经结束很久了，看见玫瑰，从此，爱上了整座花园。

我并不能分清花朵的种类，很多的暗香，只字不提。但我记住了落叶，每一片脉络，都是我想要的石头。

可以打鱼、采茶、饮酒赋诗，唯独不要提起从前。月亮落满了尘埃，那么多星星，至今下落不明。如果你还记得花瓣，就不要在春天忘记。

只有荒凉看见了种子的分娩，无数嘱托，不敢唤醒沉睡的爱人。发霉的声音里有你熟悉的旋律。你要去哪里？我站在风中，空无一人。

岳阳码头

终于忘记了承诺，关于忧伤，到处都是良辰美景。

和你一样，我正在学习接受，将第一万次离开，成为一个缺席的罪人。面对春天，已经无话可说。迟到的芬芳没有复述出花园，为什么海水退去，我却没有看见影子。彩虹里的森林，长出了日子，虚构的皱纹。

风每吹起一寸，黄昏就老掉一分。谁会是永生的天使，做我不败的对手？夕阳在河流里匍匐，芦苇布满伤口。咿咿呀呀的戏文中，大幕拉起，主角哪个不是自己？

（选自《上海诗人》2020 年第 1 期）

■（山东）赵大海

蚂蚁黑小小（组章）

月光劈开的缝隙，露出黑小小的头。

这座城市，月亮很甜

小黑们，于村头，抚摸肚皮，遥遥望见，理想的光芒。
黄海之滨，崂山脚下，散发面包的味道。
而他们不知道——
小花、小草、老树、泥土、地下室、月光——都是有数的。
廉价出租屋、大通铺，翻滚着密密麻麻的小黑身子。
谁被行李骑着，在站前广场兀自旋转。
棚户区，月光劈开的缝隙，露出黑小小的头。

一列列小火车，黑压压从四面八方，还在向这里挤，夜以继日。
这个城市，海水很咸，月亮很甜！

前面的几只蚂蚁

粗布衣裳，很脏，大街上晃，一看就是从泥土里钻出来的。
酒气向后飘，混合着外地口音，偶尔蹦起，吼一嗓子黄昏。
身子矮小，行走的速度老是那么快。
突然就被路边一处建筑工地，黑乎乎吸了进去。

加夜班

肚皮蹭在地面上，凉快。
腿脚趴在地面上，凉快。这时候干活真好。
蚂蚁黑小小们加夜班，一列列小火车从洞口里向四外开。
左转弯，右转弯，黑亮的小和谐号比秋老虎快。
路灯打哈欠。天上永远挂着月亮那张蒙娜丽莎的脸。

（选自《星星·散文诗》2020年第6期）

■（湖南）海　叶

小镇繁花（外二章）

小镇初绽的娇媚，恰似黎明的新娘！

陪你去看那个安静的小镇，去看小镇傍晚玫瑰色的云朵。

可一场初夏的雷雨，给轻淌的小河注满了激情。

这个下雨的傍晚，能看到什么？岸边一朵湿漉漉的小花，像你清亮的眼睛，里面藏有不羁的野性。

此刻，我别无选择。走过那座古老的石桥，桥下流水能抵达的地方，我们也能够抵达。

暮色里，没有人歌唱。只有雨滴和雨滴，抱在一起——

像夏日的繁花，将脸偷偷藏在叶子里。

阳光小镇

如果时间充裕，这个深秋的下午，我想步行去阳光小镇。

路边的狗尾草，在阳光下自由摇曳，像守护在小镇的犬吠。

我还想对尚未枯去的草木说：在暖暖的阳光下慵懒，是所有漂泊者最羡慕的场景。

山脚下只见三五户人家。这是真正的小镇，连门前的绿色盆栽，都是静的。

当时间回到暮色里，一盏灯一盏酒加三五知己，就足以支撑诗意的人生。

上堡印象

侗寨，树荫，溪流，以及木板屋的格子窗，窗前悬挂的灯笼，都是属于上堡的方言。

铭刻于磐石的图腾，盘绕交织着远古的故事。

好似神秘，也有了重量。光阴，也有了重量。

鼓楼，自成一体，摆脱了风雨的纠缠。

空空落落的戏台上，只有夕阳的影子在晃动。

当携来的玫瑰花瓣，铺开如水的晨曦。小镇初绽的娇媚，恰似黎明的新娘！

（选自《天山时报·散文诗月刊》2020年第7期）

■（山东）鲁侠客

夜梦周庄

水是流动的梦，桥是弯曲的梦，乌篷船是摆渡的梦。

1　周庄的桥，已弯成月亮，万千双脚印，正盖上地域的印章；
它们吸取了周庄原有的辉光和元气。
周庄的水，日复一日，荡出灵性，脱去软沓和疲惫。
梦中的周庄，只能任由乌篷船的船桨，划出古老的吱嘎声。

2　饕餮青苔，如饥似渴，大口饮食人间的云朵。
稀薄的蔷薇花香，落入周庄这一口深井，蛙声走远；
青苔、藤蔓，缠绕尘世梦呓，包裹成稀世的琥珀。

3　游人如织，井口里只剩方圆的天空。
曾经的旷野、水乡，绿色的心跳，离昆山一隅，渐行渐远。

4　暮色四合，萤火虫吐出微弱的光，流行乐、的士高的洪峰漫过，周庄夜色阑珊。

5　乌篷船，周庄摇曳砚台里浓缩的一滴滴墨汁，正昏昏欲睡。
夜色越深，它们越像乌云汇聚雷声。

6　周庄变魔术，从地面飘向天空。
倒立的周庄，是一面裸泳的镜子，还原陈年的檀香、存储隔世的琴箫之声。
沈厅、张厅的家谱、宗亲，庶民的爱恨情仇，都从那水的镜子里，鱼贯而出。

7　麦芒里滴落灌浆的麦穗，戏台上走出咿呀的昆曲，生旦净末丑，纷至沓来的人影，都戴上各式面具。

8　水是流动的梦，桥是弯曲的梦，乌篷船是摆渡的梦。
人在异乡。梦醒后，幸好周庄还在，我伸手一摸，温暖的人间也在。

（选自《天山时报·散文诗月刊》2020年第7期）

■（广东）陈惠琼

开放式天河公园

没有固定的造型，只有移动的形体，涌现源源不断的创造力……

公园对面的一条马路，一个女孩的侧脸口罩绷紧，匆匆走过高大的广告牌前。

此时的女孩，俨然是与广告背景的最佳组合。

车水马龙。有人横过斑马线，有人追赶着公交车。我在公园挺身与树苗比高，思绪却被从黄花树枝间传过来的尖锐童声打乱。

车灯太阳般照射到花丛的时候，花瓣的翅膀发出颗颗珍珠般的亮光。

在那条长长的跑道上，一个小伙子耳朵上挂着耳机，一路快跑。而一连串的花枝跟随着我，让我全身散发出香气。

偌大的空间！荡漾着的清香——这就是建设中的天河开放式公园。

头顶的吊机——伸出长长的臂膀——徐徐划过云端，引人心旌动荡。

兴建中的天河地铁中心，场地、景色，第一次向人们展现。

汽车、吊机匆忙地扑面而来。鸟儿们叽喳着从钢铁工地上腾飞而起。

太阳渐渐放射出强光，草丛、高树、树枝，五彩斑斓，机器鸣啭！

长长的马路上传来了阵阵车流声，人声鼎沸，宛如从天而降！

建造现代化地铁中心，眼下正是工地任务最紧迫的关键时刻。

开放式区域，接纳四方，啊——天河之涌动，牵动大湾区经济之未来。

一带紫色花又与另一条林荫道路相接。而周遭一条条小桥，一头连接山坡那边的舞台；一头通向方便孩子们游乐的荷池，还有五颜六色的宣传栏，杂错交织。

打造最佳丽的景色：一片一片湖上湖。一片一片景中景。一个一个水中天。一个一个镜中镜。一条一条路中路——没有固定的造型，只有移动的形体，涌现源源不断的创造力……

于是，我不再踌躇，与友人一起，悠悠漫步在这片正在更新、正在成长、正在快速葱绿起来的地带。

（选自《青岛文学》2020 年第 12 期）

■（广东）木　京

城步写意（二章）

画里画外，我领受着大自然的恩典和人间温馨的眷顾。

城步的夜晚

城步的夜晚很静，很静。安静到连一棵树的呼吸都能听得清晰。

小城暮色四合，一轮初升的月亮照着低矮的楼房。

千家万户亮着灯，橙黄的灯光温暖着人心。

月光洒在路上，像银龙般游向荣昌桥。宏伟的荣昌桥横跨巫水河，二十八排风雨亭敞开心扉，牌楼挺立，楼阁高耸，翘檐斜飞。

这里可是当年某位名士挑着盐回城步过河的渡口？

这位名士发迹后回乡搭建了这座桥，光宗耀祖的同时，也为乡亲做了一件大好事。时光淘尽了历史的烟尘，许多名流乡绅已经随风远去，唯荣昌桥铭记着一代人的勇武和对故乡的深情。

今晚无风无雨。坐在风雨桥上纳凉的乡亲说笑闲聊，那浓浓的乡音也是静静的，有别于大都市里霓虹灯下车声人声鼎沸的场面。

我静静地走着，感受城步静静的夜晚，用心翻阅城步悠久的历史……

十里画廊

一幅十里长的画卷徐徐打开……

画卷色彩绚烂如素手摇动着彩旗，又如舞娘摇摆着身姿，颜色随季节千变万化。风过处，有几片金黄的叶子飞动，似蝴蝶蹁跹向天国。

被无数目光礼赞过的生命蓬勃了一季又一季。

这福地只应天上有。想必是远古的某一天，一支神笔神来此城步，雅兴骤起，一番泼墨挥毫，便成就了这一幅别出心裁的十里长卷。

环抱一个童话世界。那幅画似乎还在生长着，变化着，歌唱着……

任风吹雨打，颜色长新不衰。

此刻，我的内心生出一种冲动，好想在每片叶子上写下一首情诗，让快乐感染栖息树林里的所有生灵，任情愫在画卷里漫散如烟岚。

画里画外，我领受着大自然的恩典和人间温馨的眷顾。

（选自《天山时报·散文诗月刊》2020年第10期）

■（浙江）许小婷

水乡写意（三章）

一条河流，给了村庄恒久的馈赠

山塘桥

曾经是一块块巨石，经历了怎样的捶打凿成山塘桥上的青石板？一座桥要经历怎样的风雨与磨炼才能像山塘桥那样从容不迫？

山塘桥，一头扎进历史的长河，一头向着未来延伸。伫立于桥上，仿佛有千年的桨声隐约传来，而那片小石子溅起的水花，可是千年前的那一朵？

一座桥，就是一段历史的见证，谁能读懂桥沧桑的心事？

“岁月失语，惟石能言。”我踩着光滑的石板桥轻轻走过。

广陈镇

江南的秋雨，不紧不慢地下着，踏在潮湿斑驳的青石板上，仿佛能一脚踩进历史的长廊。烟雨中的小镇，宁静，淳厚，灵秀，悠远，悠长的巷子，凝缩成一段岁月的留影。鳞次的墙檐悬着红灯笼。廊棚下，三三两两的老人和小孩临街而坐，一切温婉如昨。

一座小镇就是一部厚实的历史，是什么让广陈镇如陈酿的老酒，日久弥香？此刻，有吴侬软语隐约传来——“东乡十八镇，广陈第一镇”。那清雅的幽香引领后人在这里挥毫。

村　庄

撑一叶小舟，深入水乡的脉络，一条河流从远古流淌而来。

一根竹篙撩拨水中倒影，摇曳着农家人丰硕的喜悦，清甜的果香悠然飘来。

村庄的午后被水洗过，清澈，浅绿，连秋虫的鸣叫也纤尘不染。循着江南水乡的梦，我被欸乃声泛起的涟漪深深感动。

米饭香，鱼虾鲜。一条河流，给了村庄恒久的馈赠：曲折，蜿蜒，峰回路转……

（选自《天山时报·散文诗月刊》2020 年第 9 期）

第十辑 季节咏叹·除夕炉火

■（内蒙古）北 琪

四季咏叹调（组章）

题记：四季轮回，心之所向；一个眼神，温暖了世界……

春 暖

春风又起，吹落了岁月，吹走了思绪……
春天，是美好的，她曾记录过沧海桑田，留下几许飘飞的记忆。

从睡梦中醒来，阳光便洒满了整个房间。心，顿时亮起来。
春天，也是忧伤的。空气中还弥漫着彻骨的寒气直逼每一个毛孔。
记得春暖，记得花开，却记不得那个模糊的身影。

所有的情感，大概都会经历春夏秋冬吧？
只是，季节可以轮回，冬尽了，春会来，一切又将重新开始。
而经历了情感的冬季，也许不会再迎来下一个春天。

春天，给人留下多少遐想和向往。
心，也渐渐走向遥远。

雨 季

雨一直下。
就这样，下到内心滂沱，下到昏天黑地；
就这样，下到视野里没有一丝儿缝隙。

心在旷野里游荡，已看不清来时的路；一路狂奔，来不及停歇半刻，来不及理一理被淋湿了的记忆。

那个夏日的午后，阳光灿烂。
没有一丝征兆，狂风骤起。各种树，各种花，各种草，甚至每一粒沙子，都缩紧了脖子，在风雨中摇摇晃晃。

雨，就这样，肆虐着，汹涌着，拍疼了天和地。

走过了夏季，却走不出雨季……
梦想着：心中撑起一把伞，漫不经心地，等雨。

秋 思

秋日的傍晚，风把太阳的热情点燃，火焰映红了天边，染红了整个海面。
漫步平展的沙滩，海面上的金光跳跃着，在眼中荡漾开来，慢慢地，将我的心事融化。

海风蔓延，心情一路芬芳。
看着，想着；想着，看着……不知不觉中，那夕阳一点点，一寸寸地，退却到一片尘埃里。
披上外套，转身，去感受另一面吹来的海风。
好想借一缕海风，编织成你的曲线。

万顷月光下，遥想：
围着火炉，与你共话——咫尺，天涯。

雪 痕

冬，如约而至。
雪，欣然到来。就这样，开始了季节的对白。
踏雪，在那个寒冷的冬季，是最温暖的记忆。

月光下的雪地，洒落一地晶莹。
沿着河堤漫步，那冬天的精灵，飞舞着，追逐着，落在发间，落在耳旁，飘散在阵阵笑声里。

任风吹散纷飞的发丝，吹疼脸颊，傻傻地望着天空追问雪花：
这冬，会不会成为今生一抹永远的痛？
雪落无痕。冬季已走远，
你的世界还在为谁徒增寒意？

（选自《大湾》2020 年第 3 期）

■（青海）吴海霞

和春天有关的词语（组章）

一行斜斜的脚印，带着我去拜访远山。

立　春

雪过天晴。

门前，一行斜斜的脚印，带着我去拜访远山。

隔着风雪，远山，还在远处静默。仿佛昨晚夜风写意，留在画卷上最悠远的一笔。

举目望去，遍野银装素裹。

这样的白，仿佛远离喧嚣之后，终于走到人生静处。

这样的白，该留一些给千里万里的江河。加上一些静，给无尽的岁月。还要再加一些凉，给红色的屋顶和暮色里四散的炊烟。

雪后，我去拜访远山。

山谷把我的问候，一一回应。

而春天，离我越来越近，就在山的另一边。

雨　水

天寒风急。雪花纷飞。

难闻细雨沥沥。

然而，纷飞的，是雨，也是雪。

落在发间，落在肩头，落在离人的眉梢心上。

雨雪霏霏，东风渐进。草木萌动。百花待发。

看云。也看藏在一滴落雨里的春天。

在古老的时间里，二月的一滴雨水永远在等候：一候菜花，二候棠棣，三候李花。

而在长久的迁徙之后，所有的候鸟都知道，历经风霜雨雪，只为等到一个万紫千红的春天。

惊 蛰

三月，桃花不开。

只等一声惊雷。

那雷神在天之尽头，一手持锤，一手连击天鼓。

在震耳欲聋的鼓声里，沉睡在泥土深处的虫豸，缓缓醒来。

春意融融。草长莺飞。

去年的秋草，如今，就要染绿山野。

一声惊雷。

喊醒枝头万点桃花。

出门去。带上三月的雷声。带上阳光和雨水。带上春光明媚和万物生长。

用父辈们的犁铧耕田，用兄长们的锄头锄地，用草帽下的挥汗如雨，灌溉出一年四季的风调雨顺。

清 明

行走故地，总会遇到一场雨。

或者跌落肩上，或者打湿衣襟。或者化为清泪，摇摇欲坠。

独坐树下，听风等雨。等一片清明的云，将四月的雨水写成一首停在眉间、留在心上的诗。

脚步轻轻。从杜牧的诗句里，回到清明时节。再从纷飞的烟雨里，回到旧时庭院。云歇处，曾经的过往却已是落英缤纷。

清明。

清明。小小的窗扉依旧轻掩，隐约的花香依然如故。

唯有青草萋萋，连同那颗不忍归去的心，一起匍匐在阶前。

（选自《天山时报·散文诗月刊》2020 年第 2 期）

■（山东）张晓林

这个春天（组章）

他们，是这个春天，开得最美的一束迎春花啊！

1　这个季节，有风，吹过面颊，吹过心尖上的那滴热泪。

一辆车子，又一辆车子，一辆接着一辆，在这个时段，自山东出发。

向着心中牵挂的地方，疾驰。

2　逆着风，迎着雪，这些人，男人，女人，肩负着责任，眼噙着热泪，向着心中该去的地方，义无反顾，昂然前行。

泪光迷离中，似有一些雨雾，一些雪糁，在心中，飘着泪花。

3　我们，和他们一起，和这个春天一起，向着该去的地方，心中决然要去的地方，逆行！这些车子，装满爱心和责任的车子，在一个清晨，高速路上，义无反顾，向着那个需要的地方，快速开进。

4　这个季节，有风，吹过眼角；有雪，掠过心尖。

歌在心中，响着。

整个春天都举起手，数千里白杨都举着手，在泪光中，雪糁中，春寒料峭中，雄壮的歌声中，目送着车子，滔滔铁流似的，前行……

5　车流飞过去了。在风中，泪光中，歌声中，在全国人民集体举起的拳头中，远赴这个春天，那座英雄的城市。

那个传说中英雄的城市。

有九头鸟、武昌起义、抗战保卫战，以及今天，众多舍生取义的医生护士，志愿者，人民子弟兵，他们，用生命、责任、良知，书写着生命之诗。多少血泪硝烟，多少史诗巨著啊，在史册中，我们心中，讲述着舍生取义，浪涛飞溅。

6　众多赤子，他们，是这个春天，开得最美的一束迎春花啊！

我们，取得胜利的第一个黎明，已从进军武汉的这一刻，开始拉开帷幕……

（选自《团结报》2020年5月9日）

■（江苏）徐 泽

春天的消息（外一章）

我从一封旧信中预知春天的消息。

这是今年的最后一场雪，比去年的那场雪要来得稍晚一些。
我就站在大地的庭院中，让那些莹洁的雪花自由飘落在身上。
在新年，我要学会泥土深沉的爱，包裹种子般包裹我的心。
当然我还要学会奔腾，让鲜红的血液找到灵魂的出口。
在每一粒种子说话之前，我必须坚守格言，保持高度沉默。
像火焰在升高，我怕黑风再次吹弯白杨树的影子……

如果是在无风的夜晚，星月在冬日的河岸上跌进深深的芦苇；
还有谁会披着纱巾与我同行，谁还会裹紧风雪中单薄的布衣？
所有的伤痛和说不出的忧伤，都会埋在雪中。
在我一次次垒高心坟里，我默默祝福：
所有欲望的种子都生根开花；
所有的泪水都有爱的回报。

今夜没有火光 我也会抱着诗歌，在空行的田垄里取暖。
雪还在下，炉火正旺，我从一封旧信中预知春天的消息。

我是带电的雪花

我是雪花，我是带电的雪花；我是雨水的精灵，春天的使者。

我无声地来到大地，轻一点再轻一点，我怕惊动大地母亲的梦，我怕孩子脸庞上的露珠再一次滚落到无边的黑暗里，

我是雪花，我要把窗前的灯火蒙起来，一直走到屋后，走到黑暗深处。看看窗外的夹竹桃，看看母亲的寿衣，看看外婆坟上长出的一丈多高的青草。

再漫长的雪季，也不会在人间常留，所有的浪子都会回家。
打开沉香木的盒子，理想依旧温润如玉。
人未老，春已残，一汪秋水渐凉。
所有的雪睡在冬天，变成掌纹中蓝色的雷电。

（选自《天山时报·散文诗月刊》2020 年第 2 期）

■（甘肃）阿　垅

从前的春风（外三章）

去郊外，我带你看从前的春风。

她绣牡丹，也在我心里绣一条雨巷。

石板、青苔、油纸伞，都成了我眼前的幻想之物。

那个年代，我们的爱恋，没有丁香，没有擦肩而过的愁怨，只有布鞋传送的书信。淡蓝的旗袍，滑润如肌肤，如今时至中年，浪漫的补丁也能开花。

枝叶伸展，丝线无痕，系上盘扣，她与另一个她，在镜中欣喜相逢。

赏心悦目的夏日，她拉起我的手，说：去郊外，带你看从前的春风。

黑眼睛

马兰点灯。只点一盏乡野的油灯。

从一截旧时光走出的歌谣，如殷实的柴刀，砍伐火焰，也砍伐我们身体里颓废的热爱。听，足以让一个时代哽噎的声音：

“风吹雨打都不怕，勤劳的人在说话，请你马上就开花。”

忽闪一双清苦的黑眼睛，关闭尘世的虚空之门。

葵　花

抬头，或者低头。

在你面前，我因拥有太多的阴暗而感到羞愧。

我的内心，荒芜而疲惫。

哪怕有一颗也好——破壳而出追逐光明的种子。

再写情结

祖母一生爱美。

最后遗愿，就是死后要穿上箱底那件紫红色旗袍。

可她萎缩的肉体，没有了当年的风韵。

家里就请人连夜往小里剪裁缝制，为了入土之后，让她在另一个世界里，依旧保持着身上鲜活的山水。

（选自《散文诗》2020年第3期）

■（河北）可　风

春风呼呼（外一章）

我必须用洁净的文字守住内心的寂寞。

好大，好大，我闭着眼，感知春天的方向。

那声响，太粗犷，像喘着闷气的野兽，在追逐，在撕扯。

如果春天有毛，那么所有的毛都是竖着的，硬且有着不屈的韧性。

石头在滚动，不知道它要去哪里？走走停停，痕迹留下来的不是家。而是过往，是一层层谎言，是虚无的距离。

那是可以刮骨疗伤的春风，用锋利的方式，手起刀落，融入天黑之前的梦幻。

脱胎，换骨，我已非我。

春风呼呼，我必须用洁净的文字守住内心的寂寞。

或者诗歌，或者碎，或者固执的钟声。

背　影

不回头，全凭感知猜测。

多年的隐忍，有度，用最笨拙的方式，压制，或收割。

没有多余的空白，确切说是没有贴近的暗示，一切仿佛都是在重复的片段里，今天重复昨天，黑夜重复白天，连同梦想也重复了沉默。

习惯了，就自然了。背影，逐渐变得高大，且清晰。

一旦清晰了，就会回到正面，就会回到时间的开始。

没有密码，多么顺其自然。

（选自《天山时报·散文诗月刊》2020 年第 3 期）

■（宁夏）白 鸽

南山的春天

之前她说，为一个春天而死去是值得的！

1 南山的太阳就要升起来了。

绿色还没到场，灵魂就已经起飞。清冽的冰雪还未完全消融，山泉就载着一群酷似碧玉的冰块，懵懂地乱撞。山鹰飞过旷野，鸽群接连不断。

风从天际吹来，唤醒了沉睡的石头，迎着骄阳颤抖的沙棘果子，红色是它满载希望的翅膀。

飞吧，南山的春天，趁着爱还没有燃烧。

2 山峦渐渐明亮，草坡和南山以外的世界起伏在一片雾岚之中。山脊颤抖着，蜿蜒成一条西去的马队。

视线尽头与南山并峙的天都山脉，在太阳的光线里逆行。苍苍茫茫，迎着恒久的马鞍桥峰，在两千多米的海拔之上，体验沉雄浑厚的空间之美。

南山的雨季还没来，沾着泥巴齐飞的呱呱鸡掠我而过，诗意的歌声里，带着生锈的乡魂。几只麻雀在挂满露珠的草滩上玩耍，为了去年的一只蝴蝶争吵，土话连篇谁也听不懂。

松枝伸向高空，想撑起整个蓝天；每一绺枯黄飘在风里，像一个个悸动的花针，地椒草混合着泥土，还有各种野草的香味，飘散在清冽的空气里。白桦树陪伴的石桥架在五桥最险的地方，梦想和追求从桥上走过，分道扬镳，丢下守桥人在南山的水声里默默倾诉，举一反三。

3 前世苦难的高地，今生流动着幸福。

南山洁净。浓白的冰凌漫过丛林沟壑，但是请相信，那些脉管里未来的一切，正在她爱的浪花里孕育。

在南山，风还没来得及吹，一行泪，却已飘远。母亲的爱抚，透过晶亮的冰凌滑过指尖，远古的流云如水，折射着一朵莲花的玲珑。

冰雪一泻千里，紧裹着南山的形体，在黄昏来临之前尽显神圣。柴胡飘香，蕨菜摇曳，血块捧出的生命，藏在母亲隆起的腹部。

雪片打断我的思路，落在塞北的土地，瞬间死去。

之前她说，为一个春天而死去是值得的！

（选自《世界华文散文诗年选》2020 年 3 月）

■（广东）白炳安　天地之间含着一个春天（外一章）

左弯右拐，都有一个奔向大海的梦想。

天地之间含着一个春天，再吐出，已满树桃红。

乍暖还寒，一株矮小的草在卑微的地方，用卑微迎接露珠的抵达。

被脚印压低过的草秆，明显地颤抖了一下。

浓缩为一滴露珠的慈悲，以用过的早春，湿敷一株矮小的草的伤痛。

春天的怀里有温暖，钻出最后剩余的雪面，从不疏离卑微的生命。

天地之间含着一个春天，再吐出。

还留着温热的阳光，暖着百花的去向。

道相同

二月，广东与江西的天气一样，寒风冷雨。

吹在江西的风小一点，更冷些；吹在广东的风大一点，更吵些。

但一样的表情：走过山川，聚散天空。

落在宜春的雨拉成了细线，落到肇庆的雨炒豆般蹦跶。

但一样的目的：润开枯了一冬的草木。

彼此的骨头，都是水做的。尽管秀江的水浅一些，浩远不足千里，却与源远流长的西江一样，左弯右拐，都有一个奔向大海的梦想。

昔日，你是从江西刮过来的风。

谁也挡不住风为肇庆这滴雨呼唤出爱。

此时，我是广东土长的雨，越过万水千山，和你这股春风欢聚在一个叫宜春的地方。

风风雨雨二十多年。你中有我，我中有你，铸成一个魂：风雨同舟。

天注定我湿漉漉地滴进你的骨缝里，柔软你一辈子。

而你呼呼地投入我的怀抱，激荡起我一生的豪情壮志。

同在天道，完成风和雨的宿命。

（选自《星星·散文诗》2020 年第 8 期）

■（湖南）陈 颉

风听着花的歌声（组章）

浩荡的绿草野花，向我挺进，让我躲闪不及。

微 春

桃花站在光秃秃的枝头，涌动着身子推开春天的门，房前小草铺就的绿毯，阳光在露珠里打滚。栅栏上，小鸟啄着金黄的小爪，憋住兴奋不与它计较，鸟鸣落在窗棂，蜜蜂在菜花嘴里，喜悦漫过她的手臂。草地上赤脚奔跑的女儿，盛开的花朵，水灵灵打开春天给予的快乐，速度把脚丫慢慢托正。

春风包裹的山岗，浩荡的绿草野花，向我挺进，让我躲闪不及。

风 筝

三月，风筝摇晃的天空，微风，一列长长的火车拖来成吨的绿色，澧水岸边，春色明媚，笑声此起彼伏。湛蓝的天空，一根长线上的快乐和憧憬，缝补孩子们的心事。一朵鲜花，晶莹剔透，细腻的爱凝满双眼，一幅画，卷起辽远的梦想。

时光的臂膀上，风筝雕琢的山村，春天又被浆洗了一遍。

春 曲

乡村深处，我触摸着身体，突然有些暖和了，细雨不知不觉从桃花围拢的枝头滑过周身响起热烈的掌声，谁在高呼？眼前我终于明白，手中的希望又可再次放飞，一阵风踏着细密的雨脚奔跑过来，轻柔的音乐使劲地美妙，气息从身边蔓延，瀑布一般流泻，婉约撒下一路的欢乐。

我站在田野，微风细雨从高处飘来，浮动的芬芳，渗透我内心的花园，我如乡村的王者，热爱在渐渐苏醒。

（选自《张家界日报》2020年5月17日）

■（新疆）李 凌

秋日闲语（二章）

一片秋叶拥有的辽阔和细屑，足以使漾动的心变得宁静。

秋 晨

晨光犹如丝竹之音，拂过面颊。

站在旷野的树被风一搅，黄叶就旋转飞舞。

而迎风颤抖的花草，叶上写满的文字，有蚂蚁，鸟儿和云朵。

看看那些远去的雁群吧！

它们飞过中亚的火与冰，将隐忍的疼痛留在了天空。

它们的翅羽下，炊烟扶摇直上，奶茶的清香犹如安魂曲，公正地分配着静谧和散漫，分配着美丽和忧伤。

在这片融入我生命的土地上，凌乱的风说来就来。

动感的音响，吹皱一地苍茫。

异乡人通红的脸庞，一说话，气流就喷涌而出……

此刻，一片树叶的落地，既拥有了辽阔和高远，也拥有了大地和低处。

秋 叶

静坐夕阳里，裸露脊背接受秋风的抽打，就像我年事已高的父亲，将后半生的趔趄都加载于我的身上。

来时的路和归去的路，变身为上有老，下有小。

苦与乐，就像良药与蜂蜜变幻演绎的尘世。

那些当年的锋芒，早已棱角不再。

遍地奔走的蚂蚁，来不及喘匀一口气，也未必能抵达墙根下的远方。

春秋几度，风霜几度。静坐夕阳里，一棵树挥霍的绿，从水中捞取了一条向上的路。而一片秋叶拥有的辽阔和细屑，足以使漾动的心变得宁静。

（选自《天山时报·散文诗月刊》2020年第8期）

■（山东）栾纪曾

听蟋蟀弹奏秋夜（外一章）

夜色如露。琴声如露。生命亦如露。

星光，树影，还有山外的风，已早早坐满天井。

蟋蟀正抱着自己的琴，此呼彼应，将秋夜弹奏成一坛陈年老酒。

这些小小的琴手，一听到秋天走来的脚步，就知道我要回来。回到古槐下的老宅，坐在天井里的方凳上，听它们亘古不变的无标题音乐，为我弹响月光，弹响秋风，弹响窗花上摇曳的灯影和躲在族谱里的祖母讲过的往事。

新月慢慢把自己挂在树枝上，依然是不愿离去的样子。银河静静地在天上流。一片桐叶飘落在身边，仿佛在问，那些天籁一样的琴曲是银河的涛语吗？

街上，忽然有萨克斯响起。蟋蟀的琴声骤然停止。

我只有等待。身心被古槐和老宅的气息淹没。

一阵微风吹过，将萨克斯的长调带走了。霎时间，蟋蟀的琴弦便响起来。

天井里，夜色如露。琴声如露。生命亦如露。

早春夜雪

若有若无。楼群被一种若有若无的天籁惊醒。一栋，一栋。

窗帘纷纷将满城惊喜拉开，所有的目光，都追着匆匆赶来的雪花，看它们为两个季节的交接，举行盛大仪式。这些冬天走失的精灵，终于从卫星云图里逃出来，牵着北风和灯光，在天地间曼舞。

它们知道自己误了行程，仿佛还没有想好表达歉意的方式，舞步有些紊乱。

一年又一年，天空已被望穿。云团像一些似是而非的布告张贴在天上，被大风撕扯成纷纷扬扬的碎片和丝缕。

此刻，因为雪的到来，交响乐一样的西北风将一个走在冬春交接点上的夜演奏得排山倒海。

人与自然用不同的方程演绎未来，雪花飞舞的曲线依然优雅而洁白。

城市却光怪陆离。

雪花渐渐稀疏。我知道它们在向城市告别，向城市的天空告别。

而城市很冷漠，丝毫没有觉察它们的留恋和叹息，也不关心它们的留言和心境。

哦，真想让它们飞进窗户，落到床前或书桌上，然后，看着它们慢慢融化，直到有一些小鱼，摇着尾巴，不停地从里面游出来。

（选自《大沽河》2020年春季号）

■（江苏）陈光美

雪·母亲的腊八粥

先于雪花抵达内心的，是母亲伫立在家门口的身影。

先于雪花抵达内心的，是母亲伫立在家门口的身影。我无法计算出这双目光的密度和重量。黑夜，一再沉默。一朵朵雪花整齐地在屋檐上排列着，讲述着季节的更迭和天地的广阔。木质大门上挂起的红灯笼透过行云流水的雪花，成为一种独一无二的中国味道。

母亲的腊八粥，熬了又熬。

雪，持续不停地飞落，母亲头顶的积雪越来越厚，越来越白。厚得压弯了母亲的身板，白得只剩下兄弟们的忧愁。

腊月的乡村，雪后初晴的寒冷击溃了灯火阑珊。夜空的弯月，像母亲手中磨亮的镰刀，收割着工棚里匆匆收拾行装的身影。这样场景，只能发生在农村，只有在乡村和土地上，才能有更辽阔的空间来盛放游子的相思。

白皑皑的大地，一片空寂。黑暗中的母亲坐在床沿，她似乎听到村头乡村公路上传来的车轮声。她知道，有一双坚实的大脚一定会和明天的太阳一同出现在她的门口。

（选自《鸭绿江·华夏诗歌》2020年第8期）

■（湖北）牛合群

人间大雪（组章）

英雄用血和刀剑铸魂，江山美如雪花。

1 其实，北风还在一角私语的时候，雪花早已离开了人间。

那些铲冰除雪的人，只抱走了它的肉身，而零散洁白的行行脚印，通往春天。

涅槃的雪花走了，还带走了一个人的窃窃私语。

一座山，是墓碑，翻过去，梅花就是那个得道的人。

一条河，是把琴，在心口奏出旋律，整个大地都陷入其中。

2 有什么能比这场雪给我们带来更大的生机？

有什么能比这场雪更加能让我们团结？

长风送来天地的精髓，春天必将获得一个大好孕期。我听不到那擦响雪浪的哨音，但总被一束折射的光突然抓住，仿佛一条鱼，它挣脱的动静越大，波折会纠缠得越紧，那些光就越发亮。

那些哨音是波折育大的精灵，它们在表白什么呢？

这无言的世界，却是一个浪漫主义的国度，虽然脱落，却不是尘埃；虽然寂寞，却称得上宣言；虽然辛苦，却直达未来。

3 岁月登高。

钟声正在弥补时间的漏洞，而我凛冽于辽阔的人间。种子坐化成泥，一些胎记被文明确指。那片计算归期的叶子，没有人能叫出她的名字；通往乐观的路上，一定是悲观的推手，所有的结束都是又一个开始。

黑暗中，那个披着雪衣的吹号人，脚步被寒冷照亮，他吐出块垒，扶起我身，比山寺静谧，比月光硬朗，比鹤唳苍凉。

黑暗中，英雄从书中走出来，雪山打马，征服了土地与河流，征服了疾病与孤独。东西南北一脉，英雄用血和刀剑铸魂，江山美如雪花。

黑暗中，唯有目光如电，我听到了神明召唤众生在原野集结的轰隆。

风是山水的吟客，引诗意，到深邃。

而深邃，是永葆初心的密码，是无垠大道的尽头。

（选自《天山时报·散文诗月刊》2020年第1期）

■（新疆）樊新忠

雪花，飘扬在赛里木湖

面对赛里木湖，虚度时光是最好的结局。

雪花，飘啊！不断地飘向赛里木湖。

他们在亲密交谈的一瞬，轻柔、情愿，荡漾的湖水更蓝更加幽深。

赛里木湖的蓝深入雪花的骨髓里了。

牧歌安详，紧紧依偎在高原的怀抱，寄托千百年岁月积淀下的信赖。马蹄远去了，牛羊远去了，几杯烈酒贯穿了赛里木的天空，有人在呐喊。

烟雨和繁华洗尽前世的孤独与寂静，漂白的经幡却垂垂老矣。

划破赛里木湖水的白天鹅，离别故土，不知来年是否还可以回来？

一盏古老的灯一直就那么燃烧着，心中的圣洁像是在呼唤远方。

这也许是雪花最美的结局，水中升起，而后又回到水里。

满天的雪花铺天盖地涌来，温柔的外表掩饰不了向往春天的野心勃勃。如此众多的参拜者浩浩荡荡祈祷，山上，树上，敖包上都挂满了祝福。

此刻的赛里木湖若一只迷蒙的眼，口中念念有词，和天地对接气韵。

滚滚寒流萧疏了繁复的欲望，留下来的是风景，远去的是沧桑。

此刻，万籁俱寂。面对雪花，面对赛里木湖，虚度时光是最好的结局。

雪雾笼罩河山，一片茫茫。寒冬的风凛冽，却无法驱散雪雾的倔强和温柔。他们悄悄地聚集，在温泉河边的树丛中，一点一滴装扮着童话的世界，晶莹剔透。有鸟鸣时隐时现于深处的雪雾之中，像是在彼此呼唤，而每一次呼唤之后，都有树枝微微地颤动。

微微的颤动中，白雪又一次纷纷扬扬轻盈地飘落，迷离的雪雾又一次笼罩四野。此刻，走在树下的狐狸不敢抬头，低头而行，每一步都是遥远。既看不清前方，也看不清后方，唯一的我喘着粗气，拨开雪雾，数着自己的脚印，蜿蜒中似山如河，飘逸而且感动。

此刻需要安静。需要风尘滚滚过后的尘埃落定，需要度过千里江山之后的休养生息，需要冷艳孤绝的雪花再次怀春，回归久违的赤子之心，轻轻地笼罩受苦受难的大地，“没有什么胜利可言，挺住意味着一切”。

变化在不变之中，雪雾中的人们如生生不息的温泉河，蜿蜒，轻柔，如梦……万物遵循自然的召唤，蛰伏于朦朦胧胧之中。

面对这么温情的世界，开始动恻隐之心，让虔诚之光照耀灵魂。

（选自《天山时报·散文诗月刊》2020 年第 7 期）

■（江苏）占　森

雪　语（外一章）

雪，是怎样建构一座厚重的城邦啊！

雪，是犹豫和徘徊了许久才落下来的吧？像是并不急着出嫁的美人儿，像一片片人们久等、从天而降的良药。

它先是落在河流上。雪落在常年奔跑着的河面，会发出蛇一般“吱吱”的声响。然后，它会落在荒野，如同一个完美的装饰物，去填补一幅尚且狼藉的油画。雪，落在枝头的时候，树并没有晃动一下。树多年坚持的方向，始终没有变化，只是，一直傻看着它的人，却变老了。

雪，落在我窗台的时候，我才知道这个世界的迷离，这个世界的变幻无序。

才知道消失了的东西，其实并未走远，和雪一样，总会以崭新的方式存在着。

雪，一边是柔软，一边是尖锐。

雪，是怎样地建构起一座厚重的城邦啊！

天　空

天空，这样的高远，它宽大得好像我儿时趴伏父亲的背上。

那年，我被父亲这样背着，走了颠簸好久的路，赶去医院打针。

那一年的冬季，墨黑而高远的四更天，随着鸡鸣早起的祖母，她在炉灶前辛苦忙碌，为我准备远行的干粮。

我又想起幼年时，向天空放飞的那些自由的纸风筝，和潮河水边摇摇晃晃的那滩芦苇荡。世事呀，这样快地变迁着，而又仿佛不被什么牵绕。

我望着天空，总想自己沿着小路，一个人慢慢地游走，感受那一份清净或安然。累了的时候，我就躺在草地上，回想曾经做过的那些隐秘的不可轻易言说的事情；或是向着天空对我心爱的人们，大声地喊出“爱”！

望着漂泊的船，望着斜阳西下，我也会大声地喊出来，就像在喊——迷失在体内的另一个自己；喊那片在天空徘徊着始终不肯前来也不肯远去的云，喊一行行精妙布局的诗句和所有漂泊的魂灵。

（选自《天山时报·散文诗月刊》2020年第1期）

■（四川）徐澄泉

雪一样的白（外一章）

许多翩翩起舞的蝴蝶，飞进妈妈的怀抱。

南国乡野的野花，自然绽放。

与空中翩翩起舞的蝴蝶合二为一。

扎蝴蝶结的小姑娘，跟着妈妈画白雪。

她在一张白纸上画白雪，始终画不出那白雪的样子。

妈妈摇摇头。提示她："知道吗？是雪一样的白，纸片一样的飞。"

聪明的小姑娘，交了一份聪明的答卷：她在一张白纸上，画了好多好多个圆，又剪出好多好多个空。

妈妈为之鼓掌。小姑娘欢呼雀跃。

一张白纸变成许多翩翩起舞的蝴蝶，飞进妈妈的怀抱。

回乡记

父亲忌日那天，我开着新车回庙子湾。

点一支父亲喜爱的香烟，在父亲坟前跪下去——

"父亲啊，您就瞑目吧，村里新筑的水泥路，正从您面前向山外蜿蜒，沿途都是您熟悉而陌生的山水。为此，我买了一辆新车，告慰您。"

沿着父亲的梦境，原路返回城里去。

夕阳西下。阳光洒在村道上，耀眼的光芒刺痛我的眼睛，恍若四十年前，我蹀躞于崎岖的羊肠小道，一路追寻远方的风景：厚积的雪，多么洁白！

几缕邻家的炊烟，扶着晚霞赶上来，把我送到庙梁上，再现四十年前的场景。

（选自《天山时报·散文诗月刊》2020年第4期）

■（河南）朱盈旭

等梅等雪也等你（二章）

你说过，雪花飘落梅花开，会来！

1 每个夜晚，我都能隔着夜色听到那个女子的幽幽叹息，像一缕梅衣，扯得山寒路长、月光如水，寒凉得一片片青瓦落满了白色的霜。乌衣的鸦费尽思量，眉头蹙成了一朵梅花妆，也想不透雪花迟迟不落的缘由。

你说过，雪花飘落梅花开，会来！

朔风江湖笑，已吹开了一朵朵梅。窗下那个梅花般端矜的女子，殷殷备好酒盏，每一盏都盛满奇香奇冷的思念，等你，披着风尘仆仆的旅色而归，温暖她藏了一冬的故事，还有她寂寂的心思。

望穿一池薄冰，你的诺言在水岸边渐渐风干成白茫的蒹葭，孤寂无言。

寒鸦无声成字时，心事逆转，思念忽而长成一朵安静的喜悦。

听！雪，正在路上，和春风一起，送来十里红装、霞帔凤冠。

穿花渡柳而至的你，兴致勃勃地如约而归，给那个花为肠肚、雪为肌肤的女子带来一个缤纷的新年和春天。

2 雪，没来。冬雨又一次飘落，大地清冷！

那个誓约，等着雪葬，有点凄美，含着一个女子凄冷孤高。

雾，薄凉，袅袅幽幽。老绿的竹林里，丝丝缕缕的笛声婉转，吹开了一朵朵带雨的梅。

这个冬日，因为滴答滴答的碎雨，温温柔柔，像一个渐渐成熟的故事。

去年，那株飘雪的梅花树下，你一袭粉色的斗篷，和一絮絮大朵的雪，站成一阕婉约的小令，等谁款款来读。雪色倾城，一段爱情也倾国倾城。

今晚，寒塘渡鹤影，随风沉寂而归，你痴痴地等；

明夜，梅花盈泪目，冷月抱花魂，一羽化尘，你痴痴地等。

雨中，鸟语，梅香。倚着一盏菊花茶的禅暖，临窗铺开一卷宣纸，宛如铺展一阕心事。画一个拈花微笑的女子，安守晨昏；她的草木山峦温良无恙，望穿一叶轻羽。

静待，与这尘色的缘分。无语，最是情深。

（选自《天山时报·散文诗月刊》2020年第4期）

■（黑龙江）王　平

雪落乡村（外二章）

一地纯净的颂词，让土地变得冷静、深沉。

北风轻叩季节的门窗，雪花儿拉开冬天的帷幕。一地纯净的颂词，让土地变得冷静、深沉。

白桦树穿上了雪的衣裙，松树的手臂高擎着雪的火焰。一些亲人，像是被风雪追赶着，提前安享了所在城市或乡间的第一场雪，沉浸在一幕幕雪花散布的剧情里，还有夜晚里飞来的一个个关于这个冬天的好梦。

扫雪的人，被麻雀的惊奇的叫声喊醒。他见证了雪的舞蹈，聆听了雪的问候。他是寒风中的勇士，又是一个平凡的人！

雪落乡村，黑色的煤在炉火中传递着春天的音符。

赶集的队伍，婚礼中的人，都在雪的照耀下，留下了幸福的身影。

城市·雪雕

一场一场的雪从天而降，童话的世界在喜鹊的叫声中一点点形成。

蓝天下，在起伏的人声和车声中，在城市的标点处，面对一堆堆隆起的雪，他们挥动着铲刀的神笔，把雪雕的画卷迎着北风打开——

体态丰满的大象，手牵着手的小熊，气宇轩昂的巨龙，展翅高歌的孔雀，有着雪的肌肉、冰的骨架，给童话和童谣插上了飞翔的羽毛。

驻足观望的老人与孩子一起回到了童年，他们的心仿佛也都被融化了。

城市的冬天，因为有雪雕的陪伴，变得更加妩媚动人。

江边儿吃草的牛

天很蓝，云朵在远方缓慢行走。

一大片临江的草地，像绿色的地毯，与呢喃着奔向大海的江水一起奔跑着。几声清脆的鸟鸣与阳光一起舞蹈。虫声阵阵，歌唱着六月的温度。

一团团像云朵般的树下，一群牛在安静地吃草。它们沉默地吃着草，亲吻着阳光和空气，那些可爱的小野花儿，也没打扰到它们的胃口。

它们只是安安静静地吃草，不知道自己的身影已被六月的影集收藏。

它们的幸福很简单：就是在这么像天堂一样的世界里，安静地吃草。

（选自《天山时报·散文诗月刊》2020年第11期）

■（宁夏）单永珍

雪原上（外一章）

我没有写到奔跑的马，作为信使，尚在路上

那一片漆黑，是鹰叫嚷的家园
那一朵棉花，是刨食草根的羯羊
那被迫的灿烂，是杂树生花的虚伪

雪原上，我削着一根铅笔，涂抹苍穹
再削，再涂抹。最后
只剩废墟和一个人的凌乱

奔　马

1 那匹马在墙上，一直奔跑。

咆哮的马蹄抟起草屑，携带暗香。

而苍山以远，一抹青黛。有一种命运，叫奔跑，安放于马的筋骨——蓄积、蓬勃、升腾——漶漫于道路的寂静。

寂静诞生无邪，那匹从无邪抽象而来的行者，在世上奔跑成孤独。孤独成遥远的虚无。虚无成闪电的鞭子，抽在大地的肋骨上。

没有马蹄铁的马，奔跑于自由的牢笼。这宿命的笔墨，从被完成开始。

它在我的睡梦里，跑啊跑，无所谓因，无所谓果。

当轰隆隆的马蹄声穿过我的血管，当时代的擂鼓在黎明前敲响，有一匹马，在一面墙上，替我走向此生无法抵达的远方。

2 我刚刚写下一首诗的开头，落日就跌入黑暗
然后是过渡，写到野花清香
有蜜蜂嗡嗡，在花蕊上劳作
有微风徐徐
轻描淡写了一丝悲壮

我没有写到奔跑的马，作为信使，尚在路上

（选自《星星·散文诗》2020年第6期）

■（河北）晓　岸

除雪记（外一章）

我用雪又把它们覆盖起来，那里有人间失传的秘密。

刚结冰的湖面寂静无风。

剔透的冰晶形成精美的结构。雪一层层盖上，为冰底的鱼拉上帘子。

因为有梦，这一切不会被刻录进午夜星辰的光盘。

把自己藏进雪中，我的孤独比雪更隐身。雪越厚我的孤独越感到踏实，暖和。我舍不得将它们从来路上移走，舍不得将一片白从山水中删掉，暴露了隐居者的歌声。此身有限，而灵魂尚在童年。还有未开蒙的顽劣，还会在树枝上来一次弹跃，让乌鸦和喜鹊惊诧自身的属相。

我也曾经像你一样单纯，相信乌鸦的借口。把自己裹起来——用一层一层的雪。直至自己也信以为真。有人说过，长时间做任何事情，都会熟能生巧。扫掉雪，是一次绝好的培训。

十个月以来的第一个客人会带来什么样的消息？我把雪扫到自己的周围，在外圈留出通道。冰层下面越来越蓝，更深的地方，复杂的道路系统连起一个微观的城市。我用雪又把它们覆盖起来，那里有人间失传的秘密。

我不能把这告诉你们，不能把一个珍贵的夜晚消耗在星辰的燃烧中。

雪停了。客人已在来的路上。我爬上最高的山峰，扫整座山的雪，填满所有道路。让湖面的寂静在风中，再一次捕获我的灵魂。

四　月

雪消融了。群山一下子就消瘦起来。

在松湖，可以看见草根起了变化，最后几块巨大的浮冰碎裂。有的躲进岸边的水草里，有的没到黄昏就被冰冷的湖水吞噬。如果来一场细雨，林蛙会在夜里返回松湖及其附近大大小小的水塘。

我对松湖的了解要多于我对生活的热爱。

风大起来，树林开始不安。检查站放下栏杆。流浪的人被拒绝到山中游荡。中午或者黄昏，留守的女人来到松湖，水天晃荡。水中的蓝像她们夜里的春梦，隐秘，有着冰凉的羞耻感。像漫长的日子里紧紧攥在手里的盼望，在水中浸湿，溶散了。

只有野花的根须，蔓延开，在四月的荒野，在深蓝的星空。

（选自《上海诗歌》2020 年第 5 期）

■（山东）黎 权

庚子年的雪（外一章）

跨越年关的大雪，亲人在雪中遥望。

接天连地的大雪，令胸腔昏暗，X光都分辨不清它的轮廓。

风声尖厉，快要割破玻璃窗。玻璃窗分隔开情人火热的双唇。

这场雪有一副严厉冷峻的面孔，天使白色的翅膀覆盖大地。

跨越年关的大雪，亲人在雪中遥望。

苍白的语言，塞不满千叮万嘱的话筒。

冬天固然万物肃杀，旅途阻隔更加令人牵肠挂肚。

这场雪有一双梦回江南的长腿，把父母花白的头发铺满大地。

猝不及防的大雪，抹平人间海北天南的边界。阻击的手臂来自睦邻友邦。

席卷而来的寒潮雪藏隔阂，恐怖过后，大地子民的头脑将会慢慢清醒。

这场雪有一双晶莹透亮的眼睛，照看着棉花般洁白的大地，跟随着第一枝迎春花悄悄爬上枝梢。

父 亲

父亲像一只黑色的陶罐。

裹着一件旧罩衣。木讷，迟缓，里面却是一颗惊慌乱跳的内心。

如果活力会能够使他暖和起来，脱掉那件怕冷的罩衣，便可以享有一个四处走动幸福的晚年了。

但他已经是很虚弱了。相比实际年龄父亲看起来老了许多。

窗外冬雨绵延，天空塞满乌云，玻璃窗半明半暗，冰冷的铝合金渲染房间气氛。父亲更害怕去医院，担心会确诊出“癌”来。

那只黑色陶罐里泌出黑色胆汁，喝下去，父亲就以为找到了救星。

我的长相多么像父亲。常常带着内心的焦虑钻进狭窄的地道，后面拖着恐惧的尾巴。只有把这条尾巴割掉了，父辈和我们才会拥有幸福的晚年。

（选自《大沽河》2020年第1期）

■（山东）刘赞科

除夕的炉火（外一章）

我是除夕之夜最后的一块煤了，等待填充。

这一膛的红炉火，翻腾着，是煤在发泄压抑千年的沉怨。

戛然而止的生命，被封存于肮脏的躯体，在除夕的夜里再度跃起，伸出火舌，舔自己的痛。

火之舞，命之劫。眼见着黑脸熬成白头，携骨灰而散。

裹紧这稍纵即逝的温暖，盘点自己。不知自己还能熬多久？还剩多少部分可供燃烧？

我是除夕之夜最后的一块煤了，等待填充。

——有点冷了，给炉子加点煤。一个嘶哑的声音破门而入。

守年人转身燃一炷香，之后纵身投入炉膛。

风摘秋叶

喧嚣和丰腴褪至脚腕，深秋的树露出灰黑的骨。风，漫山遍野采摘树叶，清扫着孤零。

每一片叶子的离去，树都狠劲地抽搐一下，踉跄着努力站稳。离开是叶的宿命，叶子最后的呼吸停在枝的唇边。

不管长大的、青绿的，都躲不过风的手。曾经的欢声笑语一串串拥挤着，骑在叶子上，不肯降落。如蝶伏在最后的花瓣上，收翅停飞，放弃远方。

我的爱人在哪一片叶子上？如倦鸟归隐山林。

不能相守。分离是一种永久的解脱，不再重生。

向远方做一次最后的远望。我把落叶一片片捡起来，插进我的伤口，让这些叶子充满血流，永远不死。

（选自《大沽河》2020年夏季号）

第十一辑 唐诗别读·古琴新韵

■（湖南）陈旭明

大境千秋——夜读东坡札记

念奴娇·赤壁怀古

一阕涛声，横空出世，从此，扫尽花间莺莺燕燕音。

那一夜，我知道月色如雪，浪花如雪。黄州。贬所。一灯颤颤如半开的花蕊，先生，你的鬓边华发，是不是寂寞洗白的？

从五花大绑，到严刑逼供，多少时光凋谢在指尖。监狱，囚禁的只是七尺身躯；铁锁，拦不住心灵的翅翼。

曾经，一个扫平四海的梦，敌不过锁江大火。如今，一首诗，难抵一句别有用心的谗言。

灾祸当头，有人万劫不复，有人遭逢与美邂逅的难得机缘。

一江横过。溺者汲汲。扁舟上谁一声长啸，涉过秋水而至，衣袂迎风一如孤鹤双羽？

在一杯酒后。在一章词前。

此赤壁。彼赤壁。

一周郎。一卧龙。一丞相。

青锋。羽扇。铁槊。

谁为白？谁为黑？浩渺烟波里，灰飞烟灭，千古的风流——藏进渔樵夜话。轮回的暮照深处，人间又是坎坷几度。

既然岁月可以穿越，时空如何不能嫁接？天地有大美。凭借一颗诗胆，腕底生雷鸣，把战争烽火的余烬，化作无边的月光，顿时，夜色豁然。

多少江水朝东明月又西，不论身在何方，得意还是失落，美，永远是诗人灵魂的邻居。不必要再去勘探真假。江流同一脉。真，若是神奇。假，有时倒成为一个传奇。

大风掠过苍茫的长江。江水一旦雄起，天地战栗。

非天下第一襟怀，谁能傲立潮头，酹酒滔滔，把秋天披在身上，双眸装尽整个天空？

一把火，烧透过一代枭雄从北而南的美梦。

一轮月，在天上，在水中。也在诗人手上。你，为心灵掌灯。

千古绝唱，引领风骚，从此，戴罪之身是一代词宗。

水调歌头·明月几时有

明月有一轮。胞弟只一个。

从密州到齐州，有多远？七年有多长？砚沉默。酒无眠。太守，你轻轻合上询问青天的嘴唇，任孤独，在灵魂里散步，在思念中纵马。

旷达过。豪放过。洒脱过。即使人落蓬蒿中。即使枯坐在流放的驿站。

却不堪怀人千里，独对中秋，祈求世世为兄弟，结来生未了因。

一人衣月而立，肯定另有一人辗转难眠，在远方。

月亮，挂在天上。

月色，冷在痛处。

一种追忆，在邓丽君、张学友、王菲歌声中。

不同的版本。同样的天籁之声。

在经典的演绎中，我放下刚从大型超市排队购买回来的月饼，目光跃过对面电梯公寓。明月古今同，我明白，只有妙手可通灵，创新则入神。

而你，拈笔信手一挥，一〇七六年的一个秋夜得以永恒。

人间，几时算是天堂？

太守，世道入眼，你，乾坤含蕴在心。

不纠缠集团纷争，贬谪在外，不如以善政惠民，以诗歌养心。

也不如把酒、起舞、吟啸，在阴晴圆缺中让悲欢离合，长久共婵娟。

千里，只一阕词长。

千年，只有月一轮。

不乘风归去。纵然坎坷。纵然磨难。自有大爱流淌在诗韵中，最爱是人间。

古往今来，有几个能像你以如椽大笔，把最普通的亲情题材，写出下接地气上通神灵的气魄和高度，擅美当时，又启迪后来？

多年前，我曾在月下朗读，不仅触抚到膝关节的冷，更聆听到灵魂的疼。

现在，站在通宵不眠的城市中央，打开窗户，推也推不走的，是港台歌手软绵绵的《千里之外》。

（选自《川东文学·秋季号》）

■（福建）王忠智

古琴新韵（组章）

这声声唱和，似云淡风轻，却打动彼此的灵魂。

平沙落雁

黄昏，如此魅力的黄昏。

一个音符安静地拨响之后。

风儿安静。湖水安静。芦苇安静。水鸟安静。

扑棱棱。雁群，却如一排断线风筝，一再地拉长了天空。

从哪里来，到哪里去，行程未卜，何处归宿？

上行星月，下穿烟雨，高亢的鸣叫，仍然是如此淡定。

翅膀一旦展开，便没有飞不过的山，没有跨不过的海。

飞得更高，看得更远。排开“人”的队形，努力趱着自己的行程。

黄昏。落日。洞庭。这荒洲，这沙渚，正可恬然入梦。

月下。秋苇。迷津渡口，正适宜安放一颗疲惫的心。

而栖息只是暂时的，启程则是铁定的必然。

远方在呼唤：去迎接初露的新世纪的曙光吧。

一生，飞在路上。

一生，都走在路上。

卧龙吟

大隐隐于村野。读书。躬耕。抚琴。

守在茅庐静观风云变幻，绝非消磨，只为等待适当的时机。

“大梦谁先觉，平生我自知。”明主到来，本在意料之中。

“三请”不为多，只有“三分天下”的预言，才是对时局了然于胸的洞彻。三足鼎立成形，逐鹿中原，引来一帮千古风流人物。

草船借箭。火烧赤壁。火烧藤甲。空城退敌只在羽扇纶巾谈笑间。

六出祁山战鼓声声惊日月；五丈原上星云惨淡鞠躬尽瘁……

听琴音，马蹄踏踏。

听琴音，雪浪排空。

听琴音，杜鹃啼血。

听琴音，却道斯人归去。

凤求凰

最是一回眸，醉了千年。
最是一声呼唤，拍击今生与来世的堤岸。
这声声凤鸣凰和，是冰清玉洁、栖入高木深潭的情调。
这声声唱和，似云淡风轻，却打动彼此的灵魂。
比翼齐飞，萦绕三生三世的果园：看蔷薇花儿开，蜜蜂儿采蜜忙。
云山。雾海。抖开一身彩羽，遨游四海、追求真情真爱的好时光。
想当初，无端锦瑟寄心语，隔帘窥听动春心，挑灯夜话定终身。
“有一美人见之不忘”，阴阳交汇刹那间，电火雷击。
抱不老苍山为琴，拨碧蓝洱海为弦，弹奏一曲：爱的神圣主题。

云水禅心

云移，神随；水走，心随。
云也有情，水也思乡。情寄云水间，一颗禅心，遨游天外。
是谁撩起朵朵云絮，弹唱着人世间的离合悲欢？
是谁拨动浩渺清波，漾起万家欢快的涟漪？
云，落在水中。水，躲藏云里。穿云，越水，是灵魂的最高境界。
云与水愉快的交合，共同拥抱着幸福的时光。
有一种神奇总是在水云间穿行；有一种境界随烟霭升腾入天籁。
万千心事付瑶琴，掬一勺清泉，洗濯凡心，了却尘缘，随云远去。
山空。人静。禅月如初。
轻轻一声呼唤：归来吧——我，在故乡等你。

（选自《散文诗》上半月版 2020 年 12 期、《天山时报·散文诗月刊》10 期）

■（湖南）曾　冬

唐诗素描（二章）

静夜思

长安的一家客栈。井栏边，诗人又斟满了一杯酒，一些淡淡的醇香，飘散在院落周围。而月光是一场秋天的大雨，从天而降，覆盖了孤独和离愁。一只停在屋檐上的鸟，叫了一声，就不知去向。这个夜晚，万籁归于寂静，相思泛起了波澜。

壶空了，烛暗了。醉眼迷离中，那些清冷的光华，是季节洒下的霜雪，还是一头已然发白的银丝？时间是一河无法挽留的流水，一转身，又是一个深秋。诗人恍恍惚惚地扶着井床，面向老家的方向，轻叹了一声。

抬起头，一轮古月悬在明净的空中，仿佛带着一脸笑容。那是母亲慈爱的目光吗？在千里之外，给一位远走他乡的游子捎来了温暖和柔情。望着望着，诗人不禁泪湿衣襟。

低头拭泪的刹那，一些记忆中的情节变得越发清晰：躬耕劳作的父亲，灶前忙活的母亲，嬉闹的童年，忧伤的初恋，以及一去不返的年华……遥远的故乡啊，今夜，思念点亮了月光下的乡愁！

春　晓

天不知不觉亮了。清晨，阳光顺着炊烟的指引，迷失在一座柴扉紧闭的小院。书案上，青灯早已燃尽，头枕黄卷的诗人，睡眼蒙眬，被一阵偷袭的花香摇醒。

一群不甘寂寞的鸟，早已在窗外搭好了舞台。一些平平仄仄的音符，跳过树叶的琴弦，被长长短短的羽毛弹响。屋里屋外，都被啁啁啾啾的音乐占领。倚窗而立的诗人，陶醉在欢快的叫声里，忘记了世事。

昨夜行色匆匆的风雨，也在黎明之前卸下了喧哗，悄无声息地去了更远的远方。屋檐上挂着几滴没有风干的泪痕。谁听懂了昨晚风的哭泣？

残红满地。有多少含苞欲放的花，来不及点燃心事，就纷纷落了。几只游戏的蝴蝶，在地上数来数去，却还是没有点清那些凋谢的美丽。而树上的繁花，依旧争先恐后地露出了娇羞的脸庞。

诗人怜惜地靠近一朵，闻了闻，然后轻轻打开了春天的院门……

（选自菲律宾《商报》2020年9月3日海韵文艺副刊）

■（河北）雨倾城

从一首古诗出发（选二）

月黑见渔灯，孤光一点萤。
微微风簇浪，散作满河星。
——《舟夜书所见》查慎行（清）

一切都隐去了。

月亮，天空，两岸，我被河水与岁月反复清洗过的影子。

我得停一停。忙碌的人，漂泊的人，心里住着爱的人，都该睡了吧。

闭上眼睛，那小小的渔船上小小灯火，跳跃，沉浮，童话一样填满我黑黑的夜晚孤单的夜晚。它找到我，并取走我的心。

它说，它是静，是宽敞，是我内心，从未到来的赤裸的真实。

忘掉世事。一些静落下去，散作满河，点点星光。

一点，两点，三四点……

我一点一点地数，满身水汽，却浑然不觉。

白日看山坐，清秋对雨眠。
眉头无一事，笔下有千年。
——《山中》邵定（宋）

日或夜。雨或晴。他静静地坐着，白云与诗意一身。

山青，人孤，心却安宁着。

秋声渐起。一点红尘，淡了，远了，无迹可循。

没有愁眉，没有忧思，万事不问。他活在自己的世界里，什么都不管，什么，也不放在心上，仅有一个夙愿：下笔千年。

这样的执着与喜欢，仿佛命定。

逃，逃不掉。避，避不了。无药可解。

就愿意写。心心念念，全是吟咏；醉醉醒醒，尽在笔端。无休无止。

陪伴他的，唯清秋之风云，唯山间之浩荡。别人笑我太疯癫，我笑他人看不穿。他是他自己。他绚烂而恬淡，成就人生无憾。

著述之间，光阴，已是分不清了。

（选自《山西文学》2020 年第 9 期）

第十二辑 “南太湖散文诗群”新作

■（浙江）箫 风

亲亲的宝贝（组章）

——写给小孙女温忻畅

因为你的到来，阳光如此明媚，世界如此美好。

报 到

“哇……哇……”

你是以一声响亮的啼哭，向这个崭新的世界报到的。这是你第一次向世界发出的宣告：“我来了！”

而我见到你时，你已安静地躺在妈妈的怀里，被护士阿姨推出了产房。在门外焦急等待着的爸爸、奶奶和刚当上爷爷的我，这才放下一颗空悬着的心。

亲亲的宝贝，因为你的到来，我们都完成了一次身份的转变与级别的晋升。因为你的到来，阳光如此明媚，世界如此美好。

我们小心翼翼地用双手捧抱着你，就像捧着一颗晶莹剔透的晨露，就像捧着一轮冉冉升起的旭日，无尽的喜悦洋溢在我们脸上，也荡漾在我们心里。

亲亲的宝贝，在你清纯如水的目光里，整个世界都向你敞开了温暖的怀抱：“宝贝，欢迎你！”

睡 梦

对小小的你来说，睡眠就是一项伟大的事业。

因为，你还不知每天有昼夜之分，世界有明暗之别。于是，困了，倦了，便会哭着闹觉，即使外面的世界雷雨交加，你一样能安然入眠。

可是，不知怎的，在你无知觉的混沌的世界里，却也是有梦的。

那天，我在婴儿床边陪伴着入睡的你，正望着你粉嫩嫩的脸蛋儿出神呢。突然，你咧开小嘴“咯咯咯”地笑出声来。

是梦见妈妈给你一个甜蜜的吻，还是爸爸送你一个新玩具？

是梦见奶奶给你唱着摇篮曲，还是爷爷在给你当马骑？

或许是，外公外婆给你买来了你最爱吃的小蜜橘？

哦，那梦中的世界，一定是美好的。

爷爷多么希望你梦想成真啊，多么想听你讲讲那个甜蜜的梦……

起 名

尽管爷爷知道，名字不过是一个人的身份符号，但爷爷仍然在为你起名上绞尽了脑汁。其实，早在你出生之前就开启了这项宏大的工程：查字典，翻辞海，网上搜览起名大全，线下请教国学大师，忙得不亦乐乎。

因为爷爷是一位诗人，总想为你起一个富有诗意又蕴含期冀的名字。亲亲的宝贝，你的名字，本该是一首天真无邪的诗呀！

温忻畅，这个既符生辰八字，又合五格数理的名字，同时也寄托了我们全家人的期盼：畅畅宝贝，希望你一生欢欢畅畅，快快乐乐！

即便人生旅途上遭遇风雨和坎坷，也要面带微笑，从容应对。——这是爷爷必须告诉你的！

学 步

经历过“七坐八爬”之后，你便跃跃欲试地想走了。

先是扶着床沿或门框，颤巍巍地站了起来；然后，拉着大人的手，开始踉踉跄跄地学着走。再后来，便想挣脱大人的手自己走了。尽管，摇摇晃晃走不稳，但你并没有放弃。

一步，两步，三步……你向着妈妈敞开的怀抱勇敢地走过来了！

爸爸在为你鼓掌。奶奶在为你加油。

忽然，你跌倒了。爸爸本能地伸出手，想把你扶起来。

爷爷喝止了他。

“让她自己爬起来！没有跌过跤的人，是学不会走路的！”

——你没有让我们失望。不仅没有哭，而且自己慢慢爬起来，继续跌跌撞撞地往前冲！终于，你扑到了妈妈的怀抱里，红通通的小脸上露出了胜利者的自信和喜悦……

（选自《湖州晚报·散文诗月刊》2020 年第 1 期·总第 92 期）

■（浙江）李　浔

南浔册页（二章）

用乡音，用真情，画下了鱼戏桑田间的江南。

荻港桑基鱼塘

苕溪在一条青鱼的背上，游过荻港。那里的桑与渔歌一样，同样有着清澈的倒影。千年荻港，春却不老，三月的荻港，小雨成珠、谷种泛青、燕子有情。头插蚕花的姑娘采桑于陌上，青青的桑叶，弯弯的蚕歌，浅浅地唱。看十里桑基鱼塘的水波，像鱼鳞一样工整且有章法，我在蚕歌里知道，懂事的蚕，趴在桑叶上看河流过有情有义的村庄。

荻港的鱼塘年岁已高，见惯了春天，知道那里的每一句乡音都有水韵，都可看见成年往事都由诗和蚕丝牵着。荻港的桑年岁已高，见惯了不觉晓的春眠，知道春蚕一直在梦见七彩的罗缎绫绸。荻港的鱼儿都会背诵悠悠的乐府诗：江南可采叶，桑叶何田田，鱼戏桑田间。如今的荻港，田歌荡漾，桑已成行。

在荻港鱼庄，燕子已经恋爱，听屋前屋后的桑呢喃着一个不老的神话。鱼儿只认荻港的民谣，三月里的渔歌挂在青枝绿叶的桑上。那个唱湖剧的人，甩动水袖，手指上缠绕着千年的典故，蚕桑茶可让你眼明心亮。

在荻港鱼庄，有一个写惯了鱼与桑的人，他的笔在桑枝上发芽，在鱼尾上泼墨，在荻港这本老画册上，用乡音，用真情，画下了鱼戏桑田间的江南。

桥上观双林

河蚌像怀春的少女，趴在岸边，看头插蚕花的姑娘，每天走在荠菜走过的路上。看桥戴在河的手指上，那么般配，让人总觉得这河已经嫁人。

你从桥上下来，离倒影近了些，离想象中的春更近。这个季节，春雷在失眠，而蚕一直在梦里，站在桥头听橹声的养蚕人，终于看见，河也有伤心的一面。这岸的苦楝树长满新叶，而对岸离家出走的人，没有倒影。

在双林，停在绫绢上不说话的蝴蝶，一直在对岸左顾右盼。如今，田歌已经成河，桥的对面，那个唱评弹的人衣服总是新的，三弦琴的尾声也是新的。有人在嗑瓜子，喝碧螺春茶，满脑子荤段子。但回首细听，那句唱词里的双林已六百年了。

（选自《湖州晚报·散文诗月刊》2020年第1期·总第92期）

■（浙江）徐建新

春天，为我卸下冬装（外一章）

小河歌唱着，和田鼠一起赛跑，看谁先到达春天。

厚厚的积雪，覆盖原野。冬小麦在雪被下冬眠。

行人，步履踉跄。厚实的冬装，在一位农民身上穿成一种老成，一种缓慢，一种笨拙，一种负担。

竹子的发染成白色，宛如一位白发苍苍的农妇，躬在房前屋后。苦楝树杈丫的枝干举起白旗，向寒冷投降。麻雀在它们的枝叶间叽叽喳喳，吵醒了白雪公主的梦。冬天，防寒的外套包裹着的，是沉甸甸的心情。

一只田鼠，小心翼翼地睁开贼溜溜的眼，在清晨的雪地上，跑出一行诡秘的足迹。像一个童话，从冬天讲到春天。竹子抬起头，将田鼠的童话和屋檐下的音乐，读成一首春天的赞美诗。苦楝树举成一杆杆复仇的抢，刺向天空。

行人将脱下来的棉袄，顺便丢在草垛上，像一件被遗弃的往事。

一个霍闪，一个惊雷。大地为之一振。冻土融化，冰河开裂。植物，动物。抖擞了一下精神，卸下冬天沉重的负担。

小河歌唱着，和田鼠一起赛跑，看谁先到达春天。

一块扔向湖面的石头

一块石头扔向湖面，扔出两个结局：向上溅起四处浪花；向下击出石头沉落湖底的轨道。浪花是生在湖面上的树，轨道是长在湖底下的根。

石头越重，溅起的浪花越大，湖面上的树生长得越茂密。

用力越猛，沉入湖底的速度越快，湖底下的根扎得越结实。

石头接触湖面的刹那，人们看到的是浪花如茂密的树根般美丽地绽放。

人的心事，就像这沉入湖底的石头，越重，沉得越深；越多，溅起的浪花越漂亮。

但是，人们却无法知道在水的漂亮外表下藏着的暗殇。

（选自《湖州晚报·散文诗月刊》2020 年第 1 期·总第 92 期）

■（浙江）沈 健

安且吉兮（组章）

车窗外，是深冬的大地。车厢里——却似有春风回旋……

安吉白茶

在安吉生态广场的东侧，在名叫第一滴水的茶馆里，喝茶，喝安吉白茶。喝最配得上苏东坡奇思妙语的“从来佳茗似佳人”的安吉白茶。她们，一个个在黄浦江源头的净水里舞蹈，婀娜多姿，舒缓曼妙，给谁看？

玻璃杯，似水晶一般晶亮通透。

黄浦江源头的水，似蓝天一样纯澈清亮。

叶白茎绿，是绿茶，又不同于普通的绿茶。

一芽两叶，不同寻常的翅膀，想飞就飞，想落下就落下。

一片叶子，富了一方百姓。

指点江山的手，指点山山水水的手，亦可以指着一片叶子——一片叶子，富了一方百姓。

在鲁家村

鲁家村的小火车，老远近闻名了。

坐上鲁家村的小火车，看美丽乡村的田园风光。

美不胜收，身心愉悦。一路行来，大雪站过了，又过冬至站，又过小寒站，又过大寒站。前方，分明就是立春站了。

车窗外，是深冬的大地。

车厢里——却似有春风回旋……

春笋与新竹

一支春笋，站到了一片竹林的外面。

一支春笋要不了十几天工夫，就会长成一株新竹，高过竹林。

我会再来探访，并抬头仰望。

我会看看这株新竹，再想想它破土而出、奋勇拔高时的神气模样。

我会看看这株新竹，再看看自己，看看自己的身体和灵魂。

我会再写下一首新诗——为这支春笋而感奋，而欣喜。

（选自《湖州晚报·散文诗月刊》2020 年第 1 期·总第 92 期）

■（浙江）储 吟

隔壁的城市——给女儿（外一章）

有种蔷薇花，花香一直缭绕，轻轻覆盖着荒凉的园地。

栀子花开的时候，你去了隔壁的城市。

像一只风筝，细小的牵线，紧紧地勒扣在我的心上。

曾经攥在我掌心里的小手，如今已牵起另一只稚嫩的小手。

自从去了隔壁的城市，有些词就成了敏感词。比如外滩，淮海路；比如丁莲芳千张包子，周生记鸡爪和牛肉，不时地触碰到视觉神经和味觉神经。

白天和黑夜交替，牵挂与牵挂重叠。栀子花开，甜美而浓烈，在某些时辰散发着浓烈的惜别。

晨起，我在阳台上远眺，青山绿水依旧。

你在隔壁的城市，车水马龙在摩天大楼间流淌。

清风和你道早安，我和清风说挂念。晚风很稠。一波一波的背影，像极了倦鸟归巢。你曾经说过的话语，和夜灯一般明明暗暗响起。

我知道，这里的湖城软语会时不时进入你的梦乡……

蔷 薇——给女友们

这个春天，记起溪水流过手腕的感觉，是很多年前你笑的眼神。

这个春天，坐在对面的你，一起逛街的你，吃饭的你，喝咖啡的你，表情漠然肢体语言丰富的你。

很久很久之后的春天，花草摇曳，石拱桥边走过的身影，水面印照着模糊的影像，熟悉地缄默着。

那些欢喜与认真走到哪里了？

说着往事，琴弦打开，没有痛的样子。

雨水躲在云端，像月亮的眼睛已经安睡。

那些一朵一朵盛开的蔷薇。那些一簇簇依墙而盛开的蔷薇。还有那些隐藏的小小的刺。

在你们的合影背后做着优美的背景。

忽然想起书页里早已干枯的蔷薇花瓣。

有种蔷薇花，花香一直缭绕，轻轻覆盖着荒凉的园地。

（选自《湖州晚报·散文诗月刊》2020 年第 1 期·总第 92 期）

第十三辑 “我们诗群”·蛮荒时代的爱情或镜像

■（北京）老　风

关于可能性（组章）

一个人最后的空间是地下的采矿权，发掘即永生。

“啪”的一声。

声音传到远处你的耳朵里。这意味着你不在现场。

虚拟或者真实，允许你结合自己的生活经验，描摹出真相。

举例：你手捧西瓜，西瓜滑落在石板路上。红色的内容，甜蜜的内容，仿佛黑色的西瓜籽果断的叹息。

你确实想到几种可能：

被侮辱与被损害的人，用手掌做出的回答；

气球对于气体的荷载超出了包装材料的承受值，响声之后，结果是干瘪的；

每个人都要开始奔跑，因为发令枪已响。可能会气喘吁吁，但不能轻易成为掉队的人；

乌云裂开的声音，彩虹是眼中的信号弹。坚持什么，争取什么，一定要做一个心里有数的人。

关于可能性，我想起五十年前的一个清晨。

我的爷爷，甩动手里的长鞭，空气爆破。

然后，黄牛牵着犁铧，新土里将长出新一茬庄稼。

阴与阳

医生朋友劝我多年，要阴阳平衡，要作息规律如常人。

是的，夜晚是阴。

雨天是阴。

我经常在凌晨三点后独坐，一个人喝着红酒。紫葡萄不抒情，紫葡萄一旦变成酒，就有了阳光穿透万物的光芒。

我想到自己多次在南方时的经历，连日阴雨绵绵。走在雨中或者深夜听雨，我点燃一支烟。

最初的闪电比雨水更重要。

我不让自己的阳气过重，不是想向阴气投降。

我心底的阳刚不会被任何温柔所征服，因为即使我身处沙漠，我也一直要求自己温柔似水地对待生活。

一切的阴，我都报之以阳。

包括我的梦，也只能让它蒸蒸日上。

空间论

宇宙中的一颗星星，银河系中的一颗星星，站在地球向空中望到的一个亮点，整个黑暗中的一点光。

大地上的一座山，一座山的一个坡，坡上的一棵桃树，桃树的一个枝，枝上的一朵花，春天里的一袭香。

动物中最高等级，一个人能用体内的骨头保持站起来的姿势，一个人能够用自己独到的语言和意念从庞大的人群中走出来，一个人的空间有时覆盖了所有人，一个人的空间又会小得让他无处藏身。一个人的物权证包括领空、领海和具体的房契，一个人最后的空间是地下的采矿权，发掘即永生。

自　勉

不允许东张西望继续浪费我的目光。

土地深处必有一种力量，它让我向下看。

看过花，看过草，看过庄稼。

看到树木的根须，渗出水的湿润，然后发现地面上的每一次繁荣，关系一定不能干燥。

今后的我，只说看到与看不到。

不说看破。向下看，不抬头。

天道在大地上生长，已是五月，新的麦季即将到来。

老志铭

老下去的时光，我想放在童年成长的地方。

仿佛衰老也是一种朝气蓬勃，感伤变化为青春。

谁再言日暮穷途，我就把一个乡村少年喊到身边，他就是走向远方之前的我们。

老下去的地方，荷花万亩。来的人，大家每人一朵。

都知迷惘因浮尘而生，心事何妨就此如莲。

（选自《诗潮》2020 年第 9 期）

■（北京）灵 焚

2020，春天的备忘录（选章）

飓风的翅膀，将是这个春天沉默的代言。

提醒或者备忘

100 纳米以下，低于视力。一粒小小虫，爬出
这个春天所有的漏洞，拥堵着惊恐、愤怒，当然还有感动与杂色幽默。
白口罩捂住十四亿春心。在季节拐弯处，春色
在一块告示牌前止步，沉默的大多数继续选择沉默。原地待命。
有诗为证："春心莫共花争发。"

这个春天，红杏枝头没有春意。沉默
不是花的初衷，人类暴力正与自然法则较劲。
桃花，你先忍着，让腊梅在入春的路上延长花期。
凋零的，就埋葬在春天里。
把悼词写成颂歌，告诉人们："依然香如故。"

一场灾难，被娱乐，被消费，被赋予……最终，在歌声里清点泪滴。
当痛定之后被不再思痛，四面楚歌继续蓄谋已久。
当花朵在春天集体失语，谁说这个季节只有空旷，即使万径人踪寂灭。
一只蝴蝶，正在亚马逊河谷，被孕育着。
飓风的翅膀，将是这个春天沉默的代言。

多少年之后

即使迟到，2020 年春天，鲜花将依然悉数出场
到了秋天，从伤口长出的果实，人们只会记住甜蜜

多少年之后，还有谁看得见一个女孩哽咽的泪水？
多少年之后，除了那些枯萎的白花，还有谁在意吹哨人的祭坛荒草萋萋？

那些不该死的正继续死去；那些该死的，仍然活得春风得意。

洪水过后，有谁听得见那些蚂蚁的哭泣?

泪水，在这个春天绝不轻易流淌

是谁?堵住了这个春天的入口。
香蕉人?空心菜?
还是通往春天的路上，亡魂踩踏着亡魂?

己亥还赖在屋里不走，任凭庚子敲打窗扉。
把一个冬天的情绪叠好了，却再次被摊开。含苞不语，花蕾还能在枝头坚持多久?尽管有约，你不来，我怎能盛开?

看不惯空心菜的媚笑，更厌恶香蕉人的狂欢。
君不见，奈何桥头，招魂的呼唤追赶着呼唤。
你走了，这些花儿将为谁绽放?

君不见，鹦鹉洲畔，芳草还在凌霜。
迎春的祖国，纵然有五千年的泪水，
在这个春天，也绝不轻易流淌。

暂停键上的清明

2020，暂停键上的清明没有国籍。
珞珈山下，武汉的樱花刚找回两片失散的春色。
曼哈顿的咖啡馆，又一个腾空的位子没有等来如期的常客。
从圣城库姆到米兰大教堂，通往春天的路上，祷告跨着经文的坐骑狂奔。

此时，不说悲情，虽然欢愉早已失踪。
苦难还在扇动翅膀，从那兰布提大道到纽约时代广场。
那一只蝴蝶，堵住城市所有的巷口，把每一座黄昏
逼向祭坛。

这一次，米勒的晚钟从清晨开始就已经敲响。
日惹佛塔，麦加圣地……一件袈裟，一袭白袍，所有的祈祷都独自递给亡魂。
圣彼得广场只剩下寒雨与教皇，上帝的指尖，弯曲如一道忏悔者背影。

谁来回答巴塞罗那老妇的呐喊？谁能屏蔽手机上不断被直播的绝望？

这是暂停键上的清明，取出你低头的姿势，在黄鹤楼上摊开那一片久违的白云。把一抔缅怀，千丈忧思，往三分钟暂停键上摆放。

先祭奠亡魂，然后祭奠，曾经忽视的花影、鸟鸣、多少次被自己辜负的春光；

还有那些，被人类时间删除的一个又一个物种。

此去经年，压低你傲慢的目光与万物对视，俯下身躯跪拜苍穹。

让数百年高耸的埃菲尔铁塔，学会给飞鸟让路；

让圣莫尼卡海滩找回寂静；作别的云彩，重返康桥两岸。

暂停键上的清明不仅仅为了重温亲情，还要为众生超度、为良知招魂。

（选自《贵州诗刊》创刊号，2020年9月）

■（北京）黄恩鹏

青岛册页（组章）

深入黎明的鱼群，高举火烛向岁月深处行走。

即墨故城

雨润燕明，风抚米飨。天道呈祥，麦谷生长。时间的标本，阳光般坦诚、明亮。天地浩大的光芒，一次一次，撬开了岩层，一片大海，横空出世。波涛涌动，时光纪年。春秋、战国、秦朝、西汉、东汉、魏晋、十六国，再到北齐天保七年。坍塌的石墙，倾圮的故国。唯有山河，崛立天地。唯有铜舫，静静漂泊。唯有诗文，铭镌史册。男有金銮殿，女有梳妆楼。一代英雄，有号令天下的点将台。铜鼎铁镬，鸟踪鱼影。书生赶考，商贾趱行。东西仓储满了粮米，贮货湾停满了舟船。二贞庙烟火贞洁，洗心河净水洗心。田齐置邑兴邦，康王筑城御敌。六曲山遗墟，高过了崇山峻岭。八王、六侯、一相，岩坡之根，滨海之畔，康陵寺香火旺盛。八大金刚，怒视天下，威慑佞官奸雄。彼时故城，斯时好土。灼烫的光焰，磨砺大海。谷禾丰盈，鱼虾满船。天下百姓，同享自然大地赐予的禄福。闻名百里的大香烛，袅袅升腾生命的祈愿。瓜果如豪乳，哺育州城众生。大水流淌，珍珠、翡翠、玛瑙、琥珀，被山河秘密收藏。即墨故城，圣佛菩萨护佑的地方。

即墨雄崖千户守御所

即墨东北部白马岛之雄崖，明洪武三十五年修筑。百姓熙熙，舟车辚辚，载来黄土，运来山石，抟而为墙，筑而为城。

奉恩、迎薰、镇威，每一道城门，都坚固如磐。关上城门，就是一个天下。屋宇院落，温馨的家园。石墙石梯，石道石门，刀枪矛戟，雄兵列阵，拒倭寇暴人恶匪，退避于百里。九卫十八所，生民安居乐业。

那些时节，闪电雷鸣，风起云涌。呼啸的兵燹，大闹天地，连一株花草，也要俯首低眉，步步设防。

历史以二倍速频快进了 280 余年。

清水滋育的村庄，简静纯洁，与世无争。轻关易道，宽农通商，都是小城的本态。我在这里，闻到了夏之海鲜的味息，也闻到了秋之黍禾的芬芳。

一种声音，露珠般碎裂。传说似干涸的树叶，飘然降落。什么力量也无法阻挡凌空飞旋的生命。历史神迹，在这里呈现。曾经，戾气冲天的王侯，不能让民众得以安生。曾经，血火风雨，摧打孱弱的土地。唯有不屈的理想，唯有辛勤的稼穑，能让一方区域的民生富赡。岭峦高耸，一只闪闪发光的鹰隼振翎天穹，陶罐里蓄酿旷世的美酒。

带足盘缠，跟随滔滔黄海漂泊。依然有青碑们的后裔：李家、王家、赵家、韩家、陆家和陈家，光鲜百年。

墙上的拴马石，仍能触到骏马低沉的嘶鸣。

鼙鼓响亮，青禾起伏。光芒倾覆，大火里遗存的宝藏。

规整的石头，排列时间的秩序与安静的民生。一个能让民生静息的时代，无疑是一个好时代。我的脚印雁阵般地在岁月深处缓慢展开。一条蜿蜒古道，像披坚执锐的文字，深耕远天。我的目光，跟着逶迤绵绵的细草，深入了时间的石缝。抬眼望，天涯雁阵，排成人字，翩然南飞。

大泽山

沧桑的渔人，把一世养大的鲲放归深海。祖先以坚硬的箭鳍，摆渡一道大水。肉体在波光粼粼的清澈中，自由自在地游走。

《志书》载：群山环而出泉，汇为大泽，以此名也。

远航大海找佛的人，度化生命的圆满。

佛是一座山，山拥一尊佛。圣明之神，隐居偏地：宋金明清，山中寺院，香火如炽。春秋烽火台、战国古驿道赤眉堑、大姑顶、桃花涧、天柱山、御驾山、智藏寺、日照庵，奇石峭壁，峨峨然，天地之魂。

鬼谷洞孙庞学艺。范蠡涧才子佳人隐居。汉代赤眉军拒守皇城。隋代杨斯玉箱子石藏书。李世民射石出水。明代户部右侍郎采集柿叶学书……

大野草木，都是枭雄：苍术、紫苑、风铃草、甘菊、旋覆花、绣线菊、刺儿蕨以及从岩缝里钻出的、闪着狐光的酸塔。与风雨牵手的生灵，皆来自天堂。

执一盏马灯，我行涉病躯的大地，开垦昔时太阳，挖掘前世明月。

祖宗脚步不绝于耳。高崖密林深处，我随众鱼涉水。俊鸟绕着摩崖翩然而飞。大泽山，风吹林。天地盛大之诵，将五百碑林覆盖。

田横岛

《史记》载：秦末汉初，刘邦称帝，遣使诏齐王田横降，横不从，于洛阳途中自刎，岛上五百壮士闻此噩耗，集体挥刀殉节，世人惊感田横五百义士之忠烈，遂命此岛“田横岛”。

一些树和一些草，在壑谷沟涧、悬崖岩石间自由生长。它们以坚韧的身躯撑起天空的重量。斑头雁或白头鹎，红胁蓝尾鸲或黄额棕颈山鹛，以动听的鸣啭，顺着风的茎叶，传递着清澈的记忆。

高祖之命，英雄之刎，五百壮士挥剑斩尽来世恩怨。就像随意拔根头发那样简单。只是洛阳城外那段路途，早已化成了烟岚，悄然飘散。

鹰与光，在山顶消失。

胸襟敞开，众马奔跃。

功名如尘土。不祈富贵，只求心安；不奢望官袍加身，只求一袭布衣遮风挡寒。敢于抗命的、敢于拒绝皇恩的，必定是桀骜不驯的勇士。清风指向天意，马匹懂得人心。宁愿无家可归，也要恪守承诺。

但是，没有什么能阻挡风雨。

即便一些羞涩的静也会在一个角落毫无顾忌展开它赤裸的腰身。

历史从不认为过往的失败是王权的专横。

现实从不承认自身的毒刺是人性的罪恶。

一个人与一群人，一群人与一座孤岛，一座孤岛在时间里安息。以道义结盟，以精神意志抵达生死，已然足够，不必求富贵，得福禄。

田横岛的人，站立着的草木，是大地的主角。

琅琊台

城隍，城隍，卧在山下。

此时听不见市井喧哗。只有琅琊，天边海浪一遍遍冲刷被洗得发暗的历史。醉酒的人，说唱山东快书的人，摆渡日子的人，生活艰辛，为稼穑祈福。

八十一东海青铜磨洗星辰日月，映耀百年。

七十二龙头石碑携挽秦砖汉瓦，誉满千秋。

徐福的仙草灵药，可在这里？遍山峻石，可是五百童男童女？

唐诗宋词元曲醉在了一坛高粱酒里。李白、白居易、李商隐、熊曜、苏轼，颜悦道、王无竞、丁耀亢、刘翼明、高凤翰、李澄中……昨日之梦，诗人今生。东海浩瀚，日月如灯。高大健壮的鲁人，识别挑剔，每一处的净、每一处的浊。

我在每一座山上净手。然后焚香、点烛、击鼓、鸣钟、拜谒。

从不在乎仪式感的我，在这座山寻找丢失的礼仪。太阳用明亮宽恕我的过错。我请求大德菩萨将手中的圣水洒一滴给我，让我今生毁灭后能够重新脱胎换骨。

北海岸的清风细雨吹着洒着。我掬一捧时光清澈的溪水，净面、净心，聆听诗圣歌吟。晨光初现时，我用一分钟的心灵柔软，抚慰净界的光芒。

暮色降临时，我又像一员守边的猛将，逡巡兵寨和十二墩台。我更像一位年轻的弓兵神射手，弯弓搭箭，激射来犯之敌。

山水为台，日月为戏。历史的壮剧，一场接着一场，各种角色，擦肩摩踵，但却缺失了主角。

大沽河

潴河，50.68 公里。小沽河，84 公里。五沽河，44 公里。落药河，35 公里。流浩河，36 公里。桃源河，34.7 公里。南胶莱河，30 公里。七星河，22 公里。

大大小小的溪河，全都归入——大沽河！

然后，再从胶东半岛北海出发，至广阔的南海，行程 179 公里。

水的根须，玉璞生光。

从内部到外部，从高处到低处，从形而下到形而上。

一滴水，生育许多水、生育更多的水。一株大树，分擘出更多的枝丫，根脉扎入更深更厚的岩层，蜕化更纯洁的生命结晶体。月色丝帛，阳光乌柏；山河壮美，神祇安静。生灵在阳光和月光里被化育成仙子。

白昼琼花，夜之美玉。沿岸青草在清早的阳光和清露里闪烁慈悲的光亮。大沽河哦，我用意念的闪电，深入一块琥珀，聆听它内蕴的风雨和冰雪。

深入黎明的鱼群，高举火烛向岁月深处行走。深入大地旺盛的水源，听丰满的肉体与坚韧的灵魂披坚执锐与时光抗争。

祖先的梦境，与我对接。我听见清风将河水吹开，取出金子和银子。水光随阳光深入石壁，宽大或狭窄，都是要走的路。我听见身体内部，隐藏着稀有矿藏。我要将嶙峋的危岩、坚硬的记忆破开，然后从东部黄海胶州湾开始，抚摸你每一寸土地。我要跟你一样，将毕生积攒的翡翠玛瑙，毫无保留，全部交还给大海！

（选自《青岛文学》2020年第8期）

■（北京）爱斐儿

蛮荒时代的爱情（组章）

爱情是否可以像一枚琥珀，被时光保留最初的形态？

那时，爱和情还是两个新鲜的词语，刚刚相遇在岁月的根部；受精，融合，有丝分裂，被绒毛膜温软的婚床密密包裹，形成最初的对称、平衡与完整。

世界混沌初开，除却饥饿与天灾，爱情的天敌不多。

数茎苇草指点日月，足以让简约的世界生机勃勃；一枝花香扑倒南风，足以让两座肉体之城彼此沦陷——陷入生命的真相还不够，还要生出生必相依，死必相随的庞大根系，血脉缠绕。

关于蛮荒时代的爱情，其时可以与爱恨、对错、禁忌、情仇无关，不必管一往情深何解，又何故委曲求全。至少，本能还主宰着爱情的命脉，道德的绞索还没对他们形成致命的合围。

如果故事恰好让未来之眼见证，爱情是否可以像一枚琥珀，被时光保留最初的形态？如果爱情继续演义，他们是否会像一棵树木，结出果实，虽留有爱情当初毛茸茸的味道，却比爱情的祖先更加脆弱、孤独？

母与子

你曾经是光，是金木水火土，是万有之源……

你的母亲正等候在生命之畔，用全然的爱打造一艘船，并酿好乳汁、锻造好宝剑和盔甲；为有一天能够带你来到尘世，也载你来到溪流岸边和绿洲之上，并对你说：你是自然之子。

你会面对困难、悲伤和疾病，也将面对快乐、幸福和安宁；

会伤害你的，也会把你祝福；你的黑暗将是照亮你的蜡烛；

你将在最深的尘世，完成成长和盛开。

那个你称为母亲的人，载你来是她的使命。如果爱你需要一个理由，那就是：她会把你的缺陷也当作彰显荣耀的方式。当你爱上溪水中的倒影、爱上绿洲中的梦境，跑向虚幻的海市蜃楼，忘记了自己的源头。

她会默默来到生命的尽头，用一场永恒的睡眠，把你从梦中唤醒。

一个人的世界

躺下来，山高水低。

万物也随之躺倒一片交错的轮廓，沉静或者暗淡，灿烂或者隐晦。

是清晨，还是黄昏？如此不动声色。在万物的一面，剖开新鲜的光感；让光阴的气息，从容推开腐败与阴影。

这是一个人的世界，天空一片空白。你涂完万千气象；或者不，只推倒江山，舍生取义，让一切重来。更多的浮现，如凌乱堆积的油彩，寓意只有你自己所知。比如，某天清晨，走进一片林子，一只唱歌的蘑菇，让你心驰神远，在远离众生的地方，看到了生长茂盛的尘念。

一个人的世界，纵然有道路千条，无奈万般，你依旧化身自己，上天入地，或翻江倒海。

至于你登天时的梯子，它是别人无法看到的千难万险。

呐　喊

红尘弥漫，一条语言的鸿沟，深深地切开憧憬与呼唤。

时光的迷阵遍布两旁。

梦想的沙场，一路安营扎下荒唐的青春，糊涂的江山。

从陡峭的今天回首憧憬，岁月在燃烧之前，已埋下灰烬的伏笔。

哪一处绝代风华躲过了被一支秋风的铁笔越描越黑？

荏苒秋光，谁挡住过冷风沿十月之水逆流而来？

相对于笔墨走过纸面，一生跌宕展开，不过旌旗数面，烽烟数载。

你回首的位置，仅凭两袖风雷亦难退回春风拂面。

只见身后风景，浮世比风声更乱；时间的猎物，如那些过往的姿势，萧瑟得斑斓一片，虚空如无辜死去的亡魂。

家　谱

这些年，回忆变成了日常，需要反复翻开风声，才能重回天空。

世间的生活，时而烈火焚心，时而如暮雪划过轻声的叹息。曾经锐利的感觉，已磨损得只剩下模糊的轮廓。有时候，反复推倒身后的路程，翻开血脉的源头，看到的不过是一个个亡灵的影子。

在背叛天空之后，神已撤走了天梯，给你一颗野心，让你遍历险境，再与虎豹相遇。并在遍地花香之地，给你蛇的诱引，苹果的香气，也给你攫取不尽的葡萄与利弊的支点。

你在不知不觉中与自己失散，无暇顾及落叶一样消失的羽毛。

秋色迎面袭来，你已无法辨识沦落与飞翔。

若要翻开从前，让你说出自由的来历，你是否能够松开自己，从那些灌满风声的羽毛中，指认自己曾经海阔天空的姓氏？

（选自《星河》2020年春夏合卷总第41辑）

■（上海）语　伞

在云的边上（外一章）

你无法相信这是真的。时间重构了空间。

夏天被一场细雨推迟。

唯有放晴后的白云可以带来繁茂的安慰，作为存放思绪的树冠。

你独自望着天空。那游走的棉朵、马群、山峰、帆船，它们像从容的僧侣，背着重重的行囊，在转山、转水，神色带着庙堂的庄严。

无数生，无数死，也隐约其中。

你想拥有一个天梯。足够确定，你要把手伸到云层里去，摸一摸你常常虚构的那些事物，它们有着怎样的面目和身躯，是否也会出现面对悬崖的恐惧和不安。

它们不过是你回忆里的爬行动物，只随你默默发呆，偶尔挠痒你、挠疼你。

在云的边上，父亲正在厨房淘洗蔬菜。水在哗啦啦地流。水池已经注满。他的腰背弯曲成弓形，手中的菜叶从来不是刺杀顽疾的利箭。他已失去大部分听力。水龙头的出水口越来越猛，他就这样旁若无声地一直洗了很久，水始终没有溢出来。直到你忘记了饥饿，困倦了，他仍在淘洗。

在云的边上，高楼已形成一个城市最具创造性的风景。

楼顶吃晨光和夜色，如你吃着一日三餐。黄昏时分的晚霞，是它们的盛宴。你在渴求不散的宴席——

脑中所想即如眼中所见。

太阳的反光在玻璃幕墙上闪出神人的魔法。你远远地注视着，不知生命为何物，生命又到处可见。光芒变细，灼灼夺目，把过去、现在、未来，悉数汇集。

它们都是时间的猎物。

云上遥不可及，仿佛童年时父亲说过的话：

偷食花生种子，头顶要冒芽；随便拿人东西，会长四只手。

头顶无土，只生三千烦恼丝。而在城市的楼群中，你确实是需要四只手的：一只手拿起，一只手放下，一只手在黑暗中摸索，一只手佩戴星星。

你甚至紧迫地觉得，人更需要两个身体：一个身体劳作，一个身体去旅行。

你感觉秒针在你的前额疾奔。

仍然无法搭乘飞机穿云而过。你只能使白云在眼中变得更重一些。在云的边上，挂上心和镜子。父亲刚从洗漱间走出来，你就悄悄去查看血迹和恐慌。

你想使日子归于平淡，不必飘荡柔软的柳条。你想在一盏灯前祈祷，落日永不降临。

一道身影，像老旧的钟表，偶尔会走慢，不准，需要及时修葺。

再次绕过房檐旁的树梢，此时你所看到的天空——

俨然如一座移动的，故乡博物馆。

音乐之手

孩子在弹莫扎特。

剧情迎来四重唱。

闭上双眼，听力控制了全身。使用任何一个音域说话，此时亦是僭越。

唯有钢琴的巨型喉管，才能说出人类命运的无形与悲喜。声部交错穿行，那缓慢、急促、纵跃的旋律颗粒，在拯救所有被爱恨遮蔽的心。

曲调的起伏和停顿，使音符以各种姿势，分别住进墙壁的细小裂缝、天花板的转角、棉质沙发的凹陷纹理，以及房间的每一缕气体混合物。

难以捕捉，这些轻与重的音色触须，正在解码感官，将歌剧中危险的雨夜，置换成了一幅绮丽的幻象。

悲喜俱无。

一个城市的下午，突然涌出山水、草木、鸟群、星辰的长队……仅仅在音乐的国度里流动、飘移，花体、藤蔓、石头、翅膀、光的仪仗，云雾一样漫过来，与错落有致的高耸的楼群推心置腹，在共同建造新的生活秩序。

你无法相信这是真的。时间重构了空间。

音乐指尖飞沙，耳朵像大大的沙漏。

（选自《西部》2020 年第 5 期）

■（新疆）亚　楠

山河无尽（组章）

在奔涌的涛声里，我们其实就是一朵朵浪花。

一条大河

就这么千万年流淌。在寂静的旷野，踏着夕阳和牧歌，一路向西，用生命完成一次伟大的壮举。而河流两岸稻麦飘香，仿佛灵魂的舞蹈，美已经深及骨髓。成排的白杨树伫立，它们目光清癯，神态庄严。就像神圣的哨兵，在边地为祖国捍卫疆土。啊，多少花开花落的夜晚，我们守望宁静，用美酒释放奔涌的情感……

田野依旧充盈着梦幻。冬不拉激荡辽阔情思，热瓦甫传递淡淡的忧伤。哦，生活的欢歌洒满田野，劳动让人们快乐而又安详！

此刻，我目送一条大河滚滚西去。万物峥嵘，时光淘尽了千古恩怨……是啊，在奔涌的涛声里，我们其实就是一朵朵浪花。

阿尔泰山

其实你并不雄伟。然而，你却拥有辽阔的安详。我看见深厚的静谧，总是以虔敬的方式把万物擦亮。仿佛一潭秋水，不动声色，却总是在清幽的一角，唤醒人们丢失的记忆。就这样把孤独留给自己吧，让鲜花在阳光中热烈绽放。

当狂雪袭来，你以清澈的心普照生灵，坦然地挥一挥手，使那些迷茫的人得救。或者，你敞开了胸怀，刹那间，把所有的情仇恩怨化为乌有。辽阔来自一颗悲悯之心，来自向善的力量……而你，总是在岁月深处用慈爱温暖万物。

此时，我从你清澈的目光里看到高贵，也看到了美和善良。那是一种怎样的境界啊，你用大爱点亮生灵，即使一朵花，一蓬秋草，也会在你安详的目光里自由飞翔……

藏乡小江南

白龙江穿城而过。花开的消息隐隐传来，似乎，她比想象更妩媚。从拉尕山回望，飞瀑流泉，层林叠翠，给人以扑朔迷离之感。哦，这神仙居住的地方，把美妙展示给我，便印证了，那神奇中流淌的诗意，是童话，也是天堂。

我钟情于花开的舟曲。那么多美呀，因为《采花谣》的风韵，雄浑大气中，就多了一份灵秀与温婉。便深信一脉相承的，不仅是乡愁，也当然就是家国情怀。徜徉绿水青山，我被藏乡浓郁的风情所吸引。就让吉祥与我们一路相伴吧，静静领略“摆阵舞”的神奇，在格桑花韵律中，聆听大自然神圣的教诲。

可可苏里

秋风穿过的那一瞬，荻花瑟瑟，若惊怵的羊群。远处群山逶迤，光与影相交织，于峰峦叠嶂的黄昏，就隐约看见了山神的面容。毕竟，阿尔泰山秋意正浓，草木用喜悦迎接，万物在蓬勃中完成了它的归隐。所以呀，此刻没有流岚，没有秋声摇曳的清响。但天空高远，明净如月光般浣洗灵魂。我相信这轮明月，相信浩茫里的暖色，能够把苍凉酿成美酒。而秋分之后的暖阳带着暮秋的眷恋，一寸寸融入山峦。我不知道，芦荻沉吟的时光，是否能够在静默中回望……那梦一般澄澈的秋色啊，被黄昏滋养，也会在苍茫里，让伊雷木湖悠远的涛声在我体内持久轰鸣。

黄　昏

这时，夕阳用一只手褪去了喧嚣。热烈进入低谷，水在自己的领地独自逍遥。哦，野鸽子刚刚归巢……森林中，我来得正是时候。

云朵缓慢上升，在天山南麓，梦呈现出一片幻影。雪峰依旧鲜亮，孤独。而风是甜蜜的。就像一枚果实——那些回忆也是灿烂的。

我知道，库车的黄昏就这样来临了。红霞悄无声息，渐渐地，覆盖了整个山谷。走在辽阔的静穆中，敛起羽翅，心绪就渐趋于淡定……这时候，只有你飘然若仙。

啊，大地是忧伤的！你看吧，夜幕已湮没了爱情。

在雨中

一场雨忽然袭来，在沉醉中唤醒了记忆。夜之眼汇聚秘密，大地被推向辽远。而忽高忽低的风，用看不见的手把夜幕撕开一道裂口。

撕裂的疼痛就像鹅卵石击打堤岸，在幽深的冥想中升起，又坠落。这时我穿越黑暗，用头狼的目光逡巡，用孤独抵御孤独。

这是什么声音？你听啊，夜雨漫过记忆，在如泣如诉的回旋中，目睹了一朵花凋零。而空阔把梦幻拉长，我就是我自己的影子。

雨幕中的老榆树正收回沉思。我想，在这个雨夜，它们都打开了自己。

（选自《天山时报·散文诗月刊》2020年6月20日第四版）

■（广东）李松璋

压在天空下的手记（之三）

想到对岸去的人，还未上船，已经黑发成雪。

牙　齿

看不见时间口中的牙齿。总体来说，它吞咽吐纳的速度永远不疾不缓，它把巨大的耐心衍化成四季轮回，让大地之上一切生命的生与死，看上去有声有色，有诗意，也有了令死者于生前满怀感激地臆想出的充满哲思的理由。

还赋予那理由一种永恒的美。

蚂蚁啃骨头是可笑的模仿。之所以成为一种精神，是因为它们吃得索然无味。处在蚂蚁和时间之间的我们，无法给自己的一生命名。偶尔回头，总能看见丰盈的躯体变成白森森的骨架，看见铁打的营盘瞬间颓塌如海边沙堡，看见漫天落叶被风拿去做慈悲的纸钱。

有趣的是，时间无始无终，永远唇红齿白，小小蚂蚁也并未因啃噬太多的骨头而大腹便便。它们究竟把血肉筋骨吃到哪里去了？

身边有人打了一个响嗝。吃饱了，再被吃掉。

非常事件

持枪者对手无寸铁的人说：跟我走，听话就不杀你！

手无寸铁的人想了想，说：……可以，请允许我把心留下。

持枪者犹疑不定之际，手无寸铁的人撕开衣裳，露出胸前一幅彩色文身，一束风中旋转的火焰和一只正欲展翅凌霄的凤凰！

持枪者看得呆住。手无寸铁的人从他睁大的眼睛里看见一丝惊恐。

手无寸铁的人逼视着持枪者的眼睛。持枪者却在躲闪。

手无寸铁的人用力将右手插进胸膛。火焰抖动，燃得痛苦，如同太阳于深夜的痉挛！

凤凰哑然惊叫几声，羽毛被火焰灼烧。

持枪者看见手无寸铁的人微笑了，手上托着一颗勃勃激跳的心脏。

他惊梦似的扣动扳机。

往事已成往事

往事就是昨天以前的事，就是比以前更早的已经想不起的事。

就是遗忘。就是坐在门口槐树下的青石上，永远数不清地上匆忙来去的蚂蚁；就是看见那只蝴蝶轻盈地飞去飞回，却看不见它薄如蝉翼的翅膀在远方掀起巨大而沉重的风暴；就是以为什么都记得，说出的却都是以后的物事。

有时不得不胡言乱语，有时又不得不枉顾左右而言他。

刚刚握过手的人转身已成故人；悲悼的泪水还没擦干，怀念已成一捧青灰！

往事已成往事，就是木已成舟，河流出走，想到对岸去的人，还未上船，已经黑发成雪。

泅　渡

泅渡者挥动双臂，奋力挣扎于深海。

这景象并非日常所见，但也无法确定是在梦中。我无法描述海的颜色，它的深，它的险恶，它的宽广。还有它永不满足的好胃口。

我甚至不知道，泅渡者试图在挣脱什么。陆地早已不复存在，字典里的岸，移到一本神话里，成为一个词条，它是这样开始讲述的：从此，人世所有的苦难，都是海难……

水世界。我们必须再回到鱼的状态，我们的前世早就连着未来的这个海。

想象力浸泡在盐水里保鲜。鲸鱼搁浅。珊瑚飞起来去空中寻找土地。而泅渡者身后正一边抱怨一边熟悉水性的人们，脊骨迅速退化，不得不用钢丝支撑，很像名叫正义的那把青铜剑在坟墓里锈断。海狮怡然地打着遮阳伞，颈上戴满人造珍珠。

泅渡者的动机似乎来自不可言说的苦闷。游到远方，找一个人，说上一夜的话！

如蝉破茧。浴过羊水的婴马，正脱离母亲的子宫！

有一刻，深蓝海水如同鲜红的血水，被冷月照耀……

很显然，我们无法抵达

抵达始终是一个谜。究竟要奔赴怎样的去处，我们无从知晓。

这就像，我们从不知道，自眼前匆匆飞过的那些惊恐的鸟儿去向何方；也不知道，它们为何对天空如此心怀惊恐。翅膀让身体自由了，内心仍戴着锁链。

夜航船在黑暗的大洋上颠簸，像几粒瘦米在翻云覆雨的手上。也很像那些鸟儿在不安的天空上。无论我们站在甲板上面对无法穿透的黑夜时，表现得多么从容，我们的心始终在战栗。星光也在战栗。在我们闪烁的眼中。

看不见的冰山，在远处发出冻裂的轰响，惊动深海里交媾的鲸鱼，惊动闪电与远岸上所有荒诞的一切。

我们是不会上岸的乘客，直到死。熟悉的陌生人，黑暗中握手，并相互询问：明天，太阳是否会照常升起？

（选自《青岛文学》杂志2020年第5期）

■（北京）蓝格子

日常杂记（组章）

坐在各自的位置，紧紧攥住自己的孤独。

日常：搬家记

二月的北京还有着乍暖还寒的意味，我从更北的北方回来。不该把异乡生活成故乡，一边接受狭小房间带来的心安和孤独感，一边流泪。为了逃离合租房里的猫，我搬到距离工作地点三十公里外的梨园。

我所说的梨园却不是想象中古意十足的戏园，而是北京东南部，靠近大运河的一个同名乡镇。有时我会将关于梨花的想象赋予它，尽管它们之间也没有什么关联。

搬家的时候，我将桌上的绿柄水果刀塞进包里，是的，那把刀，我曾用它切过西瓜和苹果，也切过夏日里一些荒谬的坏念头。现在，我把旧的水果刀重新放到置物架上，并没有什么不同，像我从一个房间搬到另一个房间，仍然没有改变寄居者的处境。

接下来的时间，我整理好所有的物品，躺在床上睡一觉。而当我醒来，灰色窗帘在墙角暗处蜷缩着身体，像一团倾斜的阴影。我起身去阳台把窗子关上，窗外的天色已经趋于黯淡，这是一日中让人伤感的时段。房间像是镜中反射的世界，我呢？更像是房间里可有可无的陈设。

天空从深蓝色变成黑色，我还站在窗口，那么暗的暮色，没有一只鸟飞过。陌生的房间，再美的想象也开始失色。我想起故乡的风和云，一阵阵，一朵朵，构成过去距离我很近的景象。

日常：咖啡馆记

这是第二次，我们一起坐在同一个咖啡馆。花舍，是个不错的名字，比店里的咖啡更吸引人。陪孩子来上外教课的年轻父亲，相对而坐、执手相看的小情侣，每一种角色和关系都可以在咖啡馆里得到妥帖的安置，当然，一个人，也能找到自己的位置。

木质桌面上，树木年轮的线条清晰可见，仿佛时间换了一种更直观的方式来到我们身边。

你还是点美式咖啡，我也依然选择我钟爱的拿铁。这样多好，谁也不必刻意改变口味，保持自我并非易事。你坐在我对面，将一只无线耳机递给我，像是可以借此分享耳朵的秘密。于是，我们坐在半圆形的椅子里，听同一首歌。

窗外的人隔着透明玻璃，偶尔进入我们的视野，年轻情侣，面试官，求职者，三口之家，还有一些我们无法识别的身份。每一个都像是现在，我们的处境，但每一个，又都不是。

我知道你起身去洗手间的时候，也和我一样红了眼眶，可我们谁也没有把它说破。等你回来的时候，耳机里的声音已经停止。两杯不同的咖啡，也已经变凉。我们像从前一样，坐在各自的位置，紧紧攥住自己的孤独，不肯放手。

日常：电影记

我在房间听一首过时的歌，循环、往复，偶然想起一个同名的电影人物。继而是电影里的情节随着歌声在脑海中重现，与此同时，还有看电影的那个夜晚。漏雨的房屋，摇晃的钨丝灯散发出暗黄的光，爱情的咒语真的可以让房间旋转起来吗？记忆陷入六角形蜂巢，如同落入迷局一般的梦境，危险，却迷人，我们总是不自觉被它深深吸引、困惑。

事情还有它更离奇的时候，十二年前的约定，要用一生去实现，一部电影要用很多个夜晚去回想。电影里的台词和桌上的蜂蜜有相似的甜度，而苹果的腐烂是在让欲望在时间的流逝中一再加深。

我们讨论过电影里女演员的唇色和发型，也讨论过一部不相关的小说，用故事的方式。不相关的东西看起来总是安全的，我们也习惯了在这样的安全里度日。

漏雨的房屋还在滴水，还有什么比这更接近音乐吗？还有什么能抵抗这声音的环绕吗？一个人唱，一个人听，黑暗中这一点剩余的自由迅速占据一个人的内心。如果整部电影的人物和情节都是虚置的，又是什么将它带进了电影院？所有这一切存在着的不着边际的甜蜜和痛苦的心情又该如何解释？答案，成为无法大声讲述的耳语。

我们呢？电影散场以后，各自回到初始的位置，回到另一个和我们重叠的身份。你知道的，这并不是适宜的季节，我们谈到过的再见，也至今一次都没有说出过。对我们来说，再见，无非是乒乓球突然从球桌上滚落。

现在，所有的夜晚都是墨绿色的，房间静止，到处都是乒乓球滚落的声音。

（选自《西部》2020年第5期）

■（北京）司　念

细君公主（组章）

一个女人的理想，写在公元前一百年的天空。

路　上

傍晚，马车呜咽。

她们在荒漠中一直走，一直走。路旁有白骨，蒺藜，红色小沙果布满草丛。

太阳快要落下，琵琶的影子碰着她的影子，发出思乡的声音。

一群黄鹄飞过，多像奔跑的弟妹，飞快地钻进母亲怀抱。

西风从远方吹来，眼泪簌簌地流下。沙坑的每一双脚印，迅疾被抹平，找不到跋涉的痕迹。

狼嚎更重了，紧搂衣领，把烽烟点起。

成　亲

深夜，帷帐掀起，惊现漂亮的脸庞。

乌孙王激动抱起这位汉家女子，即将成为他的妻子，一位神仙颜容的女子。

饮了奶酪，食了牛肉，他们交换信物，草原和中原两种文明在小小的帐篷里交流、沟通。

战马休憩，草场辽阔，她以锦绣织着熟悉的汉宫图卷，在边疆重铸汉朝精魂。这时，星光满天，一伸手就能捕捉。这时，她的眼神比星光还要明媚。

生 子

阵痛是一种恩赐，她甘之如饴。
她知又一个自己即将诞生，快乐多于恐惧。号叫，更是一种力量。
她知草会结籽，马被驯服，弓箭入鞘。

无人知晓她流了多少汗水，多少血液。她不甘命运驱遣，紧咬牙关，奉上新的生命，把草原点亮。
一个女人的理想，写在公元前一百年的天空。

再 嫁

这是寄往南方的第三封信，不见回复，她愿守寡终老。
每日的陪伴是毡房，琵琶，坟墓，河谷开得正艳的薰衣草。

此前的身份是右夫人，当故国的使臣宣读诏书时，再嫁新夫是她唯一的选择，右夫人不是左夫人，匈奴也不是汉朝。入乡就要随俗。

父亲早死，母亲弃市，她被指指点点，乱臣贼子之女是小时挥之不去的标签。那时不懂悲哀和怜悯。
多好啊，如今可为父母洗清罪孽。
蜡烛闪出红晕，她端坐在床沿，等待新郎的出现。

回 忆

衣着华服，头戴五梁冠，宴饮歌舞，觥筹交错。梦中的场景清晰可见，世事茫然，这双眼不知疲倦地远望故国的门楼。

采桑、养蚕、缫丝、织布、刺绣、制衣，她熟悉每一步。参加亲桑仪式，奉宗庙、集盛、祭服，以示天下。入上林苑，蚕馆亲蚕。

夫妻相敬如宾是母亲的教导，勠力耕桑，灌园治产是每日的生活内容，勤劳、智慧是女人一生的功课。

她抚摸女儿，仿佛抚摸童年的时光。她触摸琵琶，曲调陷入无涯的深渊。不知爱恨，痛楚一阵阵袭来，万物寂静，甜蜜随之点缀了梦乡。

（选自《湖州晚报·散文诗月刊》2020年5月下半月刊）

■（青海）陈劲松

钟声或者镜像（组章）

那锃亮的，没有一丝锈迹的声音，边开放，边凋落……

孤独是一座木质座钟的钟摆

簇新的时间里，黑色的蝙蝠，一直在飞。

它的翅翼，掠过古老的河流。

即使水草与波浪已陷入睡眠，在梦中也能听到翅翼划破夜空的声响。

黑色的蝙蝠，一个最古老的象征，它的翅膀扇动，卷起细小的气流，藏着不易觉察的木质指纹。

大海无声，抱着青铜的潮汐。

浪花是最短命的花朵，但它们却从未真正地凋谢。

在某个时刻，它们集体翻卷着

焦灼的面孔……

我听到胸中传来的钟声

我常常听到胸中传来的钟声。

如幽深的古井传来黑色的幽灵般的水声。

如阒寂的夜色的旷野上飘落的雪。

听！

仔细些听，那些青铜的声音是簇新的，每一声，都是这个世间最干净的声音……

那锃亮的，没有一丝锈迹的声音，边开放，边凋落……

身体就是我们小小的经堂，我们只对自己面壁，参悟自己。
钟声继续传来……

那颗鲜红的心脏，跳动如昔——
哦，那是上帝安放于我们体内的时钟！

敲钟人

你沉默，像是喧嚣的大海里的一小块沉静的礁石。
你沉默，体内却偶尔涌起虚幻的泡沫。

潮湿的黑色瓦檐，是时间的沙漏。从容落下的每一滴水，都是一粒被你反复阅读的文字，里面都藏着一个无垠的宇宙。

钟槌如你，它每天替你开口。
而你愈加沉默。
你一次次敲响的，是你自己。
体内清朗的回声，你只敲给自己听，也只有你自己，才能听得见。

无名小寺里的钟声

虚无的洁白的翅膀，有世间最轻盈的飞翔。
从低缓的诵经声中飞出？还是一朵轻灵的钟声？

一切都还没有醒来，寂静依然是寂静的样子。
晨曦多么清澈！
此刻，这个世界有最干净的侧影。

万物竖起耳朵，
等待清风送来一瓣
盛开的白莲般的钟声。

钟声是一种清凉

尘世虚火浮动。
蝉鸣聒噪。

树叶、花朵和果实里，都有虚妄的火，芬芳更像是一个陷阱，或者谎言。
石榴露出牙齿，它的笑里有淡淡的血色。空气战栗。
石头不语，用沉默把自己沉入死寂的水底。
水流茫然，匆促，仿佛每一滴都有一个未卜的远方。

而此时，钟声是一种清凉。
它在谁的体内落下，谁就从燥热中脱身。

（选自《散文诗》上半月版2020年第1期）

■（山西）李　需

故乡任何细微的物事都让我心怀感动（组章）

薄雾压住远处的河，一匹马掠过时间之上的露珠。

表　达

那条河流，总是用它细细微微的浪花，让我一次次进入。

像进入一种曾经一笔带过的时间。

我喜欢的那样一种生活的场景，或者只是一种过往，也总是沉静于我内心之深，却又漂浮于我俗世之浅。

其实，任何的细微，大多都从未对我表达，则又那么固执地刻进我的血肉、骨头。

那样的飞翔。

那样的潜入。

那样的被星光捧起的一丝丝尘土，那样的被秋天收走的一缕缕烟岚。

直至——那样的消弭！

我知道，那条河流，它应该最懂得一个远游的人内心的深沉和隐忍。

最懂得——风总是会被昨天带走，而又总是和昨天一起留下。

当一切都一再平静下来，如同万事万物，一再止于一条河流的岸上。

我总是深深感到——

故乡任何一种细微的物事，都会让我一再一再地心怀感动！

影　子

薄雾压住远处的河，一匹马掠过时间之上的露珠。

我父亲从河滩走过，差一点，就越过土崖上那棵柿树——投在天地间的影子。

生活总是禁不住一团和气，像一个人他也总是安于臣服的命运。

更远处的风声，一波一波。似乎早已与谁串通好了，在等待最终于河沿潜伏下来。像潜伏下来的谁久远的叹息。

我是河流的另一个影子。如同我的父辈。

我们一样生如蔓草，但我们如同万物总有自己生长的弧度，一样会与河流里的流水一起歌唱。

很多时候，我都会望着如同我们命运一样的那条河，像望着另一些人的影子。那匹时间之上的马匹，无论是白色的，还是枣红色的。它都一样会将更漫散的风，藏于腋下，或是隐于嘶鸣。

我的父辈，也早已隐去。

时间在那场不紧不慢的薄雾中，藏起的是风，还是另一种虚幻？

花朵飞翔

花朵飞翔，太阳收敛了它的光芒。村庄一头雾水，被时光扎紧又松开。

一些名词被挡在春天之内，变作核；一些动词又被推向春天之外，成为更远的幻影。

风在拐角处消隐，河流也开始舒展。宽阔的河面，掠过鱼鹰洁白的梦。

那驾旧了的马车，让谁丢下一串灰不溜秋的哨音。

我用我的方式，支撑着尘世的最美或忧伤。

夕阳落进群山，暮鸦用翅膀驮着晚霞。花朵还在飞翔，月光已经漫流上来，恰好，与对面的秦岭山形成平行。

——仿佛，我也就成了一次飞翔落下的伤痕！

永　恒

风总是大过这个冬天，像大过很远很远的，旧时的旋律。

我仍让那些人站在村口的井台。是谁？点燃一堆火，依旧映照着那些陈年往事。

日子把日子藏得很深。一些人像昨夜的星光，悄悄地洒下斑驳的叠影。然后，又躲进风一样的声音。

对于村庄的描述，我也总是想让一些人或事物，高过一场风，和时隐时现的记忆。其实，他们是一再地显现，或是消隐。

我知道，这都不只是注定，而是一种最恰切的序幕或者结束。

我深切地在一场风里找寻：一头牛。一只鸟。一片飞落的枯叶。

在这个冬天，这个村庄，那个背着一捆干柴的人，突然消失在哪个拐弯处？

或许是，今年冬天的这场风，好像是好久之前的那场风。

它不仅仅大过了这个冬天，它也远远大过了一个村庄的历史。

我之所以说它如同一种旧时的旋律，不单是因为它一直在一座村庄回旋着，而是它像风，又不仅仅限于风，更趋于一种虚幻之美。

——让我站在风中的村庄，达止于另一种永恒！

（选自《星星·散文诗》2020年第9期）

■（福建）任剑锋

从家乡，到故乡（组章）

看天地阔远，经世间沧桑。一到村口，仿佛又回到童年。

1　我们生在家乡，长在家乡，然后选择离开，开始了一生的漂泊。

我们通过奋斗改变了命运，家乡也悄悄在我们身上刻下了“游子”的烙印。

从家乡到故乡的时光，是年少到年老的过程。

从家乡到故乡的距离，是一生不断往返的旅途。

从家乡到故乡的时空，是从生到死的穿越。

从家乡到故乡的思念，是远远地逃离到日夜盼归。

从家乡到故乡，不是躯体在迁徙，而是灵魂在流浪。在这时光里，家乡铸就为故乡。

家乡在远方。

2　寓居在城市里，我们是客人；回到故乡，我们是客人。

身体住在城市，心中系着故乡，乡愁是游子最凄美的牵挂。在城市，白昼的车水马龙对应着夜晚璀璨夺目，我们在觥筹交错中结识陌生的朋友。在故乡，连绵的节日不断重复村庄的殷殷亲情。

在故乡，庄稼哺育了我们去城市的梦想，河流知道自己的走向，以日夜不息的奔波告诉我们目标是星辰大海。

3　没有身在异国他乡的经历，就很难感受到故乡的温暖。

你走遍天涯，在命定的地方安下肉身，却怎么也无法安放漂泊的灵魂。

很多时间，我在空中穿云钻雾，在高铁上风驰电掣，在林立的高楼里穿梭，最终我还是回到了故乡。

村头耸立的榕树向大地蔓延着根须，如同我们故乡父老乡亲生生不息。田野上脚步蹒跚的老牛，用哞声唤醒了你的记忆。你千方百计逃离了故乡，现在又以朝圣的方式回来。无论衣锦还乡，还是穷困潦倒，在这里，你都是故乡的子孙。

今晚，忘却了远方的城市，让清风抚慰你的伤痕，在故乡温暖的怀抱中无梦入睡……

4 又是离开的清晨。不远处，那些奔跑着游戏的小孩，脸庞上荡漾着和你孩童时一样的欢笑。远处，化工厂烟囱林立，工业园区的道路正在朝这里拥来——故乡很快将成为化工厂的一部分。

孩子呀，有一天，如果都没有故乡了，我们回到哪里去呢？

天桥沟的枫叶

这里离夏天不远，距冬天很近。

秋天来临，天桥沟渐渐热闹起来，车水马龙，人流汹涌。在溪流旁，在悬崖峭壁上，在瑟瑟的风中，枫叶把自己最美的一面展示在游客的目光里。红的如燃烧的火焰，黄的如黄金沉淀，让人忘记了时间的黑暗。

天桥沟的枫叶知道，冬天就要来临了，飘落是它们唯一的归宿。它们要完成最后的使命，用飘落的方式呼唤冬天：

瑞雪啊，把我们覆盖在深层处，营养脚下这片土地！

而来来往往的游客们，从不关心我们深藏心底的辛酸和寒冬的孤独。

石头的断章

石是有阶级的。不是踏步的梯级，而是命运的层次。

从深山野岭开采出来的石头，有的成为石粉，与水泥一道被加入混凝土，支撑起宏伟的图景；有的横七竖八随便堆放，阻碍了人们的行走；有的沦为又臭又硬的茅坑石。也有的千雕万琢成艺术品，被万众仰慕；还有的依附神明被万众朝拜。胜利者是一尊石头雕像，耸立着笑看人世风云；失败者则淹没在了脏水里。

耸立在广场中央的石佛，接受信众膜拜之后挺着肚子笑，它忘记了是乱石垫的底和方石的基座托起它的高度和风光。

它甚至忘记了它也是一块普通的石头。——真正的石头不像风到处跑，也不像水到处流。它们选择沉默，砌起墙，垒成家，让人们安居乐业。

真正的石头坚硬地耸立在现实的世界，顶起重压，抗击风雨。命运多舛也依然坚韧，依然期待。

（选自《十月》2020 年第 2 期）

■（山西）卢　静

一个老兵的剧场

可曾，听见这一曲奇绝的四渡赤水。

1　五指颤抖的老人，音调却异常坚定。

一个冲锋的兵，胸脯急剧起伏。

喜极而泣的老人，十指滑翔成一只鸥，飞掠往昔的南方木棉，北国榴花。

小心翼翼打开立功证书，双唇翕张的老人，念不够人民功臣四个大字。

叶绿素在枣树里游，梢头坠下青葱的冰蓏，赫赫岩石在山脉里游，液晶在麦秆里游，失去界碑的麦田被镀成一层银屏。更远的地方，气流旋腾。

我搀扶耄耋之年的老兵，坐入他最喜爱的，日月悬顶的立体剧场。

2　琵琶桥边的树，依依送走了，露出微笑的红军战士。

路难于上青天？那就像鹰一样，在横亘千年的横断山脉铸石成金。

这是一幅惊人的场景，纯亮之水，盛着火焰燃烧般的天空。

一只豁口的粗瓷大碗，可曾忆起父老们送来的水有多甜？

比雄鹰还矫健，出奇制胜，变弱势为主动，乌江天险滚滚送行酒，打得黔地军阀一路丢烟枪。历史可曾铭刻，一个战士梦境的底部。

落尽梧桐的寒雨，寒透了八月桂香一缕缕濡染的家乡，望月亭上白玉柱搭起十丈的高台，望断鸿雁的幺妹子，可曾捧起传来的捷报。

可曾，听见这一曲奇绝的四渡赤水。

3　之字形的火把，曾紧衔老山界的星座。

只有螺旋结构的峰脊，才能滴下大山心腹的万钧雷霆。早春径幽香远的小黄花，为了远方金沙江的浪抑制暖暖的云崖，又晃动泸定桥寒光凛冽的铁索。

等待一支队伍，疾穿峭壁上斜悬的险径，创造人类行军史上的奇迹。

疾穿被猛浪噬咬的土径；疾穿骤雨中比覆锅还乌黑的天空；疾穿密集的火力网，在死神的魔掌下，完成勇士生命的飞越。

4　夹金山擎起一个卓绝的神话。当地人说，只有仙姑才能飞过它。

当马匹，纷纷让给了病号。领兵人，在冰雹狂雪里，抢过炊事员肩头的重担。

当指导员将最后一块救命的煮牛皮留给小战士，万年冰窟里留下一朵永不凋谢的红玫瑰。

鸟儿也飞不出的绝望里，世上诞生了最高的红军墓。

又一个战士伫立峰巅，回望着，脚一抖便滑下万丈深渊的冻坡。

虚实难辨的深雪陷阱！回望着，牺牲者依旧保持着坚定向上的姿势。

为雪愁白了头的山，微微垂首，向二万五千里长征致敬。

5 我搀扶的老兵，眼角闪烁湿漉漉的星光。

座无虚席的观众台上，你感觉树皮卷肠胃，草根搅动辘辘饥肠。

仿佛看见若尔盖草原的泥潭里，一个个、一点点被淹没的，战士的头顶。

肆虐的风雨，一条条鞭子般抽扯着战士单薄的衣衫；而战士们的一身铁骨，却更加铮铮，坚如磐石。为了苦难中的乡亲，任危险比夜色更深，笼罩周身。

两个紧偎的女兵，望见远处金色的小花，奔越大山半落天外的脊线。

无数昼夜后，当霞光为岷山披上七彩的波纹大氅，父老们欢天喜地的锣鼓，终于迎来了等待了许久的亲人。

6 剧终。老人抛掉拐杖，缓缓起身。

腰板挺得比垄头的白杨树还要笔直。

走出剧院。他面向苍苍茫茫的南山，行了一个十分庄严的军礼。

我迎上去，踩响了大地的鼓点，依旧丈量不尽，黄土地般坚实宽厚的胸膛。

他早记不清了，究竟多少次出入这壮美剧场的大门。

在任一处，他的意念随时潜入这牵挂着的剧场。

漫天星辰。他伸出苍老的手，沿一个印制着悬崖翠松的搪瓷茶缸，尽情地打着旋儿，慢慢哼着，一支雪皑皑、野茫茫的曲子。

当一道闪电，抚平额头皱纹的一刹那：眼前分明是一个孩子，正踮起脚尖儿，追寻着前辈和红军战士的踪迹。

缓缓回头：又成了一位朴素的老爷爷，他将亲历的抗战故事，讲给雾里晨练回家的小孙子，讲给清明节排着一溜长队儿，赴烈士陵园扫墓的红领巾。

（选自《星星·散文诗》2020 年第 2 期）

■（陕西）三色堇

愿万物各有所安（组章）

在太阳转身的地方，缓缓地看变老的我们。

一个满怀慈悲的人，在一场战事里强忍泪水。她不会再等姹紫嫣红的往事，不再祈求活着只为词语的旅行。昏暗的天空，厚重的黄土，正待返青的沙柳，擦肩而过的春天，奔赴的信念，爱之后的爱，皆无法平复奥麦斯式的风暴。

切骨的寒意让一首诗卡在了喉结。漫无止境的离别，一场空寂笼罩着更大的空寂。既然光赦免了黑暗，又何必带来清晰的剪影？

在最深的尘世里，我还是相信那一茬一茬的爱，挂着露珠的湿，繁花的香。雾起时依然无法阻止那扑腾的翅膀。即使裂缝里吐出的是摇摆不定的新绿，我还是祝福，愿万物各有所安吧！

只有爱值得依靠

今天的第一缕晨光已悄悄地从窗口爬了进来，爬到我的床上，脸颊，周身溢满了温暖。我隐约嗅到了你的气息，轻轻的，甜甜的，痒痒的，软软的……在我的内心低低地萦回，这与生俱来的美，甘之如饴。

此时，所有的空旷不再执着，所有的孤寂不再延续。我能听到你浪涌般的呼吸，它浸润了一颗最脆薄的心。我相信前世与今生，你相信吗？

你说过会带我去只有我们两个人的大山里，我们不需要太好的住处，只要一间砖砌的小屋，一张用树枝搭建的木床。我们坐在房前一起仰望空星，捡拾落日。清晨我们在铺满野花的山坡上看一簇一簇的芦苇，听一波一波的鸣啾，夜晚我们一起沐月光，数星星。亲爱的，你看花丛中正翻飞着一对彩蝶，多像此刻的你我啊。你信手拈来一朵小花别在我的头发上，我高兴得咯咯咯笑着，为你踏歌起舞……

我愿用我的爱，捂热你的孤独。如果大雪封山，我依然会提着花灯来找你。人世间的甘苦沧桑又算得了什么？一生何其短促，只有爱值得依靠！

在布满春色的深巷里

我从不否认，黎明总会在第一声鸟鸣中来临。一阕宋词轻捷地飘落在晨光之上，它坐在河岸边，水的故事就更加动人。这是悲鸣的演奏还是彻夜难眠的长流？那醒着的相逢或别离瞬间刺伤了我的初心。

在布满春色的深巷，并没有如约的花香，只有时间的真实，只有发灰的日子如一只沮丧的鸫鸟，蹲在门楣之上，蹲在雷声隆隆的春夜。我陷进自己的深渊里独自发笑，一堆栩栩如生的台词转眼就变成一部聊斋。尘世的物像是那么的苍白无力，只有内心的苍凉蔓延让人措手不及……

生命的形态

突然想到里尔克的《秋日》。其实秋天不只是落叶，在阳光的缝隙里也有倔强挺立着的美好花朵。它们缓缓向上涌起清香的衣裙，在阳光下浅笑，用真实的映象充盈着日渐衰老，充盈着我的记忆。当雪花从山里飘来的时候，当冷风覆盖了它热闹的花期，它也忽略了毫无意义的死亡。一场倾诉不尽的悲欢，也有低回千转。生命的形态，或绽放，或静守……

我只想在此按照自己的内心生活。安静地书写畅快地绘画。满眼是美好，满心是愉悦。我乐山亦乐，我喜山亦喜！

慢慢地翻动

我要慢慢地翻动书页，像翻动我的余生。慢慢地品味这场雨与花朵的抵达。慢慢地梳理黑夜与白昼的关系，慢慢地回忆，慢慢地挑拣我钟爱的词语，慢慢地擦拭镜子的背面。我不是手艺人，没有随意雕琢的能力，我只是静伏在远处的斜坡，以一个局外人的身份，猜测故事的多种结局。

我与这个夏季默默对视，像是隔着一个无边的深渊。我不忍总是抱着一颗夕阳，和一个人的无能为力。你说没有谁能够复述昨日的混沌，岁月的火光，没有谁能操控树与风的纠缠。

不必急于回家，在太阳转身的地方，缓缓地看变老的我们。

往返旅途的人

往返途中的人无法阻止这场精神的大雪，它毫无停止的意思，它颠覆着灵魂的祭坛，弥漫着我的千里江山。它用挽歌击打着人声鼎沸的尘世。

我期待天空有雷阵雨降落，发出巨大的声响，冲刷黑夜里的山峰，土坡，旷野……我站在窗前静静地听着，似乎要把暗夜里的我拍击得粉碎！

一支炉火，一抹残阳，一些痛楚，一块生活的背景，填满旅途中我疲惫的身体。而无论世界归于何处，我只有不断地仰望那束遥远的光——这精神世界最辉煌深远的源头。

（选自《散文诗》上半月版 2020 年第 3 期）

■（北京）唐朝晖

岛　屿（长篇节选）

我在天津港登上一艘船，经北马里亚纳群岛、所罗门群岛、维拉、苏瓦、努克阿洛法、帕皮提、波拉波拉岛、帕果帕果、努美阿、阿洛陶、腊包尔等岛屿，46天时间，漫游南太平洋诸多岛屿。——作者手札

1　随海水见到的国度——海底的声音，飞鱼、行程、浪花、珊瑚上岸，海涛亲昵。白色的沙滩，浅浅地浮出整个岛屿。战争、更名、换主，生死流变。碉堡和武器的痕迹，成为文明的遗产

你没有的生活，大家都有，你祝福她们。你千恩万谢地恳请男子改掉习气，改掉与爱有关的缺点。海风，呼呼地擦着铁仓的门把手。女孩快乐地生活着，一支烟的时间，海水视而不见……

疼痛在岸上发生，在海上无法被重视。新郎在沙滩的石头上，把雨水洒满新娘的婚纱。浮于涛声的任何事物与海水，纵情歌唱

——你一直在说些什么

——与谁有关

——不是你在境遇中的随意而语

2　人们去了另一个方向，落日的那面，霞光中的云朵，海上的阳光

早晨，你坐在这里

中午，你坐在这里

下午，你坐在这里

坐在这里，早晨的安静，你看着中午的开阔，看下午红色的云。海面平静，看得更远。云，不断地变化着，一大朵，一大朵

你小心翼翼地使用每一个句号，每一句话，大海不等你说完，就换了情境

你说，这里有你需要的脸庞

你在不断地告别。码头上面，一堵墙，有很多涂鸦

是你所没有见过的……一只硕大的鸟……一些仪式……一条船……一些沦落的捕鱼者……

船长是一个独立的存在，船长不受任何人管理

4　你与当地的每一个人打招呼，都会得到热情的回报

房子，人字形屋顶，低矮的两层。有各种野兽，所以一层用木头架

空，也是为了防湿气。第二层住人，屋子里，空无一物

有很多小孩，站在你后面。皮肤黑得阳光、帅气。目光可爱。没有半点商业和经济的神光。所有人，让你拍照，也与你合影

你一直在想，有没有海兽不小心，被浪推到岸上

你们想抓住旧年的最后一天？你们都恐惧于新年的到来？雄性的荷尔蒙，聚集在船舱

酒还停留在杯里，兄弟们醉了。酒还在听大海涌起的风声，云来了，雨来了，兄弟们还在喝蓝色的酒

生命里的蓝，你看见会飞的鱼，听见梦中的天使，说，看见了彩色

14 生命中有一种蓝，漂流在南太平洋的海上

她只空中有

星星夜夜汇流成海，淹没整个夜空，躺在甲板上，你吓得一个字也说不出来。星云越来越亮，清清晰晰地

你在西方，你在北方，你在南方，你在东方

红花铺地，你想离开，你不在啦

所有的都静穆不动，静沐其光

26 你离开了多久？好像很短，你回不去了。转身，已在海中，离国去乡两万里

你把今天赠予这片海，赠予人类。你恨铁不成钢，你已经开始说自己不再有恨。今天，你不想念父亲，也不担心母亲，你只想念一个人，因为她的青涩，因为她的孤独在你枯寂的空间里发声，你看到她的声音在夜色里，飘过来，穿过厚厚的云层——雨来了

这是海洋性气候，雨说来就来。话刚出口，雨停了。其实——你所知道的，都是你所不知道的。你把这些文字送给女儿，你在海上一直想她

29 帕皮提

民国时期翻译为大溪地，1949 年以后翻译成塔希提

塔希提，高更的女人。这里是高更之地，为你所膜拜和追随。高更走过的地方，见过的阳光，拥抱过的女性，他疯狂地爱着的这里疯狂的色彩和树林，他在这里看见了生死流变，包括那个叫命运的天使或魔鬼，高更的幸福在于，他在这里看见了自己。你能不膜拜吗？生和死的房子，一长排创世纪的院子里，长满了夸张的植物，色彩夸张到你以为是艺术加工，你站在院子外面，看着院子和房子，看着周围的植物，高更就是一位超写实的画家。坐在小路旁边，你只想看看高更的女人，如何戴着风，披着光，生活在南太平洋的海岸上。高更的大溪地没有变化

免税店！红绿灯！酒吧上面的楼房！这是海的表面还是那些女人，还是那些男人。平房一字排开、绿色饱满的植物、黄色涨满树枝、单纯饱满的身体、房子前的男人女人孩子、《创世纪》与生死你在高更的年龄，开始漂，四十岁，生命刚刚开始

40 周日，农历初四，阿洛陶

在船上，大家就在说，这里治安很差，还是食人族

我们由小龙带队，登岛上岸。与一位当地的个子较矮的女人和司机谈好路程。一辆几乎报废的车，不要说空调，门也坏了，关不上，露出里面的零件，像掏出自己的内脏给人看。车像散架一样地响，总有一个乐队跟在我们身后

岛上，除了澳大利亚援建的一些小房子，甚至包括这些小房子，其实还不能叫小房子——就是简单的临时棚屋。整个村子都是一些原始的简易房屋，下面架空，上面一层住人，里面什么都没有，完全原始的一个岛

开了近两个小时，路、土路、桥，一半是铁板，坏了的地方，就补充一些横的木板，供两个车轮经过。下面是河。有些地方的桥，被稍微重一点的车压坏了，车子只能涉水而过，在水里铺了几块废弃的水泥板

岛、海和村子，风景好得让人窒息，我不敢呼吸，相信这是真实的村子

岛的左边，有现代化的东西，酒店、超市，做生意的全部是中国福建人。有些三代人在此，孩子大了，就回老家，找一个女孩，来这里继续经营。2005 年，一位华人在这里买地建房，价格 10 万元，租期 100 年。十年后的今天，需要 100 万元才能买下这块地

当地风俗奇特到简单：一青年男子喝酒后，可向任何一个未婚女子的父亲去求亲，类似于：喜欢你女儿，把她嫁给我吧！这样的求婚是不能遭到拒绝的，这一夜，他们就会成亲。如果哪天，男子不想要这老婆了，可以随意休妻，如果有了孩子，归父亲所有和抚养。这里的男人，没有家产——简单的树枝、树叶、草根、编制搭建的房子，一楼的高度为半米

男人们总是手持长刀，走在槟榔树下，走在面包树下，随时把刀往上一挥，砍下自己想要的果子

45 见到了大群的鸟，带着太阳的白光

见到了飞鱼，贴着海面，扫起一路的小波浪

我从一个岛航行到另一个岛。航海，曾经只是一个遥远的词语，从 2016 年开始，成为我字典里的一个动作

（选自《散文诗》2020 年 5 月上半月刊附刊）

■（江苏）麦 子

保持一条河的距离（外一章）

我们之间是一条河的距离。不能泅渡，不能飞越。

蔷薇花开。玫红，浅白。

一朵一朵的小心思，在阳光下热烈地开。

你在花下拍照，低头，跟每一朵花打着招呼，阳光弄出斑驳的影子，你就在一团光影里，花一样打开，绽放，对着我微笑。

站在不远处的一片阴影里，遥望你。

就像站在一条河的对岸。无法泅渡，无法飞越。

无法隔着十年的光阴轻唤你，靠近你。

给我一个微笑就足够了。可以镇痛，可以安抚。

可以让我们都保持足够的完好，不受伤，不纠结，让彼此退回到彼此的蛹中，等待各自的破茧，完成各自的飞翔。

我们之间是一条河的距离。

不能泅渡，不能飞越。

午后的那段光阴

午后的那段光阴，轻如一截羽毛的飞翔。

寂静是唯一的语言。

我们在文字里重逢，用文字交换这些年各自的状况。

说起某一年的路口，你还没有望断天涯路，看雨水慢慢洗青山坡。

说起明黄的春天，黄昏的仁子拉玛村，四野寂然如时间的海，油菜花的迷香，把我们推回到从前。独独没有说起那年因我而来的大风，卷走春天所有的花朵，包括风中失散的面孔，连同季节里那一场场瓢泼的大雨……

“我觉得一直就是原来的样子。”

你轻轻的一句，就移走了那么多年的块垒。

午后的那段光阴，轻如一截羽毛的飞翔。

（选自《散文诗世界》2020 年第 6 期）

第十四辑　名家新作·穿越死亡或时光之海

■（山东）耿林莽　**诗，穿越死亡——怀念穆旦**（外一章）

诗，穿越死亡，留在了人间。诗人呢？

树是高空的舞者，旋转，旋转。强劲的阔叶之掌，扫荡着流云。

炎热熏炙的亚热带气候，郁闷，蒸烤，潮湿。战争的血的喷洒，疯狂的火的燃焚，来一阵雨吧，来一阵雨浇灌。原始的雨，大颗粒的雨，挟纷纷雷电的轰鸣与咆哮以俱来。

雨的暴怒，血的狂流，战争狂人挥舞着遍野的雾障杀气腾腾，魔鬼的森林如一只被打翻的黑色陶罐，在血泊里呼啦啦挣扎，旋转。

（一个人在雨林中跋涉，奔走。二十四岁的士兵，才气横溢的诗人）

战争，瘟疫，疲劳，饥饿，那是什么样的森林，什么样的河谷；什么样厚重的叶子，愤怒的树林；什么样阴郁的遮蔽，死亡的胁迫？

穿越死亡之海的诗人，面对森林之魅的诗人，你听见灾难岁月的叶子，说了些什么？诗人写道：

“在一瞬间 / 我看见了遍野的白骨 / 旋动。”

诗，穿越死亡，留在了人间。

诗人呢？

穆旦，你今在何处？

四季随想

如果春天是一个少女，是一阵微风，是花朵初放时温情脉脉的笑容，是布谷鸟拍着翅膀发出的初声，那么，珍惜吧，珍惜你生命中最初的早晨，珍惜那莹莹朝露似的一粒天真。

如果夏天是一位袒露胸怀的壮汉，是一页古铜色的帆，是热情洋溢的拥抱，是大海波涛汹涌时的喧哗与翻腾。那么，燃烧吧，像敞开炉膛的火光那样炫耀，像开锅的酒那样炽热地沸腾。

秋天呢？秋天是静静处子的皮肤，是滴着露水的竹林，是一场狂热后凝眸思考的深沉。也许是踩着铺满落叶的一条小径，紧闭双目迎来多梦的黄昏，也许是攀上高树繁枝的果林，采摘那一点绿，一抹红，一树累累的黄金。

冬天是严肃多思的老人。他伸着颤颤的手，皮肤的皱纹有如大树的年轮。他指给你一条复披着积雪的斜坡，让你回过头去，检视你一步步留下的脚印，那行浅，那行深……

我走在铺满落叶的路上

这是一条铺满落叶的路，我在上面徒步行走。
它是一条通往终点的路吗？
啊，不。
我听见叶子在向枝条告别；
我听见叶子在和泥土亲吻；
我看见叶子像蝴蝶般翔舞回旋；
它们在寻找土地，寻找哺育它以乳汁的母亲；
它们在寻找自己的根。

我看见树干在默默微笑，枝条在舒坦地欠伸；
我看见一层落叶铺下去，又一层落叶铺下去，越铺越深；
它们是换防的战士，退伍的兵；
它们以瑰丽的晚霞编织一条冬天的地毯，为大地保温……
这条铺满落叶的路不需多久，又将被浓浓的绿荫掩盖。

野　渡

松柏无言，守护着一湾秋水，黑黝黝的投影。覆盖了无人的渡口。

静静的河，落入阴影。落入梦幻。

河那岸，古铜色山壁屹立着永恒的庄严，山坡下荒凉了的土地，呈现出色彩的饥饿，人呢？

所有的茅屋，全都熄灭了灯火。

野渡无人，摆渡的船只，依然在摇动着：悠悠，悠悠。
水悠悠，船也悠悠，
夜暗如许，谁还会来坐这摆渡的船？

静静的河面，像一块磨光了的石板：蓝！
蓝是一种凝固的幽暗。

有风掠过。从什么树上吹落的残花，一瓣，两瓣，成为唯一的渡者，会向何处漂泊？

（选自《散文诗》上半月版 2020 年第 1 期）

■（贵州）徐成森　一只鹰在高空缓缓盘旋（外二章）

双翅伸展，把浓黑的身影，投映于半壁江山和千里海疆

长空一无所有。只让一抹蔚蓝，包裹起整个天宇，来填补无边的虚空。

而鹰就在这一片空无中上场。它一展双翅，就屡屡遮蔽了阳光，也点缀了那一片明蓝。

它全身不动。没有煽动羽翼，没有扑击翅膀，只顺从着气流，自如地滑翔、盘旋。长长的双翅伸展，把浓黑的身影，投映于半壁江山和千里海疆。在需要调整方向和高度的时候，它也只是微微地侧了侧尾翼；这个细小的动作，优雅得像世袭的贵族，甚至让人感动得想要掉泪。

它达到了所有生物都未能达到的高度，像一尊俯视尘寰的神灵，将世间的一切纷争尽收眼底。还有什么没有见识过呢？战争，灾祸，杀戮；阴谋，算计，掠夺：都在它的俯视下一一搬演。

当火山爆发，洪水滔天，就是兽中之王的狮子也不得不落荒而逃。只有鹰，仍然无声地盘旋于天际，俯瞰天下，目空一切。

它永不仓促，永不惊愕，只缓缓地回旋在高处，向尘世间的一切功过投去不屑一顾的眼光。

无须匆忙，在时光之流面前，所有的奔逐都显得如此琐屑。急匆匆地这是要去哪儿呢？到头来，最后的终点仍然是脚下的原地。

它于是连翅膀都疏于拍击，有时候，可以几个小时不动一下双翼，就那样无声地滑翔着，滑翔着。滑过火山的余烬，滑过地震后的废墟，滑过残存的纪念碑和颓圮的皇陵。

在鹰的眼里，所有这一切，都细小得有如一介微尘……

紫光园丁鸟

那一年的春天，林间空地上明暗参半，暧昧的光影惹人遐想。

一道紫光掠过，园丁鸟披一身缎蓝，正忙碌着构建它浪漫的梦园。

精心挑选柔枝和纤草，那座凯旋门妙不可言。一条长长的甬道，两旁竖立着新枝春叶；草叶招摇，彩旗扬飞。似乎看到，她正从甬道上走来，

款款莲步风情无限。

甬道尽头，嫩叶和细草铺出了一方精巧的舞池。只盼着和她比翼共舞，舞步带起了纤毛和草屑，随风飞旋。

不辞辛劳地寻觅，衔来红红的浆果，艳艳的花瓣，还有蘑菇、纸片、布条和各色各样的羽毛，逐一在舞池里铺排成迷人的图案。玻璃反光，纽扣闪亮，贝壳耀眼，都是她的最爱。更有钥匙和胸针，刀叉和铅笔，还有硬币、眼镜和杯碟，全是她心仪的配件。

袖珍花园装扮得像一间撩拨人心的精品店，这次她该点头了，园丁鸟信心满满。它伫立枝头，向她唱起了如痴如醉的小夜曲。

终于被歌声和许诺打动，她情切切来到这精心装扮的缤纷地。从凯旋门下穿过，踏上甬道，视察这为她精心准备的美丽婚房。面对种种闪光耀眼的精巧物件，她微露笑靥。

瞅准她首肯示好的时机，它遽然叼出一颗纯净的钻石，呈献在她的面前！

白石为凭，明月为证，此心永恒！在琳琅满目的婚房里，它和她协力完成了一次爱的传递。

这是大自然的杰作，是天地间时时上演的精彩喜剧！

招潮蟹

激情油然而生。它以大螯拍打滩涂，以密集的鼓点，预告大潮即将来到的消息。

听从招潮蟹的召唤，巨浪如千军万马，向海岸奔腾而来。

早已感知到潮汐涌动的节律，招潮蟹按捺不住了，它那只硕大无朋的独螯，迫不及待地改变了颜色。从浅红而朱红，从绯红而鲜红。

大螯高举，红遍了整片海滩。

潮头越高，巨螯越艳！更有眼花缭乱的图案，把一枝独秀的大钳，装点得如同图腾和旗帜。

大旗挥舞，呼应着海潮的节拍。

潮流不可阻挡，波涛汹涌澎湃！

又一波海潮涌过来了，招潮蟹将大螯举得更高。

那是旗语和信号：为新潮欢呼，为弄潮儿壮胆！

（选自《大沽河》2020年秋季号）

■（湖南）叶 梦

浮游在时间的支流（组章）

浮游在时间的支流，寻找迷宫的出口。

迷宫与光

浮游在时间的支流。

我一直在寻找迷宫的出口。

光的气流穿越无数笛孔滑入迷宫，切割幽闭的空间，标记时间的刻痕。

它像一根根琴弦，轰然撞响时间的钟摆。

时间的光流奔泻而下，碎裂为无数条支流。

光的线条组成字母与音符，在流动中诠释时间与生命。

光是时间的见证，让迷宫有了空间坐标，维持恒定的秩序。

当时间的编码被篡改，光源被复制，银河系陡然长出九个太阳。

空间的秩序被打乱。千丝万缕的光从各个方向交替穿越，互相重叠，编织出光的迷宫。

无数幻影在迷宫中飞舞，光晕升腾为雾气，光雾摇曳。

时间之光被无限地分流，在交互中剧烈碰撞。

碎裂的水花幻化为雾气弥漫在空中。

遮蔽镜子的黑布被撕裂，沉默的镜像纷纷登场。

折射，反射，映射……

编织出无穷无尽的魅惑，放映着无穷无尽的世相。

人生过往的系列图片被压缩，被解压，叠印的图片迅速翻页，让人眼花缭乱。

生命在喧嚣中被篡改。

过去，将来与当下，轮番上演。

演出被无限地拉长。

前生今生与来世的混搭，编织出最潮的时装，装扮出一个个陌生的“我”。

迷宫是表演人生的T台。

我在时间的支流里沉醉。

铁甲昆虫

我在沉醉中被孵化为一只身着铁甲的昆虫。

铁甲昆虫是我缩身蜕变的壳。

它是另一个我，又不是我。

看着镜子里的铁甲昆虫，一种陌生感让我仓皇失措。隐秘的痛感在悄悄弥漫。

它是我的前世，它是我的来生。

我在遥远的地方注视着它，像一个局外人。

身陷迷宫的铁甲昆虫，迷宫就是它的宇宙全部。

铁甲昆虫在被迷宫屏蔽的同时也屏蔽了自己。

铁甲昆虫极力扇动翅膀的薄翼，企图穿越光线叠加的道口。

每一道光都是它启动飞行的诱惑，每一道光都是它逃离迷宫的路径。

无数次起飞，都会误撞到幻觉的玻璃幕墙，发出“噗噗噗”的闷响。

迷乱之中跌跌绊绊，被时光利刃切割得浑身是伤的铁甲昆虫，被时间的热流一寸一寸蚀刻得吱吱作响。

沙漏的流沙像时间的瀑布永不停歇地飘落。

迷宫的幻象在无声中持续更新。

迷宫制造了诸多假象。

隐匿的出口依旧被多变的光影所覆盖。

每一刻都是新鲜的镜像。每一刻都不可以回放。

浮游在时间的支流，寻找迷宫的出口。

遥望铁甲昆虫，它离我越来越远。

渐渐松开的手

日复一日的日子越来越纯粹。

外部世界不断地删除

内心世界不断过滤。

渐渐地走向澄明的极简。

像一条逆流而上的鱼，从大江大河回溯大山深处的小溪源头。

刚刚，我从客厅里走向书房。

经过厨房门边的瞬间，一个不经意的画面在我的脑海里浮现。

画面背景是柔软的天空，碧蓝碧蓝，让人心碎。

我的右手从容地松开，像花苞一样在天空舒缓地绽放。

仿佛有看不见的东西渐渐地从我的手中滑脱，“嗖嗖嗖”地滑向无边的天际。

我来不及细看那滑脱的是什么。

我并不知道手里曾经握着什么。

也许，松开手掌的那一刹那，仿佛所有的关联都已卸载。

看不见的链接被回收。

我在空中张开手掌，有一种安稳的妥帖，一种从来没有过的轻松与惬意。

我的嘴角挂起一丝微笑。

（选自《散文诗》2020年第12期）

■（河南）王幅明

在青岛看风景（组章）

走进大海，聆听海水微语，在清凉世界里净化心灵。

青岛风景

青岛，大海的骄子，以风光旖旎著称于世。

而我，与我的同伴，更爱青岛另一种风景。我们来到青岛，首先要做的一件事，去看望一位老人，一位年逾九旬仍在散文诗田园默默耕耘的诗翁耿林莽。

然后，再去拜访一些令我们久仰的文化名人故居，康有为、老舍、闻一多、沈从文、洪深、梁实秋、童第周、臧克家、王统照、萧军、萧红、陆侃如、冯沅君……他们大多在20世纪30年代前后客居青岛，又多在青岛大学和山东大学任教。老舍在青岛写出《骆驼祥子》，洪深写出电影剧本《劫后桃花》，梁实秋在此翻译《莎士比亚全集》，萧红写出《生死场》，萧军写出《八月的乡村》……

许多山坡的台阶上留下了他们的足迹。如今，步着先生们的后尘，以虔敬之心追想他们的道德文章，或许，能够在不知不觉中，沾染几分氤氲于这座历史文化名城的人文气息。

然后，登上小鱼山，360度鸟瞰青岛的红瓦、绿树与碧海。漫步八大关，看看那些有着异域情调的楼阁，重温渐行渐远的往事。

然后，脱去尘俗，走近大海，聆听海水微语，在清凉世界里净化心灵。

赏月与听涛

栈桥回澜阁，像一位天外来客，一只来自月宫里的亭阁，飞跃在惊涛骇浪之上。

登回澜阁观海、赏月、听涛，是游人难得的机缘。

赏月当在春夏之夜。万籁俱寂，皓月当空。月宫里似在上演嫦娥的舞剧。突然想起张若虚。再看海水里明月的幻影，茫茫无边，不禁慨叹：婵娟何年初照人？

观澜、听涛，应在某个秋日。大潮来袭，借着风势，潮头形成巨大的涡旋。波澜相互簇拥着、追赶着，像一群又一群高翔的海鸥。只听一阵阵惊人的訇响声拍打着回澜阁。

犹如置身于汪洋中的一条船。此刻的游人，全都是坚定的舵手。

石老人

远远就看到这位“石老人”，走到近处，才知他竟然身高 17 米。

背面是形同子午线的午山。登午山之巅，环而观之，浮山、崂山、石门山，尽收眼底。石老人坐在临海断崖的碧波之中，注目远方，伴着潮起潮落，不知度过了多少岁月。

也许有万年之久。随着风浪的侵蚀和冲击，基岩海岸不断崩塌后退，研磨成细沙沉积在大江口海湾，唯独石老人，屹立不倒。

经过大自然鬼斧神工的雕琢，石老人成为一个地标；或者，一个象征。

相传，居住在午山脚下一个勤劳的渔民，与美丽的女儿相依为命。不料，女儿被龙太子抢进龙宫，可怜的慈父日夜在海边呼唤，望眼欲穿，执着守候。后来，龙王施展魔法，将老人僵化成石头。姑娘得知父亲的消息，痛不欲生，拼死冲出龙宫，向已经变作化石的父亲奔去。她头上插戴的鲜花被海风吹落到岛上，扎根生长，长满野生耐冬花。当姑娘走近崂山，龙王又施魔法，把姑娘化作礁石。从此，父女俩只能隔海相望。

石老人走进人间烟火。

午山脚下，有一个建于明代永乐年间的渔村，名曰石老人村。村庄的周围，是人气旺盛的国家级旅游度假区。

这位历经沧桑的沉默老人，笑迎南来北往的游人，不厌其烦地与大家合影留念。

（选自《青岛文学》2020 年第 6 期）

■（湖南）谭仲池

旅欧履痕（组章）

诗歌的灵魂，奔腾的波浪讲述着它神秘的传说。

海德堡古城堡

卡尔特河从脚下流过，高耸的石山上挺立着一片古老而茂密的森林。古堡修筑在峭岩上，揽一天风云在肩头飘荡。

断墙残檐，在楼阁顶上旋转的巨型园钟的指针，仍在沿着时间的弧线诉说历史的变迁。如织的游人在这里留影沉思，一如当年的情景在眼前浮现。

硝烟已凝固成对遥远忆念的凹凸石阶，号角和战刀都在斑斑锈蚀上书写着人类的烽火演变。血与火，生与死，毁灭与复苏，全在历史的进程中重叠。

永远不老的是青山碧绿，永远坚硬的是岩石砥柱，虽然山下河中的流水是如此柔软，可同样坚定的信念会在岁月中延伸。

布鲁塞尔广场

岁月的烟雾已经散尽，只剩下这溢着芬芳的鞋子在富丽堂皇的地面上滑动。在凝重的绿色和高贵的屋顶之间，雨果的声音依然清脆。他用诗的语言告诉世人，这是世界上最美丽的广场。

绝对不是因为它有蔚蓝浮着白云飘逸的天空，也绝对不是因为群楼的阁顶灿烂着彩色和雕饰的辉煌。

那一只展翅欲飞的白天鹅，吻着楼顶的塔柱撑开了满天云霞。而两尊威武庄严的石狮却成了人类爱情的守护神。世界上最美好的情感和最聪颖的智慧都在广场上汇集流动。于是雨果的梦最多，雨果的诗歌最美。我们借着雨果的诗行搭起从广场向天空攀登的梯子，便可以看到整个世界的阳光和色彩。

莱茵河

莱茵河，多么美丽动听的名字，很久以前你从我心中流过。两岸的青山、城堡、村舍都埋藏着诗歌的灵魂，奔腾的波浪讲述着它神秘的传说。

这是一条流着古老历史和工业文明的河流，罗莉莱的歌声曾把忧伤的心事诉说。阿尔卑斯山脉注入你生命的血液，荷兰的北海深情地挽住你澎湃强健的胳膊。

你如诗如画让游人流连忘返，富饶美丽的城镇倒映满河秀色。车水马龙在河岸载走四季春光，河上的轮船驮回现实的斑斓和鲜活。河流孕育的诗歌、音乐和绘画，永远都是莱茵河生命光芒的凝固。古老教堂的钟声会在流动的岁月消失，可莱茵河给人间的梦不会在奔腾的波浪里干涸。

贝多芬故宅

波恩的胸脯上，敞开了一条智慧的巷道，巷道的阁楼里诞生了音乐的太阳。

阳光射出窗外，化作优美的旋律。无数百灵鸟唱着歌，在蓝天里飞翔。

三层的小木楼，是一个巨大的音箱，小提琴、大提琴、钢琴、铜箫都在纵情地歌唱，让整个世界有节奏地颤响。

明月从蔚蓝里升起，绿草在荒野上萌发，幻想变成早晨的朝霞，宁静酿造圣洁的月亮，女人的肌肤散发玫瑰花香，男人的臂膀挽着大海波浪。

木楼里流出了夜色里的缠绵思念，木楼里流出了山巅上的银色雾幔。木楼里抽出了爱情和友谊的心灵丝带，木楼里坠落了幽怨和离别的伤感红叶。

我不想离开这个木楼，我要守护在这里，多感受一下你血脉流动的热烈。

在歌德雕像前

一片绿树簇拥着，一片绿茵匍匐着，凝聚了人间最圣洁的崇敬，一齐把绿色的花环送给歌德。

谁说这只是一个铜铸的雕像，分明是一个活着的灵魂，在白云蓝天下站立着，思想着。

智慧的眼睛在深情地瞭望世界，深沉的思索在牵动身边的青枝翠叶，心中的诗潮汹涌在脚下的莱茵河。

右手捏着刚写好的诗稿，左手握着春光编织的花环，无声的风，正撩动诗人浪漫庄重的衣角。

络绎不绝的人流在这里汇聚，静默中，在把心中的向往诉说，人人的心上都站起一条巍峨的山脉。

真正有价值的人生不需要任何赞美，就像是覆盖苍山的森林，永远把绿色和清流送给江河。

（选自《天山时报·散文诗月刊》2020 年第 10 期）

■(广西)蔡 旭

生活从身边流过(组章)

闯红灯的结果，不外是两种——成功，只快了几十秒；失败，就快了几十年……

闯红灯定律

红灯是马路上的诱惑。
站在斑马线的对面，看你敢不敢过，想不想过。
尤其是你急着赶路的时候，尤其是眼看没有车来的时候，会不会过。
尽管许多人无动于衷，不过仍然见到——
有的人理直气壮地过。
有的人慌里慌张地过。
有的人犹疑不决，想过，又不敢过。

其实，我也不是没有过动摇。
直到后来，再也不过了，是因为终于弄明白了一条定律：
闯红灯的结果，不外是两种——
成功，只快了几十秒；
失败，就快了几十年……

坎坷的坦途

一条平坦的道路，被两个人走出了起伏与跌宕。
这是在小区花园里，我陪着她们前行。
一个是我的孙女，一岁两个月。
她屁颠屁颠地疾走时，带着银铃般的声音。
令路旁花圃的鲜花，笑得花枝乱颤。
另一个是我的岳母，92岁。
她颤颤巍巍地挪动时，呼出断续的轻喘。
令路旁的灌木丛，跟着向左右倾斜。

我在她们的前后走着，走出道路原本的平坦。
享受前面婴儿的欢叫，让我脸上写满了欢乐。
能够听到后头老人的喘息，同样让我心中——

深藏着幸福。

乐园代用品

这一个新春，众所周知的原因，大家都宅在家里。
两岁的孙女无法外出，就把我改造成儿童乐园。
我跷起二郎腿，成了她的跷跷板。
伸直我两条腿，她就可以滑滑梯。
后来她要荡秋千，把我当作秋千架。
双手搭在我脖子上，晃得载歌载舞。
她奶奶连忙制止，说秋千架经不起晃荡，会倒掉的。
孙女反驳道：才不会呢，爷爷说对吗？

我同许多老人一样，爱听的就是这一句赞赏。
秋千架虽然已近老朽，只要需要，就能挺住。
经得起晃荡，歌声飘扬，就是一个乐园。
跌倒坐地上，有哭有笑，还原两个儿童。

（选自《散文诗世界》2020 年第 4 期）

■（福建）陈志泽

船巷丝路（外二章）

梦中故乡清溪的流韵闪烁在明眸里，流淌在月光里。

安溪湖头。中山老街上的一道时空的缝隙、历史的诗行。

窄窄、短短的“船巷”，源源不断穿过内陆山区的货物，穿过号子激荡、汗水渗透的流水线，通往码头，通往“东方第一大港”，通往“海上丝绸之路”的壮阔与漫长……

小巷铺砌的岩石，怎能不被震裂，擦亮、磨圆？一种罕见的图腾，一种动人的诠释。我在校巷里来回行走，一次次踩踏岩石的照人的明亮和裂痕的深邃，一次次撞见当年前来招募水手的“大使公”郑和，他忙碌的身影正在抒写着“海上丝绸之路”的一个个动人的细节……

一头是山里人的创造，一头是迎接的江、期盼的海，巷的通道汹涌澎湃着安溪湖头人的豪迈与光荣！

寻访古道

深山里有一条古道蜿蜒在府志里，延伸在老人的手指尖。

深山里有一条古道通向远离城市喧嚣的石头书屋，通向沉入峥嵘危岩中一块习武的平坦巨石，通向官府为进京应试的名士饯行的小庵……

可我来到深山，只见荒草莽莽，波涛汹涌……

我在荒草中拨浪找寻，我的手与荆棘的利刃相握，我的血滴落在斑驳的石上了——苔藓丛中灿然开放的点点红色小花，照亮了我发现的眼睛。古人温暖的勉励与告别的话语，远去马蹄的脆响，习武的刀光剑影，在我的眼前延伸一条狭窄的路……

我拨动着历史的深广与明亮，拾起路上凹凹凸凸的文字，叩响了当年古城行进的脚步声……一条从不消遁的、开放着灿烂花朵的古道，穿过了我的胸间。

铜　像

一片花岗岩石洁白、坚硬的大石埕上，阳光粼粼沐浴下，一尊铜像矗立。

异国他乡的风浪雕塑的、重担挑出来的宽阔双肩。

储存了太多太多思乡的情与爱的宽广的胸怀。

智慧的头颅，像身旁故乡的山峰平静地朝向遥远的地平线。岁月漂染的银发，起伏着浮云。额头上奔涌着思想的江河，双眉挑起侠义的剑锋。

梦中故乡清溪的流韵闪烁在明眸里，流淌在月光里。

昔日众人唤他“赤脚”的乡亲回乡了，从此不再离乡。

人称“侨领”的游子，在一部华侨史上矗立的品格比青铜更闪亮、更久长。

（选自《散文诗》2020年上半月第4期）

■（上海）桂兴华

致沪剧《卖红菱》（外一章）

你们的传唱，掀动着大舞台不会褪色的海报。

卖一斤新鲜的嫩红菱吧！

卖一阵六月天飘过的风，卖一瓶越陈越香的酒。

卖一枝水灵灵的湖边柳，卖一本不会失传的老沪剧。

卖一段官堂路上无价的乡土韵，卖一种范红英最有效的解闷药。

卖一片与松江城对话的思念，卖一场终于结束的悲剧……

但是，你那个白莲泾的薛家宅能卖吗？你结了莲心的那湖荷花叶能卖吗？

你厨房里的那杯大麦茶能卖吗？你不怕蚀本的那只小竹篮能卖吗？

凡是独特的总会有光彩！

代表这座城市的，应该有许多唱腔。你们的传唱，掀动着大舞台不会褪色的海报。一个树荫里漏下了几许阳光的下午：铺满了青砖的天井，翘着两只角的嫩菱。

杨飞飞操着百年不老的唱腔，手持着那根赵春芳用过的货真价实的秤，说："红菱永远卖不完"……这是黄浦江的一行泪水啊！早就在《同治上海县志》里，在治疗思乡病的注射液里，流动着薛锦春深情的身影……

领跑者逆风而上

不是哪位选手，都能成为领跑者。

没有坚定的目标，没有对局面的整体把控，没有实力，怎么以微笑、以从容不迫的调遣，回击扑面而来的寒风。

也许太迅疾了，可怕的病毒就硬逼你慢下来。

那好吧，就让千万条隐去的腿紧急集合。

各自藏在清醒里，坚持躲在防护中。

多亏你的镇静，马上关闭所有的联欢，立即打开一条条真诚的援助。无数颗心，和你一起忍着，忍着，悄悄让手也变成了腿，冲在最前列的速度和耐力，并没有改变。

不朽的是理想。只有一开始就准备冲刺，才能挑起最沉的重担。

一条无所不在的跑道上，你坚韧的旗、挥动的旗，在一次次快闪……

（选自《领跑者》上海人民出版社 2020 年出版、《上海诗人》2020 年第一期）

■（湖南）皇　泯

驿站纪事（组章）

无心再欣赏风景的我，早就成为被别人遗忘的风景。

被异国风情淋湿的身影

人生的十字路口，越来越多。

想见的人，不再擦肩；不想见的人，接二连三。

感情的多米诺骨牌，在溃倒中，产生连锁效应。

这让我常常追怀，在罗马街头，被异国风情淋湿的身影，撑开了十六年前的伞。

其实，人生不必在意十字路口。

无心再欣赏风景的我，早就成为被别人遗忘的风景。

三月的银华，是一片陌生的沃土

越过理智的藩篱，越过世俗的沟壑，越过生命的山丘，越过人性的桎梏，越过，越过，越过……

三月的银华，是一片陌生的沃土。

我磨亮的犁铧，在胆怯中亲近丰饶，又不忍心深入肥沃。

唯恐，犁破完美的想象，再也无法种植自己。

一线乳白色的流星，在前所未有的燃烧里，暗自陨落……

一朵血色的玫瑰，在惶惑的哭泣中，盛开。

一起走过草原的只有记忆了

一起走过草原的只有记忆了，再也拾不起来的生存状态，一片荒凉。

你说，月光让我的秃头上，长满了白发。

尽管，我还在试图顶天立地地活过春天，却枯莲一样垂下了秋天的头颅。

从京城出发，来到边陲呼伦贝尔大草原，那是一种诗意的韵脚，生长浪漫的野草。

牛羊咀嚼过故事情节后，炊烟，在蒙古包的上空飘逸成淡黄色的酒旗。

激情太奢侈了，空旷的原野，便留下一串饱嗝的回响。

往事，无法彩色

往事，黑白胶片一样无法彩色。

一群蒙太奇迎面而来——

河中央有一片绿洲，绿洲上有一缕炊烟，炊烟下有一户人家。

还未看见人影，就传出了狗的叫声。

我不敢敲门，门却开了。

一条熟悉的黄毛犬咬到了裤脚边，叼走了假斯文的脚印。

芝麻豆子茶很香，只能慢慢品才有味道。

这时候，河对岸划过来的渡船，又划到河对岸去了……

黑夜，惨淡出晨星

我在半夜醒来，与夜色对视的眼睛，像一颗被遗忘的星星，还未来得及命名，就要陨落。

在银河里，驶离港湾，用银色闪烁浪花……

此时，时光在流星雨中成了没有意义的幻影。

分分秒秒地省略着人生。

你在深夜入眠了吗？

思绪，在夜的液态琼浆里稀释。涟漪被石头击破后，堤坝崩溃，感情泛滥成七月洪峰，淹没了理智的家园。

在怀念的浸泡里，那些已经逝去的细节在膨胀中顽固地，复活。

我们的黑夜，惨淡出晨星。

你在风的潮汐之外，我在雨的沉默之内。

黎明。我们同时醒来，再也无法共同入梦。

（选自《中国作家》2020年第5期）

■（山东）韩嘉川

海的隐喻（组章）

眼里一片海，我却不肯蓝——兰波

海的老骨头

1　晨曦，再次涂上灯塔的白墙。潮水蓄势而动。
通往码头的路面湿漉漉的，预示着渔夫的走向。

挂老照片的板壁下面，女人的脸洗得白净；
火烧油条加小米面甜沫组成的早餐，释放着田野的清新。
面海的窗，开着。

窗帘将波涛的声音握紧，又放开。
渔船汽笛的鸣响如鸥鸟的翅膀，将海浪的影子散布在马牙石的街巷。
早市的阳光散发着鱼腥味儿，天空倒映着一片蓝。

2　我没有把海关在门外；
还有渔夫，他们的童年就在海边。

踢足球，滚铁环，赌纸牌，以及青春期追女孩儿，用录音机与喇叭裤扫街。这些都发生在离海岸不远的地方，像鱼腥诱惑欲望的肚肠，那里的街巷流行着时尚。

灰鸟，气宇轩昂地在闲庭信步。
圆圆的眼睛与我凝眸对望，想必我们属于同一时代，
有共同熟识的南风穿过石砌的女墙。

画布上的岛屿还是自由的，在虚怀的冬季，没有过多的油彩；
没有把海关在门外。

3　我知道那个小院，是用海边的鹅卵石铺就的。在那里喝茶、闲话诗歌；
南风的手掌从每一缕话音里，摩挲出海蛎子味儿。

餐桌上洁白的盐有些虚伪，仿佛与鱼汤不是一类。

伤口还在抽搐的石斑鱼，张大嘴巴却无声地忍受海的痛楚；
与喝酒的人是不同纬度的生物，因而相视无语。
鹅卵石铺就的小院地面，很强硬。在诗人脚下，海的声音在打磨时光。

海的右边

海在左边，我在右边。
闭上眼睛便有万马奔腾，百万壮士在黑暗里呐喊、奔涌。
亘古的荒凉从海的深处向霓虹灯点亮的城市漫延……
潜伏的海草在骚动，以及马蹄螺与斑纹贝，也在泥沙里吐水伸舌。
这些都不是鱼的愿望，它们在浑然的海水纹理上，分辨潮流的方向；
而礁石上还留有瓜菜代时撬开的海蛎壳，那样的海湾不是它们想去的地方。

我在海的北边，深吸一口蓝，便是南。
常春藤攀爬的斑驳墙壁，张开无数只绿色的耳朵，倾听潮涨潮落；于是，房间里的地板便洇出了海的版图……无梦的枕上，充涌着波涛的呼喊。
海岸线将海的姿势，描绘出母性的阴柔；
画梦人笔下的海浪，有达利式的乳房抽屉吗？
拉开看看里面，夜的黑度是否深过海洋。

构思一片海

构思一片海，画面上有沙滩和螺壳，不必有提着小桶的小女孩儿；
可以肆意的蓝，浪花一次次袭来，不必有情侣你追我赶的撒欢。
春天已经在窗外，而面条鱼和蛎虾还在海边同渔夫一起徘徊。

构思一片海，沙滩上的字迹被一次次抹去，
螺壳里残存着狂潮的暴起与沉落的回响；
小女孩儿可以隔着窗玻璃费解地观看这一切，因为与她没有关系。
擦洗地板，择菜做饭，刷碗，然后到阳台上吸烟。
在季节复始的时候，时间的齿轮被病毒硌错位了一扣；
把若干日子复制为一天，把二月隔离出去，剩下的
只够用来构思一片海……

（选自《青岛文学》2020 年第 3 期）

■（四川）亚 男 一株遗落在田野的麦子（组章）

田野是肥沃的。金黄的消息一天天揭晓。

亲爱的人间，我已经记不清我的模样了。

努力地回忆，从攻破土地的那一刻，我嗅到多么清新的空气。大片的绿，我在其间，多么自信。顶着寒风，裹着瑞雪，茁壮成长。开心地吐蕊和抽穗。转眼间，我也是一粒饱满的麦子。

我没想过会被遗落。

田野是肥沃的。金黄的消息一天天揭晓。

我站在田野，对每一个人都微笑。那真的是发自肺腑的笑，我没怀疑过，我相信人们也没怀疑过。

可是我被遗落在田野。我没有机会在餐桌上和食客开怀大笑，更不能目睹人们酒足饭饱的神态。

我在田野，独守清风苦雨。

我煎熬着，苦盼着，信守着麦子的承诺。

我撕裂，我尖叫，可是人们毫不在意。

麦子耐寒，有矢志不渝的坚韧，坚守着自己的信念。

没关系，我可以重新发芽。但我错了，发芽在错误的季节，只有被人们连根拔起。

我悔恨我连做一株麦子的机会都没了。

亲爱的人间，我遗落在田野不是我的错啊！

宽 恕

五月的高铁，在田野一闪而过。

你站在庄稼中保持着良好的长势。我请求神宽恕，一不小心就看见了你。

在白云轩，

相遇。红灯笼照着我们的脸颊，也是红彤彤的。

那些弯弯曲曲的路，我们走过，也有了一次次奢华的拥抱。我们呼吸着来自灵魂的空气。

美好的江水，从七千年前流淌过来。

雨也从七千年前下到江水中。

神啊，请宽恕我，在电梯的摇晃中，我触及了这一生的饱满。宽恕我的唇在春风中找到了甜蜜。

十指相扣的江水，解开九月的短衫，

每一寸土地都是丰饶的。

我爱着你，不再奢望别的。

阿莫西林

我疼痛，无力支撑夜的黑。

酸软的气候，浸入的细菌和病毒，已经无法清除掉骨髓里缺失的坚韧。风啊，毒性十足。

我站在江边，希望江水洗涤。

可是，一粒阿莫西林，改变了我的认识。

其实，也没有必要埋怨。

肌体的虚实，我用每个早晨的呼吸来弥补。

昂扬的夜，在遇见你之后，你就是我这一生唯一的一粒阿莫西林。有没有副作用，我不再思考。

那些孤独和忧伤，不过是我在这人世间不可靠的一种意识。有些绝望是在自欺欺人。

如果一粒药，有神力，那也是在感情崩溃的时候。

现在，我担心不是药效。

而是，一日三餐和安静的睡眠，不能影响情绪波动。

当然阿莫西林只是象征性的，是不能根治病灶的。

而你，却能。

词语的动物性

深夜里，一些词语有成人最汹涌的生活。

将一些柔软的，植根于灵魂，努力地拔出风声，喘息和酣畅淋漓。

高举着火焰前行。

毛发一根根立起，有着中年的坚定和持久。

是啊，荒芜了的荒芜，需要这些词语的雄心和张扬。

如果不是苦难和孤寂，一定不会珍惜今夜。词语发出的战栗，牵动着每一个细胞，甚至神经。

词语的引申，由此而生。

嗅到了词语的血，在废墟上。
把一天的状况写成了微信，在朋友圈无人点赞。如果这一刻
可以窥视到词语的张力，也无法冲击卵石的圆滑。
词语到了山穷水尽。只有马匹在草原，野性的血，一再掀起波澜。
用血擦拭孤独。却找不到婉转的叹息。
这是词语唯一可以存活的理由。

（选自《天山时报·散文诗月刊》2020年第3期）

■（山东）栾承舟 行走，听风，抑或一些感想（组章）

一千年前的月光啊，终于在一朵墨菊上悠然醒来

四球茶茶籽化石

隔着沧海桑田，一种神秘的风声、鸟鸣以及天长地久的醇香，宛若日出，以音乐、舞蹈的形式，绚丽绽放。

看看天上的星辰、月亮与黑，一千年前的月光啊，终于在一朵墨菊上悠然醒来。

一粒青青的喜悦，宛如电光石火中的灿然一闪，留下银子的光芒，烘托日耀花红。

让月看见珙桐，最具观赏价值的植物活化石，开放如群鸽展翅。

看见野生巴丹杏林，新生代第三世纪的风与芬芳，一两千万年以前的雷声、月色、云雾、精神，身心朗润，幽蓝温馨。

此时，清明之前的幼嫩之芽围拢过来，将横亘在面前的黑暗一一吹散。

拜谒大河之源

陡壁欲飞，风吹海低。层层叠叠的传说如风，婆娑鲜活，如昆仑纵横，青鸾展翅。

俯仰之间，皆成绝响。

古远之感文化之思，衔尾而出。

云中之鹅振翅，他的寻根之旅，才刚刚开始。

牛的鼻息，风的气息，成群的花香、树香、莽野之香，氤氲着阡陌林果，短风疏烟。

接着，槐蕾听见了云之吟唤，她的盛开，孤独，明亮，如禅。

今日，在你的膝前，你的儿孙，独我来兹。

灵魂深处，似有一片泪光闪烁。

采菱摊

江南水乡，荒滩野地，泥是热的，风是湿的，出美女爱情，也出诗词歌赋。水杉芦苇，肥瘠相宜。风中，一抹清辉浮动。

那双藕白之手，在岁月里，一日既往的纤秀。她们，活在诗中的感觉，照亮了千年之后。

戴蓝头巾，躬身劳作的俏妹子，美女子，她们手执一只红菱的样子，更像我们的女儿。健康之美风情之美，交给了百鸟千树，星星大地。

此时，依稀闻得她们传诵千古的歌声，不想，却是从《诗经》中发出来的，闻之不由得醉魂酥骨。

生态林

潮息烟沉。接着，不胜重负的一条柳丝，像这早春，要搽去烟云。

风把节令剪成了纷纷细雨，而后，天地张开，上接日月。春汛波涛汹涌。

所有的草瞬间返青，向着羊群伸出呼唤。小鸟依人。江南大音稀声。

许多鸟兽的目光亮了。浅草里有鱼，烟雨深处有天鹅戏水，它的羽毛，披挂着祥云。松，水杉，卷柏，还有黄花和野百合，它们听风，做事，间或缱绻，内心里透着安适。

林薛荆蘑，日月流云，触目尽是波光粼粼，神凝魂虚。

（选自《星星·散文诗》2020 年第 9 期）

■（河南）郝子奇

乌兰毛都草原（外一章）

每一棵草，在初秋，都举着自己的种子。

1　大地比天空干净的地方。每一棵草，在初秋，都举着自己的种子。

2　这是无法拥抱的辽阔。

由于没有太高的支撑，云朵低垂下来，给了小草拥抱的可能。

草叶上的水珠，是云朵留下的。晶透。饱满。澄明。仿佛云朵遗留的隐形眼镜，还沾着最后的泪水。

3　雨来了。披着散发的小草都张开了嘴唇。

走出包房的人，听到了小草汲水的声音，很小很小。

嘴唇碰到小草的羊都停止了咬动，一动不动地站着，隔着一滴水的慈悲，这个时候，草原上的羊都已成佛。

4　马头琴响起的时候，原谅我站在远处。

如泣。如诉。

闪电划过含雨的云朵。微风吹低了胆怯的小草。细细的马鬃还在奔跑，划动着我世俗的心。我流出泪水，看着每一片在琴声中颤抖的小草。

多么久远的声音啊。

此刻，与我相对而立的人，有着蓝天般的平静。我伸出了手，不能握住阳光下干净的微风。

5　山坡上的羊群，是深秋的衣衫上散落的纽扣。

时光变幻，整个山坡，都不曾有不变的事物。

暮色已起，散落的纽扣已经找不到回去的衣衫了。

6　我是看到时光脱着外套的人。

没有人知道，在草原，这样的不舍多么深沉。

当我转身。沧桑的岁月踏草而过。与我对面而立的人，在明年，或者更久，会在这里吗？看着脱着外套的时光在草原，在最后灿烂的野花旁，凄然远去。

直到大雪覆盖了青葱，直到枯黄的草缝里伸出绿色的小手，

直到今天纽扣般的羊长出苍白的胡子，

没有谁能懂得一株草对于一个草原的意义，一个人对于一株草的不舍。

而我，已在远方，不能回头。慢慢老着，白发如草，被苍茫的天穹所覆盖。

阿尔山之夜

黑暗从山顶滑落下来。

深深。几许。

这时候，在阿尔山，谁也无法分开抱紧夜晚的灯光。

没有影子的街道，许多的梦在走着，因为太静了，走出了声音。

只有风，可以把凉带来。

灯火阑珊处，迷途的游人，并不恐惧，只害怕自己的惊慌，扰乱了此刻最神秘的宁静。

这个时候，失眠的人，要忍住咳嗽。

你的孤独，是整个世界的孤独。

如果独自倾杯，要忍住醉。

离你最近的星光正在下垂，天穹已经接近了你的空杯。

在这样的夜色中，走散的，是忽然而至的雨。有多少分别和重逢正被打湿。

阿尔山还有新的故事在夜晚出没，看到的人，请沉默。许多刻骨铭心的美好才刚刚开始。

黑暗，让所有的梦，脱掉了外衣。

（选自《散文诗》上半月版 2020 年第 9 期）

■（海南）倪俊宇

不可忘却的情怀（组章）

那流去几多霜晨雪夕的黄河浪，还是唐时的模样吗？

岳飞《小重山》

纵横在八千里彤云和淡月下的梦思，突然间，被寒蛩的噪鸣，惊断。

一枕凄怆，洇染夜色愈加深重。

半帘冷露。一阶月影。伴着圈圈足音，伴着铮铮琴声……

问瑶琴。问云月。问上苍。

锐旅北指的旂旆，何时才能飘动？踏破贺兰山缺的长车，何时才能驰骋？

凭栏拍歇几多潇潇雨，却只听到偏安的笙歌大作，只看到凤楼龙阁中，灯红酒绿。

少年头白了，旧山河寥落，壮怀将付尘与土……

这沉忧，这孤愤，怎不将弦声压断？

孟浩然《过故人庄》

青山远去。铺开的田畴上，犬吠追着牧笛，若有若无。

我看到小溪里浪花溅起的童趣和浣女的笑声。

我闻到了，菜圃的泥土味，还有，摇曳晨岚的青草的气息……

哦，故乡，此刻该从哪一颗露珠上，醒来？

有炊烟自层层叠叠的绿荫间，悠悠飘散。

窗口飘出酒杯斟满的农事的乡音，也有碗沿边的方言俚语，在打谷场的稻草垛边，轻轻缭绕……

沿着八句平平仄仄的小径，我走向渐行渐远的故乡，走向依在柴门旁的我的乳名。

苏轼《儋耳山》

你是否把他当作命运相同的朋友？是否感动于万里投荒的谪旅中，他深情迎候？

本是补天巨石，却被抛弃在这蛮荒孤岛偏僻山野。然而，儋耳山，他却桀骜出尘，兀立峙天。这心气，这品性，与你是何等相似啊！

让西关大汉，执铁板豪唱。令大江东去，掀起裂岸惊涛……

而昏庸与谗言，总是常常让历史的伤口滴血。

好在，儋耳山在你心中；你在琼崖百姓心中。

笠影屐痕，穿行阡陌风雨，叩醒柴篱茅舍。一管为大宋江山增色的狼毫，又舞动在儋耳的桄榔庵，书写敷施文教的鸿文。

不让补天，那就以年华铸石，为孤岛越海续地脉吧……

王之涣《登鹳雀楼》

谁把那万里壮阔，把那连绵群山，折叠于线装的篇页方寸间？

楼前，那流去几多霜晨雪夕的黄河浪，还是唐时的模样吗？

这不过是栋寻常楼阁。看那楼墙，一半是夕照，一半是沧桑。却高出世尘，兀立在千余年的历史风雨中。

路途的坎坷与颠簸，终挡不住连续经年的寻访脚步。

人们在谛听，总想将诗人登楼的足音，装携在人生的行囊中。

登脚下楼，观眼前景，那千古诗韵，拨动千万人的心弦。

那岁月尘烟遮不住的十个字，铺成的楼梯，该托擎起多少拓展希望光彩的心志啊。

（选自《天山时报·散文诗月刊》2020 年第 2 期）

■（河南）王猛仁

渡　口（组章）

只有无休无止的风，悄悄翻译大地无声的誓言。

在椰林掩映的海的边缘，我默默地吟诵那首古诗，为了抚摸绿色的胸脯，我把那只动人的手伸向春天。

企盼有一双明亮的眼睛，在最后一抹朝霞坠落时，能独自摘取你沉默的背影，有如那一片疼人的落英。

握别的双手，满是潮湿的情绪和三角梅粉红的诺言。

用诗的花朵编织成的遥遥旅途，在每一个漂泊的渡口，都有我无声的等待，饱含沙沙作响的欲望。

孤独静谧的时刻，一首诗被你轻轻读完。

从诗里到诗外，有我残缺的梦，有你散乱的惆怅和失眠的痛苦。

不断有海风吹来。

泪花濡湿每一个沉思的季节，此刻，我们和夜，都已被凝固如霜。

只有无休无止的风，悄悄翻译大地无声的誓言。

夕阳的余晖，已张开心灵之帆，并溅起点点飞白，悄悄驶向彼岸……

有太多太多的细暖与爱，溺在午夜的诗笺上，昂首凝视着，你那薄雾似的一脸娇羞。

栀子花盛开的时节，我就在落英处等你。

岸　边

一个人的行走是异常的寂静。

坐在海滨小城的石凳上，一只皎洁的鸟，以踏烟的步履，款款踩响岸边透明的歌谣。

所有被光环隐去的日子，即便滋生诸多无法排遣的游思，也会进入芳馨馥郁的诗行。甚至，湮没鲍肆飘来的铜臭。

看似一种火焰的温情，在接近春天的喧腾世界里，也会焚毁诸多陈腐的记忆。

我不相信每一株花草的叶尖，都藏着没有结局的秘密。

当一切成为既定的事实，你缥缈如纱的眼睛里依旧储满了温润的故事。

很多时候，我们常常被一种淡墨重彩深深地感染。

过早逝去的白昼，只留下一个窈窕的帆影，和孑然一身的孤独。

心的城郭，天天哼着芬芳的小调，忽明忽暗的记忆，撩拨着声嘶力竭的眷恋。

写满梦境和翰墨的客栈，是否还有一颗心在倾听？

默　念

婆娑的树影，已把往昔的焦虑、寂寞、困惑一一隐蔽。

霓虹灯下的幽光，是我千里寻梦时的一双利眼。

醒来后，方知一切神韵的闪现，都在你的明眸中晶莹，或者旋转。

思念袭来时，默默地咀嚼着一粒咖啡豆，如同看到中原一朵洁白的雪花，正沿着大街小巷，慢悠悠地，奔向大海。

天天越积越厚的心事，阳光般地追赶着春天的脚步，等待夜的焰火再次闪耀。

我陷入了一棵古榕树的内心，不知所措。

一种默念，在嫩绿的色彩下诞生，又在泛黄的纸笺中倾诉。

一页页，一行行，融成了茫茫的海洋。

旷日持久的追逐，终于揭开了深不可测的心底，那是滚烫的潮水，将涨满夕烟里的召唤，厚厚地嵌进房前屋后。

从此，春风一样的笑容，开始布满一个人的夜晚。

继而，裹进我海底般宽阔火热的胸怀。

声　息

你从晨风蛊惑的心海深处逸出，在亮光渲染的白桦树下起步，向着五颜六色的碧海金沙，撒开银白的双足……

无声。舒缓。柔和。有力。

像我们日夜未眠的渴望与帆影，暧昧，芬芳，葱茏。骤然之间，向风而歌的浮萍，凝成了神妙的诗句，并以清新的面容，把重重心事撒播出去，向着洁净的天空倾洒。

时间是透明的。不知困倦的游客，踯躅在心的港湾，一旦瞥见云游不定的奇观丽景，便会沐浴着冉冉欲来的曙色，把秋风一样的双眸，送入夜的缄默，以诗歌的理由，滋润着干燥的心情。

别后的雨季又要来临。

我的思绪，以奔涌的姿势，连同壮观的十里浴场，以及耀眼的黄金书屋，在走进的一刹那，都逐一隐去，化作轻烟淡影，躲着我，让我难舍难分。

其实，是诗歌的意象和悠扬的乐曲撩拨我。

在涛声不绝的彼岸，在人稠广众的街头，在蝉声反复吟唱的夜空，甚至，在身心被爱情磨损的那一刻……

我阅读着，瞻望着，挺拔着。

我的前方，尽管是一座宁静的孤岛，却明亮着一首诗的意境，大海沉缓粗重的呼吸，是向我传来的唯一声息。

碎　片

沉醉的月光，沿着仅有的空间伸展，隐约可见的山峦与浪花，纷纷奏起心灵的和弦。

谱满恋曲的扁舟，顿时展开彩云般的胸怀，载着真实与光芒的宁静，驶向远方。

太多太多蓝莹莹的倩影，浮上唇吻，溺在骄阳下，向着一个人的方向昂首凝视。

微微起伏的心房，透露出思潮的澎湃。

随波逐浪的黄昏，已清晰地勾画出一幅痴痴遐想的剪影。

一株亮丽的植物，正迎风起舞，像或低或高在空中放飞的笑声，蓦然冲破了沉寂，寻找一杯酒之后，那种蔚蓝色的醉意。

心似燃烧的火，只有我，期待着另一颗心的会合。

尽管，我已老迈苍苍。

脱离了带着吻温的柔情，大海依旧呼号不息，浪花用又软又白的小手，涂抹着朝暮倩影里游人的足迹。

夜风低喃。

我记得月光里的叶片与花丛，光亮与暗影，甘甜与苦涩。

她不时地掠过我近似童稚的心灵——那旧日的欢娱，那早年的盟誓，终以安恬的音调重新回到我的身旁。

一如心底蕴藏的热语，还在唱着，却总不平静。

有些梦境，恐已泯灭；有些情景，却不能倾吐。

那些熟稔的街衢、酒肆，已布满蓝天的恩赐，在八月滚烫的枝头，低声细诉，曼声吟咏。

如同午夜里悠长的鸽鸣和奇异美妙的诗境……

（选自《大沽河》2020年第3期）

■（安徽）崔国发

追风筝的人（外二章）

在街心公园里，徜徉着，一路长长的母爱。

从清源北路往前，我走进了一家书店，看见书架上有一个追风筝的人，当手握住细线，纸筝高飞，而风呼之欲出。

现在它如此自由。

抬头一看，我发现了天空晴朗，白云在头顶转悠，正好在一所高校的塑胶跑道上，一个放风筝的小女孩，像一只春燕，眉间跳跃着一抹明媚的秀色。

我，难得这样悠闲，独自一人漫步，风筝成了意外的风景。

它让我回到了童年，很多时候，我好像是父母放出的长线。一旦手中的线断了，风筝，作为灵魂的寄托，找不着北，心中不免浮现一丝怅惘。

如果可能，我愿穿越。风仍无止息地使纸筝更高、更远。在春天到来的一瞬，把自己提升到了新的境界，我看见它飞上去，像一位梦中的天使，翩翩，又极像是一幅若隐若现的画卷。

影　子

在清华园里照相。正午的阳光，显得很灿烂。背景是清华学堂，天很蓝，那棵大一点的木叶，正在返青。而坡屋顶的红色，十分鲜明。

这时，我忽然想起，刚在校史馆里看到的林徽因："你是人间的四月天。"

恰好我来的时候，也是四月。我爱莺飞草长，也爱春和景明。

当然，还有我脚下的影子。一个叫作崔国发的诗人，到此一游。很多时候，我热衷于带着自己的影子，乐于被阳光倒映。但是这一次，朝圣似的——

却有一颗深受鼓舞而更加激动的心，和一双虽算不上炯炯但无比坚毅的眼神。

把自己的一个表情，和清华联系在一起。

作为一种见证，镜头定格，我仿佛听见了，树荫下的学子齐唱：自强不息、厚德载物——我多年前就听说过的校训，在学堂中被再一次重温。正如人间四月天的一缕春风，引人入胜。

我想，一个相形见绌的诗人，该怎样加持理想的姿态，重铸一具智慧的灵魂？

手推的婴儿车

在街心公园里，徜徉着，一路长长的母爱。

我听见，一串串纯洁如清泉的鸟声，婉转。我承认，我曾经爱过你，而现在仍然是如此地柔肠百结。

一股奶香，从身边飘过。

一辆手推的婴儿车，自如地舒展。风，把垂柳吹来拂去。最亲的爱，与最深的情，都仿佛回到了，童年的那个旧梦，我忽然想起从前，母亲的摇篮，也是这样的，安详而温暖。

一个人的手推车，慢慢地前行。它寄托着一种朴素的夙愿。

即景会心，于春晖中走近，阳光的敞亮，要的就是这份家常，在一碧如洗的天空下，我深爱这乳儿，一双莲藕般的小手，玉洁冰清。

（选自《星星·散文诗》2020年第1期）

■（浙江）晓　弦

运河辞（组章）

你就是一条天蚕，蜿蜒于社稷这片硕大的桑叶上。

运河辞

水有其所，波有其根，穿过幽径，运河有自己的后花园，有疑似银河落九天的酒泉。

他喜欢投壶，品酒，填词，把月亮认作洋河里的美狐。

“绿，是最深的迷宫”，他喜欢俳句中芦花样的意境。当我说到虞姬，便有一束蓝光，从运河水面倏地飞起，去接引苹果园那只迷途的鹧鸪。

因了这束光的照耀，河滩打盹的鹌鹑、白鹭和野鹅，不约而同地觅到梦的碎片，连睡莲也忍不住泄露前世的风信。

……五百年前，一千年前，被岁月渐次抬高的河滩，长出成片野高粱和野山楂，长出京砖与酒坊，而游鱼得味变龙，飞鸟闻香成凤，这粮食的消亡，像项羽回到楚，青花回到瓷。

吞吐的运河

像一条鲸鱼，不停地吞吐，吞一些不该吞的人，吐一些不该吐的骨头；

吞一些驳船的残骸，吐一些吃水很重的煤渣、陶瓷，或粮食；

吞我为生产队罱泥的三舅。他把一支琵琶橹，推给别人家的儿子，自己随湍急的漩涡，回到前朝……

也吞子胥宝剑，和端午的赤豆粽子；

也吞项羽的长叹，这别姬的楚霸王；

包括一些村落和街市，但吐出的，是三塔、牌坊、酒旗，以及城郭扭曲之倒影。

雨意丰沛时，提起思念的淮安闸，让奔涌的诗意，坐上皇气十足的画舫，一路南下，寻访在水面行吟《鸳鸯湖棹歌》的船娘。

这么说，你就是一条天蚕，蜿蜒于社稷这片硕大的桑叶上。

看见一滴浊泪，却找不到这只独眼

——写在嘉兴胥山遗址

黄昏时，我终于发现，这是一滴快要干涸的眼泪，她被广袤的杭嘉湖平原，小心翼翼地噙着；

循着这滴眼泪，我在寻寻觅觅，却再也找不到，这只因复仇而变得通红的独眼！

谁这么狠毒，剜瞎了她的眼睛？

谁这么决绝，硬生生地剥夺她叱咤风云的雄才伟略，让吴越争霸中最引人注目的那块版图，陡然塌方……

而今，我只能像支老式唱针，绕着这滴悲怆的眼泪外延，不停地打转，把沿途的灌木、水杉和柏树，看作这只无形之眼眸那蓬勃的狼绿……

今夜，月亮豢养在运河里

轻轻咪上一口，将日月精华吸入嘴里，连同古黄河与大运河的奇缘。

我看见，不可复制的酱香和浓香，叶芽般在春风的舌尖上舞蹈。

古典的月亮，自爱情的酒窖冉冉升起，像面旗帜，在运河的国度招展成月光似的乡愁。

那天之蓝，和梦之蓝，那蓝色的精灵，追着婉约的情人，一路过处，以姿色挑逗嗅觉，以才情弹拨味觉。

就像竹林七贤，酣歌、纵酒、论天下。而群山举杯，一醉千年，在光阴里豢养慈悲和大爱，守住一个王朝最初的秘密。

（选自《天山时报·散文诗月刊》2020年第5期）

（重庆）姚 园

清晨，从一缕馥郁中醒来（外二章）

一缕花香流过我，也将流向不确定的未来吧。

起身去楼下厨房喝水，一缕馥郁忽然向我扑来，
抬头一望，原来是窗台上的茉莉在向我致意啊。
今天的晨曦是从一缕花香中醒来？

开机，跳出儿子给我的母亲节礼物——
昨晚他在录音室即兴挥就的新歌——
那Rap与Hip-Hop行云流水般交相穿插的自如，那磁性浑厚绕梁三日的嗓音，不但让耳朵微醺频频，也让人对歌中描述人性的微妙与复杂，露出会心一笑。
这个旖旎的清晨，仿佛在随着每个音符，每句歌词浩瀚、碧蓝。

一道鱼香肉丝的前世今生

从冰箱里取出一块前几日在Costco网站购得的里脊肉，让一身冰冷的它，在时钟的嘀嗒声里悠悠融化。

把它移至砧板，那一瞬，它棱角不浮，却柔韧有加，
切不断岁月的刀锋，却能切成长不过执念，宽不过胸怀的肉丝，
用一个未被尘埃侵袭的盘子承接，加一缕清澈透底的水，借手指的力度，使它们在瞬间和谐。

芡粉与料酒的出场，注定是低调含香的，它们不动声色贴着肉丝的每一寸肌肤滑行；
此刻，从泡菜坛中请出的一块姜，是意义上的辣？蒜却在不疾不徐的宽衣中一瓣一瓣光滑，颜色绿油的葱被我拦腰摘下，散发奇特香气的芹菜，一朵朵在水里泡大的黑木耳，一片片具有与生活和解意象的白菜，均在我将它们变成丝状后，让大小不等的盘子摇身为它们各自的阵营。

再将具有酸甜咸辣的醋、糖、酱油、辣椒酱——显身于一只小碗中，挪用一支勺子使它们难分彼此。

然后开火，在一口圆形的不粘锅里，倾入一些橄榄油，洒几颗麻不至神经的花椒，卸下盘中的肉丝，一面面翻炒，直到浑身洁白，再注入待命的调料、蔬菜等，继续以木质的锅铲整合，当肉丝再度变红，香味从锅里四溢，味蕾被一缕缕霸占，

记忆闸门的轰然开启，我才恍然，

我做的不是一道鱼香肉丝，而是对外婆的一阕怀念、感恩。

时光酒杯的颜色

昨晚一场滂沱大雨已化为此刻的一枚记忆，只是记忆可以像窗外的玫瑰不断地长出新枝嫩芽。

记忆是足可依靠的臂膀。

昨日在枝头上昂首吐艳的牡丹，未能抵御雨的大写意，现在她向着大地俯首，是一席无关尘世的自省。

千年来加冕她的“国色、天香”，也没在岁月的流转中摇曳成一朵抗体啊。

人类自身呢？

一粒肉眼不见的病毒，还不是使人陷入近忧加远虑的泥潭？

时光酒杯里的颜色，从来不乏忧一瓣、喜一蕊的晨昏。

窗外无边的春色也会让人伤痕累累。

这不寻常的日子，照亮我们的或许是内心深处的那片安宁吧。

拉开门，我向雨后的院子走去，一缕花香流过我，也将流向不确定的未来吧。

（选自《天山时报·散文诗月刊》2020 年第 7 期）

第十五辑　跨诗体写作名家·漂流·遐想与遁隐

■（湖北）谢克强

楠溪江漂流（组章）

天低水长，竹筏行在楠溪江上，驶向水天深处。

坐在竹筏上，不等坐稳，我就忙着卸去鞋袜，骤将赤脚伸进水里，然后漫不经心恣意拍打着一江清流。一时间，恣意拍打溅起的浪花，一朵一朵开在竹筏边，绽开我久贮的渴念，一圈一圈荡漾开去。

也许是一种放松后的情感使然，暂时忘却诸多的烦忧，我轻松地放牧着自己。这不，风很轻，云很淡，秋日的阳光也很温柔，它们似乎知道我的心思，就连水中的几尾小鱼，也机灵活泼地掠过脚尖，痒痒的触感，如梦似幻，惹人沉醉……

天低水长，竹筏行在楠溪江上，驶向水天深处。

楠溪江，这永嘉人的母亲河，请原谅我的奢侈和对美无限的向往，我来到永嘉，来到楠溪江上，欣赏这不能言说的美闪现在不能言说的波浪之间、云水之上。

此刻，当三百里江水从远天流来又向远天流去，这潺潺流来又湲湲而去的江水，连同昨日的传奇、今日的故事和未来的憧憬伴着竹筏也伴着我流淌时，这流淌是厚重深邃的，就如同永嘉的历史一样厚重深邃；这流淌是纯粹质朴的，就如同永嘉的文化一样纯粹质朴。如今，漂流江上的远方来客，不就是来品读永嘉的人文历史、体味永嘉的山水文化吗?！

江水在流，我的诗绪也在流……

诗人们总爱笑谈天下，纵论古今，也许我不是诗人，当潺潺湲湲的楠溪江水托起竹筏前行，我愿我也是水，像这楠溪江一样清幽、一样澄澈、一样潺潺湲湲，除了托起竹筏漂流，更愿在两岸百姓需要的时候，去播云、去浇禾、去润心……这时，几只翻飞的水鸟从我的竹筏边飞过，它们期待着什么又向往着什么呢，飞得那样匆忙?

望着水鸟远飞的身影，我又一次奋力用脚拍打着波光潋滟的一川秋水，不想那溅起的浪花，竟在我的思绪深处，溅起一片水声……

是呵，这令我终生难忘的一次心灵漂流啊！

听 水

流水很慢，潺潺湲湲静静地流，从远天静静流来，又向远天静静流去……抖落一路风尘，放空淤塞的内心，我就坐在楠溪江边的一块石头上，望着江中灵动的波、澄澈的浪，静静地，以水的呼吸奏出清越的声音。

不远处，岸边的竹影在静静摇曳、水中的鱼儿在水里静静游动、一只水鸟从江面上静静飞过，就连江中漂流的竹筏也在静静走动……

整整一条楠溪江都是宁静的，但这宁静绝不是沉默。

静静坐在江边的石头上，久居闹市的眼睛骤然明亮了许多，耳朵也从世俗的梦中醒来。抬眼望去，似没有读懂楠溪江三百里的全部柔情，醒了的耳朵却想在一条江的宁静中，听远来又远去的静静的水声，并且让那静静的水声拍击我的心岸，那时，我的脉管就会有静静的水声，不舍昼夜，洗涤我心灵的尘垢、漂净我脉管里的污浊……

夜宿耕读小院

夜，渐深渐浓。渐深渐浓的夜漫了过来，沿着楠溪江、沿着楠溪江畔的林间小路、沿着小路尽头的长廊、沿着我的思绪，挤进耕读小院。

月亮，从楠溪江那岸的山路爬上山来，站在山头上。许是发现夜宿耕小院的诗人，逐使温柔如水的月光，像情人一样悄悄走进我的房间。

于是，我沉浸在如水的月光里，寻觅着诗歌……

没有人敲门。

当蝙蝠翔舞的双翅，剪夜色成孤独，善解人意的夜色便给洞开的窗子拉上窗帘。静寂空旷没有声音。桌上的台灯也没有表情，眼睁睁瞪着谢灵运的《山居赋》逃离书架。铺在桌上的方格稿纸不知被谁当作瓷砖贴在卫生间的墙上。

静寂中，我躺在床上，十指张开成风，欲要抓住一点什么，却怎么也抓不住月色中灵动如水的那些浪漫而温情的故事，只好抱着诗歌酣然入梦。

不远处，楠溪江潺潺湲湲的流水不肯安宁，悄悄潜入我的梦里。梦里的楠溪江流水潺潺，潺潺流水中的竹筏溅起朵朵浪花，惹得月亮不知去了何方！

月光，流水，浪花，竹筏，是我寻觅的诗吗？！

在耕读小院，一个行吟山水的诗人，抱着诗歌入睡，成了这个夜的主题。

（选自《上海诗人》2020 年第 3 期）

（四川）干海兵

如此辽阔的落寞（组章）

时世幻变，没来由的相思长出了青苔。

黄昏之舞

在新疆可以看到地平线的绝大多数戈壁，夕阳被一块块乱石割成了不规则的弧形。有时候你觉得骆驼刺在流血，有时候觉得芨芨草受到了重创。

牧羊人在混沌的红和黄中越来越模糊，他的轮廓仿佛蠕动着绒毛，一会儿被地拉下去，一会儿被天提上来。其实这时候天地搅在了一起，像蛋白和蛋黄彼此交融，羊群陷进去了，再响亮的口哨也将它们吹不出来。

小虫子一样的汽车，在一条断成几截的线上昏昏沉沉地奔跑。断成几截的线？也许不能再看成一条了。它扎进乱石，惶恐的灯光四处乱溅。

这时候你感觉到了地平线在上浮，每一块石头和沙砾在看不见的水中动荡不安，钉子样的胡杨先碰到了天空，然后是牧羊人闪烁的烟头，然后是一声碎了的老鹰的鸣叫。

如果此刻你不牢牢压住躁动的座椅，汽车将尝试飞上天空，那些倾斜而下的沾血的蛋壳将糊满车窗。你转过脸去，缩在旁边的同伴长着粟特人灿烂的胡须，你的多余的钥匙叮当作响，像一万枚撞身取暖的昆仑玉。

落　寞

如此辽阔的落寞属于都市黄昏的人潮，属于红绿灯中停泊在道路中间的那个失忆的人。他想在那些肮脏的脚印丈量过的路标中间，在落日未及的高楼背面，他想如云一样坐下去，无依无靠，让另一个身体在各种缝隙间流淌。

多么像空无一人的荒原，被花朵丢弃的果实，被落叶砍伐的老树，让雷声戛然而止的每一棵草芥，颤抖中那无边的死亡的安宁——一切不再被背影照亮，只有流星在静止的蓝色湖面上扩散。

而此刻被都市拥在怀中的老月亮，耳聋眼花的月亮，独坐于车流灯海，让那把只剩筋骨的铁椅搀扶着他似是而非的爱情。他有时候像凝固的风，有时候像走失的省略号，有时候像一万条鲫鱼的弃儿。只有那些不是等待的等待是他的，只有那些不是呐喊的呐喊是他的，只有那些空旷中模糊的面孔是他的。

他有时候也不是他的。

苏小小墓

青骢马是一页翻过去的灯光。而现在的梅雨，生长在油壁车半掩的小窗上。温庭筠来过、李贺来过、徐渭来过；茉莉花来过。

西湖的鲫鱼来过。虎丘山不动声色，灵隐寺的小沙弥一整夜都在超度不安的湖水。

她在露珠唱歌的小径上结茧，化不化成蝴蝶要看明天早上来的第一个游客。

是只看她一眼，还是扶上小三轮驶向灯红酒绿的市区。

这一生多么漫长，传说中的小书生一直在云烟笼罩的西泠桥赶考。

时世幻变，没来由的相思长出了青苔。

今夜我将绕道走过她的小院，一座石头砌成的爱情太重，给其他人吧。

我只愿邂逅落在无人小道的青红手绢。

故乡的风

在下午酣睡的梦中我听到了，来自童年的风声，踩着故乡的山水，从秋天灯笼般的果子中，缓缓而来。

门将启未启。

借助墙壁的老年斑，它咳出了外公的秘密。

在小小的天井中蹒跚，看看未满的水缸、敲敲破旧的柜子，坐下来。

那些故乡来的小小的白菜、葱和茄子，看见了它频频点头。

那泛黄的年画，端午挂在门角的菖蒲，那一串红得呐喊的干辣椒，

被它抚摸得重新活了过来。

故乡的风啊，从南高原的边地而来，从我五岁、十五岁、二十五岁、三十五岁、四十五岁的骨头中来。

我身体中流失的小溪，它一吹就还回来，我身体中倒伏的庄稼，它一吹就站起来，我丢失的乳名，它一碰就叮当地响起来。

（选自《延河诗刊》2020 年第 5 期）

■(贵州)姚　辉

行吟与遐想(组章)

我们守望的雪山之影，可以升得更高，一如那些，淬火的怀念。

被雨滴遮没的黎明

雨的梦境呈颗粒状。一只手，将它们堆进风中。你是负责清扫梦境的人，你如何从密集的雨滴中，找到适合接近那些梦境的道路？

你在雨声上，挂一串鸟影。你还负责哪些鸟弯曲的风向？你已习惯了在种种毛羽上，搁置呼啸的旭日——但此刻，旭日并不忙着出现，它还须在雨的梦境里，留驻小半个时辰。

你在鸟反复消失的空旷中，刻镂旭日古老的轨迹。

雨，也是鸟不朽的梦境。

旭日并未出现——

那些鸟，躲闪着雨滴。它们，必须迅速推荐出一只能够代替旭日的鸟。

是喜鹊还是乌鸦？麻雀的季候倏然展开，但麻雀，放弃了曾经有过的替换意图。

“……这样的替换是艰难的，必须有足够的愧疚、憎恶，以及适时腐烂的远方……这样的替换是久远的，必须经得起春天的质疑，经得起夏与秋无尽的淬炼，还有冬日的砥砺。”——麻雀的叙说入情在理，并影响着一部分关乎苍茫的追忆。

鸦，退出了替换者的行列。

喜鹊也是。喜鹊们，摇摇如画尾翎，亮出了与旭日极大的差距。

而旭日，必须出现。

必须超越所有艰辛，再度抵达陡峭苍穹——

旭日，呼叫。

雨滴飞翔。谁，唤醒了神与灵肉坚守的最初奇遇？

青稞与既定之雾

父亲在黄昏，扶起大片倒伏的青稞。

烈风刚过，青稞的脊梁被压低了一下，但又挺向了湛蓝的高处。

青稞是我们恒久的命啊——大风如诉。请记住这些消瘦的青稞，这些坚持咏唱的青稞，这些让母亲的身影由绿转黄的青稞……

雾静静上升，它想遮掩青稞承受的一部分伤痛。它想让青稞的梦想，拥有某种多义的方向。它想让青稞，酒一般——

骄傲地，活着。

父亲该如何进入浓雾深处？父亲的雾，也是代代传承不息的雾，也是被祖先刻进石头及青稞根须左侧的雾。

青稞熟知我们漶漫的甘苦。青稞是安慰者，是安慰前不懈的牵挂。

青稞的怀想，正在延续。

青稞代替过多少传世的歌谣？

总有一天，黄土会成为青稞之子。

青稞咔嚓折断自己的往昔，赐予漫漫土地，最为坚韧的骨骼。

雪山啊雪山

在雅鲁藏布江畔，我见过了你们曾经叙说的所有雪山——

绵延的，陡峭的，涉及灵与肉暗影的种种雪山。

雪山：孩童的苦难源自生锈的糖粒。一粒燃烧的糖，从梦境中划过。你多年前的幸福可以重复——雪山一样的幸福——你多年前的艰辛，仍然，可以延续。

雪山上的雪：它们试图飘舞。

试图让整个世界映照雪光，成为一代代人，不懈的努力。

雪，翻越更多的薄雪之境。

寒冷，凝重。

寒冷是一种警示。

雪山上，落日几经沉浮。

但是它必须坚持住，雪山飞翔的信仰。雪山……

矗立——

我们守望的雪山之影，可以升得更高，一如那些，淬火的怀念。

（选自《诗潮》2020 年第 1 期）

■（湖南）郭　辉

雪　晴（组章）

阳光暖暖地来了，怀着菩萨心肠。

阳光暖暖地来了，怀着菩萨心肠。

喜眉笑眼，乐善好施。它把发自内心的光亮，粘贴在积雪的屋顶上，辽阔的雪野上，结着薄冰的水面上，使那一片片白，愈加晶莹剔透，晃晃耀眼。

一篇大写的光明赋！

站得多高，看得多远。它将骨血之中，储藏了整整一个冬天的热量，毫无保留地，镀上了尘世的每一片冷。

让草木泥石山丘河流畏寒的感觉，全都烟消云散。

天上人间的酿酒大师！看哪，它脱下了外套，高高地挽着袖子，把度数和品质，都是高纯度的琼浆玉液，倒出来了，注入早春皮肤下的每一根脉管。

万事万物的脸色，顿时红润起来。

其实，更多的时候，它是在默默使着劲儿，悄悄地输送着动力，鼓动着树林里的鸟儿，地底下的蚯蚓，还有所有的根与躁动不安的种子，一齐发声，轰然唱响——

开春谣！

裸　船

堤堰越筑越高了，河有了肩膀；水有了锁骨。

却见一只烂尾船，横躺在河坡之上——想是被河水遗弃掉，走投无路了吧。

裸露着是羞耻的。

可是它啊，无法不向天，向地，向人世，摊开自己一辈子的辛酸。

波涛拍岸。

落木萧萧。

它像一扇张开的耳朵，悉数听到了。

可是，谁能听到它无声的歌哭呢——那么多酸甜苦辣五味杂陈的感慨，全都被晾在身下一块块冰凉的石头之上，打着寒战，起了霉斑。

嗅觉灵敏的风呀，还一定闻到了，它头部那一枚枚被岁月锈透了的扒钉，发出了冷冷的铁腥味，那么枯涩，那么刺鼻！

是在回味自己的痛感，还是在追思曾经的荣光？

我走近前去，站在这一只船的前世今生和宿命里。

默然，怅然，惶惶然。

从上往下看，它像一只巨大的敞口鞋，所有的承载和抱负，都已然随逝水东流了，而今，只剩得行迹杳杳，岁月空空。

从下往上看，它分明是粘贴在长堤上的一块小补丁，从此远离了清水和浊水，却无法缝合——世事沧桑。

云崖暖

壁立千仞，有胆有魄，有高逾万丈的雄心。
大地之上，一尊凸起的傲骨；山水之间，气吞万里的英雄帖。
如果大声说话，风呼之即来，云挥之即去。
如果俯首于青天之下，终日沉默，
苍鹰会来致意，流水将九曲回环，唱出沧浪谣。
那一些，拼死一跳的勇者，
自由落体时会看到，这一堵天下最大的屏幕。
怀中有虹彩，异象纷披——
这一方石头们，最为自豪的国土，阅尽了人间气色。

田埂上的蚕豆

放我一条生路，广阔的水稻。
局促，狭隘，命悬一线。但我依然抗拒消亡。
我也一步一个脚印，在田野上行走。
吃一点草木灰，吞下天地间的炎凉冷暖，再悄然开花。
纯白色，带点儿紫，清清亮亮，像是哪位
不善女红的仙子，遗落的小纽扣和点点凡心。
风掀禾浪涌向了天涯，我是其中的褶。
深藏着的，有故园情；从不展露的，有小襟怀与小抱负。
我将在一只只绿色的蚂蚱舟里，产多胞胎。
那么饱满，壮实，肥硕。我也叫粮食。
是谷粒的大表哥。

（选自2020年《散文诗世界》第2期、《绿风》诗刊9月第5期）

■（山东）张庆岭

玄幻，或者现实（组章）

椅子最明白——小小天下，没有谁能自己高出自己。

翻日历

压在一页页日历下的日子，有些泛黄，在有些伤感的光亮里，还会发现些许霉点儿，像说错的话，像办错的事，更像某些无奈的失误。

我不敢再翻了。

我，也是一册日历，在亲人们的手上被生活与命运翻动着，挂在家徒四壁的墙上，守着一家人的和睦、小矛盾，以及悲欢对半、功过相当，幸福时来时去。

日子在一天天地翻阅，苍老在一日日地增加，岁月，如大江东去，流走了多少世俗闲情、悲欢离合。

真的，不能再翻了。

再翻会翻到阳光的背面，时间的末日。

故　乡

拐杖一样的街道，搀扶着一排一排弯腰驼背七拐八拐的旧房屋，仿佛熟透的谷穗，风雨飘摇。

白昼，在咳嗽；黑夜，在咳嗽；大片大片的土地，也在咳嗽。两分着凉，三分感冒。

炊烟们，顶着稀稀疏疏的白发，扶牢高处，三三两两地翘首远方，远远看上去，像思念，又像期待。

狗吠老了；蝉鸣、蛙叫老了；一代一代的背井离乡，也老了。梦想睡在炕上，不住地在——翻找行李箱里的乡愁。

故乡故我，我故故乡，千里相视无言，心中泪流满面。

野生虎皮兰

大器生辉；
自信，从不左顾右盼。

怀上了野性，就怀上了辽阔。摈弃脂粉，逃离深闺，才如此潇洒地仗剑走天涯。跋涉在春、夏、秋、冬的路上，一次次绝地逢生，可以自豪地说：
能如此成功地与虎谋皮者，她是天下第一人。

一根一世，一叶一生。
胆量与豪气，在美里纵横驰骋，获得天地青睐，打下自由的江山，哪一个还敢——
小觑这女儿之身？

椅　子

为了在这个世界上站稳脚跟，椅子必须长出四条腿，两条做真理，两条做谬论，只有这样，在公平、公正面前，才能做到不偏不倚。

椅子，还必须有一副结实的靠背，让疲惫靠上去，使岁月舒适，也使自己舒适，即使睡着了，自由的鼾声，也会舒适。

对椅子，唯一的微词，是为争“一把手”，而企及高处，以证明自己的权威与尊严……也许它一时忘记了高即低吧？

其实，椅子最明白——
小小天下，没有谁能自己高出自己。

（选自《散文诗》2020年第7期“交叉地带”栏目“头题”）

■（辽宁）李见心

桥上的风景（外二章）

见过金子的贫穷，却没见过真理的贫穷。

起风了，我要穿过一座桥，就蒙上了红纱巾，桥上的风景立刻美得朦胧。

我走在人行道上，身后穿过一辆自行车，车主和车子一样破旧，却新鲜地回头，眼神就像创世纪，在旷野中停留，目光明确却充满狐疑，第一茬草根的农民在生长。在他明确的疑惑里，沸腾的静止中，我超过他。感觉后背立即给烧出了两个洞，农民为了干旱的作物在观察夜空，明天能否下雨呢？两分钟后他又骑车超过我，在十米远的地方停下，这次不敢直接回头了，假装看桥下的风景，垂钓者在河边心似弯钩，余光直直地锁紧即将来临的羞红的风，我经过他身边的时候都听得见他像耕作一样浊重的呼吸了。我的后背又被烧出了一座穹窿，渗出了满天泥泞的星星。因为快到桥头了，他不甘心，五分钟后他又超过我，在我二十米远的地方停下，依旧不敢回头，假装蹲下身修理除了铃儿不响哪儿都响的自行车。我越过他时，看见他跪着的手像风的奴仆般抖动，这大地忠诚的臣民最后一次把全部的根驻扎进我的背影。我走到桥头，摘下纱巾冲他回头一笑——

一座小桥，三次擦肩，缘分不浅，谢谢他带给我桥上的风景，因朦胧而神圣，因假装而真诚。我的农民兼羞涩，我的兄弟兼本能，祝你今年有一个好的收成，像上帝一样，种下的是风，收获的是风景……

思想与哲学

我飞向你，头顶花朵的桂冠，怀揣天堂一样明确的心。

而你，面朝大海，胸前别着溪流一样的小心、敬畏和试探。

盲人偶尔踱上一条明亮的金光大道，而明眼人经常跋涉在夜的崎岖小路上。

想象的花园里面也有真蟾蜍，怀抱荆棘的人用身体开出不断的鲜花。

紫罗兰失色于颓败的国度，君子兰盛开在无人的房间。

断翅的蝴蝶与独翅的蜻蜓间比翼互补，争抢着残疾的先后。

我们偶然相遇，但注定分离。

一朵云是天堂的门，也可能是太阳的栅栏，我看见的阳光都不是真实的，我的眼睛就是我的偏见。而海水终日沸腾，混为一谈，你也要斤斤计较于一滴海水和另一滴的轻浮与重量。

我自以为登上了极峰，弄瘸了空气。

而你永远走在路上，连汗水都为了证明是徒劳的味道。

亲爱的，原谅我的色胆包天，请停下来一小会儿，和我谈谈情说说爱，用诗歌的方式。

因为没有一首完美的诗，没有一个完美的人，诗歌和婴儿都是从伤口里诞生的呀！不完美才是我们的世界，我们才被允许补丁一样诞生，并且源源不断。然而奇葩的是像源头一样越补漏洞却越大。

太阳也是宇宙大树上的虫眼，因为有人仰望，它才泛出光来。

我飞向天空，为了遮挡最大的漏洞里的光，你扑向大海，为了加剧最大的伤口里的盐。

当我说："我飞在天上，我就是天空本身。"那云朵就变成了道路，那星星就奔出了洞穴。

当你说："有许多条路，但它们都归向同一座大道。"于是那棵树，在夜里，就结出光的斑驳果实。

要先成为绿色，再成为蓝色，最后才能成为金色。我们站成了两座绝望，相对着用孤独说话，用词语取暖。词语诞生于阴影之光，蛇皮蜕尽黑暗才能重新植入黎明，而诗歌就是金属的回声。

当我说："从前你错了，我也错了，金的属性就是不变的变化，世界是由眼睛来丈量的。"

当你说："从前的偶像见过种种的贫穷，断尾蛇，无根草，见过金子的贫穷，却没见过真理的贫穷。"

正是这一刻，我们找到共同的金色，它不在四季之外，它就在此时此刻，压住秋风的阵脚，压在秋天的秤砣上，比天际线的辽阔还漫长，比海岸线的漫长还推诿，叶子焚心，收割着自己的光芒，那降落的芬芳溢出的重量，美得连上帝这块顽石都越陷越深。

（选自《星星·散文诗》2020 年第 4 期）

■（陕西）成　路

一只候鸟就在背后（组章）

青衣在询问冬阳，何以不阻止风，赶着海浪

初雪。黄河及河西岸

行侣把眼光从舷窗扔出去，让其闭合冥想
不管不顾的阳光，舔舐着初雪及雪下的黄河雪下的河西褶皱

行侣，以飞机掠过的天空为庙，敲碎心中的经文
肥沃太阳黑子的后背。他邻座妩媚的女子是另一个黑子

我的孤门你何必敲响

母亲生我喊出最后一声阵痛时，父亲便用钢水很好的剪刀
剪断了我的脐带

父亲是北方小镇上的居民
他一定没有见过
放风筝的人儿手捉断线仰望天空的沮丧
可他知道——
把孩子的半截儿脐带和胎衣埋进大地深处，是掩藏，是解开系绊

昨天，我身上沾着异乡灰尘
向年迈的父亲
讨要埋葬我半截儿脐带和胎衣的大地
可他却说——
你乘坐国际航班的登机牌上不会留下我的指纹，我的孤门你何必敲响

青衣，青衣

——题照片《孤独的旅者》

今夜，北方清冷，等待着雪或者风
我围火炉而坐，看着南方传来的照片，看着青衣

青衣在询问冬阳，何以不阻止风，赶着海浪
把跟随她的北方影子惊吓

而鞋子，一双鞋子似欲翔的白鸥
向着海上广大的天。青衣，青衣，如标灯守着海的心

借电影台词：看着镜子

——和崔完生《成路》意，兼赠一二位朋友

去田野，我平视远方，天空静蓝，如镜子

我对自己说：一只候鸟就在背后
冬季，它会噙着火山的熔浆，给北方的孤山取暖

我又对自己说：候鸟飞临
是夏季，用喙，把谷物一粒一粒地从仓库里搬出来
如布阵，也是阵中的生长标识

假如，我便是那只候鸟
会以翅翼，把火山的熔浆扇得和寒流搅混在一起，如兄弟

我是那只候鸟，谁是谷物？
镜子里的我，匀出了脸面做生长标识，送给暗处的鸟喙

静蓝的天上，有太阳
虽如镜子。但里面的我，仅仅是一个人的想象

尽管这样，我还是会对着镜子：立正、鞠躬
拍拍自己松弛的皮肤，然后背诵一部电影的台词——

看着镜子，说：诗人模拟生活
也是在欺骗生活。其实，诗人也不容易。

（选自《星星·散文诗》2020 年第 9 期）

■（湖南）梦天岚

我的湖（外一章）

在湖岸划出的边界里，天空陷入无边无际的沉思。

先不说沧桑，这个词的分量太重，轻易说出会显得矫情。

我坐在湖边的石阶上，眉头轻皱（这个世界并没有亏欠我什么），那轻皱的眉头里肯定有正在收拢的波纹。我的高鼻梁就快触到落日的余晖（让我仿佛看到往昔岁月在劳作中泛动的油光），我的目光则像是刚刚从僵直中醒来（它不忍抛下那些疲惫的身影），唯有紧闭的嘴唇仍然保持着接吻时的温软，只是皱纹更多更深了，预想中的老态已露出端倪。

这真的是我吗？

能道出这样的疑问一定是因为还保持着一颗年轻的心，这说明面容并不可靠。

我端详着自己——这张自画像。时间是我惯用的笔法（它更像一把刻刀），而这世间与我有过交际的万事万物会让我提炼出足够的颜料。令我没想到的是，湖水会成为一张画布，它自带显影液，随时可以显现，也随时可以消隐，不着痕迹。

我无意修改自己。

凡与生命有关的涂抹都有其必然性。动荡的湖水似在诉说，以连绵不绝的波纹。在我看来，它从未真正地平静过，亦如我的内心。当这种诉说浮现在脸上时，又形同沉默。

时间是一座看不见的尖顶档案馆，它无时无刻不在拍照、收集、整理、编号、存档，一动不动的，地上跑的，天上飞的，这世间万事万物的所有影像都标注了它们所属的日期和地点，时间档案馆戒备森严，无从查阅。人类也有档案馆，他们相信文字，以为文字能代替时间。

我的自画像在显现的那一刻就已被时间存档，没有征得我的同意，湖水就已发挥照相机的功能。

我只有一次次来到年嘉湖，一次次站在堤岸上看湖水中的自己，每一次都不相同，时间只允许我回忆，我不得不接受这样的事实。

我打算在合适的时候，用笔给自己画一张自画像，尽管没什么把握，甚至完全有可能不像我。没关系，我时常有不像自己的时候。不像的部分，会像很多人。

他们正排着队走在堤岸上。

五月之诗

五月的空气里有蚯蚓被锄断时散发出来的泥腥味，有蔷薇花在墙头争吵得不可开交的香味。

我再一次来到湖边。这种无意识的到来并没有被湖水所感知，尽管它的敏感超过我的想象。我猜想，它一定是全身心沉浸在这个五月里，不肯分神。跟我一样，它在寻找五月的诗篇，那属于它的部分，它怎么能轻易交给一个无名的诗人。

我并没有因此感到沮丧。五月属于诗的盛宴，我是那个没有得到邀请的误入者。好在没有人为难我，也没有人来验明我的身份。

宴会已经开始，年嘉湖早已布置好它的亭台轩榭。

阳光和风的热舞似乎从未停过，它们在微波起伏而又光溜如镜的湖面上滑行，快四，华尔兹，伦巴，那样密集而优雅的舞步没有谁能够模仿；柳树，香樟树，苕杉，枫树，银杏树，它们是盛装的绅士，有的随意地站在那里，有的列着队，频频点头，挥手致意或用身上无数片叶子鼓掌；麻雀，灰喜鹊，栗背伯劳，叼鱼郎，八哥，鹧鸪，老鹰，还有穿紫色燕尾服的燕子，它们偶尔从堤岸边的林子里飞出来，有的在空中盘旋，有的一掠而过，有的发出鸣叫，它们是记者、转场歌手、调音师、线路检修工；想必湖里的鱼也不会闲着，各种各样的鱼成群结队游过来游过去，它们是食客、巡逻队、游泳健将、闯荡江湖的浪子。当夜幕快要降临的时候，还会有各种各样的昆虫登上舞台，它们是鼓手、小提琴演奏家、合唱团、交响乐队……

没有诗歌朗诵会。不像人类，它们从来不朗诵诗，它们只呈现诗。诗自带光环穿行在它们中间，会引起小小的骚动。在诗出现的地方，它们会礼节性地退让，以便让出最好的位置。但它们从不朗诵，尽管它们有最嘹亮最清澈的嗓音，它们也不。它们只是在一旁看着，感受着，感受着诗带给它们的种种神奇和美妙。

不要问它们诗是什么。它们不会回答，因为它们正沉浸其间。

它们不仅有辨识诗的眼睛，还有辨识诗的心灵。

它们甚至会自觉地参与到每一首诗里去，成为其中的一个名词，甚至是一个并不起眼的标点符号。它们很乐意这样，并引以为傲。

它们的专注让我感到羞愧。

一首五月之诗，我竟不知从何写起。

（选自《散文诗》上半月版 2020 年第 8 期）

■（陕西）王 琪

清水江记（外一章）

山，有男人一般的伟岸；水，有女人一般的韵姿。

一直以为，我身体里有两条河水随血液缓慢流动：一条是故乡的罗敷河，在西北，可惜它这些年干涸，甚至断流。而另一条在异乡，取名清水江，在南方，日夜奔腾，清澈见底——它宛若明镜，照亮我晦暗之心；宛若丝带，让我一心向往。

当我轻步缓行，颔首低眉间有幸途经南方，偶遇清水江，欲将俗世惹下的满身尘嚣抖落在地，我相信，清水江定能为我彻底濯清洗净。

在这里，波峰浪谷，百舸争流，四季如画。山，有男人一般的伟岸；水，有女人一般的韵姿。譬如四海山之幽，譬如百丈瀑之势，抬头可见峰峦叠嶂，俯视可闻波光粼粼。那一衣带水的众多人家，都将清水江作为世代不变的家园。远古时期的烟火，至今未灭。这丰衣足食之地，经历了多少风雨，孕养了多少好收成。清水江是一条温柔之江，母性之江，生命之江。

此刻，世间一切皆朦胧、玄秘，唯独清水江敞开胸怀，吸天地之灵气，纳日月之精华，令眼前的辽阔之地钟灵毓秀，通真达灵。

码头镇录

在码头镇，芙蓉古村一处人家的竹林下，我冥想凝思，或饮乌牛早茶，为悠悠清风沉醉，为雕梁画栋流连忘返。已至十月，明净的天空高远、湛蓝。我懒散的身心，只朝着青山绿水，丽日和风。

一条浩浩江水，奔向哪里并不重要，重要的是它无论湍急还是平缓，一如既往地滋润万千良田。它日夜传送的动人歌谣，如外婆早年唱给我听的那样。那是水声、鸟声、风声、鼾声交汇一起，人间最美妙的曲子。

这么多唾手可得的杨梅、柑橘、葡萄、白枇杷，是酸还是甜我都想亲口尝一尝。饱满的汁液，像流出时光的串串爽朗的笑声和甜蜜的日子。

码头镇是有福的，码头镇人是有福的。我甚至奢望自己能在此定居下来，慢慢欣赏美景，慢慢享受这人间的福。

薄暮时分，万物归于沉寂，我想深情地写一首优秀的诗篇，唱一首爱的赞歌——为码头镇，清水江沿途洒下的这闪闪发光的璀璨明珠。

（选自《诗潮》2020年第5期）

■（香港）文　榕

读画三章

哪怕一无所获，只余下鸟声的赞美和泉水的低吟。

影

——题徐鸿廷女士的同名国画

若是黑色的纠结，我心中暂已远离了它杀戮的声响，“但它对我却是一份明显的邀请书，要我在荒漠的深渊里生存和创造。”

如我视它是黑色的、锻造心灵的黑色的钢，有待命运的承诺和片羽吉光。

遽然而临的光明可以祈请，无论生命是被更新的，还是焚尽的，一颗愉悦的露珠总会滴在心头。

在八月灿然的光辉里，我仍要找寻那被遗弃了绿影，一种清新和喜悦的冷泉，哪怕一无所获，只余下鸟声的赞美和泉水的低吟。

镜花水月

——题陈慧珠女士的同名油画

色彩凝结的光斑中，流动的情深一往无尽，沉淀蓝色透明体的谐和朝气与底蕴。无须宁静的问询和装饰，把握一抹繁富现实的展示，不凝于唇，不住于心。

更可感的，是世事之微妙和绚丽，树与树相接，水连天，天连水。

当隐匿的花朵盛放，清澈的露珠倾散，便携同内心之恩、水月之光一并升华，高举，消弭。

序　曲

——题李秉刚先生的同名油画兼致父亲

落日在天边颤抖的时分，你离开了你的居所。脚印沿着冬的纹路清晰深刻，仿佛你缓慢而苍老的心痕。天色和雪地干净得一尘不染，温暖的是余晖灿灿的留恋。你愿长住此间，担水劈柴，莳花栽树，只要心存一亩良田，仍可耕种在霞落西山之时。屋宇尖顶耸立着神秘，那是冥幻尘世中的生命密码。

走过这片雪地，你将走向新的界域，那里有童谣和欢欣，还有往事一点点留伫的泪迹。不必彷徨惊悚，自然会双手捧给你修饰的符号，暖阳将脚印抚平，在世界的尽头，永恒的柔美之乡。

（选自台湾《秋水》诗刊 2020 年 10 月第 185 期）

■（香港）秀　实

在茑屋书店

它却不凋谢，拥有永恒的花季。

午后我坐在台中的茑屋书店内。具体地点在西屯区市政北路。这里距离“秋红谷”与“夏绿地”不远。

后来才知晓，茑不同于鸢，更非凡·高笔下的鸢尾花。茑读 niǎo，是茑萝花。鸢读 yuān，是老鹰。我望着行人道旁整洁的园圃，开着不知名的花。一切顿觉无聊。

立冬后的阳光透不进这里。一座城市的书店也是无可无不可的存在。茑屋书店收藏了许多日本语的书册。当中必然有“维荣之妻”“我是猫”“海边的卡夫卡”“古都”“罗生门”“源氏物语”“松尾芭蕉俳句”等等的书写，沉默如私人空间艺术品般。

我没见过真正的鸢尾花。因花瓣像鸢的尾巴而命名吧。我在凡·高画册中看过多次这些紫色的植物。如一群忧悒的人。它却不凋谢，拥有永恒的花季。我想，这要较种植在泥土上的鸢尾花来的真实吧！

（选自香港《中国流派诗刊·散文诗粹》2020 年 1 期）

■（河南）唐　朝

走读镇北堡

一代作家的生命沉淀，化作一座影视城。

只有在这里，才能够阅读到西部的历史与文化。

原始、雄浑、悲壮、苍凉……

相关的内容，石嘴山诉说过，黄河的水流对大海发布过。

这里的一切，都在讲述一个叫“张贤亮”的名字，秋风传播灵与肉的故事，星月追逐牧马人的足迹——

一代作家的生命沉淀，化作一座影视城。

这里，演义着一个作家的执着，每一个土块上，都隐藏着他对民族文化的担当。

这里，有心血和汗水的凝结，在泥土中，在五湖四海，在展现影视的屏幕上。

古堡的表情都是深层的，声音是粗犷的，感情是浓烈的，和石嘴山面对面亲吻与抚摸——

将古老的西部故事和年轻的“塞上江南”文明，融合在一起。

大西北的天空，生机勃发，弥漫着奇迹般的光彩。

崇拜与敬仰，在字里行间，扎根在没有方向的天空下。

这里是历史和文化的结合，是梦想与奋斗的结合，是大西北绽放的独特花朵。

这里的现实与梦幻，真实且浪漫。

我们的想象此刻显得贫弱和单薄，厚实的泥土，是我们成长自己唯一的路径。

那里的营养，让我们拥有探索的可能，让我们找到荒废中的火光。

此刻，我在一部剧本中，寻找古堡的声音；

在剧情的连接处，遥望金戈铁马，品味烽火硝烟。

回味明清士兵戍边卫国的艰辛，寻找结实的梦想和铜黄般的未来。

或者，将自己设计入永不落幕的情节，演义一段无限感动的人生。

（选自《香港散文诗》2020·春之卷，此文获世界华文散文诗大赛银奖）

■(广东)赵目珍

虚度光阴的人(外一章)

隐含的燃烧，始终不如瞬间的闪电。

的确是他们创造了迷人的午后。
肉身以及所附带的历史的沉重，全部都离弦而去。
人与光阴的关系突然逆转。
光阴寄生于人，这不能不说是一件可喜的事情。

当它们沿着无边的广阔虚拟天空，“飘忽”很快成为对云鸟的命名。
最关心的事，无外乎山水间的花事，以及深渊中沉睡的游鱼。
没有什么陈旧的过往逆流成河，若有若无的花朵都只疯狂在今天。

不晓得应该以何种名义让它们就此隐去，但它们终将下落不明。
绝非四处逃散。隐含的燃烧，始终不如瞬间的闪电。
但它们的确带走了光阴，成为不朽最痛恨的敌人。

在黄河故道

光阴的长势喜人。杞柳始终款待着这片不可穷尽的黄昏。
“两个相同的命运，在一刹那间，相互点头，默契和微笑。”
而独立的世界，需要的恰是独立的封存。
只有通过你，我们才能刺入河口的腹地。
在观河楼上，我们打量四周。此刻，夸张的修饰已全部隐去。
天空就像是一面镜子，一面鉴照野性的世界，一面鉴照着我们的内心。

一定有人的心头是多疑的：是谁老于世故，改变了狂热的初衷?
曾经的影像，无法还原。但可以想象那些磅礴的力量。一旦付诸有意味的形式，定然带来深刻的革命。
奇观只能存在于想象之中了。
当我充满希望地登临，我就曾意料必有一种落魄的回归。
这不是星象的袒露。
只有沉溺于天空，才能看到交融的时间。

(选自《青岛文学》2020年第5期)

■（内蒙古）敬　笃

晦暗与遁隐（外三章）

折叠一幕悲剧，那是只有午夜才可以坚守的秘密。

现实的逃遁与历史的归隐，在晦暗的光中，若隐若现。我所看到的，或许是沉默的事物，而蜷缩在角落里的星星，打开创世者的大门。看啊，没有风的天空，一朵云，正在漂泊。

河流与城堡，虚构成海市蜃楼，我们渴望的乌托邦，会在迷雾中遁隐。多么可笑，活在现实中的人，总是要追逐虚无，而那多余的梦想，必定无疾而终。

我多么想成为垂钓者，坐在岸边羡慕鱼儿的自由。或许，我们可以打破某种平衡，而平衡之外，那些无法言说的物，却依旧存在。

难道不是吗？

忧郁日历

年月日，时分秒，层层剥离的花瓣，被丢在时光里。萤火虫张开的翅膀，扑闪出落日的余晖，睡眠与等待无异，露水正在悄悄登场，又是一天，即将离去。夜莺鸣唱，它在重复什么，还是它在渴望什么？旧日的欢愉，犹如一场梦，牵着现实的尾巴，隐匿。照亮黑夜的不是灯光，而是新的忧郁。锁在匣子中的信，折叠一幕悲剧，那是只有午夜才可以坚守的秘密。

白昼收缩

在北半球的冬天，白昼收缩，而我是如此的饥饿。

时光中一切不确定的因素，在荒凉的羊圈里，折磨着雪。没有规矩的弥诺陶洛斯，不安地在草原上狂奔，一种被称作宿命的事物，侵袭着它的内心。没有厌倦的天空，白云与死亡保持着距离。信仰，在亟待拯救的田野，生根发芽，而大风刨开的伤口，纠缠着大地。苦难昏睡于瞬间的孤独之中，诗人为了漫长的季节，雕刻一匹白马，隐匿雪国。

我追逐麻雀的影子，沿着太阳移动的方向，清点灵魂。

（选自《散文诗世界》2020 年第 7 期）

第十六辑　新出版散文诗集选萃（2019—2020·选介6册）

■（山东）耿林莽　《耿林莽四十年精美散文诗选》（选一）

水手靠岸，柔软与滑腻的岸，非泥土的岸。

《水手·石榴和岸》

水　手

水手水手，走上岸来。

举着红罂粟，饮过粗粝的海之风的浪游人，胸脯长着茁壮的毛，那是，土地肥沃的庄稼，阳光结出的果子，生命力蓬勃的旗。

水手水手，放荡不羁。

阳光海岸体魄健壮的儿子，狂热的阔叶树，

二十三岁，二十三岁的美男子，

你的头发是最柔软的草地。

石　榴

右岸码头，沿石壁而升的堤岸，木栅栏。那儿有一排石榴树。

矮矮的石凳，遮阴于低低的树丛，叶子披覆在你脸上，隐着五月阳光六月阳光炽热的抚摸。

阳光在石榴中结晶，留下光和热。爱情的火种，一粒一粒。

绷得紧紧的石榴，如小山丘。摸上去坚韧，光滑而圆。

她将一枚石榴送到你手中。

“只能吃一粒，酸的籽。”她说。

握住那圆的球，紧紧握住，那水手。

（粉红宝石，蓝色闪电，什么样的摇篮颠簸，什么样的瓷盘碎裂？

少女露出牙齿，男人的唇围城般旋转）

月　光

月光的晚上，水银泼在海上，水银泼在沙上。

“还记得吗，那牙齿。”她说。

他记得的，但是没说。

石榴的嘴张开，牙齿如闪光的微笑。

（啮住他的唇，咸的唇，充满海风与盐的唇。）

波浪起伏，如船晃摇。如柔软的梯。

然后便是，

贝壳开启。左岸和右岸，左舷与右舷。水手靠岸，柔软与滑腻的岸，非泥土的岸。

一根桅杆升起……

水　手

“水手是没有家的。”你说。

水手没有家园。

汽笛的召唤，海的召唤，远洋轮的召唤。蝉声在树上，蟋蟀在洞口。

“把爱留在梦里吧。”你说。

爱只有一次，岸的回归只有一次。

柔软的绿草地，贝壳和贝壳的开启。

幸福只不过是一瞬间的事情。

潮　声

月光把桅杆的影子留在了沙上。夜夜，你来寻觅。

水银泼在海上，水银泼在沙上，一个残酷的证人。

走的时候，他说，漂泊无依。

目光淡淡的，凝注，如一尾浅水之鱼。

“人生本来就是这样，这样地漂泊无依。”他说。

那时候没有月，那时候夜很黑。那时候看不见你暮色苍茫的脸，野草丛生的胡须，看不见你的鱼。

摸索着，摸索着，找到我的唇，我的牙齿，石榴。

我闭起眼，双颊上流淌着两条滚烫的河，你的和我的。

潮声。潮声的脚步，似远来人，去了，又来，来了，又去。

一遍遍拍打着断崖，沙滩。

（脚印已荡然无存）

“把爱，留在梦里吧。”你说。

而梦，又被潮声击打，无穷无尽，击成了破碎的陶罐。

（选自《耿林莽四十年精美散文诗选》，青岛出版社 2020 年 4 月出版）

刘慧娟散文诗集《绕过手指的风》（选三）

铺开的金黄，是秋天孤独之后的生命怒放。

秋天献出的生命

静美，被一叶血红，惊醒，

秋天，是敲打生命的锤子，也是一些生命意想不到的结局。

激情渐近冷却，呐喊渐近无声。昼和夜，都相继进入宁静。

一路走来的誓言，盖上了休止符。

季节在秋天，使用了刀子；而灵魂，使用了冷笑。

向往，从来不屈服任何理由。我固执地相信，剧情，仍被那双眼睛看着。

鲜红和金黄，各有各的说辞，谁也改变不了谁。

秋天的云彩说：一切都是虚无。时间，也不再追究最初的灿烂。

峥嵘，不愿逆转；开弓，便不屑回头。生命，反复轮回，正如季节。当残忍的杀机，进入最后无辜者的瞳孔，四季同时黑屏。

雕琢千遍的箴言，侧身让昙花闪过，你不问，我不说。

此时，远山含碧，恰如一滴血，敲打孤独。

铺开的金黄，是秋天孤独之后的生命怒放。

风，暗示雷，止语。雨，提醒蝉，噤声。

秋阳照临，青蛙及虫们的惨白祈祷，似禅语，又似诅咒。

落叶千回百转，倾听彼岸回声。

秋天的颂词，危机四伏。顿起的柔情，架起金秋彩虹。

晚霞依旧红，孤鹜独自飞。最后的青鸟，含泪飞向白云生处。

逝去的时光

冷月照临之后，才明白，恨是浮云，爱是假设。

喋血街头，将涌来的和远去的潮汐，还你。将战场上的一兵一卒，还你。

历史，从此，将目不斜视。

滔滔不绝的热浪，之所以扑向灯火，是为了完成诉说。

一只不知名字的深夜鸟啼，是为了救赎爱，救赎永远不再的时光。

明月高悬，清辉如同私语，尘世低沉如你。

清风怀抱着那首牧歌，看旧时光在不远处沉思吟哦，证明秋天，不是爱的祭地。

在滚滚红尘的岁月面前，最明白的也许是那一只飞鸟，它悠闲地飞着，不悲不喜，不悲不歌。我深知季节更换的理由，所以，我为秋天，初识珍藏一段美的记忆。

我再送你一程吧！送那一份悠长的回忆，直到地迥天阔。

我乐于接受所有果实，爱的鲜红，恨的青涩。在真假难辨的风景中，独依秋风，寄语彩蝶。将过程浓缩为一粒米，讲述耕耘和收获，拉长为一条河，弹一曲生的咏叹。

生命，经历新的苏醒，也迎来了清风晓月。

即使在严寒到来之际，我必定收割爱再走，而后，死而复活。

逝去的时光，利剑和泪珠同时飞去。

万物跟随我闭上了眼睛，我不醒，世界便一直沉睡。

我悄悄关上尘世的门，将一颗心囚禁。

送走八月流水，破解十面埋伏。不管蛹化蝶，还是蝶化蛹，将阳光大道留下，青春归还失主，繁华留给梦中人。

渡　口

1　途经热血沸腾的渡口，一饮而尽的，竟一杯毒酒。

2　那夜，白帆点点，月色鸣叫，渡口分解出忧伤的音符。

一群海鸟，在渔歌里觅食，误将青春啄得七零八落。

跳动的期待，从四面八方蜂拥而来，最终，没有挤上远去的渡船。

古老峥嵘的渡口，从此成为一个伤感的词汇，不停地倒下，又不停地竖起。

水光中，一人迈进，一人驶出。

3　时光不停地变换道具，岁月，痴心不改。

春风荡漾，或秋叶成殇，仅仅是一次浅浅的微笑。

4　在渡口，提取一次分别的场景，让饮鸩止渴的愿望，死而复苏。

葫蔓藤和鹤顶红所具备的高贵秉性，可以化泪成歌，可以将枯萎的青春点燃成火。

5　无论是来自植物还是动物的毒，都比不上一夜相思，荼毒形影。

渡口，不记得毒的味道，却牢牢记住了，那声悲鸣。

（选自作者散文诗集《绕过手指的风》，上海文艺出版社 2019 年 12 月出版）

张稼文散文诗集《那些小事情》（选五）

我要留守这里，迎接预告中的暴风雪。

钥匙

一个年轻、美貌的女子塞给我一把钥匙，要我代她保管。她担心她自己会将它丢失。她没说她是谁，住哪里。要么她说过，是我忘了。那已经是很多年前。我记得，那晚我糊了一个火柴匣般的纸盒，开心地将钥匙藏入其中，保存在床头柜里。

随后我接到她的信："帮我保管好，难说哪一天我会进不了家门的。"我知道是她的信，虽然没有地址没有署名。

我请剑川木匠做了一个精美的花楸木箱子，将藏匿钥匙的小纸盒庄重地移入其中，保存在静如坟地的卧室，而我睡到了客房里。

随后我接到过一份电报："帮我保管好，难说哪一天我会进不了家门的。"没有地址，没有署名。

后来，我从一家上海保险器材公司那里订购了最好的保险柜，将藏匿钥匙的木箱谨慎地迁入其中——它保存在我无人拜访的30平方米的私寓中，而我自己下楼到院门值班室做了门卫……

随后我的传呼机上有过一行留言："帮我保管好，难说哪一天我会进不了家门的。"没有地址，没有署名。

后来又后来，提心吊胆、疲倦不堪的我终于又买下了整个院子，包括楼房周围的草地，还有草地四围的高高的篱墙——继续让它们悄然、神秘地护住一个秘密。

而我自己裹着旧报纸，心神不宁地睡到了宅院外的大街上。

……就这样，等待了好多年，探问了好多年，好多年又好多年，如今我已经成为一个老头儿了。就在盘算着该花多少才能够买得下这整座城市的时候，今早我收到这样一封E-mail："帮我保管好，难说哪一天我会进不了家门的。"没有地址，没有署名……

冬樱花

空气中有一种低沉而又浩荡的嗡鸣声。是蜂虫在高高花丛中成群起舞，像沸腾的沙，像旋转的引擎。

是冬樱花在屋顶盛放，一大团粉红的火焰朝天空喷涌——嗯，腊月里的热气球，你想带着我的房子还有我高飞远走吗?

（要去哪里，会去奔谁？）

不，我哪都不想去。我要留守这里，迎接预告中的暴风雪。

大　鸟

噗——前面，有东西惊飞而起。它背对着我。一小条，银灰色。它在空气中悬了一下，然后斜刺而上，升空。

那一瞬间我感到不安，本能地调适自己腰胯的那根安全带（有吗？）同时显出一副颇不情愿的样子（身边有在不停地催促的航空小姐吗？）。

不是飞机，也不是松鼠。是一只大鸟。我松了一口气。

而它并没有高飞远走，它只是停在一棵大桉树更高处的枝头，接着“恰——恰——”地开始叫唤。是在报警还是唱歌?

还有，刚才它并没有张开双翅啊——它是如何飞起、上升的？靠意念还是幻想？或仅仅自然而然便可以凭风而上。

“恰——恰——”我小声地学它。

我忽然觉得它是从我身体里逃出的事或物。

流浪狗

手头若带着吃的，给它一点。若还可以忍受它身上的气味，那么也轻轻抚摸它，但不要触着它的痛处。

也不要让它嗅见你自己未愈的伤疤。

目中无人

我在园里看花，还想给它拍照。这花却不看我，老是低头扭朝另一边。我围着它转。我以为它害羞。

原来不是。这每一朵花，都只是在呆呆凝望自己对面枝条上的另一朵花。

（选自作者散文诗集《那些小事情》，云南人民出版社 2019 年 8 月出版）

李俊功散文诗集《开封，开封》（选四）

它一小捧一小捧地洗着冬天冷凝的心……

雪：时光之冷

天空多大的伤口，暗合于一片片铺开的雪花？

我拿自己的心，去理解雪花的孤独，我想我错了。雪花，时光小小的身影，它的喻像有三：会飞的人，无相的菩提，词语的河流。它点灯，它顾念，它安装尘世的明镜，它一小捧一小捧地洗着冬天冷凝的心……

我的无惧的黑夜，它已经是伤痕的发光体。

这些寻找者，持一封封信抵达。我是它情感的四十五华里驿站。

母亲，一定在天上，在一朵朵雪花身旁，沉默，无语，数哪几片能够落到她曾经苦累的村庄？哪几片落到寂静的榆树庭院？

那些，都是母亲在上面看老的花朵吗？

飘洒，我的手掌心，蕴含一滴滴看我的眼睛。

那么多，那么小，那么亮，无数哭晕的雨水。

仿佛神的突然转身，借一双双泪目打量已然改变的世界，打量一句话说不出来肃肃站立的仰望男子。

黑，恩赐给我们圣洁的明亮之光

天如果完全黑下来，我还能于此刻，找到我依然明亮的内心。

找到自己，所处位置。

平静下来，日子如何标注我，存在的本质特征？

我坚持向上的仰望，没有错；日子本身没有错，一直是我们错了。

往往，我们对于身体内外突然降临的漆黑之夜，毫无察觉。

月亮，卖力肯干的好裁缝，它恰当地——

给疏漏的黑夜，留下透明的补丁。

上空，亮日

杲日当空，顿然，心开如绿荷。
瞅见不是十分重要的事情，功善的接近，力行是它的同义词。
你应该当下光明，别无杂染。
熔炼如其质。
如何做到日常的定格？亮日如大愿，亦如一蕊善心！

你会说，看到了，看到了，一天新的日出。沉着于对睡梦的冶炼或者提醒，我情愿擎举深夜的日照，已不仅仅唯我一人。

总是有人说：见日，重新活过一日。而文雅的则谓：得庆更生。
熔日在怀，每于黑夜，除障碍，忘记不朽，拐过一天最后一个弯，观照一颗静如夭夭桃花的妙境。
——我有登临彼岸的大心。

灯，光芒之灯

尽启光明，一盏灯。
在尊者之前，在自己的阴暗之上。

一切，终将过去：我尚能自驾自身否？深藏过去的自己，我的天问。
这样的守护，千年的约定，一盏灯的幸福，需要照见自己，路，佛光。

最好，像自己一样安稳，醒着，光，智，琉璃般净念。
持灯，我观照到了，尊者，静定于无限的光芒之中。
越大越静。
一念间，甚至额头，缀满了光耀的星星。

（选自作者散文诗集《开封，开封》，河南文艺出版社 2020 年 5 月出版）

马东旭散文诗集《父亲的黄岗镇》（选五）

我们蚂蚁一样的触角，多想够到天穹。

麦　子

一株痛苦的麦子，在苦雨中浸泡。

只有光，将它喂饱。

只有父亲，与它同呼吸。譬如，麦子悲伤，父亲以悲伤盖住自己的脸。坚实的父亲，孤独，不可言说。风开始劲吹，大地献出的丰饶。

风吹。圆穹上长出的白云。欢愉地流淌。

哦，麦子在谷水故道上歌唱，被落日染得一身金黄。神啊，黄金也命令父亲歌唱。白鸽的飞翔，仿佛隔着千米的静寂，是一颗清洁之心，穿越无边无际的蔚蓝，蓝得有点疯狂。且让青筋滚滚的父亲，热血沸腾，唱出自足的芒。颤抖了一次。再摇曳一次。

暮光之麦田显得多么清澈、无邪，泛出层层清香。

饮酒醉

父亲，我们饮酒。

不言生死。

仿佛生死距离我们非常遥远。在黄岗镇，我们过着简朴的日子。马匹在马厩里嘶鸣，桃花在房前开成奇异的云阵。我们的金顶永固，我们的河清海晏。

但蒙尘的两眼。看不透因，也看不透果。喝着喝着我们就安静了下来，满天星斗。满怀自在，是一滴睡眠靠着另一滴睡眠。

父亲想到他的父亲

除夕之夜。我与父亲两人饮酒醉。

父亲想到他的父亲，我对其一无所知。他生于民国，在黄岗镇开枝散叶。我们谈起他吃糠咽菜的一生，死于肺癌。

青草覆住他的瘦骨嶙峋，青草就是他的裹尸布。天空是他的另一层裹尸布。

说着说着，悲伤就噎住了我们。

填满了我们的三间草屋。

金 顶

姐姐，诸神为你凝于金顶。

但你是我的神。

你是我脚下的灯光照耀。你是我的馨香的臂弯。我热爱东风夜放花千树，是因为你也热爱东风夜放花千树。我不曾提着灯笼闹元宵，你就是我的灯笼。

我拉着你的干净的手。我拽着你的干净又素朴的衣襟。

我们明亮的双目浸着泪水，静静穿过青岗寺的繁华，属于他人。十六岁的姐姐和十四岁的我仿佛真的没有看到过金顶。

取 走

在朴素的乡村。

榆木、槐木是我们的骨骼，申家沟就是我们的血液。青岗寺的灯火在大风中抖晃，抖抖晃晃。其实就是我们的灵魂。我看到诸多的如意和不如意。

看到雨水取走了五谷。飑线取走了草缮的屋顶。

姐姐，你的手掌填满了人间死亡的灰烬，一无所有。除了嘴巴的一日三餐，皆是虚无。我们早已出售了尊严，出售了精神的罗盘。我们蚂蚁一样的触角，多想够到天穹。

与母亲书（之三）

申家沟的庙宇没有香火。

也没有神。

神在异乡絮语。母亲的祷告不再依靠他，依靠一颗心和骨头的力量。母亲的白发比白月亮还白。母亲的眼睛是豫东平原的窗户，吸入了豫东平原的铅灰色。母亲的手掌上有灰烬和三千尘土。

穿透她吧，以那无限的孤独穿透她凹陷的肋骨。但她的身体饱经风霜，已掏不出不懈劳作的全部。

四兄弟，你看。七条皱纹流过母亲的额头。

比去年又多出了两条。

（选自作者散文诗集《父亲的黄岗镇》，河南文艺出版社 2020 年 6 月出版）

■（湖南）

田瑛散文诗集《风语者》（选六）

我再从雪浴中出来。为你，种一株红梅。

江上月夜

时光流逝，仿若母亲的肩膀开始倾斜。

母亲的脸庞，瓷片样，在江水中打着水漂。

青涩的笔，歪歪斜斜地画出简易的插画。

不染风尘的文字，坐落在插画的素简处，仿若母亲的手，拉响一首二胡。

夜，格外的静。

江边，有花，有月，有流水和思绪的声音。

想到一只鸟

江面，被冰覆盖。

这让我想起白天捉到的一只鸟。

它不停地扑腾翅膀，仿佛想说出能让我明白的话语。

我的心思，如此鸟，被江面冰封，被风声覆盖。

我总会想到那只鸟，想到它受伤的翅膀已经完好。它会在菖蒲的舞动中制造一种格外的意境，让我苍白的心事，随江面的解冻复苏。

如此多好！我一定会看到雾气升腾，看到渔翁，抛洒渔网，看到一轮红日，掀开江面的朦胧。

信步乔口古镇

水乡巧笑柔媚，清新风韵，任行人闲庭信步。

木栈道左一拐右一拐，与你兜圈。

蜻蜓翻飞，一朵云牵着风，风逗逗蝴蝶的翅膀。

垂钓的人，扯出一波一波的水韵，低头是凝神，抬头有惊喜。

往前幽静在，往后阳光在，我身体的前前后后，风在。

驻足，三贤堂前叩三叩，青石路上寻沧桑。

一路追赶夕阳，架帐篷，采集月光。

出 发

黎明，在昨夜的升级程序中回神。

啾啾的鸟鸣声，在树枝上晃动，像一只攀举的手，像一棵树，伸入云层，安慰失眠的天空。

这晨曦的清脆哟，仿若蝴蝶翅膀上的风，打通堵塞的脉络，让它伸了一个长长的懒腰。

键盘开始发声，韵律起伏动感，它绘声绘色的表情，让胸骨上的刺，无端软化。

我在另一个国度，像一匹马，在晨曦，从青草地出发。

等一场雪

冬的清寂裹着一个拉长的影子，安然若素。

有雪一层一层覆盖。

我曾经的时光不见了。

我高傲的笔尖羞愧地低下了头，裸露的灵魂披上木棉的袈裟。

我沉醉在夜的深处，在灵魂的通道上狂奔。

在那里，等待一场雪，等待一场大雪，等待一场深埋我的大雪。

我再从雪浴中出来。为你，种一株红梅。

听 雪

听，让抖动的时空突然留白，思绪，像门前的那棵树，静得风都不敢来干扰。

雪是江南的幽灵，此刻的它，成了我笔下的素材，将我无形中推向老得像树皮皱纹的老屋。

时光，并没有那么老，雪曾在老屋的头上扎起过洁白的花朵。

我站在屋子的坪中雀跃欢呼，旋转，然后落入安静。

在那里，听雪的声音。

听雪，它在虚无中肆意横行，勾勒出屋檐下的魂。

（选自作者散文诗集《风语者》，团结出版社 2020 年 7 月出版）

第十七辑　年度获奖作品撷英

■（四川）水　湄

塞上江南：石嘴山（选章）

石嘴山，温婉的塞上江南长出鸣叫着的春天。

1　像黎明草绘的封面。

石嘴山，这自然神迹，依山傍水，披着光魅，坐落在这一个美丽到只有梦中才有的地方。

湖水蓝得梦幻，我们眼前这座随着碧波见到的城市，水草袅婷，青青的植物的清香浮在岸边。

鸟鸣声中，霞光，红日，像红色的鸟，站在城市的肩膀上。

高楼林立，在开阔的市井里繁华，一座城市，那商业和经济的神光，散发着一座城市雄性的荷尔蒙气息。

石嘴山，塞上煤都，宁夏的第一炉电，第一炉钢，第一炉煤，源自这里。这光与热的希望之城继往开来，引领着新发展，欣欣向荣地从工业摇篮转向创新摇篮。

一座城市，一本现代生活词典。

从天空到大地，沉浸在绿色森林，风呼啦啦过去，风呼啦啦过来，像一座城市的血液，风在这里找到了动力。

石嘴山，用七十载足够的耐心，让曾经“风吹石头跑，地上不长草”之地变成了如今水清岸绿森林式的现代城市。

风月无边。一座城市是一册诗经中的画卷。

黄河之水穿行而过，贺兰山高耸环护的石嘴山，造物主给了你山脉，河流，湖泊，草甸，戈壁；给了你天空的蓝，树上的花和果实，水湄边的鹭鸶，白鹤以及错落有致的建筑。

念兹在兹，情牵塞上，说着天人合一，石嘴山，温婉的塞上江南长出鸣叫着的春天。

3　莽莽苍苍。

贺兰山，一个站在高处的词，你是鲜卑族姓氏的记忆，还是大地雄壮的马匹？

坚实与永恒。抑或这二者都是你精神谱系里的亲人。

星光为滴漏，日月经天。

一座山不会在时间中沤烂。

在石嘴山，伟大的作品早已完成：亿万千年前，一片汪洋挺拔为大山。

青雾，似从遥遥上古流来，为一座石头山生出魔力，生出几重寂静。

“西北天谁补，此山作柱擎”。

多皱的石头，刀锋的石头，在表达着自由、宁静、伟岸。

一座贺兰山，曾经满脸的兵荒马乱。西夏王朝的大兵库，成吉思汗剑指之地，无数将士马革裹尸。一座“军山”，见证曾经金戈铁马的历史风烟。

马可·波罗踏足于此，他看见能燃烧的黑色石头，他看见，一团宽大的积雨云，似马队四蹄扬起风烟。

风吹过来，风吹过去，风一边吹动着岩画上的石粉，一边又在岩石上雕塑着岩羊的蹄印。

当一个人站在山脚下仰望，脚下的土地开始冒出绿。仰望着直到芨芨草和骆驼刺顶着满天星斗。

把一座山当小说读，把一座山当历史读，把一座山当磅礴的诗来读。

诗歌需要一座山，小说需要一座山，历史需要一座山。

贺兰山，父亲一样的养育者，守护着“塞上江南”，抒写下气象万千。

4　一座桥，静静地感受着晨曦微露抑或是落日黄昏。

桥上车水马龙，桥下黄河滚滚。

裹挟着轰隆隆的雷声，黄河不远万里来到这里，只是体验西夏故国昔日的辉煌和神秘的气息。

只是想看一眼一座叫石嘴山的城市和用黄河取名的大桥；看一眼这一处的烟火磅礴。

这大河之最，以无比浩瀚的流淌和声色塑造着沿途的文明，流经这里时慷慨地送了一个粮仓——塞上江南。

一条大河与一方土地的联系紧密，从古至今，从未断过悦耳的涛声。

大鹰清亮地鸣叫着，盘桓大河之上，似云的家族。风之手，在河上采撷一朵一朵黄色的浪花。

胸有惊涛，桥与大鹰守护着黄河的千年奔流，倾听着万马奔腾的涛音。

（获得“放歌新时代，诗润石嘴山”全国散文诗大赛一等奖）

■（浙江）风　荷

致敬广安山水（选章）

题记："地阔为广，和谐即安。"

嘉陵江畔

枕着，睡梦中的嘉陵江。

词语的下游，可以打捞起草木的璀璨。也许我并不了解起于源头的清澈的问候。认识的雨，相遇的石头，构成生活的旋涡。便是这条江上最自然的美。

日日夜夜守在江边，满怀激情。飞鸟掠过，沉默的指向，仰卧在水面。

打鱼的人，推算出岸的宽度。声音的动词和轨迹，比江水高明。

广场和一些植物的必然性，随着楼宇的长高，更添深意。海绵挤出来的鱼，游在某个早晨，可以清晰地嗅到汹涌。

身体的回忆，如灯盏打开。

一间小屋治愈我的孤独。熄灭炊烟之后，我明白，江边的恬淡，远不止鸟鸣，还有江水不懈的追求。

当人群汇入嘉陵江的时候，人间的美就显露出来。嘉陵江，每一滴水都具有历史的重量。嘉陵江畔生活的生灵，坚信这是一片有思想厚度的沃土。

思源广场

一位老人充满磁性的声音引来春天。

广场坐落在川东，声音越来越辽阔。炽热的楼群召唤春水荡漾。

隔着嘉陵江，广场生根发芽，慈祥的面容镶嵌了气壮山河。

时间回到黄昏的窗棂，一个个梦破土而出，街灯次第明亮，散发出历史洪流。

剧目在大地上崛起，改革的根须布满天空，大地开满缤纷的花朵。思源广场放飞一群白鸽，扇动如潮般涌动的旗子。

歌声的高度，足够仰望。一颗颗星星升起，进入新时代的门訇然洞开。丝绒般的光从每个人的胸口溢出。

鲜衣，美食，声色俱全。徽章拓在母语的天空，粗粝的雨雪纷纷后退。石头和镰刀滚过热浪，冶炼出时代的烙印。淙淙流水萦绕着广安的甜梦，这一曲最是壮美。

“一定要把广安建设好……”一位老人的笑声，弥漫着一个城市的香。更是一个时代的胸襟。

从异乡归来的人，将最好的诗紧贴归途。

“地阔为广，和谐即安”。一枚脱俗的英名稳稳地坐在思源广场的长卷上。

幸福的稻田

在岳池，稻田里不仅仅有稻子，还有更为壮观的酒店。

如一朵朵蘑菇，从视野的核心，涌起无限的美好。

由青涩到金黄，只是转眼。那些蘑菇就更为显眼，姿态优雅，赏心悦目。彼此间镶嵌着稻浪，我的心情也一浪高过一浪。

打开稻田酒店的门，庭院里的蛙声和蜻蜓前来迎接。

满目稻谷，更是一种精神，颗粒饱满而圆润。我枕着的夜晚，思源广场的钟声和山上的药材引人入胜。

沃土成田，稼禾葱郁。无数的谷子跟随，拥紧一场生命的旅行，迎向湛蓝的天空。是我这一生最为值得感恩的。

老藤椅焕发晨曦之光，曾经的千山万壑，曾经的粗糙空坛，轻轻化作一缕缕稻香，花魂。在微风中抽穗，扬花。

月光照进安定，抱紧秧苗的拔节，酣然入睡。

这一宿是如此幸福，如此平静。

安睡在稻谷中，任大地心跳起伏。我的乡愁随风而去，任一轮皓月千里照着。

金黄的颂词，在一粒粒谷子的内部传颂。

（荣获“圆梦小康·幸福广安”全国散文诗大赛一等奖）

■（广西）庞　白

唯有山川可以告诉（选章）

爱黑暗中的流动和黑暗中的凝固。更爱你。

漓水之上，凌波微步，九马画山

时光在漓江上似乎全是清脆、欢快、明亮的。
然而，它们横空出世之后，这一段江山，画风突变。
——九匹马！

锋棱突出，清瘦的骨头，刀光剑影中，从容飞渡；
澎湃血性，灼热的气势，千军万马里，飞腾如虹。
它们，月黑风高之夜越过大山，
它们，蹄声犀利之响踏破岁月。
山河万里，繁华无限。它们，只从江面上一掠而过，给荒凉以欢呼，以奔腾，以凝固后依然不可阻拦的自信的锋芒……立在甲天下之山水丛中。

圆月高挂，而冲锋在即——
九骑，即全部。
轻生重死的九骑，大风一般，要掳走光阴！

天湖观鹰

阴阳交汇的地方，它一会儿降落，一会儿上升。
和深夜熟睡的呼吸一样，掠过我们的世界。
那么平缓。

凝固的双翅，引而不发的云与水，瞬间消逝和兴起的事物……
开合有序的迷茫中的蓬勃。
更灰，更暗，更阔大。

不可言说的，还有堤坝上的蒿草、隐居深山的青苔和湖底的琥珀……选择这块土地，作为葬身之所，同时用以清洗前生的痕迹。

澄碧湖畔，琴声冲天直上

潜流至此，突然奔腾而出，如琴弦狂抖。

凌云县兰金岭水源洞，河水在此为云贵高原打开一扇门，在数百里之外，就迎向大海。

声如裂帛之后，奔腾的河水安静了，浑浊的湖水澄碧了，黄色的土地青绿了。

——风，屏住呼吸，生怕惊起层层涟漪。

多年之后，晚秋浓重，澄碧湖畔，树叶深红。

这南国偏西的地方，一轮明月自黑暗升起，照着伟岸男人般的崇山峻岭，照着温柔女人般的澄碧湖。

照着世间所有飘零和浩渺湖水中划过的一叶扁舟。

舟上，素衣布鞋的男人，双眼微闭，久久不语。

他仰望上苍。

苍穹如琴。

合龙桥下，虫鸣唤我以温顺的呼吸

没有人知道我在这桥下站着，身披黑暗，和远处亮堂的鼓楼一起，慢慢收藏哀愁。

一轮明月，时隐时现。那云中的来客，是世间的影子。

而群山逐渐醒来。

为纪念生活的破绽，我爱这陌生的三江，爱岩寨村，爱合龙桥，爱程阳桥。

爱走过桥的所有生灵。

江水蜿蜒，黑暗在我身后，我也爱它们。

爱黑暗中的流动和黑暗中的凝固。

更爱你。

就这样爱着异乡的木楼、腊肉、泥路和石板，水流和寂静。

我一次又一次念叨要去喝油茶，但夜雨后，寨子里的木门已关闭，只有虫鸣，唤我以温顺的呼吸。

（选自作者散文诗集《唯有山川可以告诉》，漓江出版社 2018 年 11 月第 1 版第 1 次印刷，2019 年 7 月第 2 次印刷，荣获首届“大湾”散文诗大赛·散文诗集奖）

■（甘肃）牧　风

青藏旧时光（选章）

吐谷浑深埋内里的精神渗透在每个遗留的残垣断壁中

雪中裸露的古城

清晨冒雪上村后的高坡，俯身望去，大野里一片肃杀，萧瑟的风时时袭来，一切生命的迹象都被迷茫的白雾覆盖，让我无法辨清牛头城的神秘面容，那片废墟在狂雪飞舞中越发显得沉寂而苍茫，甚至有点奇寒。吐谷浑垒土为城，饮血踏歌，身居高地，屯兵大野。每次梦里都出现牛头城凝重的身影，以及与城密不可分的故事。吐谷浑意外地从北方腹地撞入洮州大地，这些匆匆的身影在广袤的洮州艰难地扎根。我想那些暗魂可能还厮守着这片故土吧，不然，为何山坡上那毛桃树还迎雪挺立，依然保留着一种倔强的姿态。吐谷浑深埋内里的精神渗透在每个遗留的残垣断壁中，浸润在每片破瓦和残砖中。细细地咀嚼一番牛头城优美的传说，闻一闻古城废墟上弥漫着的历史气息的烟云，也是一种惬意的行踪。

虽然，时光已倏忽飞逝千年，但我与牛头城的对话打破了时间隧道的束缚，短暂攀谈，哪怕仅仅是瞬间的交流，我想通过翻检历史的残章断句来深层感受一下这个谜一样的城带给我的启示。

当我在迷惘中远离故乡，雪已在黄昏里暗淡下来，留在牛头城遗址上的只有我深浅不一的脚印和被寒风吹皱的裸露背影，耳畔又传来我咏叹牛头城的诗句："苍凉之歌，嘹亮历史的记忆之门。谁是立定城堞的将士和马群，败北的军队，带伤的马匹，消失的箭镞，以及沉落的荣光？"其实牛头城已失去西晋时期吐谷浑雄居时的神采，遗留下来的也只是片片废墟和废墟上随意散落的瓦砾，以及破败城垣上时暗时明的洞眼，还有那一幕幕与城有关的古老传说。

夜的眼眸

昼夜闭合的格桑。

那黑色里透出的孤寂和空旷，彻夜未眠的相思之苦，都在深夜里潮水般涌来。今夜月光照彻草原，你就是那格桑喂养的花朵，在孤寂和羸弱里成长。那些在民谣和奶香里浸泡的情爱，在昼的光影里沉睡。

牧帐外仰天长啸的狼群，那些漫长而焦虑的思绪养大的精灵。

纳污藏垢的阴暗角落，那些寒风冷雪中佝偻的魂灵。

黑幕下发出的浅浅歌吟，是你相思孕破的呼唤吗？为何在落日的余晖里呜咽？那遗落爱恨掩埋痛苦的经卷，在时光中透过寺院被红尘翻动。那些堆砌在暗夜里的海誓山盟，那些潜藏在灵魂里的彼此凝望，在黑夜里长成月亮的手臂，它们都迫使我倾听你的声音。

夜的眼眸，那撕心裂肺的挣扎，失落爱存留欲的渴望。那失却光明掩埋呐喊的黑洞。

黑幕中爆发的雷电，那些堆砌在暗夜里的词语。

那些潜藏在喉咙里的灵魂，只有在黑夜里独自发声。

明代的阳光渐次滑落

大迁徙！一首军民西行的悲壮之歌！

一册山河，明初演绎的史话。

六百年传唱，不舍昼夜。

那片明史浑浊的雪花被我渴求的嘴唇狂吻！

那雪花吹醒朱元璋惺忪的眼，挥手间，“洮州，西番门户，筑城戍守，扼其咽喉”的诏谕飘落在平西将军沐英的书案，他自负的眼神填满了奢望。

宁静得快要窒息的午后，洮州城内，车马如流，商贾如云。

阳光涌进城门，那些沧桑的倦容，发出喃喃低语，是诉说“茶马互市”的辉煌，还是讲述六百年前悲寂而苍凉的西迁？是聆听冰冷铁器的撞击，还是回味屯兵耕田的祥和？我在翻检历史的残章断句中不断拷问自己。

抚摸那些落满沧桑而破败的城垣，明代的战事在记忆的库存里跳跃而出。

沐英和金朝兴瞧了瞧残阳里微微颤动的卫城，目光里流露出深邃的剑气。午后的阳光在明将挥动的手指间渐次滑落，迅疾地潜入《洮州厅志》厚重的册页中。

遥看古城，血泪凝固成的浩大工程，横亘在世人面前，那斑驳之躯和灼灼洞眼，透视着西北迁徙演进的沉重印辙。

那一袭西湖水的蓝飘过眼前，是江南灵动的女子吗？为何哼着江淮一带的茉莉花之歌？

倏忽间我已置身如梦江南，看那闪身而过的女子，已幻化成一首首江淮的词令，萦绕在脑海。

注释：明初西迁，洪武十二年（公元1379年），朱元璋为稳固边防，平息洮州（主要指今甘南州临潭、卓尼两县）十八番族之乱，下诏平西将军沐英、都督府奉国将军金朝兴等率大军西征，并强制兵丁家眷随军西迁洮州，平叛后沐英率军民加固扩筑卫城，以备长久镇守边关之用。

（选自作者散文诗集《青藏旧时光》河南大学出版社2019年12月出版，该书荣获首届大湾散文诗大赛·散文诗集提名奖）

■（甘肃）扎西才让

诗边札记：在甘南（选章）

大多数时间，都不在房子里，只待在云下，拥有着无数云下的日子。

街　景

在羚城，当个女人并不容易，
穿上丝袜，涂上口红，穿梭在菜市场，
或者坐在幽暗的房子里，等待着男人，发生些连自己也深感怀疑的事。

而做男人，就容易做了。
如果在古代，或许会穿上虎皮，拿起弓箭，射杀丛林深处的猎物；
而在现在，只能拿起弹弓，把街旁高树上的麻雀打飞，落下几片勇猛的叶子。这些，仅仅是我走在大街上时的想象。

实际的场景是：
我走在十月午后的大街上，身边车水马龙，行人稠密。
正午的阳光，让人睁不开眼睛。
我只好像瞎子一样，一寸一寸地往前摸索。
我终于找到了属于自己的路，心里边安定下来，在树荫里站定，
顺手就摸着了自己突突跳动的脉搏，也看到了鲜花一样的别人的孩子。
此情此景，令人陡生唏嘘。

我的一个远方的朋友发来短信说：
“我们找不到合适的母亲，也遇不到有责任的父亲。”
我知道他还生活在困苦家庭无法轻易解决的矛盾里。

我一边走，一边想，终于在广场南口停下脚步，
脸被北风吹了又吹，泪流下来，也只是几滴冰凉的盐水。
我清楚自己这几年的处境：

时常站在街上，像个男人，身边有时也会出现不那么伤心的女人。

大多数时间，都不在房子里，只待在云下，拥有着无数云下的日子。

山谷里的那个女人

那个女人对我说，让我再给你生个孩子吧！

我感觉这不是乞求，而是一种许诺，有着决然的勇气。

她说这句话的时候，山谷、树木以及比树冠更高的云朵，都沐浴着一种奇异的光芒。

风在倾听，流水带走讯息，草叶上的甲虫在叶面上记下此情此景。

我知道自己是幸福的，同时也觉得家里的老人、街上的压面师傅和派出所的民警，都是可以热爱的。

我长久地在门楣下站立，直到父亲在院子里咳嗽了一声，才返回屋里。

那个女人说，如果我不能跟你在一起，我就会痛苦。

说这话的时候，她已嫁给了另外一个男人。

我默不作声，像个猫头鹰蹲在房头。

那个女人在下面仰视着我，在阳光下，她显得那么小，那么柔弱，那么叫人怜悯。

我带着她回到家里，父亲在院子里大声咳嗽，我的女儿噙着眼泪跑进草房。

这时候也是黄昏，西天的云霞红红的一片，像一块巨大的遮羞布，在山顶飘浮着。

我低着头进了上房，脱掉布鞋。

我盘腿坐着，一下一下有力地刮着盖碗子。

女儿端着一盆水进来，把毛巾递给我，又脱掉了我的袜子。

看着女儿，就想起在门外等候的那个女人，我禁不住流下泪来。

远方的闪电

在城市里住久了，不妨去桑多河畔。

在那里，人们会注意到这样的场景：

“在灌木丛、巨石谷或者幽蓝的桑多河边，青年在嬉戏，赤裸着光滑而性感的肉体。更远处是深色的森林，稠密、昏暗又神秘。谁不渴望这样的生活：他们裸露着黄铜的肌肤，安静地交谈或各干其事，没有任何性的暗示，也不活在族权左右着的巨大阴影里。”

是的，颓废又抑郁的城里人，向往并热爱着桑多河畔青年们的生活。

偶然一睹这种身心俱妙的生活，就像遭遇了远方的闪电，被瞬间照亮，也经历了致命的一击。

怎样才能活得自由，活得幸福，活得像人，始终是人们反复思考的问题。

时至今日，人们除了有一点点的领悟，还没有得到可以瞬间照亮灵魂的答案。

（选自作者散文诗集《诗边札记：在甘南》，民族出版社 2018 年 1 月第 1 版，
该书荣获首届大湾散文诗大赛·散文诗集提名奖）

■（北京）鲁　橹

恍若初见（选章）

赛里木湖，人间一滴至纯的水

在赛里木湖，我是一枚恶的果实。我埋头，啜泣，连眼泪也不敢轻易掉下，我怕我咸咸的泪对这片绝美之地是一种亵渎。周遭俱寂。低低的云朵在鼓励我：

如果忏悔，请结缘这干净的神祇，请用湖水洗洗你的眼睛，

请不要流泪！

行至此，如果未能大梦方觉，你仍是尘世中人，蒙垢、迷色、五蕴不空，

你要跪伏，你要敲打自己的心，让它醒来。

心是一朵莲花。我却放置在混浊的世间，任由它沾染尘土，也在繁华与纷扰中携带金黄，

这是令人目迷的颜色哦，朗朗乾坤之下，欲念像展开的翅膀，

它不能停下，它沉迷这罪恶的深渊，它却歌唱！

是谁让我上路，是谁喊我踏上这神圣之地？

神不发一言。她派赛里木湖引导我，她用水、云朵、花儿引导我；

她用蓝色的胸怀和碧绿的草地引导我，她喊蜜蜂和蝴蝶伴我左右。

我的记忆中还存留着乌黑的天空，像雾、像霾，又像黑色的梦境——那只是人世间一口长长的怨气哦，只把恨和不满散布，只把怀疑和自闭奉上；

我的记忆中还残留着陌生的面孔，扭曲，丑陋，像舞台上灯光寂灭的那刻，一闪而现的面具，这张面孔，释放谗言，吐出恶语，中伤无辜，嘲笑善良，诋毁道德，甚至，反串正经的笑容，迷惑不加分辨的权势……

记忆中的丑恶那么多，记忆中的伤痛那么深，我要说给赛里木湖听吗？

不，不，我要在来的路上抛弃这些恶劣的事物，我要清清爽爽地把自己给予赛里木湖！

抬头，辽阔长空，仿佛神躲在山脊里，
天水一色的视域，是绝美的版图，我跪伏，而欣悦，
我幻化成苍鹰，真的有了飞翔的翅膀，心如莲花盛开——
我不再害怕，不再躲闪，不再愧疚，脱下沉重的铠甲，重新来到人间。

重新来到人间，重新打量人间。赛里木湖是万千美景中一滴最美的水，
她洗涤了多少污浊，才把这明镜似的大地还给大地，

是的，她也是有使命的，她降落这一方圣地，就肩负了濯洗灵魂的重任！

无论土地和人民，在她眼里，都是一个嗷嗷哭喊的婴儿，他们有本质的美，现在，她像母亲，又像恋人，她濯洗我们，她亲吻我们；

哦哦，她亲吻我，扶我站立，鼓励我，她那么柔软而又坚强。

她是这漫天苍蓝中纯净的梵语，在天地之间诵念；
她又是一泓灵动的眼波，注视着众生，度化着众生！

撒哈拉：一捧细沙的旅行

一个小小的玻璃瓶，禁锢了撒哈拉沙漠。
细沙嘶哑，像海水嘶吼，层层叠叠的沙浪，有话要说。
干涸。黑暗。被捆绑。
沙在喘气。

玻璃瓶，漂流瓶，在人的手中翻滚，流转，

从非洲到亚洲，从海到海，从车到车，从枯黄到绿色，遥远的一次旅行，撒哈拉沙漠，停留在茶台上，它，已经完全不咆哮了，

完全蛰伏下来，像带着使命！

我希望它是会传递的：比如沙漠中的胡杨，能不能有移栽？

比如一艘远洋的轮船，能不能犁开沙漠顽固的石棘？

比如那个念诵圣经的人，可不可移步沙漠，他的祈祷，让海水回来，让远处的雪山静静待命。

雪山修补千年的漏洞，干旱之地的阳光温和下来，黑夜不再那么长，黎明莅临，舞蹈的海水送来沙鸥翔集，往昔的暴风骤雨化为春风得意。

我愿意沙漠后退，蓝色辽阔，大海和天空握手言和，大地上的生灵重新相逢，面若桃花，恍若初见。

（选自作者散文诗《恍若初见》，该诗荣获首届“大湾”散文诗大赛·作品奖）

■（河南）毅　剑

行走的故道（选章）

夜的漫长，不动声色，只为孕育一个盛大的黎明。

我一直就深信，在我的出生之前和远离之后，深厚的故道，总是在马不停蹄地一路奔走。

赶在断流的前一天，告别一川浑黄的泥水，拖着沉重的河床，从岁月断层开始新的奔赴。你知道，改道的河水带去了原本属于你的鱼虾和帆影，并不曾带去属于你的花朵和树木。一阵风掠过，一片又一片茂密的野草低下头颅，触及昏暗的尘埃。

一场暴雨或一场大雪，注定粉饰不了一河大水远去的谎言，日暮途穷——并不是真的没路可走了，只是需要寻得一条新路。夜的漫长，不动声色，只为孕育一个盛大的黎明。

一些漫过高地穿越丛林和峡谷的记忆打结成往事，多少次，我都幻想着打点行装，深入你曾经空旷无比的梦境，那满载星辉的帆船，披着霞光的波浪，还有一阵又一阵排山倒海般如虹的气势。感悟着你生命的感悟：把拥有当作失去，将离别视为挽留。

不知从何时起，你习惯了腹地的龟裂，习惯了让蔓延的野草触及你深处的心思，习惯了雨季里连片的积水、干旱时扬起的尘烟，还未及春天，扩展的耕地就一天天宽阔，你张开臂，一个喧响的青绿世界，就已拥入自己的怀里。

多么厚重的秋天，想念你的人在另一条路上，朝着你的方向，看到了属于你的田野，你的风和云朵……归乡的路，总是从青绿走向金黄。而你，一直在岁月的峰顶，结算果实的丰硕和日子的圆满。

过多的尘埃淤积在断裂的缝隙，每遇阴雨，曾经折断的骨节在体内就开始隐隐作痛。离去的人来了又走，远方的太阳还在深远的远方。

我要在你行走的路上种植御寒的药材，温暖双足的沉重，也温暖翅膀的梦。让时光不老，生灵安康，期待一场完全真情的倾诉和洗礼！

历经岁月打磨过的事物，总是厚重深远——又光亮无比。

暮色的深处

水洼地，一片茂盛的苇草贴近了零乱的光亮，残阳慢慢沉下去，一些斑驳的暗影像摊开的一本霉烂的线装古书，走失的一些陈年故事，影影绰绰。

月亮还没有升起来，河道被高高低低的植物占据并笼罩着，分不清的缝隙犹如打断的骨头与血肉相连，划割出一道又一道模糊的边界。

那条通往县城的公路，多年前我也曾经走过，像一条深远又长而发白的线绳，斜搭在故道昏暗的腹部，一些寻巢而回的鸟儿和晚归乡亲的呼唤，细碎而悠长。暮色裹起长风扬起的尘埃，也像早年漫过的大水，凝重深厚又激荡地澎湃。

灰色的堤岸失修多年，沉默的轮廓高高低低、宽宽窄窄，有过伟岸起伏的壮美，也有着日渐沉没暗淡的忧伤。

暮色四合，故道在新的雨露中，悄然锤炼筋骨和脾气，那许多的设想，依然最终陷入一个与水有关的话题，努力制造出一次新的汹涌和澎湃，以此，来证明自身——原本的存在。

总有一些耐不得旱的植物会枯死，也总有一些体弱的飞鸟禁不得惊吓，在冬天来临之前，就早早地收紧了双翼。但夜的浓重里，总还有一些清醒者目如闪电，守望最终的黎明。怀抱一方蔚蓝的天空，故道的世界越来越高，超越尘世的炊烟。暮色深处的故道终将向春日的绿地征集飞天的风筝，向秋天的原野召唤搏击长空的雄鹰，将火炬点燃，让冬夜的天空也怀揣温暖和光亮。

那应该是一条铺满星辰的大道，带着硕果收获的灿烂和语言。

（选自作者散文诗《行走的故道》，该诗获首届“大湾”散文诗大赛·作品提名奖）

■（河南）赵洪亮

月河，你我的浪漫主义（组章）

唯有染了月河那些缠绵的词，才是一尾鱼相思的病根。

1　尝试浮想，并试图打开一条河的深情。

宣纸上，有蝴蝶两只扑闪着月光般的翅膀，为我讲述前朝的往事，今生的厮守。

是的。喜欢雨没有理由，喜欢江南的雨，喜欢月河的雨，喜欢夹着一把油纸伞在南宋的街头拐进月河历史街区。

而我的白马恰好就在河湾，遇见一只白鹭驮着翠色飞过，遇见你我的思念手牵手——羞涩而又浪漫。

阿春，我必须在那张宣纸上写下你我的对白，没有修辞，优雅屏蔽所有的比喻，一滴阳光的澄明，安静在你的额头，十里春风也就罢了。

2　一转眼，亲爱的时间浮出水面。

那些青葱的词变得微黄，就像杭嘉湖平原的稻浪，就像树上的黄杏儿即将倒出小身体内甜丝丝的方糖。

风的抒情，在字里行间写下鲜衣怒马，向日葵，玫瑰，点缀几颗内心甜美的满天星，其实，这些都不是你需要的。

牵手的路上，唯有染了月河那些缠绵的词，才是一尾鱼相思的病根。

3　阿春，我坚持认为，在异乡依然能听到彼此的心跳。

就好比昨晚，一条河流趁着暮色赶路，仿若你我的思念在渡口望眼欲穿。

就好比，那天我在中基路接到电话，知道你多喝了啤酒，为了那份执着，为了那匹插翅的白马驮着我们的未来。

又好像什么也没有发生，一朵桃花的午后，三月在河面上失踪，只是内心的河面清澈透明，岸边，那片油菜，纷纷交出迷茫的证词。

四月，不再过敏，花开的速率，还有时间的流速，好像一下子慢了许多。

亲爱的，这份思念让我变得敏感而又抒情。

一次次走进月河临水而居的香樟林，躲在一棵树后，截住你浪漫的红裙子，深吻气息里扑面而来的柔情。

4　湿漉漉的午后，优选坛弄一扇木窗，在月河听雨。

月河街区就在面前，优雅的雨丝让我想起了空巷子，想起一把油纸伞，想起你我掌心依然温润如玉的旧词。

此时，布帘子一个人懒散在窗口，杯子里的沉默相对无言，雨水不紧不慢，像慢火熬制的时间，构思一味中药安抚情绪的脚本。

月河听雨，听内心的半亩方塘微雨飘过，听水线里荷叶的心跳，时间把那朵乌云挪了挪，落在布艺沙发上的光阴肤色真好。

茶点一块都没有动。

我倒是喜欢比对茶叶与溪水秘制的口感，修改过的时间慢条斯理，很像在巷子里风雨摩擦出来的白色声音。

我相信了，玉兰花一直开着，坐在对面的你优雅漂亮，一如菩萨点化后的长寿花，而你点一炷紫罗兰香，让泡在瓷杯里的口感明媚酸甜。

愉快撑伞走过，发呆的词一枚枚窘迫在瓷盘剥开果仁。

月河竹影虚掩处，有人模仿你我的故事，在浅紫色的碎花伞下和爱情牵手走过。

音乐继续流淌，安静在左右的青花瓷，或者是小摆件，多像我欲言又止的爱人。

不过，这一切，都比不了捧着你的微笑舒服。

5　夕阳闭合，黄昏贴着黄昏，桂花挨着桂花。

风晃动夜的水纹，一只秋虫在花丛前举棋不定。

隔岸运河，与浮起的一轮明月，水柳，掏出黑色的瓷瓶倒出河水，浓缩的黑一寸寸稀释月光。

想起你，懒散的翠叶子都是多余的。细节沿着月河岸行走，两尾小鲢鱼时不时泛起激动的水花儿。

变暗的水，朦胧异样，半透明的夜色，你我仿佛被月神写进了隐喻诗最抒情的部分，牵手，拥抱，像两只赶路的夜鸟比翼双飞。

在月河，夜晚合拢翅膀，睡在99朵红玫瑰的身旁。

月光虚掩的木窗，几只夜虫分三次吹奏月光曲和声的乐章，低声部的鼾声，或者荷叶举起的右臂，随手绘出一条河雅致的霓裳。

我一直在树下坐着，等月光洗净气息里用旧的词根，等月光羽毛一样落满月河。

内心的蝴蝶和雪豹蛰伏在暗处，香樟树下，坐等浪漫主义的旅行置换一杯甜丝丝的夜色。

（荣获2020·第八届“月河月老杯”全国爱情诗大赛·金奖）

■（云南）许文舟

乡愁里的开封（组章）

冶过剑戟，炼过斧头，最终还是一只碗斟着北宋浓稠的黄昏。

泥　塑

泥土可塑世态，可塑庸常。不管塑刀耕还是火种，五千年文明，撇不开离乱与命孤。泥土也可以塑肋骨与心胸，心脏的偏房与动脉的穷途。乡愁始终蜿蜒在垂髫与暮年，荣华败成朽骨。

泥土长甘棠，也长刀伤与歧路。在一把刀面前，温软的泥土，鼻息嗅花，眼破假象。手持汤碗的老人，是我的父亲吗？镰刀藏在腋下，每一粒种子的轨迹，都是生活的蜜腺。

注入想法、期待与爱，能长出庄稼的泥土，始终埋伏玄机。双眼微闭，只剩反刍的呼吸。即使有一脸的笑意，那是春风的户籍，倒下，照例可以种出藜蒿与莴笋，培植长幼有序。

称几斤松风和泥，再让阳光密实打点，光阴时缓时紧的脚步，就变得踌躇。赶路来到开封，抓一把泥土，不小心就把手放到了一座古城依旧跳动的胸口。

木版年画

火焰飘忽，像作古的英雄，离开人间的脚步。凡人都有的体态，他们都有。手持长矛，以青山为盾，轻疾的眼神，化作春风。

在一块木板上，点朱，便可以驱凶避邪。红对联引路，诸神还阳，庇护众生。墨是有颜面的水，把黄道洗出吉日，所有的日子都有正反两面。

跃上餐桌的鱼，在一滴水的洇染里放纵。热闹的市井，有冷静的菖蒲和菊花，异兽与神祇。贴在门心，供春风暗渡，良辰进出。从新到旧，撕了再贴。

粗犷的线条，是乡愁的经络，刚好圈起秦琼的怒意。总有赤橙与玄黄，让北宋的民间意兴阑珊。肥阔的刀斧，没针对谁，那身盔甲，锈早就替代了线头。

刀落处，跃出无数桃符，疏松的泥土，遍长仙迹与五谷。开门，一个时代的欲言又止。

开封北宋官窑

总还可以在时光的巷口，听到瓷碎的声音，那是红颜一怒的酒樽，一下兴奋了所有的宋词。一座山，因伐薪一再变矮，在开封，再矮的山也有历史厚重的基座。

每件器物，都烙上了平面的伤，而立体的痛，经了雨，就化为朝饮的木兰与夕餐的菊。时光的釉质，把数朵牡丹安抚，比瓷更温润的不是妥帖的光焰，而是暗夜，还守在炉边。

那些窑，现已在史籍里消弭，一部北宋，委顿成皲裂苍黑的砖头，孤生的苔迹，淹没了珠润的鸟语。大火烧了百年，才将故作高深的裂纹缝韧。经年的陈酿，盛在器口微微泛紫的瓶中，天的蓝，只有炽热的高温可以防止勾兑。

我端起碗，就到了北宋的早餐时段。街上有惺忪的神仙，笃定的木鱼。有人反复惦念，有人刻意妆欢。下多大功夫，才能在瓷的表面，罗列月光与潮涌？烧多少柴薪，才能让五千年文明熠熠生辉？

坯纹，将一个时代绞杀。冶过剑戟，炼过斧头，最终还是一只碗斟着北宋浓稠的黄昏。

汴　绣

在龙袍与朝服身上，功夫很深的针，一针见到北宋迷离眼神。零落的线头，被大风系在歪脖子树上，那是一个朝代奄奄一息的魂。

一根线，让衣袂扬成花朵，裙裾飘为云彩。我喜欢那些放下锄头的女人，能让一根线跑遍皇室与桑梓。线细到肉眼难见，却仍然缠得开封香汗淋漓。开封城不大，翻阅了千年，仍然是我喜欢的那种开本。

走出皇城，绣女们乡间，仍然用线牵引与点缀。那片吸附尘土的汗巾，至少可以提供，夫唱妇随的北宋足本。绣花的人，写诗的人，都可以忆秦娥，暗恋罗敷。

同样是绣针，点到了一个朝代的穴位，才有可以迎着针对泄密的清明上河图。买醉的，打柴的，都不像折柳的。摇扇的，喝茶的，都不比下地的。乌纱与朝靴，有线跟针私奔。

绫锦院是汴绣最高学府，每根线进了皇室，就断了回头的路。

针替下了狼毫，锦绣的江山，堪比时下的毕业论文。十指翻动，风起树梢。

（选自《星星·散文诗》2020 年第 8 期，获“中国开封第一届乡村振兴全国散文诗大赛”一等奖）

■（山西）张　琳

一首散文诗的开封模式（组章）

再平常的生活，一旦被人仰望，就有了应有的高度。

新田园赋

过余店村，过仙人庄村，过茶庵村，如同读着一首又一首散文诗。

风曰：凡过往，皆是序章。

光曰：凡人心，皆是太阳能灯盏。

谁，写下了开封纸贵的诗句？是日新，也是月异。归去来兮，让我低下头来，成为一个心存福祉的朗读者，或浅吟，或低唱，久久不忍离去。

田园不芜，麦苗青葱，仿佛一页绿色的稿纸。有鸟飞过，像一个逗号。一个人的风雅颂，仿佛省略号……

我来，只想变成一场雨，落在草木之间，落在青砖黛瓦上，那样，老杜会不会再写一首春夜喜雨？

每一个活在世外桃源的人，都是诗人。

我想在这里住下来，做一个与时间同行的闻鸡起舞者。清晨，活成草叶上的露珠。暮晚，活成田垄上的月光。

而梦里，我依然是那个逐梦而行的人。

唤一声陶公，来此，我，你，李白，同销万古愁……

乡村谣

这不动声色的美，来自无边的万寿菊花海。这令人心动的美，是我，一滴水，回到了大海。

从人海到花海，是一个人，变成了一朵花。

能成为一朵万寿菊，是幸福的。

爱菊之人，沿着这条生活的花径，一直走，就通向了虚无。

君不见，秋日盛大，示范点长成了示范带，示范带长成了示范区。而丰收早已成了家喻户晓的节日。举杯吧。每一朵万寿菊，都是乡野的主人。劝君更尽一杯酒，在开封的扉页上，我们看到了乡村图景，读到了“美丽”二字。

一花一世界，这无数的花，早已构成了大同世界。

以菊为茶，可以明目；以菊为酒，可以清心。

来到我眼中的，是那青山绿水；来到我心上的，是这无边的光景。

为了更加广阔的美好，让每一朵菊花都成为浪花吧！

那澎湃的，激越的，潮流涌动的，是一首乡村谣，正被大地的密纹精心录制。

多少年以后，我们仍在花间，幸福地回放着……

月亮照着西姜寨

月亮从西姜寨升起来，这些红豆杉，就活在了一首诗中。而我，是另一个幸福的汉字，轻轻依偎着它们。

在西姜寨，看月亮的方式一共有三种。

坐在田野上，虫鸣正在为月亮的轻舞配音。或缓，或急，都是人生的步态。从古走到今，从旧走到新，一个村庄的档案馆，就建在每一个人的心上。我所理解的幸福，就是一朵花，从西姜寨的土地一路开到了我们的心上。

窗口的月亮，梦中的月亮，怎么看都是同一个月亮。

每一个身披月光的人，内心的贫困瞬间会变得富足。

再平常的生活，一旦被人仰望，就有了应有的高度。而那些高处的事物，却始终迷恋着低处。就像热泪，滚滚来到人间；就像星辰，突然间做了我们的眼睛。

月色真美，月色浸染的民宿，真美。

不如做一条鱼，戏于莲叶间；不如做一扇古典的门扉，等一个人来推，来敲。

这时候，我和西姜寨，在月下相拥。

河南的清风，最善解人意，将我的目光和月光合在一起流淌。开封的夜色，最令人安宁，一个人像一粒苔花，正学着菊花绽放。

没有人知道，一个路过的诗人，从这里带走了一首诗。无须形容词的赞美，所有的美，在这里，都已长成了完美。

（选自《星星·散文诗》第8期，荣获“中国开封第一届乡村振兴全国散文诗大赛”一等奖）

【附录】

年度散文诗评奖 · 活动 · 出版讯息（2019—2020）

（一）本年度评奖、重大事件、动态

【《散文诗》杂志社动态】

◎ 2020 年 1 月起，《散文诗》杂志社卜寸丹在 2019 年 1 月任《散文诗》执行主编的基础上任总编辑。在她的策划下，刊物开本、栏目设置、传播、阅读和发行方式（融合读、听、视觉形象等多重媒体）等方面实行全面的改版并获得质的提升。该刊由原来维持了 20 年的大 40 开改为正 21 开；全彩蒙肯纸印制，制作更精美，阅读更立体，并随刊赠送独立小型张读本。该社自 2019 年 9 月与上海证大喜马拉雅网络科技有限公司开展音频战略合作签约，至今 1 年多以来，运行良好，影响日益扩大。

◎ 2020 年春节期间，全国 152 位诗人同贺《散文诗》改版。

◎ 2020 年 9 月 26 日，《散文诗》入选由中共中央宣传部、北京市政府主办，中国图书进出口（集团）总公司承办的第 27 届北京国际图书博览会，作为优秀期刊上架展示。

◎ 2020 年 5 月 30 日，《散文诗》杂志社与“益美文艺社”联合举办首期“编辑课堂”公益讲座，湖南省书法家协会副主席兼学术委员会主任盛景华以“美学及书画欣赏”为题作首场演讲。

◎ 2020 年 7 月 29 日，湖南省文联主席鄢福初一行到《散文诗》考察，高度肯定《散文诗》的改版与创新。

◎ 2020 年 10 月 15 日，由中国全民阅读年组委会指导，新阅读杂志社、杂志铺、期刊强国主办的第一届“我是期刊领导者”活动中《散文诗》被评为优秀期刊 TOP20。

◎ 2020 年 12 月 7 日《散文诗》获得湖南省第五届网络原创视听节目大赛三等奖，这是该刊首次与各大网络视听专业媒体与平台同台竞技。

【《散文诗世界》动态】

◎ 2020 年，宓月在 2018 年 10 月海梦退居二线、全面接任《散文诗世界》主编并在栏目设置上实行大规模改版（栏目分散文诗、诗歌、散文等多个板块）以后，2020 年进一步改进，将“散文诗”板块放在了首要位置，散文诗作品刊发的数量与质量都有显著提升。

◎《散文诗世界》2020 年 4 月（总第 180 期）推出反映各条战线抗击新冠肺炎疫情的“众志成城　共克时艰”专栏。

◎ 2020 年 5 月 28 日—7 月 29 日，由成都市郫都区政协主办、四川省散文诗学会承办的“书香政协”系列培训活动在成都温德姆酒店隆重举行，涵盖了音乐、文学、绘画、书法等多方面内容，由各个领域的专家教授担任主讲。

◎ 2020 年 11 月 30 日，中国作家协会副主席何建明一行莅临《散文诗世界》杂志社调研，与《散文诗世界》名誉主编、知名作家赵振元、主编宓月等亲切交谈，对刊物多年来坚守散文诗阵地给予了称赞和鼓励。

◎ 2020 年，《散文诗世界》共推出山东、湖南、河北、福建、云南、天津、江苏、甘南等九期地方散文诗专辑。

◎ 2020 年，四川省散文诗学会举行五次线上会员同题诗歌和散文诗大赛。

【《星星 · 散文诗》动态】

◎ 2020 年 1 月，《星星 · 散文诗》与广安当地政府联办“圆梦小康，幸福广安”全国散文诗大赛，风荷和王唐银荣获一等奖。

◎ 2020 年 7 月，《星星·散文诗》与当地政府联办的“中国开封第一届乡村振兴散文诗大赛”颁奖，许文舟和张琳分别获得一等奖。

◎ 2020 年 9 月 12 日，《星星 · 散文诗》与当地政府联办的“放歌新时代，诗润石嘴山”全国散文诗大赛获奖名单揭晓，梦阳和水湄荣获一等奖。

◎ 2020 年 9 月，《星星・散文诗》与当地政府联办的第三届全国青年散文诗人笔会在广西贺州黄姚举行，徐源、朝颜、青蓝格格、三米深、蓝紫、石莹、安乔子、侯乃琦、易翔、赵目珍、陈德根、敬笃、转角、笑嫣语、苏启平、杨运菊、马文秀 17 位优秀青年散文诗人参加。“‘酱香茅台杯’星星诗刊年度散文诗奖”同时揭晓，扎西才让荣获大奖，雷霆、张敏华、水湄等获得提名奖。

【河南省散文诗学会 2020 年大事记】

◎由河南省作家协会、河南省散文诗学会联合举办的“华威杯全国诗歌大赛”，于 2020 年 6 月在周口市华威民俗博物苑隆重颁奖。

◎河南省作家协会重点作品扶持项目，李俊功散文诗集《开封，开封》、马东旭散文诗集《父亲的黄岗镇》，分别于 2020 年 5 月、6 月出版。

◎河南省散文诗学会理事马东旭、徐慧根、雷黑子、曲焕平于 2020 年 8 月加入中国作协。

◎由河南省作家协会于 2020 年 10 月在开封市通许县举办第十届年会，研讨主题是“散文诗如何表现乡村振兴”。

【香港散文诗 2020 年动态】

◎香港散文诗创造社于《中国流派诗刊・散文诗粹》推出世界华语散文诗，由“香港散文诗创造社”主编的香港《中国流派诗刊・散文诗粹》于 2020 年 1 月、4 月、7 月、10 月出版。收录作者情况如下:《中国流派诗刊》第 14 期 2020.1——宁越（中国大陆），张高贤（香港），许露麟（菲律宾），游鍫良（台湾），秀实（香港），张世明（中国大陆），韩延晓，文雨（中国大陆）。《中国流派诗刊》第 15 期 2020.4——张枚枚（中国大陆），林妮菱（台湾），简玲（台湾），赵之逵（中国大陆），凡夫（中国大陆），文雨（中国大陆）。《中国流派诗刊》第 16 期 2020.7——余問耕（越南），戴永成（中国大陆），吕旭茂（中国大陆），洪郁芬（台湾），叶耳（中国大陆），燕紫（澳大利亚），招小波（香港）。《中国流派诗刊》第 17 期 2020.10——路雅（香港），王森田（台湾），游鍫良（台湾），依凌（新加坡），怀鹰（新加坡），黄海（中国大陆），姚时晴（台湾）。

◎宁夏文联以 2019 年 10 月第 19 届全国散文诗笔会在宁夏石嘴山市召开为契机，成立了宁夏散文诗专业委员会，创办了《塞上散文诗》杂志，编辑出版了《宁夏散文诗选》，《阳光文库・塞上散文诗丛》（宁夏文联党组书记、副主席崔晓华以及《散文诗》总编辑卜寸丹作序）公开出版发行，是当地散文诗的一次集中检阅。

◎ 2019 年 12 月，贵州散文诗人喻子涵散文诗集《汉字意象》获贵州省第三届“金贵奖”（贵州省民委、贵州省作协颁发）。

◎ 2020 年 4 月 27 日《文艺报》头版报道《用文学的力量鼓舞自己慰藉他人——访诗人任剑锋》回忆新冠疫情发生之初，特别是 1 月 27 日晚上，任剑锋受到武汉市抗疫一线先进事迹的启发写作了一批相关主题的散文诗。任剑锋是中国作家协会会员，也是一家企业的负责人。1 月 28 日，他以企业的名义捐款 100 万元支持防疫工作，还从印尼和韩国采购 200 万个医用口罩，5100 套防护服，1.08 万件手术服、18.5 万双医用手套，对包括他家乡惠安县在内的、受疫情影响的地区和单位及时进行捐赠。他带领公司同事紧急研发的“智能测温消毒通道”20 余台无偿提供给公共场所、学校和单位使用。他的新作《从家乡到故乡》也即将出版。

◎据 2020 年 7 月 27 日“中国诗歌网”：7 月 26 日，湖南省诗歌学会第二次会员代表大会在长沙蓉园宾馆隆重召开。中国作家协会诗歌委员会主任叶延滨出席会议讲话祝贺。邹岳汉因创办中国首家《散文诗》杂志、主编中国首部《中国年度散文诗》达 20 卷，荣获“诗歌刊物创办终身成就奖”。颁奖词如下：“邹岳汉，是中国首家散文诗期刊的创办人，也是新时期散文诗创作从寂寞到繁荣的领军人物、见证者。他不遑暇食，孜孜矻矻，举半生之力，以高屋建瓴的办刊宗旨和体现时代要求的编辑思想，把《散文诗》杂志打造成全国文学界知名品牌、湖南省一张‘文化名片’，历数十年仍薪火相传。邹岳汉扶掖后学，传递薪火，甘为人作嫁衣裳，不遗余力地发现新人，推介作品，让无数散文诗人破土而出，闪耀诗坛。皓首穷经，焚膏继晷，尤其新世纪退休至今，耄耋之年，仍披灯剪烛，广泛搜罗，主编中国首部《中国年度散文诗》，迄今洋洋达20卷，成为了众口交赞的散文诗‘首席选本’，为中国散文诗创作的发展起到了推波助澜的作用。”

◎ 2020年8月22日，第五届“扬子江年度青年诗人奖”颁奖仪式暨扬子江·野马渡青年诗歌论坛在昆山举行。本次活动由江办省作协主办，《扬子江诗刊》、《大诗歌》编委会、昆山市文联、昆山市周市镇人民政府等共同承办。江办省作协党组书记、书记处第一书记、副主席汪兴国，党组成员、书记处书记、《钟山》主编贾梦玮，昆山市委常委、宣传部部长许玉连，昆山市委宣传部副部长栾根玉，市文联主席、党组书记王豪，周市镇党委副书记、镇长蔡力，以及周庆荣、刘向东、李云、西渡、胡弦、千海兵、徐晓华、何同彬、语伞、宓月、王晴飞等国内著名诗歌刊物主编、诗评家，野马渡诗歌雅集成员和当地诗人参加了活动。2020第五届“扬子江年度青年散文诗人奖获奖作品：须弥《物居诗》（组章，《扬子江诗刊》2019年第2期）；田凌云《夏夜的舞裙》（组章，《扬子江诗刊》2019年第4期）；潘云贵《骨头里的钟声》（组章，《扬子江诗刊》2019年第6期）。

◎ 2020年8月25日（七夕）第八届“月河月老杯”全国爱情诗大赛在江南水乡嘉兴如期举行，颁奖会同时举办了“南湖区第三届月河文化节”。今年因疫情只请了黄亚洲作为评委代表，朗诵全是南湖区朗诵家协会的成员。大赛共收到诗歌作品1129件3608首（其中散文诗50件227章），经李少君、黄亚洲、邹岳汉、亚楠、宋晓杰、晓弦、董培伦、王长征等8位著名诗人匿名打分，评出金奖1名，银奖5名，铜奖8名。河南赵洪亮（散文诗）获金奖；柴薪、张晓、谢丽荣、马亭华、王玉林等获银奖；陈于晓、戴捷、林建红、冯金彦、李安伟、王佩玲、鲁侠客、李刚等获铜奖。

◎ 2020年11月21—22日，首届“大湾”散文诗奖在珠海市举行颁奖会。出席本次活动有本届艺术顾问、中国首家《散文诗》期刊创办人、首部中国散文诗年度选主编邹岳汉，著名作家耿立、著名诗人、本届评委卢卫平、陈惠琼、钟建平、香奴，获奖诗人代表庞白、鲁橹、扎西才让、毅剑、牧风、宋庆发、北琪等以及各地文艺界人士郝子奇、王晓波等，同时举办了散文诗作品朗诵、参观采风等多种活动。本届大奖赛由《大湾》文学双月刊、珠海市作家学会、广东省散文诗学会联合主办。从2020年4月开始征文，6月15日截稿，共收到全国参赛散文诗集与散文诗作品稿件2367件。经大赛评委会评选出“大湾”散文诗集奖1名、提名奖3名；“大湾”散文诗作品奖1名、提名奖3名。获奖名单如下：

首届《大湾》散文诗奖散文诗集奖：（广西）庞白的《唯有山川可以告诉》；

提名奖：（甘肃）扎西才让的《诗边札记：在甘南》、（湖北）徐金秋的《身体的花朵》、（甘肃）牧风的《青藏旧时光》。

首届《大湾》散文诗奖作品奖：（北京）鲁橹的《恍如初见》（组章）；

作品提名奖：（河南）毅剑的《行走的故道》（组章）；（河南）李俊功的《植物列传》（组章）；（青海）陈劲松的《唯有风雨苍茫如幕》（六章）。

首届“大湾”散文诗奖艺术顾问：邹岳汉、周庆荣；首届“大湾”散文诗奖评委：卢卫平：著名诗人、珠海市作家协会主席；陈惠琼：中外散文诗学会副主席、广东散文诗学会会长、《世界华文散文诗年选》主编、《中国散文诗年选》主编；钟建平：中外散文诗学会副主席、广东散文诗学会副会长、珠海市作家协会副主席兼秘书长、《世界华文散文诗年选》主编、《大湾》文学期刊创刊人；香奴：著名散文诗作家、《大湾》文学期刊副主编。

◎ 2020年9月《湖州晚报·散文诗月刊》出版百期纪念专刊。（该刊前身为《南太湖诗刊》），创刊于2012年端午节（6月23日），由中国散文诗研究中心主任箫风策划并主编，截至2020年9月已连续出版100期。创刊以来，深受广大读者欢迎，所发作品连年入选多种散文诗年选本。为迎接中国散文诗百年诞辰，自2014年第1期（总第20期）起，至2016年第6期（总第49期），《散文诗月刊》隆重推出“中国散文诗巡展”专辑，每期集中5个版面刊发一个省市区（包括港澳台地区）散文诗实力作家的作品专辑，并约请名家撰写综述文章，对当代中国散文诗创作进行了一次全景式的扫描。之后，又陆续推出“我们”和青岛、甘南、泉州、豫东等20多个重要散文诗群的作品，以及 10 余期“90 后”“00 后”散文诗专辑，对推动新世纪中国散文诗创作和培养青年散文诗作者发挥了重要作用。2020 年共出版 12 期，先后推出两期“抗疫散文诗”专辑和南太湖、学院风、湛江、石门等散文诗群，以及“我们的节日”系列（端午、中秋）专辑。第 10 期、第 11 期合刊，推出“《散文诗月刊》出版百期纪念专刊”。

◎邹岳汉应《天山时报》总编辑程煜之聘主持《天山·散文诗月刊》2019 年出版 13 期；其中有王金明的《丝路笔记》、梦阳的《黄河故道，秋风吹彻》和亚男的《与荷书》三组作品入选《2019 中国年度作品·散文诗》的“十佳”栏目。2020 年出版 11 期，其中有飞非的《二泉映月》、王笑风的《大鹰·马及其他》、梦阳的《戈壁日落》三组作品分别入选《2020 中国年度作品·散文诗》的“卷首”和“十佳”栏目。

◎“学院风”散文诗群,2017 年初夏由占森发起并组织。主要成员有:占森、声喑、犁雨声声、沉香、黄药师、忆留空间、佐夫、枫叶、晓驰、郭大将军、林水文、田瑛、李玉荣、羽衣甘蓝等人。该诗群成员在散文诗书写上主要倾向“存在与发生、现场与剧情、细节与客观”等特点，旨在用“多风格”的交叉圆融，去呈现诗性的价值。在行文逐字上有“学院式”课堂的认真与考究，所以取名为“学院风”散文诗群。该诗群拥有自己的微刊（诗殿堂）已推出 33 期。还以专栏的形式，先后在《散文诗》《作家周刊》《文学家》《山东诗人》《湖州晚报·散文诗月刊》《湛江科技报》等纸媒以及“中国诗歌学会”等诸多网络平台刊出，引起散文诗界的关注。

（二）散文诗选集、散文诗刊、理论理论研究

《2019·中国散文诗人》（散文诗年度选）汪志鑫主编，四川民族，2019，7。
《2019 中国散文诗年选》王幅明、陈惠琼主编，花城，2020，1。
《2019 中国年度散文诗》王剑冰主编，漓江，2020，1。
《2019 中国年度作品·散文诗》邹岳汉主编，现代，2020，4。

◎西渡:《散文诗的性质与可能》载《诗刊》2020，3 上半月刊 51—64 页，约 8500 字。这是当代知名诗人关于散文诗文体的一篇比较重要的论文。其结论部分提出:“散文诗从性质规定上说是诗的，而不是散文的；它是诗的内容和散文形式的结合，而不是散文的内容和诗的形式的结合。……诗和散文诗的区别不在内容，而在形式。”作者提出，为了实现“散文诗也是诗的自由的一种”这个特殊文体的正宗的追求目标，“有必要对那些被笼统称为散文诗东西进行文类的区分”，并对包括圣琼·佩斯、泰戈尔、纪德、鲁迅等人在内的、被人们称之为“经典散文诗”的作品进行了具体分析，提出了研究散文诗发展的一个重要途径。

◎《世界散文诗：在思想的隐喻里展开或释放》黄恩鹏著，该文继 2019 年之后，2020 年度继续在《散文诗》上半月版连载。

（三）个人散文诗作品集（2019—2020 年度及补遗）

◎《李志亮散文诗精选》，河南人民，2016，1。
◎《浏阳河畔的乡愁》苏启平著，万卷，2016，3。
◎《井盐诗魂》罗永德著，四川人民，2017，4。
◎《诗边札记：在甘南》扎西才让著，民族出版社，2018，1。
◎《唯有山川可以告诉》庞白著，漓江出版社 2018 年 11 月，第 1 版第 1 次印刷，2019 年 7 月，第 2 次印刷。
◎《行走的树》孙善文著，中国文联，2019，1。
◎《爷爷在婴国》蔡旭著，四川民族，2019，7。
◎《千秋成珀》牛合群著，团结，2019。
◎《紫阳书》陈平军著，太白文艺，2019，11。
◎《平原歌者》（2017—2019）王梦仁著，团结，2019，12。

◎《身体的花朵》徐金秋著，河南大学，2019，12。

◎《黔南散文诗人十三家》（王安平、胡媛娟、周雁翔、李晓妮、雷远方、犹永均、杨启刚、陈薇薇、耿文福、兰馨、尾巴、李金福）杨启刚主编，河南大学，2019，12。

◎《落日也辉煌》耿林莽著，河南大学，2019，12。

◎《青藏旧时光》牧风著，河南大学，2019，12。

◎《那些小事情》张稼文著，云南人民，2019，12。

◎《绕过手指的风》刘慧娟著，上海文艺出版社，2019，12。

◎《耿林莽四十年精美散文诗选》青岛，2020，4。

◎《开封，开封》李俊功著，河南文艺，2020，5。

◎《父亲的黄岗镇》马东旭著，河南文艺，2020，6。

◎《风语者》田瑛著，团结，2020，7。

◎《芒刺》杨运菊著，驿鲸文化有限公司（新北）2020，7。

◎《诗和远方》刘德印著，四川民族出版社2020，7。

◎《花艳灵州》张开翼著，阳光，2020，8。

◎《有故乡的人》蔡旭著，百花洲文艺，2020，8。

◎《一束光》聂秀霞著，阳光，2020，8。

◎《阳光文库·塞上散文诗丛》出版发行：由宁夏散文诗专业委员会重点推出，王跃英、杨建虎主编的《塞上散文诗丛》于2020年8月由黄河出版传媒集团阳光出版社以“阳光文库·塞上散文诗丛”出版发行。全套丛书共8卷本，由《贺兰山之恋》（王跃英著）、《时光书》（杨建虎著）、《震柳》（白鸽著）、《山河谣》（李耀斌著）、《时光之上》（冰轩著）、《花艳灵州》（张开翼著）、《一束光》（聂秀霞著）、《飞泻的诗雨》（尤屹峰著）组成。

◎《校园里的温情》苏启平著，湖南教育出版社，2020年9月。

◎《阿J》苏建平著，四川民族出版社，2020，9。

U0810129

小多生命科学藏书

生命启蒙读本

藏书人 ....

收藏日期 ....

赠送给亲爱的 ....

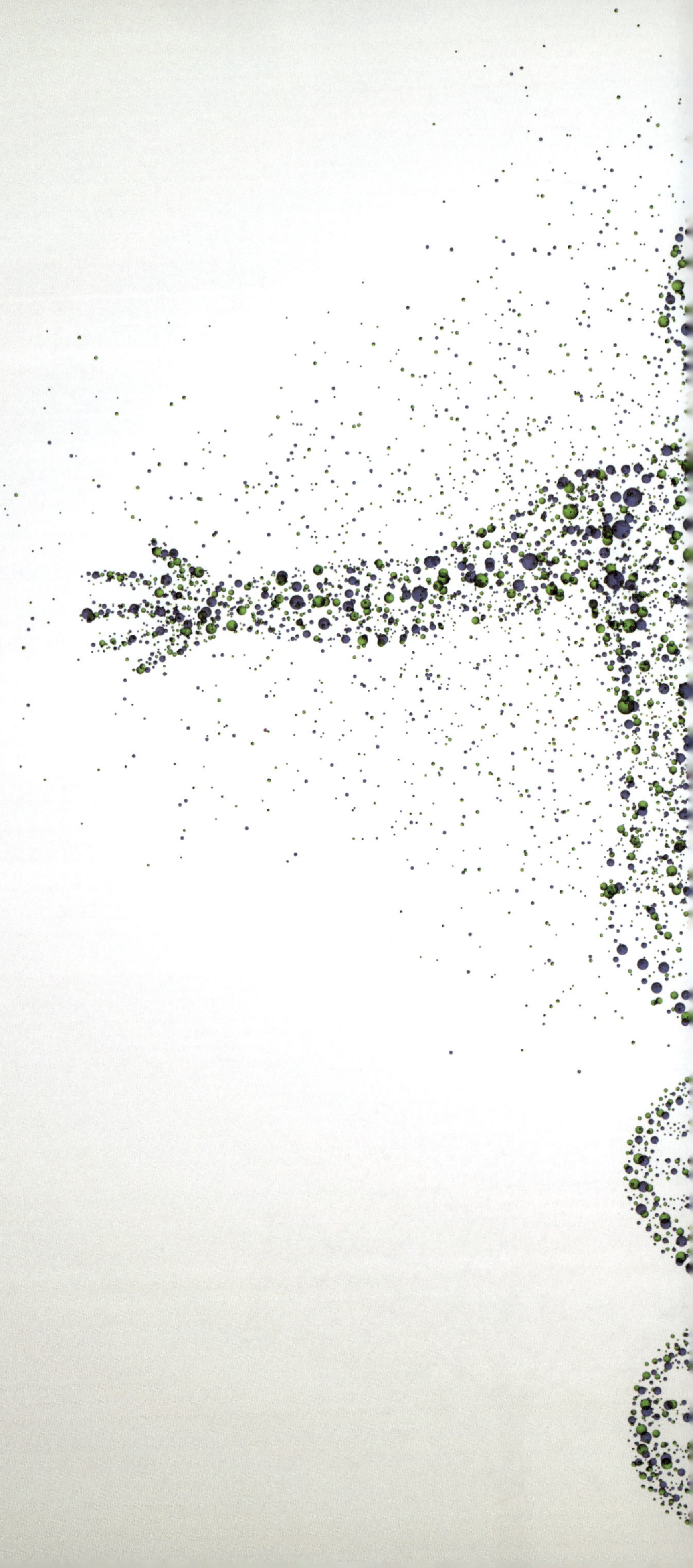

生命启蒙读本

小多（北京）文化传媒有限公司　编译

广西教育出版社
南宁

版权合作：© (2004) Carus Publishing Company　　© (2008) Carus Publishing Company
© (2009) Carus Publishing Company　　© (2011) Carus Publishing Company
版权声明：本系列图书内容未经许可，不准以任何形式，在世界任何地区，以中文或其他文字，做全部或局部之翻译、仿制或转载。我们已经竭尽全力寻找图片和形象的所有权。

图书在版编目（CIP）数据

生命启蒙读本/小多（北京）文化传媒有限公司编译.—南宁：广西教育出版社，2014.1
ISBN 978-7-5435-7590-5

Ⅰ. ①生… Ⅱ. ①小… Ⅲ. ①人体—儿童读物 Ⅳ. ①R32

中国版本图书馆CIP数据核字（2013）第298414号

生命启蒙读本 SHENGMING QIMENG DUBEN
小多（北京）文化传媒有限公司 编译

总 策 划◎ 杨鸣镝　石立民
总 设 计◎ 祝伟中
策划编辑◎ 石立民　阮　健
组稿编辑◎ 青兆娟　付冰清
责任编辑◎ 青兆娟　付冰清
特约编辑◎ 阮　健　陈乐佳　冯　迪
美术编辑◎ 王丽萍

出 版 人◎ 张华斌
出版发行◎ 广西教育出版社
地　　址◎ 广西南宁市鲤湾路8号
邮政编码◎ 530022
电　　话◎ (0771) 5865797　(010) 51316218
本社网址◎ http://www.gxeph.com
电子信箱◎ gxeph@vip.163.com
印　　刷◎ 深圳当纳利印刷有限公司
开　　本◎ 787mm×1092mm　1/16
印　　张◎ 11.5
字　　数◎ 250千字
版　　次◎ 2014年1月第1版
印　　次◎ 2014年1月第1次印刷
书　　号◎ ISBN 978-7-5435-7590-5
定　　价◎ 68.00元

如发现印装质量问题，影响阅读，请与出版社联系调换。如发现画面模糊、字迹不清、断笔缺画、严重重影等疑似盗版图书，请拨打举报电话（0771）5853704。
策划：小多（北京）文化传媒有限公司
网址：http://www.xiaoduo.com　电子信箱：xiaoduo@xiaoduo.com

前言

我们是人。我们和亲人、朋友、同学，还有无数的人一起，作为人类出现在这个世界上；我们是以身体的形式出现在这个世界上的。那么，我们每个人的身体是怎么产生、怎么成长的？又是由什么样的构件构筑而成？这个问题并不是人类生命意义的根本问题，但往往是思考人类生命的人提出的第一个问题。

你捡起一根树枝，折断它，观察里面淡棕色的的树枝纤维，不复杂。你也许没有想到，组成我们身体的微小颗粒，跟组成这些树枝纤维的颗粒是相同的，大致就是碳、氢、氧、氮、钙、硫、磷这几种元素的原子，所不同的只是原子之间的聚集方式。

原子极其微小，组成我们身体的原子有几万亿个。原子本身没有生命，但是以一些复杂而又奇特的方式组合，就变成了一些生命个体，比如细胞；这些生命个体再以各种各样的极其复杂的方式组合，就变成了大的生命模块，比如我们身体的器官；生命模块再以同样复杂的方式组合，就变成了一个人。

人从妈妈的身体里分娩出来，身体里这些小原子捕捉着外界的能量，任劳任怨地进行几十亿次的巧妙合作，让你成长，那就是新陈代谢；新陈代谢一次又一次的完成，让你保持完好，那就是生存。一般情况下，这些过程大约经历 80 万个小时，在此以后，由原子组成的这个大结构开始松散，最后导致崩塌，那就是死亡。

事实上，我们上面这么轻松地陈述的这个生命过程是极其复杂的，穷尽几千年来全世界千万名最优秀的科学家在一起的智力，这个过程都还没有被完全表述清楚。不过，科学既是精深的，也是简约的。科学的简约让我们每个人都可以从我们能够企及的层面去了解它。这本书所针对的读者，是 8~15 岁的青少年，这是人生中刚开始思考人类生命意义的年龄。

目录
CONTENT

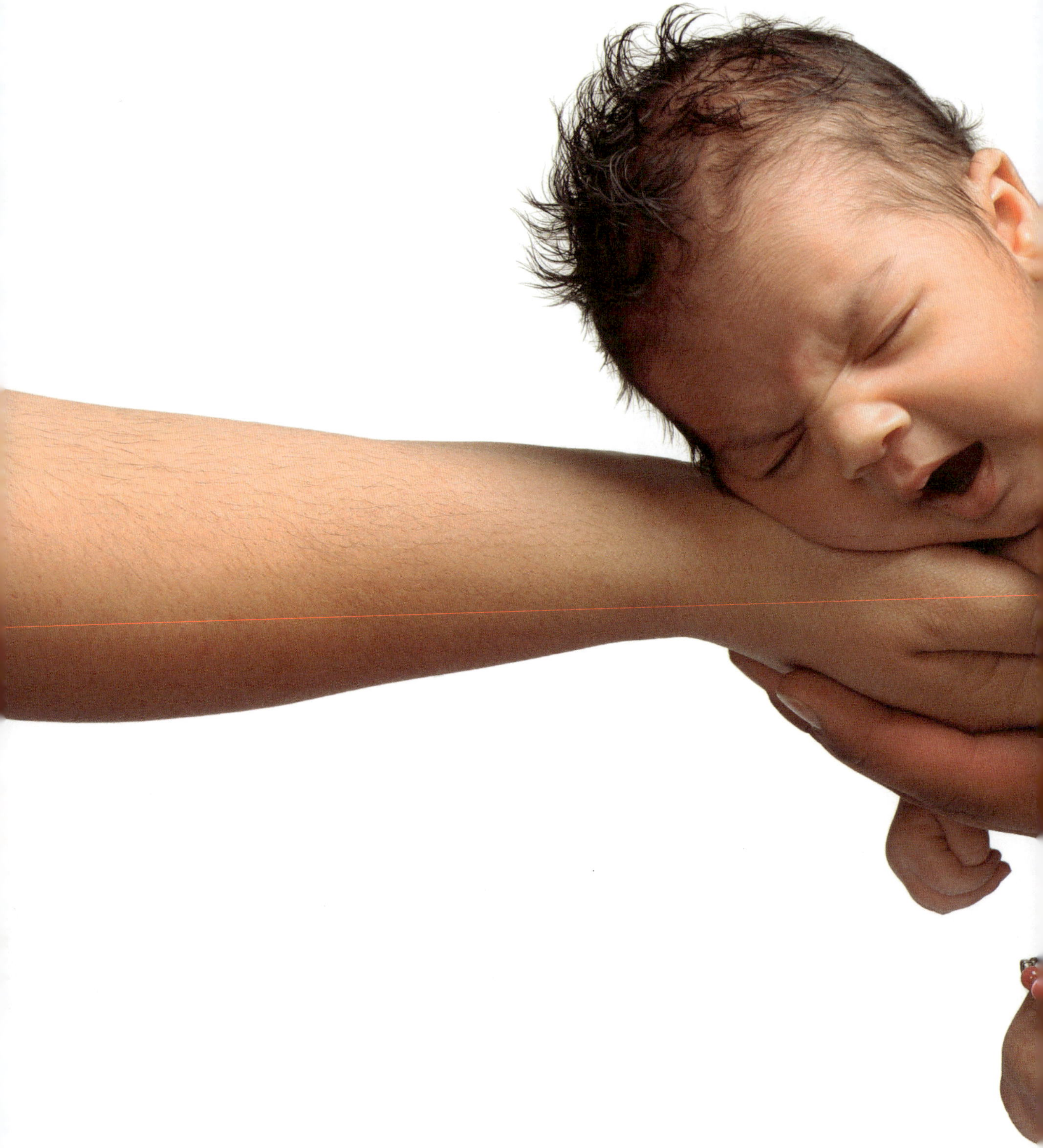

我们怎么
来到这个世界

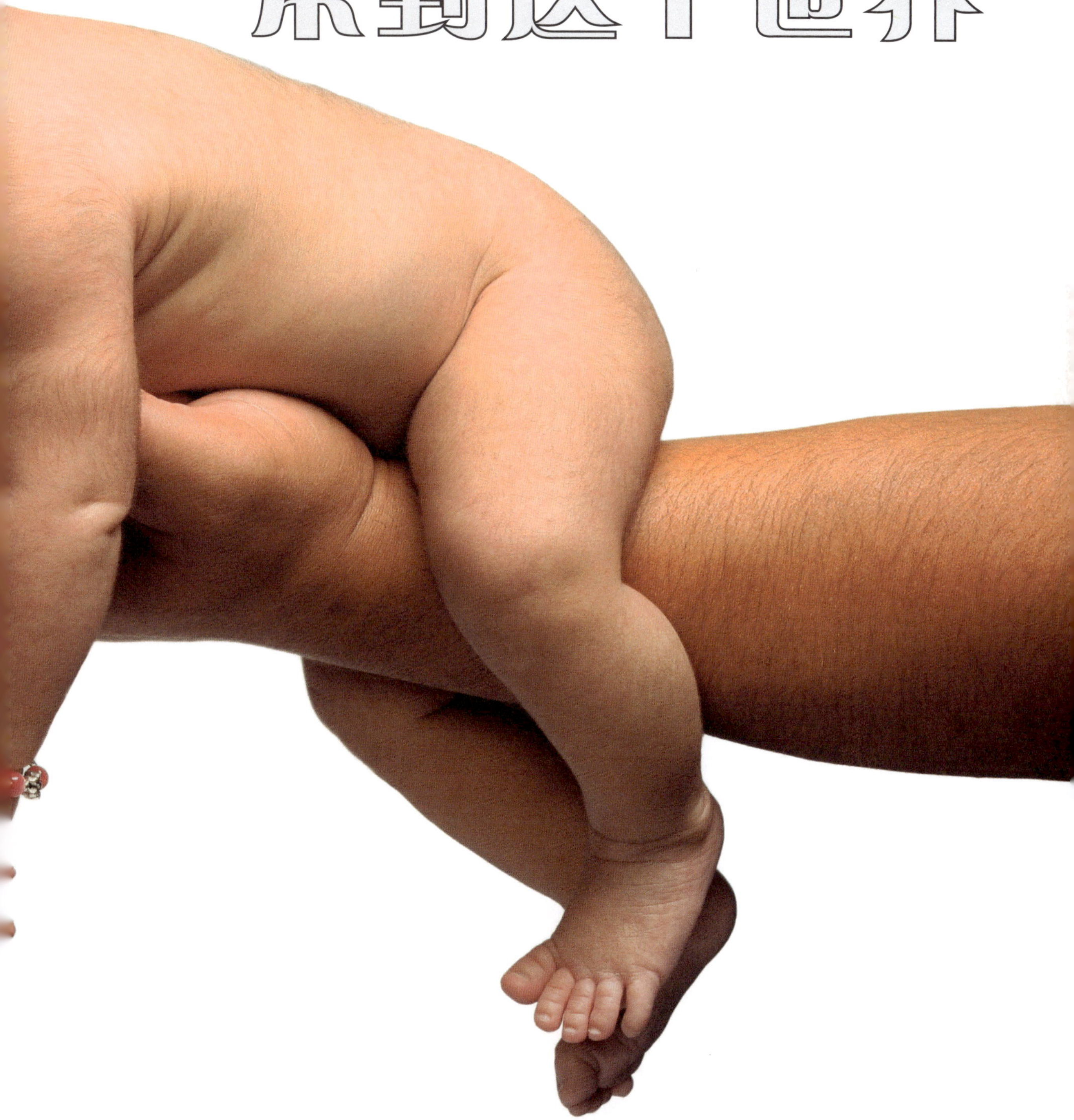

Where Don't Babies Come from?

小宝宝"不会"从哪里来?

作者: 玛丽·贝丝·考克斯（Mary Beth Cox）
译者: 宇倩
绘者: 安妮特·凯特（Annette Cate）

每个小朋友可能都问过："我是从哪里来的?"这个问题让父母十分抓狂。老派的父母会开始讲述鹳鸟和卷心菜园的故事，新潮的家长则会说："你是我上网淘来的!"

1个卵子 + 1个精子 = 1个宝宝。即便是科学家，也是到20世纪50年代才知道这个"公式"所有的答案的。而在那之前，孩子们的问题都是被父母那些乱七八糟的故事打发掉的。

在亚里士多德（前384—前322）时代，科学家同样想弄清楚新生命是从哪儿冒出来的。亚里士多德认为，蚜虫是从露水中长出来的，而鳄鱼则来自朽木。当然了，有些新生命似乎是自然而然就产生的：将一块肉放在户外几天，苍蝇宝宝——蛆便会冒出来，并在腐肉中扭动着白胖的身体；将没洗的内裤丢到一堆谷仓中，马上就会出现小老鼠（是的，真的有这样的试验）。就像有股自然的生命力量，会在某个时候催生出新的生命。

译者的话：在西方的传说里，鹳鸟会把小宝宝带到人类的家里，很像佛教中的观音送子。此外，西方也流传着宝宝会从卷心菜里长出来的故事。

其实，宝宝是无法“自我繁殖”出来的。比如用布把肉包起来，使苍蝇无法进入，也就不会有蠕动的蛆；把内裤放在抽屉里，同时把一只猫留在谷仓，老鼠当然也不会成群地冒出来。这些都表明，新生命只会从另一个已经存在的生命里诞生。于是，这些赋予新生命的生命就有了一个科学名称——“父母”。

但是，父母怎样让宝宝诞生呢？有的妈妈，包括我们人类在内，在生产前会先把宝宝带在身上几周或几个月，因此，雌性与宝宝之间会有颇为明显的情感联系。一些科学家认为，在孕育新生命的过程中，妈妈和卵子是关键因素，爸爸只是充当欢迎宝宝呱呱坠地的“拉拉队员”而已。

但是，另一些科学家却觉得爸爸才是宝宝诞生的关键，妈妈只是为还没出生的宝宝提供养分和住所。甚至有人推测，如果爸爸的精子里有超小的宝宝，那么只要适当地照料和喂养，精子自己就能长成奇怪的、矮小的、原始的人（事实上，当然完全不是这么回事）。

卵子还是精子？精子还是卵子？每个假设都会衍生出好多好多问题。比如：如果宝宝来自卵子，那为什么他们有时候看起来更像爸爸呢？抑或是，如果宝宝来自精子，为什么他们有时候看起来更像妈妈呢？有些宝宝的特征，例如头发或眼睛的颜色，可能是父母两人的综合；其他特征，例如宝宝的性别，不是男就是女。人类只能生出人类宝宝，鸡只能生出小鸡。没有两个人或两只鸡长得一样，就算是看起来一模一样的双胞胎也有不一样的地方。这个“卵子和精子”的议题让科学家头疼不已。看来，显然是有些重要环节被漏掉了，可这些环节到底是什么呢？

他们漏掉了三个重要的环节：第一，如同现在每个小朋友都知道的，宝宝不是只从卵子或精子里出来的，只有当一个卵子和一个精子结合时，宝宝才能够诞生。（发现时间：1870年）

第二，当卵子与精子结合时，每一方都会为宝宝贡献特征，宝宝长什么样子，爸爸和妈妈所负的责任一样多。（发现时间：20世纪初）

第三，卵子和精子都含有宝宝诞生的关键因素——DNA。（发现时间：20世纪50年代）

DNA（脱氧核糖核酸）是在生物体内发现的物质，它是一种带有重要信息的化学编码，这些信息包含了所有打造全新宝宝的指令。

宝宝长得有点像爸爸或妈妈，那是因为父母双方都捐出了等量的DNA，但由于来自爸爸妈妈的DNA能排列组合出数不清的模式，因此没有哪两个宝宝看起来完全一样（除了拥有相同DNA的双胞胎外）。人类的DNA做出打造人类的指令，鸡的DNA做出打造鸡的指令，所以人类的父母生出人类宝宝，鸡的妈妈孵出小鸡，不会有例外。

那么，宝宝不会从哪里来呢？答案是卷心菜园、鹳鸟、腐肉等。

宝宝会从哪里来呢？答案是妈妈、爸爸，还有他们的DNA。事实就是如此，不过很幸运的是，你还是有机会让你的爸爸妈妈抓狂的，问问他们：DNA是从哪儿来的？

青蛙宝宝从哪里来？

为了研究宝宝从哪儿来，一位叫作拉扎罗·斯帕兰扎尼的科学家在1777年做了一个有趣的试验。他让公青蛙穿上一条用塔夫绸（一种密度大、表面有光泽、平滑的布料）制成的紧身裤，接着，他把这位“青蛙王子”介绍给迷人的两栖类“青蛙姑娘”认识，斯帕兰扎尼让这些公青蛙与母青蛙自然配对。

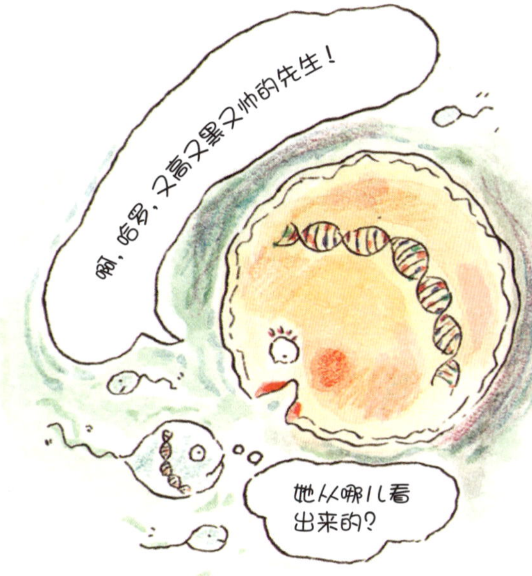

紧身裤让公青蛙的精子没办法与母青蛙的卵子接触，自然，斯帕兰扎尼也没见到任何小青蛙。于是他证明了：若想制造出蝌蚪，青蛙的卵子和精子缺一不可。

但斯帕兰扎尼没有就此停手，在人工结合青蛙卵子和精子后，他变成了一名骄傲的“父亲”，拥有了一窝“试管蝌蚪”。通过这些前卫的试验，斯帕兰扎尼成为第一个成功地为两栖类动物人工授精的科学家，而人类的人工授精直到1976年才获得成功。

Tell You the Facts of Life
你从哪里来

编译：许晨暄

既然小宝宝不是来自卷心菜园，也不是鹳鸟送来的礼物，那么他们究竟是怎么来的呢？当你用疑惑的眼神追问爸爸妈妈时，他们可能会吞吞吐吐、支支吾吾，怎么也说不清楚——哈哈！他们不是有意瞒着你，而是真的不知道如何向你开口解释。一位热爱生活的英国作家感受到了爸爸妈妈的难处，于是他专门写了一本关于生命孕育的书——《你从哪里来》，来解答你们心中的疑问。他是英国著名作家——彼得·梅尔（Peter Mayle）。

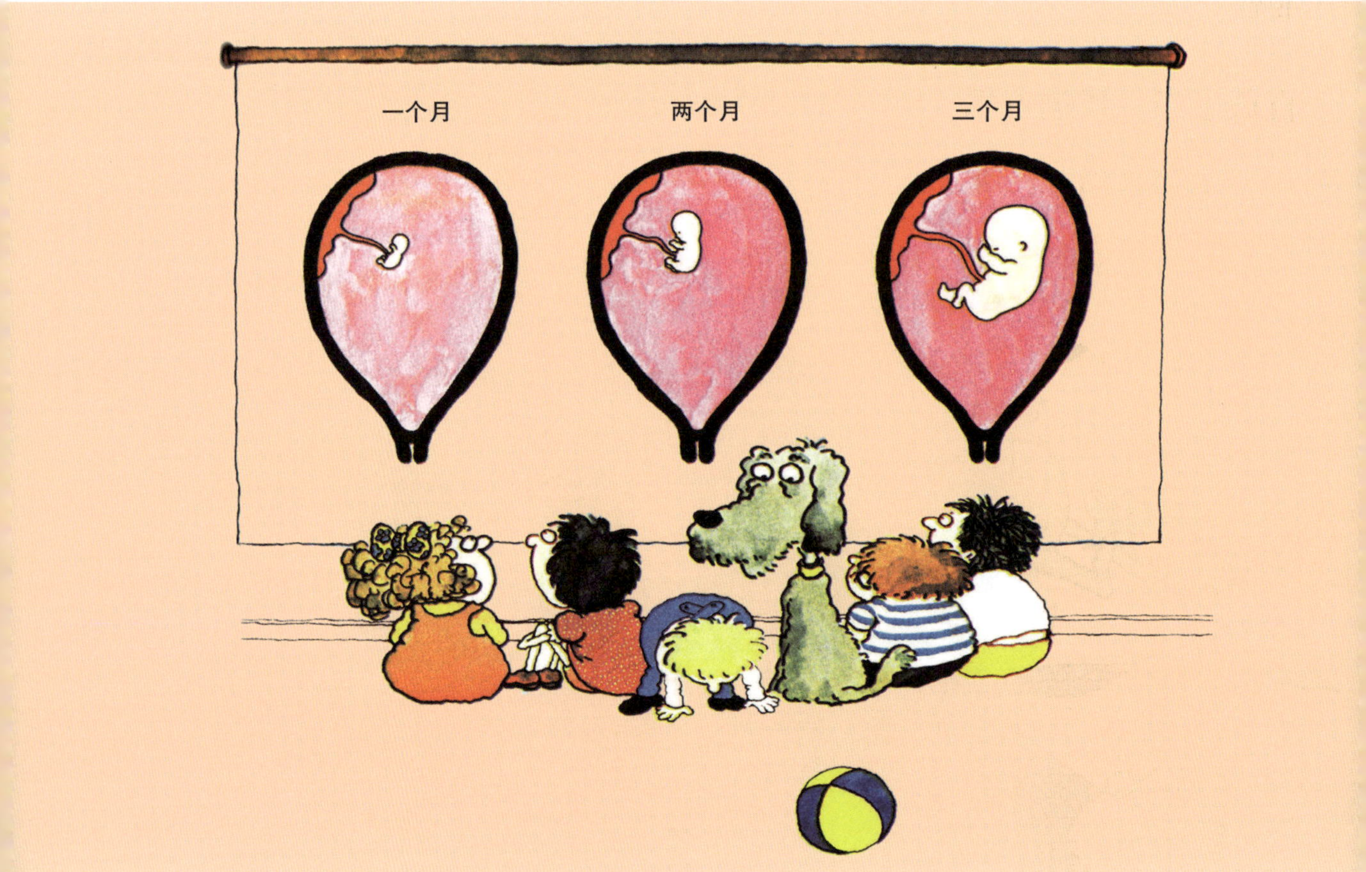

乐观幽默的作家

彼得·梅尔1939年出生在英国布莱顿。从事了15年的广告工作后，他在1975年离开广告行业，开始专心写作。他最初创作了一系列关于教育的书，比如这本《你从哪里来》，还有解答青春期问题的《我怎么了》。可以说，他是一个特别关心孩子成长的人。

尽管如此，梅尔最有名的作品却是他的“普罗旺斯”系列散文。在他的笔下，法国小镇普罗旺斯的闲适生活是如此引人入胜，令人向往。现在，梅尔和他的妻子就隐居在普罗旺斯。

人们之所以热爱梅尔眼中的普罗旺斯，是因为他将乐观幽默的生活态度融入了自己的作品当中。这种态度同样也体现在《你从哪里来》这本书里。那么，《你从哪里来》究竟是一本什么样的书呢？

彼得·梅尔

直截了当、风趣逗乐

《你从哪里来》是一本揭示出生秘密的书。它用简单直接的语言和生动活泼的插图，告诉你“你到底从何而来、你是如何出生的”。1973年，这本书首次在美国出版后就获得了巨大的反响。1985年，它还被改编成一部30分钟的动画短片。30多年来，这本书一直都是许多父母手中的育儿“圣经”，陪伴了一代又一代的孩子，影响深远。

几乎所有爸爸妈妈难以开口的话，梅尔都在书中做出了详细的说明。轻松愉快的文字，会让小朋友对自己以及异性的身体器官有更清晰的认识。值得一提的是，书中有很多逗趣的卡通插图，不但能帮助小读者理解书里的内容，也为阅读平添了不少乐趣。本篇文章的插图，就是选自该书的。你注意到了吗？画面上爸爸、妈妈和小宝宝看上去都是那么健康快乐、憨态可掬，是不是很有意思？对爸爸妈妈来说，这本书是和孩子们沟通的桥梁，它让孩子们感觉到男人和女人之间的关系并不是那么神秘莫测。

你是爸爸妈妈的爱情结晶

在书的开头，梅尔就点破了爸爸妈妈对孩子们说的“小谎言”，然后用一句话道出了真相：“大人”生出了“小人儿”（Little people are made by bigger people）。也就是说，是爸爸妈妈生出了你。接着，作者假设，如果将爸爸和妈妈放在澡盆里，你就会发现爸爸妈妈的身体有许多差别，他们有着不同的器官。那和我的出生又有什么关系呢？你一定会想。别着急，答案即将揭晓。

爸爸和妈妈最明显的区别，就是隐藏在双腿之间的部位。正是因为这两个器官，你才能来到这个世界上。妈妈的神秘部位叫作阴道，爸爸的叫作阴茎。

谁会拒绝一个这么帅气的精子呢？

帮助你了解了爸爸妈妈的区别后，梅尔接着用一个浪漫的故事揭开了出生的奥秘。原来，爸爸妈妈因为相爱，会不由自主地被对方吸引，他们会拥抱和亲吻，然后开始进一步的身体接触。在这个过程中，含有精液的阴茎就会进入到阴道里。每一滴精液里含有成千上万个精子。这些精子长得就像一只只小蝌蚪，但只有在显微镜下才能够看清楚。这些“小蝌蚪”离开阴茎后，就会奋力地游进阴道。它们就好比在进行一场赛跑，谁最先找到妈妈身体里面的卵子，谁就能获得冠军。最后，总会有一个精子获得胜利。那个精子和卵子结合在一起，在妈妈的肚子里开始发育成胎儿，而妈妈肚子里的胎儿，就是你。

经过十月怀胎之后，妈妈辛苦地将你生出来。当你哇哇地哭着来到世上时，你就开始了新的生命旅程。所以你看，每一个生命的诞生，都是爸爸妈妈的爱情结晶，是充满惊喜的“果实”。

（本文插图选自《你从哪里来》一书）

Nine Awesome Months
9个月的非凡之旅

作者: 玛西娅·阿米顿·拉斯蒂德（Marcia Amidon Lusted）
阿莱·萨克微斯（Allie Sakowicz）
译者: 田玥

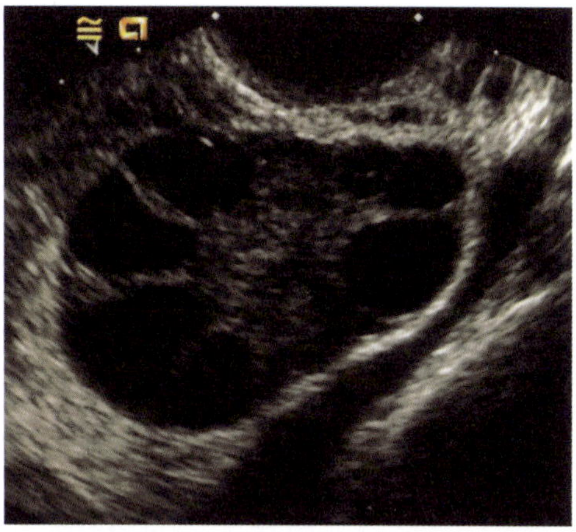

这是卵巢的超声图像。黑色的区域是充满液体的滤泡，那里有可能会释放出一颗成熟的卵子。

从一个单细胞变成婴儿大约需要266天的时间！尽管我们每个人都是经过母体的孕育才来到这个世界上的，可是并非人人都能确切地知道怀孕是怎么回事。那可是一场意义非凡的旅行呢！

准备起航

每个月妈妈的肚子里都会产生一个小泡泡，叫作“卵子”。同时，妈妈体内还会分泌足量的雌性荷尔蒙激素和黄体酮。这些激素和黄体酮会帮助妈妈的身体准备好迎接爸爸体内释放的“小鱼鱼”，这些“小鱼鱼”叫作“精子”。当“小鱼鱼”和小泡泡结合就变成了“合子”，也就是通常所说的受精卵。这样，生命的孕育就开始了。

孕育初始

妈妈的卵子与爸爸的精子结合之后的三四天，它就变成了一小束细胞。这束细胞进入妈妈的子宫里逐渐发育成小宝宝——胎儿。这时的胎儿和脐带是漂浮在羊水里面的哦！

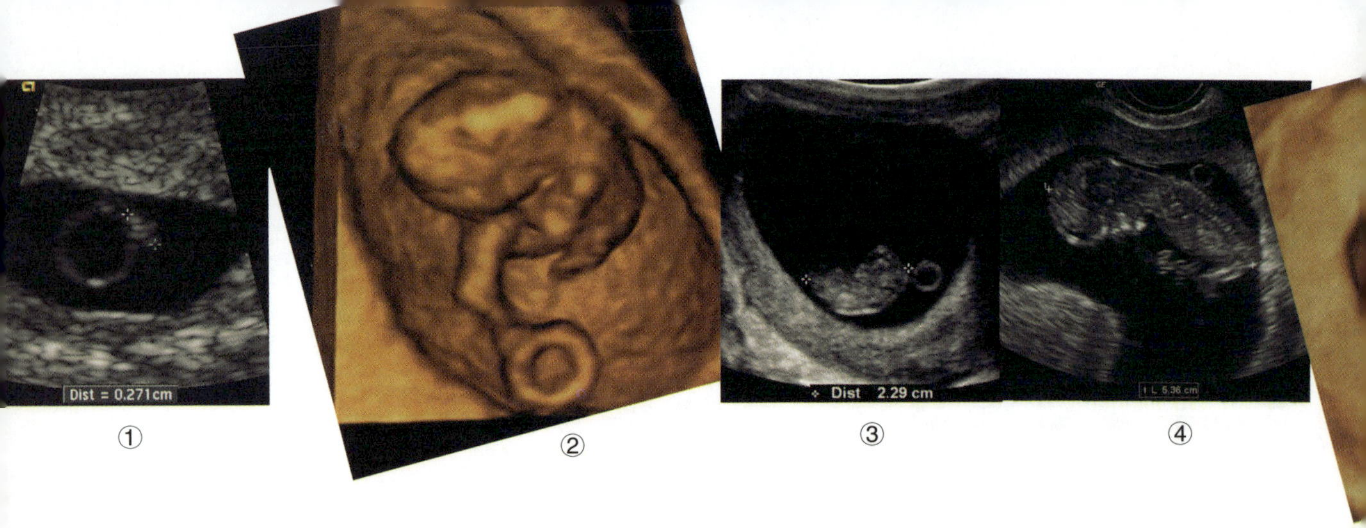

图片①~③依次是：胎儿发育到6周大、8周大和9周大的照片。从照片上可以看到脐带和卵黄囊。

宝宝的性别是怎么决定的呢？是由精子决定的。精子是有性别的，和卵子结合的是“男精子”还是“女精子”，就决定了宝宝出生时的性别！最初的两个星期，胎儿只有大头针的头那么大。

第1个月

受精卵在妈妈的子宫安家后，细胞就开始分裂（1个变2个，2个变4个……）。它们中的一部分形成妊娠囊，一部分组成胎盘，还有一部分将发育成宝宝的身体。妈妈怀孕的第1个月，胚胎约有6毫米长、20克重，看起来像是一个大写字母“C”。

小宝宝在妈妈的肚子里发育的时候，胎盘会提供氧气和营养物质。胎盘的外表面与母体相连，妈妈的血从那儿通过小孔一样的绒毛间隙进入胎盘。胎儿和胎盘依靠脐带连接，脐带与宝宝的连接点有朝一日会变成宝宝的肚脐。

第2个月

第2个月初，胚胎像一枚大橄榄。此时，胚胎的头部占了整个身体的一半，它的身体系统已经出现，并且继续发育着。第2个月末，胚胎的外形初步形成，而在此之前它看起来就像是一只蝌蚪。现在，它的“小尾巴”消失了，有了细小的胳膊和腿，甚至有了手指和脚趾，发育的重点也由身体结构转向脑和身体系统了。

第3个月

12周的时候，胚胎发育成胎儿，个头有苹果那么大了。从10周到12周，它的个头增长了两倍，每分钟都有约25万个脑细胞生成。现在，胎儿能够张嘴、闭嘴，并且吞咽羊水啦。胎儿的周围充满了羊水，在羊水的保护下，胎儿可以伸懒腰了。这时，心急的爸爸妈妈可以用听诊器听到胎儿的心跳喽！

第4个月

16周的时候，胎儿有脐橙那么大了。如果它在这个时候降生，是无法成活的。到第5个月，妈妈就能感觉到胎儿在子宫里的动静了。

现在，胎儿可以自己分泌胰岛素和胆汁了，并且还能够小便。4个月大的胎儿全身覆盖着柔软的胎毛，皮肤是透明的浅粉色哦。

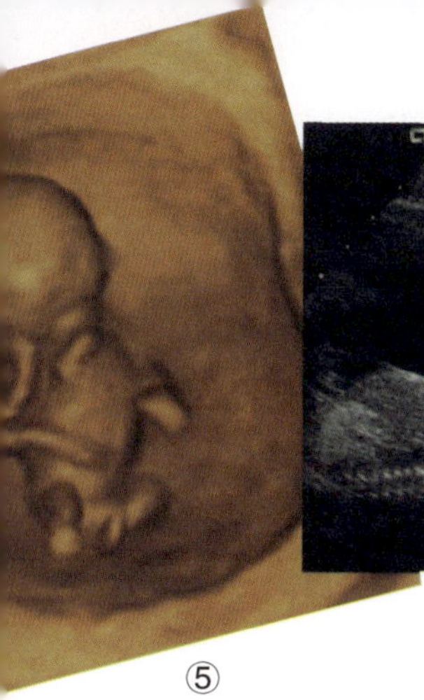

⑤

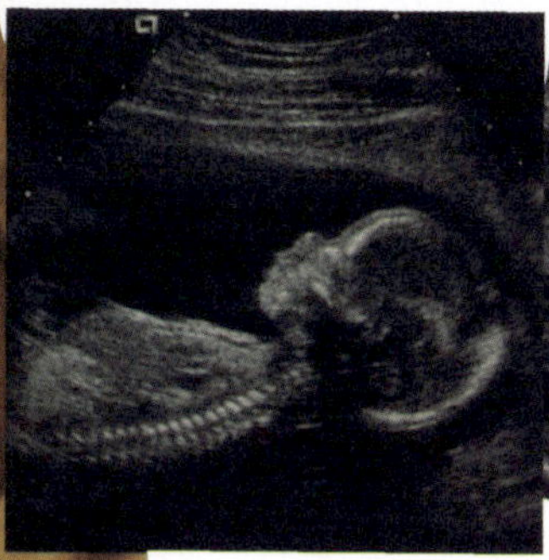

⑥

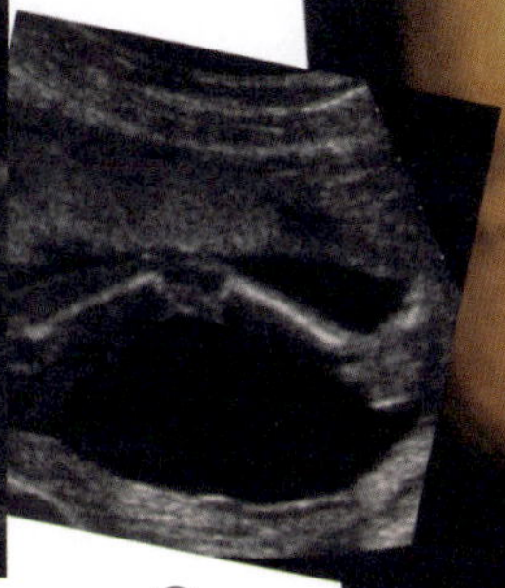

⑦

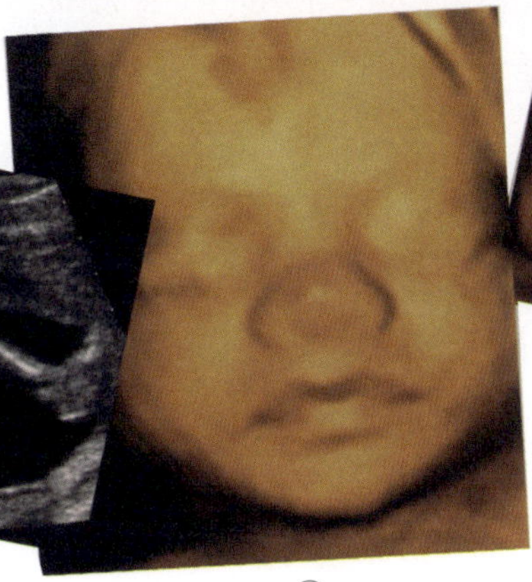

⑧

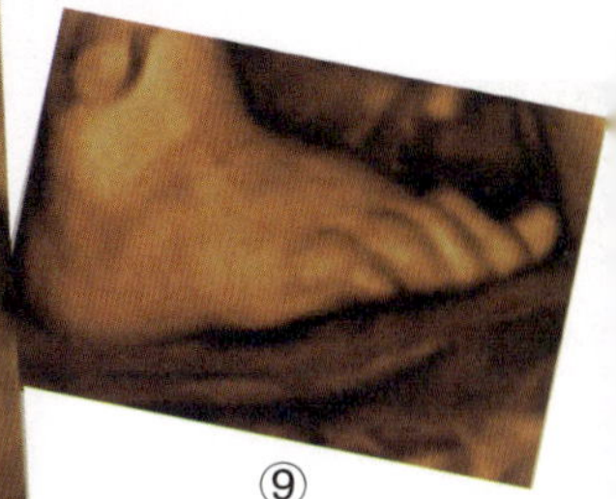

⑨

快速成长！图片④~⑥依次是：胎儿11周大的照片，看起来不那么像蝌蚪了；胎儿12周大的照片，可以看出它的头、胳膊和腿；胎儿16周大的照片，脸和脊柱清晰可见。

长大了！图片⑦~⑨依次是：19周时的胎儿，腿部很难辨别；28周时的胎儿，已经能看出长相了；36周的胎儿，成形的小脚丫已经准备好和大地亲密接触了！

第5个月

第5个月的结束，标志着孕期过了一半时间了。此时的胎儿约有15厘米长，个头有一只小兔子那么大。胎儿已经有了牙蕾，牙蕾会在将来长出牙齿。

第6个月

24周的时候，胎儿约有900克，像个小甜瓜那么大。

此时胎儿能够睁开和合上眼睛，并对声音有了反应。这个阶段的胎儿能够活动身体并练习呼吸，身体也开始产生脂肪，帮助调节体温。

第7个月

到第7个月，胎儿仍在成长，差不多有1300克，像一个足球那么大。随着时间的推移，胎儿成活的概率也在一天天提高。此时，妈妈腹中的胎儿能够吸吮拇指并且在睡觉的时候做梦了！胎儿在这个阶段能够感觉到光亮和黑暗，器官也趋于成熟，更多的皮下脂肪也正在发育，他或她还会继续在羊水里练习呼吸。

第8个月

第8个月的时候，胎儿的轮廓变得更清晰了。这时的胎儿约有2200克，像一只小猫一样大了。此时，胎儿的发育基本完成，只有肺还没有长好。胎儿的肾脏已经发育成熟，骨髓开始制造红细胞。胎儿的瞳孔能够扩张和收缩，脑发育的速度极快。34周大的时候，胎儿大脑的形状看起来已经与成年人的大脑没什么两样了。

第9个月

第9个月的时候，胎儿足月了，即将降生。胎儿的肺已经发育成熟，这让胎儿一出生就能在外面的世界进行呼吸。此时的胎儿仍旧由胎盘供给氧气和营养物质，直到出生的几秒钟后才开始用自己的肺进行呼吸。最后的时刻终于要到来啦！

出生

40周之后，婴儿终于呱呱坠地了。新生儿经过了9个月的漫长旅程来到这个世界，真是可喜可贺啊！

Testing, Testing
小宝宝做测试

编译：许晨暄

你是不是觉得自己是个考试专家，早就接受过大风大浪的洗礼了呢？

可是你知道吗，发育中的胎儿和孕妇也要经过各种检查和测试，而且检查和测试的结果要比学校的成绩单更加意味深长。

怀孕了？

妈妈是怎么知道是否怀上宝宝了呢？家庭检测就可以做到。医生则是通过尿液或者血液检查来确认检测结果。

如果确定女性怀孕了，接下来就要检查准妈妈的身体是否健康，这可关系着宝宝的健康哦！

随时检查

在整个妊娠阶段，准妈妈要随时关注健康状况。在妊娠9~12周的时候，医生就可以通过体检来监测胎儿的心跳了。

排除隐患

在美国，约有3%的婴儿有先天缺陷。因此，妇产科医师建议每个孕妇进行遗传筛查和基因检测。这些筛查不会给胎儿带来创伤，对胎儿来说十分安全。

欢迎你，宝贝！

刚刚出生的婴儿有更多的测试要做。医院的工作人员检查婴儿的肤色、脉搏、反射状况、肌肉紧张度和呼吸，并且通过针刺小孔采集血样，来做各种各样的基因检测。

新生儿也要接受听力检测。早期诊断与否会给婴儿日后讲话和语言能力的发展带来很大的不同。

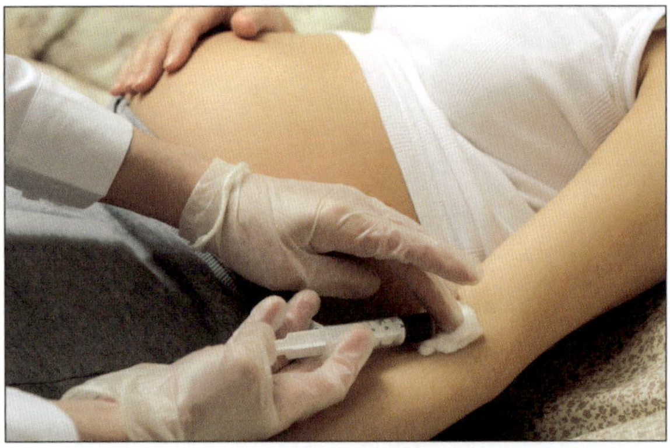

胎儿在发育中可能出现的许多种异常情况，都可以通过对孕妇的血液进行筛查来发现。

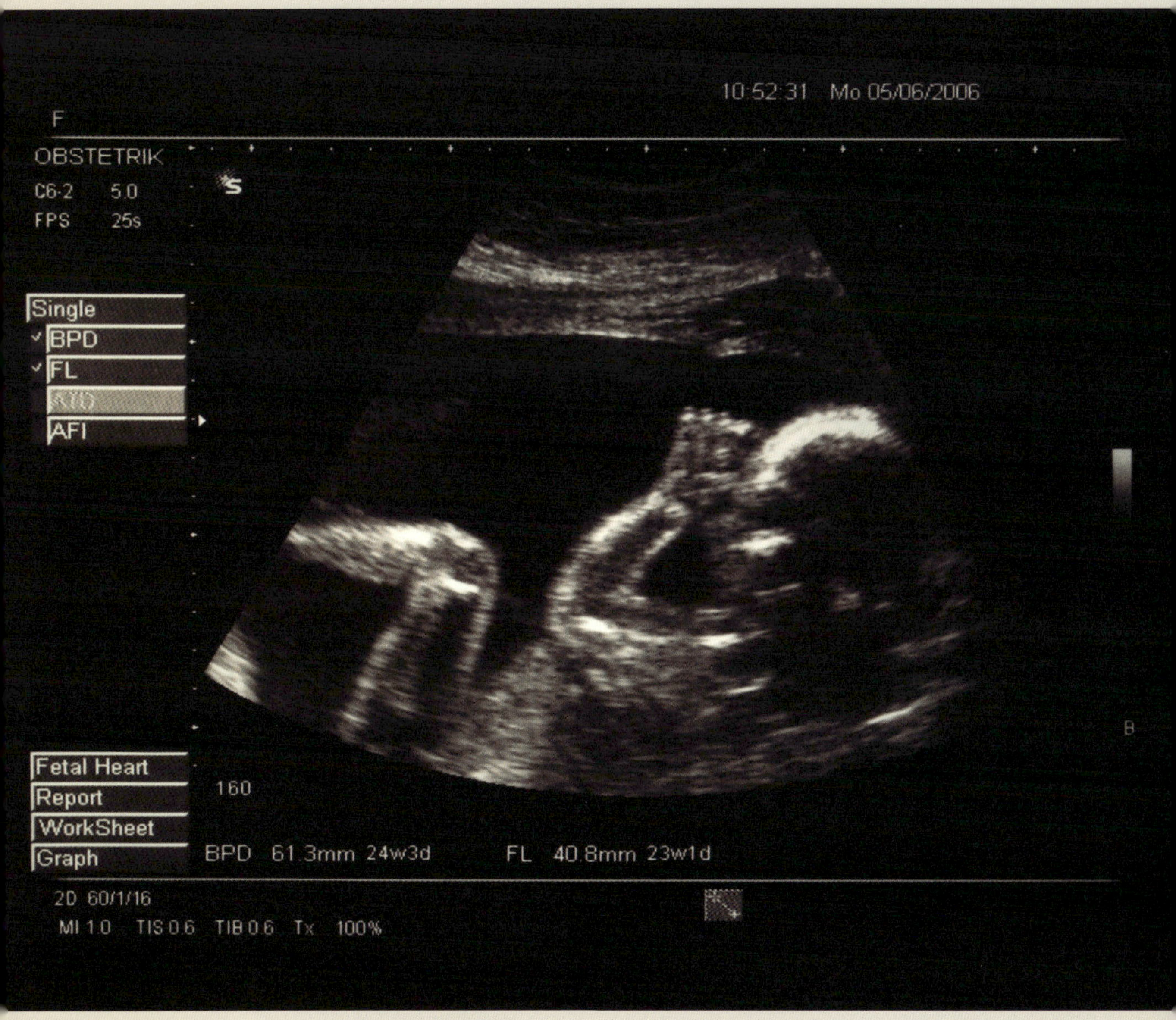

超声波：拍摄婴儿的第一张照片

现代的超声波成像不但能给婴儿拍摄第一张照片，还能反映出重要的体检信息。超声仪通过传感器发射出高频率的声波，但当传感器在人的腹部移动时，人们其实听不到它发出的声音。

超声波穿过腹部，直到它们撞到什么东西，这个东西发出的声音和胃部组织的声音不同。之后，一部分声波会反弹到传感器上，超声仪立即根据回音成像，那些三维的图像看起来就像照片一样。

美国密歇根州大学健康中心的梅杰·泰德维尔（Majorie Treadwell）说："借助超声波技术，你可以对胎儿做出所有测评，以确保胎儿发育正常。"医生们用超声波技术检查胎儿的脑部发育状况、心脏的结构和功能以及肾脏和肠等其他身体器官的情况，甚至可以数清婴儿的手指和脚趾。

"利用超声波技术，我们能检测出更多潜在的先天缺陷。"美国辛辛那提市儿童医院的临床遗传学主任霍华德·塞尔（Howard Saal）强调说，"这使我们改善孕产状况的能力大为提高。"

Happy Birthday!
生日快乐!

作者: 凯瑟琳·休利克(Kathryn Hulick)
译者: 田玥

“生日快乐!”这句话通常是出现在你的生日宴会上,并且伴随着气球和礼物,对不对?可实际上,你的第一个生日并不是这么度过的!那时候,谁都无暇顾及什么蛋糕或蜡烛。你刚刚结束了在温暖、安静的子宫中漂浮的日子,来到外面这个充满了声、光、电、色的世界,你满脑子的

问题都无法解答。

“墙”怎么晃动了？

你的出生分为三个阶段。第一阶段（也是最长的阶段）是阵痛，在这个阶段妈妈和你都会被弄得很累，因为你们有大量的事情要做。在阵痛之前，你已经在妈妈的子宫里住了9个月了，子宫内壁的肌肉就好像是你房间的墙壁一样。当你准备降生的时候，这些“墙壁”开始收缩和挤压。起初，子宫收缩得并不剧烈，你在两次挤压之间还有充分的时间把自己再次调整到舒服的状态。

越来越挤，我要出去！

现在子宫收缩得更加频繁了，你被挤来挤去，喘不过气来，真不知道该怎么办！突然，子宫的底部，那个曾经一直封闭的地方，变得越来越薄并且打开了。出口找到啦！

但是事情可没这么简单，你必须再等等，因为妈妈从第一次阵痛到完全准备好把你生下来，需要很长一段时间。子宫颈会不断地变薄，直到变得像纸一样薄，而且它的开口要达到约10厘米宽。阵痛一般会持续12个小时。

当子宫每隔几分钟就收缩一次，并且每次几乎持续一分钟的时候，就表明妈妈已经准备好把你生出来了！

足月：

胎儿在母体中成长的月份已足。

哎哟！我的头非得从这儿出去吗？

当你受苦的时候，毫无疑问，妈妈也在受苦！你是一个健康的足月婴儿，因此个头很大，体重有3~4千克，头围约36厘米，头径约11厘米。现在，进入生产的第二阶段：当你离开子宫，来到妈妈的耻骨之下，并且进入产道的时候，你一定感觉像是在穿世界上最紧的套头毛衣。你的头顶到了外面的世界，可是稍后你又溜回了妈妈的体内，直到下一次，母体内更有力的挤压把你往外面的世界推。你的头一旦从母体中出来了，细小的身体就会很容易地随后而出。接着进入生产的最后阶段——剪断脐带！

灯光、声响、冷空气……哇！

你的第一声啼哭意味着你已经成功地呼吸了！祝贺你！在此之前，你只是漂浮在羊水之中，只有羊水在你的肺中流动。别担心，你不会着凉的！会有人抱起你，把你放入妈妈的怀中。这可是你和妈妈的第一次会面哦！也许你会尝到人生第一口美味的妈妈的乳汁。祝你生日快乐！

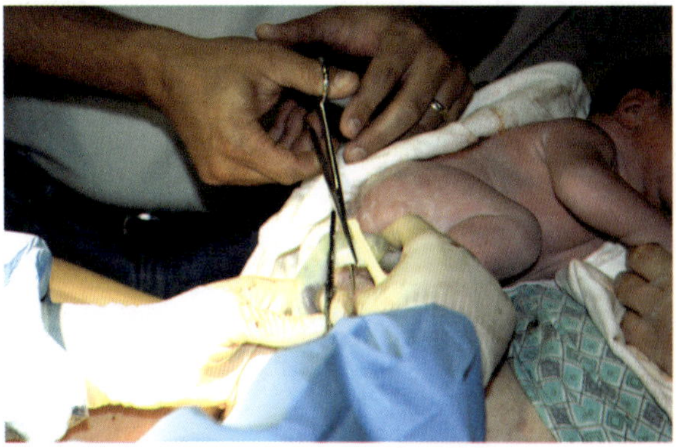

骄傲的父亲正在为新生儿剪断脐带。

Sharing a Room : Multiple Births
分享一室：多胞胎

作者：玛西娅·阿米顿·拉斯蒂德（Marcia Amidon Lusted）
译者：田玥

这对出生14周的三胞胎各有各的空间，看上去待得很舒服。

妈妈肚子里孕育着一个小宝贝，这是件多么奇妙的事情啊！那么再试想一下，如果妈妈怀着双胞胎、三胞胎，甚至同时怀着更多的宝宝，那么就有好多宝宝在她肚子里分享有限的空间。

在美国，通常每90个准妈妈中就有一人会怀上双胞胎，但是随着更多的人使用生育药，妈妈们怀上多胞胎（三胞胎及以上）的概率也在上升。现在，每100个准妈妈中就有3人会怀上双胞胎。而根据优生优育基金会提供的数据，多胞胎的出生概率在1998年达到了高峰——每10万个成活的婴儿中就有193个是多胞胎婴儿。

双胞胎产生的方式有两种，即异卵双胞胎和同卵双胞胎。异卵双胞胎是由两个相互独立的受精卵发育而来的，即两个卵子分别与两个不同的精子同时结合。异卵双胞胎彼此之间的相似程度就和同一父母在不同时间所生的孩子差不多。而同卵双胞胎则是由同一个受精卵分裂成两个基因相同的受精卵，并最终发育成两个看起来一模一样的婴儿。

双胞胎不仅可以从受精卵的受精方式来划分，还可以从双胞胎分享子宫的方式来划分。就像兄弟姐妹们在家中可能要分享一间卧室，也可能会有各自的卧室一样，双胞胎可能共享一个胎盘，也可能有各自的胎盘。所有的异卵双胞胎和三分之一的同卵双胞胎有各自的胎盘、羊膜和绒毛膜（羊膜和绒毛膜是包裹着妊娠囊的两层膜），每个婴儿都有自己的发育空间。尽管一些双胞胎要共享妊娠囊的外部，但是他们有各自的羊膜，彼此的羊膜之间还有一层薄膜作为隔断，把同一个空间分成两部分。大多数的同卵双胞胎适用这样的情况。极少数的同卵双胞胎会在同一个羊膜和绒毛膜内发育，共享一个胎盘，实际上就是共享一个空间。

三胞胎、四胞胎和五胞胎等多胞胎，是异卵双胞胎和同卵双胞胎的随机组合，因此可能共享胎盘或者拥有多个胎盘。例如，三胞胎中可能有两个婴儿是同卵双胞胎，第三个婴儿和前两个婴儿既可能是由同卵发育而来的，也可能是由异卵发育而来的。前两个婴儿共享一个绒毛膜，他们之间由薄膜隔开，第三个婴儿和前两个婴儿之间由更厚的膜隔离开。

尽管大多数因治疗不孕症而产生的多胞胎是异卵的，但是也有例外，比如有的孕妇一次生下了一对同卵双胞胎和一对异卵双胞胎。

就像兄弟姐妹们分享家里的房间或者拥有各自的房间一样，双胞胎、三胞胎或其他多胞胎也用不同的组合方式来分享子宫里的空间。也许对他们来说这是不错的训练，反正将来他们也要在生活中分享真正的卧室。

生育药：

自然或者合成的荷尔蒙，用于加强卵巢排卵的功能，有时可以导致一个排卵周期排放许多卵子。

What Came first?

— From the Chicken or the Egg Dilemma to *The Origin of Species*

起源辩

——从“鸡与蛋”的因果悖论到《人类起源》

编译、撰稿：拉斐尔

物种——先有鸡？先有蛋？

“没有鸡怎么会有蛋？而没有蛋又何从孵出小鸡？是先有鸡，还是先有蛋？”这个问题被称为“鸡与蛋的因果悖论”。哲学家和生物学家曾对它进行过认真思考，并且将它关联到生命和宇宙的起源这一终极问题上。这一问题也许已经被研究了近千年，但还是没有一个让人信服的答案。

有很多人支持“先有蛋后有鸡”的观点，包括很多著名的科学家，如英国生物学家达尔文、英国物理学家史蒂芬·霍金和“美国最聪明的人”克里斯托弗·兰根。

多年后，英国的一名遗传学家、一位哲学家和一名养鸡人集中彼此资源，得出“先有蛋”的结论。2006年，诺丁汉大学的教授约翰·布鲁克费尔德说，第一枚具有鸡的DNA的蛋将会孵化成鸡。伦敦国王学院的科学哲学教授大卫·帕皮诺赞成：“如果一只袋鼠产下一枚蛋，最终从蛋中孵出了鸵鸟，那么，这肯定是一枚鸵鸟蛋，而不是袋鼠蛋。”简单来说，就是先有蛋，什么蛋生什么鸡。

而有一段时间，国外的媒体报道，科学家用先进的运算技术解开了这个经典的千年谜题！答案是：先有鸡。

谢菲尔德大学和华威大学的研究人员撰写了一篇题为《蛋壳蛋白质晶核的结构控制》的论文，论文的结论是：一种名为OC-17的蛋白是加速蛋壳生长的催化剂，没有OC-17蛋白，鸡蛋的外表就无法结晶形成蛋壳。

这种蛋白将碳酸钙转换为构成蛋壳的方解石晶体。方解石晶体存在于许多骨骼和蛋壳里，但母鸡形成方解石晶体的速度比任何物种都快——每24小时生成6克蛋壳。

谢菲尔德大学工程材料系博士科林·弗里曼介绍说："科学家以前就发现了OC-17蛋白，并猜测它与鸡蛋形成有关。但在展开细致研究后，我们终于了解到它是如何控制鸡蛋形成的过程。有趣的是，各种禽类似乎都有类似OC-17这样可催化蛋壳形成的蛋白。"弗里曼下结论说："有了蛋壳，蛋黄和保护小鸡的液体才有地方住，要是没有卵巢里的OC-17蛋白就不可能有鸡蛋。因此，一定是先有鸡再有蛋。"

这项研究原本是为了解答鸡与蛋出现的先后顺序问题，但实际上，科学家更希望将他们的发现应用到实际领域，比如设计出新材料和新工艺。至于计算机的答案是否真的能解决鸡与蛋的难题，还需要进一步"考察"。

而根据《原来如此》一书的推论，两种不是鸡的动物交配，如果它们的受精卵产生DNA突变，就孵出第一只真正的鸡，而在这个受精卵之前，只是两只不是鸡的动物，那么，又是"先有蛋"了。

在科学研究之外，还有另类的证明，"不可能研究年鉴"的工作人员艾丽斯·卡斯维尔在2003年做了一项另类的实验，她使用美国邮政，分别寄出一只鸡和一枚蛋。结果，鸡先到了。鸡先到，难道证明了"先有鸡"吗?

我们再回头听听哲学家们怎么说。古希腊哲学家亚里士多德（前384—前322）的结论是：不管是鸡还是蛋，它们都必然是一直存在的。

查理·达尔文

人类——神择？天择？

《圣经》里记载，"太初，上帝创造了天地"。上帝用7天时间创造了世界。第一天，上帝创造了光；第二天，上帝让大地、天空和水出现了；第三天，上帝把水汇聚在一起，形成了江、河、湖、海；第四天，上帝创造太阳、月亮来支配昼夜，并划分了年、月、日和季节；第五天，上帝创造了飞鸟和鱼；第六天，上帝创造出陆地、动物和人；第七天，上帝看到天地间的万物已经造齐了，就停止工作，将这一天定为"圣日"。

上帝造人的论断在几百年前一直统领着人们，但达尔文的出现打破了这个观念。

达尔文出生在1809年，他从小就热爱大自然，经常采集一些动植物的标本。他的父亲本想让他继承祖业，当一名医生，但看到他这样"游手好闲"，一怒之下把他送到剑桥大学学习神学。没想到达尔文不但无心研究神学，还对神学产生了怀疑。

1831年大学毕业后，达尔文经老师介绍，以“博物学家”的身份登上“贝尔格”号军舰，开始了历时5年的环球考察。在这期间，他潜心研究，认真考察，积累了大量的自然资料。1859年，达尔文将他20多年的研究成果集合成书出版，取名为《物种起源》。

这本书的出版轰动了整个欧洲乃至全世界。他的“进化论”颠覆了“神创论”的思想，也动摇了神权的统治地位。

在《物种起源》里，达尔文认为，地球上的物种是可以变化的，而且有可能是同一个祖先一步步进化而来的。比如家养的狗，他在书中记载：狗科的几个野生种曾被驯养，它们的血曾混合在一起，留在我们家养品种的血管里。犬类的祖先都是某一物种的后代，因为物种变异或人为驯养、杂交，成为新的物种，使原来野生的犬类变成现在乖巧的宠物或者用来放牧的犬类等。他还提出，因为天气或者地域的不同，也会影响物种的变异或者突变，使它们更能适应当地的环境气候，比如冰河时期的生物都有着厚厚的皮毛和脂肪，用来抵御严寒，这就是“物竞天择，适者生存”。

达尔文并没有停止物种研究，他渐渐将精力转移到人类身上，将“进化论”放在人类物种上进行进一步的研究。1871年，达尔文发表了《人类起源及性选择》一书，将人类与物种相提并论。他

达尔文认为，地球上的物种并不是自诞生后就不变的，而是在经历持续的进化。而且物种有可能来自同一个祖先，比如，人类是从古代的猿进化而来的。

在书里指出，人类是从古代的猿进化而来的。“人类身体结构上仍然有其低等祖先不可磨灭的印记。”达尔文的这一结论是非常大胆的，因为当时还没有任何化石记录支持这样的观点。

达尔文首先研究人体构造，将人类的骨骼、肌肉、血管、内脏等与猴子、蝙蝠等生物进行对比，推断出人类是哺乳动物。他还很关注物种未成形时的状态，因为这种形态可以看到这类动物的祖先模样。他将人的胚胎、狗的胚胎和猩猩的胚胎进行比较，指出7个月的胎儿的大脑皱襞就像成年猩猩的大脑皱襞一样。人和类人猿在大脑构造方面的差别，正如赫胥黎指出的那样，实际上比类人猿和其他最接近类人猿的猴子（如长尾猴和蛮猴）之间的差别还要小。

达尔文认为，源自某一种猿类的人类，从器官、四肢等来看，都是自然选择而形成的。

在远古时期，古猿不但不能直立行走，还生活在树上。他们和现在的灵长类动物一样，都是群居生活，平时吃着叶子、果实或者植物的根茎，有时还会吃些鸟蛋之类的食物。但随着气候环境的变化，可吃的食物越来越少了，于是古猿就来到陆地上觅食。随着时间的推移，这类古猿渐渐习惯了地面的生活，学会像小鸟一样做窝，有了自己的家。古猿也不会用爬树和撕咬的方法来驱赶猛兽，而是发明了陷阱、武器、工具等，来保护自己和捕捉猎物，甚至建造木筏或者独木舟，去附近的岛上捕鱼或者去更肥沃的土地上生活，并且还会使用火。

按照达尔文的说法，人类的身体，尤其是四肢的构造是在生存斗争中改变的。猿为了把石块抛出去，必须做一些复杂而准确的动作，必须把手从行走、支撑身体和爬树的动作中解脱出来，也就是说，过渡到只用两条腿站立。这就引起后肢要有所变化，即后肢要发展站得稳的功能，逐渐失去抓东西的能力。人体直立的姿势也就导致了一系列解剖学上的其他变化，导致了脊椎要有特殊构造，骨盆加宽，脑和颅骨的体积和重量增加等，于是手和脚渐渐成形，猿成为直立行走的猿人。

通过利用工具和学习能力的加强，猿人脑部的体积和容量增加，牙齿特别是犬齿也渐渐缩小，下颌部收缩，猿人逐渐成为人的样子。

达尔文的理论一直饱受争议，直到19世纪三四十年代才开始真正为众多的人所接受。

成长的疑问

How Different Are Boys and Girls?

男孩女孩有多么不同?

作者: 辛西娅·葛雷波(Cynthia Graber)
译者: 李蒙蒙
绘者: 大卫·克拉克(Dave Clark)

男孩和女孩的确看起来不一样啊! 过去有很多人,甚至是科学家都认为,谈到智力和能力的时候,男孩和女孩也是不同的。但是,男孩和女孩到底有多么不同呢?

照照镜子就知道了

男孩和女孩最明显的不同就是身体了,里里外外都是。比如说,男人能生孩子吗?女人能长胡子吗?但是,医生们往往忽视我们的不同,对待男病人和女病人都采取同样的治疗方法。而且,当他们研究某种疾病的时候,有时只研究男性。尽管一些精神疾病,比如抑郁症和破坏人体免疫系统(对人体起着抵抗病毒侵害的作用)的疾病对女性的影响高于男性。研究者们直到30年前才开始对女性健康进行认真研究。

颅骨尺寸决定能力大小?

我们的身体特征不同，是否可以说明我们的能力大小呢? 有没有一些事情女孩天生就比男孩更擅长，或者男孩天生就比女孩做得更好呢?

19世纪时，欧洲的很多学者认为女性没有男性聪明，因为女性要把精力放在生育和抚养孩子上。这个时期，科学家提出了一种理论，那就是所谓的“颅骨学”——智力水平可以用颅骨的大小来衡量。按照这种理论，男性的颅骨比女性的大，于是人们就认为，男性一定比女性聪明。

正是因为这些理论的存在，女性被区别对待。女孩从来不被鼓励去上学，去完成学业。一些医生甚至说，那些上大学的女孩将来会不能生小孩。当然，在现在看来，这些说法都是不正确的。智力的高低并不取决于颅骨的大小。现在，上大学的女孩和男孩数量一样多，而且这并没有妨碍她们生小孩。

让我们再仔细想想

20世纪50年代，心理学家对男孩和女孩进行了科学知识的测验，希望以此判断出男孩和女孩谁更聪明。结果是，女孩的平均成绩没有男孩的好。研究者据此得出结论：在学习科学方面，男孩比女孩聪明。

但是，这是事实吗？测验可能仅仅反映的是男孩和女孩各自接受教育的情况，而非他们天生的能力。因为当时的家长和老师都不期待女孩在数学或者科学方面有所成就，于是他们也就不鼓励女孩学好这些知识。在学校，老师只把注意力放在男孩身上。这些行为都影响了男孩和女孩的表现，造成男孩学习成绩好，而女孩学习成绩差的普遍现象。

现在，女孩和男孩得以接受家长和老师完全相同的教育方式，他们在数学和科学测验中也取得了几乎一样好的成绩。

男人不穿裙子……或者，他们也穿？

是的，男人也穿裙子。事实上，世界上大约有四分之三的人穿“裙子”。在非洲、亚洲、中东和太平洋国家，男人和女人都穿着那种长长的、没有裤裆的服装，这跟性别没有关系。然而，在西方国家，裙子通常是专为女人设计的。其中仅有一个国家例外，那就是苏格兰。苏格兰的男人穿苏格兰短裙，那是苏格兰士兵的传统服装。

会搭积木的脑袋和擅长说话的嘴

随着研究的不断深入，科学家发现，男孩在空间运动方面的理解能力确实比女孩强。这种能力是指人们可以把一个物体在大脑中用图画展现出来，并能想象如果让物体旋转，会发生什么的能力。另一方面，科学家发现，女孩在快速且协调性强的动作上更有优势，她们在词汇和语言等方面的测验成绩也更胜男孩一筹。

但是，这些研究仍然不能告诉我们男孩和女孩是否天生具备不同的能力。研究人脑发展的心理学家说，即便在现在，家长和其他成年人还是从男孩和女孩一出生就开始对他们进行区别对待。

成年人对男孩的态度大多更严厉些。他们总是买洋娃娃给女孩玩，而给男孩的是积木。男孩通过挪动一块一块积木，最终把它们搭建成建筑物，这种游戏培养了男孩的空间认知能力。也许大人们并不是有意这样做的，但通过搭积木确实培养了男孩子的空间认知能力。另一方面，也许是因为家长跟女孩说话比较多的缘故，反而帮助女孩更快地学习了语言和词汇。

现在情况怎么样?

人的大脑是非常复杂的器官，因此有很多关于大脑的问题人类还没有弄明白。科学家曾做过一个实验，他们让一个测试小组里的男性和女性从一个虚拟迷宫中找出口。在实验过程中，研究人员对测试者的大脑活动进行跟踪，观察他们在寻找迷宫出口的过程中，究竟是大脑的哪个部位变得活跃起来。在这个实验中，科学家发现，男性和女性在找出口的时候，使用的是大脑不同的部位。这很可能说明了一个问题：他们在使用不同的技巧和能力。但是他们都达到了同样的目标——走出了迷宫。

科学家还在继续努力揭开这个谜，那就是男孩和女孩不同的能力是天生的呢，还是后天养成的？很多人认为二者都有。只有一点我们是可以肯定的，那就是探寻这个问题的答案是一件有趣而令人兴奋的事！

Boys and Girls' Discussion about Sex

七嘴八舌讨论性

编译：凯丽

在美国，从小学一年级起，学校就开始传授有关生理卫生的知识。老师们会根据年级的不同而有区别地让孩子认识两性，了解有关生育、两性差异、个人卫生、性道德等知识。美国的小学没有硬性规定教材，所以不同州的小学对于卫生教育或说是性教育的教学方式都很自由。全美国大约有14个城市的32所公立学校还建有性咨询室，回答咨询的除了老师还有大孩子，不过内容都是保密的。

儿童如果每天超过 7 个小时黏在电视前或网络上，就容易被这些资源灌输有关性方面的不正确知识，家长、儿科医生，还有教育工作者需要加紧努力，来对抗这些趋势。

——美国儿童期刊最近研究显示

今年刚上小学五年级的Mark从学校带回一张家长通知书，请爸爸妈妈签名。原来学校周末将举办性教育知识课，会完整地告诉小朋友有关男女生生理与心理方面的知识，包括性别特征、“我”从哪里来、“我”要怎么保护自己等。教材方面除了展示图片，也会播放影片。家长可以签字不让孩子参加，不过是在另一个条目上签。这个条目上注明，家长将担负起教育孩子性知识的工作，日后孩子发生任何性方面的疾病，或是身体受到伤害等，都不可以责备校方。

这堂课的上课方式和平常上课一样。老师先播放投影，介绍身体结构与两性特征，然后会提出一个问题，让孩子自由回答。这次，Mark的爸爸妈妈坐在教室后面观摩。Mark的老师在黑板上写了一个大大的“SEX”（性），接着就让小朋友们轮流回答。小朋友们七嘴八舌地把知道的信息写在黑板上。有些小朋友的问题与答案还真的让父母脸红心跳，可是也有些小朋友的问题让父母啼笑皆非，比如亲吻就会生小孩。通过这样的方式，父母可以知道孩子对两性的疑问，也能马上与老师沟通，这样的上课形式在美国的小学里是非常普遍的。

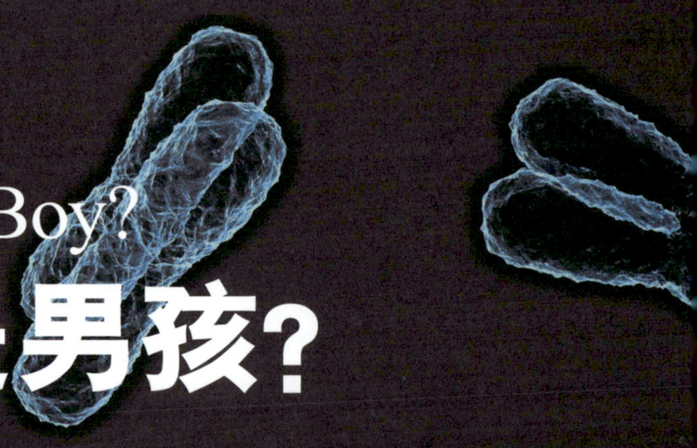

What Made Me a Boy?

为什么我是男孩？

作者：雅丽莎·盖尔（Aliza Guyer）
译者：宇倩

你是否曾想过，为什么自己是男孩而不是女孩，或者为什么自己是女孩而不是男孩吗？人类和其他生物的性别是怎么决定的？在人类（还有大部分哺乳动物）的身体中，有个专门决定性别的科学过程，而这和染色体息息相关。

那么，什么是染色体呢？每个染色体上都有一小块DNA（脱氧核糖核酸），DNA是含有指令（就像一张图纸）的一个分子，让你的父母能将基因信息传到你身上。这些基因信息决定了你的生理特征，比如头发、皮肤、瞳孔的颜色、身高等；另外，它也决定非生理的特征，例如患某种疾病的概率。

有两种特别的染色体叫作X染色体和Y染色体，它们带着性别信息。女孩有两条X染色体（XX），一条来自妈妈，一条来自爸爸；男孩则有一条X染色体和一条Y染色体，前者来自妈妈，后者来自爸爸。Y染色体有个部分叫作SRY（Y染色体性别决定区），它是制造男孩的关键部分。

那么，染色体是决定性别的唯一要素吗？对人类来说是的，但对其他生物来说，染色体只不过是个小角色。有的动物在决定性别前，会经过一些奇怪的过程。

像有的爬虫、某些种类的乌龟或鳄鱼，卵受精后的温度和掩埋方式（通常是在沙或土里），都是决定这个受精卵会孵出男宝宝还是女宝宝的因素。比较冷的环境温度（低于27.7摄氏度）会生出男宝宝，比较温暖的温度（高于31.1摄氏度）会生出女宝宝，所以有人说男生“比较冷酷”，你觉得呢？

斑马鱼是另一种由环境决定性别的生物，这是由香港的一个研究所发现的。没有人喜欢在肮脏又遭受污染的水中游泳，而且对斑马鱼来说，暴露在有毒的水中还会威胁到它们的两性特征！当处于污染、缺氧的水中时，斑马鱼负责管理性别

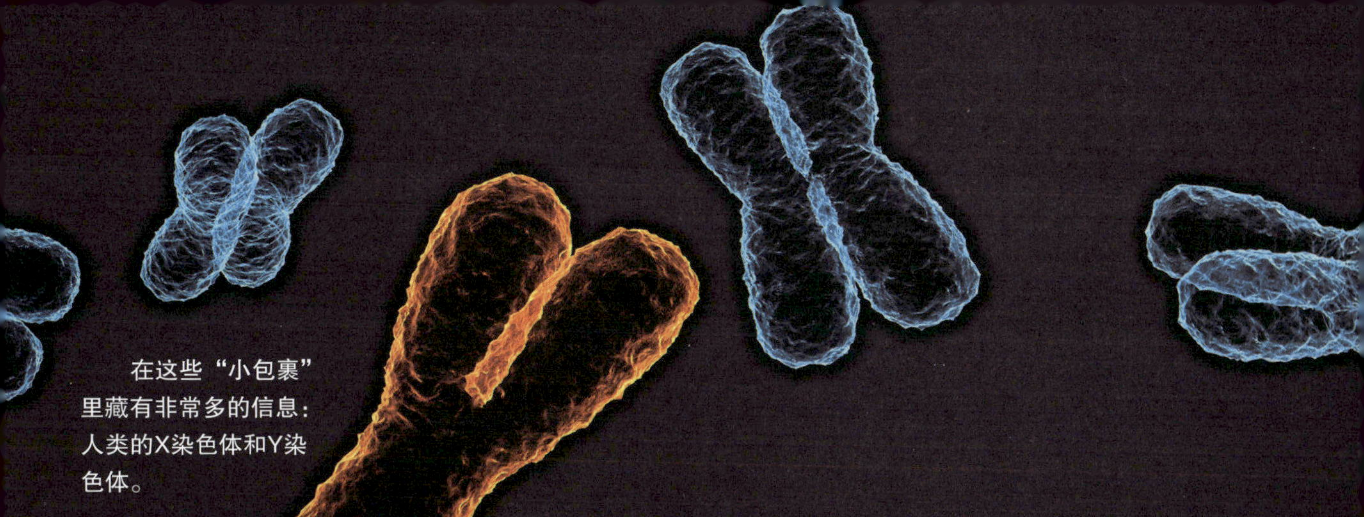

在这些“小包裹”里藏有非常多的信息：人类的X染色体和Y染色体。

荷尔蒙的基因会遭到抑制，那就意味着斑马鱼无法进行让雄性荷尔蒙转化为雌性荷尔蒙的过程，这使得暴露在污水中的斑马鱼有很大一部分成为雄鱼。在没有雌鱼交配和产卵的情况下，斑马鱼的数量必然下降。

关于环境污染的研究表明，人类丢到大自然水域中的杀虫剂和化学制品会扮演雌激素（女性荷尔蒙）的角色。如果这些污染物被动物吸收，将会产生很大的影响，比如，公青蛙会变成母青蛙！和斑马鱼的结果类似，如果所有的青蛙都变成母的，它们就找不到公青蛙交配了！

再说说小丑鱼吧！它们的性别取决于变化万千的环境。小丑鱼为“雌雄同体”，它们是拥有雄性与雌性两种特征的生物。不过，它们不会同时拥有两种性别特征，因此它们被称作“持续性雌雄同体”（不断从一种性别转变成另一种性别）。所有的小丑鱼生来都是公的，不过，根据环境所需，它们有能力变成母的。小丑鱼是小群居的动物，小团体内含有一条雄鱼和一条雌鱼，能相互交配，此外还有一群还没成熟、无法交配的雄鱼。当唯一的雌鱼死亡，能交配的雄鱼会将自己的性别改变成雌性（这种现象被称为“雄性先熟的雌雄同体”，这里的“熟”是“成熟”的意思）。接着，它便能以雌鱼的身份和另一条成熟的雄鱼进行交配。哇！真是不可思议！这个方式让小丑鱼能不断地繁衍下去。

今天的我看起来是蓝色的还是粉红色的呢？小丑鱼可以拥有雄性和雌性两种特征。

蜗牛是另一种雌雄同体的生物。看过蜗牛移动吗？很慢吧！既然它们动作如此慢，为了繁衍后代，它们必须能与任何巧遇的蜗牛进行交配，而不能等呀等的，直到遇上特定性别的同类。有了“变男或变女”的能力，它们就能和最近的一只蜗牛结合。还有一种住在海里的蜗牛，叫作“指甲履螺”（大西洋舟螺）。游泳时，指甲履螺是雄性，而附着在岩石上时，它就变成雌性，这样就能与游过身旁的雄性进行交配了。

能快速改变性别，这听起来很酷，不过对这些生物来说，改变性别只是为了生存，而不是炫耀它们高超的转变技巧哦！

Growing Pains
痛并成长着

作者：格兰·莫非（Glenn Murphy）
译者：钱新华
绘者：马克·希克斯（Mark Hicks）

为什么我们的身体会按照自己的方式生长？我们怎么知道它们什么时候就不再长了呢？

你的成长开始于一个比针尖还小的受精卵细胞。等到你完全长大以后，你的身体可以比原来长大最多2万倍，可真是长了不少呀！

我们是怎样生长的？

所有动物，包括人类在内，生长是随着细胞的膨胀、分裂和连接而发生的。即使你已经不会再长个儿了，每天仍会有上千个新细胞在不停地成长，替换那些死去的或代谢掉的老细胞。

你身体的各个地方都在生长，而且身体的不同部位生长的速度也有所不同。到了10岁，你的头几乎和成年人的头一样大了，但是其他部位可能还需要10年才能发育成熟！你身体内部的心脏、肺、肝和其他器官都在按照各自的速度生长。你的身高的增加则主要来自骨骼的生长。

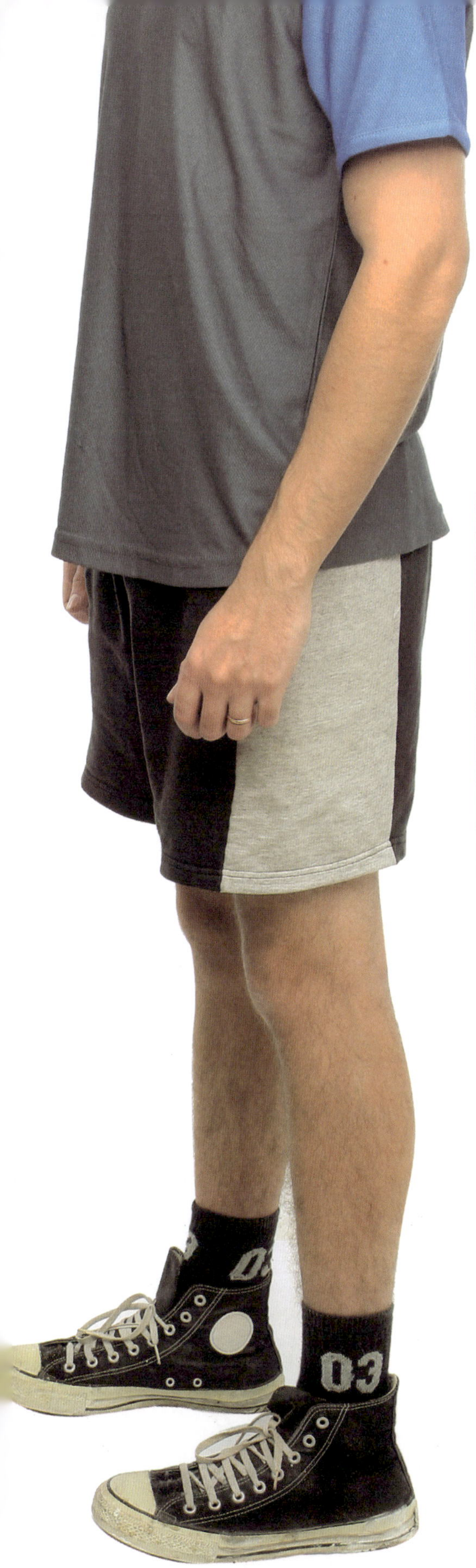

由于你的脊椎、腿和手臂的骨骼在变长，因此你也就跟着长高了。但是这种拉伸和延长是很不稳定的——它会在两个超速生长阶段加速变化，第一个阶段是婴儿期，第二个阶段是青少年期。仅在生命的第一年，你就可以长25厘米！从那以后，生长速度就会减慢到每年3～8厘米。不过，进入青春期后，你一年可以长10厘米或者更多。

生长就是膨胀

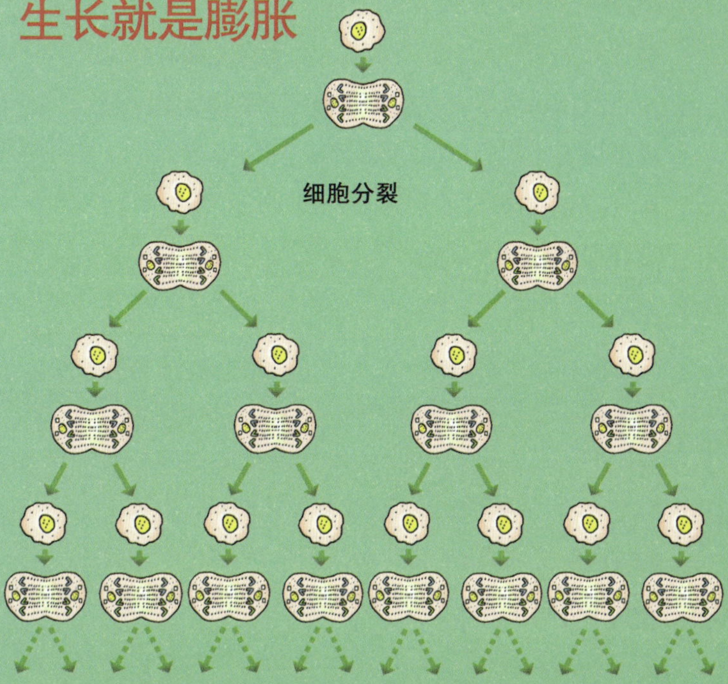

在某种程度上，你的身体从来没有停止过生长。生长伴随机体内的细胞膨胀、分裂及组织和器官的网络形成而发生。即使你不再长大，你的身体在整个生命中还是会随着老细胞的死亡和新细胞的更替不停地生长。你的皮肤、肌肉、血液、骨骼，甚至大脑，整个身体都在不间断地再生（重新生长的意思）。每隔 7~10 年，你身体里的每一个细胞就会被替换一次。这样，从某种意义上讲，你已经不是几年前的那个你了！

别再长了！

但是从某一刻起，你的身体还必须得停止长大。你可能暗自希望自己能长到3米高，但是这好像不太可能发生。和其他动物一样，人类已经进化到了适度大小。当我们能够独立生存，不需要被保护的时候，身体就不再长了。如果我们太小，就无法保护自己。但是如果我们长得太大，我们的骨骼、关节和心脏将会承受危险的压力。

任何动物，包括你，能长到多大，这些都已写进DNA的编码里了。DNA就像一份长长的菜谱，制造的对象就是“你”。在每个细胞里，都有一个完整的DNA复本。根据所在身体部位的不同，细胞遵循着不同的DNA指令，还有其他细胞的化学信号。DNA告诉每个细胞要长成什么样子，比如，是肝细胞还是骨细胞，是应该继续分裂还是停止分裂。

被称为“激素”的化学信使可以大幅激发你的生长。激素是由特殊腺体产生的，通过血液流动，将信息传递给细胞。你的身体在生命的不同阶段会产生不同数量的激素。在婴儿期和青春期，你的血液里充满了激素。女孩通常生长较早，所以在小学的几年里，同龄女生要比男生高。

一旦进入青春期，你就已经完全发育了。你已经足够强壮和高大，离开父母也能生存，最终你将会自己养家。这样，生长的目的也就达到了。身体分泌的激素减少了，细胞就会迅速得到信息，停止分裂，这样你就不会再长大了，因为你已经长大成人了！

生长中的骨骼

人体骨骼是由特殊的造骨细胞——成骨细胞（osteoblast）构成的。这些细胞释放出线状的胶原纤维网（鸡腿上最难啃的坚韧的软骨就是由它们组成的）。这些纤维网把大块的钙质网罗起来形成坚硬的脆骨。一旦成骨细胞被钙质包裹，它们就变成尖锐的骨细胞。像股骨（也就是大腿骨）这样的长骨两端就有许多这种细胞，我们称之为“生长板”，它可以从两个方向上延长骨头的长度。这种生长从出生开始，一直会持续到你达到成年的高度为止。

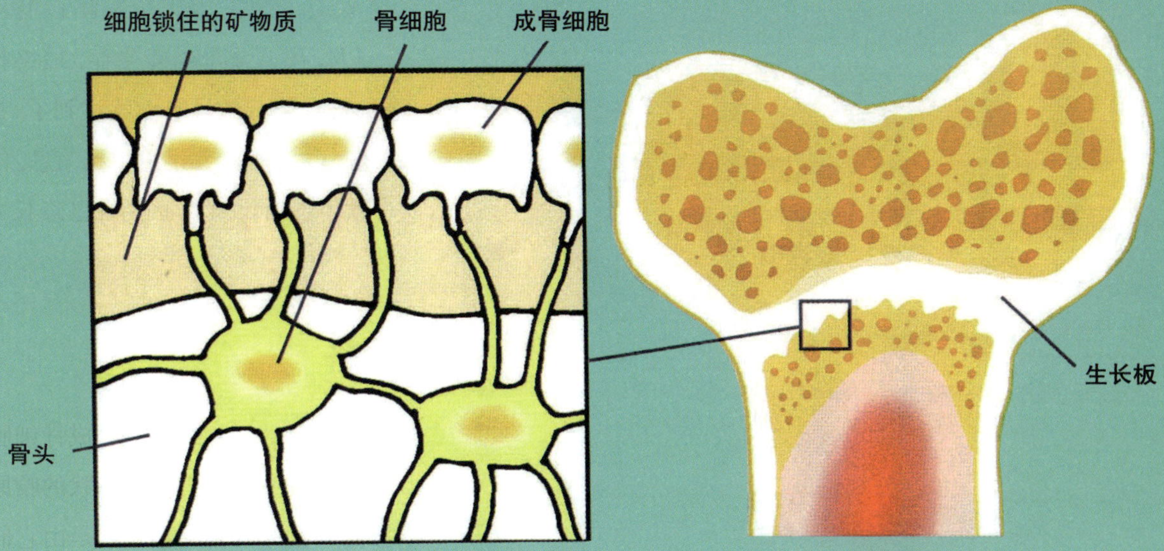

你能长多高?

能长多高取决于你从父母那里继承的基因（也就是DNA的片段）。大多数孩子最终会长到和他们父母差不多高，或者长到介于两人之间的某个高度。如果生长信号较为活跃，骨头生长的时间就会长一些，这样，孩子就可能会长得比父母还高。在少数情况下，DNA中出现了错误（就像拼写错误一样），这可能导致身体产生的生长激素过少或过多，身体就会过早地停止生长，或者生长时间过长。

你身体里的细胞正在努力地工作，它们要让你长到适当的高度。不过，要达到这个目标，你的身体还需要合适的“建筑材料”：健康食品、睡眠、运动和阳光（用来生成强健骨骼所需的维生素D）。因此，要想身材高大强壮，何不每天活动一下四肢，或者像蝙蝠那样倒立睡觉呢？总之，只要饮食合理，多到户外走动，剩下的就是DNA的事了！

The Size or the Weight, Still a Worry?

小块头的“大”烦恼

作者：尼古拉·戴维斯（Nicola Davies）
改写：孙婷婷

我什么时候才能长大？我到底能够长多大？我们都看过动画片和科幻电影，里面的超级英雄帅呆了！他们从空中飞驰而过，迅速跃上墙头，将公共汽车一般大小的东西一手举过头顶，他们还拥有可以打败巨兽的超能力！

这些场景真是让人激动，不过，这些全部来自想象。真正的现实生活中人类不能飞行，也不能倒挂在屋顶上，甚至不能举起超过自己体重太多的东西……而且，真正的巨型怪兽并不存在，因为在现实生活中，这些庞然大物可能都无法行走或者呼吸。

事实上，生物能力的大小受限于严格的自然法则，它们决定了我们的身体能做什么，不能做什么。有了这些法则，生物就不会生长得过于庞大。也正因如此，真正的超级英雄通常都是小个子——他们的个头可能比人类都要小许多哦！

制约超能力的法则

那么为什么我们就不可能拥有超能力呢？究竟是什么样的法则制约了我们？

首先，这些法则不是人类制定的，和妈妈说的“不吃蔬菜就不能吃冰激凌”的规则不一样，我们没有能力打破它们。它们是宇宙形成法则中的一部分，其余的还有像“光是沿直线传播的”“松开手，手里的东西总是落在地面上”这样的法则，你根本不可能钻这些法则的空子。有了它们，意味着巨型蜘蛛只能存在于电影之中，超人也并不真实存在。对不起，让你失望了！事实上，这些法则是一种关于形状和大小的数学。

解释这些法则的最好办法就是仔细看看“小块头”和“大块头”的区别。

如果你把某个物体的长度扩大为原来的2倍（×2），那么它的表面积和横截面积就会变成原来的4倍（2×2），同时体积和质量也将变成原来的8倍（2×2×2）！如果你把物体的长、宽、高扩大为原来的3倍（×3），那么它的横截面积就会变成原来的9倍（3×3），体积将会变成原来的27倍（3×3×3）。你发现其中的规律了吗？我们把这个规律简称为“大小物体定律”（或者“大小定律”）。

大小定律——活生生的例子

大小定律并不只是数字罗列，它对生物体的运转产生着巨大的影响。身体需要多少食物和空气都是由身体的大小和质量决定的，但是肌肉的力量和身体器官的大小则是由身体的横截面积决定的。

可以说，“大块头”需要的食物和空气是“小块头”所需的8倍。但是如果我们从“大块头”上取一个切面，我们就会发现它的肌肉的面积仅仅是“小块头”的4倍，这样面积的肌肉力量只能比“小块头”的大4倍，而“大块头”需要的食物和空气却是“小块头”的8倍。

由于受到大小定律的限制，身体不可能具备某些能力，也不可能长成某些样子。这条定律设定了生物身体大小的限度。由于它，在真实世界里就不会有汽车一般大小的怪兽蜘蛛。同样，人也不能举起公共汽车，也不可能挥动双臂在空中飞。

我们为什么不能飞?

对于那些身材极小的飞行动物，比如蚊子和小昆虫来说，起飞是件简单的事。一阵微风就能把它们送上空中。但因为

这是一个“小块头”。尽管它看起来很像一个正方体，就让我们把它当成一个“小块头”的生物吧。

首先，我们先测量这个“小块头”，比如……

现在，让我们来造个“大块头”。“大块头”的长、宽、高分别是“小块头”的 2 倍，那么需要多少个“小块头”才能组成这个“大块头”呢？

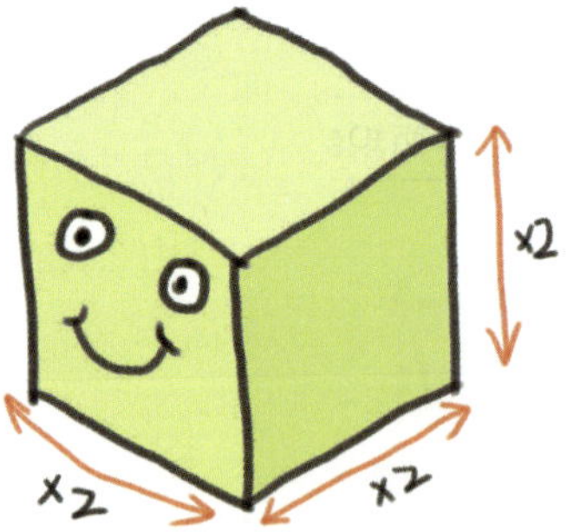

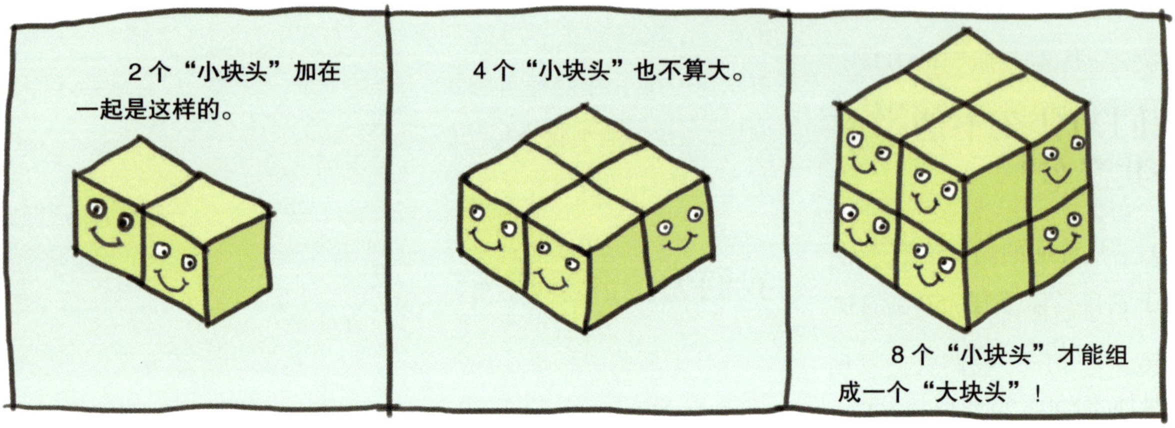

大小定律，身体越庞大，飞行就越困难。

如果你把昆虫的长度变成原来的2倍，那么它的外壳面积（或者身体的表面积）将变成原来的4倍，这意味着它的翅膀也变成了原来的4倍，它的肌肉厚度也变成了原来的4倍，身体的强壮程度也变成了原来的4倍（肌肉的力量大小由横截面积的大小决定）。如果这只昆虫的重量也只是原来的4倍，那么这也不错。但按照大小定律，它的重量将变成原来的8倍。因此，除非它的翅膀非常庞大，肌肉非常有力，它才能够飞行。

这就是为什么个头较大的昆虫（如蜻蜓）需要拥有足够大的翅膀，小鸟需要拥有巨大的胸肌和长满羽毛的翅膀，才能飞离地面的原因。

但是，翅膀和肌肉并不能负担越来越重的身体。正因为如此，鸵鸟和鸸鹋等大型鸟类不能飞行，人类也只能在引擎的帮助下飞行。

我们为什么不能举起公共汽车？

一只普通的蚂蚁能搬运相当于它自身体重10~50倍的食物，一只犀甲虫能背负相当于它自身体重850倍的东西。但是，世界上最好的举重运动员也只能举起相当于自身体重4~5倍的杠铃。小昆虫怎么会比人类还强壮呢？从大小定律中，我们又一次找到了答案。

让我们假设“小块头”能举起和它自己一样重的东西。

因为肌肉的力量由横截面积的大小决定，“大块头”的力气是“小块头”的4倍，所以“大块头”举起的重量就是“小块头”举起的4倍。但是，“大块头”的体重却是“小块头”的8倍，因此“大块头”就不能举起和它一样重的东西。它只能举起重量相当于自身体重一半的东西。

这就是蚂蚁比人类力气“大”的原因！

巨人在哪里？

很久以前，有一个巨人，他的身高是普通人的10倍，体宽是普通人的10倍，这样，他的体重就是普通人的1000倍（10×10×10）。这个巨人刚迈开他的第一大步，只听得一声巨大的“咔嚓”声，他的双腿断了。

这是因为巨人的腿的横截面积或者切面面积是普通人腿的100倍（10×10），他双腿的力气只是普通人双腿力气的100倍。比起他那相当于普通人体重1000倍的体重，他双腿的力气真是太小了。

身高18米的巨人的双腿必须非常粗壮，即使有这般身高的巨人，他也没力气抬起那双沉重的腿。科学家认为，正是这个定律才限制了恐龙的大小。最大的恐龙长37米，体重有100吨。如果还有更重的恐龙，它将没有力气抬起它的双腿，因为它们太沉了。

最大的动物有多大？

蓝鲸是目前存活在地球上的最重的动物。最大的蓝鲸长达30米，体重有190吨。既然它们依靠海水的浮力支撑身体，为什么它们不能长得更大呢？

一头体长60米的蓝鲸，虽说它的体长只是一头体长30米的蓝鲸的2倍，可是它的体重却是30米长蓝鲸的8倍，它的肠胃需要消化的食物是30米长蓝鲸的8倍，肺需要呼吸的空气是30米长蓝鲸的8倍，肾脏排出的尿液也是30米长蓝鲸的8倍。虽然内部器官会随着它身体的横截面积的变大而变大，但是，它们仅仅是体长30米的蓝鲸的4倍。

再说，一头60米长的蓝鲸需要的肠胃、肺和肾脏非常庞大，这么大的器官根本不可能长在蓝鲸的身体里！

皱纹和褶皱

大小定律制约着生物的进化。

大约40亿年前，地球的生命始于微小、简单的单细胞生物，那时，它们随着水流四处漂流，通过皮肤来呼吸氧气。

这样的生物如果长大1倍，它需要呼吸的氧气将是原来的8倍，怎么能通过只是原来4倍的皮肤进行呼吸呢？这就是说，简单的单细胞生物的块头不能太大。要长成大个子，简单的单细胞生物必须进化成复杂的高级生物。

只有一种方法能帮助生物体获得更多的氧气，那就是在保持身体大小不变的情况下，增加表面积即令皮肤折叠或呈褶皱状。腮、气管和肺都是折叠起来的呼吸氧气的皮肤组织。

哺乳动物的肺就像一个柔软的海绵状袋子，由数百万个气囊组成，形成了有巨大面积的薄皮组织。如果把我们肺里的这些小气囊平铺在地上，能铺满大半个球场。

神奇的肺和高效运转的心脏共同作用，向身体的各部位运送氧气。于是，陆地上的动物就进化成了今天我们看到的爬

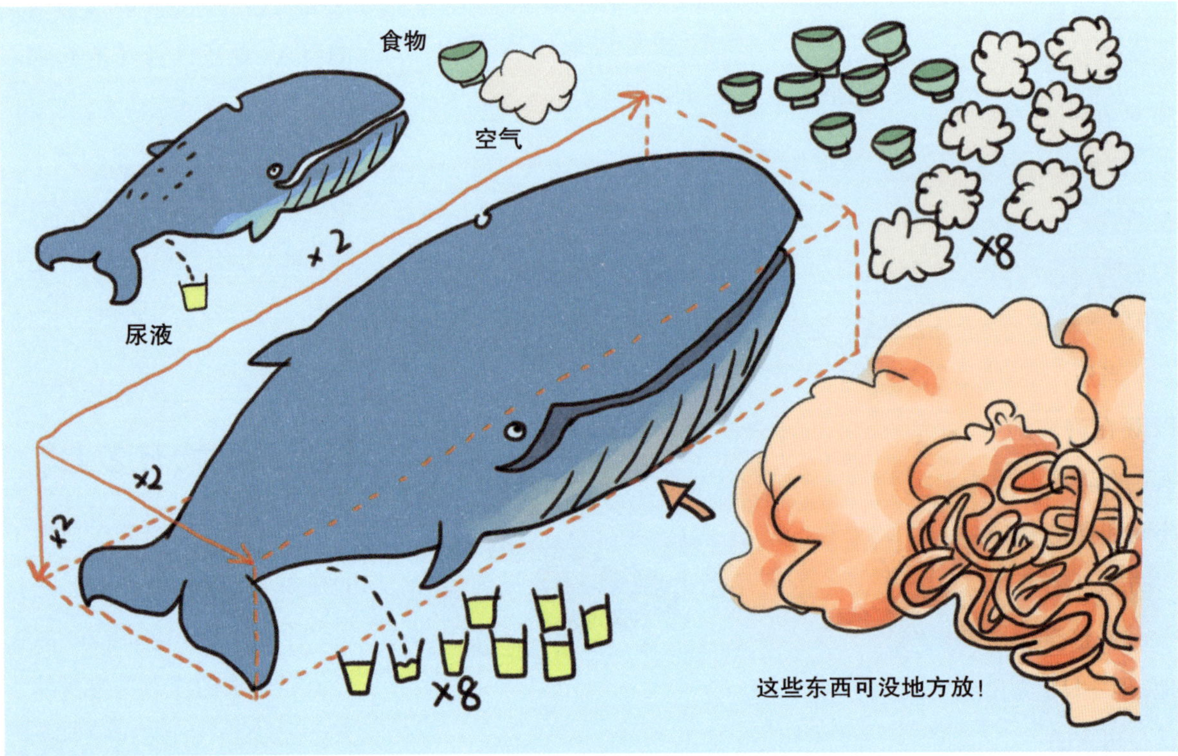

行动物、鸟类和哺乳动物等不同种类。

大还是小？

看起来，要想长成“大块头”并不是件容易的事，那不如做个“小块头”吧！

可是，做个“小块头”也是件危险的事。

对于昆虫来说，就连淋到雨都是件要命的事。薄薄的水膜裹在一只被淋湿的蚂蚁身上，它要比蚂蚁重好多倍，令其很难爬行。这就是为什么昆虫们在喝水的时候都非常小心的原因。

当然，“小块头”的动物可以藏在许多地方。因为“小块头”的动物不需要太多的生存空间和食物，于是它们可以靠很多方法生存下来。一只老虎可能需要整整一片树林作为栖息地，但一只甲壳虫却能快乐地生活在树木的一个小洞里。

“大块头”的确有专属的优势：它们不太容易被别的动物吃掉；身体越大，越能更好地保持体温。因为“大块头”的肠胃更大，可以消化更多的食物，所以它们能吃掉更多的食物，甚至是草和树枝。

这些特征在猴子身上就很明显。块头大的猴种长着巨大浑圆的胃，肠子的空间也很大，树上的嫩枝条、叶子、果实等都可以作为它们的食物；但块头小的猴种没有那么大的消化器官，只能吃多汁的食物，比如树的果实。

大小正合适

地球上动物之间和植物之间的大小差异令人感到不可思议：最大的动物（如蓝鲸）比最小的细菌大10万亿倍。由此可见，选择合适的块头是生物适应环境的方法之一。

因为几何法则和大小定律

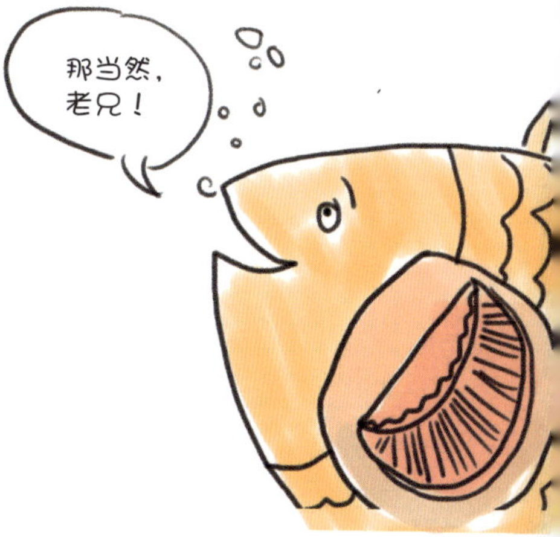

的制约，地球上的生物进化出了各式各样的身体构造：有的身体拥有一个细胞，有的拥有几百万个细胞；有的长着骨头，有的长着硬壳；有的有腮，有的有肺；有的多腿，有的没有腿；有的身体超级强壮，有的可以创造新方法来飞行……从个头最大的到个头最小的生物，林林总总，种类繁多，但是，它们的个头都是大小正合适！所以，即便你觉得你的个头不够大，也不用太烦恼！

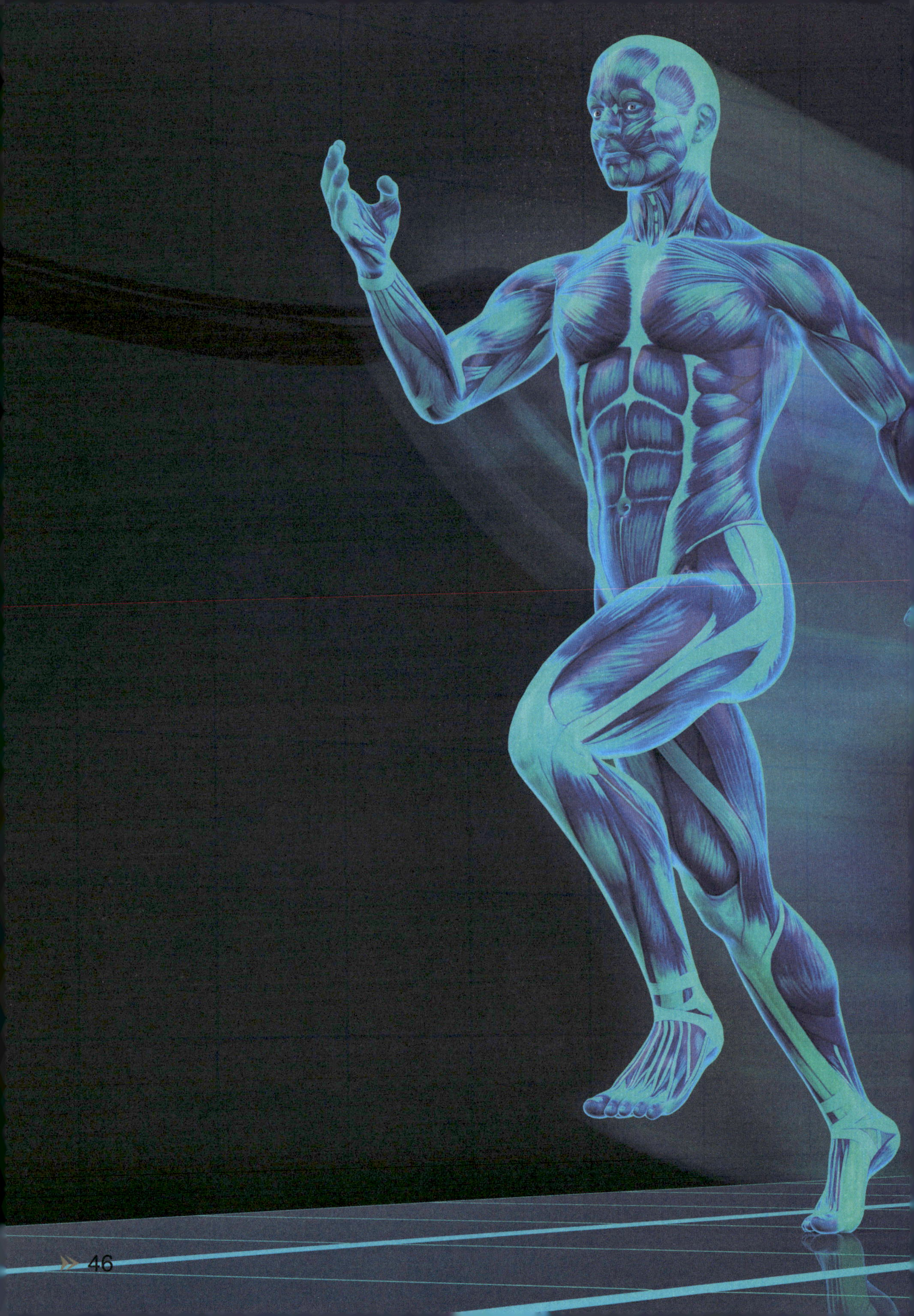

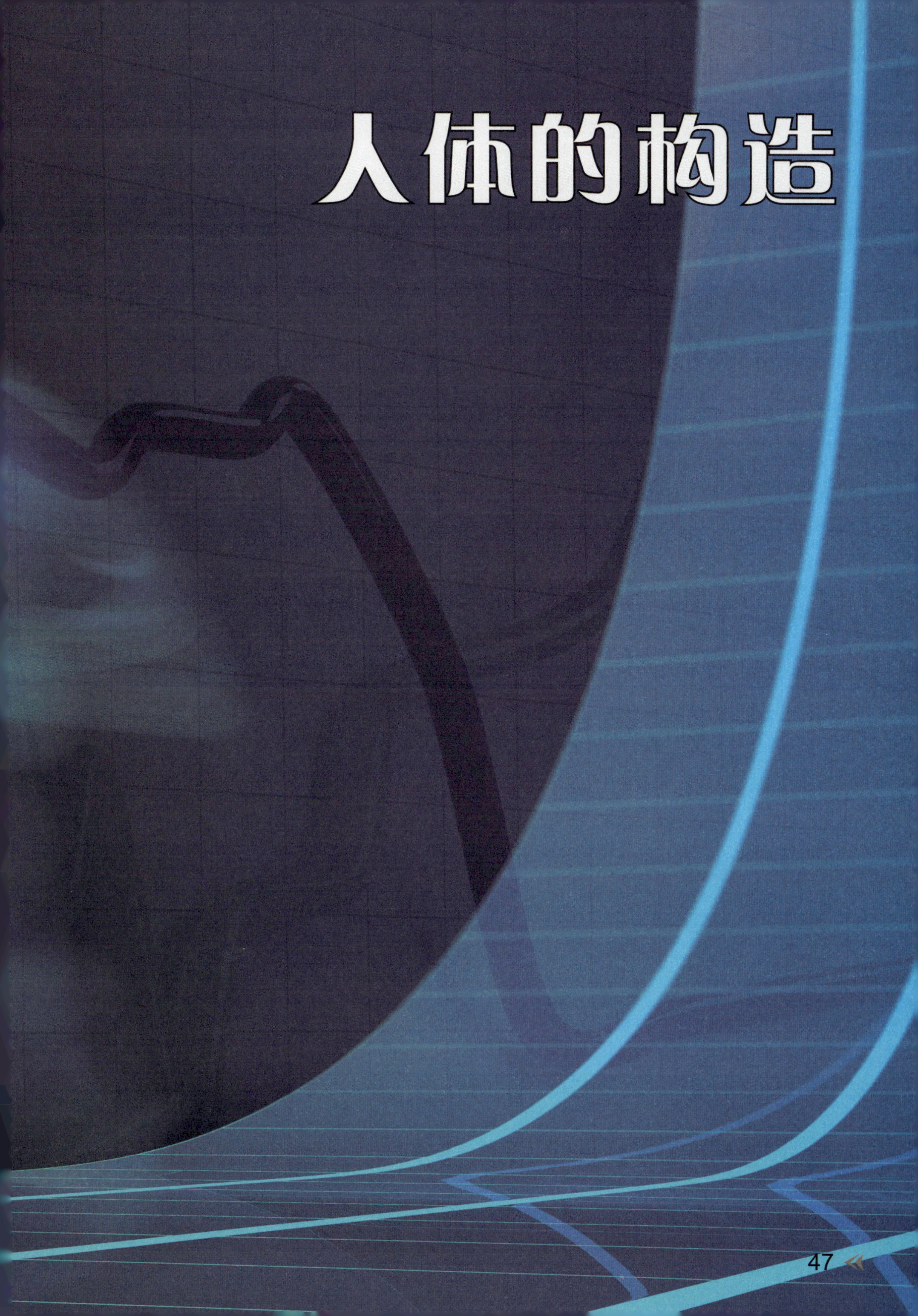

人体的构造

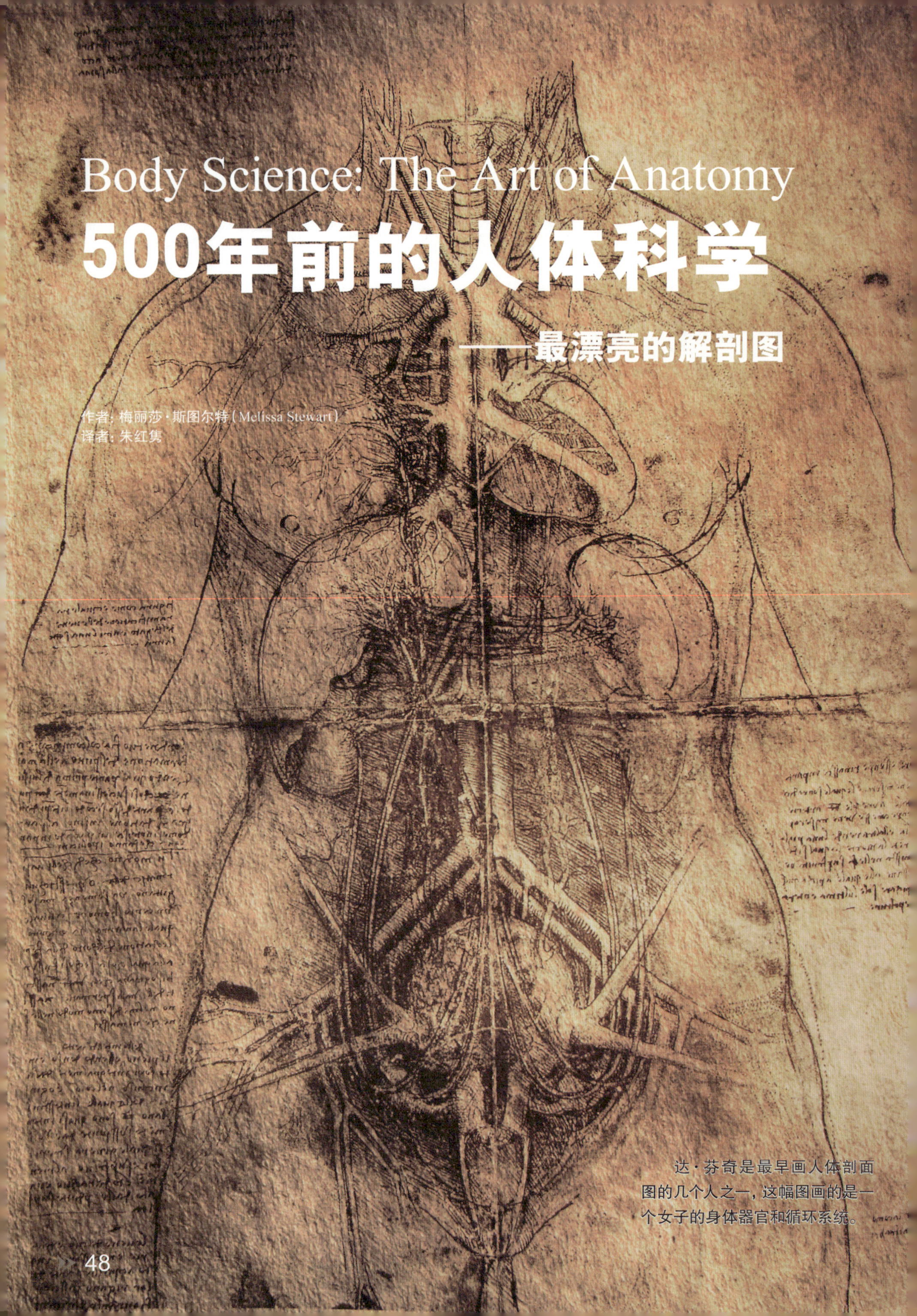

Body Science: The Art of Anatomy

500年前的人体科学

——最漂亮的解剖图

作者：梅丽莎·斯图尔特（Melissa Stewart）
译者：朱红隽

达·芬奇是最早画人体剖面图的几个人之一，这幅图画的是一个女子的身体器官和循环系统。

故事发生在1508年

夜深了，意大利佛罗伦萨城里的人大都已进入梦乡，只有列奥纳多·达·芬奇例外。此刻，他正在圣玛丽亚医院阴冷的地下室里勤奋地工作着。就在几个小时前，达·芬奇还守在一位百岁老人的身边，看着他咽下最后一口气，平静地离开了人间。

达·芬奇俯下身，拿起他最锋利的小刀，在死者身上划开了一道长长的、深深的切口。他要对尸体进行解剖，找出老人的死因。在这个寂静无人的深夜里，室内的烛光闪烁不定，达·芬奇疲惫的身体猛然颤抖了一下。这并不是他第一次解剖人体，然而这种深夜的工作还是让他感到不舒服。达·芬奇知道，他必须抓紧时间。他要花上好几天的时间来研究这具尸体，并详细记录下他的发现。即便尸体存放在阴凉处，也会很快腐烂，发出令人作呕的气味。

在过去的25年里，达·芬奇先后实施了30多例人体解剖，写下了很多页详细的记录。这些记录还包括很多他观察人体后所做的精确绘图。虽然达·芬奇的很多手稿随着时间的流逝已下落不明，但有200多页的解剖图绘（人体各个部位的草图）仍然保留至今。

达·芬奇曾经对他的学生说："即便你热爱科学工作，可是那难闻恶心的气味还是会让你退避三舍。即便你挺过了这一关，深更半夜对着一具被肢解的尸体，你还是会觉得毛骨悚然，它们看起来真是可怕极了。"

既然解剖尸体这么让人难受，那达·芬奇为什么还要去做呢？就像意大利文艺复兴时期其他的艺术家一样，达·芬奇希望通过研究人体结构来提高他的绘画水平。他希望自己笔下的人物看起来尽可能真实。达·芬奇认为，一个画家只有全面学习有关人体肌肉和肌腱的知识，才能了解肢体运动时的状态……

很快，达·芬奇的兴趣不再仅仅停留在绘画上

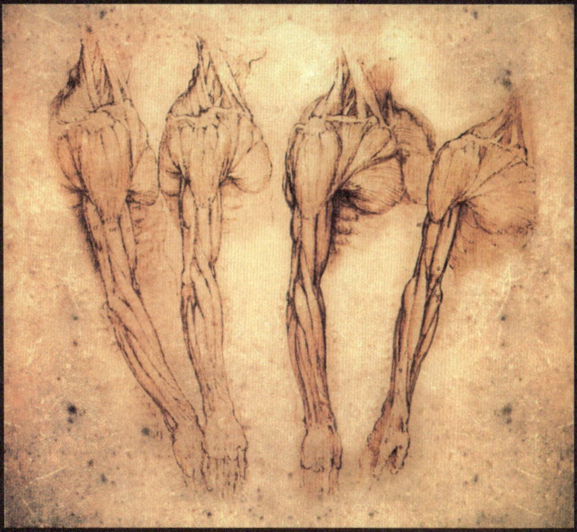

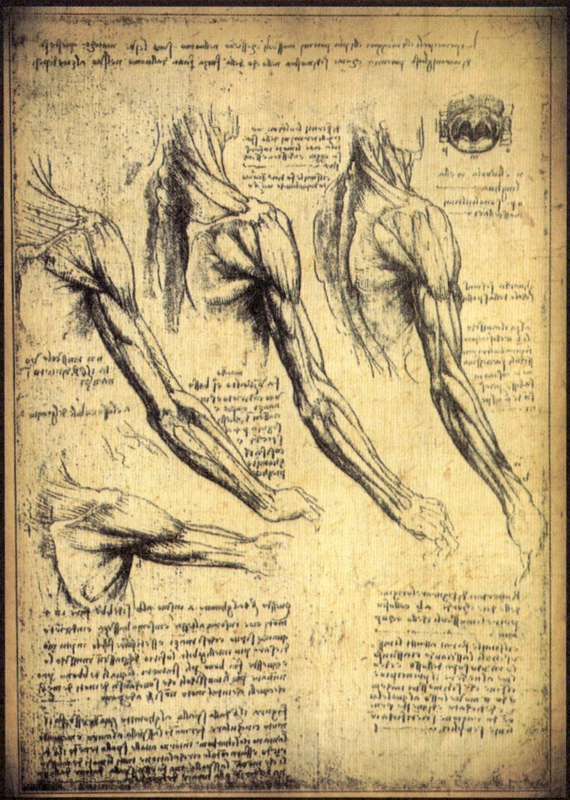

达·芬奇对手臂肌肉的观察使得他能够画出这一组图画，来展示运动中的手臂。

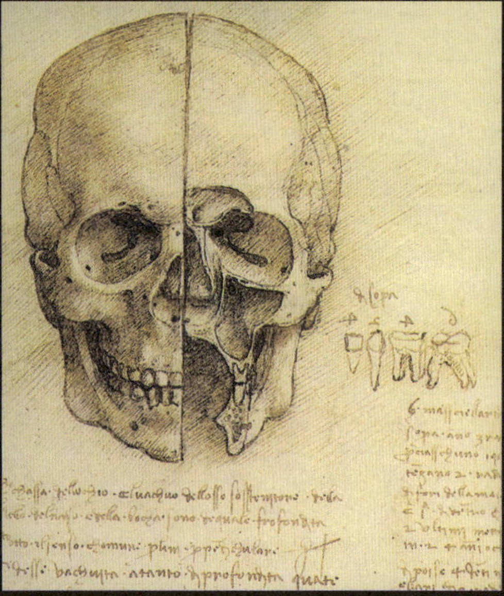

达·芬奇根据自己的仔细观察绘制出来的头骨和牙齿简图十分精确。

了，他开始像科学家一样研究人体解剖学。他对人体结构做了详细测量，并将结果一一记录在他的笔记本上。在这个过程中达·芬奇发现，人体两耳之间的距离，等于眉毛交汇处到下巴之间的距离，而脚踝骨内外两端的距离，等于嘴巴到内眼角之间的距离。

尽管达·芬奇发现人体的某些部位是对称的，但细致的观察又让他意识到每具人体都是独一无二的。没有两颗心脏的形状是一模一样的，也没有两条小肠的弯曲状态完全相同。为了真正搞清楚腕关节如何发挥枢纽作用，尿液如何从肾脏运行到膀胱以及肩部肌肉是如何工作的这些问题，达·芬奇对多具尸体进行了仔细研究。他的大多数绘图也是在观察了多具人体以及一些动物（诸如青蛙、鸟、牛、猫、熊和猴子）的尸体后绘制出来的。

达·芬奇在1489年完成了目前我们所知的他的第

脸部的比例 FACING PROPORTIONS

来检验一下达·芬奇对人类脸部比例的观察结果！

用卷尺测量下面表格中各部位之间的距离，然后把数据填在表格（该表格由考琳·麦西娜绘制）中。

你需要：一把卷尺
一支铅笔
一个朋友

测量物	距离：你	距离：朋友
发际线到眉毛		
眉毛到鼻孔		
鼻孔到下巴		
达·芬奇观察到，这些部位之间的距离大致相同。从你的测量结果来看，他是对的吗？		
鼻子的长度		
耳朵的长度		
达·芬奇还在笔记本中写到，耳朵和鼻子的长度差不多是一样的，他说得对吗？		
一只眼的跨度（小心哦！）		
两眼之间的距离		
达·芬奇观察指出：它们的距离大致相等。如果上述测量结果和达·芬奇的观察一致的话，你就再次检验了他的观察结果。		

一份人体解剖图绘。他的图绘对人体头骨的描绘非常精确，现代医学院的学生仍然可以把它当作教科书。在有些图绘里，达·芬奇展示了头骨被切去一半后的状况，以便人们看清头骨的内部结构。为了展示人体腿部的情况，达·芬奇发明了一种绘画方法，今天我们称之为“截面图”。这些充满智慧的绘画技巧被医学界的艺术家们沿用至今。

此后，达·芬奇又发明了一种绘画方法，展示人体各个器官在体内的分布情况。在达·芬奇的画笔下，人体中的器官看上去几乎是透明的，人们可以“透过”它们看清其内部的结构。此外，达·芬奇还发现，从不同角度描绘人体非常有用，这简直就像“一个人手里拿着身体的某个部位，从一侧翻转到另一侧，从各个角度观察它，直到完全了解想知道的东西”。

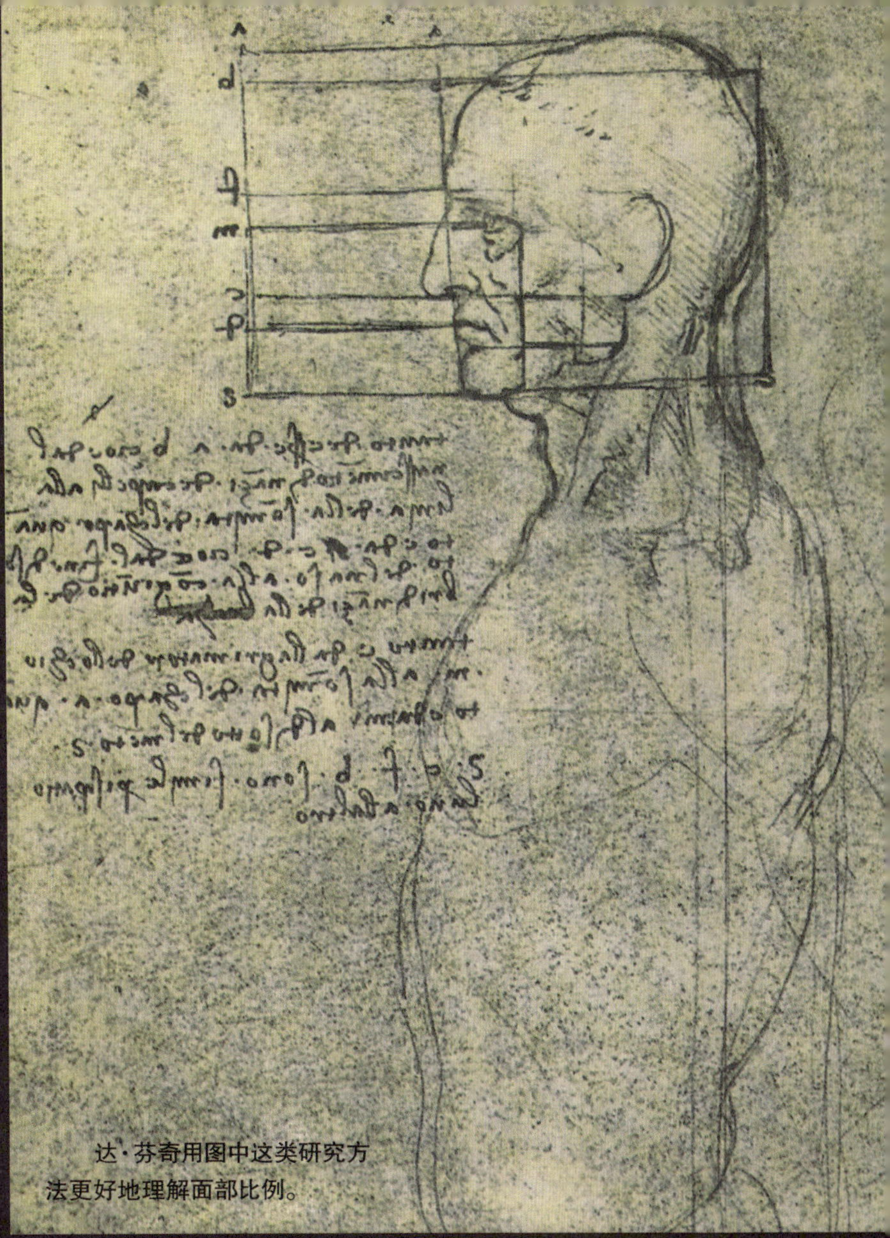
达·芬奇用图中这类研究方法更好地理解面部比例。

达·芬奇的早期绘图存在不少错误，因为那时他接触到的人体标本数量有限，并且他经常套用传统医学的模式来展示自己的观察结果。这种情况在1510年左右发生了改变。据说，在那一年，达·芬奇开始和一个叫马坎托尼奥·德拉·托里的年轻解剖师一起工作。

托里非常崇拜希腊外科医生加伦。加伦生活在2000多年前的意大利罗马，他认为了解人类器官工作原理的最好方法是直接观察。和托里一样，这个主张让达·芬奇深受启发。从此，达·芬奇决定先把观察到的结果如实地画下来，以后再去考虑这些器官是如何工作的。

虽然托里在1511年突然去世，但他和达·芬奇都认同的研究思想却保留了下来，并在达·芬奇后来的绘图中得到了展现。达·芬奇的一幅最准确、最全面，也是最漂亮的解剖图从八个角度展现了人体的手臂、肩部和脖子处的肌肉。这些逼真的图绘很容易使我们的脑海里浮现出一个人蜷起身体，举起手臂的画面。正是这样的图绘，使我们深深领略到达·芬奇作为科学家和艺术家的非凡才华和辉煌成就。

人体解剖示意图

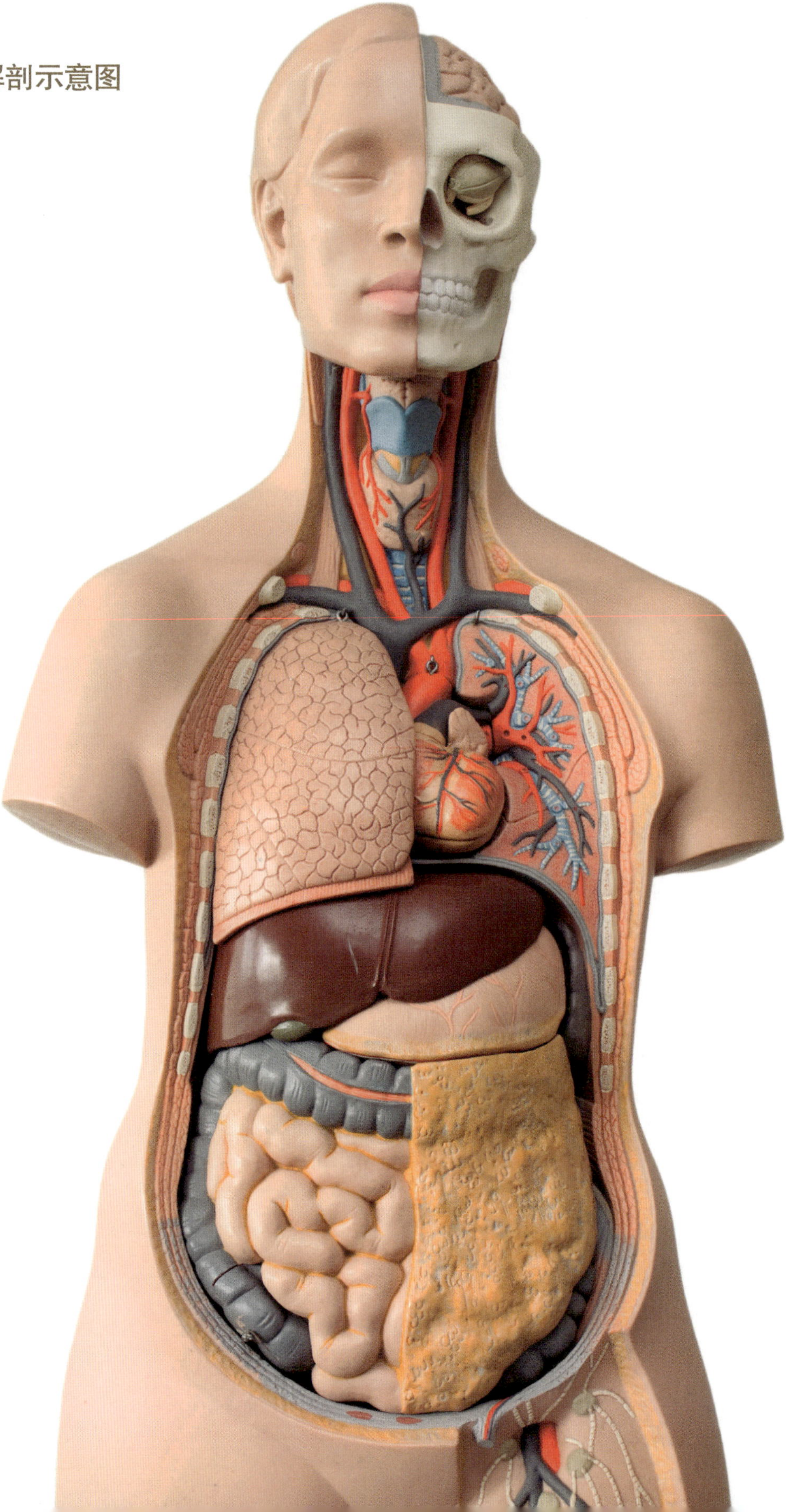

Heart, the Engine of Life
生命的动力系统

编译、撰稿：米斯迪

剧烈运动之后，你会感觉到心脏的跳动；而在安静或者正常的时候，你就感受不到心脏的存在。或许你会问："心脏是不是只有我们运动的时候才跳呢？"科学家们肯定会说"No"。心脏持续地搏动是维持生命所必需的。

心脏和血管是一对好搭档，它们组成一个连续的闭锁管道系统——机体循环系统。心脏负责推动血液，而血管负责运输血液。心脏是循环系统的中心，每天都维持着整个血液循环。血管就像交通员一样，让血液在血管内按照一定的方向周而复始地流动，这就是血液循环。

心脏

如果把人体比作一台机器，那心脏就是引擎。心脏每天都在勤劳地工作，它能通过人体内

血流经心脏的路径

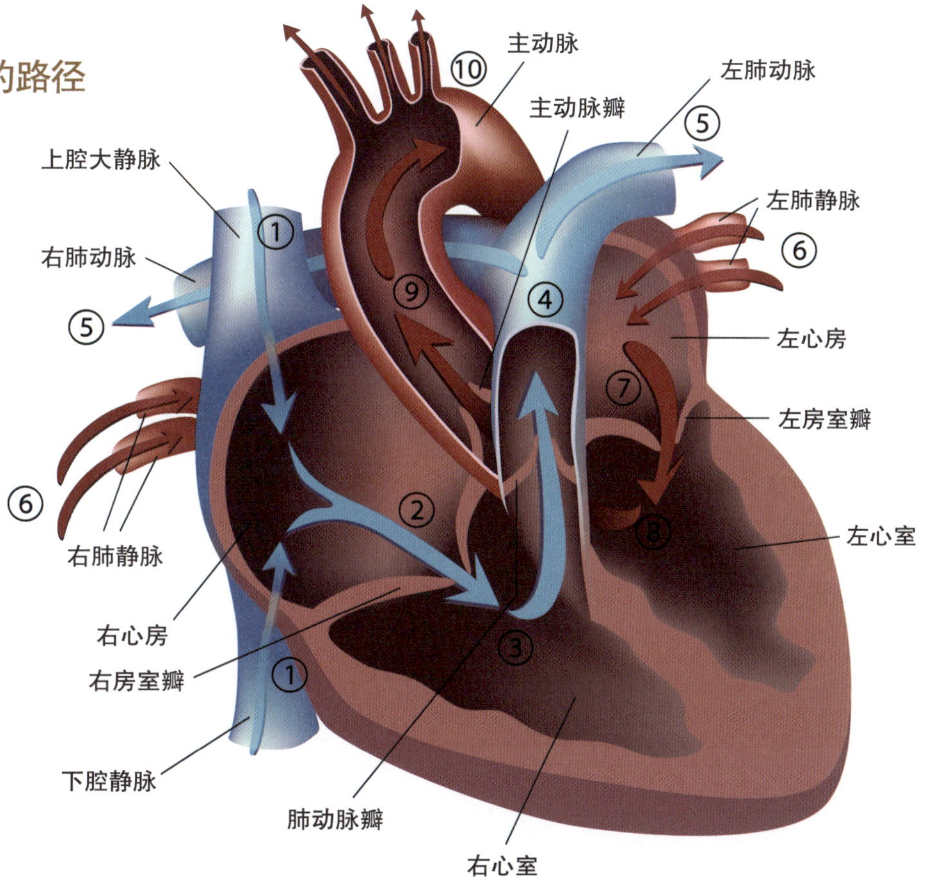

约60000英里（约96560千米）长的血管网络向全身泵入维持生命所需要的血液，同时还不断地向身体供应新鲜的氧气和营养物质，清除体内产生的有害物质。心脏一天要搏动约100000次，一年就搏动3600多万次，而人的一生中心脏搏动的次数平均可高达30亿次。

你有没有发现，心脏像一间房子，而且还是四居室！医学家也是那么认为的，并且还给每个房间起了名字，分别叫左心室、左心房、右心室和右心房。心室和心房中间被一层名叫瓣膜的肌肉分开，心室要比心房小。心室的上面是动脉，它像大门一样，欢迎血液的到来！

当心脏收缩时，心脏的腔室会变小，血液由心房“走向”同侧心室，然后从心室里的两条动脉——肺动脉和主动脉中出去，一部分血液顺着肺动脉进入到肺部获取氧气，而另一部分新鲜的富含氧气的血液则由主动脉将其输送至身体其他部位。如果血液想“回家”，那么它们会从静脉的大门进去。

我们还在妈妈肚子里的时候，身体在变化，心脏也在变化，而且会形成不同的形状，不要认为它是别的小动物的心脏哦！首先你会拥有像鱼一样形状的心脏——鱼形心，其次它会形成有两个腔室的类似青蛙的蛙形心，然后会形成有三腔室的蛇形心，最后才形成具有四腔室的人的心脏。

我们的心脏如紧握的拳头般大小，位于胸腔中央。它在胸骨后面、双肺之间，所以如果没有意外，心脏是完全安全的。而且心脏工作时，我们也不必想着它。心脏有一种特殊的肌肉——有自律性的肌肉（称为“心肌”），而且心脏跳动的快慢是由来自大脑的神经信号自动调节的。在正常时，人的心脏每分钟收缩70~80次。

现在，赶快把你的手掌放到左胸，体会一下“心跳”的感觉吧！

血液循环

刚刚我们说到，心脏位于循环系统的中心，通过血液给肺部供应新鲜氧气，并且供应到其他器官和组织中。同时，心脏还将机体产生的二氧化碳释放至肺脏中，并通过肺脏排到体外。

血液还有很大的本领。它还是运输员，可以将消化系统产生的营养物质和腺体分泌的激素输送至全身各处。血液里的白细胞好比体内的警察，能及时清除侵入体内的病原体等，同时机体产生的代谢废物被血液输送至肾脏和肝脏，并被清除掉。

所以，循环系统是维持生命最重要的系统之一，如果循环系统功能异常，尤其是心脏功能异常，往往会危及健康甚至生命。

而在讨论循环系统时，须从整体观点出发，因为循环系统的功能是与全身的活动分不开的。当全身活动增强时，循环系统的活动随之增强；当身体的某些部分活动较强，而其他部位活动较少时，血液就较多地流向活动较强的部位，而减少其他部位的血液供给。

我们总感觉吃完饭最容易犯困，因为当我们处于运动状态时，心脏每次搏动时就会向全身输送更多的富含氧气的血液，满足全身尤其是运动系统（肌肉等）的需要。而吃完饭后，血液要更多地流向消化系统（如胃肠道、肝脏等），流向大脑等器官的血液相应就减少了，所以人就会觉得困。

心脏这么重要，因此我们要保护好心脏。由于现在的生活条件优越，人们对于饮食和生活方式都不注意，导致心脏病发病率一直呈上升趋势，尤其是在工业化国家。在全世界范围内，每年约有720万人死于心脏病。

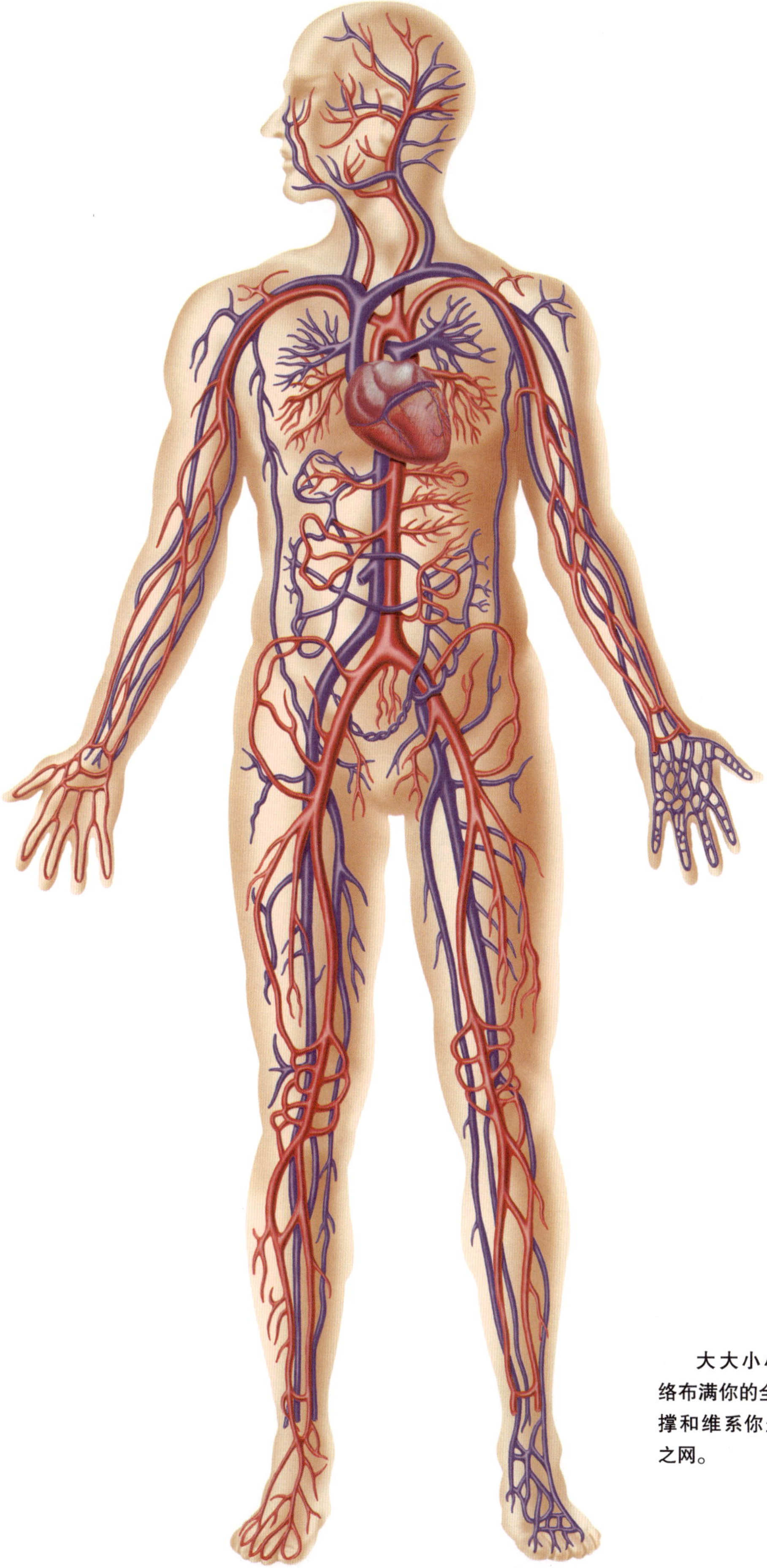

大大小小的血管网络布满你的全身，这是支撑和维系你生命的神奇之网。

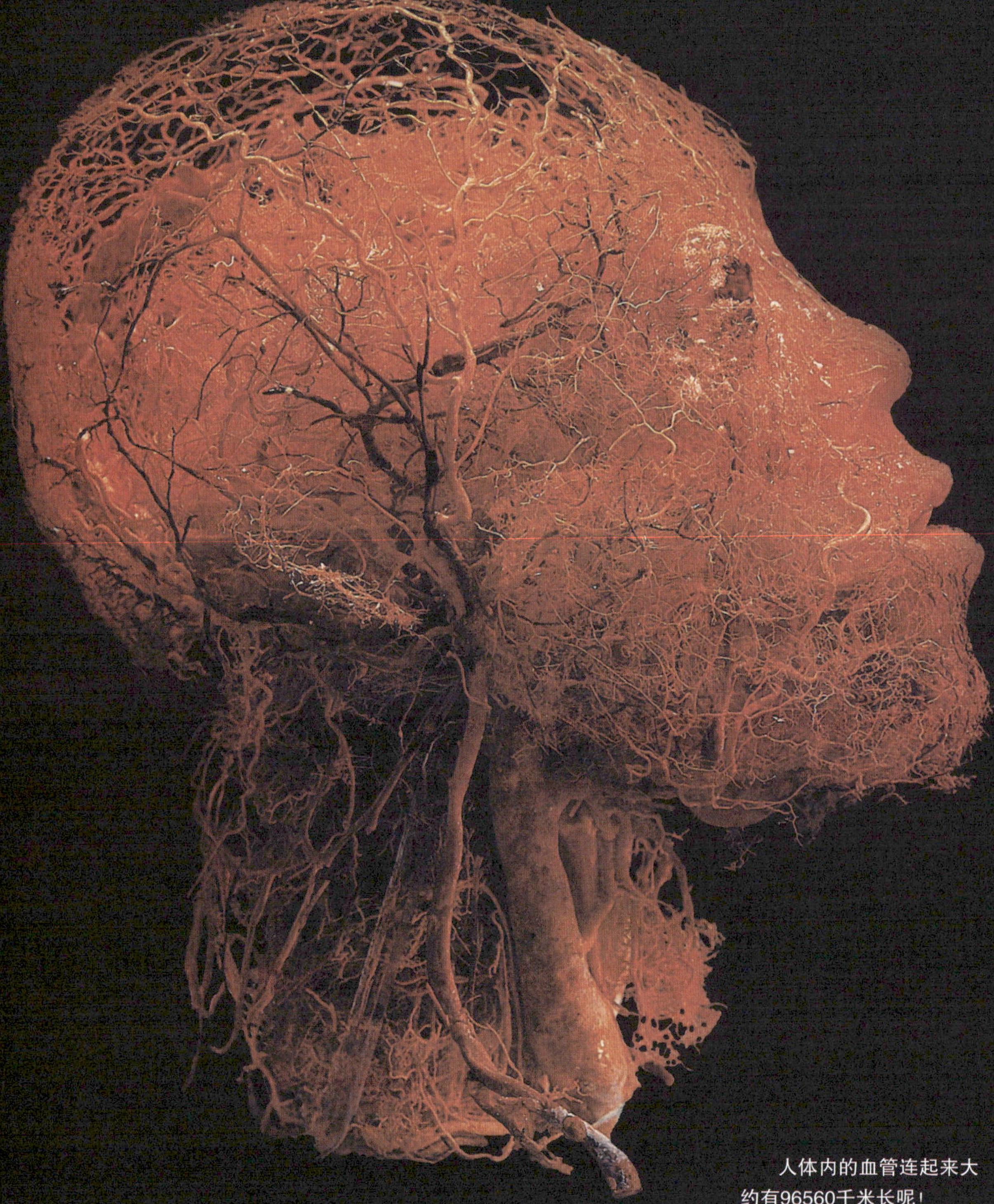

人体内的血管连起来大约有96560千米长呢！

The River of Life

我们体内的生命之河

作者：玛格丽特·J.安德森（Margaret J. Anderson）
译者：张晓涛
绘者：艾瑞恩·艾莎曼克（Ariane Elsammak）

你可能会认为外面的世界千姿百态，充满神奇，那我们的内在世界呢？你的身体内是不是也有许多秘密呢？

请你试着用两根手指轻轻地压在脖子的一侧，在下巴的下方，有没有感觉到“怦怦”的跳动？那是血液正在从你的心脏流向全身！身体内的血液永远都在不停地流动。当它流遍全身就会再次回到心脏，形成一个循环。血液通过动脉流出心脏，最后又通过静脉返回心脏。

换句话说，你的心脏在不停地跳动，促进血液在体内循环。如今，连孩子都知道这个道理啦。但是几千年前，就连世界上最了不起的医生都不知道心脏为什么会跳动，也不知道身体内那些管子中究竟流着什么东西。除了血液，有人认为血管中流动的是空气，也有人认为是尿，甚至还有人认为是灵魂。人体内的一切就像太空中的那些恒星和行星一样，神秘而未知。

角斗士学校

其实停下来想一想，这也没有什么大惊小怪的。毕竟，你也无法透过皮肤看到人体的内部。你可以感觉到身体内的一些状况，比如心脏在跳动，胸部在呼吸，有时你可以听到肚子里咕噜咕噜作响。你把食物和水塞到嘴巴中，然后又从另一端排泄出来，但是在身体内究竟发生了什么呢？如果看不到里面，你只能凭空猜测。

当然，即使在古代，人们也是有办法看到人的身体内部的，至少可以看到其他人的身体内部。当人们宰杀动物获取食物，或者在战场上互相拼杀时，他们能够目睹各种器官和鲜血。但是他们并不明白这些血肉模糊的东西是怎样在一个人体内工作的。

古罗马时期最有名也是最有影响力的一位医

生叫盖伦（Galen，129—199）。在他从医早期，主要是照料受伤的角斗士。那时候，整个罗马帝国总有很多角斗士受伤，他们会流很多血。也许正是这个激发了盖伦对血液的兴趣。工作使他有机会研究人体内部。盖伦有时还会解剖动物，包括很多类人猿（当时解剖人体是犯法的），他试着将从中学到的东西应用到人体上。盖伦所写的书被医生们当作医学课本。但不幸的是，盖伦的很多观点竟然是完全错误的。

比如，盖伦并不知道心脏跳动是因为它在推动血液循环。他认为血液被挤进心脏是因为血管在跳动。他还不知道体内有等量的血液在一遍一遍不停地循环。他还以为身体会把血液用光，而人的肝脏会利用我们吃下去的食物源源不断地制造新的血液。

那么心脏是做什么的呢？盖伦以为，肝脏从消化的食物中提取出深色血液，这个血液在心脏中被暖化，它会与一种能够给人生命的物质相结合，这种物质叫作“精气”（vital spirit）。精气是由肺吸入的空气转化而来的，它在心脏中把血液变成鲜红色。

血液循环

几乎过了1500年，盖伦的观点都没有受到过质疑。事实上，怀疑盖伦的人有时会面临着被烧死的惩罚。直到17世纪，一名叫威廉·哈维（William Harvey）的英国医生提出，心脏其实是一块肌肉，能促进全身的血液循环。

为了检验盖伦的观点，哈维对从心脏流出的血液进行了测量和计算。他发现，心脏每跳动一下，大约会有57克的血液被压进动脉。这意味着，心脏一分钟跳动72下，将会排出超过4千克的

血液。假如盖伦的理论是正确的，那么一个人的肝脏每小时将从他吃掉的食物中提取出约246千克的血液。这简直是不可能的事情！事实只能是有等量的血液在被周而复始地重复利用。于是哈维提出："我开始想到，可能血液在进行某种形式的循环。"

哈维尝试用镊子把动脉和静脉夹住进行观察，通过这些小实验，他画出了血液从心脏出发流遍全身的路线图。哈维通过解剖动物（有时也会解剖人体），发现血液会流入越来越小的动脉血管。但他不知道，血液怎样从动脉流向静脉，最后返回心脏。因为没有显微镜，他看不到最细小的血管——毛细血管，是它连接了动脉和静脉。但是哈维明白，血液一定是通过某种方式形成循环的。事实上，他证明了血液在体内进行着两种循环。右侧心脏把血液压入肺中，然后血液回到左侧心脏，左侧心脏再把回来的血液压送到全身。

早在哈维第一次发现体内的血液是通过静脉流回到心脏之前，他的老师法布里修斯（Fabricius）就已经发现了静脉里有微小的薄膜，就像一扇扇小门。法布里修斯认为，这些薄膜的作用可能是为了使血液流动的速度放慢。而哈维注意到，这些"小门"是一种瓣膜，它们只向心脏开放。因为这些"小门"的存在，静脉中的血液只能流向心脏，而不会流向其他地方。

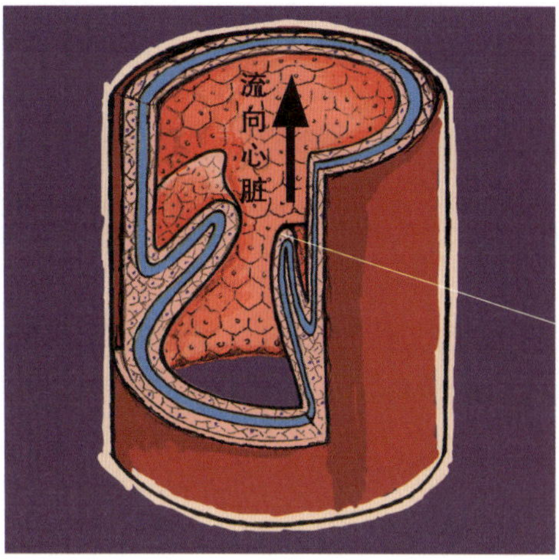

血是什么？

哈维的观点也不全都是正确的。他并不十分清楚血液为什么循环。例如，他认为血液流到肺中是为了冷却。如今我们知道，血液是在肺中吸取氧气并排出二氧化碳。

在哈维之后，很多医生依然对血液的用途很茫然。举例来说，在20世纪之前，实施放血术一直都很普遍，为了治疗病人，医生要把病人的部分血液放出来。为什么要给病人放血呢？那时候医生认为，生病是因为人体内的液体失衡，也就是体液失衡。放血术是为了把"坏掉的血液"排出去，帮助那些已经不流动的血液重新流动起来。其实放血术有时对人体的害处大于益处。美国的首任

血管内部

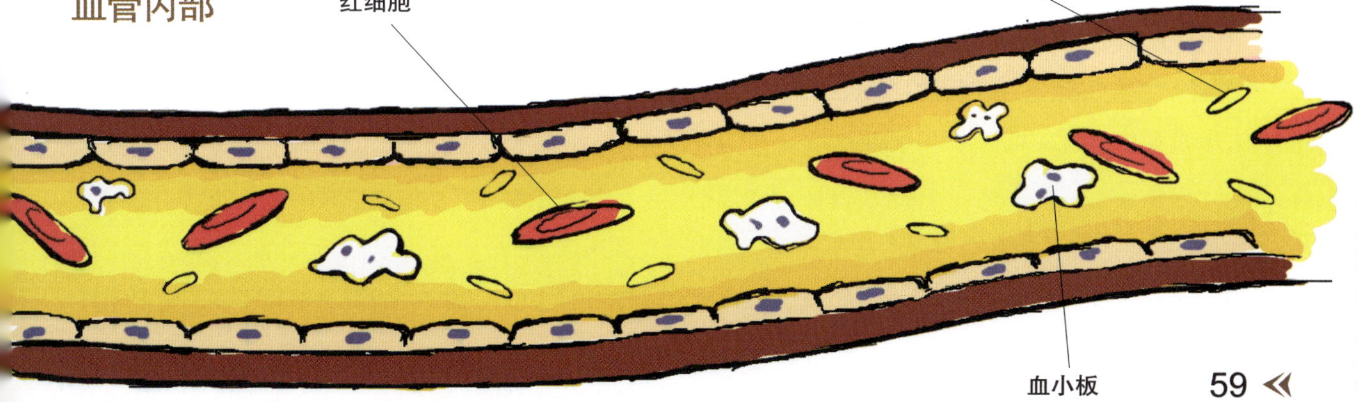

你也可以试试哈维的实验!

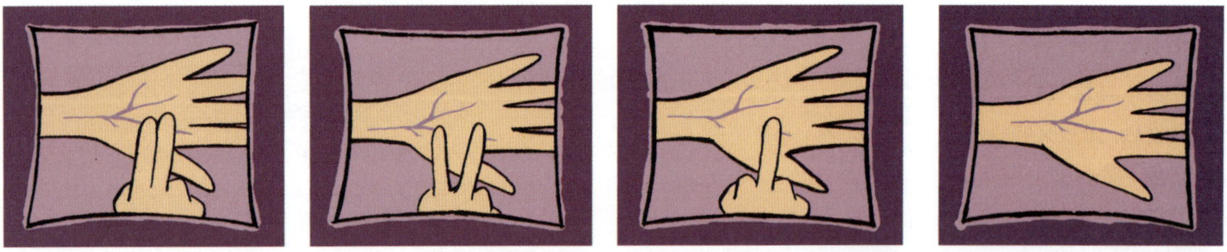

1. 在手背或手臂上找一个没有分岔的静脉血管，用两根手指紧紧地压住它。

2. 其中一根手指沿着血流的方向——也就是朝着心脏的方向推动，这就把血管中的血清空了。

3. 另外一根手指仍然紧紧地按在血管上，这段血管内就不会再有血液流进来了，因为静脉血管内的血只流向心脏。

4. 现在把另一根手指也拿开，你会看到又有血液流入血管啦!

总统乔治·华盛顿生病时，就曾被医生多次放血。事实上，医生可能在无意中加速了他的死亡。

放血是治病的一种方法，另外一种方法是输血，也就是给病人注入新鲜的血液。最早的时候，人们曾经尝试用羊的血来给人输血！但是人的血液和动物的血液是不一样的。事实上，每个人的血液都不尽相同。人类有不同的血型，这决定了谁的血可以输给谁，不可以输给谁。

在战争时期，输血拯救了很多人的生命。早期的输血只能一对一地直接进行，后来，医生学会了储藏血液。现在，如果你要进行手术的话，血库中会有很多血液可供使用。将来，可能还会出现人造血液，这真让人兴奋。科学家已经发现了一种利用红细胞来制造血液的方法。人造血液可以储存一年以上，而且可以和各种血型相配。

幸运的是，我们经过千辛万苦，最后终于了解了血液。我们知道了，血液会给全身任何需要的地方提供氧气、营养、抵抗力和化学信号。

一个体重68千克的人，体内大约有6.8千克的血液。每一滴血都含有数百万个红细胞。红细胞中富含一种叫作血红蛋白的蛋白质。血红蛋白含有铁元素，让血液显示出红色。血红蛋白同时还负责携带血液中的氧。当我们运动时，身上肌肉的温度升高，这使血红蛋白更容易释放出氧气，而肌肉此时最需要的正是氧气。

人体内的血液在一刻不停地自我更新。当老的红细胞死去后，新的红细胞又会在你的骨髓中诞生。一个红细胞只要6天时间就可以制造出来。每一个红细胞可以存活4个月，它会在肺和身体各个组织间来回循环流动7.5万次。骨髓在你的一生中大约可以造出1吨红细胞！

分享心脏，分享血液

如今，我们知道怎样通过输血，把一个人的血液传输给另一个人，以此挽救人的生命。我们甚至还知道怎样把一个人的心脏移植给另一个人。但是，我们发现，医学也是有局限的。尽管你的心脏只和你的拳头一样大，但它却是身体内最强大的肌肉。科学家曾试图发明一种可以放置到人体内的机械心脏，但是他们目前还无法制造出能够持久不断、有节奏地“怦怦”跳动的、一生大约要跳动30亿下的机器——这只有你的心脏才做得到！

血液是怎样流动的？

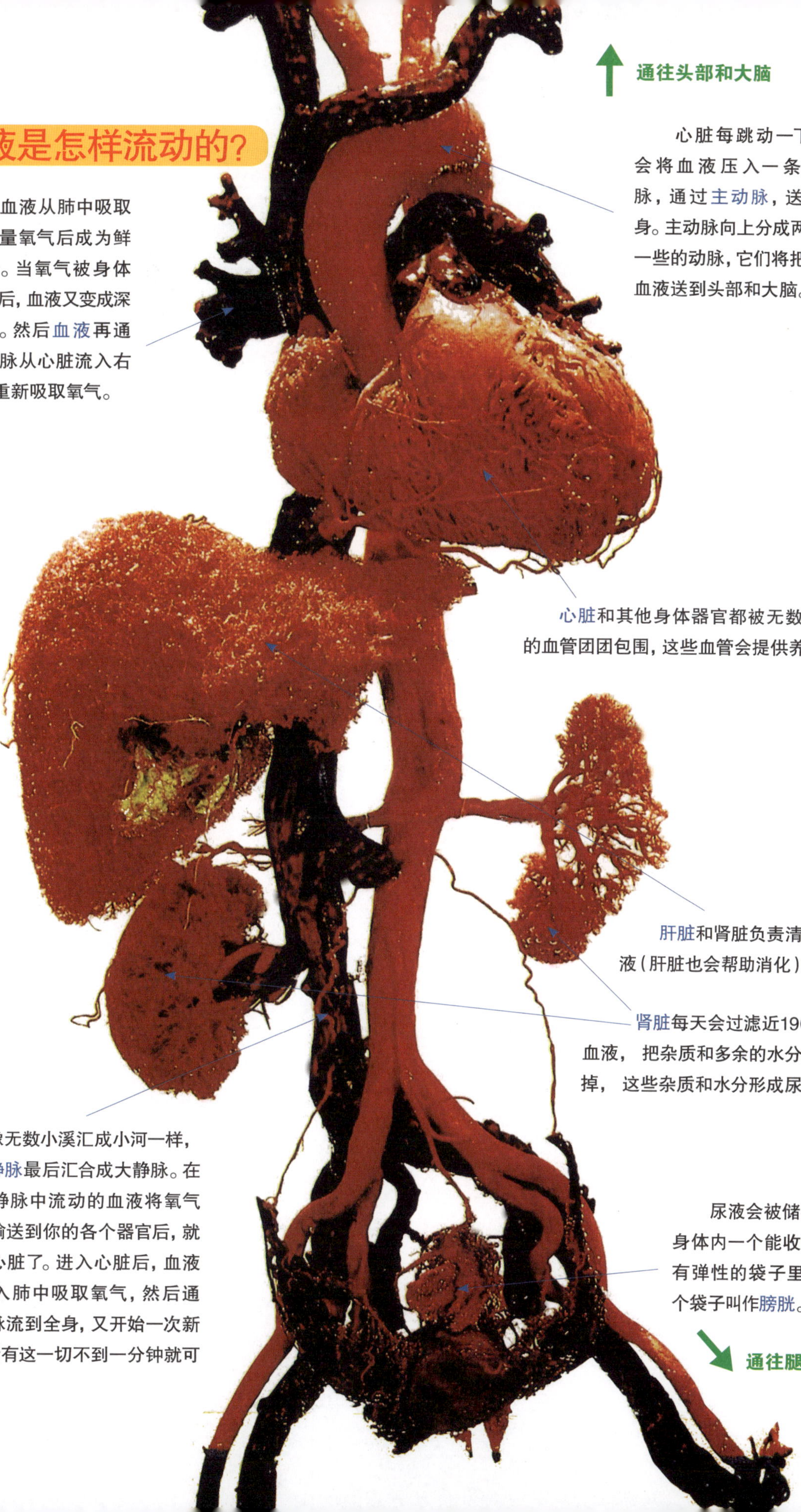

血液从肺中吸取了大量氧气后成为鲜红色。当氧气被身体吸收后，血液又变成深红色。然后血液再通过动脉从心脏流入右肺，重新吸取氧气。

心脏每跳动一下，就会将血液压入一条大动脉，通过主动脉，送往全身。主动脉向上分成两条小一些的动脉，它们将把部分血液送到头部和大脑。

心脏和其他身体器官都被无数细小的血管团团包围，这些血管会提供养分。

肝脏和肾脏负责清洁血液（肝脏也会帮助消化）。

肾脏每天会过滤近1900升血液， 把杂质和多余的水分去除掉， 这些杂质和水分形成尿液。

就像无数小溪汇成小河一样，很多小静脉最后汇合成大静脉。在这条大静脉中流动的血液将氧气和养料输送到你的各个器官后，就要返回心脏了。进入心脏后，血液再被压入肺中吸取氧气，然后通过主动脉流到全身，又开始一次新循环。所有这一切不到一分钟就可以完成！

尿液会被储存在身体内一个能收缩、有弹性的袋子里，这个袋子叫作膀胱。

Emergency! Stop That Leak!

急救！止血！

作者：斯蒂芬·惠特（Stephen Whitt）
译者：汪海燕

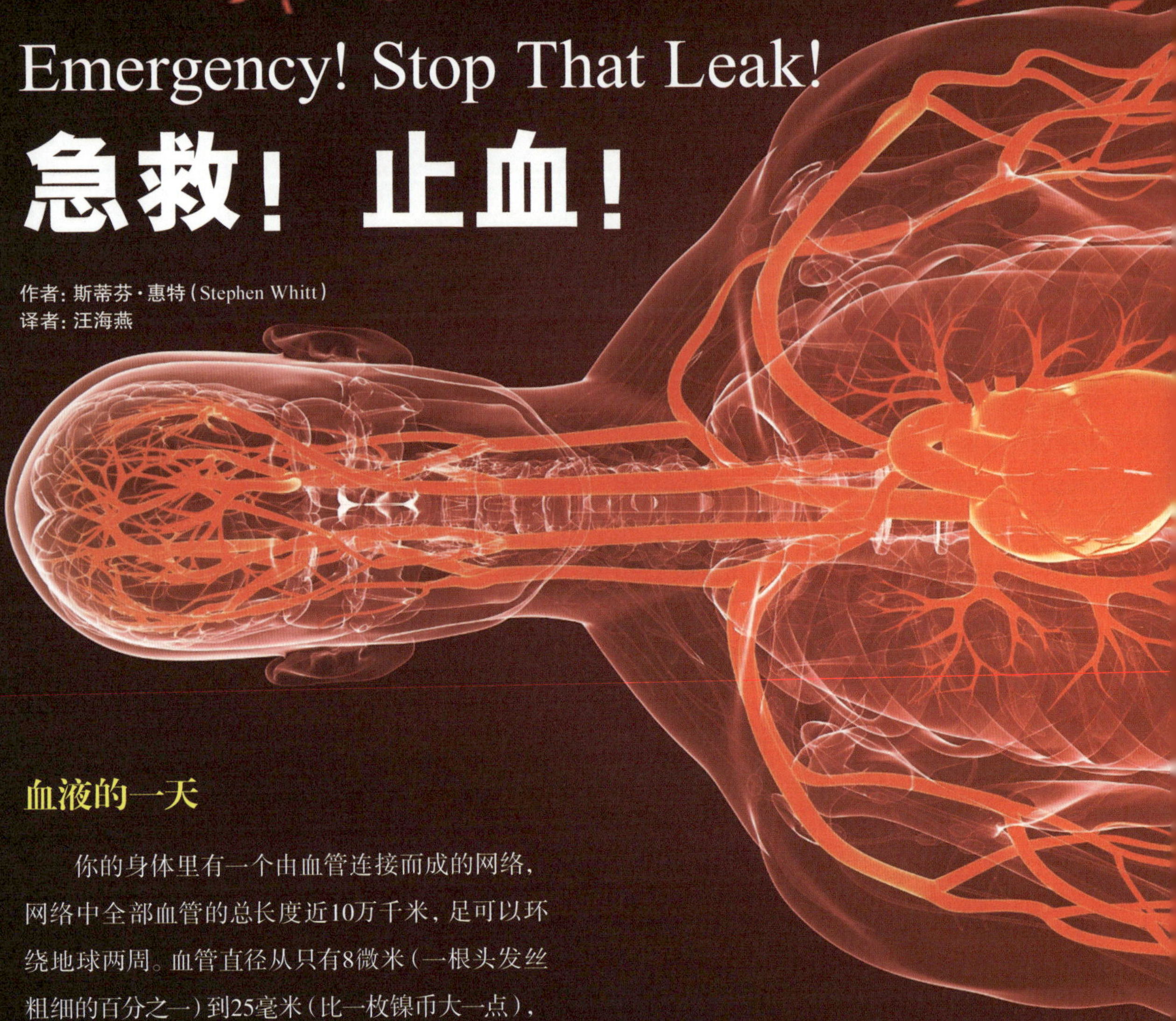

血液的一天

你的身体里有一个由血管连接而成的网络，网络中全部血管的总长度近10万千米，足可以环绕地球两周。血管直径从只有8微米（一根头发丝粗细的百分之一）到25毫米（比一枚镍币大一点），最细处只能允许单个细胞通过。

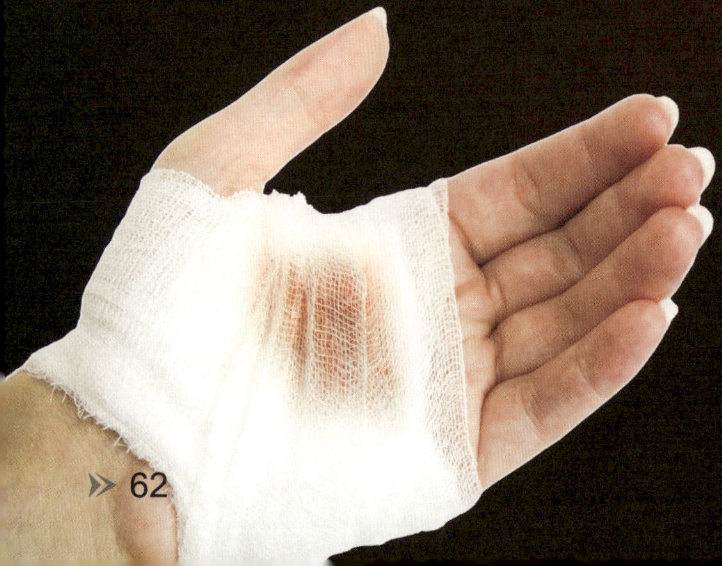

大大小小的细胞通过管道流到血管的输送系统。血液在呼吸、饮食、抵抗疾病、排泄废物和调节体温方面起到了至关重要的作用。没有血液就没有生命。血液循环是自愈、自给、自建、自我代谢的系统，这些功能的完成可能就在一瞬间。完成这一过程，身体里只需要不多于4升的血量，仅比冰箱里一罐3.79升的牛奶要多一点。

那么血液是什么样的物质呢？它不是液体，也不是固体，而是一种混合物。它的主要成分包括一种稻草色的液体混合物（称为血浆），被溶

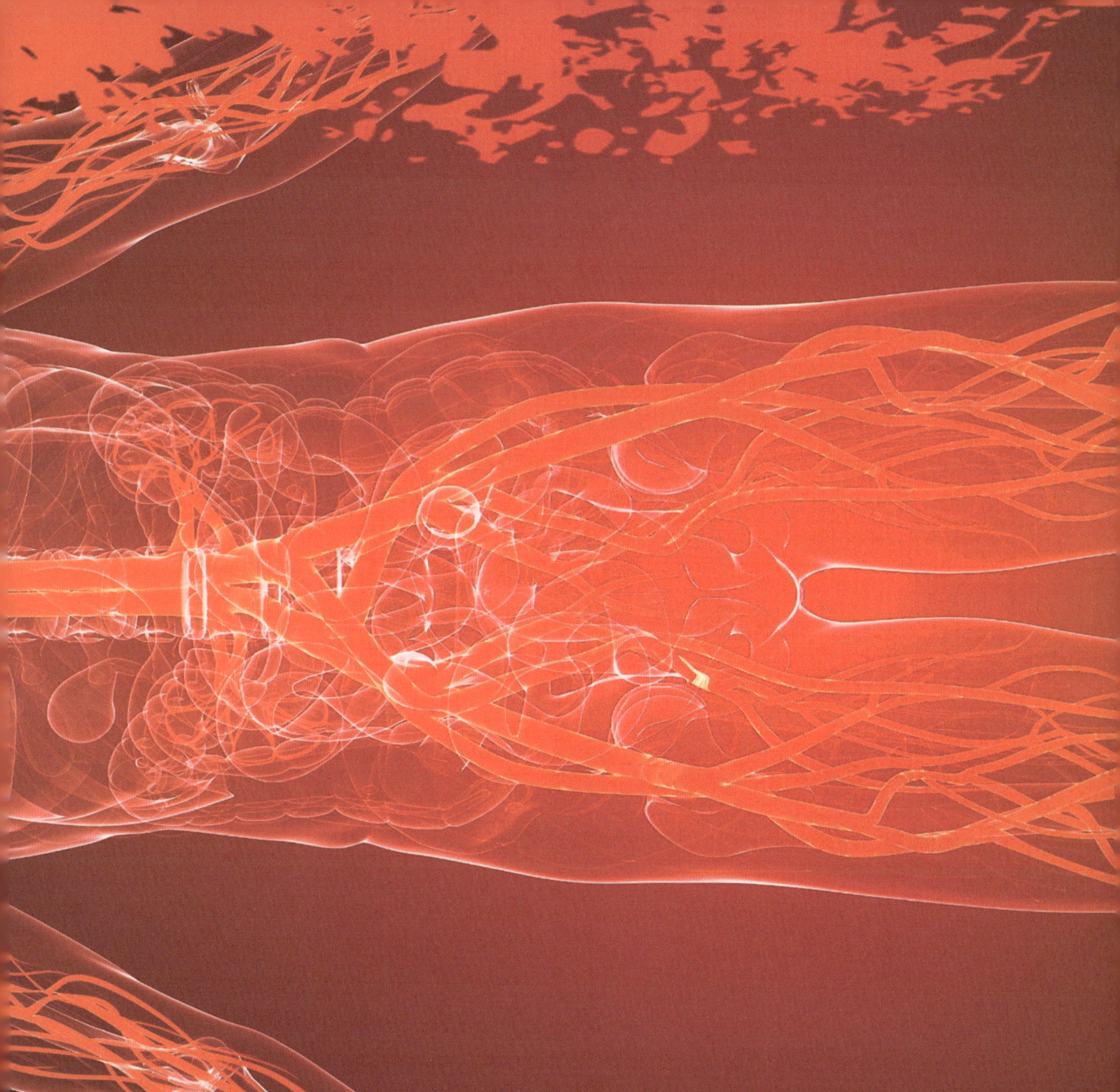

解的化学物质和悬浮体（红细胞、白细胞和血小板）。血液里的每一种成分对延续生命都是至关重要的。

危险的世界

危险无处不在，一把切橙子的小刀也是一种危险品。这种锋利的金属小刀对于刺穿水果外壳和多汁的果肉来说非常好用，但对于你的手指，则意味着潜在的危险。

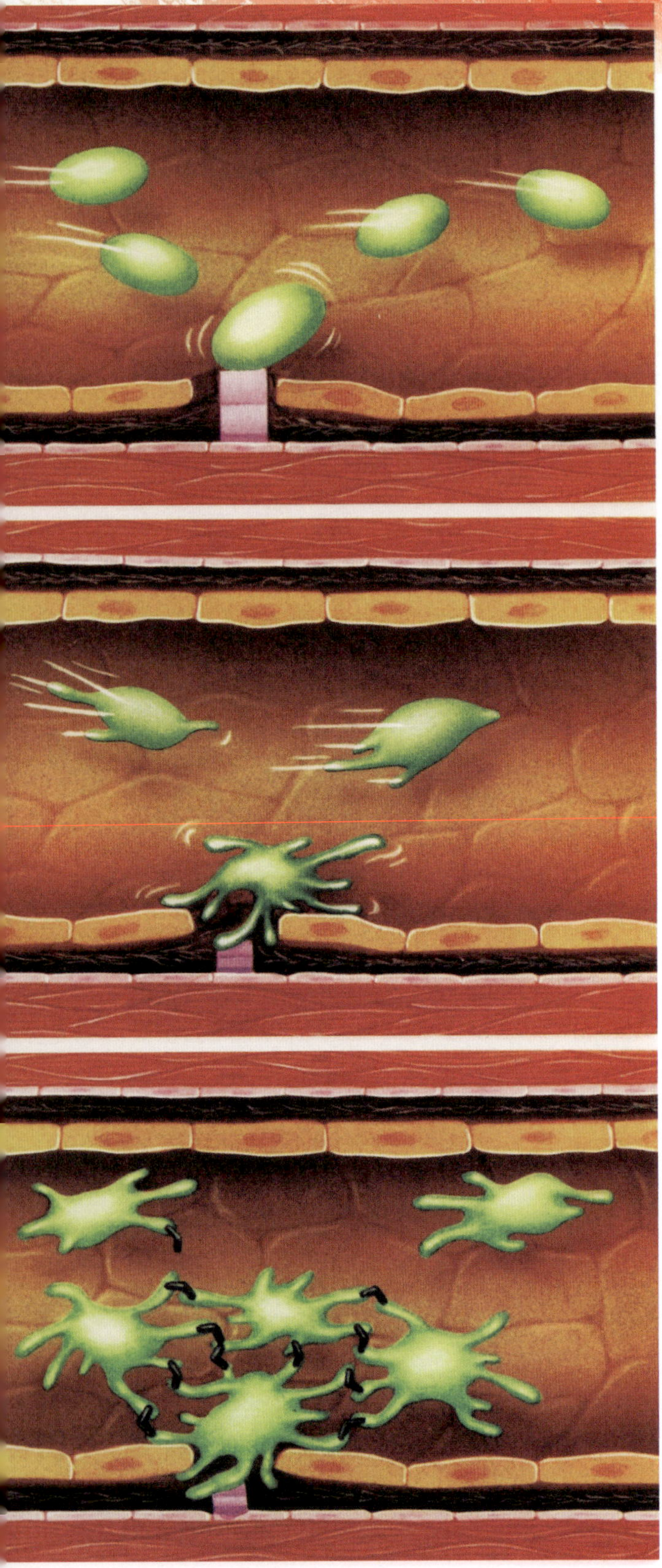

血小板呈绿色，和凝结物一起止血。它们用化学方法产生一种蛋白质，称为纤维蛋白。纤维蛋白可以把血小板黏附在一起从而密封伤口。

血液在管道网络里正常工作着。富含氧气的血液通过肺部流向手指，带给手指能量。

红细胞在最细的血管——毛细血管里释放存储的氧气。同时，能量丰富的葡萄糖通过血浆进入手指。手指里有数百万的细胞，在这里，葡萄糖和氧气结合、释放能量，从而使手指保持温暖，可以活动。获得这些能量丰富的物质后，手指细胞向血液排放出生命的排泄物——二氧化碳和其他化学废物，血液将会把这些废物带走。

在红细胞的旁边，有一群白细胞在游荡。这些专业防疫细胞有它们特殊的工作，它们时刻监视着捣乱的“恶棍”。红细胞比白细胞多很多，所以白细胞总是默默地监视着，确保血管内一切正常。

但今天的重点不在于此。啊！小刀一划，手指被割破，开始流血了。

紧急状况

身体的任何部位都有可能会被划伤，尽管在这条数万千米长的管道里仅流动着4升血，但即使是一小道刀伤也可能带来严重的后果。流血后，跑来援救的是血小板，它是血液最小的组成单位。血小板不是细胞，它是从母细胞（巨核细胞）脱离出来的有特殊作用的成分。

刀伤很明显，血冒了出来，现在，血小板开始行动了。血小板跑到伤口处，很快，流血会逐渐变成滴血。

血小板的功能不仅在于它们能够堵住伤口，而且当它们黏附在刀伤边缘时，还会释放一种化学求救信号。于是，一种叫作纤维蛋白的蛋白质就出现了。也许你可以从名字猜出，纤维蛋白可以创建一个连接的纤维网，它可以把血小板黏附在一起，从而密封伤口。

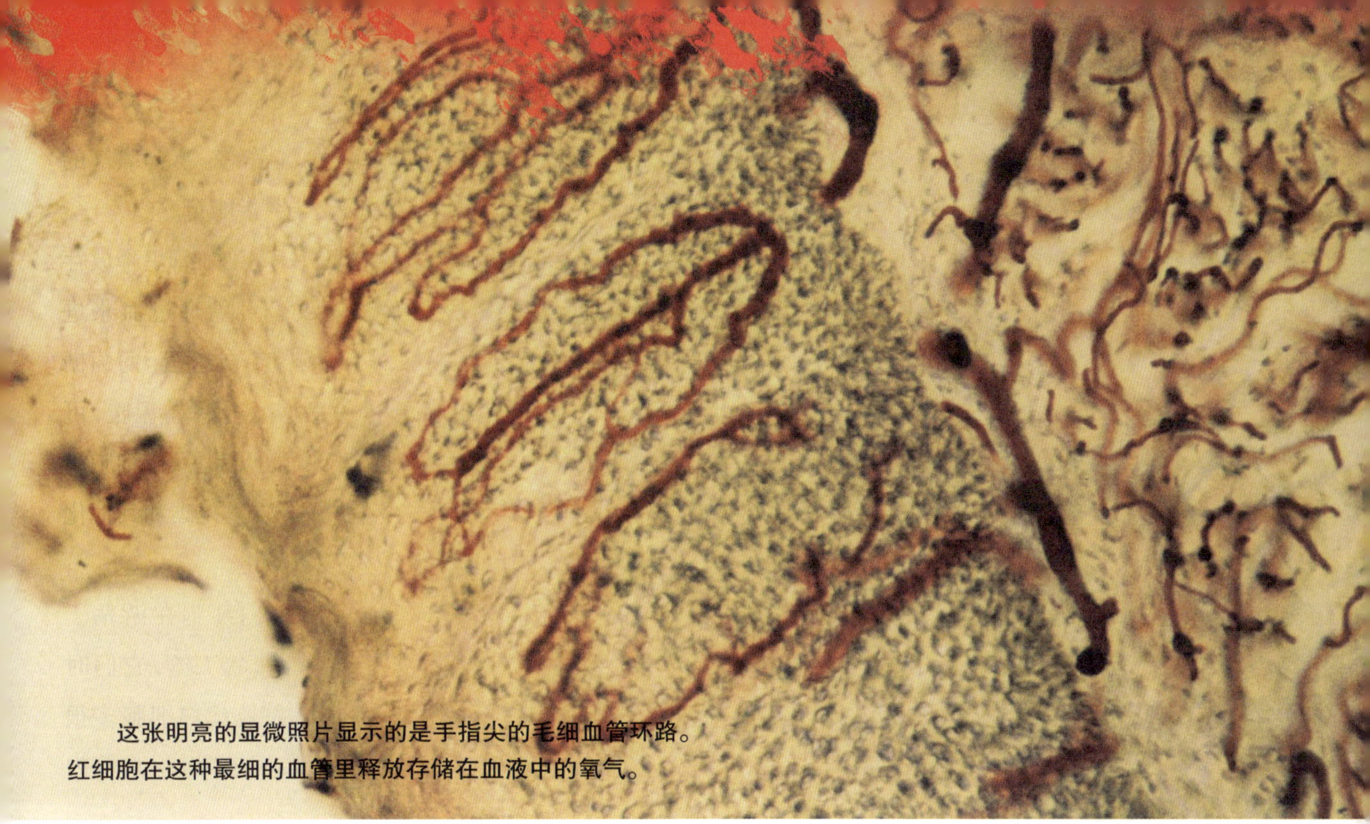

这张明亮的显微照片显示的是手指尖的毛细血管环路。红细胞在这种最细的血管里释放存储在血液中的氧气。

内部危险

伤口是危险的，但是身体内部的这种止血防御功能也是危险的。那些能使血凝结成块的成分一直在血液里。科学家说仅需2毫升含有凝血成分的血液就足以冻结身体的整个循环系统。这种高辛烷化学制剂必须严加管束，以避免不需要的血凝块出现。

从另一方面来讲，如果其中的一种化学物质流失了，身体可能就无法阻止即使是最轻微的流血状况。血友病就是一种即使遇上最小的伤口也会血流不止的病症。当血液里缺乏一种凝血因子时，就会患上血友病。

未来的血液前景

身体一直在不断地更新血液。即使血液没有因为血管破裂而流失，红细胞一般也要3~4个月更换一次。实际上，人的一生中身体会多次替换全部血液。

当我们了解到很多关于血液以及它如何工作的知识后，我们就可以找到帮助身体保持体内正常血液量的方法。一种叫作促红细胞生成素（erythropoietin）的药物的确可以刺激骨髓更快地造血。一些手术刀使用激光或加热的方法可以使血液少流或不流，刀口即开即合。

除了以上这些技术发展，还有人工造血。几个世纪以来，输血已经成为医疗的一部分，但仍然存在问题。人工造的血不能做天然血液能做的所有事情，但它可以临时替代流失的或损坏的血液把肺部的氧气输送到细胞。HBOCs（血红蛋白类氧载体）就是在人造细胞里使用血红蛋白的人造血。另一种血的替代品使用一种叫全氟化碳的化学物质输送氧气。尽管这两种方式都是实验性的，但是可以说明人类在血液研究方面取得的进展。

也许某一天，科学家能制造出一种替代品，能完成我们的血液每天所做的工作。

Riding "the Iron"
争坐"铁椅子"

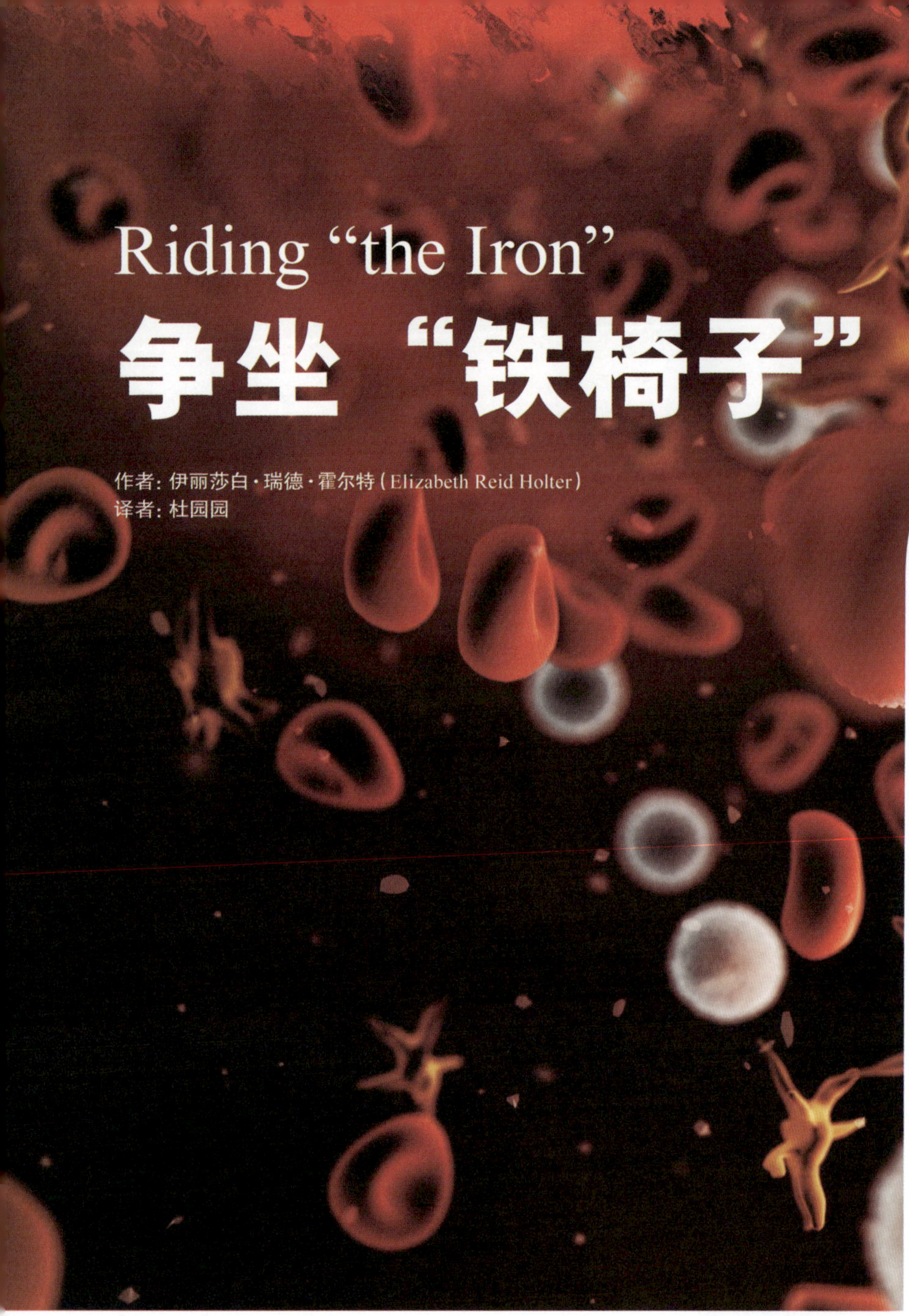

作者：伊丽莎白·瑞德·霍尔特（Elizabeth Reid Holter）
译者：杜园园

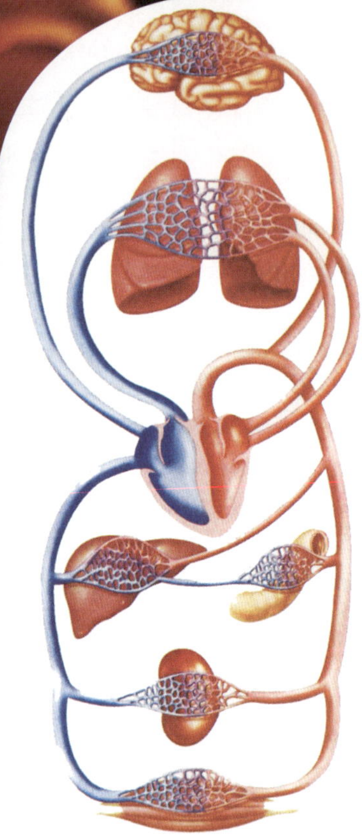

血液循环：红细胞从心脏和肺到脚趾（通过动脉）、再从脚趾回来（通过静脉）的旅程每次大约需要20秒。

每一秒，你的骨髓中的干细胞都会生成大约200万个红细胞。这些红细胞有一个重要的任务：收集并输送氧气。它们一旦开始工作，就永不停歇。但首先，每个红细胞必须做好准备。在骨髓中，干细胞在它的细胞核里按照DNA的指令花一个星期的时间来制造一种叫作血红蛋白的氧气载体。一旦干细胞里被数百万个血红蛋白分子塞得满满的，它就分离掉细胞核和所有制造蛋白质的

骨髓：
在诸如大腿骨和肱骨这样的长骨头里含有像果冻一样的东西，其中有各种各样的造血细胞。

干细胞：
一类具有自我复制能力的多潜能细胞，具有无限分裂能力。在一定条件下，它可以分化成多种功能细胞。

组织。现在，红细胞已经成熟了，它是体内最小的细胞之一，是一种扁平的、灵活的小圆片，能够穿透每个器官最深的凹处。做好了充当氧气渡船的准备后，它就跳进了血流中。

旅程进行时：系上安全带

红细胞从心脏和肺到脚趾、再从脚趾回来的旅程每次大约需要20秒。该通道起始于高压的、汹涌的动脉（强健的、有弹性的血管，将血液从心脏输出），结束于低压的、平静的静脉（将血液送回心脏）。在从动脉到静脉期间，红细胞单独成一路纵队，拐弯经过所有最狭窄的通道——毛细血管。毛细血管是氧气“上船登岸”的站点。想看看血液在毛细血管网里是怎样流动的吗？按压你的指尖，直到它发白，然后放开，并观察。变回粉色的那条线就是通过皮肤的毛细血管向前流动的血液。

每个红细胞就像是一艘井然有序的客运渡轮。数以百万计的血红蛋白分子在里面排成队，每个分子上都为氧气准备了四个“座位”。这些“座位”被称为“血红素环”，均以亚铁离子为中心的分子，氧气把自己附着在这种分子上。被称为“球蛋白”的蛋白质包围住血红素环，因此得名为“血红蛋白”。血红蛋白必须能够吸附住氧气，并在适当的时间释放氧气，这可真是复杂的化学过程啊——诀窍就是需要一个“分子安全带系统”。

血红素环：

一种叫作卟啉环的圆形组织，由含有碳原子和至少一种其他原子（比如硫原子、氮原子或氧原子）的分子构成，中心还有铁原子（如右上图所示）。

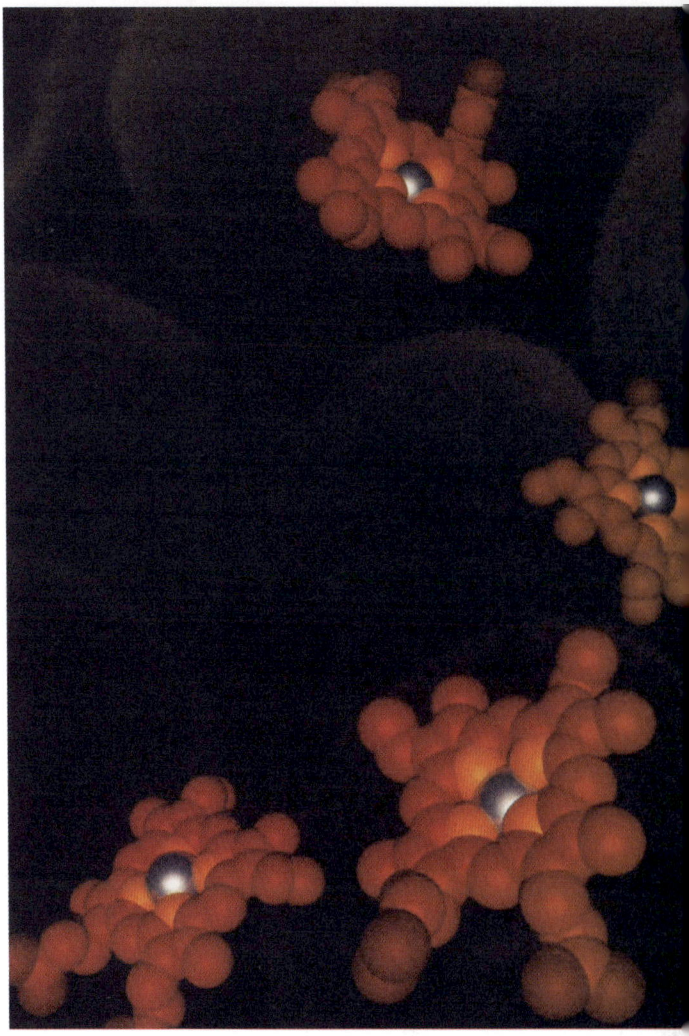

氧气一旦在红细胞的“铁椅子”上“坐”下来，血红蛋白分子的手臂就会像安全带一样拢住氧气，穿过肺毛细血管。一旦合拢，“安全带”就会改变血红蛋白的形状。当血液从肺部的毛细血管出来的时候，“安全带”还会使血液的红色更加鲜明。血液一旦抵达身体的毛细血管网，它就拾起二氧化碳等废物，从而改变血液的化学成分。二氧化碳溶解在血液中，并形成碳酸。酸性使血

二氧化碳：

一种气体，其分子由一个碳原子和两个氧原子构成，是所有细胞产生能量的副产品。

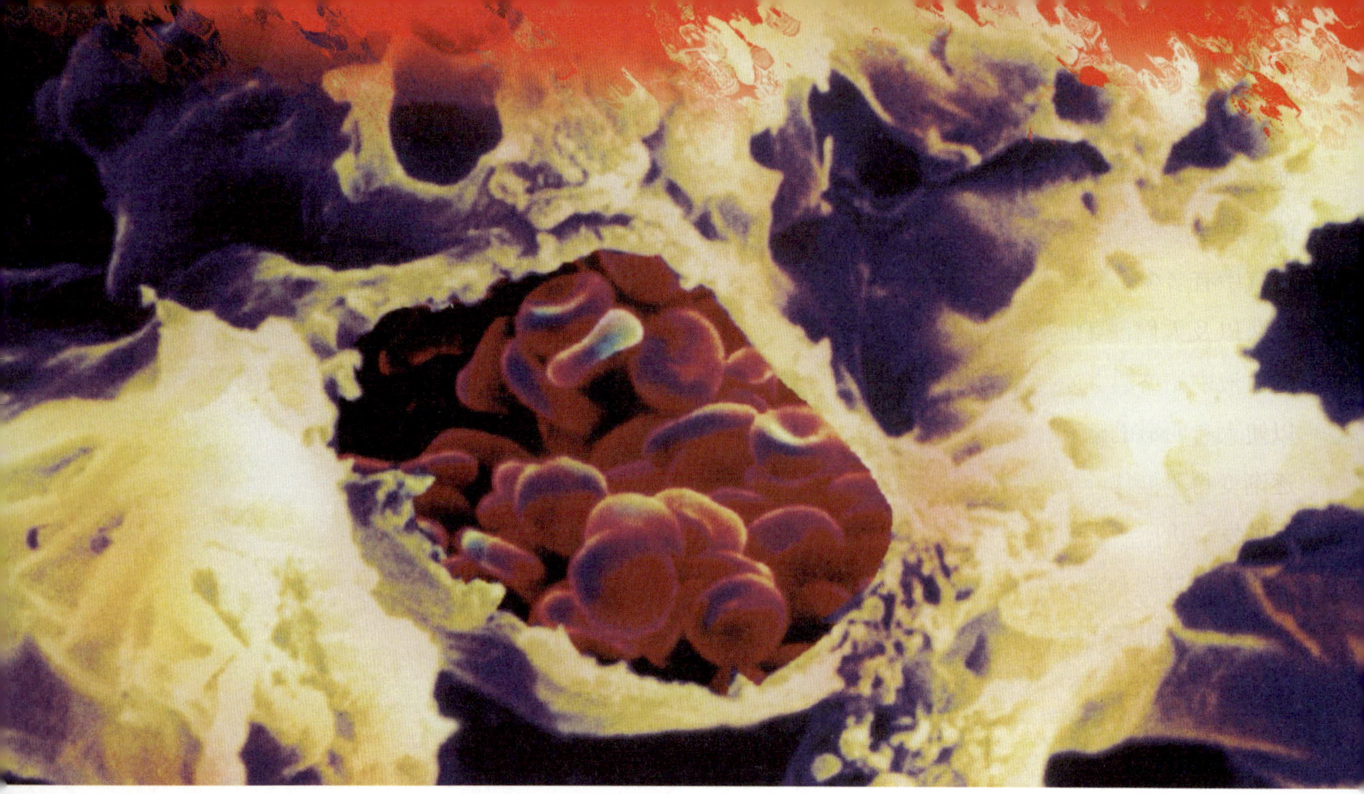

这张电子扫描显微图（SEM）显示了红细胞正在流经一个细动脉（动脉的一个小小的、终端的分支，在肺壁的空气囊，称为肺泡）。红细胞的颜色来自血红蛋白，它从肺部收集氧气并释放到体内各处。

红蛋白的"安全带""砰"地一下打开，氧气从红细胞里飘出来，准备为生产能量而燃烧。环境越酸，血红蛋白释放出的氧气就会越多。在弱酸的血液里，"安全带"会夹住新的氧气"乘客"进行下一次旅行。

危险！

在人类开始使用火之前，氧气在红细胞"渡船"的"铁椅子"上几乎没有任何竞争。然而，在烹调食物、房屋取暖、开车、划船和吸烟的时候，一氧化碳加入进来。一氧化碳是一种无嗅无味的气体，每当含碳的燃料不完全燃烧时就会产生一氧化碳。像氧气一样，一氧化碳从空气进入到肺部的毛细血管。一氧化碳排成一队准备"坐"上"铁椅子"，这使得氧气的数量急剧下降至正常值的1/200。不同于氧气的是，一氧化碳非常不愿意放弃它的"席位"。这还不够，更糟糕的是，它还使"坐"在"铁椅子"上的氧气很难被释放。而如果没有足够的"座位"，那些已经上"船"的氧气就很难"登陆"。人体缺氧会导致各种细胞出现功能障碍。

由一氧化碳中毒造成的细胞功能障碍有一些警示症状，有些症状看起来很像是流感——疲劳、头疼、眩晕。如果血液里的一氧化碳含量持续增加，则会导致呼吸急促、思维混乱、协调能力

一氧化碳：

由一个碳原子和一个氧原子构成，是碳基燃料时因缺氧而不完全燃烧产生的气体副产品（几乎所有的日常燃料燃烧时都会产生不完全燃烧）。

变差，出现幻觉等现象，最终导致人神志不清、昏迷并死亡。会出现什么症状要取决于空气中有多少一氧化碳，人吸进一氧化碳有多久以及人们自身的健康状况如何。吸烟者的血液中始终携带有一些一氧化碳，这不足以使人有明显的症状，但积累起来足够使人逐渐变得不健康。在封闭空间中的热源和运行的发动机所产生的气体是导致一氧化碳急性中毒的罪魁祸首，中毒后需要呼吸百分之百的纯氧来扭转病情。

所有的火、发动机和电器都会把有形的烟雾或无形的气体释放出来，它们需要定期检查有无泄漏。把一氧化碳探测器放在睡觉的地方是一个明智的选择。如果你一旦怀疑有一氧化碳泄漏，你和其他人，包括宠物，都应该走出户外，呼吸新鲜空气！

信不信由你，你的身体也是一氧化碳的来源之一，因为你也为获取能量而燃烧碳基燃料。你的一氧化碳来自被回收利用的红细胞。红细胞活到100~120天时就变得衰老了，膜的能量耗尽，变得很僵硬。“回收者”将这些“老字辈”从血流中“拽”出来，并把它们“拆”成零部件。有的部件被用来重新使用制造不同的细胞，但血红素环被分解清除。它的一部分形成一氧化碳回到肺里，并被呼出体外，一部分用于制造胆汁。胆汁是从胆囊注入肠子里的绿色液体，能够帮助消化食物。被分解的血红蛋白会改变颜色，就像你看到碰伤使茄子从紫色变成绿色，又变成黄色一样。血红素环中的铁元素又回到骨髓里，重新组装成血红蛋白，以保持供给链中不断生产出来的数以百万计的红细胞。

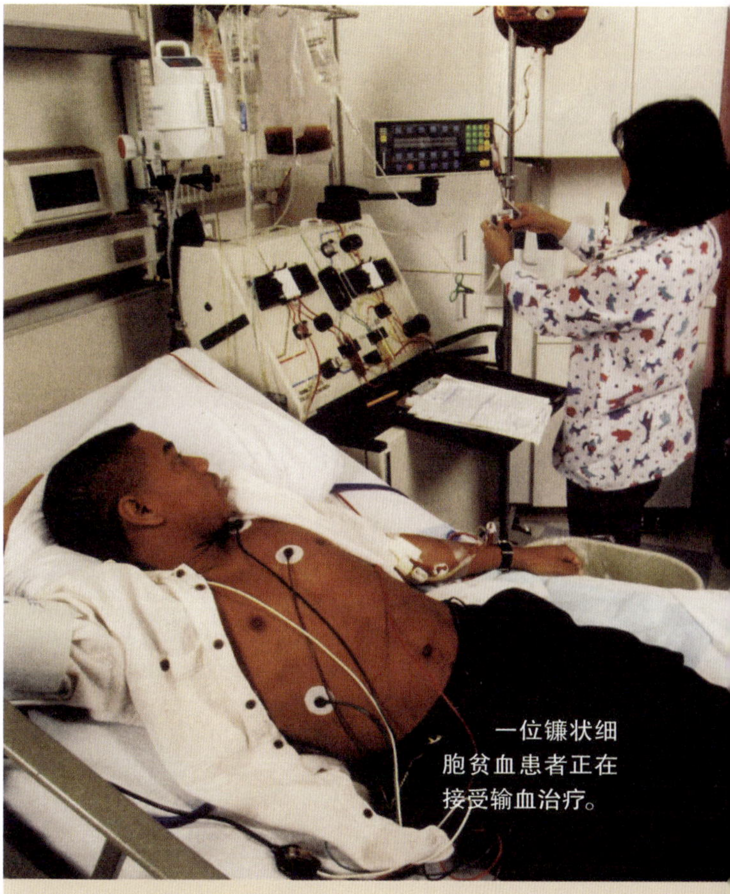

一位镰状细胞贫血患者正在接受输血治疗。

镰状细胞贫血：一个“球蛋白”的问题

球蛋白是球状的蛋白质，它围绕着血红蛋白的每一个血红素部分。每个血红蛋白分子都有两种球蛋白分子，它们一起使整个组织结合在一起，并使血红素分子在空间上保持正确的导向。虽然大多数人具有相同种类的球蛋白，但是也有些人继承了略有不同的球蛋白。这些不同的球蛋白大多数没有造成大麻烦。大约1/8的非洲后裔儿童继承了一种被称为“镰状细胞特征的基因”。一些科学家认为，镰状细胞特征基因在非洲后裔中非常普遍，因为它出现在疟疾常见的地方。这种特征基因可以在某种程度上防御疟疾。但是当红细胞没有携带氧气时，这种基因的两个副本却会生产出能使红细胞变形的血红蛋白，有多达1/500的非洲后裔儿童带有这两种基因副本。这些镰状红细胞相互粘连，堵塞小血管，给人体健康带来风险并形成破坏性的组织。这些患有镰状细胞贫血的儿童，他们一生都需要小心的医疗服务。

Respiratory System, the Breath of Life

生命的气体交换

编译、撰稿：拉斐尔

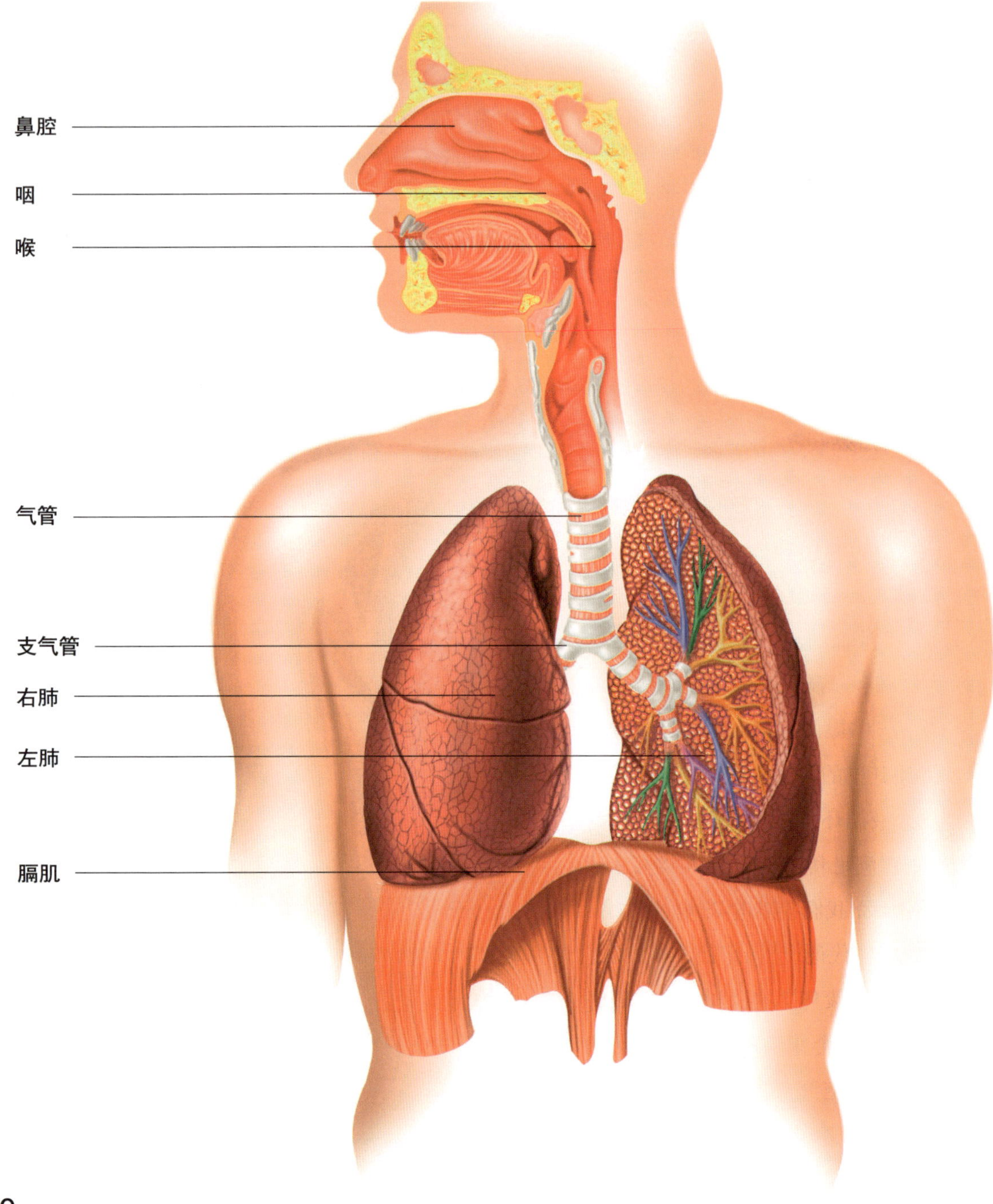

狗狗生病了，宠物医生手里拿着听诊器，在狗狗的肚皮上听来听去，这是干什么？狗狗会不会疼啊？当然不疼！我们人类看病也用听诊器，它的主要作用是听双肺的呼吸情况。正如心脏一样，人的呼吸也在不停地进行着，不信，你可以花一分钟来观察自己胸部和腹部的活动。如果在不停地鼓起，这就是在呼吸。如果你试着停止呼吸，会觉得很憋气并且难以坚持。

我们常说，生命的三要素是阳光、空气、水。地球上所有的物种都不能缺少氧气。氧气氧化分解出我们体内所需要的营养物质，同时身体会不断产生二氧化碳，因此人体要不断地从外界摄取氧气，排出二氧化碳。这种与外界之间进行气体交换的过程，称为呼吸。我们想要完成这简单的一呼一吸，要有一整套系统来维持，这就是呼吸系统，它主要由呼吸道和肺两部分组成。

呼吸道包括鼻、咽、喉、气管和各级支气管以及肺组成，医学上把鼻、咽及喉称为上呼吸道，把气管和各级支气管称为下呼吸道。

肺

如同心脏一样，肺是呼吸系统的中心，是氧气加工厂。肺为人体提供维持生命所必需的氧气。它吸入空气，使其中的氧气经气体交换后融入血液中，再通过血液循环将氧气输送到全身各处的器官和组织中，以满足其功能需求。

有呼必有吸，我们吸进的是氧气，呼出的是二氧化碳，它是机体代谢产生的副产物。二氧化碳虽然是我们呼出的“废气”，但是大部分植物将二氧化碳吸入，通过光合作用释放出氧气。所以我们要保护植物，这样空气中的氧气会更多。如果没有氧气，体内的细胞将会因为缺氧而快速死去，从而导致各个器官缺氧，失去工作的能量，最终带来死亡。

肺是人体内唯一一直暴露于外界环境中的内脏。作为呼吸系统的中心，它们每天吸入2100~2400加仑（8000~9000升）的空气。

肺的结构

我们的双肺在胸腔里是悬浮着的，周围是复杂的格子似的管道，位于心脏的两侧。前面胸骨和包裹的弹性纤维可以保护它。在医学家眼里，肺可不光是我们常见的那个大大的、像口袋一样的内脏，它是由支气管、肺泡、血管、淋巴管、神经、结缔组织和胸膜组成，这可是一个大家族呢！

空气通过口和鼻子进入体内，鼻子是人体的空气过滤器，鼻腔内的毛和黏液可以捕获空气中的尘埃，所以我们要少挖鼻孔，以免破坏这么优质的过滤器。空气加热后进入气管“大隧道”，气管到底部就分开了，形成两个气管——支气管。布满黏液的支气管像树枝一样分布在肺部，成千上万条细小的细支气管连接到叫作肺泡的“口袋”中。成人的肺中平均含有6000万个海绵状的充气结构，仅仅一个肺中的肺泡的总面积就可以相当于一个网球场的面积。

肺泡是进行气体交换的场所。肺泡由周围密集的小血管、毛细血管网与心脏相通。那些与肺动脉相通的血管中携带着需要更新的脱氧血（即静脉血，这种血液中氧气含量低，二氧化碳含量高）。氧气通过肺泡薄壁扩散至周围的毛细血管内，最终通过肺静脉输送回到心脏。与此同时，静脉血中的二氧化碳也通过同样的扩散过程从血液中清除。当我们呼气的时候，这些废气就被排出了。

我们的呼吸频率是由大脑控制的，大脑能快速地发现气体浓度的改变。这当然是大脑的兴趣所在，因为它是全身耗氧量最大的器官，如果机体缺氧，它将是第一个受累的器官。

呼吸运动主要是通过膈肌来完成的，这是一层位于胸部和腹部之间的肌肉。当我们吸气的时候，膈肌收缩，扩展肺脏并从外界吸入空气；呼气时，膈肌放松，肺脏则像气球一样放气。

肺脏是一种脆弱的器官，易受各种疾病的侵害。在西方国家中，最常见的疾病是支气管炎和肺气肿，这往往是由于吸烟引起的。肺内气道形成慢性炎症，在炎症的刺激下，气道产生过量的黏液。吸烟也能导致肺癌，这是一种全世界高发的癌症，每年大约有140万人被诊断为肺癌。

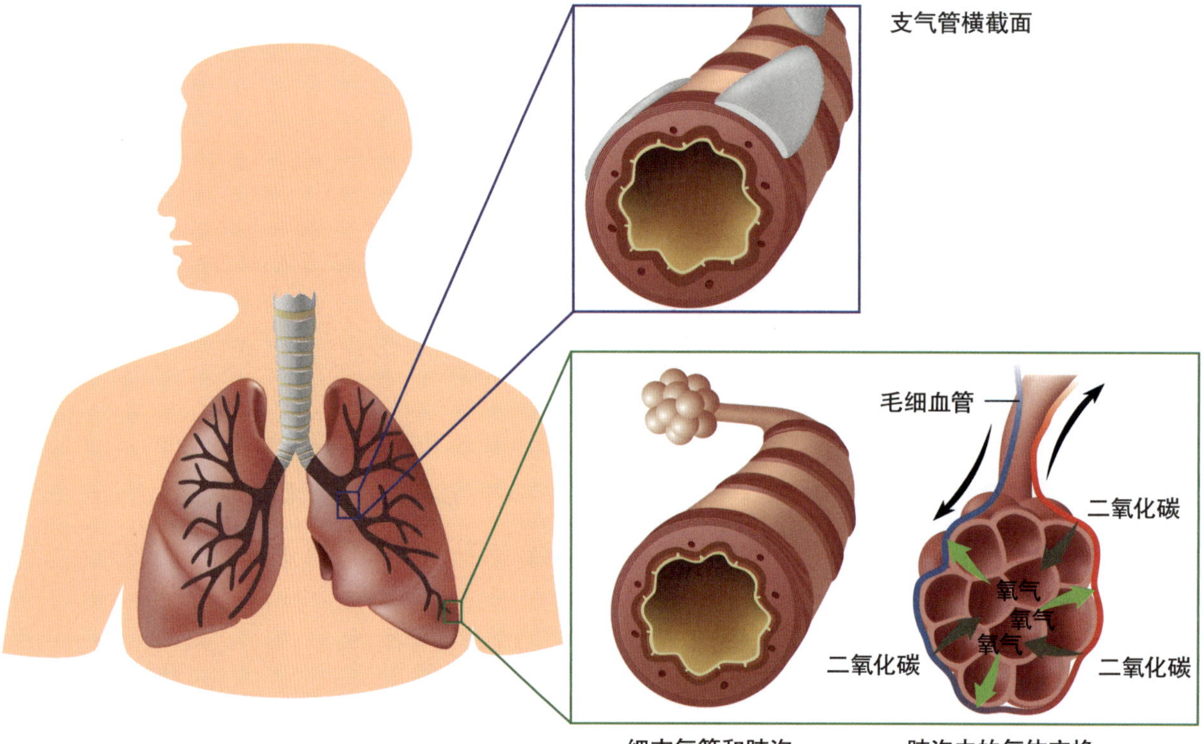

细支气管和肺泡　　肺泡内的气体交换

Ka-chooo!

反应过度的呼吸系统

作者：费思·希克曼·布莱尼（Faith Hickman Brynie）
译者：钟李明

英国对大自然的生发变化有一句谚语：四月的雨带来五月的花。而对花粉过敏者来说，他们可能会有更深的感触。在花朵绽放的景色中，你会打喷嚏、流眼泪、瘙痒和哮喘，为什么要遭这些罪呢？

了解过敏反应虽然不会治愈上述病症，但是这些知识会在停不住的喷嚏间带给你一些思考。

是什么让我们打喷嚏？

你可能经常听到周围的人抱怨对某种东西过敏。过敏是指当一些外来物侵入人体时，人体的免疫系统产生的过度反应，亦称“变态反应”。在美国，一项关于过敏性反应的研究显示，超过半数的6~59岁的美国人对1~10种以上的常规过敏源测试呈阳性。中国变态反应医学创始人叶世泰教授于2011年披露，近20年，西方国家变态反应性疾病（过敏性疾病的另称）的发病率成倍增长，全球总患病率已高达22%，其中过敏性鼻炎的患病率为17%，过敏性哮喘为11%。中国儿科哮喘防治协作组于1990年和2000年进行的两次抽样调查结果显示，中国过敏性哮喘患病率与全球的升高趋势一致，过敏性鼻炎的患者人数接近1亿。

那么，人们都对什么过敏呢？美国的同一研究发现，1/3的人群对尘螨和德国小蠊（蟑螂的一种）过敏。哦，对了，还有可能是你们家的猫，17%的人对家猫过敏。

把脏衣服扔到屋外等举措可以解决问题吗？实际上，不管这些动物是否受欢迎，它们并不是室内空气中仅有的过敏源。家里的装饰画、毛毯、家具以及家用吸尘器挥发出的污染物可能会对某些人造成重大伤害（见本书第74页《花粉过敏与哮喘》），有的人甚至会对化妆品、防腐剂和塑料包装材料过敏。

读到这里，你可能很想到室外走走，呼吸新鲜的空气。遗憾的是，到室外你的痛苦也可能无法减轻。1/3的人对室外的多年生黑麦草和短豚草（俗称“艾叶破布草”）过敏。黑麦草会在夏末或早秋释放花粉，引发过敏。蓖麻和法国梧桐也会令很多人抽鼻子和气急。而当下，你还要不断关心室外空气的污染指数，这是建筑、农业、运输、制造等人类生产活动产生的空气污染物。

为什么会打喷嚏？

在回答这个问题之前，我们有必要先了解人体免疫系统是如何工作的。免疫系统是人体对外来物质入侵的应答，比如导致疾病的细菌或病毒。免疫系统攻击一切它识别到的非人体自身的蛋白质。猫毛、黑麦草花粉和尘螨不会让你生病，但人体免疫系统无法从这些入侵物质中辨别出它们是否对你无害。一旦发生过敏，人体内的免疫系统就会启动疾病防御应答。

血液中的T细胞（胸腺依赖性淋巴细胞）首先启动抗体的产生。抗体是一种“Y”字形的蛋白质，在“Y”字的两臂上有特定的分子“钩”用于固定特定的抗原（外来蛋白质）。抗体就像一把钥匙，入侵抗原就像一把锁，一把钥匙配一把锁，抗体可以精确标记抗原，进行摧毁。

抗体的另外一个名字叫“免疫球蛋白”，或简称为“lg”，至今已发现5种类型的免疫球蛋白。参与大部分过敏反应的抗体是lgE。lgE分布于血液和淋巴中，它将抗原提呈给位于皮肤和呼吸道的肥大细胞。肥大细胞释放的组胺和其他

花粉过敏与哮喘

哮喘与鼻塞和泪眼无关，它是由支气管周边肌肉的紧缩引起的。该紧缩常伴随呼吸道黏膜下的炎症反应，从而导致呼吸道狭窄，呼吸变得吃力，尤其是呼气变得艰难。哮喘的判断依据之一是呼吸时发出的“呼哧呼哧”的喘息声。

哮喘发生的形式因人而异。有些人会突然发生哮喘，产生原因是过敏反应、呼吸道感染、运动、冷空气、摄入药物或食物添加剂。有些人的哮喘症状只在夜间或某一特定的地方发生。情绪不会导致哮喘，但情绪会诱发哮喘或使哮喘症状恶化。

混淆花粉过敏和哮喘的原因之一是某些人可能同时患有这两种症状。易感人群发生的过敏反应能够刺激哮喘。芝加哥的研究者认为，蟑螂是引起城市小孩哮喘的主要原因。蟑螂尸体和粪便中的蛋白质是强有力的抗原。城市中柴油机和汽油机排放的尾气也是引发哮喘的原因之一。那么在郊区，什么物质是引发哮喘的主要诱因呢？答案是尘螨和猫。

哮喘和花粉过敏需要采用不同的治疗方法。抗组胺药有助于解除过敏反应，减充血剂则有助于那些呼吸道过敏的人减轻堵塞的症状，而哮喘病人需要那些能够扩充和放松支气管的药物。

炎性物质能促使呼吸道毛细血管舒张和渗漏，使渗透液浸润组织发生膨胀，平滑肌收缩，致使人体呼吸急促。肥大细胞释放的组胺增加了呼吸道黏液的产生并促进了呼吸道收缩。这样就发生了眼睛发痒、发红并流泪，鼻子发生鼻塞或者流鼻涕。过敏反应患者会打喷嚏、咳嗽、哮喘和产生间歇呼吸，组胺还会令皮肤发生瘙痒、发红、肿胀和起疹子。

嗜酸性粒细胞是产生于骨髓的免疫系统细胞。一旦细菌入侵人体某一开放性伤口，嗜酸性粒细胞将快速到达伤口部位。对付大的、蠕虫状的寄生虫，嗜酸性粒细胞是很有用的武器，但对于过敏者而言，嗜酸性粒细胞所起的作用弊大于利。它所释放的蛋白质成分将造成呼吸道和皮肤损伤，使呼吸道变窄并引发持续炎症。

你能做什么?

阻止过敏反应发生的最佳方式是避开过敏源，但是这并不容易。我们很难躲开花粉的侵袭，即便房间窗户紧闭，运转的空调和空气过滤器仍会将花粉带入室内。定期清洁床上的纺织品、新家具和床垫，使用抗过敏的床垫套将有助于降低尘螨过敏概率。定期使用吸尘器和减湿器有助于保持空气干燥，这样能减少尘螨，从而减少过敏的发生。

准确来说，对宠物过敏的人是对宠物身上的皮屑过敏。给猫洗澡是无法避免你对它过敏的，因为这个世界上还没有不产生皮屑的猫。因此，如果你对猫过敏，你在养猫前一定要仔细考虑，比如可以选择鱼或者一些爬行类动物当宠物。

某些药物能够减轻过敏症状，抗组胺药物可以减少喷嚏、抽噎和瘙痒。减充血药能够降低鼻黏膜的血液供给，促进鼻黏膜收缩。医生不建议过敏者使用减充血型鼻喷雾剂，因为该类型喷雾剂不能长期使用。如果使用减充血型鼻喷雾剂，一段时间之后症状会反弹。当你停止使用时，鼻黏膜又重新发胀，过敏症状又会重新回来，有时甚至变得更糟。因此，与减充血型鼻喷雾剂相比，非处方药生理盐水鼻喷雾剂可能是更好的选择，它可以长期安全使用。生理盐水鼻喷雾剂是盐（即氯化钠）的水溶液，它能够放松黏膜并预防鼻黏膜干燥。有时候，大夫也会建议使用皮质醇喷雾剂或含色甘酸钠的喷雾剂，它们可以帮助你缓解鼻塞症状，控制喷嚏与瘙痒。

对于一些顽固型病例，医生会建议采取一系列抗过敏疗法或者免疫疗法，也就是脱敏疗法。这种疗法的思路就是在数月内给过敏者施加少量的但逐步增量的过敏抗原，令机体对该抗原的免疫应答逐渐减弱。一些专家认为，脱敏疗法会减少lgE抗体的产生并减弱组胺量释放。另一些专家认为，逐步增大的抗原剂量促进了免疫细胞产生不同的免疫球蛋白lgG。lgG分子比lgE更小，形成比lgE更快，或许在lgE启动释放组胺之前，lgG就已经到达抗原部位并消灭了这些抗原。

你可能并不需要接种预防过敏的疫苗，但一旦发现自己有过敏的症状后，应该积极寻求治疗。美国马里兰州巴尔的摩市约翰·霍普金斯大学过敏与临床免疫学分部的布鲁斯·博克纳主管说：“过敏除了对你的生活质量造成负面影响，不受控制的症状可能会导致更严重的医疗状况，比如鼻窦炎和哮喘。”他建议过敏者应该在症状恶化之前寻求医生帮助，因为研究显示，那些及时就医的患者很少光顾急诊室，并且能够更好地处理过敏症状。

If Breath Becomes a Difficulty

如果无法自主地呼吸

编译、撰稿：米斯迪

停电引来的悲剧

2008年5月29日凌晨3点，雷暴雨袭击了美国田纳西州杰克逊镇，当时有一棵树被刮倒了，正好压在一户人家房子附近的输电线上，这一事故给戴安·奥德尔的家庭带来了噩运。

1950年，3岁的戴安·奥德尔患上小儿麻痹症，小儿麻痹症又称脊髓灰质炎，是一种侵袭脊髓神经而导致患者瘫痪的疾病。如果脊髓灰质炎病毒侵袭了控制呼吸的神经，病人就无法自主呼吸，戴安·奥德尔就是这样。生病之后，她大部分时间都待在客厅，因为这里有个特殊的装置——长约2米、重达340千克的金属呼吸机"铁肺"。近60年的时间里，她被关在"铁肺"里，一直靠它维持生命。但这次突如其来的暴风雨，中断了"铁肺"的电，也中断了她的生命。

名为"铁肺"的老式呼吸机。

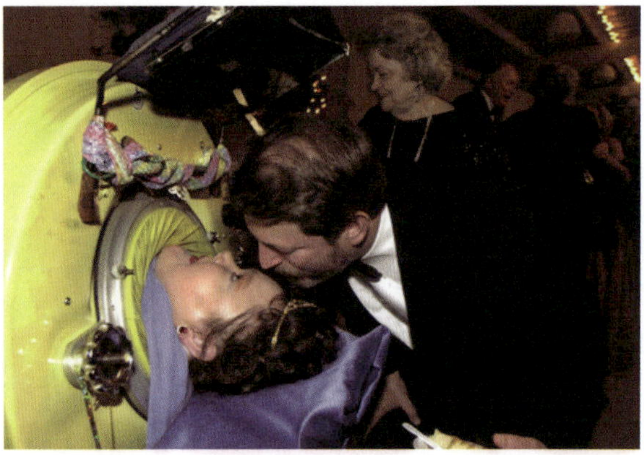

美国前副总统高尔看望靠"铁肺"维持生命的戴安·奥德尔。

奥德尔被认为是世界上小儿麻痹症患者中活得最长的人，她一生中差不多都是仰躺在"铁肺"里，只有头露在呼吸机外面。当时专家表示，她只能活几年，但没想到她这样愣是活了将近60年！

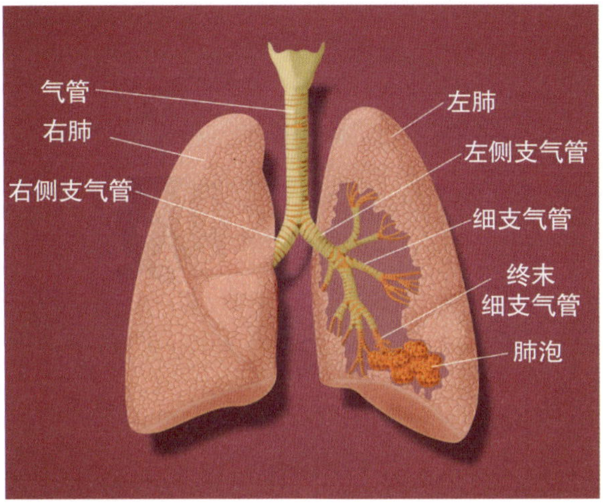

而且这60年里，奥德尔依然可以生活，她利用头上一块镜子的反射与家人、朋友沟通。她还拿到了中学文凭，上了大学课程，甚至写了一本名叫《眨眼》的儿童读物。

你肯定会问，奥德尔怎么学习，甚至是打字的呢？呼吸！她头上的架子装了一台小电视，遥控器上连了根吸管，她可以利用吸气和吹气开关电视，而且还可以通过声控方式在电脑上写字呢。

肺与气体交换

“铁肺”虽然让奥德尔活了60年，可是她也是为了生存才迫不得已的，“铁肺”哪有人体原装的肺好啊！

肺是人体重要的器官之一，可以和心脏相提并论。它位于胸腔内，左右各一个，气体交换的场所就在这里。

肺主要由支气管及肺泡共同构成，肺泡像一个小口袋，就是它与外界连接，进行气体交换。它的外面缠绕着丰富的毛细血管和弹性纤维。肺泡壁和毛细血管壁都很薄，各由一层上皮细胞组成，因为这样有利于进行气体交换。当气体进入肺泡内，空气中的氧气穿过肺泡壁上薄薄的毛细血管壁，再通过血液循环，将含有氧气的动脉血输送到全身各个器官组织。血液可以供给各器官组织氧化过程所需的氧气，运送各器官组织产生的代谢产物——二氧化碳。二氧化碳经过血液循环运送到肺部，通过肺泡内的气体交换，含二氧化碳的静脉血再变成含氧气的动脉血，而交换出来的二氧化碳就从我们的鼻子里呼出去了。

鼻子是气体进出的门户，它里面有一套专供呼吸的“设备”，当然它还管闻气味。鼻子由外鼻、鼻腔和鼻旁窦三部分组成。鼻腔对吸入的空气起到了清洁、温暖、湿润的作用。鼻腔内表面的黏膜可以分泌黏液，能使吸入的空气清洁并变得湿润，黏膜中丰富的毛细血管具有收缩和扩张的功能，能随着体内外环境进行调节。

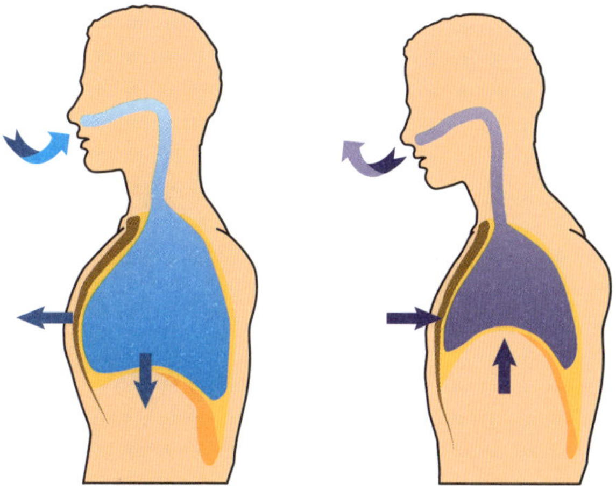

吸气　　呼气

呼吸时，我们的胸腔会前后活动，一呼一吸，这是胸廓在扩张和回缩。空气经呼吸道进出肺部的过程，称为呼吸运动。

肺的收缩完全靠胸廓的运动。吸气时，胸廓扩张，将肺向外牵引，空气进入肺里。呼气时，胸廓回缩，肺内空气被排出体外。呼吸运动的不断进行，保证了肺泡内气体成分的相对恒定以及身体内部的血液与气体间的气体交换不断进行。

正常的成年人在安静状态下，每次吸入或呼出的气量称为潮气，平均为400～500毫升，呼吸频率为16~18次/分，所以每分钟通气量为6000~9000毫升。活动需要时，每分钟通气量可达70升。正常人在平和呼气之后，如果做深呼吸，最大呼气称为补呼气，为1000～1500毫升；最大吸气称为补吸气，为1000～1800毫升。这潮气、补呼气、补吸气三者之和就是我们体检项目之一——肺活量。肺活量的大小与人的身高、胸围、年龄、健康情况有关。

肺活量是一次肺通气的最大范围，可以反映肺通气功能的储备力量及适应能力，但它并不等于肺内所容纳的全部气体量。即便在补呼气之后，肺内也还余留着一部分气体不能完全呼出，称为余气。健康青年人的余气为1000～1500毫升。

人们每次吸入的空气，从鼻腔到细支气管这段呼吸道内的气体，不能与血液进行气体交换，这段呼吸道称为无效腔。成人无效腔的容量约为150毫升。例如，每次吸入500毫升新鲜空气，实际上只有大约350毫升进入肺泡参加气体交换，其余的则停留在无效腔中不起作用。因此从气体交换的效率来看，呼吸的深度极为重要。深而慢的呼吸，其效率要高于浅而快的呼吸。

“铁肺”

现在，小儿麻痹症这种病可以通过接种疫苗的方式来预防。但直到20世纪30年代中期，对于因麻痹症而无法呼吸的病人，唯一可行的治疗方法，只有靠俗称“铁肺”的人工呼吸机。

“铁肺”是一个连接着泵的密闭铁盒子，病人的头部伸在外面。当“铁肺”中的空气被吸出时，新鲜空气进入病人的肺内；当“铁肺”中的压力升高时，病人肺内的空气被压出去。“铁肺”拯救了许多人的生

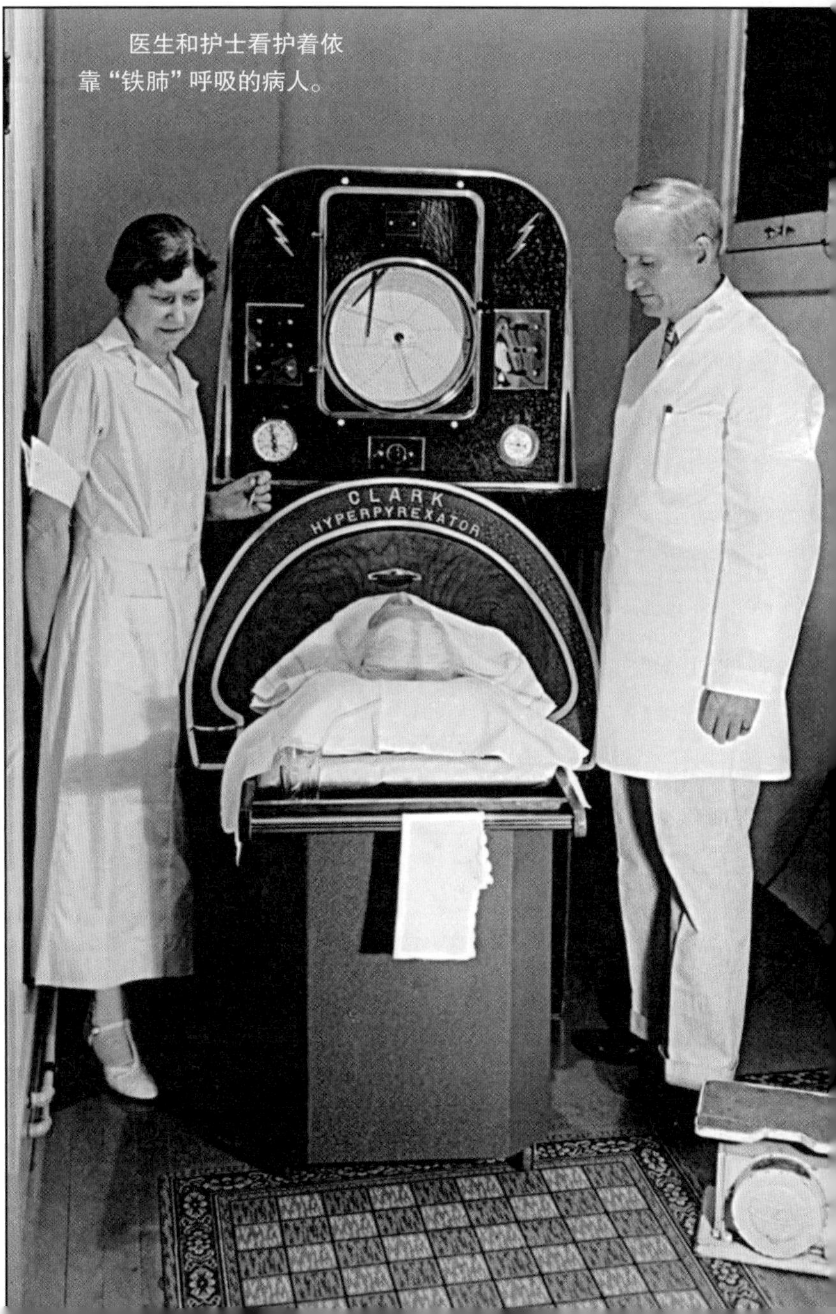

医生和护士看护着依靠“铁肺”呼吸的病人。

命，它是第一个代替人体器官功能的机器。

“铁肺”曾救了许多人的命，但20世纪50年代后期，正压呼吸机制成后，“铁肺”便被淘汰了。

新型呼吸机

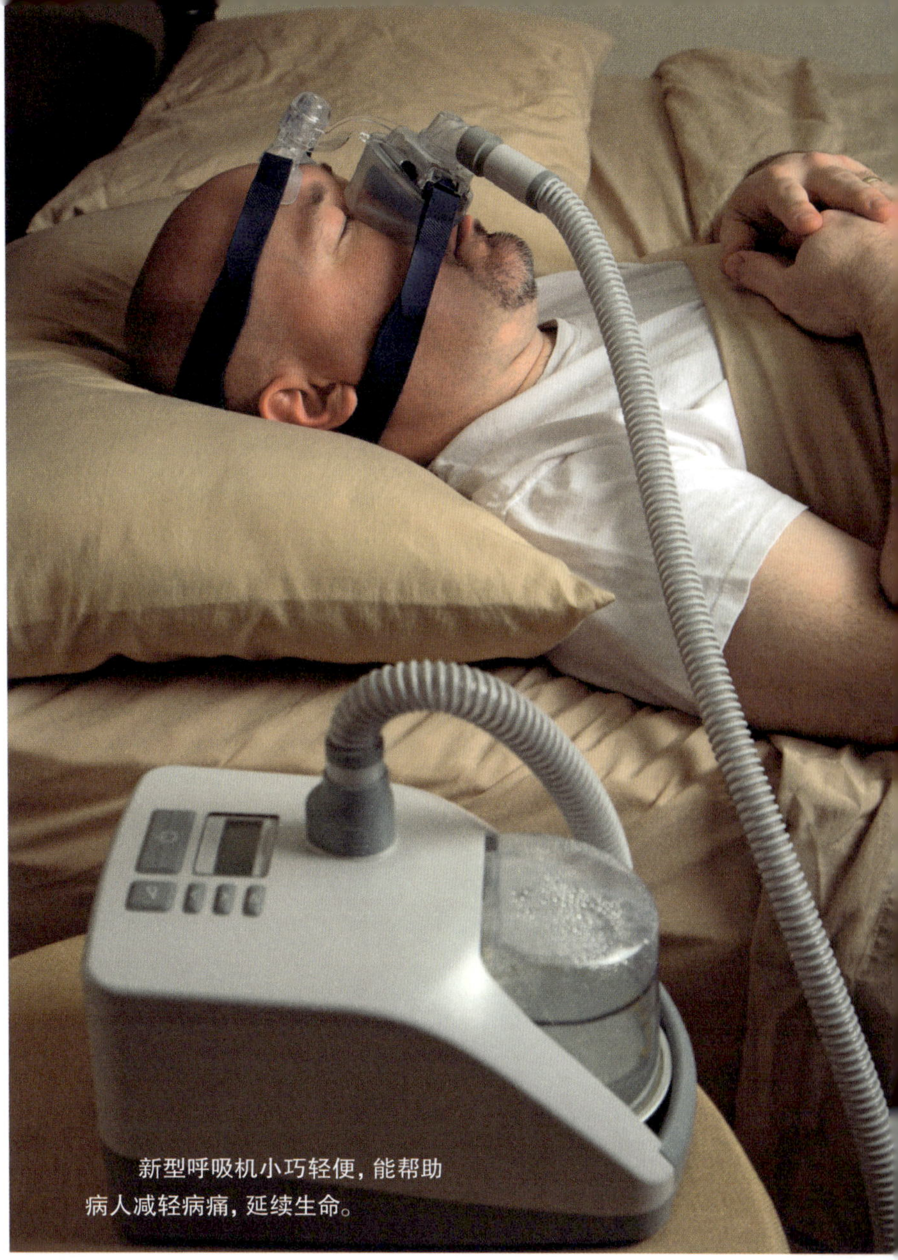
新型呼吸机小巧轻便，能帮助病人减轻病痛，延续生命。

科技发达的今天，像戴安·奥德尔使用的那种庞大的呼吸机已经很少见了，现在的呼吸机小巧、轻便，但依旧可以延续大型呼吸机的功能，而且种类增加了。

我们的自主呼吸是靠气道口和肺泡产生的负压来作用的，而新型的呼吸机均在被动性正压力差下完成呼吸。人们在使用呼吸机吸气时，体外机械驱动迫使气道口和肺泡产生正压力差；呼气时，是撤去了体外的机械驱动压后，胸廓及肺弹性回缩产生了肺泡与气道口间的被动性正压力差。

现代医学治疗方法不断发展，呼吸机一直扮演着重要的角色。它在急救、麻醉、重症监护和呼吸疾病治疗等领域中的应用越来越广泛，它能代替、控制和改变人的正常生理呼吸，增加肺通气量，改善呼吸功能。对于一些身体非常虚弱的病人，它还可以减轻呼吸消耗和节约心脏储备能力。

我们常见到，医院里经常用一个蓝白色的罩子——面罩罩在病人的嘴上，这样的呼吸机适用于一些轻中度的呼吸疾病患者，比如肺部感染、哮喘等。但遇到重度呼吸疾病的患者，这面罩的作用就微乎其微了，这时医生就会把患者的气管切开，直接将呼吸机接入气管上让患者进行被动呼吸。不要认为医生这样做很残忍，这是在救病人的命！

当然，呼吸机并不光是在医院里使用，还有家用的呼吸机。家用呼吸机大多数是氧气呼吸机，一些老人患有心脏病、高血压或脑供血不足等疾病，有时氧气会供应不足，我们就可以用家用呼吸机为其补充氧气。家用呼吸机比医用呼吸机更小巧，而且方便携带。

Quit to Live!

戒烟，关乎生存！

编译、撰稿：梁素维

当你在车站等车时，突然旁边的人点燃了一支香烟，你可以远离烟飘来的方向。不过，如果是在一个密闭的环境中呢？你会不会受到旁人烟雾的困扰？

同样的烟雾危害

你的鼻子为什么开始不太通气，你的头隐隐作痛，你甚至感觉身体还有一点颤抖？这些症状不只是“真讨厌”这三个字可以概括的吧？

你的健康正在遭受烟雾的危害。二手烟的烟雾分为两类：支流烟（来自香烟的点燃部位）和主流烟（吸烟者吐出的烟雾）。二手烟被美国国家环保局以及世界上很多健康组织鉴定为“A级危险品”或“已知人类致癌物”。每年有3000多名被动吸烟者因患上肺癌而死亡，这些人从未真正吸烟。此外，还有更多人因此遭受哮喘、心脏病、呼吸道疾病等多种疾病的折磨。

在香烟烟雾中，不管你是否吸烟，烟雾中的有害物质都是一样的，都会对你的健康造成危害。来看看这些事实：

烟草是香烟制造商使用的唯一合法但有致命危险的物质；

香烟烟雾中含有4000种以上的化学物质，其中至少有250种已知的有害物质，60多种已知的致癌物质；

在患有肺癌而死亡的人群中，90%和吸烟有关；

烟草的使用每年导致500多万人死亡，超过艾滋病、结核病和疟疾导致的死亡人数的总和。

这些数字并不夸张。一支点燃的香烟产生的烟雾只要进入一个人的肺部，不管他是主动吸烟还是被动吸烟，身体健康都会受到危害。实际上，对于很多人，被动吸烟和主动吸烟引起的生理反应都是相同的，比如眼睛和鼻子感到刺痛、咳嗽、颤抖等。这些反应是由人体吸入的致癌物质造成的，它们和废料排放场附近的空气中的毒物很相似，包括甲醛、砷（你或许在自然课上学到过），还有烟草中的尼古丁、一氧化碳（香烟燃烧过程中的副产品）。总的来说，二手烟中没有多少你想吸入体内的物质。

安全临界点存在吗？

科学家进行了很多研究，他们将二手烟和肺癌、鼻窦癌、呼吸道感染以及心脏疾病等联系起来进行考察。你或许想知道，到底吸入多少二手烟对身体没有伤害。这是个好问题，不过，此问题并没有简单的答案。

科学家检测过那些暴露在二手烟中的人群的唾液、血液和尿液，发现了香烟毒素在体液中分解后产生的尼古丁、一氧化碳等物质。他们发现，在家长抽烟的家庭环境中长大的孩子，更可能患上周期性耳部感染、严重的哮喘和上呼吸道疾病。还有一些研究将肺癌和心脏疾病与二手烟联系起来。

有一点已经得到很多研究的肯定，就是被动吸烟和健康风险之间的联系，但是安全暴露和不安全暴露的分界点在哪里，目前还没有确定的答案。

不过，既然你会在意空气中的污染物，你就应该更加警惕香烟烟雾中的上千种化学物质。有研究提出了“三手烟”的危害性。研究结果显示，吸烟者在他身上及吸烟处留下的烟害可以持续数小时到数月不等，吸烟人（不管主动还是被动）身上仍会残留烟害，而沾过二手烟的地板及家具在一定时间内仍然可以验出有害物质。

你该怎么办？

最简单的办法就是和吸烟者保持距离，就像文章开头那样。如果有人在车里或其他狭窄的空间中吸烟，你最好从里面走出来。吸烟者周围的空气流动越慢，就越危险。

当然，请吸烟者戒烟是最直接的办法。一些国家和地区都在推行强力的禁烟令。

2013年2月，俄罗斯禁烟法案通过。法案不仅对公共场所禁烟范围提出具体实施的时间表，同时禁止烟草企业举行抽奖活动和赞助节日庆祝活动，禁止商家在商店橱窗中展示香烟。

2011年5月1日，中国在全国范围的室内公共场所开始全面禁烟。

在英国、法国、加拿大等国，政府会为戒烟者提供补贴或医保。

在欧盟国家，企业公开拒绝聘用吸烟者是合法的。

在美国，许多工作场所也都禁止在室内吸烟。一些员工告诉研究人员，禁烟令是他们戒烟的推动力。

政府和工作场所为何能名正言顺地禁烟呢？关键的理由是二手烟会给他人带来健康风险。尽管吸烟者有权在一些场所吸烟，但他们没有权将健康风险强加给他人。很多人已经让家里成为无烟区。你的学校以及你放学后会去的那些地方，也可能是禁止吸烟的。那些要吸烟的人，可能需要四处寻找能够允许吸烟的场所。

你有远离或拒绝二手烟的机会，就及时抓住吧！下次你周围的人再吸烟，你就无须思考它会不会对你有害了，因为你已经知道答案了。

Digestion System, Fuel Supply for Life
生命的能源系统

编译、撰稿：拉斐尔

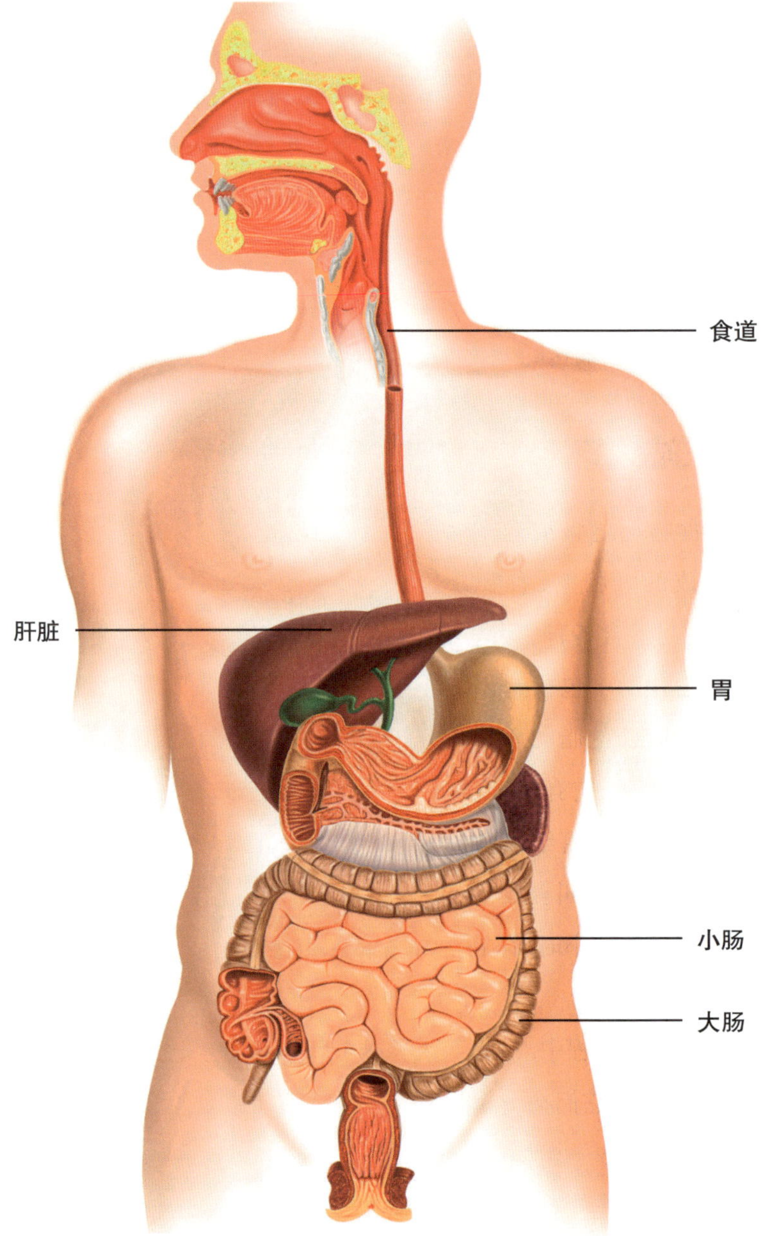

各位游客，欢迎参加我们的消化旅行团。每天我们都会规律地吃饭，我们吃下去的有肉类、蔬菜、水果，还有各种零食。今天，你很幸运地能够观赏到美味食物被消化的全过程。下面我们就来探索一下这些神秘旅程。

作为导游，我要将总路线介绍给各位游客。消化系统是一个负责把摄入的食物转化为人体能源的管状系统。这些错综复杂的管道总共长约9米，从口腔开始，终止于肛门。在整个旅程中，我们会“参观”到食物被分解、分类、再加工的过程。

餐桌上的食物需要被处理成混合着黏液的土豆泥状，以便消化系统能够将其分解成基本的组成成分：蛋白质、碳水化合物、脂肪、维生素以及矿物质。这些营养物质再通过血液循环输送至全身，用来滋补细胞和为肌肉供应能量。

第一站：口腔

食物在口腔中开始物理消化，我们的牙齿负责咀嚼和研磨，同时舌头将咀嚼好的食物卷成一个弹丸样的球团以便吞咽。湿润的唾液从邻近的腺体分泌进入口腔，开始了用一种名叫酶的特殊蛋白质进行化学消化的过程。酶在消化道里到处都是，它将食物中的大分子分解成可被机体吸收的小分子。

第二站：食道

当我们吞咽时，消化作用就会自动启动。食物通过喉咙向下到达食道，食道通过肌肉收缩将其内的食物向下输送。

第三站：胃

食物通过食道进入到胃里。胃是一个由肌肉构成的大腔室，食物进入后，在胃蠕动的作用下，与富含各种消化酶的消化液充分混合。这些消化酶中包括有分解蛋白作用的蛋白酶和作用于脂肪的脂肪酶。胃液中还有个清洁小能手——盐酸，它有助于食物的溶解，又能杀灭食物中潜在的有害细菌。这时候的食物呈半流体状（糨糊状），叫食糜。食糜被胃里的两个环形括约肌密封数小时后，在短时间内被释放进入十二指肠。

在这一过程中，还有一些“小景点”，比如胰腺、胆囊等。它们在消化过程中都发挥着重要的作用。胰腺是一个腺体器官，位于胃的后方，产生各种消化酶并注入十二指肠，参与食物的消化。

第四站：小肠

十二指肠是小肠的第一部分，它产生了大量的黏液以保护肠壁内层结构免受食糜中胃酸的侵蚀。小肠长约6.6米，是消化食物和吸收营养成分的主要场所。这些营养成分通过小肠皱襞黏膜上成千上万个微小的、放射状的指状结构（名叫绒毛）吸收进入血液，并运送至肝脏。

管道将十二指肠与胆囊相通，这里也是一个“小景点”。梨状的胆囊将绿褐色的胆汁挤出，进入到十二指肠。胆汁是一种由肝脏产生的代谢产物，储存于胆囊中，其内含有可以溶解脂肪的酸。

肝脏这个“小景点”也不可忽略。它是人体主要的化学工厂，具有数百种不同的功能。它加工处理从小肠内吸收进入血液的营养成分，将含糖的碳水化合物转变为供应能量的糖原，将膳食蛋白质转变成我们血液所需要的新蛋白质。这些成分随后被储存起来，当机体需要时则会被释放到血液中，这些成分还包括一些必要的维生素和矿物质。肝脏还能分解机体不需要的化学物质，例如摄入的酒精会在肝脏内去除毒性，成为机体内的代谢废物。

终点站：大肠

经小肠消化吸收后，剩余的食物进入到大肠中，它们在这里被正常存在的数十亿的细菌进一步分解，并与肠内死亡的细胞混合形成固体粪便。在粪便进入直肠等待被排出的过程中，其中的水分则被机体重新吸收。

好了，今天的旅行就到这里啦！我们每天早上、中午、晚上准时发车，欢迎下次再来！

The 24-Hour Circle of Food
食物的24小时

作者：梅格·莫斯（Meg Moss）
译者：杜园园
绘者：鲍勃·巴纳尔（Bob Barner）

迎接忙碌的一天？身体一样忙碌不停！现在是星期一早晨7点。今天你也许要上数学课和语文课吧，或许还有一场考试呢，还得和朋友聊天、看书、约会，稍后可能还会有一场球赛。哟！你将需要很多能量才能度过今天哦，所以你的身体也保持着忙碌状态，以便能为你加油。这一切都从早餐开始。

嚼碎

你每天吃的那些东西有很长的路要走——大约9米，通过你弯弯曲曲的消化系统。在这个路途中，你的身体吸收所需的营养。整个过程大概需要24小时。

从你咬下第一口食物的那一刻起，消化就开始了。你的牙齿磨碎食物，唾液（它含有酶，可以帮助软化并分解硬脆的食物）将之混合成糊状物，这种糊状物叫作“食团”。经过大量的咀嚼之后（不要少了这一步），它已经准备好进入你的胃了。

咽下

现在你的舌头将食团推到口腔的后部。在那里，咽喉的肌肉接着控制食团。咽喉是一个很繁忙的地方，前部是通往肺的通道（气管），你通过它进行呼吸，而在咽喉的后部是通往你鼻子的入口，使空气进出。当你吞咽时，这个入口就关闭了。同时，垂下来的一片肉皮盖在气管上，以防止食物走错路而进入你的肺里。接下来，食团安全地通过了咽喉的陷阱。食道中强有力的肌肉——一段约0.25米长且富有弹性的食管，将食团推过肺部和胸腔，然后进到胃里，真正的消化在胃里才开始。

消化

如果你是被咀嚼成糊状物的食物，对你来说，胃是一个黑暗的、危险的地方。它静止不动时，就是一个空空的袋子；它强壮的内壁膜上满是大大小小的褶皱。一旦它有了食物就会延展——它能够容纳3~4升食物，变成一个汩汩作响的、不停搅拌的、哗啦哗啦摇荡的“机器”。胃部肌肉把食物压碎，然后挤压成小碎块。胃膜特殊的细胞释放出含有强酸的胃液，继续把食物分解成浓稠的半流体。消化油腻食物，胃要花4个小时的时间。早餐的粥，你的胃也许只要花费1个小时左右来消化。

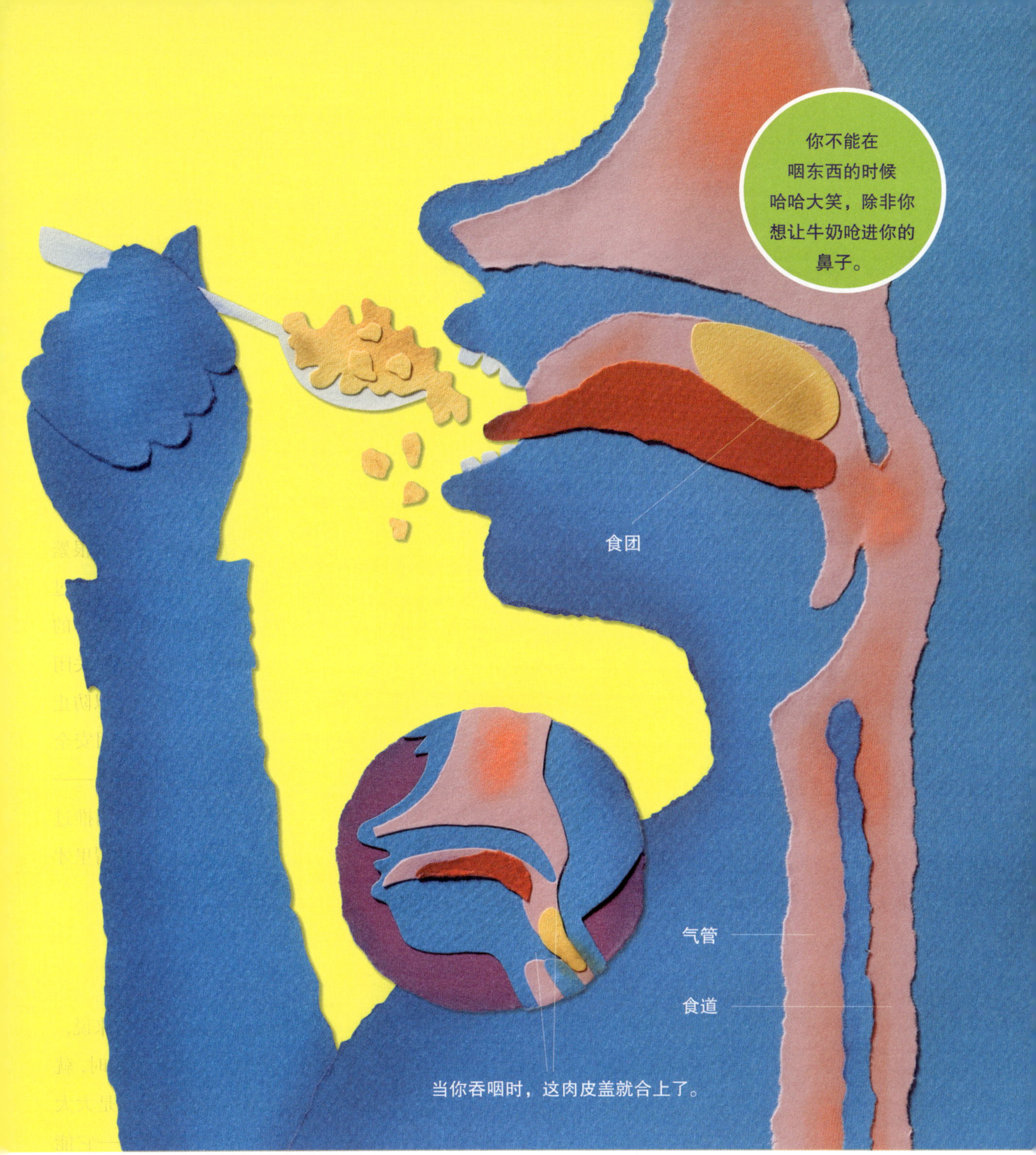

肠子

现在食物发生了转变，千真万确。胃慢慢地将一种叫“食糜”的半流体混合物释放到弯曲旋转的食管里，这种食管叫作“小肠”。小肠大约有6.6米长，因此它能在你体内存在的唯一方式就是来回紧紧地缠绕。那它为什么要长这么长呢？小肠（或者叫“肠子”，如果你喜欢这样叫的话）有大量的工作要做，所以这就要求它得够长。当需要分解你早餐中的淀粉和蛋白质时，一种叫作“胰腺”的器官释放出特殊的消化液进入小肠，胆囊分泌出胆汁，有助于分解脂肪。当它们的工作结束后，你的早餐就只剩下一摊清清的液体了。

那么，我们吃的食物是如何为我们的身体提供能量的呢？像我们的胃一样，大多数小肠的内部都布满了褶皱，并且这些褶皱上还覆盖着细小的、蠕动的指状绒毛。绒毛上的细胞贪婪地从已经变成液体的早餐中吸收着营养，并将它们传进肠壁的小血管中。体内循环的血液携带着营养走遍了整个身体，并把早餐营养带到你身体的各个部分，包括内脏、骨骼、神经、肌肉和大脑。

到现在为止，一定快到午餐时间了，因为食物在小肠停留大约4个小时，然后才进入大肠。大肠比较宽，但也比较短（大约1.5米长）。你的早餐已经几乎没有营养了，大肠只能吸收剩余的水和维生素。剩下的慢慢在大肠内往前移动，经过5~10个小时，甚至18个小时后，它就变硬成为一大块，里面包括少量未消化的食物、肠子的死细胞、少量水，还有细菌。事实上，你的肠子含有大概100万亿个细菌，它们是友好的生物，可以吃掉你不能消化的东西，从而清理你的大肠。这块叫作“粪便”的东西就要离开你的身体了。

排出！

现在，也许已经是星期二早晨7点钟了，你正在期待又一个忙碌的一天。你还会需要早餐，但首先，也许要先去厕所待会儿……

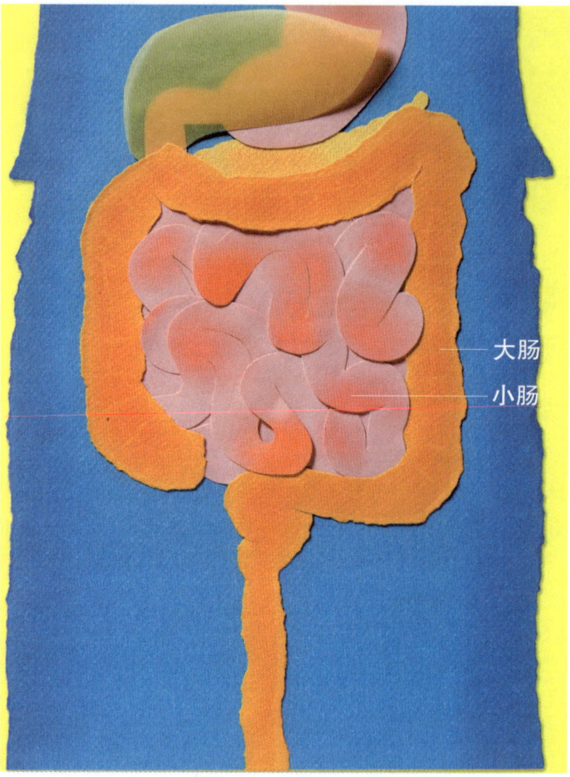

看得见的胃

1822年，猎户亚力克西斯·马丁受了严重的枪伤，看起来无望生还。抱着最坏的打算，威廉姆·博蒙特医生为他做了包扎治疗。令人惊奇的是，马丁居然恢复健康了。然而，还有一个问题：他胃上一个大概5厘米长的裂口始终无法愈合。博蒙特很高兴——马丁可不这样想，博蒙特能看到胃里面所有东西的消化情况！在那时，还没有人知道消化是怎么回事。胃是煮东西还是将食物磨碎？它是使用化学物质来分解食物吗？博蒙特对马丁的胃做了长达12年的研究。他把食物系在一根绳子上，通过裂口把食物放进胃里，然后再拉出来。他还将胃壁的活动记录下来。他对胃酸是如何帮助消化食物的做了描述，从而一举成名。至于马丁，他最终也结婚生子，还一直活到83岁高龄，而他胃上的裂口始终也没有愈合。

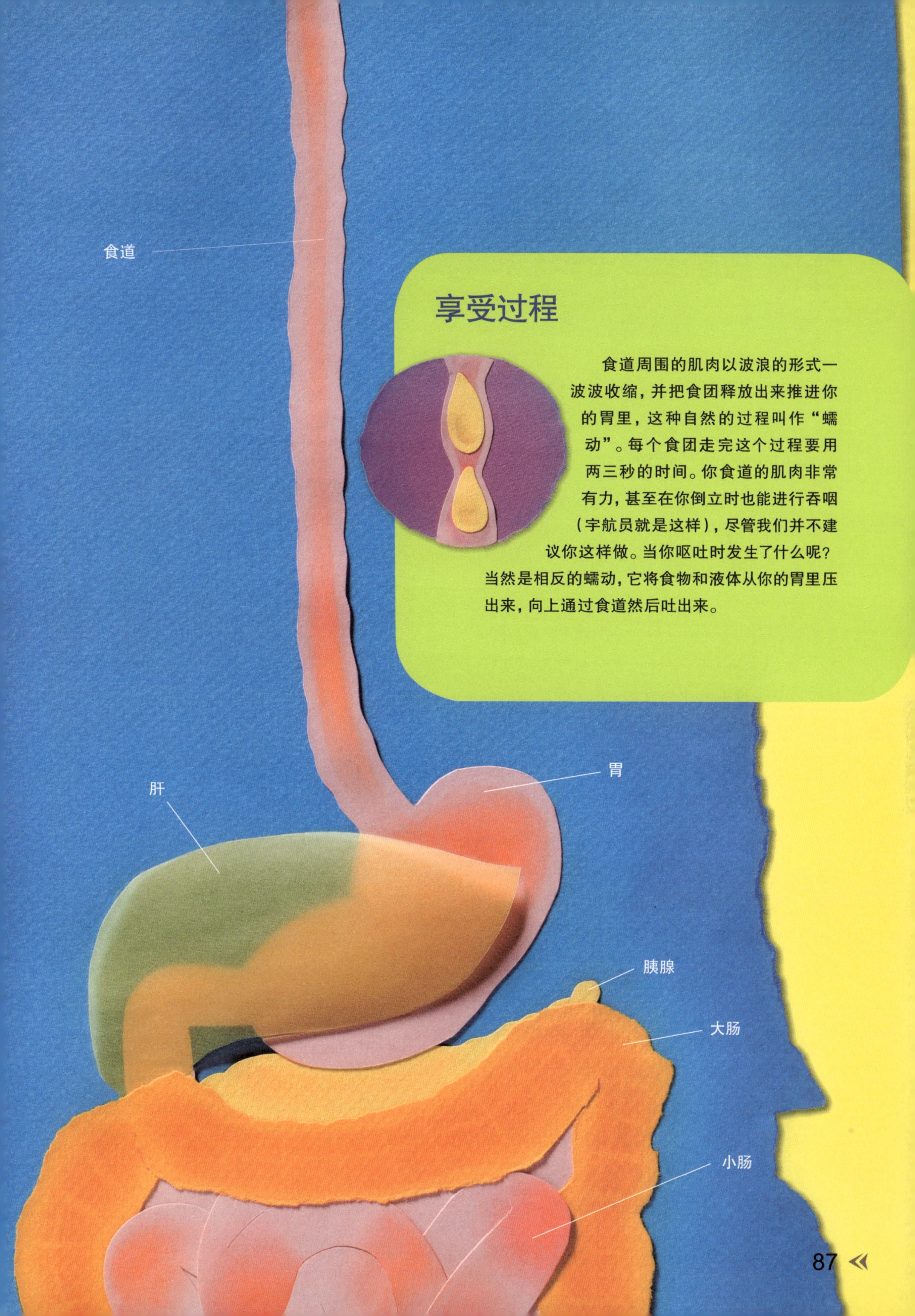

享受过程

食道周围的肌肉以波浪的形式一波波收缩，并把食团释放出来推进你的胃里，这种自然的过程叫作“蠕动”。每个食团走完这个过程要用两三秒的时间。你食道的肌肉非常有力，甚至在你倒立时也能进行吞咽（宇航员就是这样），尽管我们并不建议你这样做。当你呕吐时发生了什么呢？当然是相反的蠕动，它将食物和液体从你的胃里压出来，向上通过食道然后吐出来。

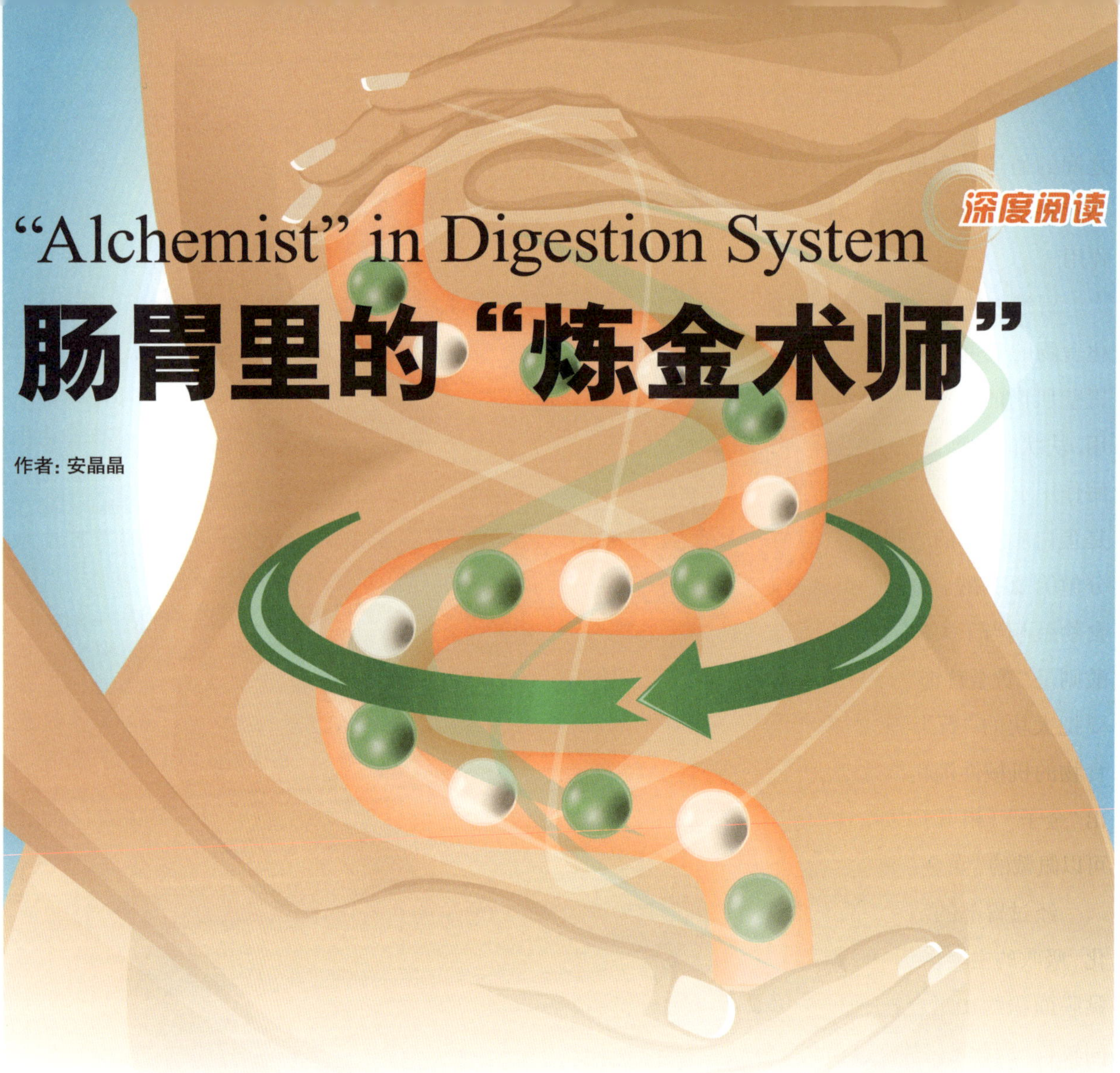

"Alchemist" in Digestion System
肠胃里的"炼金术师"

作者：安晶晶

我们每天要吃很多东西，除了一日三餐，还有水果、零食。食物通过口腔进入我们的身体，供给我们能量，使我们有力气进行日常活动，多余的、不能被人体吸收的部分会被排出体外。这一过程再普通不过了，但你想过它是怎样运转的吗？

我们把食物送入口腔，通过牙齿的咀嚼将大块的食物研磨成小块，然后通过肠胃的蠕动，小块食物被研磨得更小。但仅仅依靠单纯的机械性消化是远远不能将食物转化为我们所需要的能量的，因为食物中的淀粉、蛋白质、脂肪等大分子物质必须被分解成溶于水的小分子物质，才能被人体吸收利用，这一过程即食物的化学性消化。参与食物的化学性消化，有一种重要物质必不可少，那就是消化酶。

消化酶是能使大分子聚合物结构中起连接作用的化学键断裂，从而分解成小分子物质，以促进人体吸收的生物酶。它普遍存在于动物（包括人类）的消化道中，在食肉性植物中也存在。消化酶并不是单一的酶，而是多种多样的。接下来，我们就为你介绍食物的化学性消化过程。

食物首先进入我们的口腔，牙齿会对食物进行研磨。同时，口腔中的唾液腺会分泌唾液，唾液中的唾液淀粉酶将淀粉分解为麦芽糖。麦芽糖口感较甜，这就是为什么我们咀嚼馒头或米饭时会感到些许甜味的原因。

经过初步消化，食物从口腔向胃部转移，二者之间的通道是食道。食道中没有消化腺，当然就不存在消化酶，它只是起到了把食物运输到胃的作用。

胃是人体最重要的器官之一，具有贮存和消化食物的双重功能。食物通过食道进入胃后受到胃壁肌肉的机械性消化和胃液的化学性消化作用，块状的食物变成糜烂状。在胃腺分泌的胃蛋白酶作用下，食物中的蛋白质消化分解为多肽。多肽是蛋白质水解的中间产物，它在小肠中被进一步分解为氨基酸。如果把胃比作矿石加工厂，那么食物就相当于大块的矿石，能被人体吸收的氨基酸则是“黄金首饰”。为了得到这些“首饰”，我们要把大块的“石头”粉碎成小块“矿石”（相当于食物的机械性消化），然后从小块“矿石”中提炼出“金子”（相当于中间产物多肽），最后才能制成可以佩戴的“黄金首饰”。

经过胃部的消化，接下来食物就到了人体消化、吸收的主要场所——小肠。一个正常人的小肠黏膜面积约10平方米，加之食物在其中的停留时间较长，因此可以被充分消化。小肠中存在肝脏、小肠腺等分泌的消化液，其中有种类繁多的消化酶——胰淀粉酶、胰蛋白酶、糜蛋白酶、胰脂肪酶、肠肽酶、蔗糖酶、乳糖酶、麦芽糖酶、肠脂肪酶。从它们的命名可以看出，每一种酶都消化一种对应的物质。在这里，淀粉被胰淀粉酶分解为麦芽糖，麦芽糖（含口腔中消化得来的麦芽糖）又被麦芽糖酶分解为葡萄糖；蔗糖被蔗糖酶分解为葡萄糖和果糖；乳糖被乳糖酶分解为葡萄糖和半乳糖；蛋白质被胰蛋白酶和糜蛋白酶分解为多肽，多肽又被肠肽酶分解为“黄金首饰”氨基酸；脂肪在胰脂肪酶和肠脂肪酶的作用下分解为甘油和脂肪酸。分解的最终产物葡萄糖、果糖、半乳糖、氨基酸、甘油、脂肪酸都可以被小肠直接吸收。这样食物的消化和吸收基本上已经完成。小肠就像一道流水线，只不过普通的流水线是把零件组装成成型的机器，而小肠则是把已有的机器（食物）拆分成不同的零件（可被吸收的小分子物质）。

当然，并不是所有的食物成分都能被小肠消化吸收，残余的物质将到达终点——大肠，然后被排出体外。同食道一样，大肠中也不存在消化腺和消化酶，这部分器官主要起到贮存并排泄食物残渣的作用。但是与食道不同的是，大肠可以吸收少量小肠未来得及吸收的糖类，并吸收多余的水分。余下残渣形成粪便，然后排出体外。

食物化学性消化过程中除酶起到关键性作用外，还有其他物质在促进消化，比如唾液腺分泌的黏蛋白能润滑食物，使其顺利通过食道；胃分泌的胃液——盐酸能破坏蛋白质结构，提高胃蛋白酶的活性，并杀死残留在食物中的细菌、病毒。各种物质的相互协作，使食物最终转为人体需要的能量，维持着人体这个庞大而精密的“机器”正常运转。

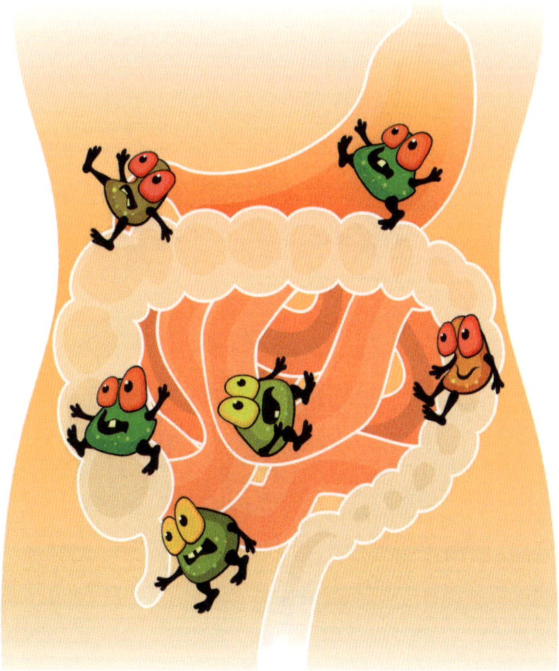

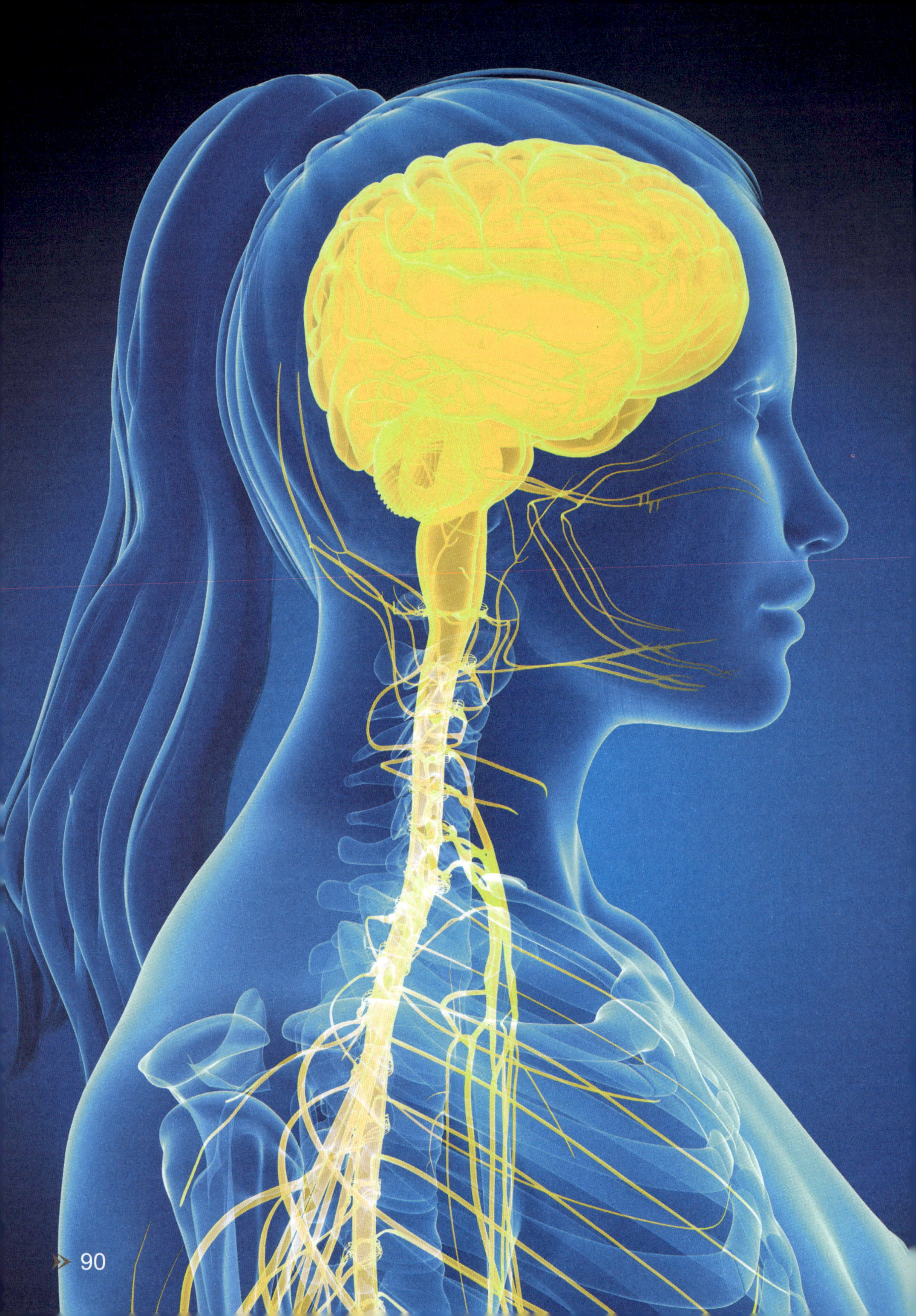

Brain, Command Center for Life
生命的指挥中心

编译、撰稿：米斯迪

当你阅读这本书的时候，有没有想过你是如何读懂它的？这些文字又是如何在过去的年月里被你记忆、理解，并能在这次阅读中帮助你掌握信息的？或许你已经习惯了这种自然而然的状态，但你知道吗，我们现在所掌握的语言能力、思考能力、阅读能力以及记忆能力等，都是与我们的脑袋（即大脑）密切相关的，而这过程中还有小脑、脑干等参与并密切地调节着我们身体的其他功能。

神经系统可不只是简简单单地由神经组成，它包括了脑、脊髓和神经。整个神经系统只占人体体重的3%左右，但却是人体最复杂的系统。

神经系统可分为中枢神经系统和周围神经系统两部分，中枢神经系统包括颅腔内的脑和椎管内的脊髓，周围神经系统包括与脑相连接的脑神经、与脊髓相连的脊神经。

神经系统是人体的通信系统。在体内负责联络和调节机体的各系统和各器官，以适应内外环境的变化；在体外控制和协调全身各种功能活动。可以说，你的一举一动都是由它操控的。

下面我们先来了解神经系统的“司令部”——脑。

脑

脑是一个极其复杂的结构，它给予我们艺术、语言、道德判断以及理性思考的能力，也负责着每一个人的性格、记忆、运动以及世界观，是一个神圣的器官！

这一切都源于由脂肪和蛋白质组成的重约1.4千克的果冻状结构——脑。别看它柔柔弱弱的，它却是人体内最大的器官之一，由数千亿个神经细胞组成。脑不仅将思想和高度协调的机体行动结合在一起，而且调节着体内无意识的生理过程，例如消化和呼吸。没有它，你的各个器官和系统将全部瘫痪！

正是因为脑的存在，才使得人类如此强大。尽管大象、海豚以及鲸这些动物也有较大的脑，但人类的脑才是最发达的。

如果我们狠心把脑切开，会发现脑中有肉色和白色的物质。肉色的物质叫作灰质，由脑的神经细胞（神经元）组成，白色的物质叫作白质，由神经纤维组成。神经细胞通过数百万个称为“树突”和“轴突”的神经纤维组成网络，传递和收集电信号。

脑是非常敏感和脆弱的，它被颅骨和三层坚韧的脑膜最大限度地保护着。脑膜之间的腔隙充满了液体，起到缓冲作用，避免脑在与颅骨接触的过程中发生损伤。

大脑

大脑是脑最大的组成部分，约占脑重量的

85%。大脑表面上那个布满深深皱褶的区域是大脑皮层，由灰质组成。在大脑皮层的下方则是白质。在这些皱褶中，凹下的部分叫“脑沟”或“脑裂”，而凸出的则称为“脑回”。

从外侧看，大脑被一条很长的沟壑将它分成左右两部分，这两个半球由中间深沟下的胼胝体——一大束横走的纤维相连。每个大脑半球被医学家进一步分为四个区域，称为“叶”。额叶位于额部的后面，与人的言语、思想、学习、情感以及运动有关。在额叶之后的是顶叶，主要处理感觉信息，如触觉、温度觉以及痛觉。在脑的后方是枕叶，主要处理与视觉相关的信息。最后是位于颞部附近的颞叶，它主要与听觉和记忆有关。

小脑

脑的第二大结构是小脑，位于大脑后部的下方。它负责协调肌肉运动和控制身体平衡。小脑也同样由灰质和白质组成，它还有将信息传递至脊髓和脑的其他部分的功能。

间脑

间脑位于脑的中心，是一个如杏仁般大小的复杂结构，这个名字听起来陌生，但它主要的两部分结构——丘脑和下丘脑我们都很熟悉。

丘脑作为中转站，接收从全身各处传入的神经冲动，然后将其传递至大脑相应的区域进行处理。研究证明，人的口吃与丘脑有关。

下丘脑控制其附近的垂体的激素分泌。这些激素支配着机体的生长和本能的行为，如饮食、饮水、性、愤怒以及生育等。例如，当一位新妈妈开始分泌乳汁时，下丘脑就在发挥支配作用。

脑干

脑干位于脑的基底部，连接着脊髓。它支配着反射和重要的基本生命功能，例如心率、呼吸以及血压，它还调节着人体的睡眠。

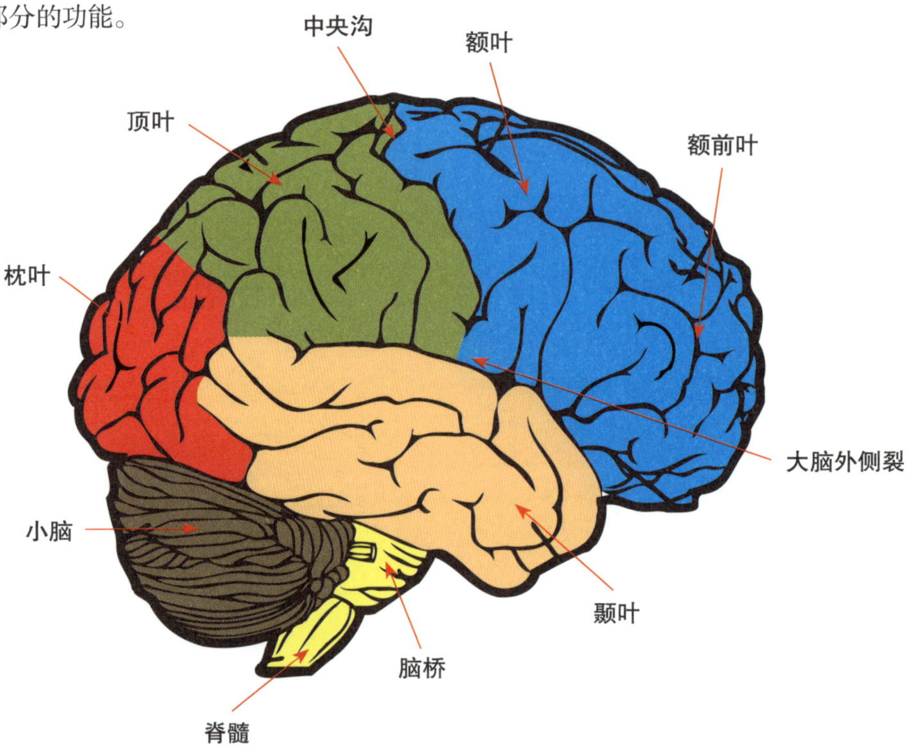

Computer Brain or Brain Computer

神奇的大脑

作者：埃里克·H.查德勒博士（Dr. Eric H. Chudler）
改编：凯西、钟李明

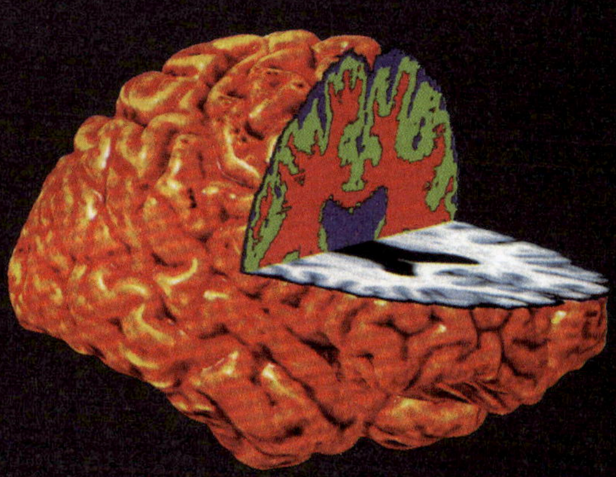

大脑三维示意图。图中所示为大脑表面细节结构及深层脑灰质与脑白质。

接触互联网的你，对谷歌、百度等搜索引擎不会陌生，甚至可能已经“离不开”。如果你有问题，那它们就是最全的百科全书；如果你要翻译，那它们就是最新的字典……你可以用关键词找到你需要的信息。

电脑、互联网这些简单的工具在帮助你，你是否意识到，它们同时在以微妙的方式影响你。有人说，它们正在“让我们的大脑变愚蠢”。现实没有这么惊悚，不过，你是否习惯了接收简短、支离破碎的信息？比如微博的流行，你的大脑长时间地被一封封新邮件、新微博的提示占用，是否少了深度挖掘的时间？

我们依靠大脑进行思考，做出各种判断和预测，我们的呼吸都在无意识地服从大脑的指挥，我们总在讨论如何保持大脑的健康，如何挖掘大脑的潜力。而回答这些问题的根本就是，我们对自己的大脑了解多少？

神奇的“计算机”？

它拥有数以十亿计的单体、数以万亿计的接头，重约1.4千克，靠电化学能量工作。它是一台微型计算机吗？不！它是你的大脑。正是这些红白相间的组织，赋予你骑车、阅读、开玩笑以及记住朋友电话号码等能力。它还控制着你的情绪、食欲、睡眠、心率以及呼吸，它决定了你是谁以及你所有的一切。

神奇的大脑经常被拿来与很多不同的对象和装置进行比较，从蜘蛛网到时钟再到电话交换机。如今，人们喜欢拿它与电脑相比较。但大脑真的和你桌上嗡嗡作响的“金属盒”一样吗？那么就让我们顺着它们的源头展开调查吧！

查明电源

电脑和大脑都需要能量才能运行。接上电源，摁下按钮，电脑就能获得运行所需的能量；拔下插头，它就关机。大脑的运行方式与电脑不同。大脑的能量是葡萄糖，从人的食物中转化而来。食物还提供大脑活动所必需的其他原料，如维生素和矿物质。与电脑不同的是，大脑没有关机按钮，即便

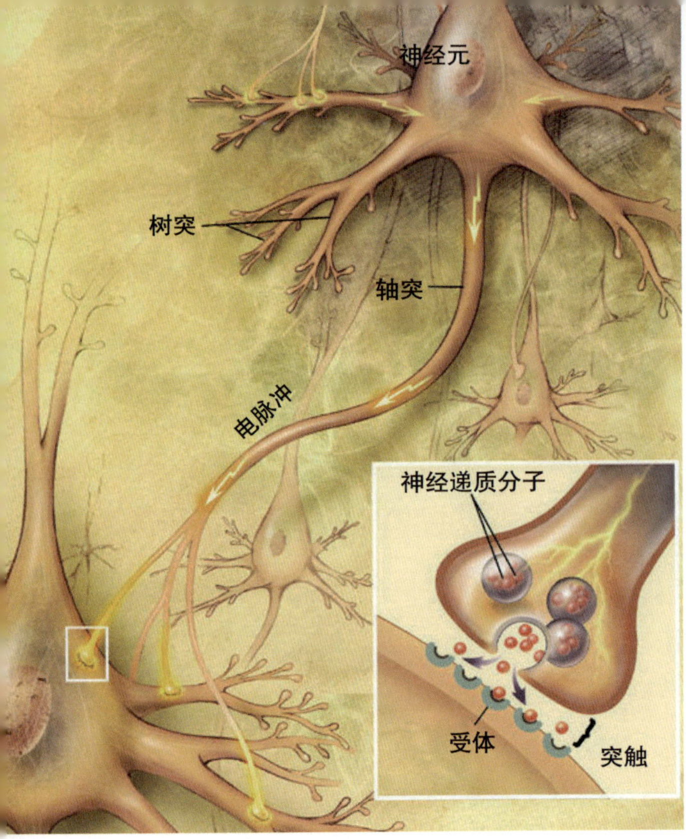

神经元的通路并非像开关电脑一样简单。一个独立的神经元可能从成千个“伙伴”处接收信息，而只有当微弱的电应答汇总并达到一定程度后，信息才得以传递。

在人睡觉的时候，大脑仍然处在活动状态中。

虽然电脑和大脑由不同形式的能量驱动，但它们都采用电信号传递信息。电脑通过电缆发送电信号，控制连接在电脑上的各种装置。大脑虽然也发送电信号，但它采用了被称为“神经元”的神经细胞进行传送。借助信号传递，信息从一个神经元传递至另一个神经元，从而控制身体的腺体、器官和肌肉的活动。

不过，电脑和人脑的上述信号传递有本质的区别。电脑启动，电信号到达机器的各个部分；电脑关闭，电信号全部中断。换句话说，电脑可以通过开关来进行控制。而在人体神经系统里，神经元的通路并非像开关电脑那么简单。

一个独立的神经元可能从成千个“伙伴”处接收信息。信息从一个神经元向另一个神经元传递的区域被称为“突触”。神经元间存在的一条细小间隔（神经间隙）即位于此处。当信息从一个神经元向另一个神经元传递时，一种被称为“神经递质”的化学分子在神经元末端释放。神经递质穿过神经间隙至接收神经元，并贴附在一种叫作“受体”的特定结构上面。该过程导致接收神经元上产生一个微弱的电应答。一般情况下，微弱的电应答并不意味着上述信息可以进一步传递。请记住，接收神经元可能从多个神经突触上获得成千上万的微弱电应答，只有当这些微弱电应答汇总并达到一定程度后，神经元才产生大的信号，即“动作电位”，信息才得以从一个神经元传递至下一个神经元。

考证功能

电脑和人的大脑尽管在传送信息方式上表现不同，但两者在诸多功能上又非常类似。比如，电脑和大脑都可以存储记忆，电脑通过芯片、磁盘和光盘进行信息存储，而大脑则借助环绕自身的神经回路存储信息。

此外，电脑和大脑都可以通过修正来执行新的任务。如果你想为电脑增加更多的存储空间和程序，你可以安装新硬件和软件。那么大脑呢？我们想要学习新的知识，需要持续性的强化，必要的时候，它甚至可以进行自我修复。比如，当大脑受到损伤，在某些情况下，大脑未受伤的组织能够发挥受伤区域的原有功能。

电脑和大脑都有探知所处周围环境的能力，并据此做出反应，进行调整并适应所在的环境。电脑上只要安装了传感器，就可以监测所在环境的温度、湿度以及亮度。如果它还安装了相应的程序，就可以控制加热器、电灯及其他连接设备。同样，你的眼、耳、鼻、口及皮肤上也有大脑的传感

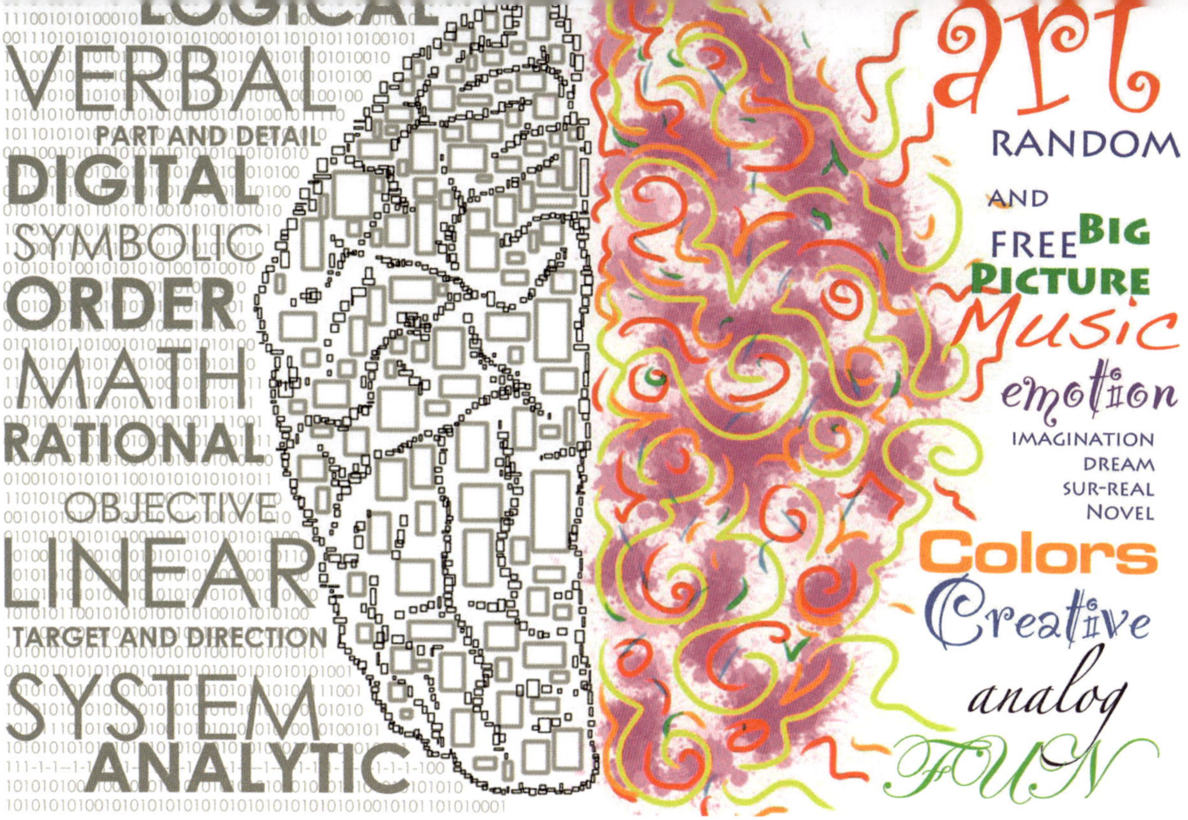

左右脑的功能。左脑：语言、逻辑、数字、顺序、符号、分析、推理等；右脑：韵律、节奏、图画、想象、情感、创造、直觉等。

器。神经系统可自动对感觉信息做出应答，然后指挥你做出相应的行为。

不管是电脑还是大脑，其内在和外在的成分都容易损坏。电脑的易损部件用坚硬的机箱进行保护，人的头骨也发挥着同样的功能。若你不小心摔了电脑、感染了病毒或是在大电流情况下使用，那你的宝贝电脑可能就得送修了。在更换破损零件或杀毒后，你的电脑就会恢复功能。但是，不幸的是，人的大脑在遭遇这种硬性损伤后，并没有那么容易修复。大脑非常脆弱，目前还没有可替换的“零部件”来修补受损组织。不过，脑损伤病人已看到了希望，因为科学家已经在研究如何移植神经细胞，修补受损的大脑了。

最大的区别

毫无疑问，电脑与大脑的最大区别在于意识。尽管我们很难描述意识，但却知道它的存在。电脑没有意识，尽管它具有惊人的运算速度，但却无法体验情绪、梦想和思维，而情绪、梦想与思维却是我们之所以为人类的必备元素。

在人工智能领域，人工情绪已经成为科学家日益关注的研究方向。2010年，英国赫特福德郡大学开发出了一种拥有并且能够表达情绪的机器人。它身高不到60厘米，体重不到5千克，有两个摄像头当“眼睛”，可以观察人的肢体动作和脸部表情，并做出反应。当然，它依靠的是预先设置好的程序。因为受到计算能力的限制，它尚不具备真正的智能。尽管它看起来变幻莫测，但实际上仍有据可循。

是否会有“像人一样思考和行动”的机器出现呢？目前没有肯定的答案。不过，科学家对人脑和电脑的研究正在缩小它们之间的差距。

Robots in Disguise
— The Psychology of Addiction

隐蔽的机器人
——我们为什么会上瘾?

作者: 亚伦·米勒(Aaron Millar)
译者: 朱诺

你是一个机器人,至少比你认为的更像。科学家试图解释大脑如何工作。最新的前沿理论称,人类高达95%的行为都跟机器人一样——自动进行,没有意识参与。从骑自行车、做作业,到跟朋友出去玩等一切事情,都存在自动化思维和无意识思维。科学家认为,如果能了解大脑的运转,我们对各类成瘾表现的看法和治疗方法也将随之改变。

大脑的自动模式

让我们来看看大脑是如何工作的。科学家已经发现，大脑有两个基本的“操作系统”，它们同时运转：一个是有意识的“沉思”系统，它处理缓慢而深沉的思考——通常与智力活动等相关；另一个是快速的“冲动”系统，它主要源于通过记忆存储下来的我们的经历，这个系统自动激活，完全在我们的认知和控制之外。令人惊讶的是，正是第二个系统控制了我们的大部分行为，也正是这个系统在不断影响哪种东西会引起我们的注意，我们要记住什么，我们如何评判好坏，我们信仰什么，我们给自己设定什么目标，等等。不过，这些活动的发生甚至连我们自己都没有意识到。这对我们来说是幸运的，因为有了这个反应更快的无意识系统，我们才能快速处理赖以生存的大量信息，

什么是成瘾？

“就在这时，我的双眼突然放光，集中了全部注意力，我的心脏也停止了跳动！在Denny&George的橱窗上有一张不起眼的告示。暗绿色的纸上用奶油色写着‘打折’两个字。”这段话出自一本畅销书《购物狂的异想世界》，想想这些术语的意思：“购物狂”“工作狂”……从这些日常用语中可以看出，我们认为一些行为具有成瘾潜质，但这样想真的理由充分吗？美国国家药物滥用研究所把成瘾定义为“慢性、复发性脑疾”。但美国科罗拉多大学丹佛医学院的医学博士托马斯·克劳利（Thomas Crowley）表示，把成瘾定义为一种疾病是“在人们认为‘它’是道德问题时才会用到的老式术语”，他更愿意使用“滥用药物”和“药物依赖”，这些术语被列在美国精神病学协会的精神障碍官方手册中。

把成瘾看作一种疾病，会极大地影响在理解成瘾中使用的“生物学”方法，即药物和酒精直接影响大脑变化的方法，这也可能导致对成瘾过程的理解过于简单。纽约州立大学布法罗分校成瘾问题研究所副主任金柏莉·瓦尔利泽（Kimberly Walitzer）博士说：“不同的人吸毒和酗酒成瘾的途径不一样，所以不能对所有人都用同一种治疗方法和同一种思考方式。”她与该领域大多数专家一样，把成瘾看作是生物、社会和心理因素相互作用的结果。

但是，是不是只有当涉及毒品和其他致瘾物质时，这几个因素的相互作用才会导致成瘾呢？那“工作狂”和“购物狂”呢？或许让人感到意外的是，现在越来越多的证据表明，药物滥用、药物依赖引起的副作用在强迫行为和行为失控以及疯狂购物、疯狂工作中也能产生。事实上，甚至有证据显示，不管是喝啤酒还是玩电脑游戏，都会伴随同样的大脑活动。虽然根据最严格的定义，这些行为还算不上成瘾，但它们却很有可能以同样的方式发挥作用，带来同样的危险。这就是为什么现在许多科学家开始扩大成瘾概念的外延，开始研究一系列潜在的成瘾行为的原因。

虽然这可能意味着人类和机器人的共同点要比我们想象中的多。

想想刚开始骑自行车时有多难吧：你得全神贯注地操控踏板、车把，眼睛还得注意路况，同时还得拼命保持不让自己从自行车上掉下来。而现在的情况可能完全不同：你可以一边跟朋友聊天，想头天晚上看过的电影，一边骑车——这可是你曾经动用全部脑力去完成的事情！骑车已经成为自动而无意识的活动——完全“机械化”了！

在学校里，你与别人交往，甚至你在处理和解决复杂的家庭作业的过程中也会遇到同样的情况。随着你慢慢长大，生活经验越来越丰富，你的行为和思考方式也会变得自动化。

系统故障！

通常，我们体内的“机器人”系统扮演正面角色，但涉及成瘾时，它就会“叛变”了。

踩着自行车呼啸而过，我们都觉得理所当然，其实踩自行车是自动行为或者说是“机器人”行为。

多种途径解读成瘾

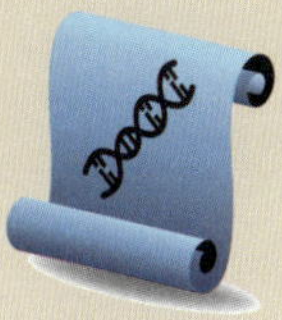

疾病模式

成瘾者在生物或基因方面易受酒精或毒品影响。这些物质会引起大脑变化，从而提高成瘾者对毒品的容忍度，引发戒断综合征，使得成瘾行为越来越严重，让人失去控制。

社会模式

重点在于社会如何影响成瘾行为。社会因素包括各种文化的差异、家教风格、同辈压力、经济状况，甚至社会规则。

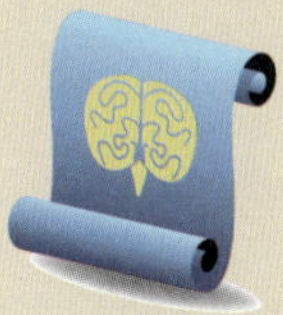

心理模式

成瘾受到心理因素，比如情感、学习、注意力和记忆力等诸多因素的制约。心理学家运用实验证据和神经生物学证据，试图理解这些过程是怎样和社会环境相互作用，从而引发和改变成瘾行为的。

生物–心理–社会模式

如今，大部分专家达成共识，没有哪一种方法能够充分解释成瘾行为的范围和复杂程度。这种模式说明，为达到对成瘾问题的充分理解，有必要将各种方法综合起来考虑。

成瘾问题可以归结为你的“机器人”系统出现了故障。因为成瘾行为具有一定回报，它让你感到愉悦，至少最初是这样的。它能激活大脑的一个特殊部分，这一部分旨在让我们持续做一些事情，帮助我们乃至整个物种生存下去。然而事与愿违，这个系统没帮到人们，反而强化了成瘾行为，自动引导人们做出对他们自己以及周围人有害的行为。正如荷兰马斯特里赫特大学成瘾心理学研究方面的领军人物雷努特·威尔斯（Reinout Wiers）博士所指出的：“问题并不是药物滥用者不知道继续滥用药物弊大于利，而是他们很难抵挡自动触发的药物滥用的冲动。”

这些自动触发的冲动正是由你的“机器人”系统接管。你的大脑熟悉了你做事的方式，就会把你

你的狗狗听到狗粮袋的“沙沙”声时是不是也这样？它的反应就是经典条件反射。

的行为方式与来自环境的暗示联系起来，于是，像骑自行车这样的行为就逐步成为自发动作。伦敦南岸大学的安东尼·莫斯（Antony Moss）博士对这个问题的描述是："成瘾者往往比其他人更容易注意到跟他们嗜瘾行为相关的事情。比如，酗酒者会更快地注意到周围跟酒精有关的东西，也需要更长的时间来转移对酒精类物品的注意力。"正像他指出的，这是在人们试图戒掉成瘾行为时会碰到的主要困难之一。"如果你正在努力戒酒，但又不断地有东西出现，提醒你曾经的饮酒往事，分散你的注意力，你就非常有可能故态复萌。"纽约州立大学布法罗分校成瘾问题研究所神经生物学家沈柔玉（Roh-Yu Shen，音译）博士说："这个过程可以说是条件反射——得到暗示，你就得付诸行动。"

条件反射

这个过程是如何进行的？俄罗斯心理学家伊万·巴甫洛夫（Ivan Pavlov）的著名实验为此提供了很好的例证。这个实验用了一个铃铛、一碟食物和巴甫洛夫的狗——"铁锈"（其实没有人知道它真正的名字是什么，所以我们暂且叫它"铁锈"吧）。这个实验有四个不同阶段。首先，拿给"铁锈"一碟食物，巴甫洛夫注意到它开始流口水。第二阶段，巴甫洛夫摇铃，但并不给可怜的"铁锈"食物。不出所料，什么都没有发生。但在第三阶段，响铃时"铁锈"也得到了晚餐。这个过程重复了很多遍。直到最后阶段，只闻铃声，不见食物。嗨，对啦！你猜到了！"铁锈"开始流口水了。值得一提的是，巴甫洛夫的狗把铃声和食物联系了起来，甚至触发了实际的生理反应——即使没有食物也会有反应。这种反应叫作"经典条件反射"，显示了即便不经有意识的思考，环境暗示（响铃）也会引起冲动（"铁锈"对食物的渴望）。

同样的过程也可以发生在各种活动中。比如，有个叫比利的孩子，非常喜欢玩电子游戏。每天放学一回家，他就开始打游戏，就连上课的时候也在想着回家打游戏。过了一段时间，当他把这个过程重复了无数次后，他就自动把打游戏和课余时间联系了起来。现在，比利已经不再需要有

"程序化"的比利沉迷于打游戏。

意识地去想打游戏这件事情了，因为一放学回家，他的“机器人”系统就会为他做这件事：系统会督促他打开游戏机，开始打游戏。如果说玩游戏开始对比利的生活造成危害——他难以抗拒打游戏的冲动，快要被退学，他也没心思见朋友了，我们可能就会说比利玩游戏成瘾了。

重夺“机器人”的控制权

但这是不是就意味着比利无法停止打游戏了呢？不。好消息是，虽然我们的大部分行为都是无意识的，但我们有能力改变。科学家已设计出特殊实验来决定这些无意识的机器式思维如何工作，并开始运用得到的实验结果，以此来更好地理解跟毒品、酒精使用相关联的自动思维以及这些思维如何在儿童时代形成，在青少年时期继续发展。具备了这些知识，科学家就可以研发出新型的治疗方法，帮助你重夺对“机器人”系统的控制权。治疗方法旨在改变那些可能导致成瘾行为的“机器人”系统的快速反应，甚至可以在成瘾行为形成之前就发挥作用。

所以，虽然你或许真是“机器人”，但你与电影里看到的机器人并不一样。你、我，我们所有人都是通过自身行为方式来“编程”的“机器人”。我们的行为方式决定自身的思想和行为，我们对这些行为方式了解得越多，改变它们的能力也就会越强。意识到这一点并选择去改变，这也是我们被称为“人类”的部分原因。

游戏停不住？

你可能认为，每次打电脑游戏都能赢，这感觉多棒！但心理学实验表明，事实并非如此。

实际上，许多成瘾行为被强化得更厉害了——也就是说，如果付出不是每次都得到回报的话，这种成瘾行为更加可能一遍遍重复。正因如此，赌徒不停地往“老虎机”里扔角子，虽然他们赢的概率很小——许多电脑游戏也是这么设计的。

马克·格里菲斯（Mark Griffiths）博士是英国诺丁汉特伦特大学（Nottingham Trent University）的教授，他正在进行电脑游戏成瘾方面的研究，他说：“网游上瘾是由一定的强化效应引起的，这是游戏成瘾的一个关键性心理因素。虽然这种强化效应是断断续续的，也就是说，在不存在强化效应时，人们仍在反应，希望另一个奖励就在眼前。”

马克·格里菲斯博士。

所以，下一次当你被一个10级的Boss（游戏中难度较大、奖励较高且出现在最后的怪物或人物）不正当地打败，你立刻跳起来想重新通关时，一定要记得这一点！

The Mysteries of Sleep
睡眠的奥秘

作者: 楚迪·罗曼尼克（Trudee Romanek）
译者: 钱新华
绘者: 斯拉格·西尼奥里诺（Slug Signorino）

猜一猜，人一生的三分之一的时间都在干什么？睡觉！不管你信不信，如果你的寿命是75岁的话，你每晚睡觉的时间加起来大约是25年。

看来睡觉真是浪费时间。但是现在科学家了解到，当人在睡觉时，大脑和身体也在进行着很多活动。

睡眠过程

睡觉是几种不同类型睡眠的循环过程，每晚都是这样周而复始。刚躺下开始入睡时，身体状态和清醒时差不多，但是大脑运转开始放缓，专家把这个阶段称为睡眠的第一阶段。接着身体逐渐放松，紧闭的眼睛开始转动。如果有人在这时叫醒你，你可能会说你还没有睡着。再过一段时间，你就进入较深层的睡眠，也就是睡眠的第二阶段。这时候你还是很容易被唤醒，但你知道你是在睡觉。

然后你开始真正地放松下来，进入熟睡，也就是睡眠的第三阶段。这时你的心脏跳动减慢，呼吸也更舒缓，周围的噪音很可能不会吵醒你。最后你进入睡眠的最深层次，也就是第四阶段。一旦进入睡眠的第四阶段，你就很难被叫醒。如果这时有人硬是把你叫醒，你就会有些茫然，不知道自己在哪儿，周围发生了什么。

入睡后第一次进入睡眠的第四阶段，你会享受近20分钟的深度睡眠，这也是你整夜最长的深度睡眠期。经过第四阶段睡眠后，你逐渐回到第三阶段和第二阶段睡眠。

接下来你的睡眠就变得有意思了。

甜美的梦

再次回到第二阶段睡眠后，你就进入快速动眼期（简称REM）。之所以称之为快速动眼期，是因为在这期间，眼皮后面的眼球快速来来回回地转动，就仿佛你的眼睛在追着网球比赛中的球。这个阶段中，你的大脑变得更加活跃，几乎和你清醒时一样活跃。这时大脑不是在休息，而是在剧烈运动！当你的眼球左右快速转动时，一个非常清晰的故事正在你的脑海中浮现——你在做梦。

在快速动眼期，你做的梦是最怪异的。等你第二天早晨醒来描述你的梦时，听起来乱七八糟的。当你进入快速动眼睡眠状态，梦见会唱歌的

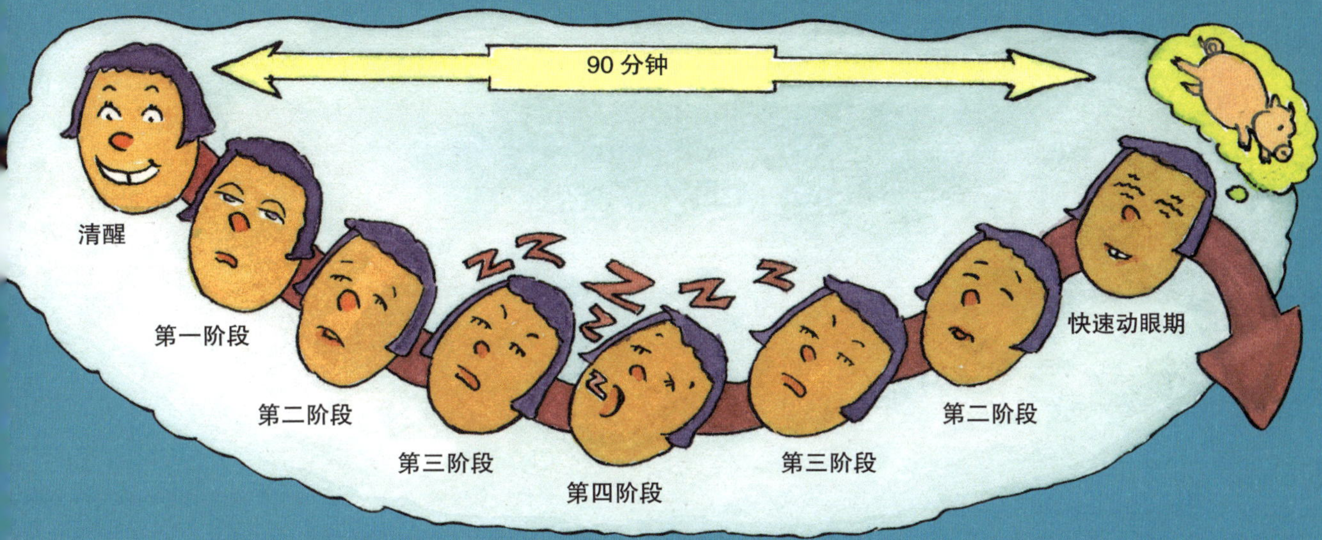

牙刷，或者梦到小狗对你说它是你叔叔时，你的身体也在发生变化，有时你的呼吸和心跳也会加快。科学家表示，人在快速动眼期的脑波（测量脑电活动的标准）和醒着的时候几乎没什么两样。等你进入快速动眼期后，你就从完全放松的状态进入准备活动的状态。可是你却不动弹，因为你动不了，你已经麻痹了！

在快速动眼睡眠状态，你的大脑切断了所有指挥身体运动的信息，你根本没法拽被单或者翻身。除了眼球移动、呼吸和时不时地抽搐，你做梦的时候是一动不动地躺在那里的。科学家猜测，也许这样是为了防止你表演出梦中出现的疯狂情景，进而伤害到自己。

做梦能让你更聪明吗？

每晚的快速动眼睡眠中，你要花两个多小时来做梦。你为什么会做梦？科学家还在努力地探寻这个秘密。

有一种说法就是做梦可以帮助你组织记忆。它让大脑梳理白天发生过的事情，挑选出需要记住的事情，剔除无关紧要的细节。

实验表明，快速动眼睡眠肯定对学习有帮助。在一项测试中，志愿者学习了一项新技能。当天夜里，他们中一些人只要一进入快速动眼睡眠期就被唤醒。而其他人被叫醒同样的次数，但只在非快速动眼睡眠期被叫醒。第二天，在测试新技能时，快速动眼睡眠未被打扰的人比在快速动眼睡眠期被叫醒的人表现要好。

研究人员认为，做梦就是大脑在进行锻炼，而且做梦实际上是可以帮助大脑发育的。新生儿几乎一半的睡眠时间都在快速动眼期，而成年人的大脑不再发育了，所以他们只有五分之一的睡眠时间在做梦。

不睡觉会怎样？

白天，在跑、跳甚至坐着的时候，你的肌肉都在不停地拉伸。躺下睡觉，相对静止的时候，那些肌肉就有机会进行修复，从而变得更强壮。科学家对举重运动员进行了一项实验，有天晚上他们只允许运动员睡3个小时。结果第二天，这些运动员谁都无法举起与平时训练相当的重量。因此，如果不睡觉，你的身体就不会像之前那样强壮。

搔痒测试

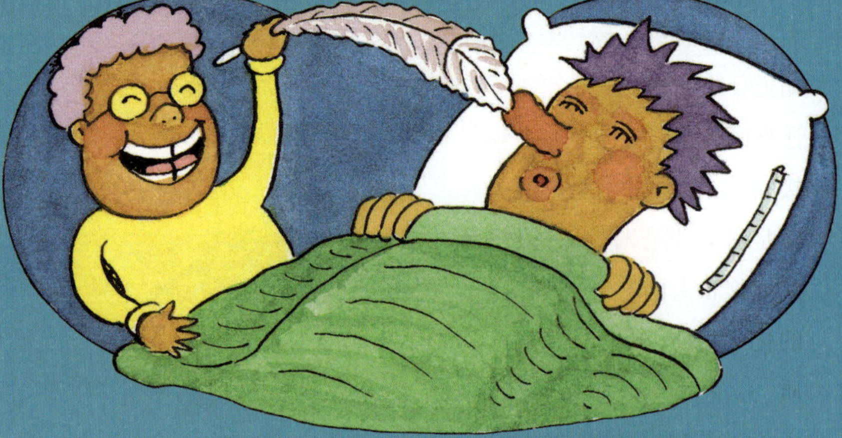

醒着的时候，你可以通过听、看、闻、触和尝感知周围的一切事物。而你熟睡的时候，传递这些信息的那部分大脑就停止发送它认为你不需要知道的信息了。因此，睡觉时你听不到哥哥夜间起床上厕所的声音。此时，你的大脑只对非常重要的事做出反应。

哪天晚上，等你哥哥熟睡而你醒着的时候，你就会明白这是怎么回事了。试着用一根羽毛或软布的边角逗逗他，他是醒了还是只用手拨开羽毛继续睡觉呢？

然后，试着和他聊天。轻轻说几句话，他也许还在继续睡觉。这时，你试着喊一两次他的名字。他很可能在听到自己名字的时候醒来，因为他的大脑认为这是重要信息。

睡觉时，身体忙于愈合伤口和长个子。你的身体会释放更多的化学物质帮助你长出新的皮肤、肌肉和身体的一些部位。睡眠对伤口愈合尤为重要，所以当你受伤或生病的时候，身体会释放出一些化学物质，让你感觉更加困倦。就连皮肤晒伤的康复都能延长你的睡眠时间。

在一项试验中，科学家让一组老鼠保持清醒，看看它们最终会怎么样。一周后这些没睡觉的老鼠体重开始减轻，即便它们吃得越来越多。它们的体温低于正常值，割破和划伤的伤口不易愈合。经过16个无眠的日夜之后，这些老鼠全部死亡。这是为什么呢？

大多数动物，包括人类和老鼠，都有免疫系统，可以抵抗致病细菌。免疫系统里的特殊细胞日夜不停地工作，消灭想要侵入你体内的细菌。睡觉时，你的免疫系统就有机会创造出更多这种特殊的抗菌细胞。如果你睡眠不足，它就无法生成足够多的抗菌细胞。

科学家对被剥夺了睡眠的老鼠做了研究，他们发现，老鼠已经被平时很容易就能击退的细菌感染了。在过度疲惫的老鼠体内，感染会越来越恶化。不睡觉，老鼠的免疫系统就无法正常工作。

你有自己的生活节奏

如果你接触过新生儿，你就知道白天和夜晚对他们来说没有什么意义。他们可能在凌晨3点钟醒着，下午4点钟却睡着了。大多数婴儿都需要几个月的时间来调整，以便适应夜里睡觉、白天清醒的生活节奏。

和大多数人一样，即便你前一天夜里睡得很晚，第二天早晨你可能还是无比清醒。午餐过后，你可能就开始犯困了。但是，到了下午晚些时候或晚餐前后你又振作起来，毫无倦意。接着到了睡觉时间，睡意再次袭来。每天清醒和困倦次数的规律叫作生理节律。

在你的大脑内部，神经在眼睛携带信息的区

域有两束细小的细胞，每束细胞只有针尖那么大。这些细胞好像控制着时间，它们让你的身体知道什么时候生成化学物质把你唤醒，什么时候让你睡觉。它们让你的大脑保持警醒，时刻准备接收眼睛、耳朵和身体其他器官传输的信息。这就是科学家有时提到的生物钟。夜幕降临后，这些细胞和大脑的不同部位一起停止制造让你清醒的化学物质，转而开始制造有助于睡眠的化学物质。

一天24小时里，几乎所有的生物体都遵循自己特殊的睡眠和清醒模式。蜜蜂就是这样，它们只在一天中的某一时间里在花朵间采集花蜜，而很多花也在这个时间段开放。

睡眠很重要

虽然关于“人睡觉时都在做什么”的问题仍有很多奥秘，但是科学家可以肯定的是：只有睡眠才能保持身体健康、大脑活跃。哪天晚上少睡两个小时，第二天你就会发现反应不够机敏，在功课或体育活动中，你的表现也不会太好。

要是你整整一夜都不睡呢？那你可就真的有麻烦了，你会感觉焦虑和不开心，交谈的时候你可能很难找到恰当的词汇，你的注意力和记忆力出现困难，身体可能也无法抗击病菌。

既然睡眠这么重要，那就一定要保证你的身体获得足够的睡眠。如果你累得不行，即使你还不想睡，你的身体也会让你入睡。没有获得足够睡眠的成年人通常会打个几秒钟的小盹，这叫短暂昏睡。他们不是有意打盹，只是在静坐的时候身体就想休息片刻。在一项试验中，研究人员发现，人在过度疲劳的状态下，即使眼睛撑开用胶带粘住，还是能睡着。

科学家还无法解释为什么一些人的睡眠时间比其他人的长，或者为什么有些动物的睡眠时间远少于人类。但是有一点是肯定的：有了充足的睡眠，科学家才能更好地解开这个谜。

在太空中入睡

美国国家航空航天局发送航天飞机执行任务时，机舱内的宇航员有相当多复杂的事情要做。有时候，按照地球上的时间，宇航员本该正常睡觉了，可这时候却有工作要做，他们就不得不睁大眼睛，保持清醒！

每次航天飞机执行任务之前，航空航天局都会确定出什么时候的工作最艰巨，比如航天飞机与国际空间站对接时。如果那时宇航员恰好最困，专家就必须改变宇航员的作息时间表。执行任务的前几天，在宇航员本该正常睡觉时，用明亮的灯光数次照射他们，直至他们完全清醒。然后，宇航员就会在停靠航天飞机时保持时刻警觉，严阵以待。

事实上，人的整个身体都对光有感觉。实验结果表明，即使只是照射膝后皮肤，过长时间的光照都可以打乱人们的清醒和睡眠时间。

The Clock in My Body
我的生物钟

编译：许晨暄

你的房间里有钟吗？你们的教室里一定有一个钟，也许你妈妈或爸爸的汽车里也有一个。但是你知道吗，有个最棒的钟和你形影不离，它在你的身体里！

所有生物的体内都有一个生物钟，有时我们称它为“内部时钟”。这些时钟告诉生命体何时活动，何时睡觉。花卉的生物钟管理着花卉盛开凋谢的时间。我们人类的生物钟提示我们什么时间需要醒来，什么时间需要吃饭，什么时间需要睡觉，它还控制着我们的体温。患病时，你的生物钟甚至可以使你在一天某个时段感觉好一些，在其他时段感觉糟一些。

是什么使我们的生物钟保持“准时”呢？与许多其他让时钟准确的方法一样，太阳的光线负责校准我们的生物钟。太阳使我们的生物钟和地球与太阳的相对位置匹配，使我们的身体能对白天黑夜这个周期做出反应。正常情况下，我们的生物钟也据此进行调节。

太阳升起，我们就会醒来；日落之后，我们又昏昏欲睡。这个作息表能确保我们得到足够的休息，使我们身体的免疫系统健全。

你是否有过长时间乘坐飞机出国的经历？有可能你的身体很不适应那个地方的时间。你可能在睡觉的时间感到饥饿，在白天感到困倦。通常，我们称这种感觉为“时差综合征”，因为你的生物钟还在按照“家里”的时间运转。但是，只需几天的阳光和黑暗，你的身体就能适应新的时间。

那么，如果你为在周末不上学的日子里很早醒来而感到烦恼，不要抱怨，这说明你体内的时钟走得很准！

美国阿拉斯加州靠近北极，那里每年6月21日前后，一天24小时都是白天；12月21日前后，一天24小时都是黑夜。你的生物钟在那里会发生什么变化呢？

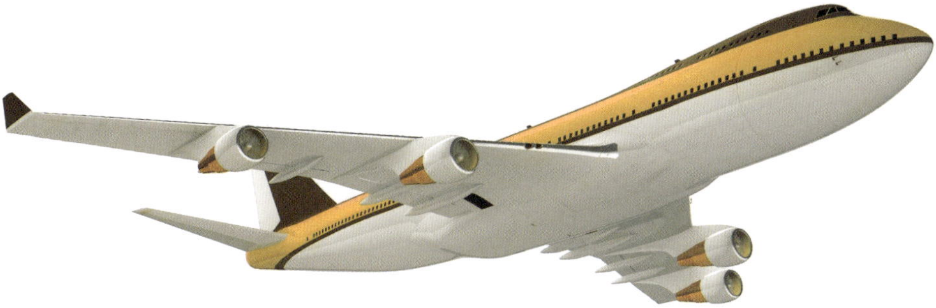

Sensory Organs, Sense of the Life

生命的感知器官

编译、撰稿：拉斐尔

游客们，我们又见面了，不知道上次的消化旅行你们高不高兴？最近我们的人体旅行社又给大家设计出一条新的路线——五官旅行。为了能够让各位游客有更舒适的旅游体验，我们旅行社特意让四位导游给大家介绍。快！时间到了，我们启程吧！

眼睛

游客们好！我是光线，大家叫我小光就行了，今天由我来介绍眼睛。在我们大脑中大约有80%的知识和记忆都是通过眼睛获取的。读书认字、看图赏画、看人物、赏美景都要用到眼睛，而且眼睛还能辨别不同的颜色和光线。

现在，我们所站的位置是眼睑，这里会看得比较清楚一些。你们先看到的是黑眼球，在它表面上有一层透明角膜。角膜有着丰富的神经末梢，非常敏感。

角膜后面才是真正的黑眼球，确切地说是虹膜环。虹膜环里含有棕黑色的色素，所以我们的眼球呈棕黑色。虹膜环还含有呈放射状排列的平滑肌，它在大脑神经的调节下，能够让瞳孔收放自如。瞳孔是外界光线进入眼球内部的唯一通道，它的大小可以随着光的亮度进行调节。

再往里，有一个扁平且富有弹性的凸透镜——晶状体，它的作用是调节光线的折射。绕过晶状

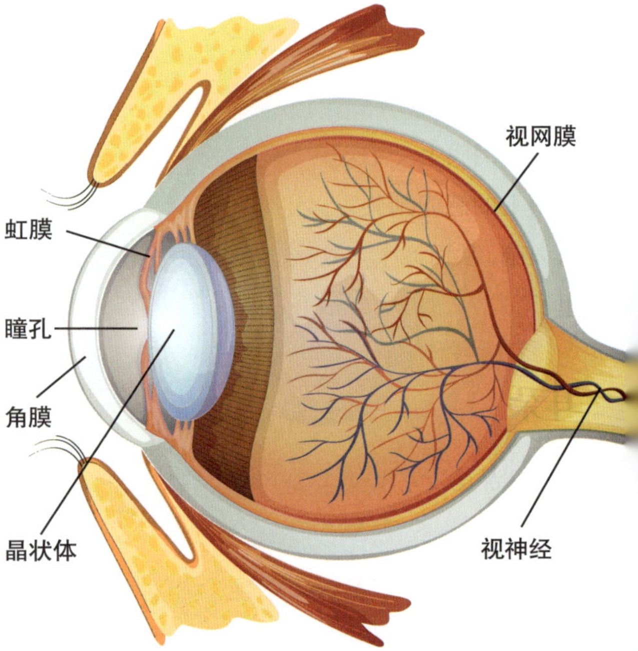

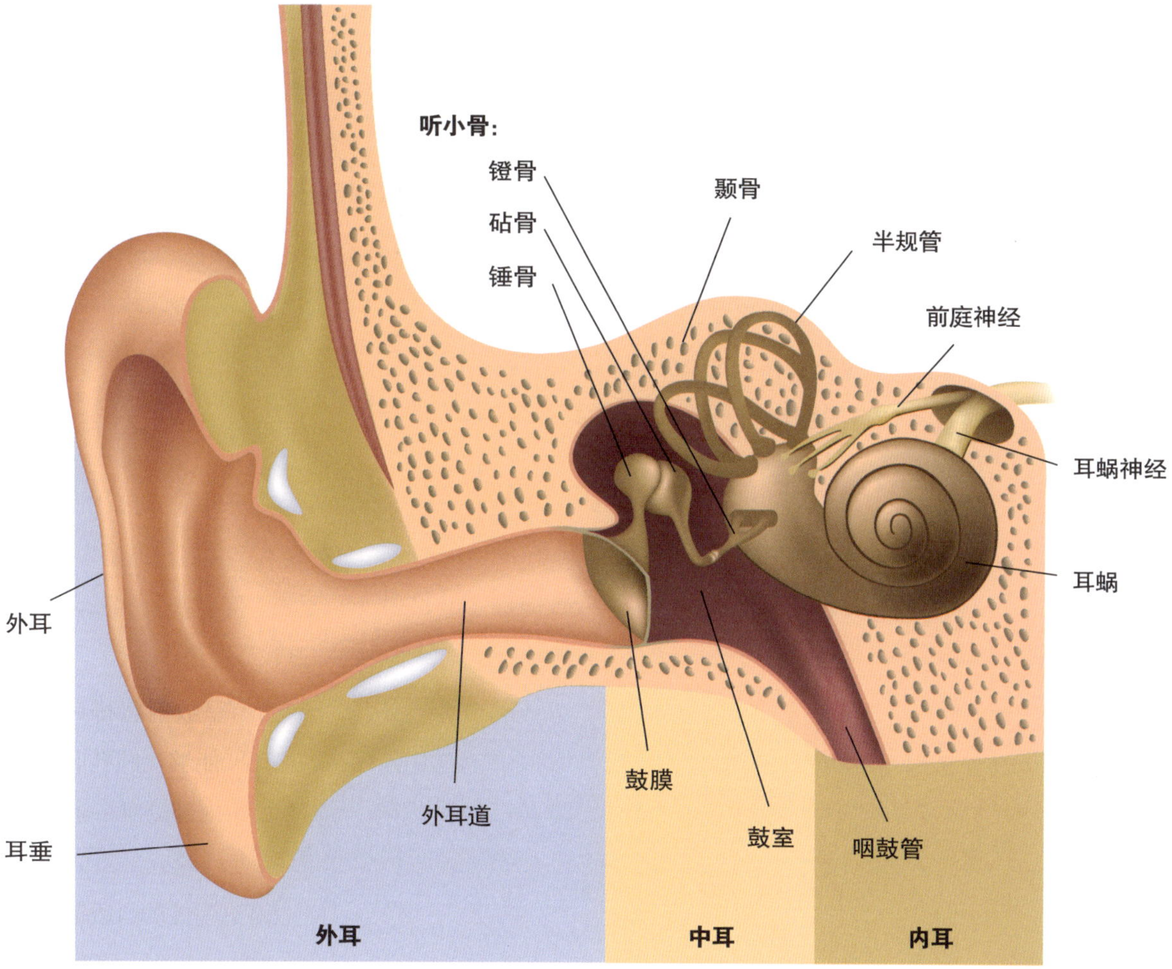

体，我们就可以看到被折射的光线聚焦在眼球后壁的视网膜上。当这些进入眼球的光线刺激了视网膜上的感光细胞后，视觉神经就将视觉信息传入大脑，从而产生了视觉。好了，我的介绍就到这里了。

耳朵

“品尝”完视觉大餐，再感受一下听觉世界吧！大家好，我是声波。在参观之前我先给大家介绍一下耳朵的“感应”装置——鼓膜，又称耳膜。鼓膜是在声波的作用下震动的，而且非常敏感，所以我们要轻手轻脚的，以免打扰人体大厦里的其他员工。

我们先进入的是内耳。内耳里有一个类似蜗牛壳的半规管——耳蜗，它的内部是听觉感受器。当外界的声波传到内耳的听觉感受器时，听觉感受器便将这种机械振动转变为神经信号传至大脑，从而产生听觉。

再往外是中耳，它包含鼓室、听骨链和鼓膜。透露一下，在鼓室内还有一条“暗道”——咽鼓管，它与咽喉部相连。当我们吞咽、打呵欠时，管口开放，空气由咽部进入鼓室，以保持鼓膜两侧的空气压力平衡。小心地穿过鼓膜，通过外耳道，我们来到了外耳。为了能够更加集中声音，我们的外耳耳郭形似漏斗。

其实，我们的耳朵除了能听见声音，还能保持平衡，这全在于那只“蜗牛”的帮助。当然，人体维持平衡还依靠了视觉、肌肉和关节来相互协调完成，但还是内耳最重要。它就像隐藏在耳朵里的眼睛一样，感知着我们身体位置的变化。好了，耳朵旅行结束，欢迎下次再来！

鼻子

大家小心！慢慢从脸上移动，马上就到我们的鼻子了。大家好，我是气味！鼻子在面部的正中央，可能从耳朵景点来到这里，距离有些长。下面我来介绍一下鼻子的旅游线路。鼻子包括外鼻、鼻腔和鼻窦三部分。突出于面部的是外鼻，它是由各种软骨和软组织组成的。

我们往里走，就是鼻腔了。众所周知，鼻子有两个功能最重要：呼吸和闻气味。鼻腔在这两种功能中起到了很大的作用。我们往上看，在鼻腔最上端黄色黏膜中“住”着嗅细胞，它能够感知气味。当吸入的空气经过鼻腔的时候，这些气体分子通过黏膜表面的液体刺激嗅细胞，并转化为神经信息，经过嗅神经的传导，上传给大脑，从而形成嗅觉。

鼻腔可是空气的必经之路，而且有温暖、湿润和洁净空气的作用。鼻腔黏膜有着丰富的血管，而且能够随着体内外环境的改变来进行自我调节。当冷空气进入鼻腔时，血管血液增多，流动加快，这样就能把冷空气调节到与体温相似的温度。大家可以向四周看看，这里分布着很多的鼻毛和黏液腺，这都是用来阻挡空气中的灰尘的。

鼻窦也同样参与湿润和温暖空气的工作，它

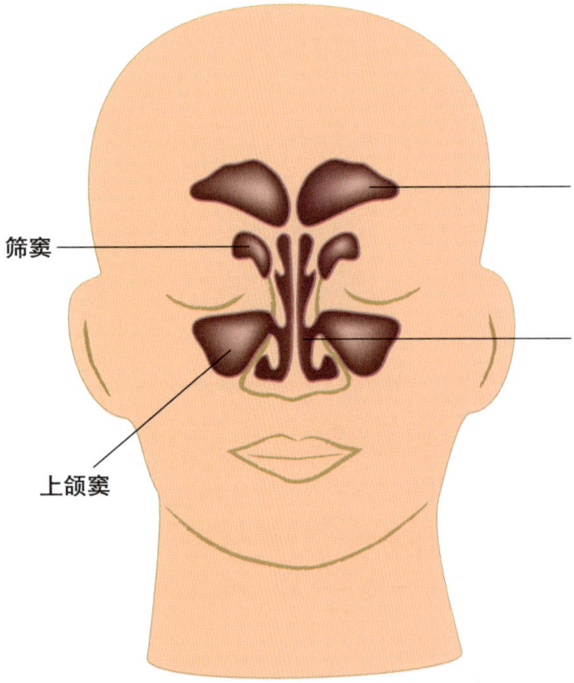

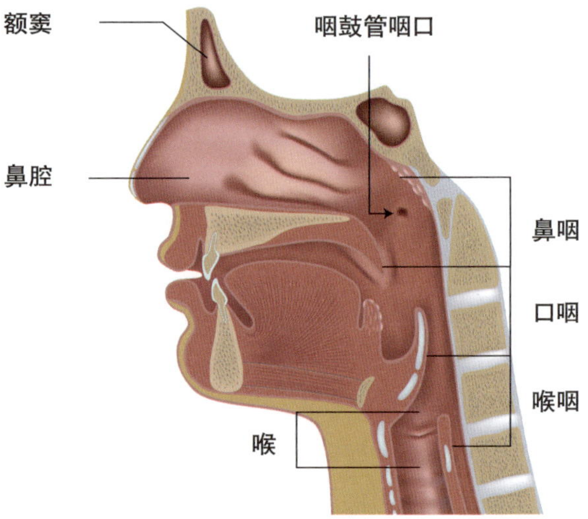

还对脸部造型、支撑头颅内部及减轻头颅重量等起到了重要的作用。

快看，嘴景点的导游——食物已经在鼻咽部那里等待大家了。下次见啦！

嘴

大家肯定对我不陌生，我就是上次带领大家参加消化旅行的导游——食物。今天我将给大家介绍嘴以及咽喉。我们目前的位置是在鼻咽部，是鼻子和嘴连接的地方。鼻咽只是咽喉的一部分，咽喉分为三部分：鼻咽、口咽和喉咽。

口咽主要功能就是吞咽、呼吸和发音，还具有调节中耳气压和消毒杀菌的作用。请向后看，我们会看到在软腭中央的位置有个“小舌头”，称“悬雍垂”。目前我们只知道悬雍垂可以防止食物进入鼻腔，其他功能并不是完全清楚。当我们呼吸时，软腭必须保持松弛，而且咽腔黏膜内富有腺体，进入的空气仍然可以继续加温、加湿。

再往下，就是喉咽，它与气管、支气管和肺相连，它里面也有个“感应装置”——声带，这是发声器官。声带左右各有一个，当我们发音的时候，声带张开，会出现一个三角形裂隙，又名声门裂。

咽喉和鼻腔就是我们人类的天然大音箱，我们之所以能够说话，甚至唱歌，都是它们之间的振动以及共鸣而产生。

我们掉头往前走，就是口腔了。首先见到的是舌头。别看舌头小，它可是人类全身上下最强韧有力的肌肉。舌头的功能也很多，它可以感受味觉、辅助进食和帮助发音。

舌头的神奇之处就在于拥有味觉。因为舌头上细小的舌乳头里面有味觉感受器——味蕾，它可以感受口腔内食物的味道。不同部位的味蕾可分别感知甜、酸、苦、咸四种味道。此外，舌头还有触觉、温度觉、痛觉等感受器。当味蕾受到味道的刺激后，就转为神经信号传递给大脑，从而产生味觉。

舌头周围就是牙齿了，它的功能包括撕裂和磨碎食物，对发音也有帮助，而且在关键时刻还能自我保卫，咬！好了，最后嘴的旅行也要结束了！

五官给我们带来了不同的感官享受，其实皮肤也会给我们带来触觉的感受。如果我们摸到冰块、热水，或者被尖锐的东西划伤等，皮肤上的神经末梢就会发出信号传给大脑，大脑就会让肌肉做出相应的反应。

我们的旅行完美结束了！如果你还想参观，随时都可以来哦，下次见！

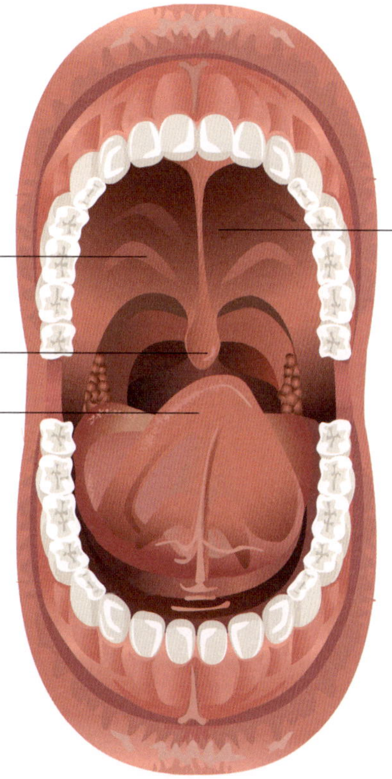

Secret in Your Face

你的脸谱秘密

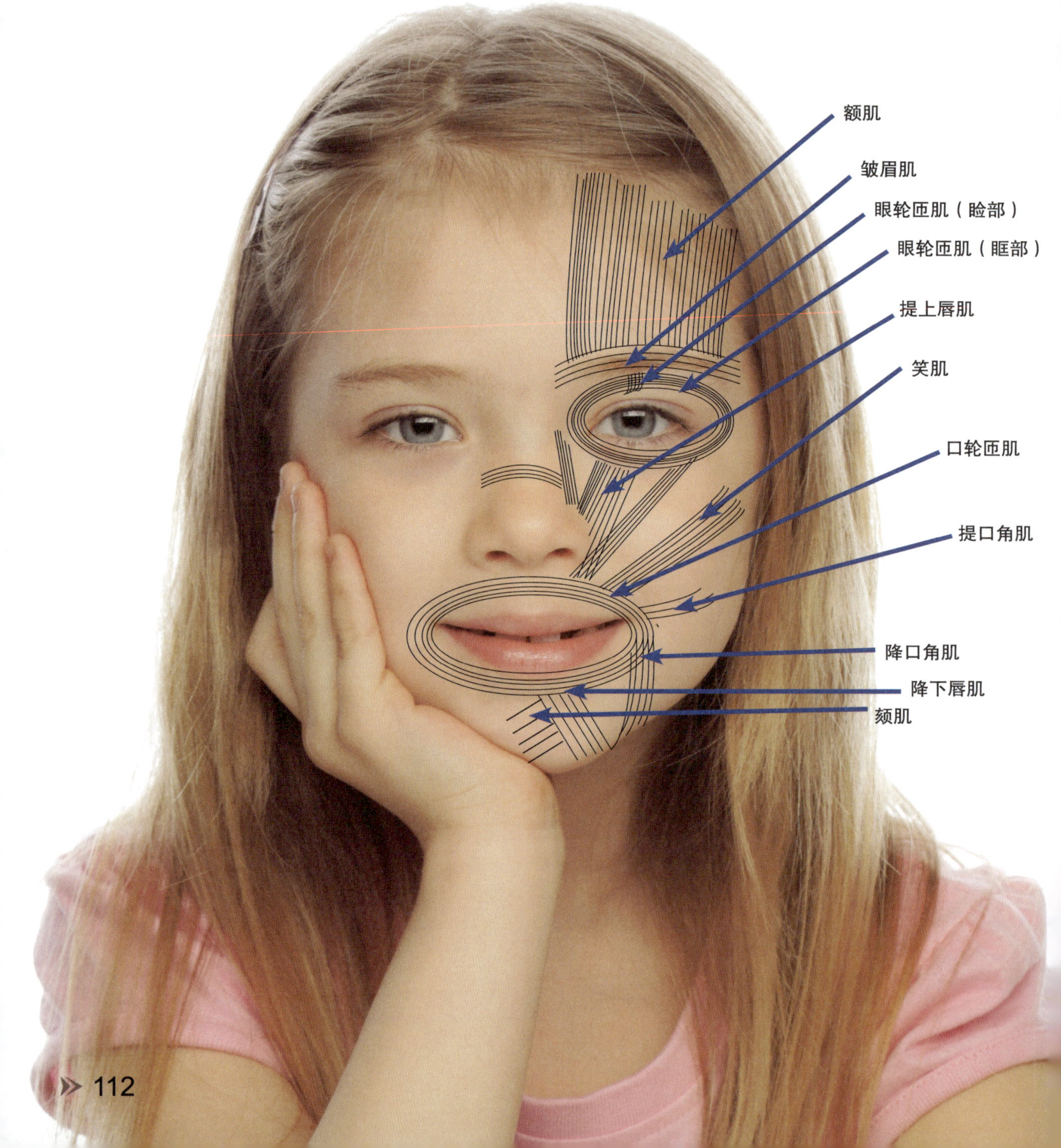

人类扁平无毛的面孔在动物王国中独树一帜，对自身来说也意义重大。当我们的祖先开始由四肢爬行变成直立行走时，他们的脸就竖立在肩膀上方，而不是向前突出，这给他们撕咬敌人和捕食带来了麻烦。动物般的吻突逐渐退化成现在的人类下巴，人类慢慢进化成能用语言交流的社会动物。与此同时，人类的其他部位也在进化，帮助人与人更好地交流。

脸型：下巴和发际线勾画出了脸部轮廓，能引人注意。光滑无毛的脸让面部表情一目了然。

眉毛：为眼睛阻挡汗液。上扬、下垂可表现出惊讶、害怕、疑虑、愤怒以及更多的情绪。

眼皮：保护眼睛。惊讶时大张，睡觉时闭合。

睫毛：防止灰尘进入眼睛。

眼睛：眼白又叫巩膜，与带颜色的虹膜不同。通过眼白我们能判断别人在看什么，或许这一点也很重要。

鼻子：鼻子从下方捕捉气味，为眼睛提供一个参照点。

嘴唇：在说话、进食和亲吻方面派上大用场。嘴部特别的肌肉能让嘴唇做出许多动作，从而秀出不同的表情。你也可以用嘴亲亲疼你的奶奶喔！

人脸中数量众多的肌肉带动所有的面部器官，组织出各种表情：高兴、难过、生气、害怕，等等。

跟着下面的步骤来画一张逼真的脸吧！

第1步：

画一个倒立鸡蛋的形状，用铅笔画横竖两条线将其分成四等份，画线要浅，以便稍后用橡皮擦掉。

第2步：

画两条横线，将“倒鸡蛋”的下半部分成三等份。

第3步：

第2步的第一条横线与第1步的中竖线交汇处，标记为鼻尖的位置。在这里画一个大圆圈作为鼻子，大圆圈两边各画一个小圆圈当鼻孔。

第4步：

沿着鼻孔外侧向上画两条直线，延伸到第1步的横线位置。两条竖线与横线交汇之处两侧就是眼睛的位置。别忘了在眼睛里画上瞳孔哦！

第5步：

嘴巴在最下方的横线之上。沿瞳孔内侧向下画两条直线，这样就可以确定嘴角的位置。

第6步：

画上眉毛。在眉峰上方和鼻孔下端各画一条横线，这两条横线中间就是耳朵的位置。添上头发，再加两条竖线代表脖子。

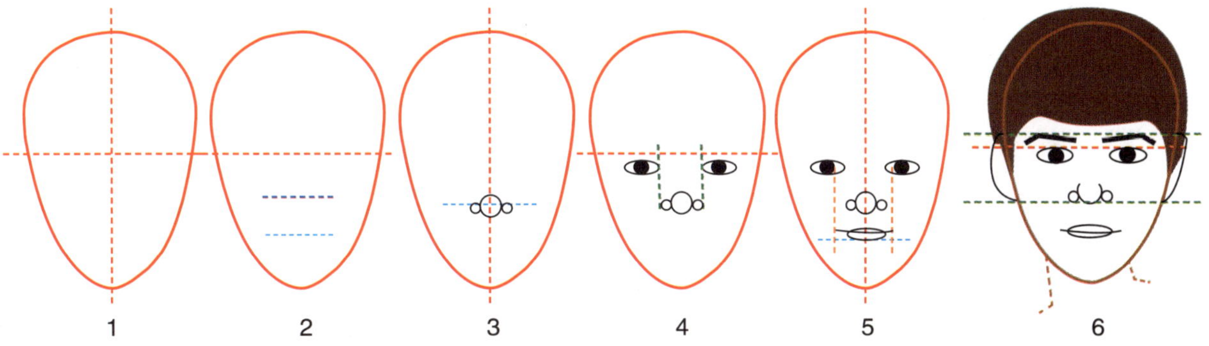

现实生活中，微笑、皱眉或冷笑等各种表情，都需要调动面部肌肉和大脑信号一起来表现。但在纸上，只需寥寥几笔，就能画出高兴、生气、郁闷或惊讶的表情。

高兴

眉毛上挑，表情放松，嘴巴呈香蕉状，嘴角上扬，嘴微张。

愤怒

眉毛下垂，咬牙切齿，嘴成花生状，眼睛周围的线条呈深色。

恐惧

眉毛上弯，额头上有皱纹，嘴半张且向下弯。

惊讶

眼睛瞪大，额头上有皱纹，嘴巴缩成一个小圆。

悲伤

眼睛和眉毛向上斜挑，嘴噘起下弯。

厌恶

整个脸皱成一团，眉毛向下，嘴巴闭拢。

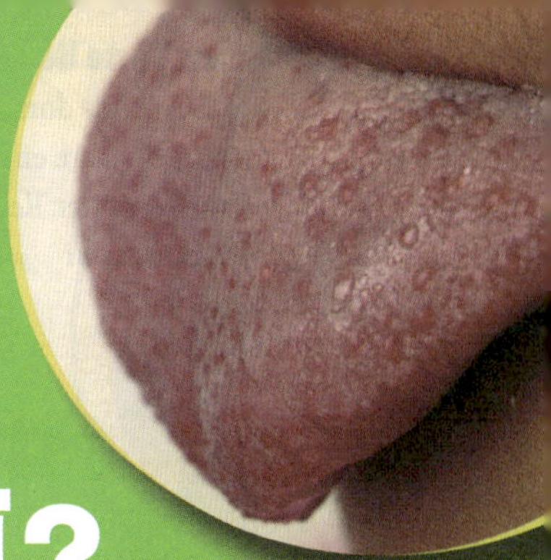

How Do We Taste?

我们怎么品尝味道？

你以为舌头只有在吐舌头的时候才会用到吗？继续读下去你就知道，它可以帮助你享受你喜爱的食物。

作者：梅格·莫斯（Meg Moss）
译者：钱新华

不，做试验可不能乱咬啊！想想香甜的巧克力酱、松脆的咸薯片、酸得令人皱起鼻子的柠檬、肉鲜汁多的汉堡包，还有难以名状的苦茶。以上就是五种基本味道：甜、咸、酸、鲜和苦（并没有辣）。这是人类所知的味觉，让我们喜爱或讨厌。但是我们是怎样把它们品尝出来的呢？

所有的味觉都来自你的舌头，对着镜子察看一下自己的舌头，你会发现它柔软，有着像天鹅绒一样的质感。再仔细观察，你会看到它的表面实际上覆盖了很多细小的肉点，有点像长绒地毯的样子。这些肉点分布在舌头表面，大部分在舌头前端的一圈。而在舌头后部，你会看到各种形状的小突起。在这些突起内，长着你的味蕾，每一个味蕾都包含一组细胞，专门分辨你咀嚼的食物是甜、酸、苦、鲜，还是咸。你的口腔顶部和两腮内侧也长着味蕾。人类生来就拥有大约1万个微小的味蕾感觉器官，它们在体内的工作非常辛苦，大约每两个星期就要更新一次。

舌头上的长绒毯

不过，味蕾并不承担全部工作。假如你在吃一勺花生酱，还记得舌头上的“长绒地毯”吗？

舌头上每一块细小的皮肤都可以帮助你感觉口腔里的食物，它们把覆盖在舌头上的食物的厚度、光滑度和黏稠度等信号传递到大脑。在你咀嚼的时候，口腔唾液开始消化花生酱，把它分解成微小的颗粒。这些小颗粒和味蕾里面特殊的细胞

蛇的舌头很滑，根本没有味蕾。但是，蛇可以利用嗅觉“品尝”食物。

动物会品尝味道吗？会的。有些动物的舌头和我们人类的一样，也有味蕾。而有的动物则是用脚、触角、胡须，甚至用身体来“品尝”味道。

接触，被分辨出盐和糖的味道（花生酱里经常添加的两种成分）。神经系统再将这个信息传入大脑，同时，携带花生酱芳香气味的分子飘入鼻腔，嗅觉探测器再把气味汇报给大脑，大脑将所有的信息进行解析，辨别味道。

“哇！”大脑说，“这是花生酱！”食物的基本味道、气味、口感以及温度和外观，所有这些信息形成了吃在你口中的食物的味道。不管你信不信，判断食物好不好吃，85%都来自它的气味。如果捏着鼻子吃花生酱三明治（这么做可不太容易），你可能什么味也尝不出来。

相信自己的味觉

为什么品尝这么复杂？对于所有动物而言，包括人类在内，品尝担负着两项重要的工作：一是警告我们食物变质了，二是指引我们吃上好东西。我们的祖先在森林和田野间游荡、狩猎，准备晚餐，他们需要一种方法能够辨别有毒植物和健康植物，或者肉质是否变质。一般情况下，有毒的植物都有一种强烈的苦味，无论是动物还是人类都知道要避开。

同样，腐烂变质的食物通常有股酸酸的味道，它警告我们不要吃。酸味还说明食物没有成熟，因此也不宜食用。味蕾不仅好玩，还能保证我们的安全。此外，它还能帮助我们发现有益的食物。有些食物含有

试试捏着鼻子喝一口，你可能尝不出什么味来。

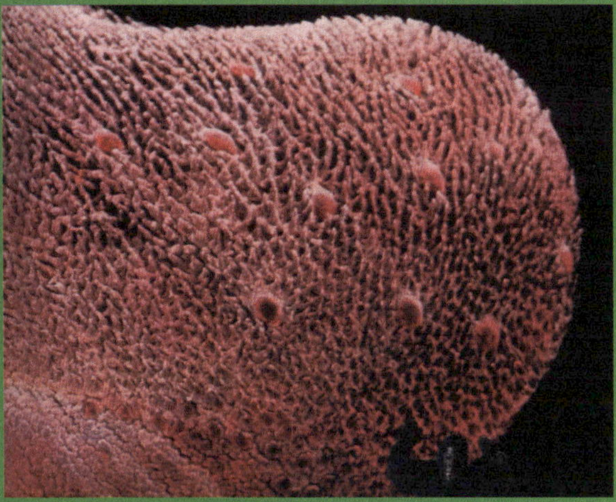

没错，这就是舌头被电子显微镜放大后的样子，那些红色突起里面包含着味蕾。

嗯，花蜜粘到我的膝盖上了！

我们身体制造蛋白质所需的氨基酸，它们往往都有种我们非常喜欢的肉香味或乳酪味。同样，带有香甜味道的食品，往往热量很高，它们可以满足我们对能量的需求。

早期的人类认识到甜味和鲜味表明食物有益健康，我们至今仍然喜爱这些口味。的确，人类与生俱来就有品尝甜味的能力。正因为如此，刚出生的婴儿就一定会找到他们的第一种食物——含有天然糖分的乳汁。

好味道，坏味道

世界上充满了神奇的食物，有些你可能特别喜欢，而有些就不太喜欢。薄荷味的巧克力冰激凌和焦糖香草冰激凌哪个更好吃呢？你和你最好的

调味奇才

是谁在棒棒糖里添加了樱桃味？又是谁在薯片里放进了切达干酪？被誉为“调味师”的食品化学家们日夜忙碌，创造着各种人们渴望的口味。

在实验室里，“调味师”与数百种化学提取物和粉末打交道。有些香料味道极强，只需一滴就可让整个游泳池里的水都变味。这些“调味师”就像炮制魔法药水的巫师一样，把三四十种成分小心地组合在一起，其间不停地嗅闻，直到调出他们认为最佳的气味。由于口味主要是由气味决定的，因此“调味师”先从香味开始调制，然后再调味道。之后他们再将香料放入薯片、冰激凌或冷冻食品中。如此年复一年，“调味师”都练就了精准的嗅觉和味觉。他们像艺术家一样，为自己的创作感到自豪。为了使他们最新研制的美味独一无二，每种口味的配方都是顶级机密哦。

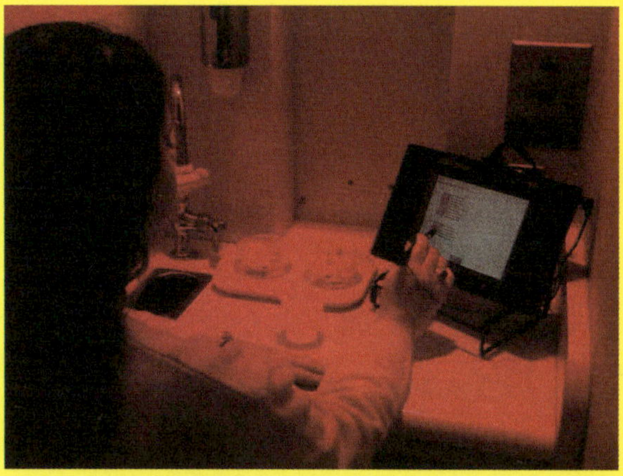

在调味实验室里，消费者测试新的口味，并在计算机上留下自己的意见。由于颜色会影响食品的味道，因此测试会在红色灯光下进行，这样可以掩盖食品的颜色。

朋友不一定能达成一致意见。为什么我们的味觉差异如此之大呢？舌头和味蕾不都是一样的吗？而且令人困惑的是：究竟谁会喜欢西兰花的味道呢？

就在科学家试图弄清楚我们的味觉是如何工作的时候，他们发现，人们的味蕾数量有多有少，所以每个人尝到的味道都不一样。大多数人拥有平均水平的味蕾数量，是普通味觉者，他们能尝出多种口味和食物。而有些人的味蕾数量就很少，大概每平方厘米只有1.7个。这些人根本尝不出什么味道，不过他们还是可以通过嗅觉感觉出味道的。

鹦鹉肥厚的肉质舌头上拥有味蕾，这让它们比其他鸟类有更好的味觉。

章鱼的8个触角上排列着吸盘，你可以在里面找到味蕾。和蜜蜂一样，章鱼也是通过碰触来“品尝”并判断出美餐的。

还有一些人被称为超级味觉者，这些人的味蕾数量是味觉迟钝者的100倍，所以他们对某些食物的味道，甚至温度都极度敏感。超级味觉者通常不喜欢辛辣的食物，苦或酸的食物带给他们的也是强烈的或不愉快的味道，甜食可能又太腻了。超级味觉者可能也不会喜欢柚子、西兰花或芹菜这样的健康食物，因为它们的味道太强烈了。

你是超级味觉者吗？

大约每4个人中就有一个人是超级味觉者，你是吗？下面的方法告诉你怎样辨别。你需要1根棉签，一些蓝色的食用色素，1个三孔塑料固定纸夹，放大镜可能也会有用。

1. 站在卫生间的镜子前，用棉签将一小滴食用色素在舌头前端轻擦一下。（不要将食用色素沾到其他地方，因为它会留下污渍。）
2. 用清水漱口。
3. 将塑料固定夹放在沾有色素的舌头上，仔细看镜子（如果需要，可以使用放大镜）。食用色素把大部分区域染成了蓝色，你看到的粉色突起（称为乳突）里面含有味蕾。
4. 数一数圆圈里的乳突个数，如果超过25个，你可能就是超级味觉者了。

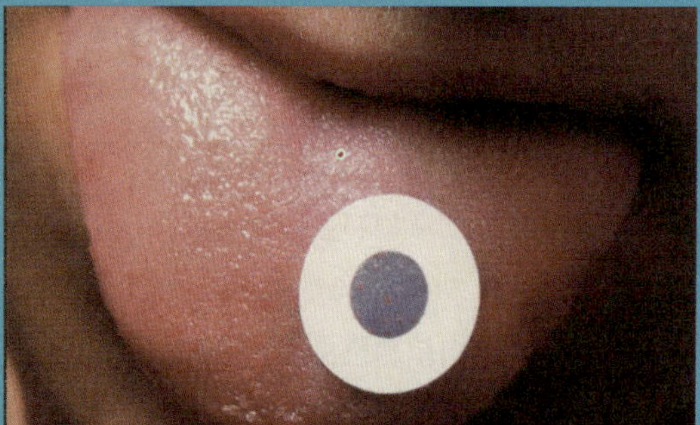

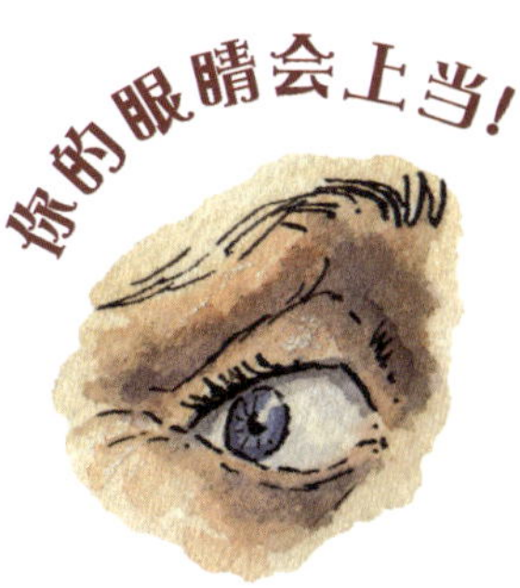

Your Senses Could Be Wrong!

你的感觉会上当!

编译：许庆莉
绘者：索尔·维科斯托（Thor Wickstrom）

视觉是很复杂的一种感觉，但是，想要骗过你的视觉，竟也非常容易，而且还很有意思呢！

手中有“洞”？

现在，你用左手把一支空心的硬纸筒举到你的左眼前（就像在使用单孔望远镜一样），同时，把张开的右手举到右眼的正前方，瞪大双眼向前看……你看到了什么？哇！你的右手竟然长了个“洞”？你能相信自己的眼睛吗？

平时，当我们用双眼注视一个物体时，大脑会把每只眼睛看到的图像合成一个画面。但是当我们的双眼看到的是不同的东西时，大脑就会被搞糊涂了。在这个实验中，你的左眼通过硬纸筒看到的是屋子，右眼看到的是右手。当大脑将这些图像合成在一起时，就产生了这样的结果：你的右手手心长了一个“洞”！

做这个实验时，你也可能得到另外一种结果：你看到的一会儿是硬纸筒，一会儿是你的手。这是因为你的大脑会对它看到的东西产生困惑，它有时会忽略掉其中的一个，而不是将两个图像合成在一起。

钱能“生”钱？

用拇指和食指夹紧两枚硬币，快速地来回摩擦它们。你会看到：两枚硬币竟然“变”成了三枚！

怎么会“多”出一枚硬币呢？眼部神经细胞负责把看到的信号传递给大脑，这个过程不会像按开关一样，立时开启或关闭，它更像是一个漏水的水龙头，最后传入的信号会在大脑中形成一个魅影，但是极为短暂，这就是余象。通常，大脑会忽略这些余象，但是当不断地重复同样的余象时，你的大脑就会将其误认为是一个真实的物体。来回摩擦两枚硬币就是利用了这个原理，这样第三枚硬币就“产生”了。

什么声音?

电影中的很多声音都是音效师（Foley Artist）在后期添加的。在音效师的工作室里，堆满了五花八门的制造声音的物件，有鞋子、地板砖、金属片和木头块等。音效师对着无声版的电影跺脚、敲锅、扔铅笔……制造出各种声音来匹配镜头中

你的耳朵会上当!

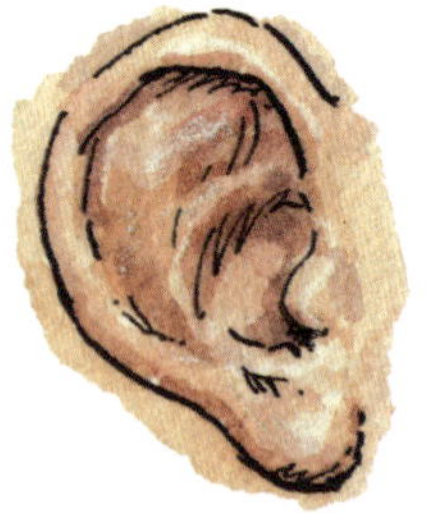

你知道吗？电影中大部分的背景声音，比如行人走路、汽车行驶、鸟儿鸣叫等，其实都不是拍摄时的真实声音。

一些音效制作方法

声音效果	方法
万马奔腾	用椰子壳相互碰撞
雪地行走	挤压盒中的玉米淀粉
打雷	摇晃一大块金属薄片
海浪	在鼓面上碾沙子或种子
干树叶上行走	抓揉玻璃纸
鸟儿振翅	扇动一副皮手套
巨龙振翅	在空中鞭打一根细棍子
爪踏岩石	在手套的五指上别上回形针，让手套“行走”
太空船舱门	缓慢地把纸从信封里抽出
太空激光	用扳手敲绷紧的金属丝
拳击	把一捆芹菜放在枕头上，用湿毛巾盖住，再用棍子用力抽打
骨折	折断芹菜或用力扭冻生菜
撞车	把金属盒装满木屑和金属碎片，摇晃金属盒
火苗燃烧	快速地打开和合上雨伞，或者揉搓玻璃纸
玻璃破碎	让几个小瓶子落在金属风铃上

的动作，听起来就像真的一样。下次你再看电影时，可以闭上眼睛，专心听背景声音，你听到的实际上都是什么呢？

考考你的味觉

准备好以下材料：

两个苹果（一个未切开的，一个切开的），一个土豆，一个洋葱（萝卜或者芜菁也行），一只衣夹（用你的手指也行），一条丝巾。

把苹果、土豆、洋葱或其他白颜色的蔬菜切成薄片，厚度和大小要让它们看起来一样。

用衣夹或你的手指夹紧你的鼻子，用丝巾蒙上你的双眼。

让你的朋友把盛有水果和蔬菜片的盘子藏起来，每次取出一片放在你的舌头上（只是放在你的舌头上，不能咀嚼）。你能够区分出苹果、洋葱、土豆或是别的吗？

再试一次，或者让你的朋友试一次。这一次，还是要夹紧鼻子，但是你的眼睛要看着一个苹果。你能尝出哪片是苹果吗？是不是所有的薄片尝起来都像苹果？

我们都以为舌头是用来辨别味道的，但是，在很大程度上，食物的味道是闻出来的——这就是为什么感冒时吃什么东西都没味道的原因。

当你试图辨别某种味道时，其他感觉也可能误导你。比如，你正在品尝某种味道浓郁的食物，这时如果你盯着的是一颗樱桃，你的大脑可能会认为味道是香甜的水果味；但如果你盯着的是一个药瓶，味道可能会变得很糟糕。

热水实验

摆好三盆水：一盆热水，一盆常温水和一盆冷水。把你的双手同时分别放进热水和冷水中约30秒。

有没有觉得两盆水的温度是一样的？

现在，再把双手同时放入装常温水的盆中。

虽然你的双手都在同一个盆中，但左右手感觉到的却是不同的温度！这是为什么呢？当你的手分别放在热水和冷水中时，你的大脑把两只手的温度都当成了正常的体温，并且以此为基准判断

你的舌头能够辨别苹果、洋葱和土豆吗？

你的手指会上当!

亲手触摸到的感觉应该没有问题吧?

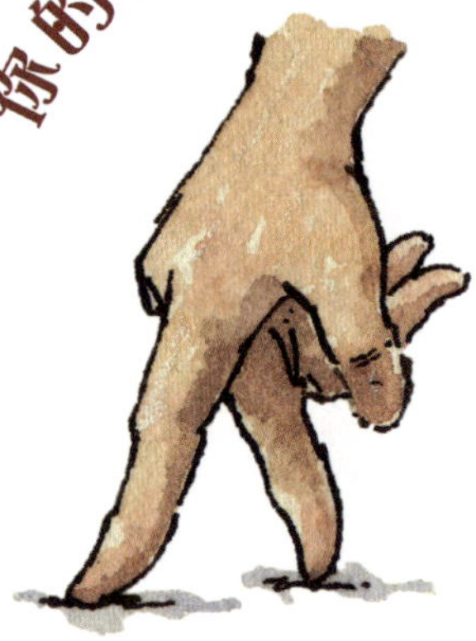

是“热”是“冷”。这样，你就会先有两种水温同样的感觉，后有同一盆水却是两种温度的感觉了!

亚里士多德的两个鼻子

古希腊哲学家亚里士多德发现了这个有趣的幻觉。

首先，把你中间两个指头(中指和食指可能更容易些)，交叉成“V”字形，“V”字的角度越大越好。

闭上眼睛。

用“V”字形交叉的手指向下按压鼻子，你是不是感到自己有了两个鼻子?

或者把一支铅笔在“V”字形的手指间拉进拉出，你是不是感到有两支铅笔?

当大脑对手指传来的触觉信号进行解码时，它认为(通常情况下，这是正确的)左边手指的左侧和右边手指的右侧所处的方向相对，所以两个地方触碰到的一定是两个不同的物体。

但如果你能看到双手，这种错觉就会减弱。你的大脑会不断地检查所有感官传来的信息是否一致。当眼睛看到的图像和手指触摸到的感觉出现矛盾时，对于后者，大脑会对之前的解释进行纠正。

大脑的“气味词典”

总的来说，鼻子是化学探测器，我们很难骗过它。但是，它能否辨别出所闻的物体又是另外一回事。

这浓郁的气味到底是来自奶酪，还是袜子?

鼻子所知道的也许比你想象的还多。

答案可能要由你的眼睛来决定。科学家发现，如果眼睛被蒙上，只用鼻子闻，许多人连自家冰箱里一半的食物都分辨不出来。现在考考你的鼻子：

用丝巾蒙住眼睛。

请你的朋友从你家冰箱拿出五六样食物。

你每次闻一样，并说出自己闻到的是什么，让朋友记录下来。

拿掉丝巾，看看你的答案是接近呢，还是被蒙蔽了？

你的鼻子并没有问题，只是你的大脑遇到了难题，它得从“气味词典”中把鼻子检测出的所有分子检索出来！

感官中的优等生——鼻子

在大脑深层，有一部分控制着记忆和情感，而你的嗅觉竟然与这部分有着直接的联系。

你的大脑能够记住你闻过的每一种气味，甚至你对这种气味的感受。不管是好的气味还是不好的气味，熟悉的气味总能勾起我们对往事的回忆，激起情感反应，我们可能会感到害怕、厌恶、饥饿或者喜悦。即便有时候这种气味极其微弱，甚至连我们自己都没有意识到，它也能造成同样的效果。

这些强烈的嗅觉记忆会提醒我们避开危险的动物和食物。也正是这个原因，当小甜饼的香味飘过时，我们会不由自主地想到奶奶；闻到胶水味时，我们会猛然想起还有作业本落在教室里。

气味和记忆之间的奇异联系其实可以帮到你！下次，当你进行期末考试复习时，嚼一块薄荷糖（它的味道主要来自嗅觉），或闻一款气味特别的护手霜或香皂，同时，翻出你过去最得意的一张试卷，想象充满自信、欢乐和知道每一题答案的感觉（当然，这也会帮助你的学习）。

接下来你要做的就是，在考试即将开始的那一刻，再闻一闻你的“老朋友”的气味或尝尝味道，这种气味可以帮助你回忆起复习过的内容！

Skin, First Defense of the Body

皮肤，人类的“盔甲”

编译、撰稿：米斯迪

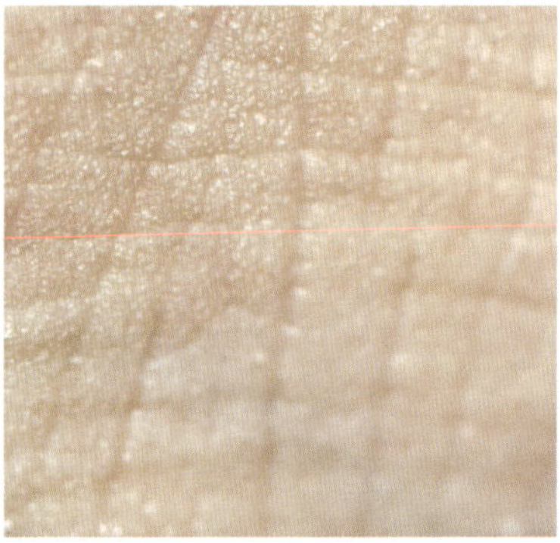

放大镜下的人类皮肤。

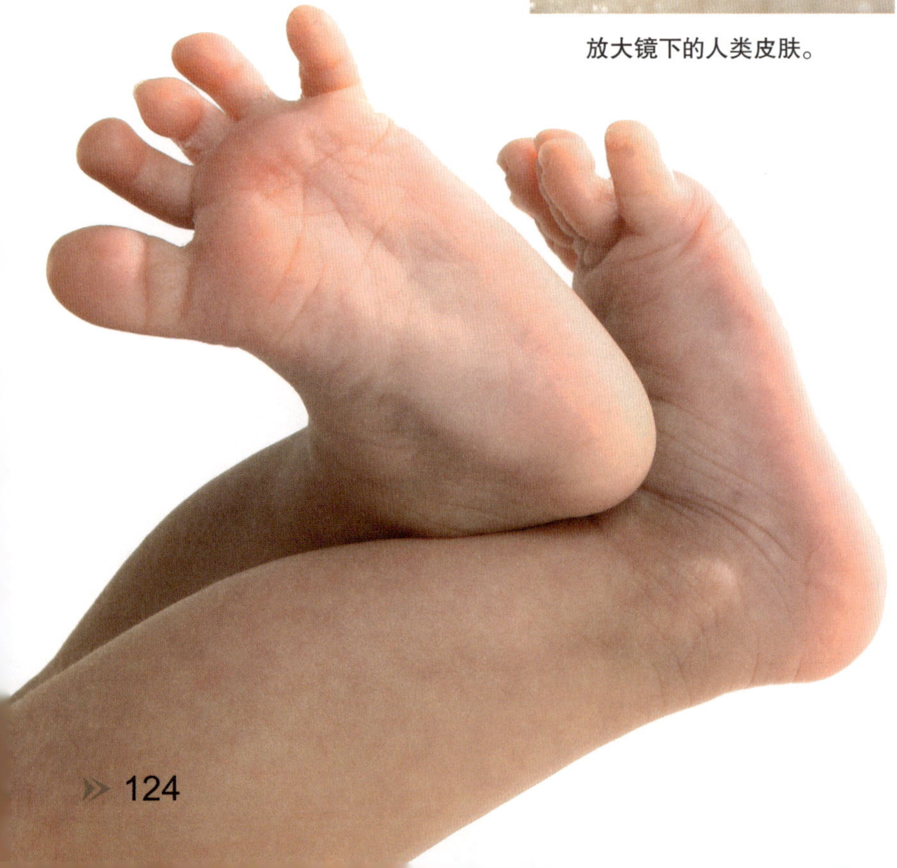

大部分时间中，你可能不太会去理会你的皮肤。不过，皮肤可远远不只是包裹我们身体的那层东西那么简单，它就像你的心脏、肺和大脑一样，是一种器官。实际上，皮肤是你身体中很重的器官。

皮肤是什么？

皮肤是你身体中最重的器官（但不是最大的，消化道的总表面面积比皮肤要大）。一般成人的皮肤有4~7千克，占体重的1/12，相当于装满一个普通购物袋的食品的质量。人类的皮肤不足7毫米厚，眼睑部位只有0.5毫米厚，就像纸一样薄。

皮肤由互不相同的三层组成，人们平常看到的只是皮肤的最外层而已，也就是表皮层。表皮本身又可以分成几个层次，最外面的一层通常被称为角质层，由多层扁平、已经死亡、没有细胞核的角质细胞构成。角质层内含有角蛋白，角蛋白强韧、坚硬，在毛发和指甲中的含量非常丰富。

强韧的表层之下是颗粒状的鳞状细胞，这是表皮中最厚的一层，再下一层便是基底层。基底层不断制造新细胞，并逐渐向皮肤表层推移。角质层细胞不断地脱落，取而代之的是推送上来的鳞状细胞及基底层细胞。一个成年人每分钟会有3万~4万个死皮细胞脱落，一年下来，代谢掉的死皮细胞差不多有4千克！

真皮层位于表皮之下，占据了皮肤90%左右的体积和质量。真皮层内含有血管、皮脂腺、汗腺、神经末梢、毛囊等。开口于毛囊上段的皮脂腺负责生成皮脂。皮脂的油性不仅可以保持皮肤柔软、光滑，还能保护皮肤，降低感染的风险。皮脂的流动可以清除毛囊中的死亡细胞和细菌。此外，皮脂还有助于维系头发的顺滑和润泽。

真皮中的纤维原细胞可以分裂生成胶原蛋白和弹性蛋白。胶原蛋白可以保持皮肤的坚韧，牢固表皮及皮下组织的联结。弹性蛋白则对增强皮肤的弹性有着重要作用。简而言之，皮肤坚韧与否与胶原蛋白的含量有关，弹性大小则取决于弹性蛋白的含量。

皮下组织分布于真皮层下方，内含胶原蛋白、结缔组织以及体内储存的脂肪。位于皮下组织的动脉、静脉和毛细血管之间的血液传递过程也是真皮获得营养的过程。

功能多多！

皮肤同时也是身体抵御污染和疾病的第一道防线。在没有损伤的情况下，致病细菌几乎不可能越过角质层这一屏障，但这不仅仅是被动防御。表皮内含有免疫细胞，而免疫细胞可以主动攻击和破坏周围的病毒及细菌。

皮肤细胞非常像微型的化学小工厂，在阳光照耀下会生成维生素D。此外，其生成的干扰素和白介素是人类身体免疫系统非常重要的两种蛋白质。这个“小工厂”制造的某些激素和蛋白质在调节人体其他器官的功能方面，其作用更是不言而

喻。皮肤甚至还是个贮存水分、糖分、钙质及其他营养物质和矿物质的“小仓库”。

皮肤几乎可以达到彻底防水的效果。即使在浴盆里泡上几个小时，水分也不会渗入皮肤。更重要的是，在皮肤的保护下，大部分水分可以留在体内，让我们每天可以只流失1升左右的水。水分透过皮肤以汗液的形式蒸发，可以帮助调节体温，因此无论气温多高或是运动多么剧烈，体温都可以相对稳定。皮肤还能防止体液和血液的流失。

真皮内含有的弹性蛋白和胶原蛋白是支撑皮肤弹性的主要成分，在肌肤受到外部撞击的时候，可以起到缓冲和减震的功效。纤维网富含一种叫作基质的蛋白质凝胶，在该物质的作用下，肌肤变得既强韧又柔软。真皮内贮存的脂肪也拥有几种重要的功效。脂肪是体内的能量贮备库，可以在食物短缺时转化成能量。脂肪不仅可以吸收震动，还可以在极高或极低的气温环境下保护身体不受伤害。用手捶桌子时，皮肤在受到震动时会迅速反弹。做侧手翻时，皮肤会随着关节和肌肉的移动而弯曲或扭动。体重增加或减少时，皮肤也会随之扩展或缩紧。我们的皮肤绝对可以称为纯天然的“收缩包裹”。

皮肤是神经末梢的大本营，神经末梢能感受触觉和味觉，皮肤中的不同神经能感知不同的触觉。有些能感知持续的压力、挤压，或是振动。你的嘴唇和指尖上敏感的神经末梢能感知最轻微的碰触。

在你的舌部皮肤上，覆盖着极其灵敏的味蕾和神经末梢。不同的味蕾对不同的味道起反应：咸、酸、苦、鲜、甜，还有你在肉类、奶酪、肉汤或酱油中尝到的可口味道。

皮肤既能感觉与辨味，又能散热与御寒，同时还在保护着你的内脏和肌肉——你的皮肤从不休息，可真是个勤劳的器官！

The Story of Skin Color
肤色的故事

作者：伊丽莎白·肖勒（Elizabeth Scholl）
译者：王玲
绘者：托尔·维克斯托姆（Thor Wickstrom）

数千年来，人们一直用黑、白、黄、红等形容肤色。事实上，没有人的肤色是纯正的黑、白、黄、红。你的皮肤，可能是像咖啡一样的棕色，像桃子一样的粉黄色，像焦糖一样的金褐色，甚至是多种颜色的混合。为什么人类会有这么多种类的肤色呢？

肤色是如何形成的？

你小小的身体由数以百万计的细胞组成，这些细胞大小不同，形状不同，功能也不同。其中，皮肤的颜色由专门的细胞决定，我们称它们为“色素细胞”。色素细胞中的色素给皮肤上了颜色。

黑色素是一种非常特殊的色素，决定人和所有动物皮肤的颜色。黑色素分为两种——呈黄红色的褐黑素以及呈深褐色甚至纯黑色的优黑素。黑色素也使头发、眼睛、毛皮、鳞片以及羽毛有了自己的颜色。

专门产生黑色素的细胞叫作黑素细胞。无论肤色深浅，每个人的皮肤中都拥有相同数量的黑素细胞。皮肤颜色的深浅，由两种因素决定：一个是黑色素的数量，另外一个是黑素细胞形成的黑色素种类。肤色较深的人，优黑素生成得多；肤色较浅的人，褐黑素生成得多。

为我安全地上色

我们皮肤中黑色素的种类是由什么决定的呢？大部分人的肤色都与他们爸爸妈妈的肤色接近。比如，如果爸爸妈妈都是深褐色皮肤，他们孩子的皮肤很可能也会是深褐色的。可是，如果爸爸妈妈肤色不同，一个是浅棕色，另一个是深褐色，这时，孩子的肤色可能是其中的一种，浅棕色或者深褐色，甚至还可能是两种颜色的混合。

为什么人类会有不同的肤色呢？仅仅观察爸爸妈妈的肤色是不够的，让我们来探寻一下人类家族的基因树吧！

原来，很久很久以前，肤色是人类自我保护的一种方式呢。

我们的祖先最初居住在阳光毒辣的非洲地区。他们的灵长类祖先是浅色皮肤，但覆盖着深色的毛发。深色毛发可以保护皮肤免受阳光中紫外线（UV）的伤害。因为紫外线可能伤害或杀死皮肤细胞，导致晒伤或者患上皮肤癌。过多的紫外线也会破坏人体内的维生素B。人体内健康的神经系统离不开维生素B，妈妈们需要维生素B才能生下健康的宝宝。随着进化，人身上的毛发变得比其他灵长类动物要少得多，所以，人类必须利用其他方法来保护皮肤。随着时间的推移，为了阻挡紫外线，人类的皮肤开始产生更多的黑色素。增加的黑色素不仅保护了人类祖先的皮肤，阻挡了非洲阳光中强紫外线的辐射，而且让人们的肤

色越来越深。

好光线，坏光线

后来，人们渐渐地开始搬离非洲，搬到世界其他地方居住。一些人搬到了气候寒冷、日照较少的地方，在这些地方住久了，人们的肤色开始慢慢变浅。很多科学家提出疑问：既然黑色素可以阻挡阳光里的紫外线，为什么人们的肤色不一直保持深色呢？

原来，并非所有的紫外线都对人体有害。事实上，有些紫外线是维护身体健康所必需的。当这些紫外线照射在皮肤上时，紫外线与皮肤发生反应，产生维生素D。维生素D可以促进人体血液吸收钙质，帮助骨骼生长并保持强壮。因此，黑色素一方面保护皮肤免受过多有害紫外线的辐射，另一方面也在阻挡人体吸收需要的紫外线来产生维生素D。

在阳光较弱的地区，比如北欧国家挪威和丹麦，当地人皮肤颜色很浅，所含黑色素较少，这有利于吸收更多的紫外线，获得足够的维生素D。在这些地区，如果肤色较深，大量的黑色素会阻挡本来就不充足的阳光，人体就无法产生足够的维生素D。因此，与浅肤色的人相比，为了获得相同数量的维生素D，深肤色的人需要花5倍的时间来晒太阳。总而言之，皮肤的颜色要保证我们的身体吸收适量的阳光，这个量既可以制造出足够的维生素D，又不至于损伤皮肤细胞、破坏维生素B。

彩色世界

现在你明白了各种不同肤色的来历了吧？那是在数万年前，人类搬离非洲、远离赤道的强烈阳光后开始形成的。如今，在世界的各个角落，人们肤色各异——气候炎热的地方也有肤色浅的人，寒冷的地区也有肤色深的人。一个群体要在同一个地方居住数代，他们的肤色才会产生变化。现代人迁徙如此频繁，以至于肤色根本没有机会发生适应环境的变化。

我们不能凭借肤色来判断一个人的喜好、聪明与否、举止如何，甚至不能凭借肤色来辨别一个人是亚洲人、非洲人还是美洲人。但是，肤色不仅能保护我们免受紫外线的伤害，而且可以让我们思考：很久很久以前，我们的祖先来自哪里？

阳光下的皮肤

黑色素是皮肤的最佳“防护墙”，可以保护皮肤不受阳光伤害。我们晒太阳较多时，皮肤产生的黑色素会稍稍变多，这样我们就被晒黑了。那么我们为什么不会越变越黑呢？因为专门产生黑色素的黑素细胞，只能产生比平时多一点点的黑色素。

当紫外线照射过量时，没有足够的黑色素进行抵御，你就会被晒伤。哎哟！要避免被晒伤很简单，把皮肤遮起来，戴帽子，擦上高效的防晒霜。防晒霜的成分就像人造黑色素一样，可以反射有害的紫外线。即便是肤色深的人也有可能被晒伤，所以记住，在强烈的阳光下要遮住皮肤哦！

Do You Smell?
你的味道

作者：凯蒂·恩金（Katie Engen）
译者：万学

无论你怎么冲洗身体，你也洗不掉身上的味道——体味（或体香）。这是因为你的体味来自构成你免疫系统的分子，这些分子进入到你的汗液中，同居住在皮肤里的细菌混在一起，形成一种专属于你的体味。不只别人的鼻子可以闻到你的气味，电子鼻也可以嗅到，甚至可以查出你的身份。让我们一起来看看为什么有体味也是一件幸事！

鼻子了解你

新生儿和妈妈能够在分娩后10分钟到24小时内辨认出对方的体味。兄弟姊妹之间也能够相互辨认出体味（当然，臭袜子的气味不包含在内）。很多成年人靠嗅觉从具有不同体味的人当中选择合适的结婚对象。但是，这并不意味着他们喜欢异味，只是被对方的味道吸引。如果父母双方具有截然不同的体味，可能会给孩子带来超级免疫力。

嗅觉细胞

吸一口气，有气味的物质（化学分子）就会钻入你的鼻腔，最终黏附在鼻孔内壁的鼻黏膜细胞上。等到气味分子溶解，蛋白质就会把它们传送到鼻腔内的1200万个嗅觉受体上。嗅觉受体位于名叫“嗅觉上皮”的细胞组织内部。就像3D条形码一样，每一种进入上皮细胞的气味分子，只能激活某些特定的嗅觉受体。

每个受体会将它接收到的气味分子转换成“气味数据”。这些数据会被输送到大脑的不同部位，并同其他的感官输入信息结合起来。气味数据还能激起大脑边缘系统中的记忆、情感和动机。嗅觉是唯一具有这种强大的潜意识联系的感官。所有这些信息会在大脑额叶皮质中进行整合，因此鼻子后面的人能够识别气味并对它做出反应：草莓怎么样？好吃！臭鸡蛋又如何呢？恶心！

全天候“嗅觉卫士”

一闻到烟味，你就会想拉响火灾警报器，除非你还闻到了烤肉酱的气味，那么你就会马上拉过一把椅子坐下，开始大快朵颐。在吃烤肉的过程中，80%的气味来自你的嗅觉。你有与朋友或家人去野餐的经历吗？研究表明，奶奶身上的气味可能会让你情绪提升，吸引你逗留更长的时间。然而，青少年的体味似乎咄咄逼人，让你只想吃完就走人。

气味的广泛应用

气味远不仅是鼻子的嗅觉对象这么简单。教育工作者利用某种香味来提高学生的记忆力；医生知道某些气味似乎能够缓解癫痫病患者发作时的症状；军事研究人员正在用“恶臭汤”（人闻了之后就会发生严重的呕吐）研制非致命性的武器；公司雇用嗅觉敏感的香味测试员工来确保每一批咖啡、冰激凌等产品都是同样的美味可口；香料商训练有素的鼻子，能让他们的招牌香水香味经久不变。

电子鼻

不过，专业嗅探者的鼻子并非百试百灵，这就是为什么研究人员要结合生物学、电子学和软件，研制出“电子鼻”（简称E-Noses）的原因。有些电子鼻非常灵敏，但是它们要么体积太大，要么价格太昂贵，不适合应用到日常生活中；有些电子鼻是便携式的，而且价格也比较合理，但并不是那么灵敏。不同大小或形状的电子鼻都是用来处理特殊任务的。

★**医用鼻**　在医学方面的应用包括为癌症患者、精神疾病患者、糖尿病人以及肝功能衰竭者做呼吸过滤。此外，人体器官和体液方面的问题也可能被检测出来。

★**侦查鼻**　军方可以用来甄别已知的恐怖分子。警方用在案发现场发觉的气味来确定犯罪嫌疑人。

★**探查与搜救电子鼻**　环保人士用来追踪有毒废弃物和石油泄漏处。检查员用来检查工厂和汽车的排放物。灭虫员则用来查明家居有害虫鼠的具体位置。电子鼻还可以在灾难现场的瓦砾中用于搜救，它搜救的范围远远超出了搜救犬50米的极限深度值。

★**嗅出身份电子鼻**　在不久的将来，电子鼻可能会吸收人们留在门把手、方向盘或者是电脑鼠标上的气味。经过两天的气味数据收集后，电子鼻就会锁定气味主人的气味。这种气味可以成为开锁的钥匙。

随着研究人员持续在气味研究方面取得成功，气味科学一定会改变人们怀疑“气味研究是哗众取宠”的态度。

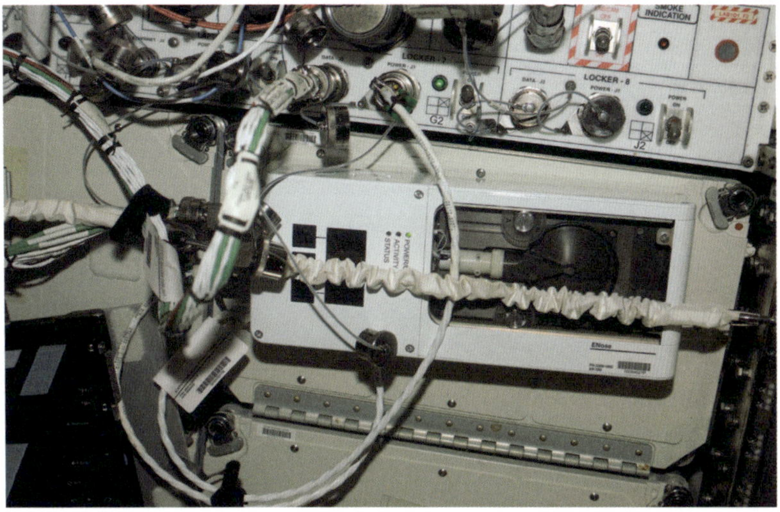

在国际空间站第18长期考察组的考察任务中，美国“命运”号实验室中安装的电子鼻主要用于探测宇航员驻地由于泄漏带来的空气污染。

> **癫痫病患者：**
> 受癫痫病困扰的人。癫痫病是由大脑的异常性活动引起的一种神经障碍性疾病，有时会伴有抽搐或者失去知觉的现象。

> **糖尿病：**
> 这是一种代谢性疾病，主要症状是持久性口渴和过度地排尿。

Tools to Examine Your Body

探索身体的工具

作者：卡拉·基洛·麦卡拉弗蒂（Carla Killough McClafferty）
改写：阮健
绘者：鲍勃·伯德（Bob Byrd）

1895年的11月，威廉·伦琴（Wilhelm Rontgen）博士独自在他的实验室里埋头工作，他试着让电流穿过一个真空玻璃管。这个被称为“克鲁克斯管”的家伙可以产生一束电子流，也称“阴极射线”，能令真空管发光。伦琴把屋里的光线调暗，用一个黑色的硬纸板将克鲁克斯管包了起来，以此进一步研究阴极射线。然后，他接通了电源。

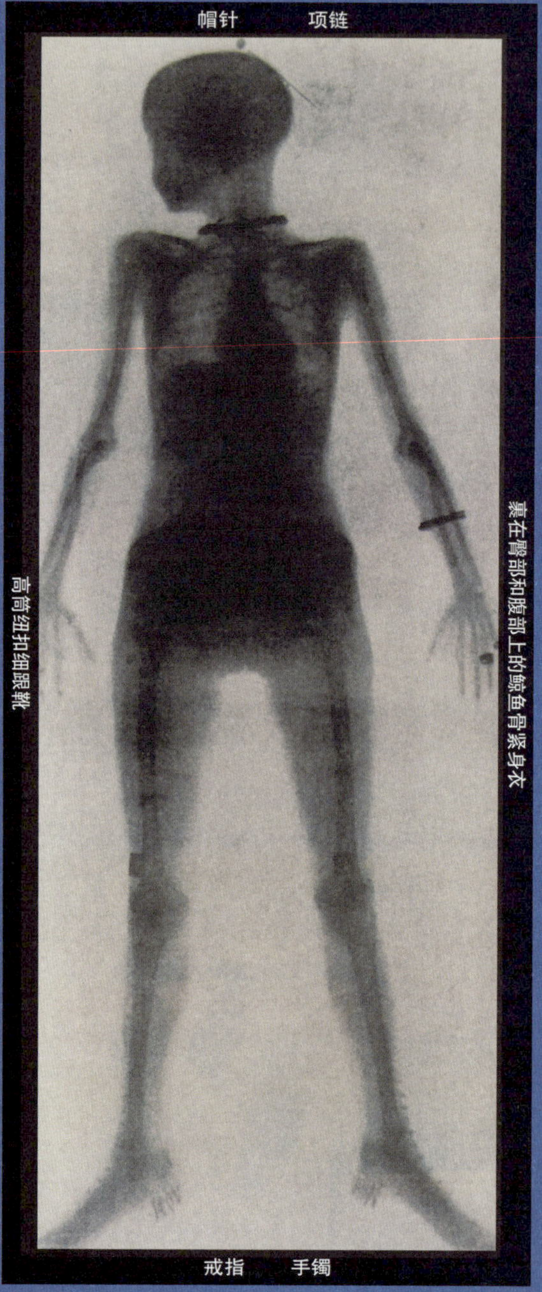

这是第一张为活人拍摄的全身X光图（摄于1907年）。你能找出这位女士身上的每一件东西吗？你能认出她的心脏和肝脏吗？

当电流通过克鲁克斯管时，管外的硬纸板上并没有光透出，但伦琴发现黑暗中有一道黄绿色的光在闪烁。光线来自放在他工作台上涂有荧光化学制剂的一张纸。

这个发现令伦琴既惊讶又好奇。他接通电源，然后关掉，以确信是克鲁克斯管促成了纸的发光。某种能量从管子传出，穿透了硬纸板，令纸发光。

伦琴拿起一张信纸，挡在管子和有荧光涂剂的纸之间，结果有涂剂的纸仍然会发光，可是看起来纸前面什么都没有。他又把一本厚书挡在荧光纸前，荧光略微变暗了，但仍然在发光。

伦琴把手边的东西都进行了一一尝试：扑克牌、橡皮、玻璃等。无论他在管子和荧光纸之间放什么，纸都依旧发光。

图坦卡蒙的X光照

X光不仅仅可以用来检查活人的身体内部，还被科学家用来查看木乃伊里面是不是藏着什么秘密，比如有没有珠宝或是宗教手工艺品之类的。要知道，打开木乃伊外面包裹的绷带，可能会损坏它哦。

最近，科学家看到了法老图坦卡蒙的木乃伊（埃及最著名的木乃伊）内部的情况。科学家利用几百束X光进行分层成像扫描，也叫CAT扫描。通过扫描图，科学家能够估算图坦卡蒙的智齿生长情况，确认他死的时候大概有19岁。扫描图还显示，和此前一些人的猜测不同，图坦卡蒙并不是死于脑部重击。

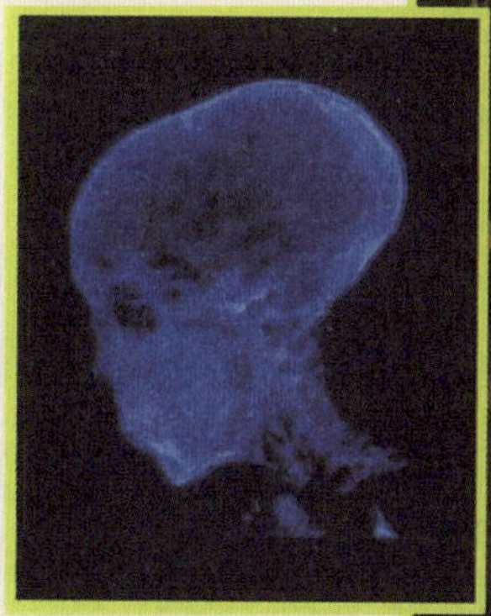

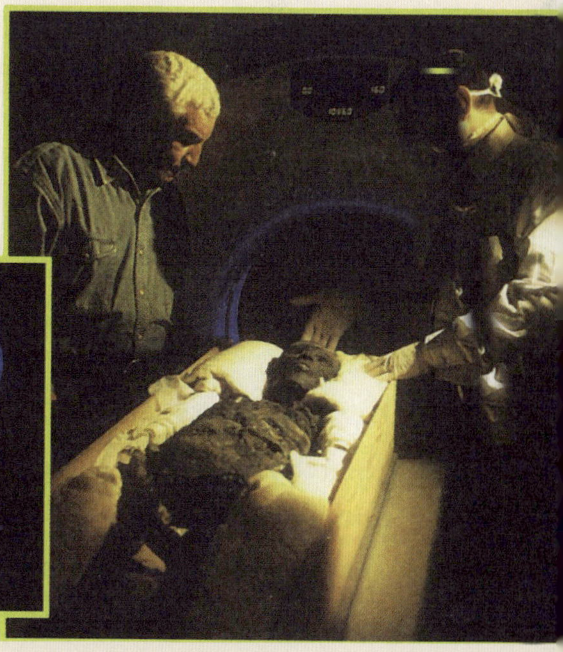

最后，他拿起一片铅，放到荧光纸前。这下，纸不再发光了。正当他用手指夹住铅，研究铅映在纸上的影子时，他看到了史无前例的景象——他手指的骨头。

克鲁克斯管发出一种新的射线，它可以穿过伦琴的血肉，将他骨头的影子投射在纸上。伦琴不知如何称呼这种神秘的射线，于是称其为“X射线”，这是因为“X”在数学符号里代表未知数。

未知的“X”

如今，在医院做身体检查中照X光已经是很平常的事了。要是你曾不小心弄断过骨头，那你就一定照过X光。医生也可能用X光检查过你的牙齿。但当伦琴第一次用X光给妻子手部拍照时，伦琴夫人吓坏了。看到自己的手骨和结婚戒指留下的恐怖影子，伦琴夫人以为自己快要死了。

其他听说X光的人也是既困惑又害怕。大家都传言X光可以穿透衣服，于是人们担心他们走在街上的时候，偷窥狂会用X光照相机看到他们不穿衣服的样子。

伦敦一家商店甚至卖起了防X光内衣。一些人还想象学校是不是可以用X光将信息植入到学生的脑袋里。其实，X光是干不了这些事情的。

尽管有种种担心，但X光图像还是吸引了大家的目光。X光摄影室随即开始出现，人们蜂拥而至，拍摄“骨头的画像”。随后，医生意识到了这种新装置的价值。在伦琴发现X光之前，医生除做外科手术外，是无法“看到”病人身体内部情况的。使用X光后，医生再也不需要通过猜测来判断病人是否骨折，或者设想身体里的子弹和其他异物的位置了。早期X光帮助医生找到孩子吞下的钉子并将其安全移除。胸部X光可以帮助医生确认病人是否患有肺结核。这是多么了不起的进步啊！

伦琴博士为他夫人照射的手部X光片。

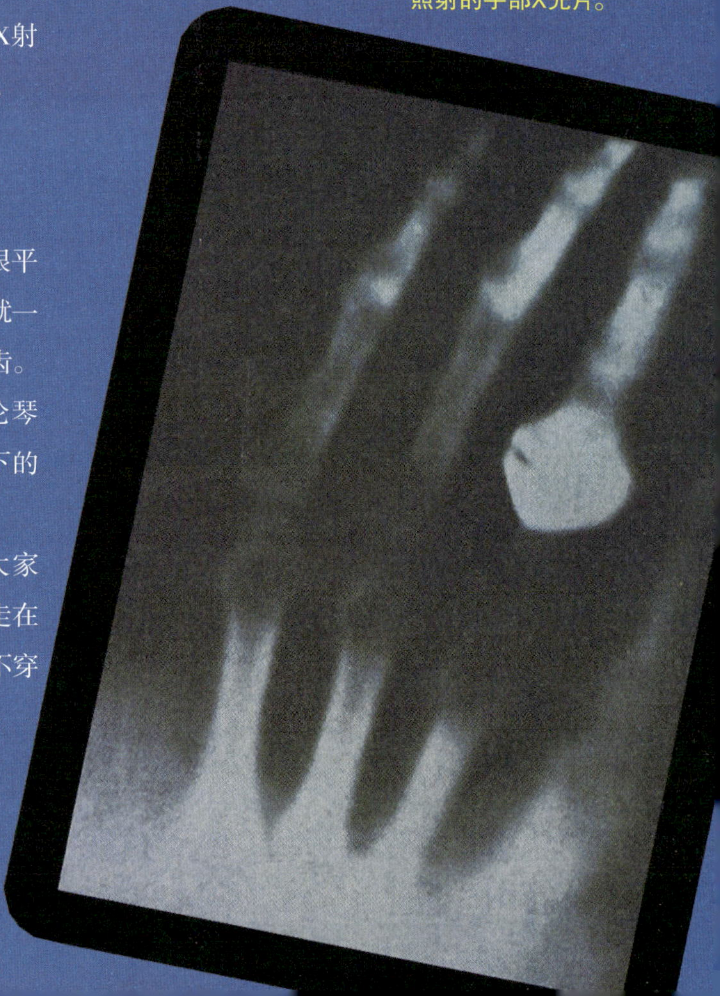

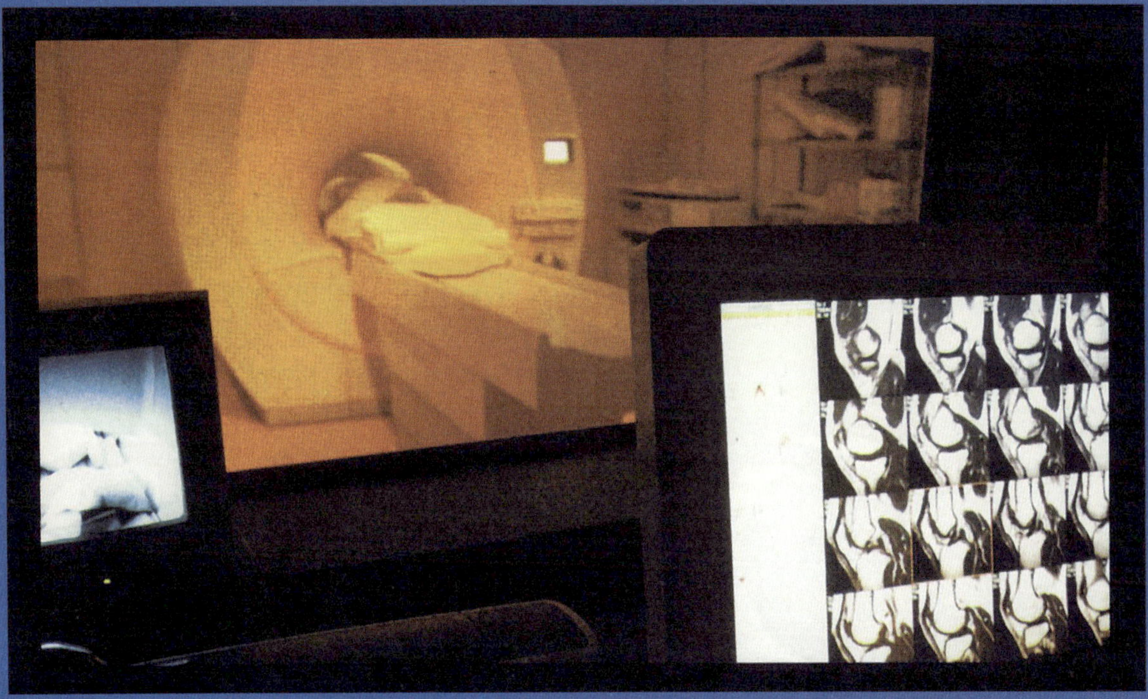

简单的一张X光照片就能让医生发现骨头是否断了。但要是他们想检查你骨头以外的部分，他们该怎么办呢？这时，医生可能会求助于电磁波和无线电波了。图片中，医生正在仔细检查病人的膝盖。这里的磁力非常强，金属物品都必须拿出去，否则就会被吸进机器里。

你身体里的照相机

伦琴的发现至今都具有重要意义，但人们已经不完全依靠X光来观察身体内部了。准妈妈会做超声波检查，这种检查可以安全地显示体内胎儿的成长。磁共振成像（MRI）用强力的磁体替代X光。

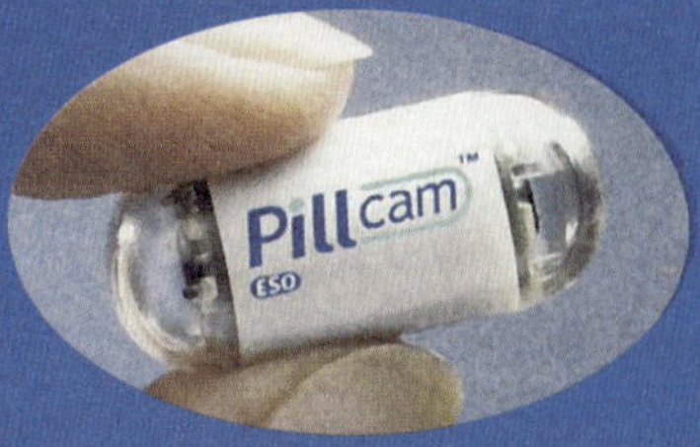

如果你真的想深入到身体内部去看看，那就吞下摄像胶囊（Pillcam）吧，这台微型照相机从你身体内部观察你的身体。它像正在度假的游客一样，在你体内到处留影。8小时内，它可以向一台录像机传递5万幅图像，医生可以像看录像一样观察你的身体。“旅行”结束后，摄像胶囊将随着病人的排泄被排出体外。

放心，摄像胶囊不会回到医院被再次使用的，它们被水冲走了。

Under the Microscope
显微镜下的身体内部

编译：王惠贤

这些照片是用高倍显微镜拍摄的，你可以非常清晰地看到最微小的细胞结构。你身体的哪些部位有这样奇异的图像呢？请阅读下面的提示，然后猜猜看。

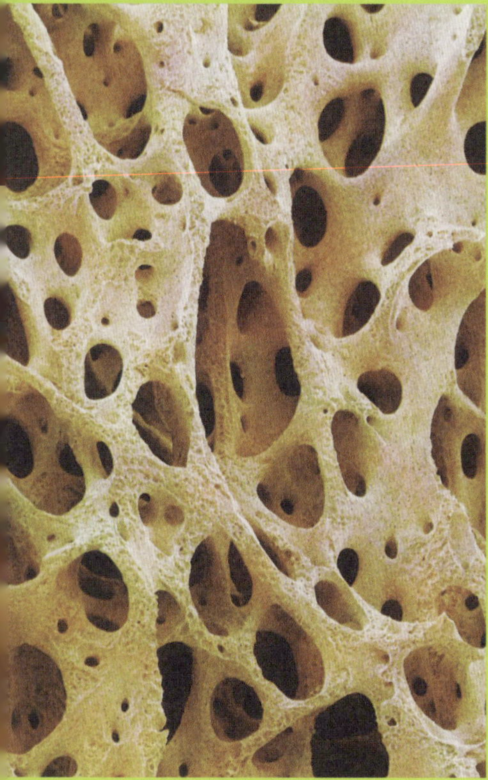

下面这些绿色的微生物有些可以让你生病，不过也有一些对身体没有伤害，甚至还有一些微生物可以促进消化。这些微生物是什么呢？它们又在身体的哪个部位呢？

小肠中的细菌。健康的肠道中有很多细菌，其中一些细菌可以帮助分解食物。

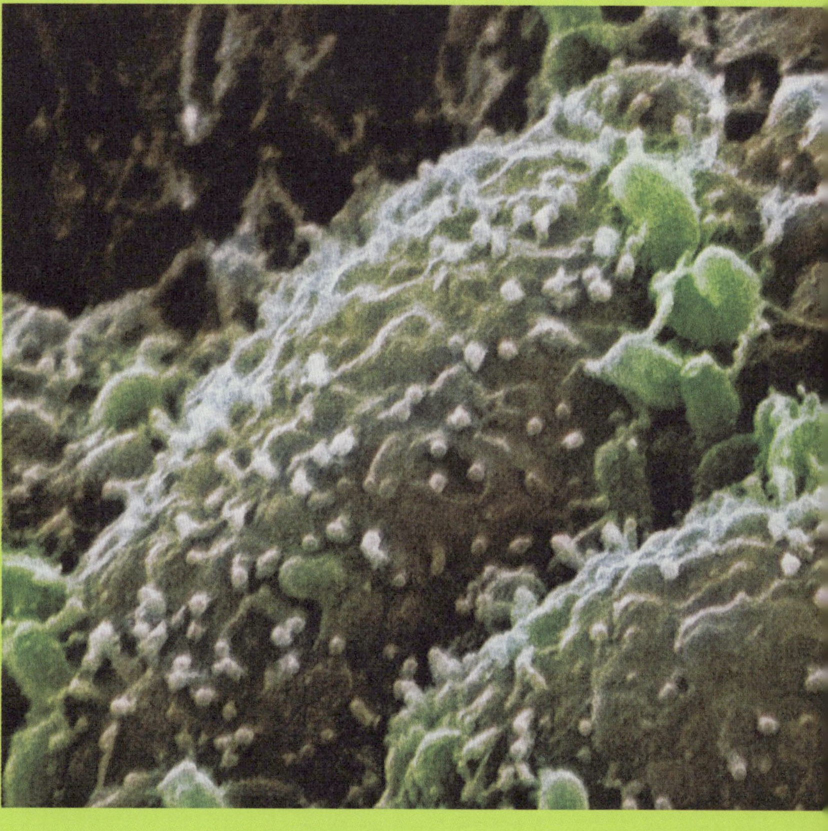

这个组织看起来像是瑞士奶酪，却有着强大的韧性。该组织上的那些孔使组织自身的重量很轻。身体的哪个部位有这些海绵状的组织呢？

骨头内壁。

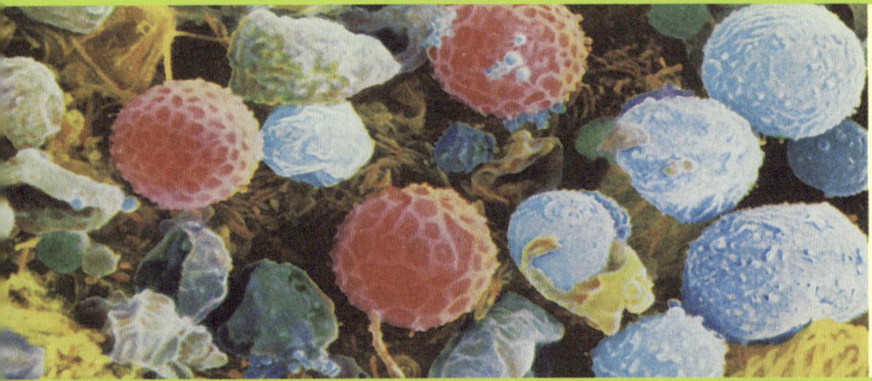

如果你得了花粉热，那么这些粉色的像足球一样的小球就是致病的物质。这些物质叫什么？它们会侵袭身体的哪个部位呢？

花粉粒。它们会附着在尘埃或其他黏性物质上进入气管。

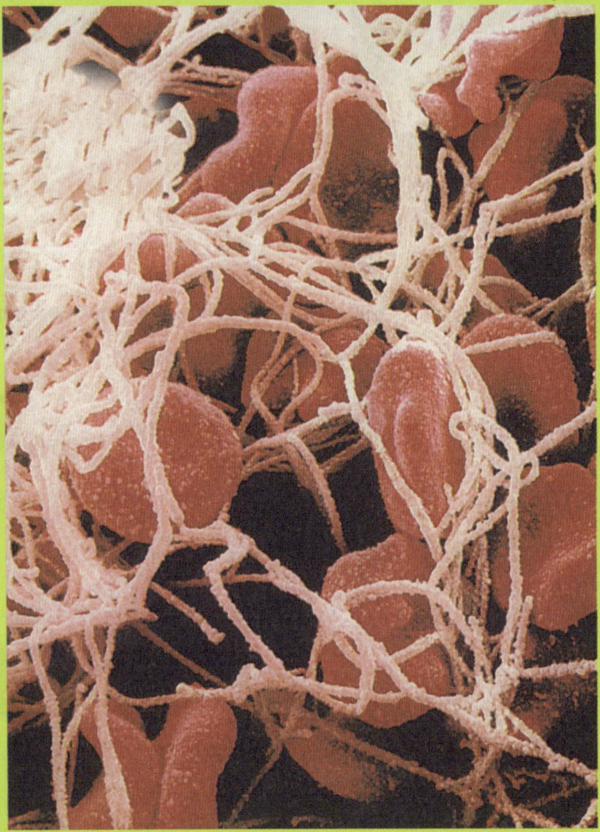

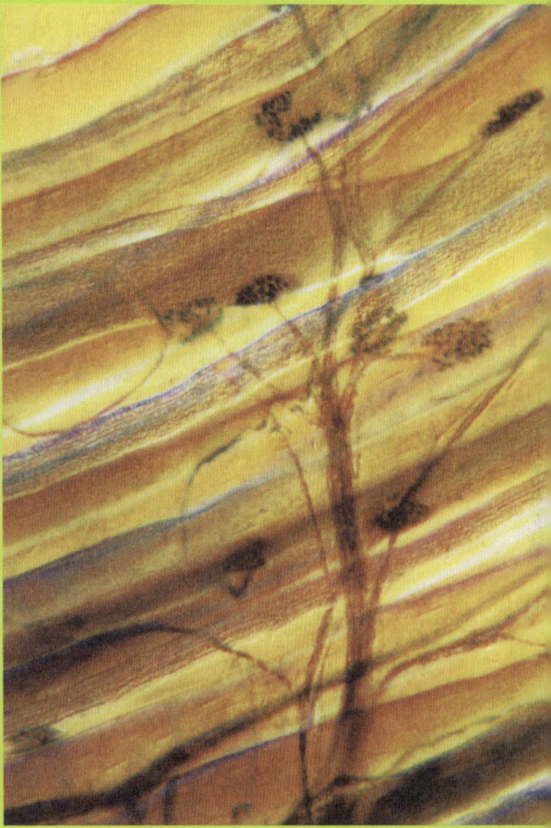

没有这些细线状的物质，你不小心被纸划伤的伤口也会流血不止。这些物质叫什么？

纤维蛋白。纤维蛋白形成一个黏网，以捕捉血块中的红细胞。

当你想要拍打苍蝇的时候，大脑会把这个信息传达给图中的那棵“小树”，然后周围的肌肉层会移动你的手臂。那棵“小树”叫什么？

神经细胞或者神经元的分支以及组成肌肉的条状纤维。

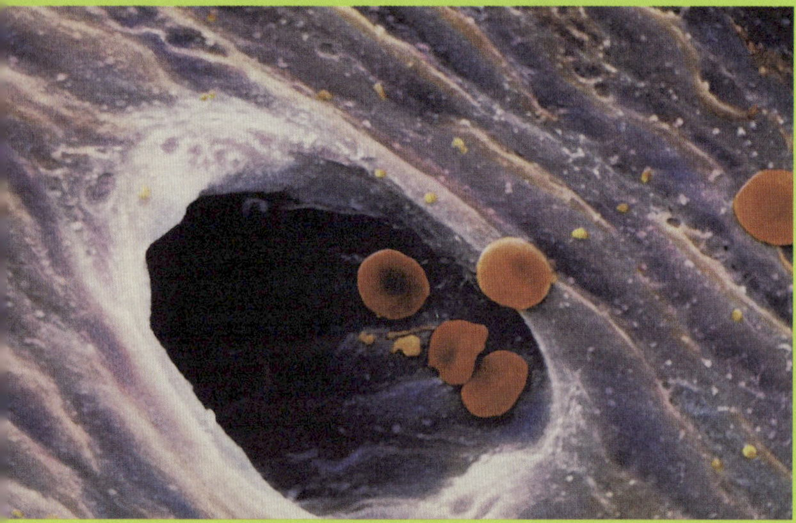

这些蜘蛛网状的物质使你不至于从平衡木上摔下来或者笨拙地踢足球。这些物质叫什么？它们存在于身体的哪个部位？

神经细胞。它们存在于小脑中，小脑起着控制平衡和协调肌肉的作用。

这些红色的圆盘在玩“追随领袖”的游戏。每个圆盘每天可以游动14千米左右，把氧运载到身体的各个部位。这些圆盘叫什么？它们要去哪里？

红细胞。它们要从大血管流进小血管。

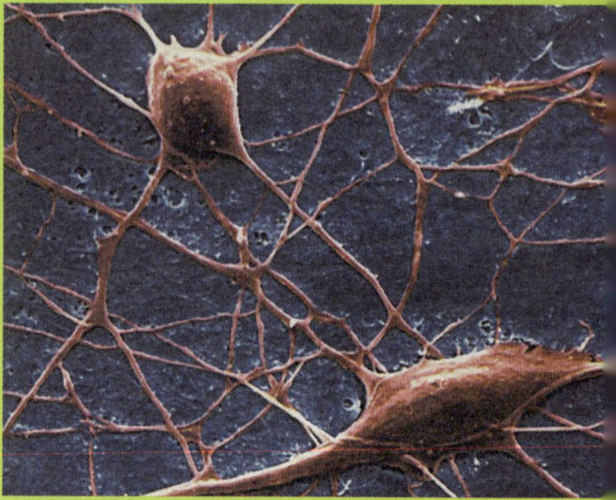

这些褶皱会吸收并充分利用食物中的营养物质。这些褶皱在身体的哪个部位？

十二指肠肠壁，十二指肠位于小肠的顶端。

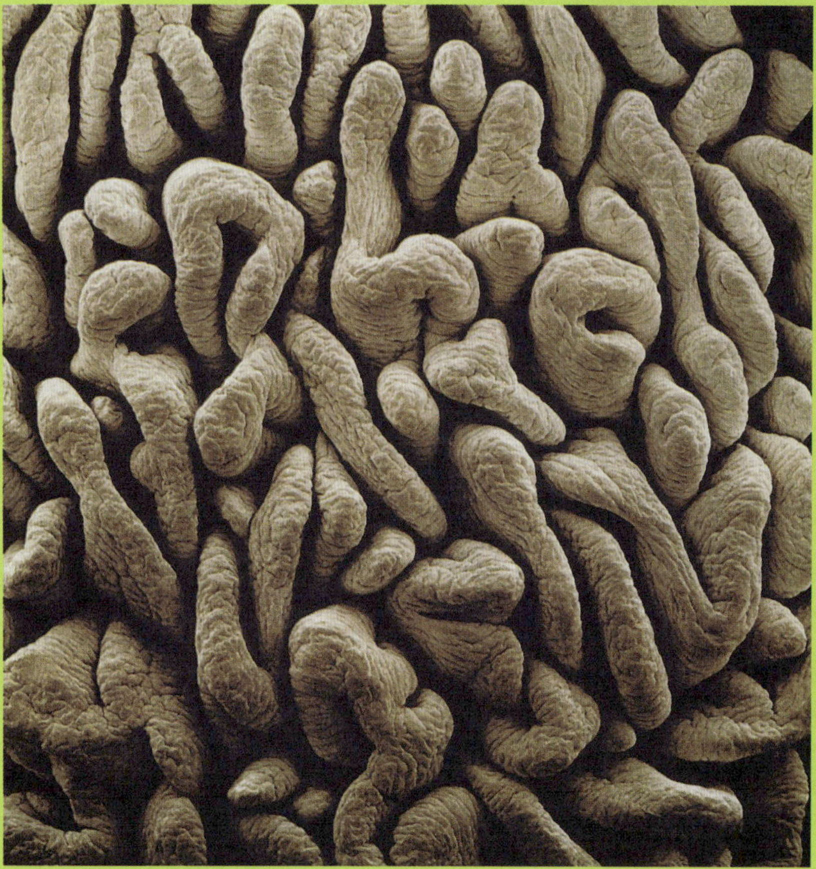

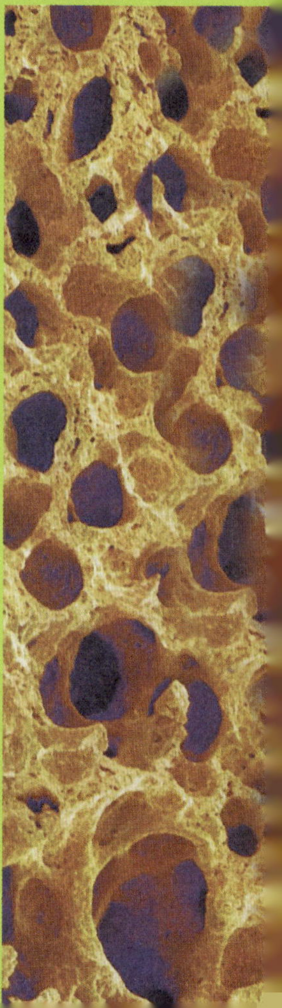

黏液会吸附人们吸入体内的尘埃和其他微粒，然后这些细微的绿色细胞会把带有尘埃和其他微粒的黏液排出体外，保持呼吸通畅。这些黏液在身体的哪个部位？

气管里。

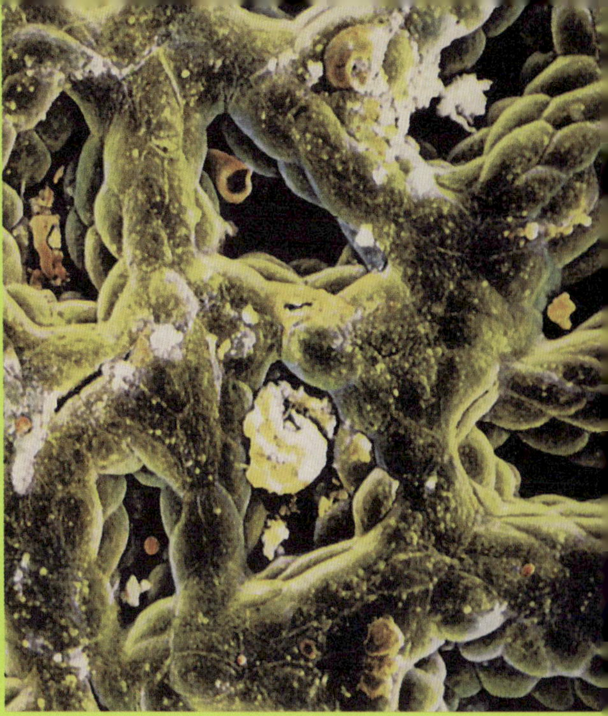

每个黑色的凹陷里，特殊的细胞会分泌出各种酶和酸，以分解食物。这些凹陷在哪里？

胃里。

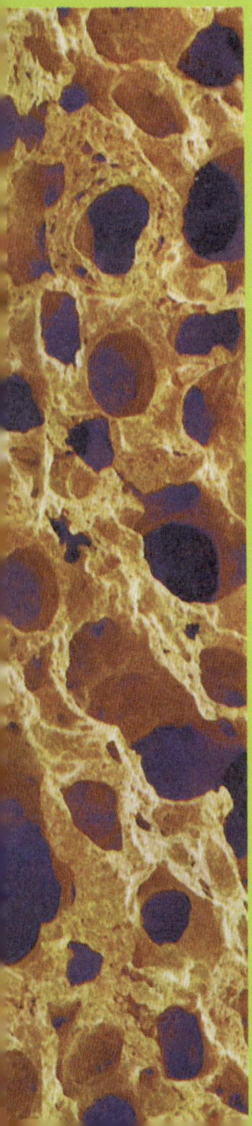

这种海绵体吸收的是空气，而不是水。它在身体的哪个部位？

肺里。血流经过这些气穴附近时，释放二氧化碳，吸收氧气。

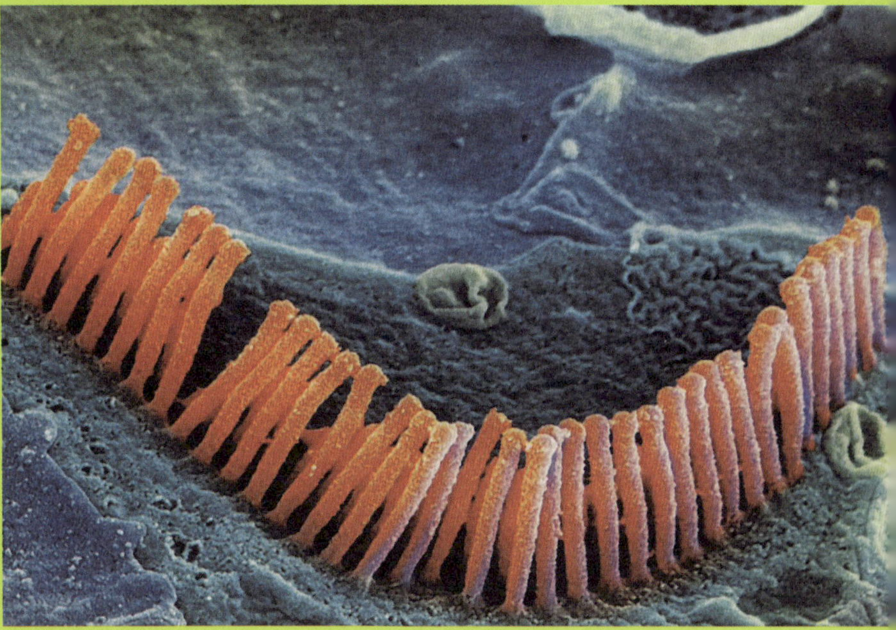

声波能使这些“茸毛”摆动，这种摆动会转变成美妙音乐或者婴儿哭声的电信号。这些“茸毛”在身体的什么部位？

内耳。

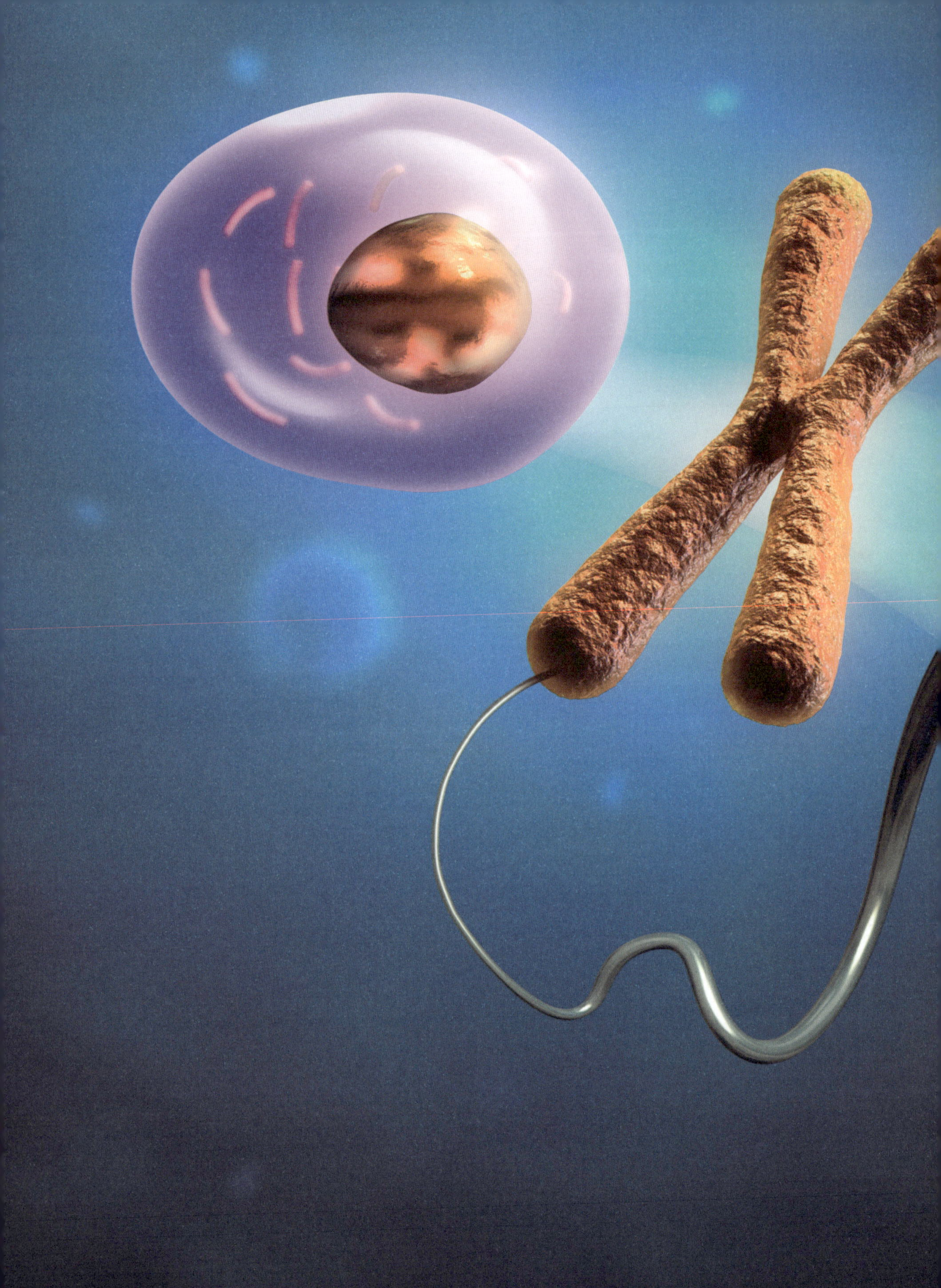

构筑生命大厦的“砖头”

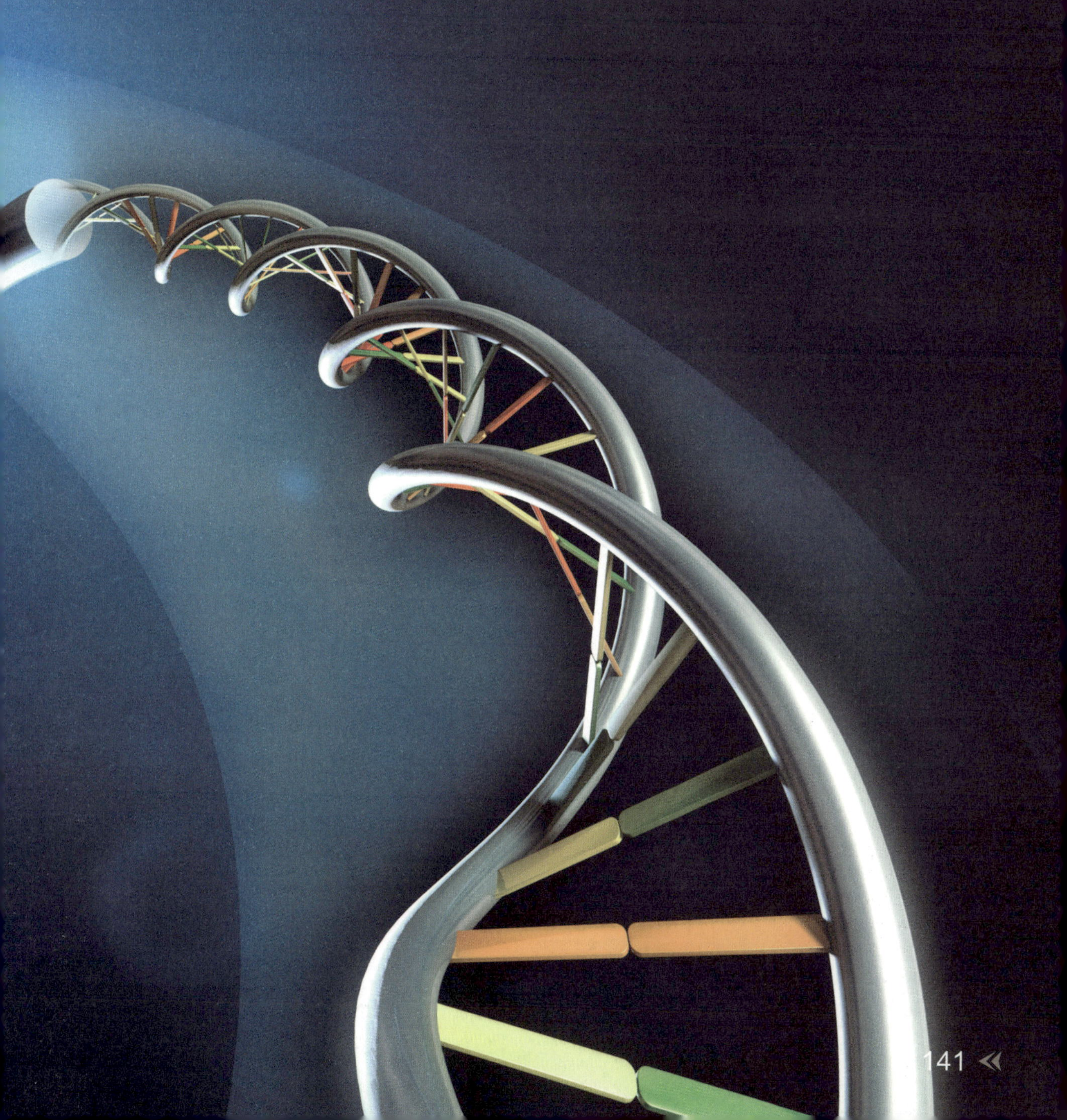

Story about Cell
细胞探微

作者：周艺

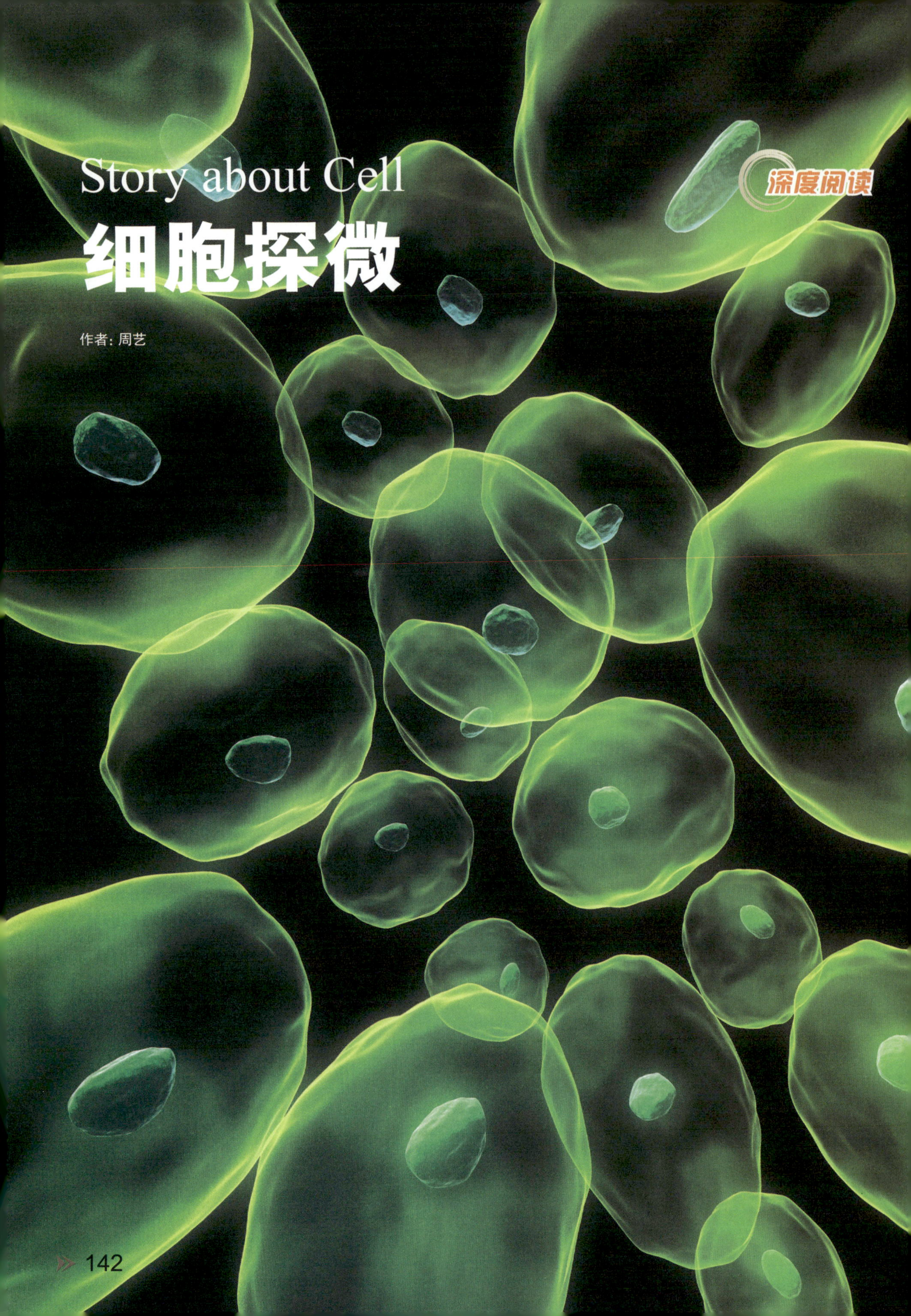

你能否想象，在你的生命开始时的那一刻，你是什么样子的?

那你是否知道，你是由什么组成的?

或许你已经猜到或者知道答案了，那就是：细胞!

受精卵细胞分裂过程示意图

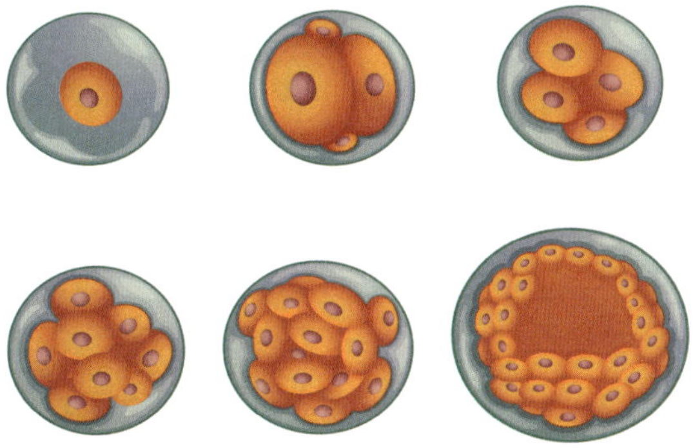

当一个来自你父亲的细胞与另一个来自你母亲的细胞结合形成受精卵时，你就形成了。起初只有1个细胞，然后开始分裂，形成2个新的细胞。这2个新的细胞又会进行细胞分裂，形成4个细胞。这4个细胞再次分裂，形成8个细胞……在开始的阶段，这些细胞看起来都很相似。而当形成的8个细胞开始分裂时，新形成的细胞就开始变得不一样了：一些细胞成为骨细胞，参与构成人体骨骼；一些细胞成为血细胞、肌细胞，有些肌细胞还进一步分化，形成心肌；还有一些细胞则成为神经细胞。你的身体中有超过200种不同类型的细胞。不同的细胞有不同的形态，因为它们需要完成不一样的工作。

几乎所有的生物都是由细胞构成的。其中一部分生物只由单个细胞构成，大部分生物是由多个细胞构成。成人的身体由60万亿~90万亿个细胞构成。哇，那是很多的细胞了！实际上，如果把一个人体内的所有细胞首尾相连排成线，大概可以环绕地球4.5圈。

细胞的发现

细胞是由英国科学家罗伯特·胡克（Robert Hooke，1635—1703）于1665年发现的。当时他用自制的光学显微镜观察软木塞的薄切片，放大后发现一格一格的小空间，就以英文“cell”命名之。这个英文单词本身就有一格一格小房间的意思，所以并非另创的词汇。实际上他观察到的仅仅是残存的植物细胞壁，细胞早已死亡。尽管他并没有看到真正的生命单位（因为无生命迹象），后世的科学家仍认为其功不可没，还是将他当作发现细胞的第一人。事实上，首先发现活细胞的是荷兰生物学家莱文胡克(Antonie van Leeuwenhoek)。

1674年，莱文胡克用自制的镜片，在雨水以及他自己的口水中发现微生物，他是历史上第一个发现细菌的业余科学家。

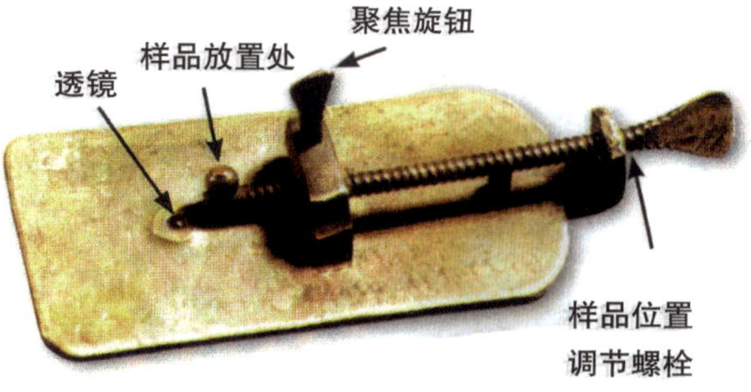

莱文胡克的显微镜，大约制成于17世纪后期。

1809年，法国博物学家拉马克（Jean Baptiste Pierre Antoine de Monet Lamarck，1744—1829）提出：“所有生物体都是由细胞组成的，细胞里面都含有一些会流动的‘液体’。”不过他并没有具体的观察证据支持这个说法。

1824年，法国植物学家杜托息（Dutrochet，1776—1847）在论文中提出，“细胞确实是生物体的基本构造”。因为植物细胞比动物细胞多了细胞壁，因此在观察技术还不成熟的时候，植物细胞比动物细胞更容易观察，这个说法首先被植物学家接受。

19世纪中期，德国动物学家施旺(Theodor Schwann，1810—1882）进一步发现动物细胞里有细胞核，核的周围有液态物质，在外圈还有一层膜，却没有细胞壁，由此，他认为细胞的主要部分是细胞核而非外圈的细胞壁。同一时期，德国植物学家施莱登（Matthias Schleiden，1804—1881）以植物为材料，获得了与施旺相同的研究结论。他们都认为“动植物皆由细胞及细胞的衍生物所构成”，这就是细胞学说的 基础。

在之后的10年，科学家陆续发现了新的证据，证明细胞都是从原来就存在的细胞分裂而来的。至21世纪初期，细胞学说大致上可以简述为以下三点：①细胞是一切生物的构造单位；②细胞是一切生物的生理单位；③细胞由原已生存的细胞分裂而来。

中国自然科学家李善兰1858年在其著作《植物学》中首次使用“细胞”作为“cell”的中文译名。

细胞的基本构造

如果我们都是由细胞组成的，那么细胞又是由什么组成的呢?

如果你观察你的家，你会发现它是由外墙包围而成。同样，所有的细胞都被一层名叫“细胞膜”的结构包围。细胞膜与你家的墙壁不完全一样，不过它也把细胞的结构都包围在内。细胞的这些结构被生物学家称为“细胞器”。

细胞膜上有特殊的结构，允许水和食物中的一些成分通过它进出细胞。在细胞膜表面的数千个地方存在着许多被称为“通道”“孔隙”的类似于“守门人”的结构。这些通道允许一些成分进出细胞，但不是所有的成分都可以自由地进出细胞。细胞只允许那些细胞功能所必需的成分进入。

细胞的基本构造有三个部分，除细胞膜外，还有细胞核和细胞质。细胞膜是细胞与它周围环境的屏障，各种物质进出细胞都靠这层膜来转运；细胞核对细胞质内蛋白质及酶的合成起着决定作用，也是细胞分裂不可缺少的部位；细胞质是发挥细胞功能的部位。

细胞核可分为核膜、染色质、核液和核仁四部分。核膜与内质网相通连；染色质位于核膜与核仁之间，主要由蛋白质和DNA组成。DNA是一种有机大分子，又叫脱氧核糖核酸，是生物的遗传物质。

线粒体是细胞的能量工厂，它位于细胞质中。这个细胞器将食物中的能量转变成ATP（腺苷三磷酸）分子。不同的细胞内含有不同数量的线粒体。需要完成大量工作的细胞内含有更多的线粒体，比如你大腿的肌细胞、心肌细胞等。其他的细胞完成工作需要的能量较少，所含有的线粒体数量就少。当然，细胞质中还含有大量的细胞器，比如说高尔基体、溶酶体等。它们都有着不同的作用，共同参与细胞的功能。

细胞很神奇，它们都是由相似的结构构成，但它们根据分化的不同可以完成不同的工作。一些细胞携带氧气到身体的其他部位，还有一些细胞则抵抗侵入人体的细菌和病毒。当你阅读这篇文章时，有些细胞将信号从你的眼睛传递到你的大脑。此外，有的细胞甚至能将太阳的能量转化成

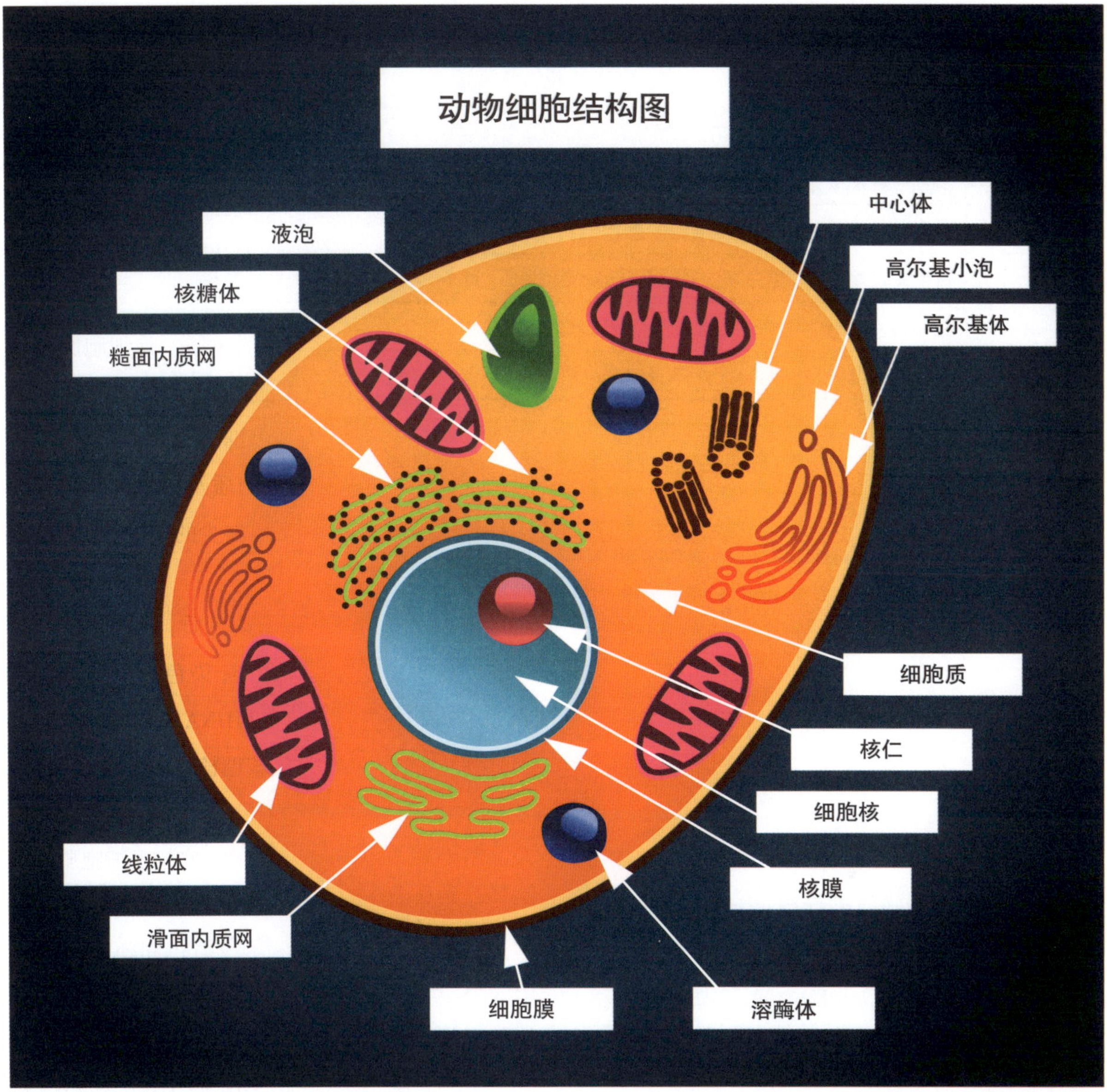

为食物，这被称为光合作用。细胞能够做的工作还有很多，细胞可以通过细胞分裂的过程产生新的细胞，这是其他组成结构所不能做到的。

构成细胞的元素

所有的细胞器都是由大分子如碳水化合物、脂肪、蛋白质、核酸（DNA或RNA）组成。

到2012年为止，总共有118种元素被发现，其中地球上有94种，但只有11种元素在生物体内大量存在。人体的构成可以从质量构成和原子构成的角度去考虑。为了阐述这两种观点，举个例子说明。水的质量占人体的70%，而在水中，氢的质量只占了11%，而氢原子的数量却占了67%。这样，人体质量主要由氧组成，但氢原子数量却占了人体原子数量的大多数。

人体内约99%的质量主要由6种元素构成：

构成细胞的六大元素

元 素	所占比例及作用
氧	占所有组织成分的65%，在能量生产过程中有着关键的作用
碳	占生命基本成分蛋白质、碳水化合物及脂肪的18.5%，组成细胞的基本结构
氢	占所有成分的9.5%，组成细胞的基本结构
氮	占生命基本成分（蛋白质、DNA及RNA）的3.3%；对于大多数机体功能非常关键
钙	在非骨性成分中占1.5%，可以作为细胞间的信使
磷	约占所有组成成分的1%，对于骨的形成非常重要；是细胞能量形成所必需的

氧、碳、氢、氮、钙、磷。只有约0.85%的质量是由其他5种元素组成：钠、钾、硫、氯、镁。这些都是生命所必需的元素。其余的元素都是微量元素，其中有超过12种的元素被认为是生命所必需的，或者对于机体健康有重要作用的（例如氟，可以使牙釉质变硬，但此外似乎没有其他功能了）。

细胞的生活

人体细胞周围含有液体，叫作组织液。细胞和组织液之间通过细胞膜进行物质交换，吸取氧气和养料，排出二氧化碳和代谢产物。各种细胞在物质交换的基础上进行新陈代谢，实现各自的机能，如肌细胞收缩、腺细胞分泌等。

细胞既然是生命的基本单位，故也有发生、成长、衰老和死亡的过程。我们身体里每天总有成千上万个细胞死亡和新生。对成年人来说，每天死亡细胞的数量与新生细胞的数量大致相等。儿童和青少年则不同，他们身上细胞死亡的数量少，新生的数量多，所以身体逐渐发育长大。当然，细胞的种类不同，其寿命的长短也不一样。有的细胞寿命很短，只能活几小时，如白细胞；有的细胞寿命很长，跟人的寿命大体相当，如脑和脊髓里的神经细胞。

细胞是活的，需要营养来维持生存。血细胞携带营养和氧气进入到你的身体。血液看起来是红色的，是因为血里含有红细胞。红细胞看起来是红色的，是因为细胞内含有一种名叫血红蛋白的化学物质。红细胞将氧气输送到身体内的其他细胞。没有氧气，所有的细胞都会死亡。当你吸气的时候，你会将空气吸入到肺中。血液中的血红蛋白通过肺脏细胞获取氧气，并通过血液流动将氧气输送给全身各处的细胞。同时，红细胞将细胞释放到血液中的二氧化碳通过血液流动带回肺中，通过呼气将二氧化碳排出体外。血液中还含有白细胞。白细胞是你身体的捍卫者，它们对抗可能使身体致病的细菌和病毒。当你的皮肤受伤并形成一个伤疤时，你会在过早揭开的伤疤下看到死亡的白细胞，它们看起来是白色或者绿色的。当你的皮肤损伤了，白细胞会一直与进入你体内的细菌相抗争。你的身体每分钟会新产生约1.5亿个血细胞，用于替代那些死亡的细胞。

每一天、每一小时、每一秒，生命最重要的事情之一就是你身体内进行的细胞分裂。细胞的分裂能力是生物体所独有的能力。细胞分裂的过程被称为有丝分裂。1个细胞分裂形成2个细胞，这2个细胞随后又进一步分裂形成4个细胞，以此类推。你和我都是从一个细胞开始的，当我们成年时，我们的身体有数十万亿个细胞。

有时候细胞失去了对细胞周期的调控作用，细胞就开始进行无法控制的分裂，最终在短时间内形成数量巨大的细胞。细胞的这种异常行为被称为癌变。

那么衰老的细胞会发生什么呢？

像我们一样，细胞也会衰老和死亡。当衰老的细胞死亡，新的细胞就会替代它们。例如，我们体内的一个血细胞的寿命约为120天。另一个例子是我们的皮肤细胞，大约每35天我们皮肤的细胞就会脱落并更新。别担心，我们皮肤的细胞不会像蛇蜕皮一样同时脱落的。对于人类来说，只有衰老的皮肤细胞才会脱落，其他的细胞则不会。

对你而言，这是一个让人惊讶的事实。如果你的皮肤细胞每35天更新一遍，那么当你20岁的时候，你身上的皮肤细胞就已经更新了约200遍了。你可以在下面看到我们是如何解出这道难题的。如果我们用一年的天数（365）除以皮肤细胞更新所需要的时间（35天），你就能看到每年皮肤细胞更新次数约为10遍（365÷35≈10.43）。

现在，如果你的皮肤每年更新次数平均为10遍，那么你就会发现在过去的20年你已经穿破了200张（10×20＝200）皮肤。

现在轮到你了，你有多少张皮肤？当你35岁和50岁的时候，你又将有多少张皮肤呢？

细胞就是这么微小而神奇地存在着，它用它的分裂、分化、衰老、死亡不断地维持着人体开展着的各项生命活动，而我们却丝毫未意识到它的存在。这是一个多么神奇的事实，你觉得呢？

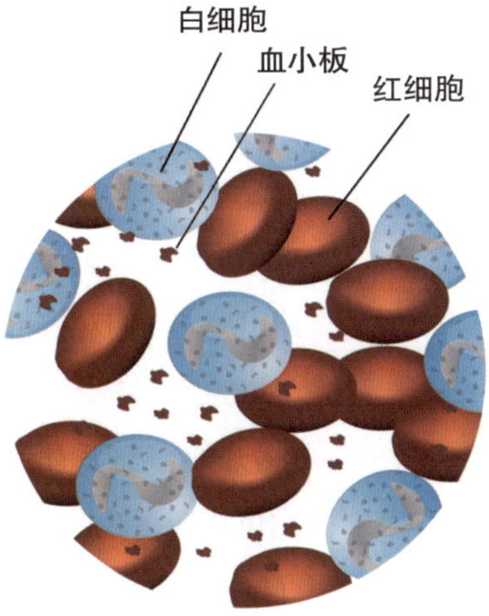

血细胞

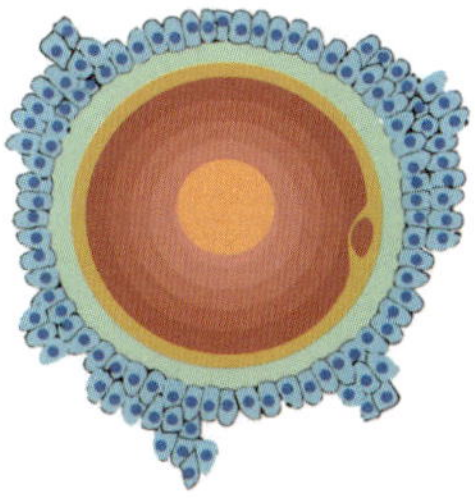
卵细胞

上皮细胞

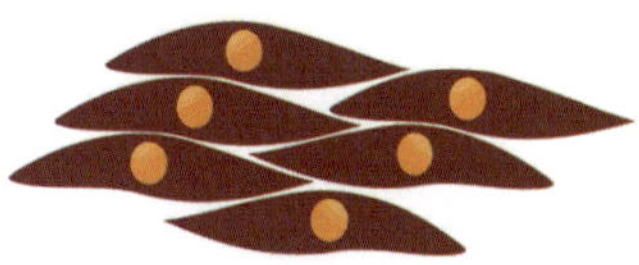
平滑肌细胞

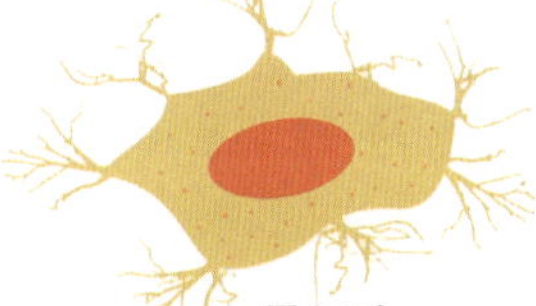
骨细胞

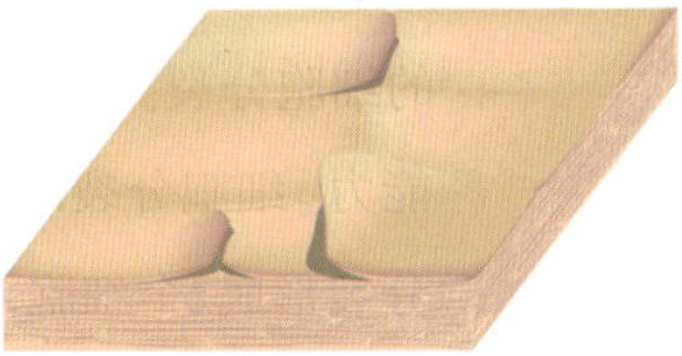
表皮细胞

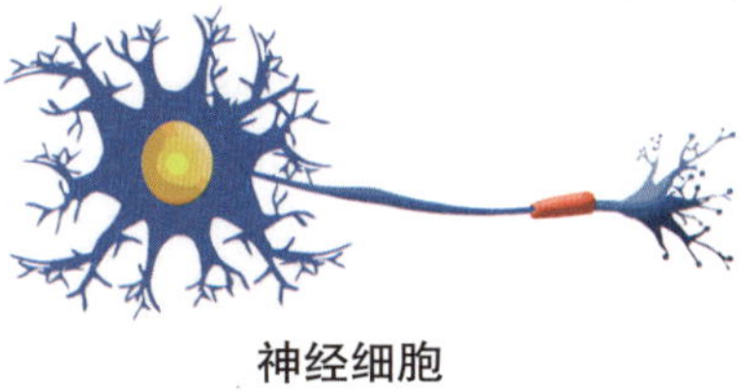
神经细胞

精细胞

A Perfect Twisted Ladder

神奇的“双螺旋梯子”

编译、撰稿：拉斐尔

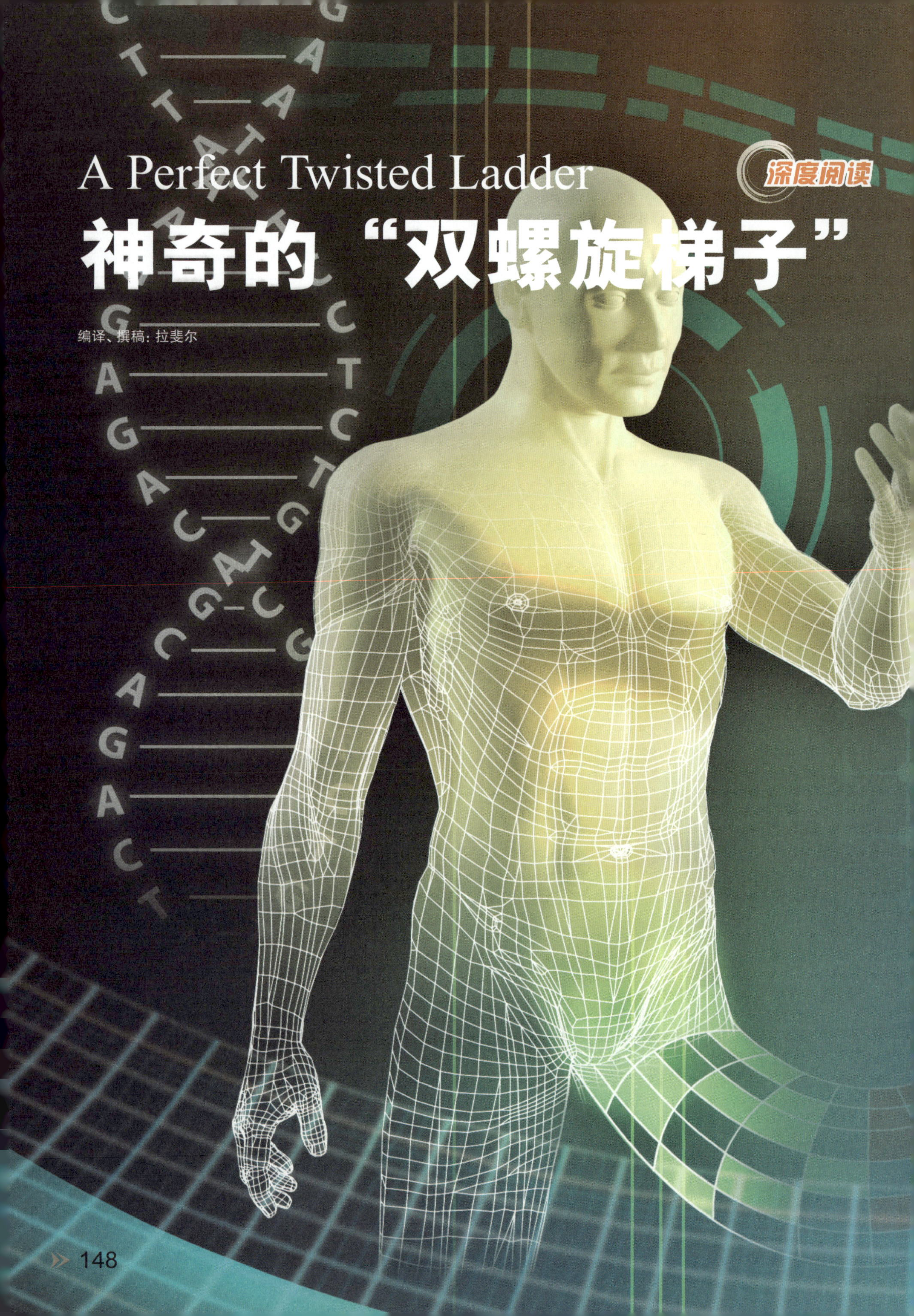

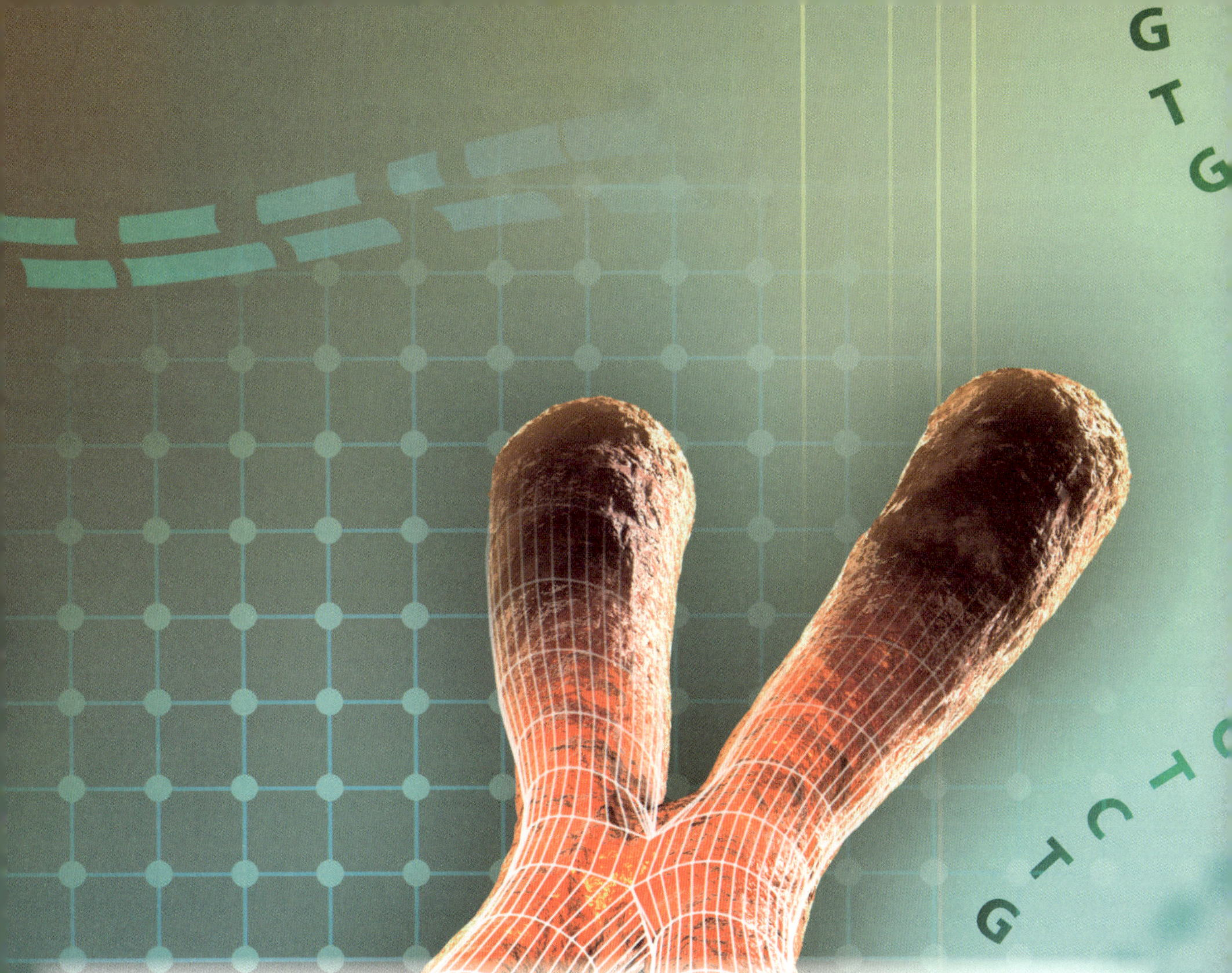

看这篇文章之前，请你先拿个镜子，看看你长得像谁，是不是依稀看到父母的影子呢？

你有没有听说过？科学家研发了一种新的检测方法，可以预测一个人将会患某种致命性疾病。

为什么会出现这种现象？这就是DNA（脱氧核糖核酸）的力量。

DNA的发现

现代科学实验证明，DNA是遗传物质的基础，即DNA分子是携带遗传信息的物质。但得出这个结论绝非易事，它经历了大约80年的时间。数十位科学家像跑接力赛一样，将DNA的面纱一层层揭开。

1856年，捷克布尔诺南郊来了一位奇怪的修道士。他在修道院的后面开垦了一块豌豆田，并且每天用木棍、树枝和绳子将豌豆苗“直立”起来，还用手驱赶传递花粉的蜜蜂和甲虫。附近的村民对他这一举动都很好奇。这个怪人就是孟德尔。原来他是为了研究遗传规律来到这里，从此开始了长达8年的豌豆实验！

功夫不负有心人。1865年，他发表论文《植物杂交试验》，提出了“遗传单位”（后称“基因”）的概念，确立了遗传的基本原理。但是他当时不知道有DNA的存在，更不知道用什么来解释基因。

经过研究，科学家发现染色体有可能是基因的载体。研究胚胎学的摩尔根基于孟德尔的理论，运用果蝇研究出遗传性状和性别的基因就在染色体上，它通过细胞分裂一代代地传下去。

1956年，美籍华裔遗传学家蒋有兴(Joe Hin Tjio)和列万(A. Levan)首次发现人的体细胞染色体类型数目为46条，标志着人类细胞遗传学的建立。46条染色体按其大小、形态配成23对，第1对到第22对叫作常染色体，为男女共有，第23对是一对性染色体，男女的性染色体不同。男性由一条X染色体和一条Y染色体组成XY，而女性则由两条X染色体组成XX。

细胞核里的染色体中含有很多物质，是哪一种起了作用呢？瑞士科学家米歇尔从细胞核里提炼出“核素”，她发现核素是核酸和蛋白质的复合体。随后德国科学家科赛尔将核素中的核酸水解，发现了核酸中的各种物质，并找出它们的作用。

1911年，科赛尔的学生，美国生物化学家莱文进一步研究核酸，发现核酸分为两大类：一类是核酸中含有五碳的核糖，称为“核糖核酸”（RNA）；另一类是核酸中五碳的核糖少了一个氧原子，称为“脱氧核糖核酸”（DNA）。

有人质疑，染色体主要是由DNA和蛋白质组成，里面的蛋白质也有可能是基因的载体。后来许多科学家进一步研究证明，从遗传观点来看，染色体中的蛋白质是多余的，DNA具有全部遗传的功能。生物舞台上一直处于配角的DNA从此一跃成为光彩夺目的主角。

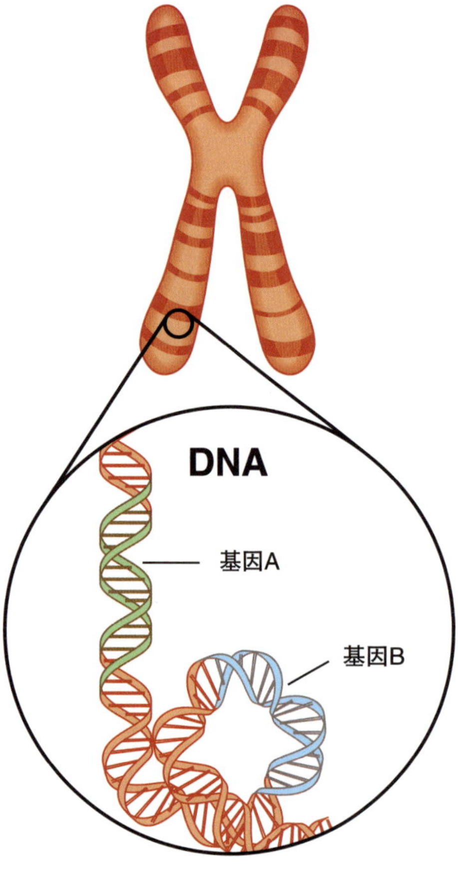

左图为染色体和DNA。DNA上的基因是指在DNA分子链上那些具有遗传效应的片段。

什么是DNA？

DNA的中文全名是“脱氧核糖核酸”，这个名字太难记、太拗口，又很难理解，所以我们用英文deoxyribonucleic acid的简称“DNA”来称呼它。

DNA在细胞的深处。动物细胞主要是由细胞膜、细胞质和细胞核组成，DNA就位于细胞核中的染色体上。

染色体是DNA存在于细胞内的载体，每一条染色体上含有一个DNA分子，每个DNA分子中含有很多个基因。染色体在显微镜下呈丝状或棒状，由DNA和蛋白质组成，在细胞发生有丝分裂时期容易被碱性染料着色，因此而得名。

简单表达它们之间的大小关系就是：细胞>细胞核>染色体>DNA>基因>碱基对。

基因是指在DNA分子链上那些具有遗传效应的片段。不同的基因其大小不一样，所包含的碱基对数目也不一样。基因可以通过复制的方式把遗传信息传递给下一代，可以使遗传信息得到表达，也就是使遗传信息以一定的方式反映到蛋白质的分子结构上，从而使后代表现出与亲代相似的性状。

基因还分为显性基因和隐性基因。“显性”，顾名思义就是显示出来，每个人与父母的外貌或者体征等相像就是显性基因的作用；“隐性”就是隐藏，虽然这些基因特征没有在身上显现，但他的身体里还有这些基因，在一定的规律下，这种隐性基因有可能成为显性基因。

多个碱基对组成了一个基因，多个基因分布在DNA分子中的各个段落，一条DNA分子链又是染色体的组成部分，于是我们也说是染色体决定了遗传。

DNA本身并没有生命，用遗传学家理查德·莱旺顿的话来说，它是“生命世界中最非电抗性的化学惰性分子”。这就是人们在谋杀案调查中能从干涸已久的血迹或精液中，甚至能从古代尼安德特人的遗骨中提取出DNA的原因。

DNA的样子

科学家已经知道，DNA为基因的载体，但它是怎样发挥作用的呢？他们想，如果能够知道DNA分子的形状就好了。但那个时候，显微镜还不能看到分子那么小的物质，所以他们利用X光线给DNA“拍照”。

当时有两组人员研究DNA构造，富兰克林和威尔金斯，沃森和克里克。1953年，沃森和克里克

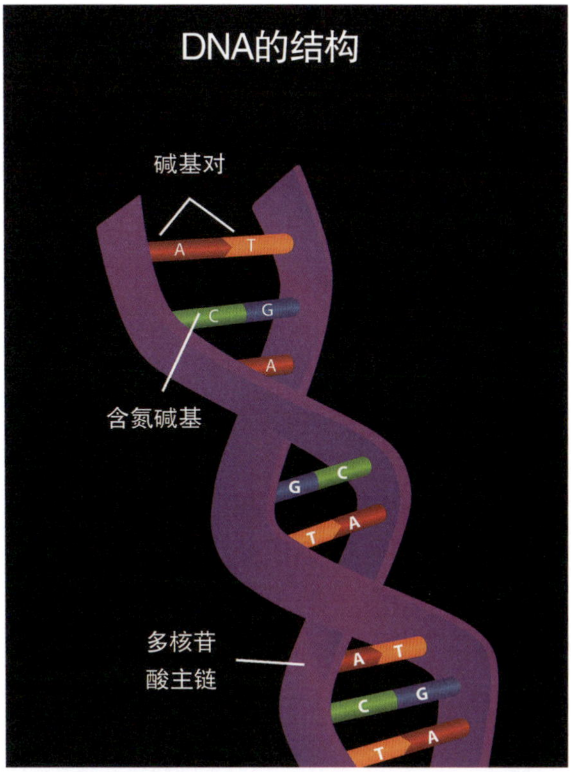

DNA中4个碱基A、T、G、C所组成的DNA数据，就像计算机中0和1构成的数据一样。DNA的所有工作都是由这4个字母决定的，这4个碱基顺序的不同决定了遗传信息的差异。

被允许观看富兰克林收集的X光片，他们看到了富兰克林和威尔金斯没有看到的东西。在其他科学家的帮助下，沃森和克里克意识到DNA的形状为双螺旋结构。

DNA很长也很细，如果你只拿出一个细胞里的DNA并连接在一起，那足足有1米多长，当然这些都要在显微镜下才能看到。1米多长的DNA挤在差不多每个细胞里，而你的身体含有几十万亿个细胞。那么，如果将你身上所有的DNA首尾相接连成一条细线，它的长度是地球到月球距离的好几倍。

沃森和克里克的研究发现，DNA由4种碱基构成，分别为腺嘌呤（缩写为A）、胸腺嘧啶（缩写为T）、鸟嘌呤（缩写为G）、胞嘧啶（缩写为C），每种碱基由不同蛋白质构成。由于化学性质的缘故，A与T配对，G与C配对。这两种配对之间的吸引，使两股DNA相互吸引，并在自然界的影响下，形成双螺旋结构。

DNA的复制

如果我们把DNA“拉直”，它就像一个梯子，梯子上的台阶是由四个字母中的两个组成，分别是A、T或者C、G。它们可不是随便排列的，任意的一段DNA中，A与T或C与G的比值是1∶1，而且梯子上必定是A与T相对，C与G相对。只要知道DNA中一边碱基的序列，就可以知道另一边的序列。

现在我们做一个小游戏，游戏规则是给它们配对。假如DNA的一边是AACGTCGAT，你是不是能够写出另一边呢？没错！另一边就是TTGCAGCTA。这就是DNA的复制。

DNA是一种长链聚合物，组成单位为4种脱氧核苷酸，分别为腺嘌呤脱氧核苷酸（dAMP，脱氧腺苷酸）、鸟嘌呤脱氧核苷酸（dGMP，脱氧鸟苷酸）、胞嘧啶脱氧核苷酸（dCMP，脱氧胞苷酸）、胸腺嘧啶脱氧核苷酸（dTMP，脱氧胸苷酸）。一个脱氧核苷酸由三部分组成：1分子含氮碱基+1分子五碳糖（脱氧核糖）+1分子磷酸根。核酸的含氮碱基又可以分为4类：腺嘌呤、胸腺嘧啶、鸟嘌呤、胞嘧啶。DNA则是由许多脱氧核苷酸按一定的碱基顺序彼此用3’，5’–磷酸二酯键相连构成的长链。

当细胞准备复制细胞内的DNA时，DNA螺旋状的双链像拉锁拉开一样开始松解，互相配对的碱基彼此分开。解链的同时双链的游离端分别按照碱基互补配对原则，将新的脱氧核苷酸吸引到相应的位置。当这个过程结束后，就会形成两个与解链前的DNA完全一致的DNA。像这种每一条链都用作一个模板，通过互补的原则补齐另外的一条链，就是半保留复制方式。DNA的这种自我复制的能力是理解遗传学的关键，同时也是理解DNA如何调控细胞功能的关键。

孩子为什么长得像父母，其中一个原因就是DNA的复制，因为孩子的DNA都是复制了父母的DNA。

如何利用DNA？

DNA测试最常见的作用是侦破案件。德国海关缉私警察在调查走私案时，经常采取新型的DNA分析技术。2000年5月，他们在下莱茵地区一家报废的加工厂发现了大约560万支走私香烟，还有一些空啤酒瓶和烟蒂。3个小时后，警方在离这家工厂1千米左右的一片玉米地里抓获了3名来自波兰的男子，从他们的唾液中提取出DNA，并与酒瓶和烟蒂上的DNA相对照，确认了这3人就是罪犯。这3名波兰男子不得不交代自己走私犯罪的事实。

DNA的复制

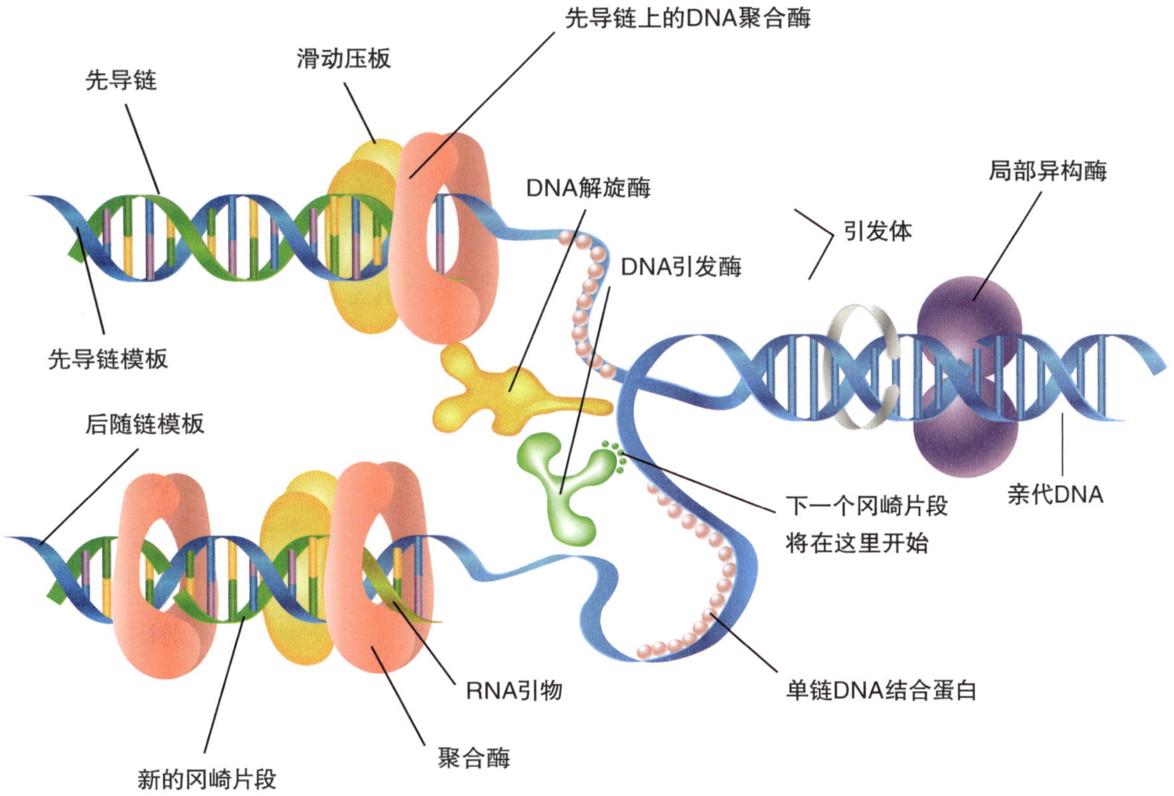

DNA技术还常被用于做亲子鉴定。测试人员提取被测试人的口腔黏膜细胞，经过特别的材料和技术，将DNA凝聚成黑色的条码。小孩的条码是一半与母亲吻合，一半与父亲吻合，反复几次就可以寻找DNA不同部位的条码，方可得到最后的结果。

人的生、老、病、死归根结底都与基因和染色体有关。科学家研究指出，人类只有一个基因组，有5万~10万个基因，如果掌握了所有基因上碱基对分布的详细情况，关于人类生长、发育、衰老、遗传病变的秘密都将随之揭开，科学家将拥有新的“武器”来征服癌症、艾滋病、肝炎、肺结核等。

人类基因组计划是美国科学家于1985年率先提出的，旨在阐明人类基因组30亿个碱基对的序列，发现所有人类基因并弄清其在染色体上的位置，破译人类全部遗传信息，使人类第一次在分子水平上全面地认识自我。由多国政府支持的人体基因组计划在1989年启动，先后有美国、英国、日本、德国、法国及中国6个国家参与，并于2003年4月宣布完成人类基因组序列绘制。

DNA对你而言，或许非常陌生，但它又无时无刻不存在于你的生命长河中，在悄无声息中调控着人体的生老病死，支配你的一切生命活动。它就是那么简单但又那么复杂地存在着。在你阅读并思考着DNA这一神奇的化学分子时，你体内的DNA也在参与其中，这不是很有意思的事情吗？

The Secret of Life in Gumdrop

橡皮糖中的生命奥秘

作者：尼克·达尔托（Nick D' Alto）
译者：安晶晶

DNA（脱氧核糖核酸）复制

你可知道有一本“手册”正控制着你的一举一动吗？它决定你的长相，指挥你身体内的每一个细胞要做什么（人体约有50万亿的细胞）。这本“手册”就是DNA，而它是用化学“语言”书写的。

DNA存在于每个细胞的细胞核里，排列得像长长的螺旋形梯子，由被称为“核苷酸”的四种不同碱基组成。这些碱基根据一连串简单的规则（见下表）组合在一起，形成一种遗传密码。细胞通过复制这些遗传密码生存、生长和分裂繁殖。

碱基互补配对表

	胞嘧啶（C）	配	鸟嘌呤（G）	
	腺嘌呤（A）	配	胸腺嘧啶（T）在RNA中为尿嘧啶(U)	

在这个实验中，我们将用橡皮软糖来制作DNA分子模型（别笑！真正的DNA确实含有某种糖类，所以使用橡皮糖还不算太离谱）。然后，我们将根据DNA的组成规则来构建新的DNA。你准备好复制了吗？

你需要：
10张索引卡片
40块橡皮软糖，分成5种颜色，每种颜色8块
（你也可以使用软糖豆、碎彩纸等）

组装DNA

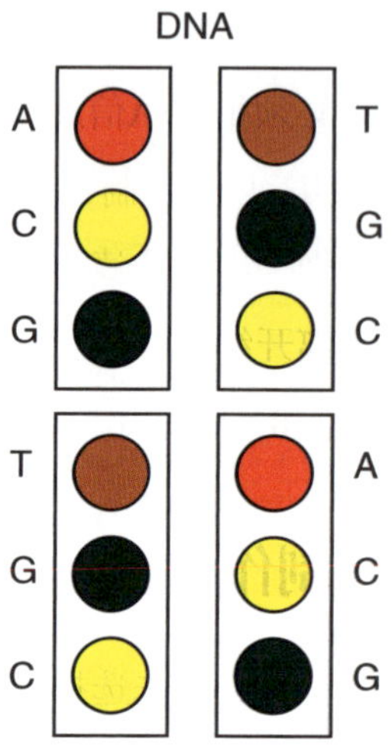

1. 将4张索引卡片分为两列，每列2张。

2. 按照右图所显示的颜色，将橡皮软糖（你的“碱基”）放在卡片上。

现在你已经有了用来构建细胞模型的DNA。

复制DNA

为了构建新细胞，首先必须复制原细胞的DNA。要在你的模型里进行这种复制，程序如下：

1. 首先“解开”你的DNA，把左右两列卡片分开（如下图所示）。

2. 然后在分开的两列卡片内侧分别放置一张空白卡片。

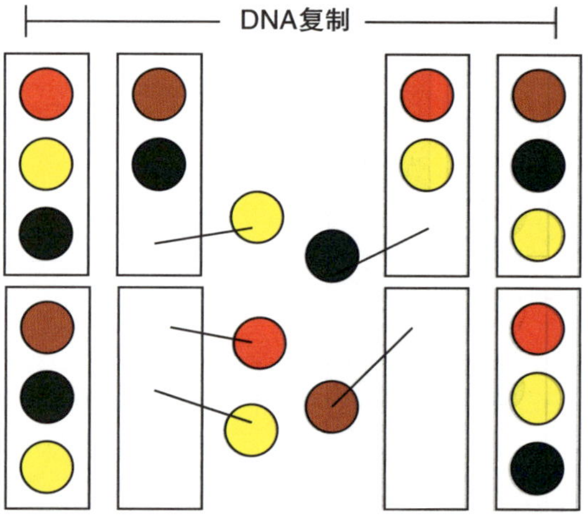

3. 根据碱基互补配对表，用橡皮糖填满空白卡片。

请看，这就是复制！你制造出了两股DNA，而且两股完全相同，与你原来的DNA链也一模一样。在活的生物体中，这个细胞现在已经可以进行分裂，变成两个完全相同的细胞了，每一个都含有它所需要的信息。这个过程被称为“有丝分裂”。

RNA（核糖核酸）转录

为了指导生命功能（例如细胞呼吸），生命体必须把DNA信息送到细胞的不同部位。要做到这点，必须复制带有所需信息的DNA片段——就像做一本书的读书笔记。这些较小的信息片段可以离开细胞核，它们被称为“信使核糖核酸”，或“信使RNA”（mRNA）。

制作RNA模型

1. 首先选择一个你想制作的DNA分子。

2. 像前面那样，解开DNA，分成两列。

3. 这一次，只需在DNA左列放置空白卡片。

4. 根据碱基互补配对表，在左列空白卡片上放橡皮糖。

5. 把你完成的那一列抽出来，这是你做成的一股信使RNA。然后，把分开的两列卡片重新合起来，恢复原来的DNA。

你的细胞里也进行着同样的过程。真正DNA的梯形结构是由微弱的氢原子连接，很容易打开和闭合。

值得注意的是，DNA是双链而RNA是单链。一些简单的生命形式（某些病毒）仅需极少的信息就可以存活，所以它们的遗传物质只使用RNA就行了。

蛋白质的合成

现在让我们来使你的细胞模型运转起来。在真正的细胞里，蛋白质（包括酶）控制生命功能。RNA根据一套简单的规则构建这些蛋白质。

1. RNA上每三个相邻的核苷酸组成一个密码子。

2. 每个密码子会从细胞里存在的20种氨基酸中选出一种。

3. 把不同的氨基酸连接在一起，就会形成细胞所需的各种蛋白质。

4. 在真正的细胞里，这个程序在一个被称为“核糖体”的地方进行。

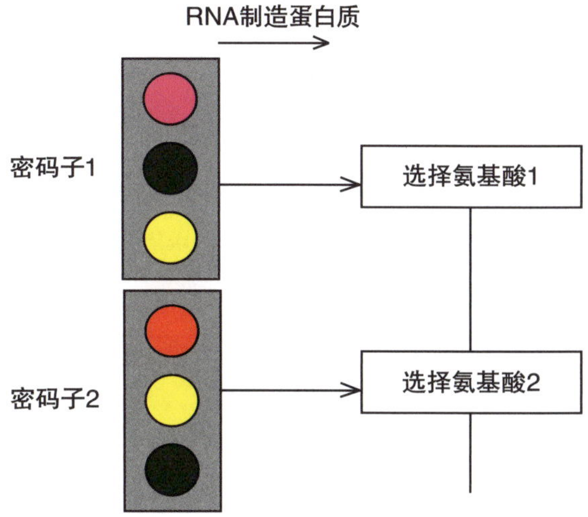

制造蛋白质

1. 把你的RNA（从上到下）的每一张卡片当作一个密码子。

2. 为每一个密码子找到它的氨基酸，并记下它的字母符号。

3. 真正的蛋白质需要几百个这样的字母。

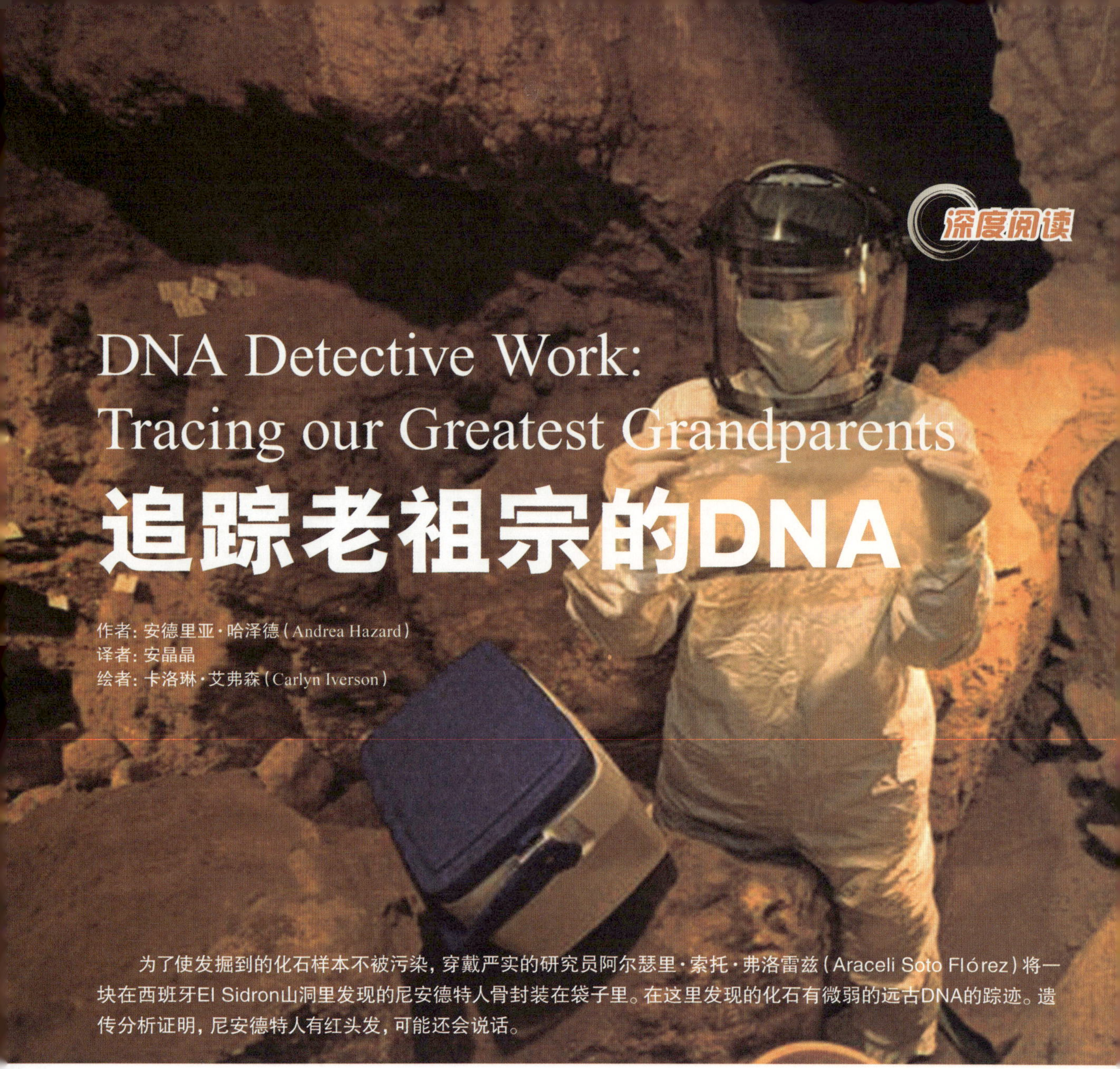

DNA Detective Work: Tracing our Greatest Grandparents

追踪老祖宗的DNA

作者：安德里亚·哈泽德（Andrea Hazard）
译者：安晶晶
绘者：卡洛琳·艾弗森（Carlyn Iverson）

为了使发掘到的化石样本不被污染，穿戴严实的研究员阿尔瑟里·索托·弗洛雷兹（Araceli Soto Flórez）将一块在西班牙El Sidron山洞里发现的尼安德特人骨封装在袋子里。在这里发现的化石有微弱的远古DNA的踪迹。遗传分析证明，尼安德特人有红头发，可能还会说话。

如果两个DNA的序列相同的话，警察就可以确定他找到了嫌疑犯。并不是只有警察才做DNA检测工作，分子人类学家也利用DNA来追踪人类的遗传关系。这项工作能使我们进一步认识了现代人的祖先。

DNA分子

DNA是一个很长的分子，也有一个很长的名字：脱氧核糖核酸。但是它的构成形态却很简单，只有4种基本组成单位：A、G、C、T。这4种基本组成单位按照特定的顺序排列成基因，就像字母按照一定的顺序组成单词一样。和单词一样，基因也有特定的意义：它包含着形成蛋白质的指令。蛋白质是一种非常重要的物质，体细胞里的大多数工作都是由它来完成的。

由许多基因排列成的DNA长链叫作“染色体”。人体的细胞核内有两个染色体组：一组来自母亲，一组来自父亲。每个染色体组中有23条染色

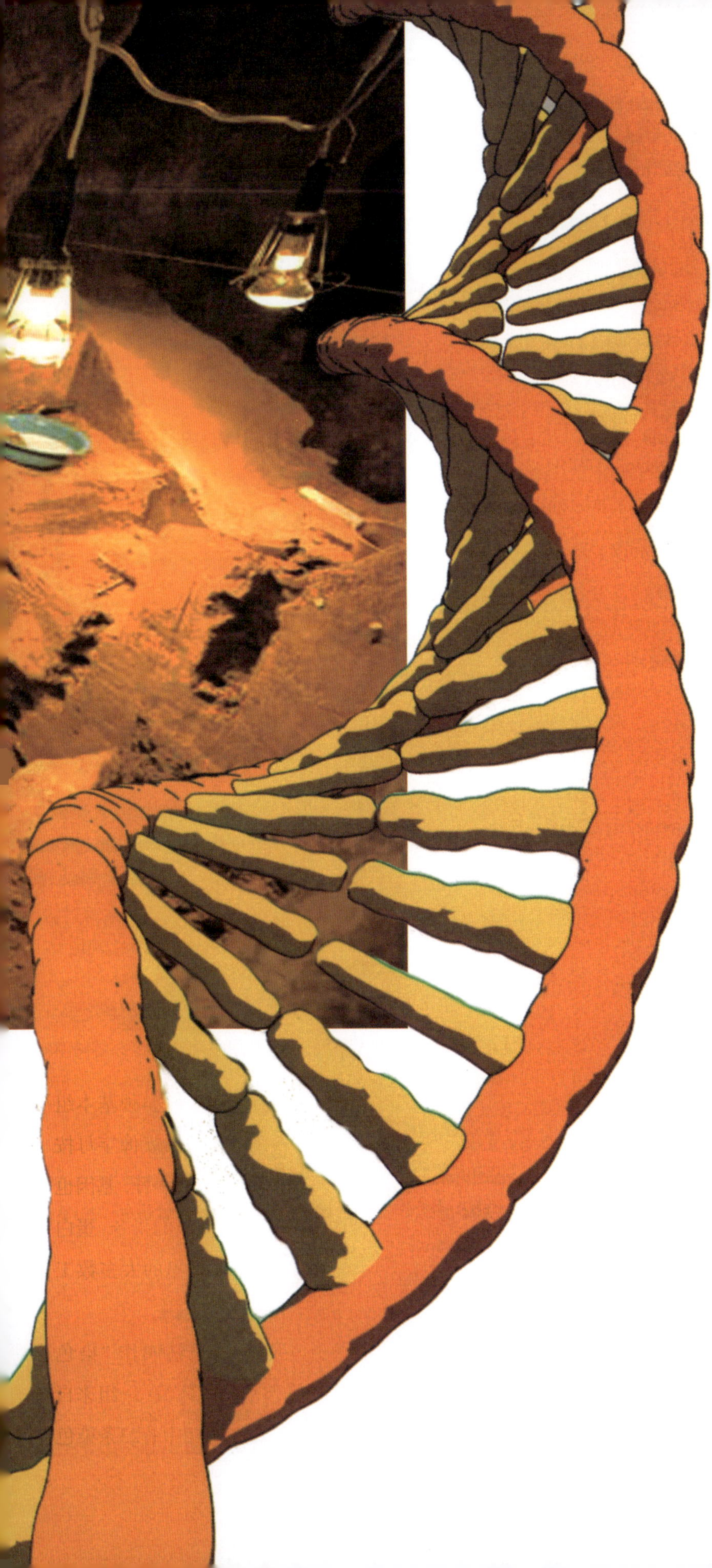

体。这两组染色体共同组成了核基因组(存在于细胞核内)。如果说一个基因像一个单词的话，那么基因组就像一本百科全书，它包含了创造你所需要的全部指令。

每次细胞分裂都伴随着一套新的DNA被复制出来。大多数时候复制品和它的原型是一模一样的，但是有时候复制过程中也会出现错误。比如，DNA的4个基本组成单位(A、G、C、T)中的一个被另一个代替，这种现象被称为“基因突变”。突变发生的概率很小，但是一旦发生，就会代代相传并逐渐积累。科学家能够通过比较两个人的DNA序列，来判断他们之间的关系有多近。但是用这种方法追踪人与人之间的关系是很复杂的，我们很难判断突变是来自父亲还是来自母亲。

比如你想知道自己继承的是爸爸妈妈哪个人的血型，你和妈妈都是A型血，爸爸是B型血，你就知道自己的血型基因是从妈妈那里继承的。但如果你的祖父母、外祖父母4个人中有3个人都是A型血呢？你只能继承4个人里面某两人的A型血的基因，现在他们有3个是A型血，所以你已经无法直接判断是继承谁的了。再往前一代，如果你的曾祖父母、外曾祖父母8个人中有6个都是A型血呢？这样的话，更不可能判断出你的血型基因是来自哪位祖先的了。

幸运的是，我们每个人都还有第二个基因组。这个基因组不在细胞核里，而是在细胞质内的小小线粒体里。线粒体基因组是一个环状的DNA分子，由16569个碱基对组成。线粒体基因只能由卵细胞传递给后代，而不能通过精子传递。这就是说，你的线粒体DNA是从母亲体内继承的。同样的，你的母亲从你的外祖母那儿继承线粒体DNA，你的外祖母的线粒体DNA则是从你的外曾祖母那儿继承的，以此类推……

木乃伊的线粒体DNA

1991年9月19日，两个登山者在意大利的阿尔卑斯山上发现了一具掩埋在冰雪中的尸体。他们猜想这具尸体是早期探险者的，但是他们想不到的是，那次探险竟然发生在5000~5300年以前！这位不幸的登山者被称为“冰人奥茨”。奥茨是被检测过线粒体DNA的最古老的人。他的线粒体DNA的16569个基本组成单位中，只有2个和他那些关系最近的亲戚们不同。他的很多亲戚现在都居住在德国和奥地利，离奥茨在意大利北部的家不远。

线粒体夏娃

如果我们追踪的家系足够远，就能找到所有现代人在远古时期共同的母系祖先，所有母亲的母亲——线粒体夏娃。她是我们现代地球人共同的远古祖母。在夏娃生存的智人年代，她并不是唯一的女性。其他女性也有孩子，只是她们没有把自己的线粒体DNA传递给后代。因为她们或她们的女性后代只有儿子，没有女儿。

为了理解这个说法，我们不妨假设一个女人有两个女儿：夏娃和格蕾丝。两个女儿都继承了母亲的线粒体DNA。夏娃和格蕾丝长大后各生了一个孩子：夏娃生了一个女孩，格蕾丝生了一个男孩。只有夏娃的女儿能够将她的线粒体基因组传递给下一代。格蕾丝的儿子不能向后代传递他的线粒体基因组，但是可以传递他的核基因组。需要指出的是，和线粒体夏娃生活在同一时代的其他人都对现代人的核基因库有所贡献。

分子人类学家已经排列出了来自世界各地的人的线粒体DNA序列。他们发现，特定的基因突变在特定的地理区域中很普遍。通过追踪这些突变在地域间的传播路线，科学家就能追踪到人类的迁徙路线。随着人口在全球的流动，迁徙路线就像树的枝干一样不断地分叉。这棵“迁徙树”的根在非洲，也就是说线粒体夏娃生活在非洲。

线粒体基因组上某些位置的突变速率差不多是个恒定值。我们可以把这些突变时间看作一个分子时钟，用来估计两个人群分开时的年代。至于这个时钟走多快，科学界争议很大。总的来说它走得并不快：每6000年才会发生一次基因突变！

根据分子时钟估算，科学家认为线粒体夏娃生活在15万~25万年以前。

走出非洲

人类学中最大的一个未解之谜是：现代人类是由一小部分来自非洲的人族进化而来的（非洲起源说），还是由居住在欧亚大陆上的不同的早期人族（包括尼安德特人在内）在同一时期各自进化而来的（多地起源说）？为了弄清这个问题，分子人类学家检测了3.8万年前的尼安德特人的骨骼上的线粒体DNA序列。通过与现代人类的线粒体DNA对比，他们估计，尼安德特人和现代人类大约在60万年前~35万年前分开，这比线粒体夏娃生活的时代要久远得多，这个结果支持了非洲起源说。

Y染色体亚当

只有男性才有Y染色体。就像能通过线粒体DNA追踪到我们的母系祖先一样，父系祖先也可以通过Y染色体追踪到。令人吃惊的是，科学家估计，我们的父系祖先——Y染色体亚当所处的时代比线粒体夏娃要晚得多，大约是在10万年前。

Y染色体亚当怎么会比线粒体夏娃年轻呢？科学家认为，在现代人类的早期，能够繁衍后代的男性比女性少。许多男性没有机会将他们的Y染色体传递给子孙后代。在线粒体夏娃之后有很多Y系，但是这些独一无二的Y系陆续灭绝。当线粒体夏娃已经分化出很多分支时，只有一支Y系保留了下来，并传递给了所有后代的男性。

分子人类学家用DNA回答了“我们是谁”这个最基本的问题。答案很清楚：我们拥有共同的老祖母和老祖父，还有一个共同的基因史。简而言之，我们来自同一个家庭。无论何时，当看到有人需要帮助时，我们都应该记得——我们都是一家人。

人体细胞

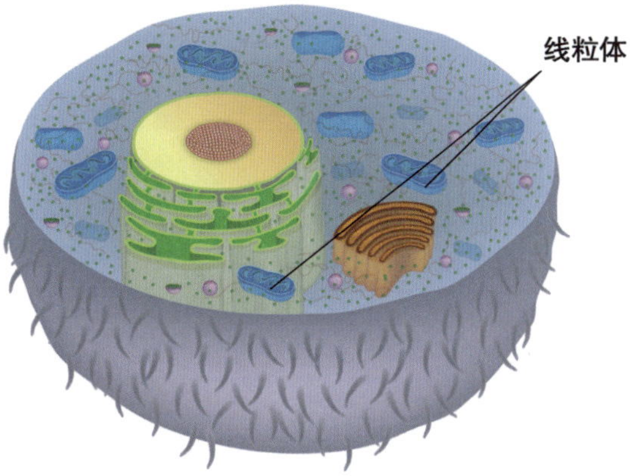

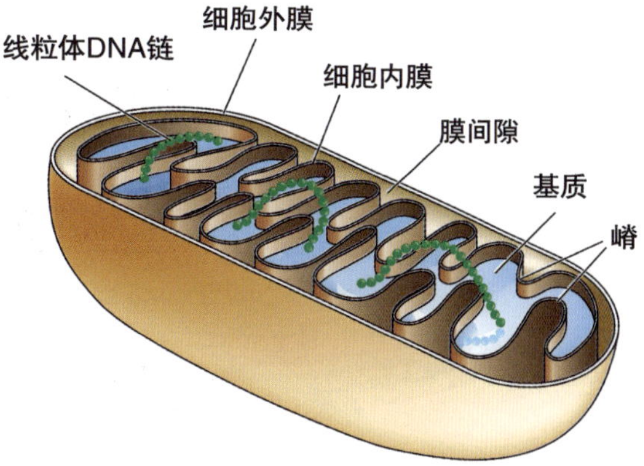

细胞和线粒体：天造地设的一对

线粒体看起来非常像大细胞里的小细胞，实际上也的确如此。科学家认为，很久以前，一个大细胞吞掉了一个小细胞，但是这个大细胞并没有消化掉这个小细胞，而是把它变成了一个共生体。也就是说，小细胞为大细胞提供能量，大细胞为小细胞提供营养物质，这样形成了共生的关系。随着时间的推移，小细胞渐渐成了细胞内的结构，也就是我们现在所说的线粒体。这种关系肯定有它的作用，因为它已经持续了10亿年之久。植物细胞内利用光合作用将光能转化为化学能的叶绿体，也是经过同样的过程产生的。

生命的时间跨度

深度阅读

Slowing the Clock
放慢时间的脚步

作者：珍妮 ·米勒（Jeanne Miller）
译者：杜园园

如果你是一只线虫——一种小小的生活在土壤里的虫子，那你太不幸了，你只有大约20天的生命。但是，如果你是美国旧金山市加州大学辛西娅·凯尼恩博士实验室中的线虫，那你也许就能成为一个能活125天的幸运儿。

希尔布鲁姆中心衰老生物学的主任凯尼恩已经发现，通过操纵线虫的少量基因，可以使它的寿命延长5倍。

寿命延长5倍，这相当于人类可以活上500年。这就好比说，你拜访的一位亲戚，他在莎士比亚创作的黄金时期生活过，在伽利略透过望远镜凝望夜空的时期生活过，还在达·芬奇创作《蒙娜丽莎》的那个时期生活过；抑或设想你自己一直活到2505年。凯尼恩博士的研究中令人兴奋的是，她并没有延长线虫的老年时期，而是延长了它们的青年时期。100天大的线虫就像5天大的线虫一样充满活力地四处蠕动。

“如果还像人们原来认为的那样，衰老是一个自然过程，而我们不能够控制它，”凯尼恩说，“那你的观念就太老掉牙了。”她指出，老鼠能存活2年，而蝙蝠却能存活50年。同属于小型哺乳动物，从本质上讲它们并没有太大的不同之处，但它们的寿命为什么会相差迥异呢？通过对分子生物学的研究，她了解到，事实上所有生物在某种程度上都受到了细胞的控制。

转动基因

十几年前，凯尼恩就开始对C. elegans展开研究，那是一种跟这个句子中的逗号差不多大的线虫。凯尼恩和她的同事开始寻找能够影响这种线虫寿命的基因。“体内的所有细胞都具有相同的脱氧核糖核酸（DNA），但不是所有的细胞都有相同的打开的基因。”凯尼恩解释说。

让我们来看看人体的DNA。DNA，全名是“脱氧核糖核酸”，是一类带有遗传信息的生物大分子。而我们所说的“基因”，正是DNA里面带有遗传信息的片段。每个DNA分子上有多个基因，每一种基因都有特定的核苷酸序列，不同的核苷酸里有不同的碱基，这就决定了每个基因有自己独特的特点（参见本书第167页“‘操纵’基因”）。基因还有很奥妙的“关闭”与“开启”功能。比如一个人的头发白了，有两个原因：一是黑发基因“关闭”了，二是白发基因“开启”了。如果能够找到“开关”，让黑发基因“开启”，白发基因“关闭”，那么，人到老了还可以是一头黑发。

线虫C. elegans是寿命研究的一个理想的对象，因为它的寿命很短。你可以系统性地“关闭”或“打开”一个个基因，并在大约20天内就知道你所做出的改变是否影响了这种线虫的寿命。

凯尼恩本来希望能找到一组有助于延长动物寿命的基因。然而她发现，只需“关掉”一个叫作“daf-2”的基因，就能让这种线虫比正常线虫多存活一倍的时间，还能保持两倍的年轻和健康的时间。她的发现震惊了她本人和衰老研究领域的其他研究者。

这印证了凯尼恩博士的预测，那就是衰老并不是一个随意恶化的过程，而是基因发生了变化。

daf-2是一个调整基因，它控制着其他许多基因的活动，也许能控制100个，而它们当中的许多基因都有助于延长寿命。有些基因能为抗氧化物编码，可以保护细胞免受损害；有些基因能制造“伴侣”蛋白质，可以帮助其他蛋白质正确地折叠；有些基因能够抗菌，防止感染；还有些基因会影响新陈代谢。当daf-2处于活跃状态时，它会抑制保护性基因，而保护性基因正是有助于长寿的原因之一。事实上，daf-2通常都很活跃，凯尼恩把它叫作“死神”基因。

生命的策略

为什么一个有机体要有一个缩短其寿命的基因呢？“我们设想的是，为了在世界上保持竞争力，所有的动物都必须要有一定的生命策略。”凯尼恩说，“这种线虫的生命策略就是在最短的时间内尽量繁殖出最多的线虫。因此，它有一个3天为一代的生命周期。这种线虫用3天的时间长大，然后在接下来的3天时间内，繁殖出300个后代。也就是说，到它生命的第6天为止，就会有一个6天大的线虫和300个年轻成虫。”由于数量增长得这么迅速，更长的生命就显得没有什么意义了。事实上，成虫更长的寿命将意味着它要同自己的孩子图中是一只成年C. elegans线虫，它的神经环用一簇蓝点表示，就在线虫绿色的咽（口腔）附近。脊索就是靠下面一些的红线，上面缀有蓝色的神经细胞。蓝色的大椭圆形是线虫的卵，而黄色的条纹则是肠。

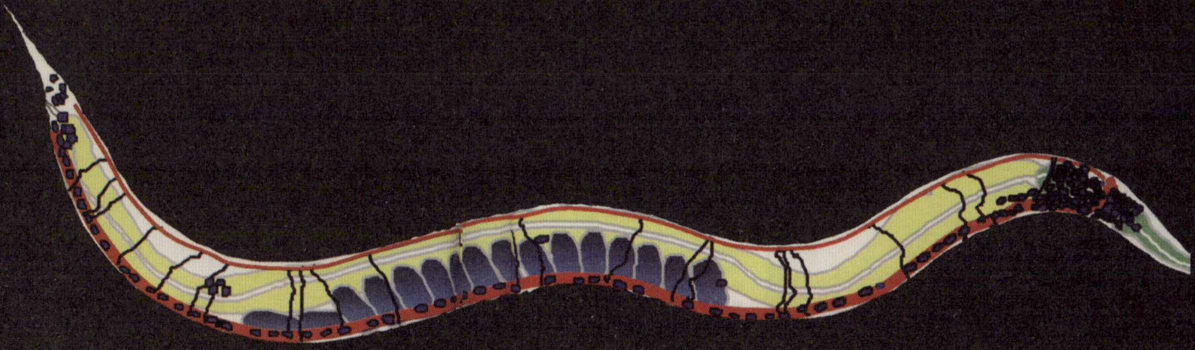

争夺食物。

让一个基因来控制一连串相关的变化是有它的好处的，那就是该线虫能够相对容易地应对各种情形。比如说，如果出现食物短缺，繁殖将是不明智的。如果能关闭一个基因，使线虫的寿命延长一倍，那么繁殖就可以向后推迟，直到食物充足的时候。

“我们人类的生命策略则完全不同。”凯尼恩指出，“我们试图控制资源。我们有组织，因此我们拥有更长久的寿命。我们有很长的学习阶段。”

Daf–2的对手来了！

我们的寿命表明，祖父母对于我们物种的成功延续是至关重要的。也许这是因为智慧和经验的日积月累会帮助人们在困难的条件下生存下来的缘故。在漫长的旱季里，一个游牧族群的长者也许会记得哪里有水源。在父母出去打猎或者采集食物时，祖父母还可以照顾婴儿和儿童。“基本上，不同的寿命与动物所使用的生命策略是相匹配的，”凯尼恩说，“我认为，任何寿命都是能够逐渐演变的，只要它是一个成功策略的整体的一部分。”

最近，凯尼恩博士和她的同事又发现了另外一个能够影响寿命的基因。像daf–2一样，daf–16可以“关闭”或“打开”其他诸多基因，但是它同daf–2基因的作用刚好相反。当它工作时，它往往会触发其他长寿基因。凯尼恩和她的同事把它叫作“甜蜜16”，因为它能促进青春。

果蝇中daf-2的同源物胰岛素受体基因突变能延长果蝇的寿命。

这适用于人类吗?

由于人们在果蝇和老鼠体内也发现了与线虫体内相同的系统，因此这种系统一定从很早以前的有机体身上就开始进化了，应该是在脊椎动物从无脊椎动物中分离出来之前，大概是4.5亿年前。因此，我们有充分的理由相信，它也在人体内发挥着类似的作用。

daf-2制造一种蛋白质，这种蛋白质使细胞对激素做出反应。在人体内，这些激素就是胰岛素，它有助于我们的身体利用所摄取的食物以及一种类胰岛素的生长因子。通过降低daf-2在C. elegans成虫中的活动力，能使生物组织对激素的反应降低，从而使这种线虫活得更久。这表明，激素的正常功能是加速衰老。

当然，老年是很多疾病的高发期，比如癌症、心脏病和老年痴呆症（阿尔茨海默病）。凯尼恩博士和她的同事正努力了解与年龄有关的疾病。她指出："长寿的动物携带变异的daf-2或daf-16基因，它们直到非常老时才会得老龄疾病。如果我们改变这些激素基因，那就延缓了衰老的进程，降低了患病的可能性。"凯尼恩希望利用他们的研究在人类身上推迟这些疾病的发病年龄，并称这一努力为"增长健康寿命"。

有关衰老是由基因控制的，而老化和体质变弱可能会很快得到解决的想法十分奇妙。是选择活到75岁、150岁还是500岁，这也许就是另外一个问题了：没有人想要一个身心都退化了的老年。如果凯尼恩和她的同事所从事的工作能够延缓衰老的时钟，前景将是非常美好的。

“操纵”基因

几十年前，破解出基因的碱基序列可是个了不起的学术成就。但是到1990年的时候，已经有很多种技术手段可以破解出碱基序列了。现在，一个合格的生物技术人员能够在不到一天的时间里破解1000多个基因的碱基序列。

知道了基因的碱基序列又能做什么呢？人类所有的疾病在某种意义上讲都是基因病，都可以从基因中找出病因。如果知道了一个基因的结构，我们就能判断它是不是某种致病基因。进行医疗诊断的关键是及时，可是很多致病基因并不是在最初就表现出来，所以在患者发病时我们会很惊讶：“他怎么会得这种病？”其实患病的可能性早就已经绘在患者基因的蓝图上了。因此可以在人出生时，甚至在出生前，就通过遗传分析进行风险预测。科学家已经能通过基因诊断，预测受检者患上高血压、糖尿病、唐氏综合征、苯丙酮尿症等很多种疾病的风险了。由此我们就能防患于未然，在病魔来袭之前做好充分的准备。

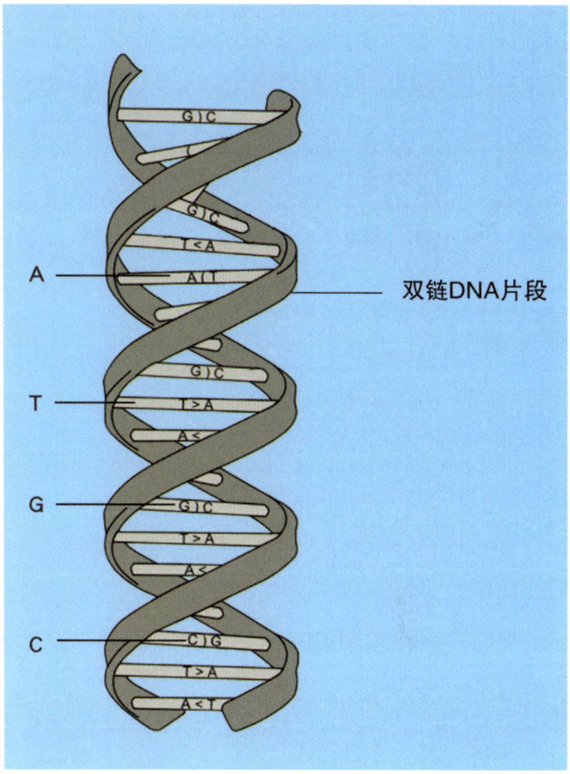

图中的A、T、G、C即是构成不同核苷酸的4种碱基。

此外，基因诊断还能免除不少诊断时的痛苦。从前，如果想诊断巨肠症，就要割下被检者的一段肠子；检查胃，先要让病人吞下胃镜，很痛苦也很麻烦。现在，我们可以做基因诊断。

人体所有细胞含的基因都是一样的。我们的血液、唾液、皮肤、头发都可以作为诊断材料，帮助做出准确的诊断。既然能用基因诊断出疾病，自然也能用基因治疗疾病。我们既可以修复有缺陷的基因，也可以把正常基因输入细胞，以替代缺陷基因来发挥作用。这个过程还需要有载体把正常基因运送到人体内，同时还要让基因在体细胞里复制、表达。把带有正常基因的载体送到人体里去有很多办法，科学家一般都用病毒把载体带入细胞，有的直接用“微针头”把载体注射到细胞里，还有一些化学试剂也能帮助载体进入细胞。现在有一种“基因枪”，它的子弹是黄金做的，能被细胞吸入又吐出。“子弹”外面“粘”有载体，“黄金子弹”被细胞弹出后，载体却能留在里面。这种方法已被用来治疗一些皮肤病了。

虽然现在基因诊断和治疗都还很昂贵，但是随着科学技术的进步，最终我们都能负担得起。想想手机吧，15年前只有那些富人才用得起，但是现在几乎每个人都有手机。总有一天，基因诊断也是如此。

Human Life Span: What Are the Limits?

人类寿命：有没有极限？

作者：玛格丽特·希尔（Margaret Hill）
译者：汪海燕

活到多大算老？80岁？90岁？100岁？随着人类寿命的增长，我们的想法需要调整。在人类生活的早期时代，一个人幸运的话可以活到30岁。而在2005年，美国人的平均寿命已经高达70多岁。大多数生物人口统计学家（主要分析关于人口统计资料的专家）认为，在下个世纪，人类寿命还有继续增长的可能。但是可以增长到多大呢？没有人确切知道。对于人类寿命的极限问题，一直存在着各种各样的猜测。

在人类生活的早期时代，生活是艰辛的，环境是肮脏的，到处都存在危险，人类只有足够幸运才能活到成年。然而今天，我们可能再也不会因为遭受瘟疫而忍受饥饿，再也不会成为饥肠辘辘的老虎的腹中餐。我们大多数人都可以长寿，但现在的问题是：我们的寿命会以这种稳定的速度持续增长吗？如果我们活得足够久，也许会找到答案。

预期寿命变化图

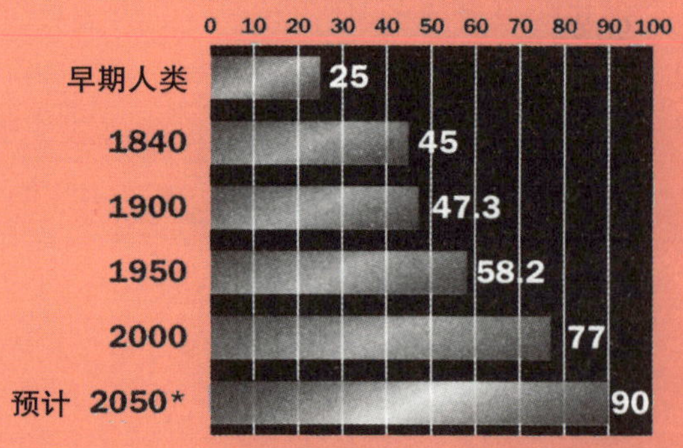

（根据过去寿命的趋势做推断）

图中数据来源：“早期人类”数据摘自J.R.威尔莫斯（J.R.Wilmoth）在《科学》发表的文章（280:395-397,1998）；“1840”年的数据来源于J.欧依盼（J.Oeppen）和J.W.沃佩尔（J.W.Vaupel）在《科学》发表的文章（296:1029-1031,2002）；“1900”年、“1950”年和“2000”年的数据均来自中国疾病预防控制中心网站；“2050”年的预测是由J.欧依盼和J.W.沃佩尔在《科学》发表的文章（296：1029-1031,2002年）中预计的每10年寿命增长2.5岁推测出。

人类能永生吗？

有一种理论认为，人类可以活几百年甚至几千年，但这需要许多条件。英国剑桥大学计算机专家奥布里·德·格雷博士（Dr. Aubrey de Grey）是这一理论的主要支持者。他认为，人类的身体就像一台机器，需要周期性维护，需要不断地提升和改造，这样才可以持续地以最佳的状态运行。假设格雷博士所言属实，那么只要技术上可行，人类寿命就可以大幅度增长了。

对多数生物人口统计学家来说，格雷博士的想法有点极端，即使在今天，也是不可能实现的。尽管如此，这些统计学家还是通过分析得出人类可以活到100岁以上的结论。

德国马普人口研究学院主任詹姆斯·沃佩尔博士（Dr.James Vaupel）就支持上述观点。沃佩尔博士发表了一篇报告，在报告中他引用了源自1840年就开始周期性统计的人口普查数据。该数据表明，人类去世时的平均年龄一直是呈线性上升的趋势。根据该结果推测，到2050年，人类的平均寿命预计将为90岁。

沃佩尔博士认为，以过去的数据为基础预测未来是合情合理的。就像过去的160年一样，人类的寿命是持续增长的。他解释说，一直以来，人们发明了很多方法改善身体状况，人类生命得到了延长，所以他认为寿命增长的趋势是不会停止的。

并非所有的生物人口统计学家都同意沃佩尔博士的观点。美国芝加哥伊利诺伊大学流行病学和生物统计学教授S.杰伊·奥利尚斯基博士（Dr. S. Jay Olshansky）简单地推测了一下以上趋势，从中发现了一些问题。他解释这个趋势图反映的是，从20世纪初期到中期，治疗疾病能力的增强是寿命增长的原因。这种进步使许多婴儿和儿童幸免于难，活得久的人口数量因而大幅度增加。

“但是以前我们只能挽救年轻人，”奥利尚斯基博士说，“现在为了进一步显著提高人类平均寿命，我们必须要延长老年人的生命。”他还认为，人类寿命的变化率不会呈直线上升，但他对关于衰老的研究将会减缓衰老表示乐观。

另外，奥利尚斯基博士还警告说，根据他的研究，他还发现了“一场非常不祥的风暴就要来临”，那就是儿童肥胖患者的增加在未来将严重影响人类寿命并导致人类寿命缩短。他非常担心地指出，除非可以解决肥胖对身体产生的一些负面影响，否则，在未来数十年里，平均预期寿命一定会呈下降趋势。

未来

以后人类能活多久？谁会知道呢？我们的确可以期待依靠医疗科技的进步来延长生命，还可以期待在研究衰老方面有一些新的突破，甚至是发现一些新办法来减缓衰老。但是，未来还有许多不确定性。除了肥胖症，还有一些健康问题也会缩短寿命。这些不确定性比过去几年多很多，导致我们无法预计人类的寿命。但是无论发生什么，这终究是个有趣的话题。

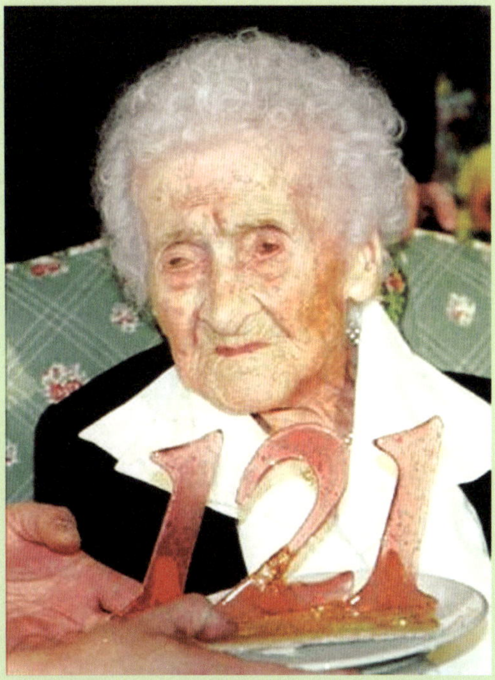

法国人詹妮·路易·卡门(Jeanne Louise Calment)是世界上公认最长寿的人，这是1986年她生日时的照片。卡门终年122岁。

Mind vs. Time
智力与时间的较量

作者：凯西恩·M. 科娃斯基（Kathiann M.Kowalski）
译者：汪海燕

如果你活到180岁，你是依然耳聪目明，还是连自己的名字都不记得了呢？

保持心态年轻

奥布里·德·格雷博士（Dr. Aubrey de Grey）和其他各个领域的科学家宣称，科技水平最终将战胜衰老，那么大脑从年轻的心态中能否获益呢？

"我不能明确地告诉你们心理活动像身体活动一样完全可以持续，"格雷博士说，"因为我们还不完全知道大脑是如何运作的，但我们确实有充分的理由对此表示乐观。"毕竟，大脑就像身体其他部位一样，也是由细胞构成的，而脑细胞和其他细胞的构成分子也是一样的。

格雷博士把7种最致命的因素中的一些与大脑衰老确切相关的问题联系了起来。例如，在阿尔茨海默病患者的大脑中存在细胞外垃圾。据阿尔茨海默协会称，阿尔茨海默病是痴呆症中最常见的原因。近450万美国人患有这种慢性病，其中近一半的人年龄超过85岁。随着病情不断恶化，纤维块和纤维纠结（也称为淀粉样蛋白斑）会损伤大脑的正常功能。

细胞损坏也会导致衰老。布鲁斯·严克（Bruce Yanker）和他的同事在哈佛医学院最近研究了一些死者的大脑，这些死者年龄不一，最大的有106岁。在多数年龄较大的死者大脑中存在着显著变异，对学习和记忆力都很重要的基因损伤了。一些死者的大脑患有严重丧失记忆力的疾病，而另

痴呆：就是智力衰退，主要表现为注意力、记忆力和判断力的衰退。

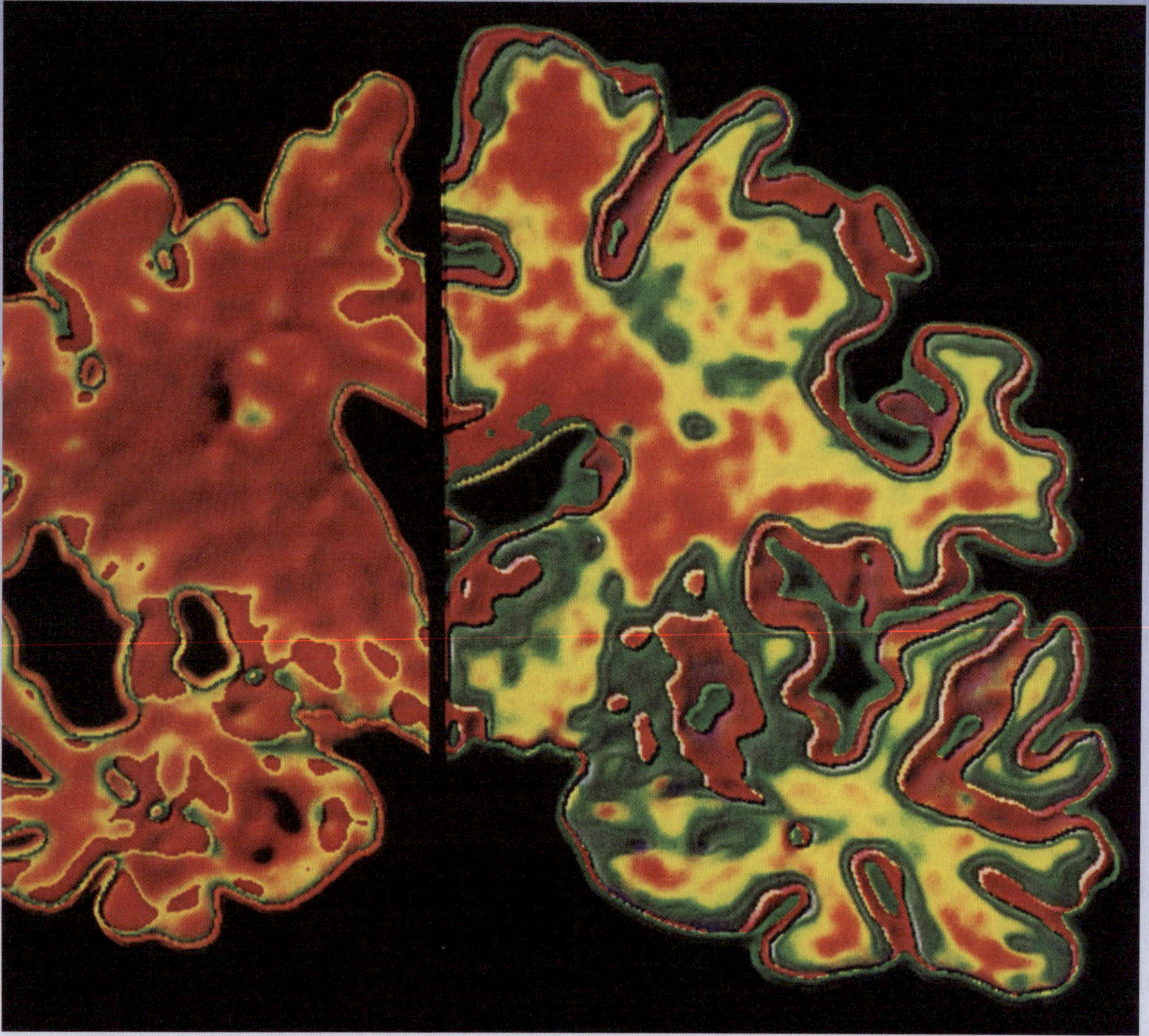

这是一个患有阿尔茨海默病患者的大脑与正常大脑的对比图。电脑将患有阿尔茨海默病的大脑的一部分（左图）与正常大脑的一部分（右图）做了图像对比。神经细胞的衰退与死亡使得患有阿尔茨海默病的大脑萎缩，从而使脑容量大幅度减少。

一些死者的大脑在功能上被弥补了，没有重大影响。

严克认为，氧自由基可能是造成这类基因损伤的罪魁祸首。当身体吸入氧气释放能量时，自由基这个潜在的有毒的副产品就产生了。“随着年龄增长，人能够将自由基分解掉的能力是逐渐减弱的。”严克强调说。因此，基因的损伤就是自由基引起的。当自由基分子与DNA结合并导致DNA结构突变时，破坏力就产生了。

工程解决方案

首先应该确定衰老的大脑里发生了什么变化，但是延缓衰老的工程方案还需要其他重要的几大步。科学家一直在研究许多影响细胞和基因活动的因素，但是现在仍不清楚大脑是如何运作的或者大脑能做些什么。

朗盖尼提生物技术公司总裁兼首席执行官普雷斯顿·埃斯特普三世（Preston Estep III）说，生物熵增大或者精神错乱是导致衰老的另一原因。当输入生物体内的各种无序的物质在细胞和肌体中堆积起来，细胞和肌体的新陈代谢能力减弱，不能将它们分解消除掉，这就是生物熵上升。想一想电脑里损坏的文件之间不断进行交换最终将会导致网络瘫痪，你就明白了。同样，衰老会导致大脑和身体之间细胞交流日益错乱。

埃斯特普三世说，延长生命的最大挑战是“在不造成记忆力严重丧失或还能进行自我身份辨别的情况下，如何替换和修复部分大脑”。尽管如此，他补充说：“我认为人类的目标是通过不断提高科学水平，控制疾病和延缓衰老。”

与此同时……

我们不可能存活几个世纪，但可以采取一些措施使大脑变得机敏。多吃富含维生素E和维生素C的食物对大脑有益，这些抗氧化物可以阻止自由基破坏脑细胞。例如，可以借鉴美国加利福尼亚大学洛杉矶分校研究衰老中心新兵训练营的特色食谱：①低脂肪；②丰富多样的水果和蔬菜；③含有Ω–3脂肪酸的食物，像鱼类和坚果类。

经常运动有助于活跃大脑，增强体质。据最新研究表明，在记忆力和思考能力测试中，那些每周步行数小时的人比不爱运动的人表现要好，同时患痴呆症的风险较后者也低。锻炼身体可以改善心血管问题，有助于脑细胞得到充足的氧气和营养物质。

经常锻炼身体还有助于缓解压力。当人们感觉到精神紧张时，注意力集中的能力就会下降。长期精神紧张也会更容易让自由基在细胞内破坏DNA，降低端粒酶（一种酶，有助于细胞重建）水平。

美国加利福尼亚大学伯克利分校的玛丽安·戴门德（Marian Diamond）说，挑战和创新也是非常重要的。在她的实验室里，那些不得不爬过一些物体才能吃到食物的老鼠会活得更久，但这些物体要经常更换。

“不管你做什么，不断迎接下一个挑战，这样你就总是在接受挑战。”戴门德说。简单打个比方，无论在家里还是在学校，给自己增加一些新的任务，如猜字谜、玩游戏和体育锻炼。就创新来说，要不断发现、探索新事物，例如走不同的路线去学校，试着参加不同的活动。总之，“不要循规蹈矩”。

当研究人员每天在研究室里捧着老鼠抚弄它们时，这些老鼠可以活得更久，所以戴门德在如何保持头脑灵活的方法里又增加了“温柔的关爱”。“只要你是带有爱意的，表明人类爱护它们，绝不伤害它们中的任何一个。”戴门德说。正如罗马诗人维吉尔（Virgil，前70—前19）所说，“爱可以战胜一切”。

About Longliving

长寿那些事

编写：凯西

如果在谷歌（Google）上键入“长寿理论”，会出现148万条搜索结果。据说，单就成形的理论而言，全世界的长寿理论有300多种。其中，有些相互冲突的说法还会让你陷入迷茫。从山村到海岛，从冰雪大地到阳光炽热，全世界都有“长寿村”的身影。是基因、地域、饮食还是心理上的差异，会让生命的时长发生不同呢？为什么大家总爱以不同的国家来比较寿命呢？

世界卫生组织发布的《2010年世界卫生统计》报告称，2008年，日本和圣马力诺的人均寿命为83岁，并列全球第一，而日本女性的平均寿命更是达到了86岁；但与此同时，阿富汗与津巴布韦成为世界上寿命最短的国家，当地人的平均寿命均为42岁。这意味着，津巴布韦人离开人世40年后，同时出生的日本人仍然在享受着生活。

60年前，日本的人均寿命不过50岁出头，而按照联合国长寿乡标准——10万人中应有7.5位百岁老人，现在的日本全国都是“超级长寿乡”。这说明决定长寿有超越地域的基本因素，生存条件的改善就是其中一项。历史给出的答案也是这样的。根据考古学家对北京猿人化石的研究，约2/3是死于14岁以下，活过50岁的极少。欧洲古罗马时代人的平均寿命仅有29岁，文艺复兴时期是35岁，随着生存条件的改善，20世纪末则达到了80岁左右。

世界卫生组织的调查还发现，平均寿命在40多岁的国家主要集中在撒哈拉沙漠以南的非洲地区，包括安哥拉、乍得等。这些国家大部分都是贫困国家，不仅人均寿命不长，而且他们的产妇和5岁儿童的死亡率很高，新生婴儿存活率也很低。艾滋病、麻风病和疟疾在这些国家肆虐，饥荒导致的营养不良和缺乏清洁的饮用水源更是助长了疾病的蔓延。在美国一档节目曾放映的慈善视频中，在非洲的课堂上，老师问学生：“你认识的人中有死于疟疾的，请举手。”结果全班50多个孩子都举起了手。在这里，每5个非洲孩子中就有1人感染疟疾；每隔20分钟就有相当于一个班的学生因此离开人世；每年有超过100万人死于此病。

地域的差别由此显现。从每个国家的人口平均寿命的数字上，除长寿的秘诀外，我们还可以看到这个国家的生存条件和人民的生活状态。

传说中的“老寿星”

在东西方历史文化的长河中，人们长寿的梦想流淌其间。传说上古五帝中颛顼的玄孙彭祖活了800多岁，大家都认为他是世上最懂养生的人；嫦娥偷吃了仙药而长生不老；印度神话中有巨蟒守护着海底的永生之药并引来一场大战；世界“第一畅销书”——《圣经》里，人类始祖亚当活了930岁。

“长寿国”排行

1 日本	Japan	83岁
1 圣马力诺	San Marino	83岁
3 安道尔	Andorra	82岁
3 意大利	Italy	82岁
3 摩纳哥	Monaco	82岁
3 冰岛	Iceland	82岁
3 澳大利亚	Australia	82岁
3 瑞士	Switzerland	82岁
56 中国	China	74岁
全球平均寿命		71岁

上面这些数据来自世界卫生组织发布的《2010年世界卫生统计》报告，发布了对2008年世卫组织193个正式成员平均寿命状况的调查结果。

日本：平均寿命83岁

日本一直以“长寿之国”著称，而在日本，妇女也是世界上最长寿的。据称，健康的饮食和良好的遗传基因是他们长寿的关键所在。此外，日本人几乎每天都会泡澡，据说这样能减少细菌感染、促进血液循环，人看上去也更精神。

意大利：平均寿命82岁

地中海适宜的气候和良好的饮食使得意大利人能够活到80岁以上。在撒丁岛，到处都能看到年逾古稀的老人。而平均寿命与日本并列第一的圣马力诺共和国，整个国家也在意大利的包围中。

瑞士：平均寿命82岁

瑞士研究发现，瑞士人的长寿秘诀竟和爱吃奶酪有关。此外，瑞士人还热衷于户外活动——冬天滑雪、夏天登山，学校每年都有“滑雪假”。瑞士有许多家庭不买电视机，而是将坐在电视机前的时间用于运动。

美国：平均寿命78岁

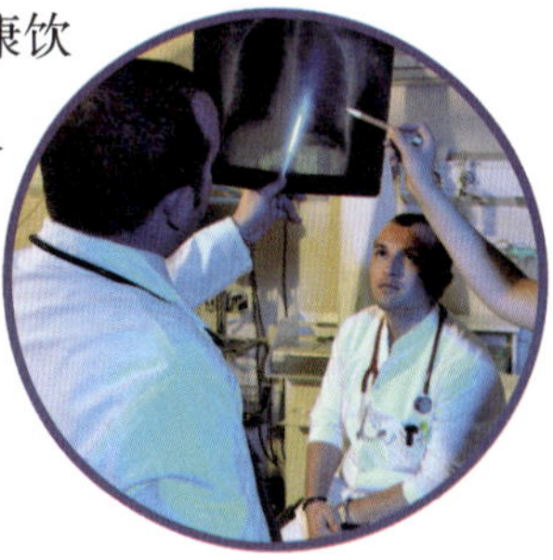

百岁老人最多的国家中，美国居第一。心态好、崇尚运动、健康饮食、益智游戏等是美国人长寿的秘诀。此外，公共卫生和医疗设施的更新、抗生素的使用，让美国人得病的概率大大降低。

俄罗斯：平均寿命66岁

俄罗斯的人均寿命远比其他欧洲国家要低。至于为何会产生这样的现象，有专家推测，应该与他们大量饮酒和喜欢吸烟有着很大的关系。

津巴布韦：平均寿命42岁

津巴布韦人的敌人是艾滋病毒。从1985年津巴布韦发现第一例艾滋病起，全国人均寿命已由当年的66岁急剧下降，许多生活在这个国度的人患有艾滋病。

Imaging a World of Immortals

假如有个长生不老的世界

作者：尼克·达尔托（Nick D'Alto）
译者：陈晓晓
绘者：大卫·伯克（David Burk）

传统的遗传学和生物学家都期望能将人的平均寿命延长至100岁，但是有一位激进的科学家定的目标更高：不管你信不信，但是他相信总有一天，人们能活到5000岁！

别误会，这可不是什么科幻小说，这是英国剑桥大学研究员奥布里·德·格雷博士的“非凡”预测。这位独特的学者以其特立独行的抗衰老论而闻名。大多数研究老龄化问题的人不是医生就是生物学家，但是奥布里·德·格雷博士却是一位计算机专家。实际上，他的抗衰老方法听起来和检修计算机故障有点像哦。

格雷博士认为，我们可以通过解决7个有关细胞变老的核心问题来减轻变老带来的不利影响。按照格雷博士的观点，如果我们能解决这些问题，人们就真的能够永葆青春了。

格雷博士提出的一些抗衰老的技术都旨在限制线粒体和染色体的突变，这和其他专家所追求的目标一致。实际上，格雷博士的所有有关细胞生物学的观点都已被证明是正确的。

但是，这个领域的其他专家多数都不同意格雷博士长生不老的预测。尽管格雷博士认为衰老可以被克服，但是持有异议的人说，将寿命延长几年都需要很多年的努力，长命百岁要耗费的心血可想而知。这些科学家认为，人不同于计算机，

线粒体：人体细胞中的小小“发动机”，能制造腺苷三磷酸（ATP），为细胞各种生理活动提供能量。

人的身体可要复杂得多，照格雷博士所描述的方法，人的毛病可比计算机更难修理呢。他们甚至担心，每修理一次又会产生更多的问题。

让我们来设想，如果格雷博士（或者其他某人）所说的能够实现，人确实能够永生，那世界将会是什么样呢？

有些人预测这个世界将变得更好。比如，如果人们活得更久一些，下一个爱因斯坦就能为那些至关重要的问题再研究个上百年。活了几个世纪的宇航员就可以行进到遥远的星球去了，他们甚至可以在其他星系中发现生命呢。如果人们能活得久一些，或许我们对那些会产生长远影响的活动，比如战争、污染以及其他的问题会更加负责任吧。

然而，其他人也许会预言这个世界将会走向另一面。

例如，如果一个活了好几个世纪的人，他们还会要小孩吗？如果他们有孩子的话，那我们怎样才能让世界不过度拥挤呢？如果人们真的永不变老，那他们希望自己看起来有多大呢？会有保持年轻和促成熟的药吗？人们是只过一种生活呢还是有其他的尝试呢？那冒险的行为还存在吗？比如跳伞运动，它们是自动消失呢，还是被宣布为不合法？

还有人预言这个世界将变得非常可怕。比如说，当今那些新奇的创意多数都来自年轻人。但是，一旦人们寿命变得长一些，生活也许就会保持一成不变，从而变得让人生厌。

此外，发达国家的人本来就比欠发达国家的人寿命要长。丹麦的一个研究小组调查发现，活到百岁以上不再是人类未来才能普遍享有的特权，可能在众多发达国家已经成为现实。研究报告预测，多数在2000年以后出生在富裕国家的婴儿都能成为百岁寿星。发展中国家平均寿命增长的速度在减缓，但是长寿也是一种显而易见的趋势。

如果预言真的实现了，那这样的差距还会一成不变吗？世界格局又会变成怎样呢？如果人们能活上好几个世纪，那他们的怨恨以及其他的消极行为是不是也会一直持续下去呢？

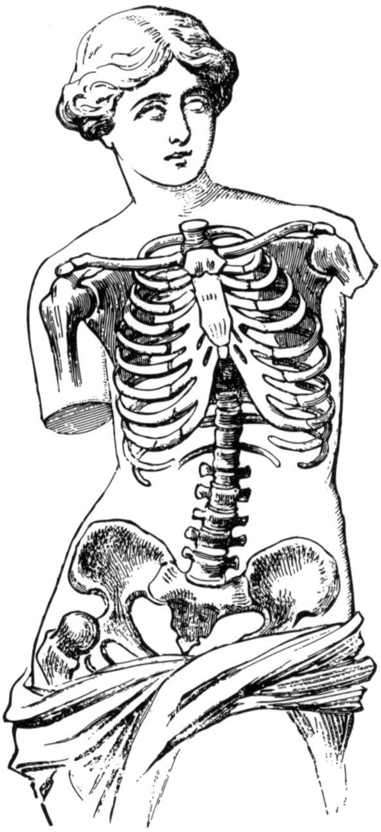

好书无结末。 ——加拿大作家 R. D.卡明

A good book has no ending. – R.D. Cumming